Lob für Die Rache des Herzogs

Finalist des *National Excellence in Romance Fiction Award*

„Eine unglaublich heiße, emotionale und fesselnde Liebesgeschichte, die ich immer wieder lesen möchte." – Candace, *Goodreads*

„Wenn euch Regency-Romane gefallen, die einen Hauch von Gefahr und Abenteuer enthalten, ebenso wie einen dominanten, gepeinigten, aber auch liebenswerten Helden und eine weibliche Hauptfigur, die zu sich selbst findet und erkennt, was sie will, solltet ihr euch dieses Buch nicht entgehen lassen!" – *Biscuits & Bodices*

„Ich war hingerissen von der Zärtlichkeit zwischen den beiden Hauptfiguren. Eine traumhafte Geschichte, die mir noch lange im Gedächtnis bleiben wird." – Angela, *Goodreads*

„Ich heule immer noch Rotz und Wasser! Gott, ich liebe Adam und Gabby. Dieses Buch bietet die perfekte Mischung aus Romantik, heißem Sex und Intrigen. Adams tragische Geschichte hat mir das Herz gebrochen ... und ich habe laut gejubelt, als Gabby sich endlich aus ihrem Schneckenhaus gewagt hat!" – *Estela Reads Romance*

„Grace Callaway hat mit diesem Buch wieder einmal einen Volltreffer gelandet. Es war keine leichte Aufgabe, den skrupellosen Geldverleiher Adam Garrity in einen anbetungswürdigen Helden zu verwandeln, der seine Frau Gabriella über alles liebt. Doch genau das ist Grace gelungen: Vor den Augen der LeserInnen mausert Adam sich zu einem leidenschaftlichen, fürsorglichen Ehemann. Natürlich kommt auch in diesem Band der ‚Game of Dukes – Gefährliches Spiel'-Reihe die Spannung nicht zu kurz. *Die Rache des Herzogs* liefert actiongeladene Szenen sowie eine befriedigende Auflösung." – Tina Folsom, *NYT*-Bestsellerautorin

„Adam und Gabby sind sympathische Hauptfiguren, die trotz ihrer unterschiedlichen Herkunft perfekt füreinander sind. Ich liebe die Motive Gedächtnisverlust und Vernunftehe in Büchern, und in dieser Geschichte wurden beide hervorragend umgesetzt. Ich konnte *Die Rache des Herzogs* gar nicht mehr aus der Hand legen und habe das Buch in einem Rutsch durchgelesen." – *Roses Are Blue*

„Der Gedächtnisverlust-Trope hat hervorragend zu dieser Geschichte gepasst und der Beziehung zwischen Gabby und Adam eine neue Tiefe verliehen. Ich war begeistert von ihrer Charakterentwicklung und der romantischen Stimmung. Es war unglaublich emotional und einmalig zu sehen, wie Gabby sich aus ihrem Schneckenhaus wagte und Adam zu der Erkenntnis kam, dass er längst Frieden mit seiner Vergangenheit geschlossen hat." – *Romance Library*

LOB FÜR GRACE CALLAWAY

„Grace Callaway spielt für mich in derselben Liga wie Johanna Lindsey, Lisa Kleypas, Julia Quinn und Amanda Quick." – Kathie, *Amazon Reviews*

„Grace Callway wird langsam, aber sicher zu einer meiner absoluten Lieblingsautorinnen. Die Kents erinnern mich ungemein an die Malory-Anderson-Serie von Johanna Lindsey oder auch an die „Königliche Spione"-Serie von Julie Garwood. Diese Bücher habe ich früher immer wieder gelesen, und jetzt tue ich dasselbe mit Graces Geschichten." – Vivian, *Amazon Reviews*

„Grace Callaways Schreibstil erinnert mich an Loretta Chase ... Wenn Loretta denn dunkle und HÖCHST unanständige Bücher schreiben würde." – Nicole, *Goodreads*

„Ich habe nun schon so viele historische Liebesromane gelesen und kann mit absoluter Überzeugung sagen, dass niemand, KEINE EINZIGE ANDERE AUTORIN, NICHT EINMAL MEINE FAVORITEN WIE KLEYPAS ODER HOYT ODER DARE, so heiße Sex-Szenen schreiben wie Grace Callaway." – Sara, *Goodreads*

Weitere Bücher auf Deutsch von Grace Callaway

GAME OF DUKES – GEFÄHRLICHES SPIEL

Der Undercover-Herzog

Der verlorene Schatz des Herzogs

Die Rache des Herzogs

Die Sühne des Herzogs (Kommt bald)

DETEKTIVE AUS LEIDENSCHAFT

Der Herzog, der zu viel wusste

M wie Marquess

Die Lady, die aus der Kälte kam

Der Vicomte klopft immer zweimal

Sag niemals nie zu einem Grafen

Der Kavalier, der mich liebte

MIEDER IN MAYFAIR

Lehrling der Lust

Ihre waghalsige Wette

Ihr begieriger Beschützer

Ihre lasterhafte Leidenschaft

Einbandgestaltung: EDH Graphics

Buchdesign: KM Graphics

Fotonachweis: Period Images

Die Rache des Herzogs

BUCH 3

USA TODAY BESTSELLING AUTHOR

Aus dem Englischen von

ANNIKA MIRWALD

Prolog

Fast da. Streng dich an. Sie dürfen dich nicht erwischen.

Mit hämmerndem Herzen bahnte sich der neunjährige Anthony Hale einen Weg durch die Straßen Mayfairs, wobei er den Kopf gesenkt hielt und wachsam unter der Krempe seiner abgetragenen Kappe hervorlugte. Er wagte es nicht zu rennen, aus Angst, Argwohn zu erregen. Im Revier der Reichen und Mächtigen fiel er ohnehin auf wie ein schmächtiges, schwarzes Schaf unter fetten, flauschigen Lämmern. Die Rußflecken auf seiner schäbigen Kleidung verrieten jedem auf den ersten Blick, dass er ein Schornsteinfeger war. Keinesfalls wollte er, dass einer dieser feinen Schnösel während des Morgenspaziergangs auf ihn aufmerksam wurde und ihm die Gendarmerie auf den Hals hetzte. Er bemühte sich, gelassen zu wirken, als wäre er lediglich unterwegs, um den nächsten Kamin zu säubern ... Obwohl er in Wahrheit um sein Leben rannte.

Du gehörst mir, du kleiner Mistkerl. Roger Wileys gehässiges Gesicht tauchte vor seinem inneren Auge auf. *Wenn ich dich noch mal dabei erwische, wie du versuchst abzuhauen, wirst du dir wünschen, du wärst nie geboren worden.*

Die Narben auf seinem Rücken spannten schmerzhaft bei der Erinnerung an die letzte Bestrafung, die er von seinem Arbeitgeber erhalten hatte. Hinterher hatte er sich tagelang im Fieberwahn auf den blutigen Mehlsäcken gewälzt, die ihm als Schlafstätte in dem fensterlosen Keller dienten, wo er mit den anderen Kletterknaben schlief. Es war sein zweiter Fluchtversuch gewesen, und Wiley hatte nicht gezögert, ein Exempel an ihm zu statuieren. Seitdem wagten die anderen Kinder es nicht mehr, sich auch nur den winzigsten Fehltritt zu erlauben. Resigniert fügten sie sich ihrem trostlosen Alltagstrott ... mit Ausnahme von Anthony.

Ihm war ein anderer Pfad vorherbestimmt. Er musste ein Versprechen einlösen ... ein größeres Schicksal verwirklichen.

Wie aufs Stichwort schossen ihm die verzweifelten letzten Worte seiner Mutter durch den Kopf: *Ich werde es nicht lebend von diesem Schiff schaffen, mein Junge, deshalb musst du mir versprechen, dass du Anthony De Villier aufsuchst. Er ist dein Vater ... deine letzte Hoffnung. Du bist ein so hübscher, schlauer Bursche, er wird dich zweifellos bei sich aufnehmen. Falls er dir nicht glauben sollte, gib ihm das hier.* Sie zog ein Lederband aus ihrem Mieder, an dem ein großer Goldring hing, der mit einem filigranen Blattmuster versehen war. In den darin eingefassten, schwarz-rot gesprenkelten Blutstein waren in eleganter Schrift die Initialen „A. D." eingraviert.

Behüte ihn gut, bis du De Villier gefunden hast. Erzähle sonst niemandem davon, mein Sohn ... Vertraue niemandem ...

Anthony war jedoch ein einfältiger Narr gewesen, der nicht auf die Worte seiner Mutter gehört hatte. Er war überzeugt gewesen, den Wileys vertrauen zu können, einem Ehepaar, das sich ebenfalls auf dem Schiff befand und vorgab, einfühlsam und barmherzig zu sein. Nachdem seine Mutter an dem Tag vor ihrer Ankunft in London gestorben war, hatte er schluchzend in Drusilla Wileys Armen Trost gesucht. Sie und ihr Gemahl

Roger, ein Schornsteinfegermeister, hatten sich seiner angenommen und ihm Zuflucht in ihrem Heim in St. Giles gewährt.

Nach und nach hatte er Vertrauen zu Drusilla gefasst und ihr auf mehrmaliges Nachfragen hin schließlich den Grund für seinen Aufenthalt in London gestanden.

Sie versprach Anthony, ihm bei der Suche nach seinem Vater zu helfen und bat ihn, sich den Ring ansehen zu dürfen. Kaum hatte er ihn ihr überreicht, wurde er in den Keller gesperrt, wo er sich einer Schar hungriger, verdreckter, völlig verstörter Knaben gegenüberfand.

Die nächsten drei Jahre war er gezwungen gewesen, als Roger Wileys „Lehrling" in dieser Hölle zu leben. Von früh bis spät musste er stinkende, stickige Schornsteine hinaufklettern, während er seinem Arbeitgeber nachts bei dessen zweiter Tätigkeit zur Hand ging: Einbrüche und Gelegenheitsdiebstähle. Schnell stellte er sich als der flinkste und scharfsinnigste Langfinger unter den Kaminkehrerkindern heraus, der die meiste Beute nach Hause brachte und dabei geschickt der Gendarmerie entging. Vermutlich war das der einzige Grund, weshalb Wiley ihn nach zwei gescheiterten Fluchtversuchen nicht zu Tode geprügelt hatte.

Allerdings wusste er, dass er den nächsten Versuch nicht überleben würde, sollte sein Arbeitgeber ihn zu fassen kriegen. Dies war seine letzte Chance ... seine letzte Hoffnung. Endlich hatte er sein Ziel erreicht.

Anthony blieb vor dem großen, imposanten Gebäude aus grauem Stein stehen und blickte ehrfürchtig an der Fassade hinauf. Die Scheiben der zahlreichen Rundbogenfenster glänzten im Morgenlicht. Mächtige Säulen zierten den Eingang, und die Stufen, die zur Tür hinaufführten, waren so blitzblank gefegt, dass man von ihnen hätte essen können.

„Heiliger Strohsack", murmelte er. Sein Vater wohnte in einem verdammten Palast.

Nach einem flüchtigen Blick in sämtliche Richtungen, zog er ein Taschentuch hervor, das er einem ahnungslosen Passanten abgeknöpft hatte, befeuchtete es mit Spucke und rieb sich übers Gesicht, in dem Versuch, so viel Ruß wie möglich zu entfernen. Anschließend strich er sich das zerzauste Haar glatt, setzte seine Kappe wieder auf und erklomm die Stufen. Auf Zehenspitzen stehend, griff er nach dem schweren Messingklopfer in Form eines Löwenkopfes. Er klopfte dreimal und wartete kurz, bevor die Tür sich öffnete und ein ernst dreinblickender Butler erschien.

„Lieferungen werden hinten angenommen", brummte er.

Als er sich anschickte, die Tür zu schließen, schob Anthony schnell seinen Fuß dazwischen.

„Was um alles in der Welt ...?", donnerte der Butler los.

„Bitte, Sir, ich muss unbedingt mit Mr De Villier sprechen", rief Anthony verzweifelt. „Es geht um eine dringliche Angelegenheit ..."

„Wie kannst du es wagen, den Namen meines Herrn so ungebührlich auszusprechen, du kleine Ratte? Verschwinde gefälligst, bevor ich die Gendarmerie rufe!"

Blitzschnell ging Anthony in Gedanken seine Möglichkeiten durch und setzte ein betretenes Gesicht auf. „Wie Sie woll'n, Sir. Allerdings haben Sie meinen Fuß in der Tür eingeklemmt."

Der Butler schnaubte pikiert und ließ locker, damit Anthony seinen Fuß zurückziehen konnte ... Doch dieser nutzte den Moment und warf sich mit aller Macht gegen die Holzbarriere. Die Tür flog schwungvoll auf und riss den Angestellten mit sich, der verdattert fluchend auf dem Hintern landete und hilflos mit ansehen musste, wie Anthony an ihm vorbei ins Haus flitzte.

Seine abgetragenen, löchrigen Sohlen rutschten über den auf Hochglanz polierten Marmorboden, aber es gelang ihm, das

Gleichgewicht zu halten, während er an der ausladenden Treppe vorbeikam, die in die oberen Etagen führte, geschickt einem fluchenden Lakaien auswich und beinahe mit einem Dienstmädchen zusammenstieß, das kreischend einen Eimer voll Schmutzwasser fallen ließ.

Zu dieser Tageszeit musste ein Kerl wie De Villier sich in seinem Allerheiligsten aufhalten. Aufgrund seiner langjährigen Erfahrung als Schornsteinfeger für die Reichen und Schönen kannte Anthony sich mit dem Grundriss derartiger Gebäude bestens aus. Zielsicher sprintete er einen von Gemälden gesäumten Gang entlang, vorbei an einem Billardraum, einem Musikzimmer und der Bibliothek, bevor er sich endlich einer verschlossenen Tür gegenüberfand.

Das Arbeitszimmer, aus dem Stimmen zu ihm herausdrangen.

Aufgeregt streckte er die Hand nach dem Türknauf aus. Seine Finger streiften das kühle, glatte Metall ... Doch in der nächsten Sekunde packte ihn jemand am Kragen und zerrte ihn zurück. Er schlug und trat um sich, während seine wüsten Beschimpfungen von einer Hand auf seinem Mund gedämpft wurden.

„Hab den kleinen Mistkerl erwischt", verkündete der Lakai. „Was soll ich mit ihm anstellen, Mr Laraby?"

Der Butler trat in sein Blickfeld und musterte Anthony mit finsterer Miene. „Der dreckige Straßenköter ist in das Haus eines Gentlemans eingebrochen. Zweifellos ist er ein angehender Dieb. Wir schicken ihn nach Newgate. Sperren Sie ihn in einen der Wandschränke, während ich die Gerichtsbarkeit verständige."

Der Lakai nickte und schleifte Anthony mit sich, fort von der Tür des Arbeitszimmers ... seiner einzigen Überlebenschance.

Entschlossen bleckte er die Zähne und biss seinem Widersacher in die Handfläche. Als dieser fluchend von ihm abließ, holte er tief Luft und brüllte aus vollem Hals: „Anthony De Villier, ich bin Ihr Sohn! Meine Mutter war Seraphina Hale ...“

Weiter kam er nicht, denn der Lakai verpasste ihm eine so schallende Ohrfeige, dass er Sterne sah. „Halt den Mund, du tollwütiger, kleiner Bastard ...“

„Bringt ihn zu mir“, befahl plötzlich eine gebieterische Stimme.

Ein großer, gut gebauter Gentleman war in der Tür des Arbeitszimmers erschienen. Er hatte kurzes, weizenblondes Haar, das im Licht glänzte und sein attraktives, markantes Gesicht vorteilhaft umrahmte. Es bildete jedoch einen auffälligen Gegensatz zu seinen kohlschwarzen Augen, das einzige äußerliche Merkmal, das er mit Anthony gemein zu haben schien.

Diesem schlug das Herz bis zum Hals. *Der feine Schnösel hier soll mein Vater sein?*

„Verzeihen Sie die Störung, Mr De Villier“, beeilte sich der Butler zu sagen. „Dieser kleine Mistkerl ist einfach ins Haus gestürmt. Ich wollte gerade die Gerichtsbarkeit verständigen ...“

„Ich kümmere mich darum“, unterbrach sein Herr ihn.

„Aber, Sir, er ist ein verkommener Gassenjunge. Man mag sich gar nicht ausmalen, wozu er fähig ist ...“

De Villier musterte Anthony scharf. „Hast du Unheil im Sinn, Bursche?“

„N-nein, Sir.“

„Dann folge mir.“ Der große Gentleman machte auf dem Absatz kehrt und verschwand wieder in seinem Arbeitszimmer.

Kaum, dass Anthony spürte, wie der Lakai seinen Griff lockerte, riss er sich los und lief seinem Vater hinterher. Er ließ es sich jedoch nicht nehmen, sich noch einmal umzudrehen und den beiden finster dreinblickenden Bediensteten die Zunge herauszustrecken. Ha! Bald schon würden sie *seinen* Befehlen folgen müssen. Allein der Gedanke erfüllte ihn mit längst verloren geglaubter Hoffnung.

Bin ich endlich ... zu Hause angekommen?

„Schließ die Tür hinter dir."

Anthony tat, wie ihm geheißen, bevor er sich staunend in dem prunkvollen Raum umsah. Obwohl er schon in vielen stattlichen Häusern gewesen war, um deren Kamine zu säubern, hatte er noch nie ein so luxuriöses Arbeitszimmer wie dieses gesehen. Es *roch* sogar nach Reichtum, ein berauschendes Gemisch aus geöltem Leder, hochwertigem Tabak und zitronigem Bienenwachs. Auf den Regalen, die vom Boden bis zur hohen Decke reichten, reihten sich unzählige Bücher aneinander ... ein Luxus, der Anthony in den letzten drei Jahren verwehrt war, obwohl seine Mutter ihn das Lesen gelehrt hatte. Der dicke Teppich unter seinen Sohlen war weicher als alles, worauf er je geschlafen hatte.

Zur Rechten des massiven Mahagonitisches, hinter dem De Villier nun Platz nahm, boten die hohen, von schweren Samtvorhängen gesäumten Fenster einen herrlichen Blick auf die Gärten. Anthony blieb auf der anderen Seite des Schreibtisches stehen und dachte viel zu spät daran, die Kappe abzunehmen.

„Du hast mir etwas zu sagen?", verlangte De Villier zu wissen. Er hatte den linken Ellbogen auf der Lehne seines Ohrensessels abgestützt, und sein Kinn ruhte in seiner Handfläche. Er sah aus, als wäre er einer Modezeichnung aus einem Herrenmagazin entsprungen. Nicht, dass Anthony je an Lesematerial dieser Art herankäme, es sei denn, er fand zufällig eine alte Ausgabe in einem Müllhaufen.

Das ist die Gelegenheit. Sag ihm, wer du bist.

Nervös knetete er seine Kappe in den Händen, und bevor er es sich anders überlegen konnte, presste er hervor: „Meine Mutter war Seraphina Hale. Ich wurde in einem kleinen Dorf in der Toskana geboren und lebte an verschiedenen Orten in

Italien, bis ich sechs Jahre alt war. Mama sagte mir, mein Vater sei vor meiner Geburt gestorben, also haben wir uns immer zu zweit durchgeschlagen. Wir hatten es gar nicht so übel. Mama war eine begnadete Sängerin, wissen Sie, und ihre Auftritte haben uns genug eingebracht, um ein Dach über dem Kopf und volle Bäuche zu haben. Aber eines Tages bekam sie einen schrecklichen Husten, der nicht mehr aufhörte." Er hielt inne, als die Erinnerung an seine wunderschöne Mutter ihn übermannte, wie sie, ausgemergelt und von blutigen Taschentüchern umgeben, auf einer schmalen Pritsche dahinsiechte. Mit geübtem Pragmatismus verdrängte er die aufkeimende Trauer. „Jedenfalls sagte sie mir, es sei an der Zeit, dass ich die Wahrheit erführe: Ihr Ehemann war gar nicht tot, sondern hatte sie verlassen. Und er wusste nichts von mir … seinem Sohn."

„Und du glaubst, dass *ich* dieser Ehemann und Vater bin?", fragte De Villier gedehnt.

Anthony presste die Zähne zusammen, als er die Gleichgültigkeit in seiner Stimme hörte. Nachdem seine Mutter ihm die Wahrheit erzählt hatte, war er außer sich gewesen vor Wut. Welcher gottlose Hurensohn verließ seine schwangere Frau? Und warum war seine Mama dem Mistkerl nicht gefolgt und hatte darauf bestanden, dass er sich um sie und ihr ungeborenes Kind kümmerte?

Stolz und Leidenschaft sind mir zum Verhängnis geworden, Anthony, hatte seine Mutter verzweifelt geflüstert. *Lass nicht zu, dass es dir ebenso ergeht. Sei nicht wie ich.*

„Mama hat es mir gesagt", erwiderte er tonlos. „Als ihr klar wurde, dass sie sterben würde, hat sie unseren gesamten Besitz verkauft, um uns die Überfahrt nach London zu ermöglichen. Wir sind vor drei Jahren angekommen, aber sie hat es nicht mehr von Bord geschafft. Mit ihren letzten Worten trug sie mir auf, nach Ihnen zu suchen."

Sie starb, weil Sie uns im Stich gelassen haben, Sie elender

Bastard. Weil sie sich zu Tode gearbeitet hat und sich dennoch keinen gescheiten Arzt leisten konnte. Weil sie ihr ganzes Vermögen darauf verwendete, mich hierher zu Ihnen zu bringen.

„Vor drei Jahren?" De Villier hob die Brauen, die seltsamerweise so dunkel waren wie seine Augen statt blond wie sein Haar. Irgendwie verliehen sie ihm ein lauerndes, raubtierhaftes Aussehen. „So lange hast du gebraucht, um mich ausfindig zu machen?"

Anthony bemühte sich, seine aufsteigende Wut zu unterdrücken. „Auf dem Schiff ‚freundeten‘ wir uns mit ’nem Schornsteinfeger namens Wiley und seiner Frau an. Nach Mamas Tod sagten die Wileys, sie würden mir helfen ... Aber das war gelogen." Er hielt inne und deutete auf seine rußverschmierte Kleidung. „In den letzten drei Jahren musste ich als Kletterknabe für sie arbeiten und Kamine säubern."

Unter anderem. Seine Verwicklung in Wileys kriminelle Machenschaften behielt er jedoch lieber für sich.

De Villier musterte ihn abwägend. „Und du hast Beweise für deine Verwandtschaft zu dieser Seraphina Hale? Zu mir?"

Zum wiederholten Mal verfluchte Anthony sich dafür, Drusilla auf so blauäugige Weise den Ring ausgehändigt zu haben. Mehr als einmal hatte er sein Leben riskiert und war in die Räumlichkeiten der Wileys eingebrochen, um nach seinem verlorenen Schatz zu suchen, aber ohne Erfolg. Zweifellos hatten sie ihn bereits vor Jahren verpfändet, um das gestohlene Gut loszuwerden, und somit Anthonys Hoffnungen auf eine bessere Zukunft zerstört.

Wenn das Leben im Elendsviertel ihn eines gelehrt hatte, dann den Leitspruch: Auge um Auge, Zahn um Zahn. Er besaß ein ausgezeichnetes Gedächtnis und vergaß nie etwas. Irgendwann würde er Rache an denjenigen nehmen, die ihm Unrecht zugefügt hatten. Er war nicht länger der einfältige, sechsjährige Junge von damals, sondern ein gerissener Bursche, der wusste, wie wichtig Selbstbeherrschung, Disziplin und Geduld waren.

Die Wileys haben mich hintergangen, mir mein Vermächtnis gestohlen ... Und eines Tages werden sie dafür bezahlen.

Aber die Zeit der Vergeltung war noch nicht gekommen. Zunächst musste er De Villier davon überzeugen, dass sie miteinander verwandt waren. Auch wenn er den Bastard nicht ausstehen konnte, war er gewillt, seinen Stolz hinunterzuschlucken, solange er sich dadurch sein Überleben sicherte. Wie einem Straßenkater war es ihm egal, wer ihn fütterte, Hauptsache, er hatte etwas im Bauch. Und wenn er erst einmal stark und mächtig genug war, würde er Rache üben.

„Mama gab mir einen Ring, Sir. Er war aus Gold und hatte einen Blutstein in der Mitte." Als er etwas in De Villiers Augen aufflackern sah, fuhr er entschlossen fort: „In den Stein waren die Buchstaben ‚A. D.' eingraviert. Und auf dem Band befand sich ebenfalls eine Inschrift."

Bildete er es sich nur ein, oder richtete der Mistkerl sich in seinem Stuhl auf?

„Was stand darauf geschrieben?", wollte De Villier wissen.

„Es waren keine englischen Worte." Seine Mutter hatte ihn den lateinischen Schriftzug so oft wiederholen lassen, bis dessen Bedeutung sich ihm unwiderruflich einprägte. *„Numquam obliviscar.* Es bedeutet ..."

„Ich werde niemals vergessen", sagte De Villier mit gedämpfter Stimme.

Hoffnung durchflutete Anthony, und er nickte eifrig.

„Hast du diesen Ring bei dir?"

„Die Wileys haben ihn mir gestohlen", gab er zu.

De Villier musterte ihn kühl. „Dann hast du keinen Beweis."

Ein eisiger Schauer jagte ihm über den Rücken. „Auch wenn ich ihn nicht habe, konnte ich ihn doch genau beschreiben, oder nicht?" Aus Erfahrung wusste er, dass es nichts brachte, zu betteln und zu flehen. Das war die Strategie der Schwachen und hatte auch bei Wiley nie funktioniert. Von daher sprach er mit fester, entschlossener Stimme weiter. „Sie können also nicht leugnen, dass Sie wissen, wovon ich ..."

„Tue ich nicht."

Erleichterung machte sich in ihm breit. „Sie glauben mir also? Dass ich Ihr Sohn bin?"

Statt einer Antwort hob De Villier die rechte Hand, die unter dem Schreibtisch verborgen auf seinem Schoß geruht hatte, und legte sie auf der Tischoberfläche ab. Anthony stockte der Atem. Ungläubig starrte er auf den schweren Goldring an seinem Finger, auf den schwarz-roten Edelstein, auf dem die unverwechselbaren Initialen eingraviert waren.

„I-ich verstehe nicht", stammelte er. „Woher haben Sie den Ring ...?"

„Von Wiley", erwiderte De Villier.

Wiley hat ihn ihm gegeben? Wie ist das möglich? Bevor er sich einen Reim darauf machen konnte, öffnete sich eine Seitentür und Roger Wiley betrat das Arbeitszimmer. Beim Anblick der grausamen Züge seines Arbeitgebers setzten Anthonys Selbsterhaltungstriebe ein und er stürzte in Richtung des Haupteingangs, doch er kam nicht weit. Eine vertraute, fleischige Hand packte ihn am Kragen und hob ihn in die Luft.

Schreiend schlug und kickte er um sich, doch jegliche Anstrengung war vergebens. Wiley rammte ihm eine Faust gegen den Kiefer, und im nächsten Moment füllte sich sein Mund mit dem metallischen Geschmack von Blut. Ein unerbittlicher Schlag folgte dem nächsten, bis er schließlich zu Boden geschleudert wurde, wo er sich zusammenrollte und versuchte, sich so gut es ging vor den Angriffen zu schützen. Mehr noch als die Blutergüsse und zersplitterten Knochen schmerzte jedoch die qualvolle Wahrheit, die in sein Bewusstsein drang.

De Villier wusste von mir ... Er hat es die ganze verdammte Zeit über gewusst.

„Das reicht", ertönte dessen Stimme nun von irgendwo über ihm.

„Verzeihung, Sir", sagte Wiley. „Was soll ich jetzt mit dem kleinen Mistköter anstellen?"

„Sie hätten ihn von hier fernhalten sollen. So lautete die Abmachung."

„Der Teufelsbraten ist schlüpfriger als ein Aal, sag ich Ihnen. Ab sofort lasse ich ihn Tag und Nacht angekettet ..."

„Nein. Die Angelegenheit erfordert eine ... endgültigere Lösung."

„Sie meinen doch nicht etwa ...?"

„Ich will ihn hier nie wieder sehen."

De Villiers gefühllose Anweisung durchdrang den rotglühenden Nebel der Schmerzen. Mühsam richtete Anthony sich auf und zwang sich, seinen Vater anzusehen.

„Ich bin von Ihrem Blut", keuchte er. „Würden Sie tatsächlich Ihren eigenen Sohn umbringen?"

De Villiers Augen waren so dunkel und kalt wie die Wasser der Themse. „Ein einflussreicher Mann lässt sich nicht von Gefühlen leiten."

Wieder einmal setzte Anthonys Selbsterhaltungstrieb ein und drängte ihn, sich nicht einem so elenden Tod zu ergeben. Zitternd versuchte er aufzustehen, sank jedoch von Schmerzen übermannt zurück auf die Knie. Auf allen Vieren schleppte er seinen geschundenen Körper fort von der drohenden Gefahr.

De Villier hat meine Mutter im Stich gelassen. Sie musste wegen ihm leiden ... und sogar sterben. Außerdem hat er die Wileys dafür bezahlt, mich gefangen zu halten und zu misshandeln. Mich wie einen Sklaven für sich arbeiten zu lassen. Und jetzt will der Bastard meinen Tod. Mein eigener Vater! Trotz seines verzweifelten Versuchs, keine Schwäche zu zeigen, spürte er, wie ihm heiße Tränen über die Wangen strömten. *Er ist mein wahrer Feind. Ich werde niemals vergessen ...*

„Wo willst du denn hin, hm?", zischte Wiley.

Verbissen kroch Anthony weiter. Der Tritt in die Rippen traf ihn völlig unvermittelt. Er hörte das unheilvolle Knacken von Knochen und den gepeinigten Schrei eines hilflosen Tieres, bevor alles um ihn herum schwarz wurde.

Kapitel Eins

1830, Traverstoke, auf dem Landsitz von Curtis Billings

Im silbernen Mondlicht eilte Miss Gabriella Billings über die Kiespfade des Innenhofs, die sie forttrugen von dem Gelächter der Gäste und den Klängen der Orchestermusik. Zwischen den Hecken, die den quadratischen Hof umsäumten, suchte sie Zuflucht. Weiße Marmorstatuen griechischer Gottheiten glänzten im Halbdunkel und schienen ihr Schutz vor der Welt um sie herum anbieten zu wollen.

Unter dem wachsamen Auge der Göttin Diana konnte Gabby ihre aufgestauten Emotionen nicht länger zurückhalten. Während des Abendessens und der darauffolgenden Tanzgesellschaft im Ballsaal hatte sie die Gleichgültige gemimt und jede subtile – oder weniger subtile – Stichelei mit einem Lächeln quittiert. Jahrelange Erfahrung hatte sie gelehrt, sich in Situationen wie diesen fröhlich und unbekümmert zu geben und die Ahnungslose zu spielen, vorzugeben, dass sie die verdeckten Beleidigungen einfach nicht wahrnahm. Wenn sie die anderen nicht sehen ließ, wie sehr deren Bemerkungen sie trafen, würden sie sie früher oder später in Ruhe lassen.

Obwohl diese Strategie durchaus wirksam war, forderte sie doch einen hohen Preis. Es kostete Gabby sämtliche Willenskraft, ein gutmütiges Lächeln zu bewahren, während die verbalen Seitenhiebe sich wie Pfeile in ihr Herz bohrten und ihr Gift in ihr Blut verströmten. Nun, da ihre Kraft aufgebraucht war, ließ sie ihren Tränen freien Lauf.

Vater hat weder Kosten noch Mühen für diese Privatfeier gescheut, und das nur um deinetwillen. Aber du hast es wieder einmal geschafft, dich zur Außenseiterin zu machen ... auf deiner eigenen Soiree!

Sie blinzelte gen Himmel, wo selbst die Sterne sie zu verhöhnen schienen.

Was stimmt nur nicht mit mir?, dachte sie verzweifelt. *Warum passe ich nirgends dazu? Warum bin immer ich die Zielscheibe des Spottes?*

„Guten Abend, Miss Billings."

Gabby schreckte zusammen, als sie die tiefe, kultivierte Stimme vernahm. Hastig wischte sie sich mit den behandschuhten Händen über die Wangen und zwang sich zu einem Lächeln, bevor sie sich umdrehte. Ihr stockte der Atem, als sie sah, in wessen Gesellschaft sie sich befand.

Adam Garrity war einer der Geschäftspartner ihres Vaters und besaß zudem eine skrupellose Eleganz, wie sie sie noch nie an einem anderen Gentleman wahrgenommen hatte. Sein rabenschwarzes Haar war perfekt frisiert und sein dunkler, maßgeschneiderter Anzug schmiegte sich wie eine zweite Haut an seinen schlanken, muskulösen Körper. Er musste über zehn Jahre älter als sie selbst sein, die gerade erst zweiundzwanzig geworden war, doch anhand seiner strengen, aber attraktiven Züge ließ sich sein genaues Alter nur schwer bestimmen.

Sie hatte ihn an diesem Nachmittag kennengelernt, als er unangemeldet zu der Privatfeier erschienen war. Sein Einfluss war so groß, dass Gabbys Vater, einer der reichsten und mächtigsten Bankiers der Stadt, sofort alle Hebel in Bewegung gesetzt hatte, um ihrem unerwarteten Gast die beste Suite zur Verfügung zu stellen.

„Was immer Garrity will, bekommt er auch", hatte Papa ihr eingeschärft. „Du musst dafür sorgen, dass sein Aufenthalt hier sich so perfekt wie möglich gestaltet, Gabriella."

Seit jeher bemühte sie sich, den Wünschen ihres Vaters nachzukommen, und auch dieser Anlass stellte keine Ausnahme dar. Er hatte Unsummen in diese Veranstaltung investiert und den Landsitz auf Vordermann bringen lassen, um den Gästen eine erstklassige Erfahrung zu bieten. Außerdem hatte er seine Tochter mit einer komplett neuen Garderobe ausgestattet, einschließlich der dazu passenden Juwelen. Und das nur, weil er eine vorteilhafte Partie für sie finden wollte.

Aber du versagst auf ganzer Linie ... So, wie du schon immer alles vermasselt hast.

Als ihr bewusst wurde, dass sie ihrem Ehrengast noch immer nicht geantwortet hatte, schob sie ihre Sorgen energisch beiseite.

„Guten Abend, Mr Garrity", erwiderte sie. „Suchen Sie nach etwas?"

„Ich habe es bereits gefunden."

Sie blinzelte verunsichert. Was sollte sie darauf sagen? Wäre sie eine andere Frau, hätte man seinen Kommentar als kokett interpretieren können. Aber sie war nun einmal *sie*, und von daher lag es nahe, dass seine Bemerkung wörtlich gemeint war.

„Sie wollten hier im Hof ein wenig frische Luft schnappen?", vermutete sie.

Sein Blick ruhte unverwandt auf ihr. Schon während ihrer Bekanntmachung am Nachmittag war ihr aufgefallen, wie autoritär und einnehmend seine Präsenz war. Trotz seiner tadellosen Manieren lag etwas Lauerndes, Bedrohliches unter seiner polierten Fassade. Er sagte nicht viel, aber das war auch nicht nötig. Es kam ihr vor, als wartete er geduldig darauf, dass sein Gegenüber eine falsche Bewegung machte. Wäre das Leben ein Anstarr-Wettbewerb, würde Adam Garrity als unangefochtener Sieger hervorgehen.

Sie hatte mitbekommen, wie andere Gäste ihm aus dem Weg gingen, zu nervös, um allzu lang in seiner Gegenwart zu verweilen. Gabby jedoch fühlte sich auf faszinierende Weise zu ihm hingezogen. Erst kürzlich hatte sie *Die Märchen von tausendundeiner Nacht* gelesen, und Garrity entsprach eins zu eins ihrer Vorstellung von Schahryâr, dem mächtigen Sultan, dessen untreue Gemahlin ihn dazu veranlasst hatte, jeden Tag eine neue Braut zu ehelichen und hinrichten zu lassen ... Bis die mutige und schöne Scheherazade ihn mit ihren Geschichten in ihren Bann zog und von seinem finsteren Pfad abbrachte.

Es waren nicht nur Garritys dunkles Haar und die stechenden Augen, die grausame und zugleich sinnliche Kurve seiner Lippen, die sie an den persischen König erinnerten, sondern vor allem die Aura der Macht, die ihn umgab. Dieses natürliche Selbstbewusstsein, das schon beinahe an Arroganz grenzte und ihr einen prickelnden Schauer über den Rücken jagte ...

„Ich wollte mich vergewissern, dass es Ihnen gut geht, Miss Billings", sagte er. „Ich sah, wie überstürzt Sie den Ballsaal verließen."

Dass ihm ihre Abwesenheit überhaupt aufgefallen war, überraschte sie. Dass er sich um ihr Wohlbefinden sorgte und sich sogar die Mühe gemacht hatte, nach ihr zu sehen, war schlichtweg schockierend. Ihr Puls flatterte nervös.

„Das ist zu freundlich von Ihnen, Sir", erwiderte sie atemlos. „Aber wie Sie sehen können, ist alles in bester Ordnung. Ich fand es nur etwas, äh, stickig da drin."

Vielmehr hatte die erdrückende Herablassung diverser Gäste sie aus dem Saal vertrieben, ebenso wie die Tatsache, dass ihre Tanzkarte so gut wie leer war. Ihr potenzieller Verehrer, der ruppige und unnahbare Vicomte Carlisle, hatte zwar seine Pflicht erfüllt und eine Quadrille mit ihr getanzt, konnte dabei aber den ungeduldigen Ausdruck in seinen Augen nicht verbergen. Sie wusste, dass Carlisles Interesse an ihr rein finanzieller Natur war, aber wie ihr Vater stets zu predigen pflegte: „Bettler dürfen nicht wählerisch sein, mein Kind."

Ist es so verwerflich, dass ich nur einmal in meinem Leben die Wahl haben möchte?

Sie hatte wahrlich keine hohen Ansprüche. Alles, was sie wollte, war ein Gemahl, den sie lieben konnte. Er musste nicht einmal reich oder attraktiv sein, sondern einfach nur nett und verständnisvoll. Ein gemütlicher, ausgeglichener Mensch, dem ihre Unzulänglichkeiten nichts ausmachten und der gerne Zeit mit ihr bei ganz alltäglichen Dingen verbrachte. Dem sie ein Heim und Kinder schenken könnte. Jemand, der ihr das Gefühl gab, geschützt und geborgen zu sein. Endlich einmal dazuzugehören.

„Möchten Sie sich vielleicht ein wenig die Beine vertreten, Miss Billings?"

Mr Garritys Frage riss sie aus ihren Gedanken. Überrascht starrte sie ihn an. Gewiss hatte ein Mann seines Kalibers Besseres zu tun, als seine Zeit mit ihr zu verbringen? Plötzlich ging ihr ein Licht auf: Er musste aus Pflichtgefühl gefragt haben, weil er ein Kollege ihres Vaters war.

„Das ist ein äußerst zuvorkommendes Angebot, Sir", erwiderte sie ernst. „Aber auch gänzlich unnötig. Zweifellos gibt es wichtigere Dinge, die Ihre Aufmerksamkeit erfordern."

„Nicht so wichtig wie das, womit ich mich gegenwärtig befasse."

Verwirrt legte sie den Kopf schief. „Womit befassen Sie sich denn?"

„Mit Ihnen, Miss Billings."

„Oh", hauchte sie überrascht.

Seine Ritterlichkeit erfüllte sie mit einer wohligen, unbekannten Wärme. Ihr Puls schnellte in die Höhe, und sie hoffte, er konnte im schwachen Schein des Mondes nicht erkennen, wie rot sie geworden war. Ihre Haare waren auch so schon auffallend genug, ohne dass ihr Gesicht sich der feurigen Farbe anpassen musste.

Doch es dauerte nicht lange, bis ihre Vernunft die Oberhand gewann. So verlockend die Vorstellung auch war, mehr Zeit mit diesem Gentleman zu verbringen, der sie seiner Aufmerksamkeit würdig erachtete, ließen es die gegebenen Umstände nicht zu. Noch schlimmer, als die Außenseiterin auf ihrer eigenen Privatfeier zu sein, wäre es, ihren Ruf aufgrund unbedachter Entscheidungen zu ruinieren.

„Ich würde liebend gern mit Ihnen spazieren gehen, Sir, wirklich, aber leider habe ich keine Anstandsdame ..."

„Darum habe ich mich bereits gekümmert." Er hob eine Hand und schnippte mit den Fingern.

Ein Paar hünenhafter Wachmänner trat aus den Schatten und geleitete eine ältere Dame mit rotbraunem Haar zu ihnen. Gabby erkannte sie als Mrs Sumner, neben der sie während des Abendessens gesessen, und deren unverblümte, herausfordernde Art sie ein wenig eingeschüchtert hatte. Gleichzeitig war ihr der Gedanke durch den Kopf geschossen, dass es nichts schaden könne, sich etwas von Mrs Sumners Ungezwungenheit dem männlichen Geschlecht gegenüber abzuschauen.

Wie so viele soziale Kompetenzen gehörte auch die Kunst der Koketterie nicht zu Gabbys Stärken.

„Mrs Sumner hat angeboten, uns zu begleiten", erklärte Mr Garrity.

„Es ist mir ein Vergnügen, Sir", beteuerte die Matrone in einschmeichelndem Tonfall.

Mit einer Handbewegung bedeutete Garrity den beiden Wachen sowie der Witwe, ihnen in gebührendem Abstand zu folgen, bevor er Gabby den Arm hinhielt. „Ich gebe Ihnen mein Wort, dass es sich um einen kurzen, ganz und gar respektablen Spaziergang handeln wird. Wollen wir?"

„Sie denken wirklich an alles, nicht wahr?", fragte Gabby beeindruckt.

„Ich möchte, dass Sie eines wissen: Ihr Ruf ist bei mir in sicheren Händen." Die Sterne spiegelten sich in seinen nachtschwarzen Augen wider, in deren Tiefen sie sich nur zu gerne verlieren würde.

Wie gebannt legte sie ihre Hand auf den samtigen Stoff seines Gehrocks und ließ sich von ihm den Pfad entlangführen. Aufgrund ihrer kleinen Statur musste sie sich oft beeilen, um mit anderen Schritt halten zu können, was den Eindruck ihrer Tollpatschigkeit für gewöhnlich noch verstärkte. Doch neben ihm schien sie in perfektem Tempo herzuschweben.

„Darf ich Ihnen sagen, wie bezaubernd Sie heute Abend aussehen, Miss Billings?"

Gabby war sich ihrer altbackenen, uneleganten Erscheinung durchaus bewusst. Es lag nicht an dem weißen Seidenkleid, das au courant war mit seinem eng anliegenden Mieder, den prallen Puffärmeln und bauschigen Röcken, sondern an *ihr*. Das Problem war, dass ihr Körperumfang die Nähte an den falschen Stellen strapazierte und ihre Gewänder dadurch unvorteilhaft saßen. Während ein eng geschnürtes Korsett die Haut an der einen Stelle zurückdrängte, quoll sie woanders auf unansehnliche Weise hervor. Gehässiges Getuschel aus ihrer Zeit auf dem Internat drängte sich in ihr Bewusstsein und führte ihr wieder einmal ihre Unzulänglichkeiten vor Augen:

„Seht euch nur Gabriella an ... Sie läuft herum wie eine Presswurst, die man in ein Korsett gezwängt hat.“

„Und erst ihre nervige Art ... Ich habe noch nie jemanden so viel unwichtiges Zeug plappern hören.“

„Meine Mama sagt, nichts sei so ordinär wie rotes Haar und Sommersprossen.“

Energisch schob sie die schmerzhaften Erinnerungen beiseite. Es war sehr aufmerksam von Mr Garrity, ihr ein Kompliment zu machen, ihr überhaupt Beachtung zu schenken.

„Wie nett von Ihnen, vielen Dank“, erwiderte sie mit zitternder Stimme.

„Erst behaupten Sie, ich sei freundlich, und jetzt finden Sie mich auch noch nett?“ Er hob die Brauen. „Vorsicht, Miss Billings, sonst gefährden Sie noch meinen hart erarbeiteten Ruf.“

Das verschmitzte Funkeln in seinen Augen war wie Balsam für ihre aufgewühlten Nerven.

„Nun, für *mich* sind Sie beides“, verkündete sie.

„Und für mich zählt nur, was Sie denken, meine teure Miss Billings.“

Seine warmen Worte und die glühende Intensität in seinem Blick ließen ihr Herz höherschlagen. Plötzlich fiel es ihr schwer zu atmen ... und das nicht nur wegen des Korsetts.

Sei nicht töricht. Offensichtlich ist er nur so nett zu dir, weil du ihm leidtust. Weil er ein Freund deines Vaters ist.

„Sie, äh, kümmern sich also nicht darum, was andere denken?“, stammelte sie.

„Ich bin ein vielbeschäftigter Mann. Die Meinung anderer ist eine Ablenkung, die ich mir nicht leisten kann.“

Wie sehr sie sein unerschütterliches Selbstbewusstsein beneidete und bewunderte.

„Ich wünschte, ich könnte so sein wie Sie", gestand sie ihm. „Ich wünschte, die Meinung anderer wäre mir völlig egal."

„Haben Sie deshalb geweint?"

Seine scharfsinnige Frage überrumpelte sie. Instinktiv wollte sie sich zurückziehen, doch er legte eine Hand über die ihre und hielt sie fest. Nicht gewaltsam – sie hätte sich jederzeit aus seinem Griff lösen können –, aber seine Berührung füllte sie mit einer Wärme, die sie nicht missen wollte. Durch den Satinstoff ihrer Handschuhe spürte sie die verlässliche Hitze seiner Haut, und das Gefühl seiner langen, eleganten Finger auf ihren jagte ihr einen Schauer über den Rücken.

„Sie müssen vor mir nichts verbergen, Miss Billings", sagte er. „Wenn wir unsere Bekanntschaft vertiefen wollen, sollten wir keine Geheimnisse voreinander haben."

Völlig verdattert blieb sie stehen. „Sie wollen *mich* besser kennenlernen?"

Er hob die Brauen. „Warum überrascht Sie das so?"

„Weil Sie ..." *Weil Sie ein umwerfend attraktiver Prinz sind. Ein Mann mit Geld und Macht. Warum würde jemand wie Sie sich mit mir abgeben wollen?* „Weil Sie der Geschäftspartner meines Vaters sind", lautete ihre wenig überzeugende Ausrede.

Er musterte sie forschend. „Sie wollen also nicht mit mir befreundet sein, weil Sie mich zu alt finden, Miss Billings?"

Der Gedanke war lächerlich. Völlig absurd. Er strahlte eine virile Energie aus, um die jeder Mann in der Blüte seiner Jahre ihn beneiden würde.

„Nein, keineswegs", platzte sie heraus.

Seine Mundwinkel zuckten amüsiert, und nicht zum ersten Mal fiel ihr auf, wie unerwartet attraktiv seine schmalen, aber sinnlichen Lippen waren.

Wie es wohl wäre, ihn zu küssen?

Schockiert von diesem höchst unsittlichen Gedanken, redete sie sich ein, dass es nur ein Anflug natürlicher Neugier war und verdrängte ihn schleunigst. Sie war noch nie geküsst worden und verlor langsam die Hoffnung, dass es je geschehen würde.

„Das freut mich zu hören", sagte er mit ernster Miene. „Möchten Sie mir nun verraten, weshalb Sie geweint haben?"

Er war so stark und unerschütterlich, dass sie der Versuchung nicht widerstehen konnte, sich ihm anzuvertrauen.

„Ich bin eine furchtbare Gastgeberin", gestand sie ihm. „Eine komplette Versagerin."

„Inwiefern?"

Sie wusste seine Direktheit zu schätzen, und dass er nicht versuchte, sie mit leeren Worten zu trösten. Während sie über die Gartenpfade dahinschritten, fiel es ihr zunehmend leichter, ihm ihr Herz auszuschütten.

„Ich fühle mich auf Veranstaltungen dieser Art nicht wohl, und wenn ich nervös bin, rede ich ohne Punkt und Komma über die belanglosesten Themen." Sie hielt kurz inne und fügte dann mit einem Achselzucken hinzu: „Eigentlich soll ich heute Abend einen guten Eindruck auf den Vicomte Carlisle machen. Er ist auf der Suche nach einer Frau mit einer ansehnlichen Mitgift, wissen Sie? Das ist einer meiner wenigen Vorzüge. Vater wäre so glücklich darüber, einen Titel in der Familie zu haben. Aber das Problem ist, dass ich den Vicomte ziemlich, äh, einschüchternd finde. Und, wie ich schon sagte, wenn ich in Verlegenheit gerate, schwafele ich dummes Zeug."

„Ich bin mir sicher, Ihre Konversationskünste sind ebenso reizend wie Sie."

„Während des Abendessens habe ich mich eine geschlagene Stunde über Hauben und Handschuhe ausgelassen", sagte sie und verzog das Gesicht.

Statt sie mit einem Ausdruck des Entsetzens anzusehen – so wie Carlisle es während ihres ausführlichen Monologs über modische Accessoires getan hatte –, warf Mr Garrity ihr einen amüsierten Blick zu. „Was genau finden Sie an ihm denn so einschüchternd?"

„Er antwortet einem nie. Außerdem lächelt er nicht, zumindest nicht in meiner Gegenwart", erklärte sie. „Und dann ist er auch noch so übermäßig *groß*!"

Ein seltsam erstickter Laut entfuhr Garrity.

„Ist alles in Ordnung, Sir?", fragte sie alarmiert.

„Sie, äh, mögen keine großen Männer?"

„Ich ziehe einen Gentleman von normaler Statur vor. Da ich selbst recht klein geraten bin, will ich mir nicht jedes Mal den Hals verrenken müssen, wenn wir miteinander tanzen oder auch nur nebeneinanderstehen." Wohlwollend ließ sie den Blick über ihn wandern. Er war knapp unter einen Meter achtzig und von schlankem, aber eindrucksvollem Körperbau. „Sie zum Beispiel erachte ich als perfekt. Nicht zu groß, nicht zu klein. Gerade richtig."

„Es freut mich, dass ich Ihnen gefalle", sagte er mit gedämpfter Stimme.

Etwas in seinem Tonfall verursachte ihr Gänsehaut, und sie realisierte, wie schamlos es gewesen war, sich so unverblümt über sein Aussehen zu äußern. Was um alles in der Welt war nur los mit ihr?

„Ich wollte Sie nicht kränken ..."

„Keine Sorge, das haben Sie nicht", erwiderte er und fügte dann hinzu: „Was nun Carlisle anbelangt ... Sind Sie enttäuscht, dass er nicht an Ihnen interessiert zu sein scheint?"

„Keineswegs", sagte sie aufrichtig. „Genau genommen bin ich sogar erleichtert. Wir passen so gar nicht zueinander."

„Warum bezeichnen Sie sich dann als Versagerin?"

Sie schluckte schwer, unsicher, ob sie ihm auch von ihrer jüngsten Demütigung erzählen sollte.

„Sie können mir vertrauen."

Seine leise, autoritäre Stimme entlockte ihr die Worte, bevor sie weiter darüber nachdenken konnte.

„Während des Dinners sagte jemand, dass eine Lady ihre Geheimnisse so gut behüten müsse wie ihre Juwelen. Und ich fragte, wie es sich mit einer Dame verhielte, die keine Geheimnisse hat. Die einfach nur langweilig ist und keinerlei mysteriösen Charme besitzt ... wie ich."

„Nichts an Ihnen ist langweilig, Miss Billings. Ihre Offenheit ist sowohl erfrischend als auch charmant."

Ihr Herz machte einen Satz. „Das ist wirklich nett von Ihnen, Sir."

„Offensichtlich bin ich die Freundlichkeit in Person. Und weiter?"

Völlig verzaubert von seiner ungeteilten Aufmerksamkeit, hatte sie doch tatsächlich den Faden verloren. „Äh ... Wo war ich?"

„Es ging darum, was eine Frau ohne Geheimnisse tun solle."

„Ach ja, richtig." Sie holte tief Luft und entschied, niemanden beim Namen zu nennen, um den Takt zu wahren. „Auf meinen Kommentar hin erwiderte einer der Gäste: ‚Dann muss sie sich ganz auf ihre Juwelen verlassen.' Und dann machte er mir ein Kompliment ... über meine Halskette."

Bei besagtem Gentleman handelte es sich um Lord Parnell, einen jungen Wüstling, der für seinen messerscharfen Verstand berüchtigt war. Sein wenig subtiler Seitenhieb hatte sich wie ein Pfeil in ihr Herz gebohrt. Gabby wusste nur zu gut, dass sie außer ihrem Vermögen keine reizvollen Eigenschaften besaß, mit denen sie das Interesse eines potenziellen Verehrers zu wecken vermochte.

Verlegen senkte sie den Kopf. Das Collier um ihren Hals

fühlte sich an wie eine Schlinge. Sie war sich ihrer Unzulänglichkeiten durchaus bewusst und konnte daher gut darauf verzichten, in aller Öffentlichkeit darauf hingewiesen zu werden. Als es nach dem Essen hinüber in den Ballsaal ging, hatten Parnell und seine Kumpane sie auf der Tanzfläche beobachtet, und deren hämische Gesichtsausdrücke hatten ihr verraten, dass sie sich über sie lustig machten.

„Wer hat das zu Ihnen gesagt?"

Mr Garritys eisiger Tonfall ließ sie aufblicken. Zu ihrer Überraschung war sein Kiefer angespannt, und seine kohlschwarzen Augen sprühten Funken.

„Wer war es?", hakte er nach.

„Das spielt keine Rolle ..."

„Da bin ich anderer Ansicht. Niemandem ist es gestattet, Sie zu demütigen, ohne die Konsequenzen zu tragen."

„Es ist schon in Ordnung. Wirklich." Wieder einmal war sie erstaunt über den Edelmut, der sich hinter seiner skrupellosen Fassade verbarg. „Aber danke ... Dafür, dass Sie mich wichtig nehmen."

Er blieb stehen und legte ihr einen Finger unters Kinn. Die Berührung ließ sie erstarren, raubte ihr sowohl den Atem als auch die Fähigkeit, einen klaren Gedanken zu fassen. Selbst ihre Sorgen um ungebührliches Verhalten und die Gefährdung ihres Rufes traten in den Hintergrund. Er war wie die Sonne, und sie ein Planet, der in seine kraftvolle Umlaufbahn gezogen wurde. Einen wilden, unbekümmerten Moment lang verlor sie sich in seiner magnetischen Hitze.

„Versprechen Sie mir, dass Sie sich an mich wenden werden, falls so etwas noch einmal vorkommen sollte", sagte er leise.

Sie holte tief Luft, wobei ihr sein frischer, würziger Duft in die Nase stieg und ihr Inneres mit der Wucht eines Infernos zum Schmelzen brachte. Sie merkte, wie ihre Knie zu zittern begannen.

Er verstärkte den Druck seines Fingers ein wenig, und von dem Punkt aus, an dem er sie berührte, schien seine Stärke sich durch jede Faser ihres Körpers auszubreiten. „Versprechen Sie es mir, meine Teure."

Noch nie hatte ein Mann ihr angeboten, für sie einzustehen. Sie zu beschützen und zu verteidigen.

Überwältigt von Staunen und Verwunderung flüsterte sie: „Ich verspreche es."

Genugtuung flackerte in seinen Augen auf, bevor seine Miene wieder kühl und gefasst wurde.

„Gut." Er ließ seine Hand sinken. „Um Ihren Ruf nicht zu gefährden, sollten Sie jetzt besser wieder hineingehen."

Sie hatte gar nicht bemerkt, dass ihr Weg sie zurück zum Hauptgebäude führte. Obwohl sie sich wünschte, dass dieser magische Moment nie zu Ende gehen mochte, wusste sie, dass ihr nichts anderes übrig blieb, als seinem Ratschlag zu folgen.

„Gute Nacht, Mr Garrity", sagte sie mit einem wehmütigen Lächeln. „Ich werde diesen Abend nie vergessen."

Er verneigte sich tief. „Adieu, Miss Billings."

Wie auf Wolken schwebte sie zurück ins Haus.

„Wenn Sie Miss Billings je wieder beleidigen – wenn Sie sie auch nur schief anschauen sollten –, werden Sie sich vor mir verantworten müssen", flüsterte Adam, wobei er das Ziel seiner Missbilligung unsanft gegen die Stallwand gedrückt hielt. „Haben Sie mich verstanden?"

„Laut und deutlich", winselte Lord Parnell.

„Von jetzt an werden Sie und Ihre Kumpane dafür sorgen, dass ihre Tanzkarte voll ist. Mit Ausnahme der Walzer, denn die sind für mich reserviert. Auf jeden Fall behandeln Sie sie zuvorkommend und mit Respekt, ist das klar?"

„J-jawohl, Sir. Was immer Sie sagen, Sir."

Der beißende Gestank von Urin stieg ihm in die Nase. Angewidert warf er einen Blick auf den dunklen Fleck, der sich über Parnells Hose ausbreitete. Der Bastard hatte keine Skrupel, das Selbstbewusstsein einer jungen Dame zu zerstören, um sich bei seinem Gefolge beliebt zu machen, doch gegen Adam hatte er sich nicht einmal zu wehren versucht. Wie jeder Rüpel war auch Parnell ein Feigling, der nur auf wehrlose Opfer losging.

Aufgrund langjähriger Erfahrung wusste Adam genau, wie er mit dieser Sorte umzugehen hatte. Es gab nur eines, was ein fieser, kleiner Tyrann respektierte: einen noch größeren Tyrannen.

Mit einem unsanften Stoß entließ er seinen Gefangenen und spreizte die Finger. In letzter Zeit machte er sich kaum noch selbst die Hände schmutzig, aber diesmal ging es um eine Frage der Ehre. Um die Ehre seiner zukünftigen Frau, wenn man es genau nahm.

Als er an das liebliche Lächeln zurückdachte, mit dem Gabriella sich von ihm verabschiedet hatte, empfand er eine tiefe Genugtuung.

Alles verläuft genau nach Plan. Schon bald wird sie die Meine sein. Und dann bin ich meiner Rache einen Schritt näher.

Numquam obliviscar – Ich werde niemals vergessen.

„Soll ich die Sache zu Ende bringen, Sir?", fragte Kerrigan, einer seiner persönlichen Leibwächter, und riss ihn aus seinen Gedanken. Der Hüne mit dem rasierten Kopf und der Augenklappe hasste Weichlinge, die junge Frauen schikanierten, ebenso sehr wie Adam selbst. Und gerade die gutmütige, unschuldige Gabriella weckte seinen Beschützerinstinkt auf eine Weise, wie es seit Langem keine Frau mehr geschafft hatte.

Adam straffte die Schultern und richtete sein Revers. „Nicht ins Gesicht. Du weißt ja, keine sichtbaren Blutergüsse."

Kerrigan grinste nur und knackte mit den Knöcheln.

Das Letzte, was Adam hörte, bevor er die Stallungen verließ, war Parnells angsterfülltes Wimmern.

Kapitel Zwei

Zehn Tage später

„Sie baten um ein Treffen, Miss Billings?"

Die dunkle, samtige Stimme ließ Gabby herumwirbeln. Nervös hatte sie eines der in Gold gerahmten Landschaftsgemälde der Galerie studiert, während sie auf Mr Garritys Ankunft wartete. Sie hatte diesen Ort aufgrund der Privatsphäre gewählt, die dieser ihr für ihr Vorhaben bot. Die kreuzförmigen Räumlichkeiten befanden sich in einer wenig besuchten Ecke des Ostflügels. Und sollten sich doch andere Gäste hierher verirren, konnte sie immer noch behaupten, sie wolle Mr Garrity nur einige der Gemälde zeigen.

Nun stand er vor ihr, und wie immer sah er in seinem dunkelgrauen Anzug makellos aus, wie ein Panther im Dschungel, ein Eindruck, der durch die grüne Wandfarbe der Galerie noch verstärkt wurde. Sie hingegen fühlte sich in ihrem weißen Musselinkleid wie eine pummelige Taube.

„Verzeihung, ich hörte Sie gar nicht eintreten", stammelte sie.

Ein kleines Lächeln umspielte seine Lippen, während er

sich das perfekt sitzende Krawattentuch aus gelber Seide zurechtrückte. „Eine alte Gewohnheit, fürchte ich."

Trotz des dringenden Anliegens, das sie mit ihm besprechen wollte, konnte sie ihre Neugier nicht unterdrücken. „Warum sollten Sie die Angewohnheit haben, sich lautlos fortzubewegen?"

„Weil ich einst einer Bande Krimineller im Elendsviertel angehörte und mein Überleben davon abhing."

Es dauerte einen Augenblick, bis sie seine Worte registriert hatte.

„Sie waren Mitglied einer Bande?", wiederholte sie verblüfft. „Im *Elendsviertel?*"

Die Vorstellung war absurd, insbesondere, weil der Mann, der vor ihr stand, so unglaublich elegant und machtvoll wirkte. Seit ihrer ersten Begegnung im Garten hatte sie jeden Tag Zeit mit ihm verbracht. Niemand schien ihnen groß Beachtung zu schenken, da sich die Aufmerksamkeit aller auf einen Mord richtete: eine der Darstellerinnen, die ihre Gäste unterhalten sollte, war tot in der Bibliothek aufgefunden worden. Dank des unermüdlichen Einsatzes ihrer Freunde, der Kents, konnte der Fall jedoch aufgeklärt und der Mörder zur Rechenschaft gezogen werden.

Das nächste Dilemma ließ allerdings nicht lange auf sich warten. Diesmal ging es um einen der Hausgäste, Wickham Murray. Angeblich schuldete der junge Gentleman Mr Garrity eine hohe Summe, und einige Stimmen beschuldigten letzteren, ein skrupelloser Halsabschneider zu sein.

Nach allem, was Gabby über Mr Garrity herausgefunden hatte, wollte sie das nicht glauben.

Für gewöhnlich mischte sie sich nicht in die Angelegenheiten anderer ein, aber sie konnte Mr Murray gut leiden und wollte ihm helfen. Zumal er bald der Schwager einer ihrer besten Freundinnen, Miss Violet Kent, werden würde. Diese hatte sich im Zuge der Privatfeier überraschenderweise in den Vicomte Carlisle, Mr Murrays älteren Bruder, verliebt, welcher wiederum um ihre Hand angehalten hatte.

Ja, die vergangenen zehn Tage waren äußerst turbulent gewesen.

Am aufregendsten war jedoch, dass auch Gabby den Mann ihrer Träume gefunden hatte. Mr Garrity übertraf ihre naiven Erwartungen bei Weitem. Nie im Leben hätte sie sich vorstellen können, einmal einem so wundervollem Gentleman wie ihm zu begegnen. Während andere sein selbstsicheres Auftreten als einschüchternd empfinden mochten, fühlte sie sich in seiner Nähe sicher und behütet. Obwohl er dank seines scharfen Verstandes und seiner raschen Auffassungsgabe zweifellos jede ihrer Unzulänglichkeiten bemerkt haben musste, schienen sie ihn nicht zu stören. Er behandelte sie stets höflich und respektvoll, wie ein Ritter, der einer Märchengeschichte entsprungen war.

Außerdem war er der attraktivste Mann, den sie je getroffen hatte.

Doch nun neigte sich die Feier dem Ende zu, und sie wusste nicht, wann sie Mr Garrity wiedersehen würde. Oder *ob* es überhaupt ein Wiedersehen gab. Diesen deprimierenden Gedanken verdrängte sie schnell. Sie musste sich auf das Wesentliche konzentrieren, nämlich den Grund, warum sie ihn um ein privates Gespräch in der Galerie gebeten hatte: um die Situation bezüglich Mr Murray zu klären. Zweifellos würde Mr Garrity dem jungen Gentleman gegenüber Nachsicht walten lassen, wenn er nur erführe, wie tief dieser gegenwärtig in Schwierigkeiten steckte.

„Ich bin in den Straßen von St. Giles aufgewachsen. Um dort überleben zu können, muss man mit allen Wassern gewaschen sein", erklärte Mr Garrity mit ruhiger Stimme. „Aber diese Zeiten liegen längst hinter mir. Ich dachte nur, Sie sollten es wissen."

Sie musterte ihn mit wild hämmerndem Herzen, sämtliche Gedanken an Mr Murray überschattet von den unerwarteten Enthüllungen, mit denen er sie konfrontierte. Bislang hatte Mr Garrity kaum etwas über sich preisgegeben, wann immer sie Zeit miteinander verbrachten. Vielmehr schien er alles über *sie* wissen zu wollen ... und wirkte aufrichtig interessiert an ihren Antworten. Er war der einzige Mann, den sie kannte, dem ihr Geplauder zu gefallen schien.

Und nun hatte er ihr zum ersten Mal etwas über sich erzählt. Sie wusste nicht, wie sie auf diese überraschenden, intimen Details seines Lebens reagieren sollte. So etwas lernte man nicht in Benimmkursen für junge Damen. Aber wenn sie ehrlich war, hätte nichts und niemand sie je auf einen Mann wie Adam Garrity vorbereiten können.

„Finden Sie diese Vorstellung abstoßend?", fragte er.

„*Nein!*" Entsetzt, dass er ihr Schweigen als Zeichen der Verachtung gedeutet haben könnte, fügte sie hastig hinzu: „Gütiger Himmel, ganz und gar nicht! Es wäre mir nie möglich, Sie abstoßend zu finden. Ich ... ich habe Sie nur niemals als etwas anderes gesehen als den Mann, der Sie jetzt sind."

Er hob eine Braue. „Und was für ein Mann ist das, Miss Billings?"

„Mächtig. Wohlhabend. Elegant und ungemein attraktiv." *Herr im Himmel, sag mir, dass ich diesen letzten Teil nicht wirklich laut von mir gegeben habe!*

„Selbstverständlich fühle ich mich von dieser Einschätzung geschmeichelt." Das teuflische Funkeln in seinen Augen bestätigte ihr, dass sie ihre Gedanken in der Tat wie eine liebestolle Närrin kundgetan hatte. „Sie gibt mir Hoffnung, meine Teure."

Ihr Puls schnellte in die Höhe. „Hoffnung worauf?"

„Ich würde Sie gerne über einige Tatsachen informieren",

fuhr er fort, ohne auf ihre Frage einzugehen. „In meinen Augen ist Ehrlichkeit der Schlüssel zu einer erfolgreichen Verbindung, und aus diesem Grund möchte ich ganz aufrichtig zu Ihnen sein."

Eine erfolgreiche Verbindung? Meint er damit etwa ...?

Obwohl er sie in den vergangenen Tagen mit Aufmerksamkeit überschüttet hatte, wagte sie nicht zu hoffen, dass ein Gentleman, der so weltgewandt und charismatisch war wie er, sie je in einem romantischen Licht sehen könnte.

Hoffnung sprudelte durch ihren Körper wie Luftbläschen durch eine geöffnete Champagnerflasche. Atemlos und von Schwindel ergriffen konnte sie nichts anderes tun, als zu nicken.

„In der Regel spreche ich niemals über meine Vergangenheit. Diesmal tue ich es, da ich möchte, dass Sie die nötigen Fakten kennen, um eine vernünftige Entscheidung treffen zu können. Sobald die Angelegenheit geregelt ist, werden wir kein Wort mehr darüber verlieren." Er hielt inne, bevor er hinzufügte: „Ist Ihnen das genehm, Miss Billings?"

„Ja, ist es", erwiderte sie schnell, aus Angst, er könnte seine Meinung ändern.

„Möchten Sie sich vielleicht hinsetzen?"

Er führte sie zu einer mit Samt gepolsterten Bank in einer der Nischen der Galerie. Sie ließ sich nieder und glättete ihre Röcke, bevor sie zu ihm aufsah. Aus diesem Winkel wirkte er vor den weißen Stuckblumen, welche die gewölbte Decke zierten, noch imposanter und männlicher. Mit seinem rabenschwarzen, zurückgekämmten Haar und den dichten, markanten Brauen erinnerte er sie an einen aus dem Himmelreich gefallenen Engel.

Aufregend, irdisch ... und ein klein wenig gefährlich.

„Ich bin in jeder Hinsicht ein Mann, der sich durch eigene Kraft emporgearbeitet hat, Miss Billings. Meine Mutter starb, als ich sechs Jahre alt war. Mein Vater, den ich nie kennenlernte, hat sie kurz nach ihrer Hochzeit und noch vor meiner Geburt verlassen", berichtete er mit kühler, emotionsloser Stimme. „Seit ich denken kann, habe ich mir meinen eigenen Weg in dieser Welt gebahnt. In meinen Zwanzigern gründete ich ein Geschäft, das Geld an diejenigen verlieh, die es benötigten. In der Tat lässt es sich durchaus mit der Bank Ihres Vaters vergleichen. Seitdem habe ich mein Unternehmen stetig ausgebaut und erweitert. Ich besitze mehrere Immobilien in ganz England sowie Anteile an verschiedenen industriellen Projekten." Er hielt inne und musterte sie. „Haben Sie so weit Fragen?"

Äh ... ungefähr eine Million!

Wie gewöhnlich platzte sie mit dem Erstbesten heraus, das ihr in den Sinn kam.

„War es nicht furchtbar schwer ... so einsam zu sein?" Ihr Herz schmerzte bei dem Gedanken an all das Leid, das er in einem so jungen Alter hatte ertragen müssen.

Sein Blick ruhte unverwandt auf ihr. „Einsamkeit war noch nie ein Problem für mich, Miss Billings."

„Heißt das, Sie bevorzugen diesen Zustand?", fragte sie stirnrunzelnd.

„So würde ich es nicht ausdrücken. Ich habe mich lediglich daran gewöhnt." Er hielt inne und verzog einen Mundwinkel zu einem schiefen Lächeln. „Bis ich Ihnen begegnet bin, meine Teure."

Überrascht legte Gabby sich eine Hand aufs Herz. „M-mir?"

„In der Tat, Miss Billings." Seine dunklen Augen glühten wie schwelende Kohle. „Ich bin nun fünfunddreißig und trage mich seit Längerem mit dem Gedanken an die Zukunft. Verzeihen Sie mir, wenn ich anmaßend klinge, aber es ist mir gelungen, die meisten Ziele zu erreichen, die ich mir als junger Mann setzte. Ich bin vermögend, besitze Immobilien und die

Freiheit, mein Leben so zu gestalten, wie ich es möchte. Was mir fehlt, ist jemand, mit dem ich diese Errungenschaften teilen kann. Jemand, der bereit ist, eine Familie mit mir zu gründen. Jemand, der mir Söhne schenkt, denen ich mein Vermächtnis hinterlassen kann."

Das Herz schlug ihr so heftig in der Brust, dass sie fürchtete, es würde jeden Moment herausspringen. Es war, als hätte er ihr die kühnsten Träume aus dem Kopf gepflückt und würde sie ihr nun als seine eigenen präsentieren.

„Je besser wir uns kennenlernen, desto überzeugter bin ich, dass Sie diese Person sind, Miss Billings", fuhr er fort und musterte sie eindringlich. „Gehe ich recht in der Annahme, dass Sie ähnlich empfinden, was mich anbelangt?"

„Oh, Mr Garrity, das tue ich. Sie können sich nicht vorstellen, wie sehr", hauchte sie mit erstickter Stimme.

Das sinnliche Lächeln, das seine majestätischen Lippen umspielte, schien geradewegs ihren wildesten Fantasien aus tausendundeiner Nacht entsprungen zu sein.

„Bevor ich Ihnen die entscheidende Frage stelle, muss ich jedoch auf eine letzte Angelegenheit zu sprechen kommen", sagte er.

„Nur zu", flüsterte sie. „Was immer es ist."

Obwohl seine Miene sich kaum veränderte, bildeten sich winzige Lachfältchen um seine Augen. Und ihr wurde ganz warm bei dem Gedanken, dass sie ihn zum Lächeln bringen konnte.

Ich liebe ihn, dachte sie glücklich.

„Es geht um die Vorstellung von Liebe."

Seine Worte versetzten ihrer überschwänglichen Freude einen Dämpfer. „Was ... was ist damit?"

„Ich weiß, dass das Konzept einer Liebesheirat der letzte Schrei unter den jungen Damen der Gesellschaft ist. Das viele Lesen ist daran schuld, wenn Sie mich fragen. Aber ich bin ein

Mann der alten Schule, Miss Billings, einer, bei dem Ehrlichkeit an erster Stelle steht. Wenn ich mich auf eine Vermählung einlasse, dann darf es keine Illusionen zwischen mir und meiner zukünftigen Gemahlin geben."

„Illusionen?", wiederholte sie kleinlaut.

„Für Gefühlsduselei habe ich nicht viel übrig, Miss Billings. Ich bin ein praktisch denkender und handelnder Mann, der überzeugt ist, dass Taten lauter sprechen als die Dichtkunst es je könnte. Um es auf den Punkt zu bringen: Mit romantischer Liebe habe ich nichts am Hut."

Ihre Hoffnung sank in sich zusammen wie ein Heißluftballon ohne Antriebsstoff. Schweren Herzens schalt sie sich dafür, so einfältig gewesen zu sein zu träumen, dass sich je ein Mann in sie verlieben könnte. Immerhin war er kein Geringerer als Adam Garrity, verflucht! Er konnte jede Frau haben, die er wollte. Und *sie* hatte er nur aus dem Grund gewählt, weil ...

Weil du als reiche Erbin für ihn von Nutzen bist.

Sie zwang sich, die nächsten Worte auszusprechen, obwohl ihr ein Knoten die Kehle zuschnürte. „Was Sie also vorschlagen, ist eine Zweckehe?"

„Gütiger Himmel, nein."

Sein nachdrücklicher Tonfall überraschte sie. Und ließ erneut die Hoffnung aufkeimen. „Woran haben Sie dann gedacht ...?"

„Ich schlage eine Ehe vor, die auf gegenseitigem Respekt und gemeinsamen Zielen basiert. Mir ist es wichtig, eine Gemahlin zu finden, die loyal, tugendhaft und vertrauenswürdig ist."

Ich kann Ihnen geben, was immer Sie wollen, rief ihr verzweifeltes Herz. *Sein, was immer Sie brauchen.*

Gabby schluckte schwer und zwang sich, stattdessen ihre Bedenken zu äußern. „Und wünschen Sie sich außerdem eine Gemahlin, die eine beträchtliche Mitgift hat?" *Haben Sie mich nur deshalb gewählt, weil ich eine Erbin bin?* „Wenn dem so ist, sollten Sie wissen ...“

„Ihr Vermögen ist in einem Fonds angelegt, eine separate Summe, die von einem Treuhänder verwaltet wird und auf die Ihr zukünftiger Gemahl keinen Zugriff hat“, sagte er in sachlichem Tonfall. „Sollte Ihr Vater das Zeitliche segnen, wird Ihr Erbe ebenfalls in diesen Fonds einfließen. Der Treuhänder wird es Ihnen und Ihren Kindern nach Bedarf aushändigen. Habe ich etwas Wichtiges ausgelassen?“

Verblüfft starrte sie ihn an. „Woher wissen Sie ...?“

„Sollte es zu einer intimen Verbindung zwischen uns kommen, werden Sie schon bald feststellen, dass ich kein Mann bin, der irgendetwas dem Zufall überlässt. Wenn mir etwas wichtig ist, informiere ich mich gründlich darüber, bis ich alle Fakten kenne. Und dann ergreife ich alle nötigen Maßnahmen, um das zu bekommen, wonach ich strebe.“

Manch einer könnte seine Worte für kaltblütig halten.

Für Gabby jedoch waren sie der Inbegriff der Romantik.

„Und Sie wollen ... *mich?*“, flüsterte sie ungläubig. „Selbst ohne Zugriff auf mein Geld?“

„Ich brauche Ihr Geld nicht.“ Seine Augen waren wie zwei tiefe, tosende Strudel, die sie magisch in ihren Bann zogen. „Was ich brauche, ist eine Gemahlin, die mir in unserem gemeinsamen Leben aufrichtig und treu zur Seite steht.“

Sehnsucht schnürte ihr die Kehle zu, und das sogar noch, bevor er vor ihr auf die Knie ging und eine ihrer zitternden Hände in die seine nahm.

„Selbstverständlich werde ich mit Ihrem Vater sprechen“, sagte er mit rauer Stimme. „Aber zuerst muss ich wissen, wie es um Ihre Wünsche steht. Wären Sie gewillt, meinen Antrag anzunehmen, Miss Billings?“

Ja, seufzte ihr Herz. *Ja, ja, ja!*

Er glaubt nicht an die Liebe, erinnerte ihr Verstand sie.

Also nahm sie all ihren Mut zusammen und sagte: „Da Ihnen Ehrlichkeit so wichtig ist, muss ich ganz offen mit Ihnen sein, Sir."

Seine Augen funkelten. „Ich hoffe, so wird es sich immer verhalten."

„Ich weiß nicht, ob ich eine Ehe ohne Zuneigung führen kann. Natürlich verstehe ich Ihre Ansichten über die Liebe, und ich respektiere sie, aber ich bin mir nicht sicher, ob es mir möglich sein wird, ebenso ... gleichgültig zu bleiben." Sie hielt inne und senkte verlegen den Blick, spürte, wie ihre Wangen zu glühen begannen, als sie hinzufügte: „Möglicherweise werde ich Gefühle für Sie entwickeln, die Sie als lästig empfinden. Aber es wird mir nicht gelingen, mich zurückzuhalten." *Ich bin nämlich bereits dabei, mich in Sie zu verlieben.* „Ob ich also die vernünftige, nüchterne, distanzierte Gemahlin sein kann, die Sie sich wünschen, wage ich zu bezweifeln."

Betrübt blickte sie ihn an ... und war überrascht zu sehen, dass sich abermals winzige Fältchen um seine Augen bildeten.

„Sie könnten mir niemals lästig werden, meine Teure", murmelte er.

„Aber Sie haben für Liebe nichts übrig." Verzweifelt schüttelte sie den Kopf. „Und wenn ich ... wenn ich mich doch ..."

„Dann würde ich die Gefühle, die Sie mir entgegenbringen, ebenso wertschätzen wie Sie selbst." Er erhob sich und zog sie mit sich auf die Füße. Ihr wurde schwindelig, als sie registrierte, wie nah er ihr war. „Auch wenn ich nicht an romantische Liebe glaube, erachte ich Zuneigung durchaus als erstrebenswerte Eigenschaft in einer Ehe. Ich werde Ihnen treu sein, Sie beschützen und dafür sorgen, dass es Ihnen an nichts fehlt. Sie werden schnell feststellen, dass ich keineswegs gefühlskalt bin."

Er legte die Hände um ihr Gesicht und hob es an. Ein wohliger Schauer durchfuhr sie, als sie die Absicht in seinem Blick erkannte: Er würde sie küssen. Gütiger Himmel, ihr erster

Kuss! Sofort wurde sie von Zweifeln übermannt. *Verhalte ich mich richtig? Wie küsst man überhaupt? Ach du meine Güte, mein Atem ... Was habe ich zuletzt gegessen?* Doch sämtliche Bedenken waren wie weggefegt, als sie seine Lippen auf den ihren spürte.

Der Kuss war warm und sanft, gleichzeitig aber auch fest und selbstbewusst. Sein ungewohntes, berauschendes Aroma vernebelte ihr die Sinne.

Er küsste auf dieselbe Art und Weise, wie er alles andere anging: mit absoluter Autorität. Bereitwillig gab sie sich seiner Führung und den aufregenden, neuen Gefühlen hin, die er in ihr auslöste. Ihre Haut kribbelte, ihr Puls raste. Etwas in ihr flatterte und pulsierte, durchströmte ihren ganzen Körper mit honigsüßer, erderschütternder Lust. Als ihre Knie nachzugeben drohten, hielt er sie mit seinen kräftigen Armen aufrecht.

Immerhin war er Adam Garrity. Er würde sie nicht fallen lassen. In seiner Umarmung fühlte sie sich so sicher und geborgen wie noch nie zuvor.

Abermals durchfuhr sie ein wohliger Schauer. Alles an ihm fühlte sich so *richtig* an. Als sie spürte, wie seine Zunge über ihre Lippen glitt, öffnete sie sie bereitwillig, gewährte ihm Privilegien, die keinem anderen Mann vor ihm je zuteilgeworden waren. Er verführte ihre Zunge zu einem spielerischen, sinnlichen Tanz, bei dem sich ihre Brustwarzen aufrichteten und sich ein seltsamer, prickelnder Druck in ihr aufbaute. Plötzlich spürte sie, wie die intime Stelle zwischen ihren Schenkeln feucht wurde ... Und wie sich etwas sehr Großes, sehr Hartes an ihre Taille presste.

Was hat er da nur in seiner Tasche?, dachte sie, völlig benommen.

Abrupt beendete er den Kuss und atmete tief durch. Fasziniert stellte sie fest, dass seine hohen Wangen leicht gerötet waren. Außerdem hatte sich eine Strähne seines ebenholzschwarzen Haares gelöst und hing ihm in die Stirn. Diese winzige Unvollkommenheit machte ihn in ihren Augen nur noch attraktiver.

Kaum war ihr dieser Gedanke durch den Kopf geschossen, richtete er sich mit einer geübten Handbewegung die Frisur. „Verdammt."

Der gemurmelte Fluch und die Art, auf die er sie betrachtete – als wäre sie ein höchst seltsames Geschöpf, das er noch nie zuvor gesehen hatte –, brachten sie jäh auf den Boden der Tatsachen zurück. Hatte sie ihn falsch geküsst? War er enttäuscht von ihr?

„Habe ich ... etwas falsch gemacht?", fragte sie stockend.

Sein Blick wurde sanfter und er strich ihr zärtlich mit dem Daumen über die geschwollene Unterlippe. Dann jedoch runzelte er die Stirn und ließ die Hand sinken.

„Ganz im Gegenteil, Miss Billings, Sie haben alles richtig gemacht. Zu richtig." Er hielt inne und räusperte sich. „Ich hoffe, Sie bestehen nicht auf einer langen Verlobungszeit."

Als sie sich der Bedeutung seiner Worte bewusst wurde, durchströmte sie ein unbeschreibliches Glücksgefühl. *Er will mich heiraten. Ich werde die zukünftige Mrs Adam Garrity sein!*

„Das überlasse ich ganz Ihnen und Papa", erwiderte sie schüchtern.

„Ausgezeichnet. Übrigens muss ich Ihnen zu Ihrer hervorragenden Terminplanung gratulieren, meine Teure", sagte er. „Dank dieses Rendezvous muss ich mir keinen Vorwand für ein privates Stelldichein mit Ihnen ausdenken."

Plötzlich fiel ihr siedend heiß wieder ein, weshalb sie ihn überhaupt um ein Treffen gebeten hatte.

„Mr Murray!", platzte sie heraus.

Auf einen Schlag verschwand jegliche Wärme aus seinem Blick. „Was ist mit ihm?", fragte er kühl.

„Er ist der Grund, aus dem ich Sie sehen wollte. Nun, nicht

der einzige", fügte sie hastig hinzu, als sie bemerkte, wie seine Miene sich verfinsterte. „Die anderen behaupteten, Sie hätten seine Schulden eingefordert."

„Das ist eine geschäftliche Angelegenheit. Außerdem leuchtet mir nicht ein, warum Sie sich um Mr Murray Gedanken machen sollten."

„Er ist ein Freund ... oder besser gesagt, der Freund einer Freundin. Miss Violet Kent war immer so gut zu mir, wissen Sie?", erklärte Gabby. „In der Tat stehe ich nicht nur in ihrer Schuld, sondern in der ihrer gesamten Familie. Die Kents haben mich während meiner letzten Ballsaisons stets unter ihre Fittiche genommen."

„Die Kents sind mir durchaus bekannt", erwiderte Mr Garrity trocken.

„Dann wissen Sie sicher, dass sie gute Menschen sind. Und sobald Violet sich mit dem Vicomte Carlisle vermählt, gehört Mr Murray praktisch auch zu ihrer Familie. Könnten Sie ihm nicht gütigerweise ein wenig Aufschub gewähren? Ihm die Gelegenheit geben, das Geld aufzutreiben, um seine Schulden zu begleichen?"

Er betrachtete sie mit nachdenklicher Miene. „Sie sind sich doch sicher bewusst, dass ich keine Wohltätigkeitsorganisation leite?"

„Aber hierbei geht es um außergewöhnliche Umstände. Und ich weiß, dass Sie ein gütiger, ehrbarer Mann sind. Das habe ich auch den Kents gesagt."

„Haben Sie das?", fragte er und lächelte kühl. „Und was haben sie darauf erwidert?"

Garrity ist einer der gefährlichsten und skrupellosesten Männer Londons.

„Äh, das ist mir leider entfallen. Aber ich bitte Sie inständig ... Würden Sie nicht dieses eine Mal eine Ausnahme machen und Mr Murray eine Schonfrist gewähren? Mir zuliebe?"

„Sie bitten mich, Ihnen diesen Gefallen zu tun“, wiederholte er tonlos.

Gabby fragte sich, ob sie mit dieser Forderung zu weit gegangen war. Andererseits konnte sie ihre Freunde nicht im Stich lassen, nicht nach allem, was diese für sie getan hatten. Also straffte sie die Schultern und erwiderte: „So ist es.“

„Ich werde mit Mr Murray sprechen. Mal sehen, ob wir zu einer Einigung gelangen.“

„Tatsächlich? Oh, Mr Garrity, Sie sind wahrhaftig ein gütiger, ehrbarer, großzügiger ...“

„Unter einer Bedingung.“

„Was immer Sie wollen“, erwiderte sie freudestrahlend.

„Von jetzt an werden Sie mich mit Adam ansprechen, wenn wir unter uns sind.“

„Oh, also gut ... Adam“, sagte sie verlegen. „Dann nennen Sie mich doch bitte Gabby. Alle meine Freunde tun das.“

„Gabriella.“ Seine tiefe, herrische Stimme verlieh ihrem gewöhnlichen Namen etwas Aufregendes, Exotisches. „Wenn es Ihnen recht ist, werde ich noch heute mit Ihrem Vater sprechen.“

„Ja, bitte“, erwiderte sie, bemüht, ihr wild hämmerndes Herz zu beruhigen.

Er bedachte sie mit einem glühenden Blick, und da wusste sie, dass er sie erneut küssen würde. Bebend vor freudiger Erwartung schloss sie die Augen, und als seine Lippen die ihren berührten, war ihr letzter klarer Gedanke: *Adam Garrity, du wirst mein Gemahl sein ... mein Ein und Alles.*

Kapitel Drei

Gegenwart, 1838

Adam Garrity saß hinter seinem Schreibtisch und lauschte seiner rechten Hand, Wickham Murray, während dieser die Einzelheiten der Zusammenkunft durchging, die an diesem Abend stattfinden sollte. „Zusammenkunft" war eine beschönigende Umschreibung, tatsächlich sollte es eine Befreiungsaktion werden, bei der sie gegen Erasmus Sweeney würden kämpfen müssen, einen der neusten und tödlichsten Halsabschneider, die London je hervorgebracht hatte.

Adam war jedoch nicht sonderlich besorgt. Nicht nur hatte er wesentlich mehr Erfahrung als Sweeney, er war auch um einiges tödlicher.

Ein Mann konnte nicht aus dem Elendsviertel zu seiner Position aufsteigen, ohne skrupellos zu sein. Das Geschäft eines Geldverleihers war kein einfaches, aber es war profitabel. Wenn man es richtig anging.

Und Adam ging alles im Leben richtig an.

Während Murray sich einer Auflistung der Waffen

zuwandte, die sie zu der Mission mitnehmen würden, ließ Adam den Blick über sein Arbeitszimmer schweifen. Die Früchte seiner harten Arbeit zu sehen, verlieh ihm ein Gefühl der Genugtuung. Als er dieses Stadthaus vor einigen Jahren bauen ließ, hatte er dem Architekten genaue Anweisungen gegeben, die sein persönliches Lebensmotto in jeder Hinsicht reflektierten: *Ich will nur das Beste.*

Sein Arbeitszimmer war so groß wie ein Ballsaal, und an den mit polierter Eiche vertäfelten Wänden hingen prunkvolle, in Gold gerahmte Spiegel sowie Gemälde. Drei große, plüschige Aubusson-Teppiche bedeckten den glänzenden Parkettboden. Außer dem massiven Schreibtisch gab es noch zwei großflächige Sitzbereiche, einen vor dem luxuriösen Marmorkamin, über dem Porträts seiner Frau und seiner beiden Kinder, Fiona und Maximillian, hingen, und einen weiteren bei den Bücherregalen, die sich am anderen Ende des Zimmers befanden.

Die Wand zur Rechten seines Schreibtisches wurde von deckenhohen Fenstern dominiert. Adam hatte auf lichtdurchfluteten Räumlichkeiten bestanden, da er zu viele Jahre seines früheren Lebens in Dunkelheit fristen musste.

Obwohl er eine Vielzahl an Anwesen innerhalb und außerhalb Englands besaß, war dieses Stadthaus sein Kronjuwel. Es war der Sitz seiner Macht, eine Macht, die er sich jahrzehntelang durch Schweiß, Blut und unerbittliche Disziplin erarbeitet hatte. Jeder, der es wagte, seine Autorität in Frage zu stellen, sollte sich besser vorsehen – einschließlich Sweeney.

„Ich stimme den Plänen zu, Murray", sagte er herablassend. „Das wäre dann alles."

„Und Sie sind sich ganz sicher, dass Sie sich in diese Angelegenheit mit Sweeney einmischen wollen?", hakte Wickham Murray, der ihm gegenübersaß, nach, und hob die Brauen. „Das ist nicht unser Kampf."

Es war ein Zeichen seines Respekts, dass er den jungen

Burschen nicht sofort dafür züchtigte, seine Entscheidungen anzuzweifeln. Seit Murray vor acht Jahren in seinen Dienst getreten war, hatte er es weit gebracht. Damals war er ein verwöhnter Snob gewesen, der Adam eine hohe Summe schuldete ... zehntausend Pfund, um exakt zu sein (wenn es um Geld und Vergeltung ging, war er *immer* exakt).

Da der jüngere Mann den geforderten Betrag nicht bezahlen konnte, hatte Adam sich zu einer anderen Lösung überreden lassen und ihm erlaubt, die Schulden abzuarbeiten. Zu seiner Überraschung hatte Murray sich als äußerst geschickt und nützlich erwiesen. Dank seines weltmännischen Auftretens und seiner Beziehungen innerhalb der Hautevolee hatte er Adam dabei geholfen, sein Imperium selbst in den höchsten Gesellschaftskreisen zu etablieren.

Jeder Wucherer, der sich auf sein Geschäft verstand, wusste, dass niemand so knapp bei Kasse war wie die Mitglieder des Adelsstandes. Die Damen verheimlichten Spielschulden vor ihren Ehemännern, welche sich wiederum kostspielige Geliebte hinter den Rücken ihrer Gemahlinnen hielten. Der *ton* war das Paradies auf Erden für einen Geldverleiher. Und Murray, mit seinem goldbraunen Haar, dem umwerfend guten Aussehen und seinem mühelosen Charme, war besonders beim zarten Geschlecht erfolgreich. Allein durch die Zinsen auf den Schuldscheinen verzweifelter Damen, die er kassierte, war es ihm innerhalb von zwei Jahren gelungen, seine eigenen Schulden restlos zu begleichen.

Da Adam ein harter, aber gerechter Geschäftsmann war, hatte er dem jungen Burschen angeboten, ihn aus seinem Dienst zu entlassen, aber Murray bestand darauf, weiter für ihn zu arbeiten. Also setzten sie einen neuen Vertrag auf, in dem festgelegt wurde, dass Murray ein gewisser Anteil des durch ihn erwirtschafteten Gewinns zustand. Diese Übereinkunft hatte sich als äußerst lukrativ für sie beide erwiesen. Seine neue rechte Hand besaß nicht nur Köpfchen, sondern auch Muskelkraft, und im Gegensatz zu den meisten anderen Gentlemen schreckte er nicht davor zurück, sich die Hände schmutzig zu machen.

Das sollte Adam nur recht sein. Da er die erste Hälfte seines dreiundvierzigjährigen Lebens in Dreck und Elend verbracht hatte, bevorzugte er es, die unangenehmen Aufgaben anderen zu überlassen. Er hielt zahlreiche Wachmänner, Lakaien und sonstige Hausangestellte in seinem Dienst, um sein Leben – und das seiner Familie – so komfortabel und reibungslos wie möglich zu gestalten.

„Sweeney hat vor, mir meinen Anteil streitig zu machen", sagte er. „Er war Tessa Kent gegenüber respektlos, und somit auch den Gesetzen der Unterwelt. Ein solches Verhalten dürfen wir nicht tolerieren."

Murray kniff die Augen zusammen und nickte zustimmend. Während Außenstehende die Londoner Unterschicht als zuchtlos und unorganisiert erachten mochten, wussten diejenigen, die ihr entstammten, es besser. Es gab eine Hierarchie, die ebenso rigide und unerschütterlich war wie die eines jeden vornehmen Haushalts, wenn nicht sogar noch strenger, da nur so das Chaos unter Kontrolle gehalten werden konnte.

Bartholomew Black, gemeinhin als „König der Unterwelt" bekannt, regierte mit eiserner Faust über die gefährlichsten Gassen Londons und sorgte dafür, dass die Regeln befolgt und, wenn nötig, Gerechtigkeit verübt wurde. Ihm zur Seite standen einige mächtige „Herzoge", die jeweils für ein bestimmtes Gebiet zuständig waren. Adam war der sogenannte „Herzog des Finanzviertels", da seine Macht sich auf das finanzielle Zentrum der Stadt konzentrierte. Tessa Kent war die „Herzogin von Covent Garden" und zudem Blacks geliebte Enkeltochter.

Erasmus Sweeney war ebenfalls als Wucherer tätig, und obwohl Adam den ungehobelten Bastard nicht ausstehen konnte, hatten sie ein gemeinsames Interesse: Der Herzog von Ranelagh und Somerville schuldete jedem von ihnen fünfzigtausend Pfund. Seine Gnaden, auch bekannt unter dem Spitznamen „Ransom", hatte sich irgendwie die Gunst Tessa Kents erschlichen, welche für ihn einen Waffenstillstand zwischen den betroffenen Partien aushandelte. Dadurch gewann Ransom Zeit, um einen verlorenen Schatz aufzuspüren, mit dem er seine Schulden begleichen konnte. Adam hatte dem Abkommen zugestimmt, weil es erfahrungsgemäß klüger war, sich mit Mrs Kent und ihrem Großvater gut zu stellen. Außerdem waren die zusätzlichen zwanzig Prozent Zinsen, die ihm zugesprochen worden waren, auch nicht zu verachten.

Auch Sweeney hatte dem vorübergehenden Waffenstillstand zugestimmt, anschließend jedoch sein Wort und somit den Vertrag gebrochen, indem er Ransoms Tochter entführte und den gesamten Schatz für sich allein forderte – einschließlich Adams Anteil.

Wenn es etwas auf dieser Welt gab, das Adam verabscheute, war es ein Mann ohne Ehre.

Seine Miene musste seine Abneigung widergespiegelt haben, denn Murray erhob sich und murmelte: „Gut, dann bereite ich alles für heute Abend vor."

Ein leises Klopfen an der Tür hinderte ihn daran zu antworten. Als seine Frau eintrat, erhob er sich und verspürte bei ihrem Anblick eine vertraute Wärme in sich aufsteigen. Gabriella war keine Schönheit im herkömmlichen Sinne. Weder ihr feurig rotes Haar noch ihre goldenen Sommersprossen oder großzügigen Kurven waren auf den angesagten Modezeichnungen abgebildet. Und dennoch hatte Adam in dem Moment, als er sie zum ersten Mal sah, ein seltsames Gefühl des Wiedererkennens erfasst.

Er besaß ein ausgezeichnetes Gedächtnis (was ihm in seinem Beruf zugutekam, denn er vergaß niemals eine Schuld) und konnte sich mit erstaunlicher Klarheit an die Details seiner Vergangenheit erinnern. Bei seiner ersten Begegnung mit Gabriella wurde er in seine früheste Kindheit zurückversetzt. Damals war er fünf Jahre alt gewesen und hatte mit seiner Mutter in Florenz gelebt. Eines Nachmittags hatte sie frei gehabt, was in ihrem Metier nicht häufig vorkam. Als Künstlerin liebte sie Schönheit jeglicher Art, und so nahm sie ihn mit in die Uffizien, ein berühmtes Kunstmuseum im Herzen der Stadt. In eben diesem Palast voll kostbarer Schätze hatte er das Gemälde einer Frau erblickt, die so atemberaubend schön war, dass ihm ihr Anblick beinahe den Boden unter den Füßen weggezogen hätte.

Wie ich sehe, hast du dein Herz an die Venus von Urbino verloren, hatte Mama lächelnd festgestellt. *Du hast einen ausgezeichneten Geschmack, Anthony. Das hier ist das Werk des unvergleichlichen Malers Tizian.*

Seit seiner frühen Kindheit war er nicht mehr in Italien gewesen und hatte das Gemälde nie wiedergesehen. Allerdings sah er die Verkörperung dieser Venus aus seiner Erinnerung jeden Tag in seiner Frau: dieselbe tizianrote Mähne und dieselben sinnlichen Kurven, dieselben ausdrucksstarken, sanftmütigen Augen.

Natürlich gab es signifikante Unterschiede, allen voran den, dass es Gabriella an dem sinnlichen Selbstbewusstsein fehlte, das die Göttin auf dem Gemälde ausstrahlte. Aber das war ihm nur recht. Seine Vergangenheit hatte ihn gelehrt, wie gefährlich es war, eine Frau zu lieben, die sich ihrer Reize nur zu bewusst war.

Für den Bruchteil einer Sekunde flackerte die Erinnerung an Jessabelles letzten Moment ihres kurzen Lebens vor seinem geistigen Auge auf. Wie wertlosen Müll hatte man sie in die Gasse hinter dem Freudenhaus geworfen. Ihre engelsgleiche Miene drückte Überraschung aus, während sie dort im Dreck lag, umgeben von Ungeziefer, das von dem metallischen Geruch des Blutes auf ihrem freizügigen Kleid angezogen wurde. Die winzigen Kristalle auf der goldenen Halbmaske, die noch immer um ihren Hals hing, glitzerten wie Tränen.

Tut mir leid, Liebster ... Ich war so einsam. Vergibst du mir? Ihre letzten geflüsterten Worte hallten in seinem Kopf nach.

Ihr hatte er vergeben, sich selbst jedoch nicht. Sie war gestorben, weil er sie nicht vor ihrem eigenen Leichtsinn und der Maßlosigkeit ihres Naturells beschützen konnte. Weil er sie gebeten hatte, seine Frau zu werden, obwohl er wusste, wie anspruchsvoll sein Ehrgeiz war. Weil er die bittere Lektion vergessen hatte, die er im Alter von neun Jahren lernen musste: *Ein einflussreicher Mann lässt sich nicht von Gefühlen leiten.*

Liebe war eine Ablenkung, die er sich nicht leisten konnte, nicht, solange er noch immer seine Rachepläne verfolgte. Sie schwächte einen Mann nicht nur, sondern war seiner Meinung nach gänzlich überflüssig, da sie einem nichts als Kummer bereitete. Seine Mutter hatte ihr Herz einem Mann geschenkt, der sie verlassen und später sogar versucht hatte, ihren gemeinsamen Sohn zu töten. Er selbst war in eine Frau verliebt gewesen, die ihn verriet und deren Tod ihn in tiefe Verzweiflung und Schuldgefühle stürzte. Selbst die Liebe seiner Mutter zu ihm war von Leid gezeichnet gewesen, hatte sie ihn in ihrem Versuch, ihn zu retten, doch geradewegs in die Arme des Teufels getrieben.

Nein, diesem unbeständigen, trügerischen Gefühl durfte man nicht nachgeben. Er hatte aus den Fehlern seiner Vergangenheit gelernt und sich entsprechend weiterentwickelt. Eiserne Selbstdisziplin und ein kühler, logischer Kopf waren der Schlüssel zu seinem geschäftlichen Erfolg gewesen, und deshalb wendete er diese Prinzipien in jedem Bereich seines Lebens an, einschließlich seiner Beziehungen. Eine Welle der Genugtuung erfasste ihn, als die himmelblauen Augen seiner

Frau sich sofort auf ihn fixierten. Es war eine vernünftige Entscheidung gewesen, sie vor acht Jahren zu heiraten.

Da er ihr von Anfang an verdeutlicht hatte, was er von Liebe hielt, waren sie diese Ehe nicht mit falschen Erwartungen eingegangen. Gabriella bereitete ihm keinerlei Probleme, da sie eine sanftmütige, gehorsame Frau war, die sich stets darum bemühte, ihm zu gefallen. Seit jeher war sie ein schüchternes, nervöses, leicht zu verunsicherndes Mauerblümchen gewesen, das dazu neigte, ihr Unbehagen mit belanglosem Geschwätz zu überspielen. Allerdings plauderte sie auch dann gerne, wenn sie nicht nervös war. Vor allem aber war sie loyal, vertrauensselig und warmherzig, und sie war stets gewillt, das Beste in anderen zu sehen, während sie mit Vorliebe ihre eigenen Unzulänglichkeiten beklagte.

Glücklicherweise war sie sich ihrer Reize und ihres lieblichen Charmes nicht bewusst. Es machte Adam nichts aus, dass sie in der Regel Kleider trug, die mehr kaschierten als betonten, ganz im Gegenteil. Anderen Männern war es nicht vergönnt zu erahnen, was sich unter den unzähligen Lagen aus Volant und Rüschen verbarg. Dieses Privileg gehörte ihm allein.

Weiterhin hatte ihre Ehe auch einen pragmatischen Nutzen für ihn. Gabriellas Vater, Curtis Billings, war ein Bankier, der gemeinhin für seine Diskretion wie auch seine biegsamen Moralvorstellungen bekannt war. Zudem war er stinkreich und hatte außer Gabriella keine weiteren Kinder oder Erben. Allerdings war sein Geld nicht der Grund gewesen, aus dem Adam um ihre Hand angehalten hatte. Das Billings-Institut sollte in seinen Plänen noch eine wichtige Rolle spielen. Sobald sein Schwiegervater das Zeitliche gesegnet hatte – was in Anbetracht seines sich stetig verschlechternden Gesundheitszustands nicht mehr allzu lange dauern dürfte –, würde Adam endlich über die nötigen Mittel verfügen, um auch noch den letzten Teil seines Racheplans in die Tat umzusetzen.

Numquam obliviscar. Auge um Auge.

Nach und nach hatte Adam an denjenigen Vergeltung geübt, die ihm Unrecht angetan hatten, bis schließlich nur noch sein größter und verhasstester Feind übrig blieb: Anthony De Villier. Dessen Reichtum und Erfolg hatten ihn bis dato unantastbar gemacht, doch endlich schien das Blatt sich zu wenden.

In den vergangenen Jahren war De Villier besessen gewesen von der Erfindung des Eisenbahnwesens. Er hatte nicht nur kostspielige Wahlkämpfe geführt, um die nötigen Parlamentsbeschlüsse für den Bau von Schienennetzen zwischen London und diversen anderen englischen Städten durchzusetzen. Nein, er hatte ebenso behauptet, dass seine Gesellschaft, die Grand London National Railway, kurz GLNR, schon bald die schnellste Lokomotive der Welt zum Einsatz bringen würde. Das mit Dampf angetriebene Fahrzeug, das die bisher gekannte Art der Fortbewegung revolutionieren sollte, stellte sich als überzeugendes Verkaufsargument heraus: Der Wert seiner Aktien schnellte in die Höhe. Ob Edelmann oder Maurer, jeder wollte in GLNR investieren.

Adam jedoch verfügte über höchst interessante und wertvolle Informationen. Laut einer zuverlässigen, internen Quelle waren De Villiers Baumeister nicht in der Lage, die groß angekündigte Lokomotive fertigzustellen. Es hatte den Unternehmer ein Vermögen gekostet, das Schienennetzwerk bauen sowie den weltverändernden Dampfmotor entwickeln zu lassen, und das Geld war ihm ausgegangen. Insgeheim hatte er mehrere hohe Kredite aufgenommen, die sein beträchtliches Vermögen überstiegen. Bald schon würde die Öffentlichkeit von seinem wunden Punkt erfahren ... Und dann würde Adam ihm den Todesstoß verpassen.

Natürlich hätte er seinen Vater einfach erschießen können, aber das hätte seinen Durst nach Rache nicht gestillt. Er musste dem Mistkerl alles nehmen, was diesem wichtig war: den

Reichtum und das gesellschaftliche Ansehen, für das er seine Frau verlassen und seinen Sohn ins Verderben gestürzt hatte. Erst dann würde Adam den inneren Frieden finden, nach dem er sich seit so vielen Jahren sehnte.

„Verzeihen Sie die Störung, meine Herren", riss Gabriellas atemlose Stimme ihn aus seinen Gedanken.

„Sie sind wie immer eine willkommene und charmante Ablenkung von der Arbeit, Mrs Garrity", erwiderte Murray und verneigte sich vor ihr.

Als er sah, wie seine Frau errötete und sich verlegen den bauschigen Rock ihres blauen Kleids glattstrich, presste Adam die Zähne zusammen, ermahnte sich jedoch sogleich, Ruhe zu bewahren. Er wusste, dass Murray sich nichts dabei dachte, der Bursche war eben durch und durch ein Wüstling. Dennoch gefiel es Adam nicht, wenn ein anderer mit dem liebäugelte, was ihm gehörte.

Und Gabriella war zweifelsohne die Seine.

Er ging zu ihr hinüber und nahm ihre Hand. Sie blickte zu ihm auf, und ein Gefühl tiefer Genugtuung überkam ihn, als er sah, wie ihre Pupillen sich weiteten, wie ihre vollen, kirschroten Lippen sich öffneten, als er einen Kuss auf ihre Fingerknöchel hauchte. Ihre samtig weichen Finger zitterten in seinem Griff ... So, wie sie gewöhnlich am ganzen Körper zitterte, wenn er sie im Bett berührte.

Obwohl Adam durch nichts leicht zu überraschen war, musste er zugeben, dass er nicht mit der physischen Reaktion gerechnet hatte, die seine Frau in ihm auslöste. Immerhin rühmte er sich für seine Selbstdisziplin und hielt nichts von zügelloser Hingabe, egal, um welche Art von Gelüsten es sich handelte. Ein Mann sollte sich niemals von seinen Trieben beherrschen lassen. Und dennoch hatte seine sanftmütige, arglose Gabriella es vom ersten Tag an geschafft, ihn auf unerklärliche Weise zu ... erregen.

Zunächst hatte er sein Verhalten darauf zurückgeführt, dass es neu und aufregend für ihn war, jederzeit eine willige Gemahlin zu seiner Verfügung zu haben. Doch schon bald wurde sein Verlangen nach ihr immer stärker und lenkte ihn von seinen Geschäften ab. Wie jetzt beispielsweise, denn alles, woran er in ihrer Nähe denken konnte, war, sie über seinen Schreibtisch zu beugen, ihre lästigen Röcke hochzuschieben und ihren üppigen Hintern zu entblößen. Der mochte zwar nicht dem Geschmack der Mode entsprechen, seinem eigenen dafür umso mehr. Wie alles an ihr, um genau zu sein.

Er stellte sich vor, wie seine Hände die blassen Halbmonde ihres Hinterns kneteten, wie er ihre Schenkel auseinanderdrückte, um ihre zartrosafarbene, empfindsame Weiblichkeit zu bewundern, eingebettet in ein Nest aus kupferroten Locken. Wie immer würde sie feucht und bereit für ihn sein – der Inbegriff einer gefälligen Gemahlin.

Aber er würde sie weder hier nehmen noch an einem anderen Ort, der nicht ihr Ehebett war.

Und auch dort nur zu den festgesetzten Zeiten.

Er hatte aus den Fehlern seiner Vergangenheit gelernt. Jessabelle hatte es stets darauf angelegt, seine leidenschaftliche, ungezügelte Seite zu wecken. Sie musste sterben, weil er sich von seiner Lust hatte blenden lassen. Niemals würde er zulassen, dass Gabriella wegen seiner Fahrlässigkeit etwas zustieß.

Von Anfang an war er bestrebt gewesen, seine Ehe durch feste Routinen, Anstand und Zurückhaltung vor jeglichen Gefahren zu beschützen. Unter keinen Umständen durfte seine arglose Frau mit der Dunkelheit seiner Welt und der Finsternis in seinem tiefsten Inneren in Berührung kommen. In Gabriellas Gegenwart würde er niemals die Kontrolle verlieren, niemals von Gefühlen geleitet denken oder handeln, sondern stets nur das tun, was für sie das Beste war.

Energisch verdrängte er die erotischen Fantasien aus seinen

Gedanken. In den letzten acht Jahren hatte er auf die harte Tour lernen müssen, sein Verlangen nach ihr zu zügeln. Es war nicht gerade angenehm gewesen, aber notwendig.

„Wollten Sie etwas Bestimmtes, meine Teure?", fragte er und ließ ihre Hand los.

Sie sah ihn aus großen, strahlend blauen Augen an, und er musste ein Lächeln unterdrücken, als er das scheue, aber unverhohlene Verlangen darin bemerkte. Seine Gemahlin schaffte es nur schwer, ihre Gefühle zu verbergen, eine weitere Eigenschaft, die er an ihr schätzte. Er wusste immer, woran er bei ihr war ... Eine willkommene Abwechslung zu den Intrigen und Machenschaften, die jeden anderen Bereich seines Lebens dominierten.

Nicht, dass er per se etwas dagegen hatte, immerhin war er ein Meister des Hinterhalts.

„Ich, äh, wollte mich nur erkundigen, ob Mr Murray zum Mittagessen bleiben möchte", sagte sie. „Chef Pierre bereitet Ihre Leibspeise, Entenconfit, sowie die üblichen Gänge zu. Heute gibt es Spargelcremesuppe, glaube ich, und zum Nachtisch Trifle, den mit Schokolade und eingelegten Kirschen, den Sie letzte Woche so gerne mochten. Und dann hätten wir natürlich noch eine Auswahl an Kuchen und ..."

„Murray wird sich nicht zu uns gesellen, meine Teure", unterbrach Adam sie, bevor sie das komplette Menü herunterrattern konnte. Wie immer war ihr Redeschwall ein deutliches Anzeichen ihrer Nervosität, und obwohl er den Grund dafür kannte, ging er in der Gegenwart seines Gehilfen nicht darauf ein. Die Angelegenheit würde warten müssen, bis er seine Frau unter vier Augen sprechen konnte. „Er hat für heute Abend noch einiges vorzubereiten."

Murray verstand den mehr als eindeutigen Wink und sagte mit einem bedauernden Lächeln: „So verlockend Ihre Einladung auch klingt, Mrs Garrity, muss ich mich leider auf den Weg machen."

Als er sich abermals über Gabriellas Hand beugte, um sie zu küssen, spürte Adam, wie seine Muskeln sich erneut anspannten. Er wusste nicht, warum die galante Art des jüngeren Mannes ihn so störte ... Vielleicht lag es daran, dass er und seine Gemahlin im selben Alter waren und die beiden eine unerklärliche Zuneigung verband. Adam hatte nicht vergessen, wie verzweifelt sie ihn damals um eine Schonfrist für ihren Freund Wickham anflehte und ihn dazu überredete, den Burschen seine Schulden abarbeiten zu lassen.

Während er beobachtete, wie vertraulich die beiden sich voneinander verabschiedeten, überkam ihn eine heiße Welle der Eifersucht, was natürlich völlig absurd war. Er redete sich ein, dass er nur deshalb so besitzergreifend reagierte, weil er nicht gerne teilte. Gabriella war seine Gemahlin, die Mutter seiner Kinder. Sie gehörte ihm allein.

Sollte sie das vergessen haben, würde er sie mit dem größten Vergnügen daran erinnern. Immerhin erachtete er es als seine eheliche Pflicht, seinen Anspruch geltend zu machen ... selbst wenn das bedeutete, von seinem strengen Zeitplan abzuweichen. Aber ein wenig Abwechslung von der Routine konnte ja nicht schaden.

Im Gegenteil, ein ungeplantes Abenteuer könnte höchst erquickend sein.

Nachdem Murray endlich gegangen war, wandte Gabriella sich ihm zu. „Wann möchtest du das Essen einnehmen?", fragte sie und legte den Kopf schief, wobei ihr eine feuerrote Locke in die Stirn fiel.

Bevor sie sie hinters Ohr streichen konnte, kam er ihr zuvor. Langsam ließ er seine Fingerspitzen über die samtige Haut ihrer runden, geröteten Wange streifen und spürte die Wärme, die von ihr ausstrahlte. Sie sah ihn aus großen, leicht glasigen

Augen an, wie ein Reh, das sich einem gefährlichen Raubtier gegenüberfand. Nur wollte seine Liebste nicht fliehen, das wusste er genau. Er würde sein Imperium darauf verwetten, dass ihre kleinen, kirschroten Brustwarzen unter dem hochgeschlossenen Kleid bereits fest und hart aufragten.

Der Gedanke brachte sein Blut in Wallung.

Ein Lächeln unterdrückend, hielt er ihr seinen Arm hin. „Ich bin bereit, wenn du es bist, meine Teure."

Kapitel Vier

Später an diesem Nachmittag saß Gabby gemeinsam mit ihrer Haushälterin, Mrs Page, an einem eleganten Tisch aus Palisanderholz in ihrem Salon und ging wie jede Woche die Haushaltsbücher durch. Für gewöhnlich schwatzte sie gerne mit ihrer silberhaarigen Angestellten, aber diesmal war sie mit den Gedanken ganz woanders, und zwar bei der riskanten Mission, auf die ihr Gemahl sich an diesem Abend begeben würde. Eine Mission, zu der *sie* ihn überredet hatte.

Nervös rang sie die Hände in ihrem Schoß. *Habe ich ihn etwa geradewegs in lebensbedrohliche Gefahr geschickt?*

„Sind Sie einverstanden, dass ich die neue Bettwäsche bestelle, Mrs Garrity?"

Gabby nickte abwesend. „Mr Garrity bevorzugt die seidenen Laken aus Frankreich."

„Jawohl, Ma'am."

Während Mrs Page die restliche Liste durchging, wuchs die Sorge in Gabby mit jeder Sekunde. Sehnsüchtig sah sie zu den Erfrischungen hinüber, die ihre Haushälterin hatte anrichten lassen: ein Tablett voll köstlich aussehender, mit Zuckerguss überzogener Kuchen und anderweitigem Gebäck. Jedoch war sie fest entschlossen, besser auf ihre Ernährung zu achten (einer ihrer vielen Pläne auf dem schier endlosen Weg der Selbstverbesserung). In der Tat hatte sie gerade an diesem Nachmittag mit einer neuen Schlankheitskur begonnen.

Also beschränkte sie sich darauf, ihren Tee (schwarz, ohne alles) aus einer hochwertigen Sèvres-Tasse zu trinken, was bei Weitem nicht so tröstlich und befriedigend war wie dieser verlockend duftende Zitronenbiskuit mit mehreren Schichten aus Marmelade und Sahne. Oder die mit Marzipan überzogene Génoise-Torte. Sie unterdrückte ein Seufzen. Wie sehr wünschte sie sich, ihre Gedanken auf die exquisiten Aromen konzentrieren zu können, anstatt über die finsteren Aussichten der anstehenden Mission nachzugrübeln.

Die ganze Geschichte hatte am Abend zuvor begonnen, als Tessa Kent ihr einen Besuch abstattete. Gabby und sie hatten sich angefreundet, weil Tessas Gemahl, Harry Kent, der Bruder ihrer liebsten Freundinnen war (sämtliche der ehemaligen Kent-Schwestern waren mittlerweile mit blaublütigen Gentlemen verheiratet, die ihre Gemahlinnen vergötterten). Jedoch war Tessa nicht aus privaten Gründen zu ihr gekommen, sondern um ihr von einem schrecklichen Ereignis zu berichten: Ein achtjähriges Mädchen namens Glory war entführt worden. Der Schurke, der dafür verantwortlich war, ein sogenannter Mr Sweeney, drohte damit, das Kind zu *töten*, wenn der Vater, kein Geringerer als der Herzog von Ranelagh und Somerville, das Lösegeld nicht bezahlte. Tessa gestand ihr mit ernster Miene, dass sie befürchtete, Sweeney werde die Kleine so oder so umbringen.

Gabby war absolut entsetzt gewesen. Ihr erster Gedanke galt ihren eigenen Kindern, Fiona und Maximillian, und eine eisige Hand legte sich um ihr Herz, als sie sich vorstellte, dass ihnen etwas so Unaussprechliches zustoßen könnte. Sofort fragte sie ihre Freundin, ob sie irgendetwas tun könne, um zu helfen.

Tessa hatte sich nachdenklich ans Kinn getippt und schließlich gesagt: „Da gäbe es schon etwas … Bitte sprich mit Mr Garrity und überzeuge ihn, sich unserer Rettungsmission anzuschließen."

Ohne Umschweife hatte Gabby ihren Gemahl aufgesucht und ihn über die Geschehnisse unterrichtet. Sie war nicht weiter überrascht gewesen, als er sich bereit erklärte, den anderen zu helfen. Er war ein aufrichtiger Gentleman und ein äußerst entgegenkommender Ehemann. Bei Tagesanbruch hatten sie gemeinsam Tessa aufgesucht, um sich an der Planung der Mission zu beteiligen. Gabby war froh gewesen, ihre Unterstützung anbieten zu können … bis Adam plötzlich verkündete, dass er *persönlich* an der Befreiungsaktion teilnehmen würde.

Vor Schock und Panik war sie völlig erstarrt.

Einerseits war diese Reaktion töricht von ihr, immerhin wusste sie, womit er sein Geld verdiente. Das Geschäft eines Wucherers barg gewisse Risiken in sich, und es war nichts Ungewöhnliches, dass Adam und auch der Rest der Familie von Wachen begleitet wurden, wann immer sie das Haus verließen. Andererseits hatte sie sich ihren Gemahl immer sicher und behütet in seinem prunkvollen Büro nahe der Bank of England und der Börse vorgestellt, von wo aus er sein Imperium hinter seinem massiven, eleganten Schreibtisch sitzend leitete.

Um ehrlich zu sein, hatte sie die gefährlichen Seiten seines Berufs aus ihrem Bewusstsein verdrängt. Als er plötzlich davon sprach, dass seine Männer und er den Steg umzingeln und dafür sorgen würden, dass Sweeney sich nicht mit Glory aus dem Staub machen konnte, ließ sich die schreckliche Realität jedoch nicht länger verleugnen. Sie hatte erwartet, dass Adam als eine Art General fungieren würde, der die Mission aus sicherer Entfernung plante und dirigierte. Stattdessen sollte er als Fußsoldat mit den anderen direkt an der Front kämpfen. Was, wenn er verletzt oder angeschossen wurde ... Oder wenn etwas *noch* Schlimmeres geschah?

Er war ihr Ein und Alles, das Zentrum ihres Universums. Sie liebte ihn von ganzem Herzen und würde es nicht überleben, wenn ihm etwas zustieße.

Natürlich konnte sie ihm ihre Sorgen und Zweifel nicht während der Strategiesitzung mitteilen, denn das würde ihn vor ihren Freunden bloßstellen, und sie wusste, wie wichtig ihm sein Stolz war. Also hatte sie sich auf die Zunge gebissen und sich stattdessen mit sämtlichen Kuchen vollgestopft, die Tessa kredenzen ließ (was unter anderem der Grund für ihre neu eingeführte Schlankheitskur war). Wie durch ein Wunder war es ihr gelungen, sich zurückzuhalten, bis sie wieder in der Kutsche nach Hause saßen. Dann allerdings waren ihre Ängste aus ihr herausgeschossen wie Wasser aus einem defekten Staudamm. Sie konnte sich nicht mehr erinnern, wie weit sie gekommen war – vermutlich bis zu der Vorstellung ihrer trauernden, vaterlosen Kinder –, als er sie schließlich unterbrach und ihr Kinn mit einem Finger anhob, um ihr in die Augen sehen zu können.

„Mach dir nicht so viele Sorgen, meine Teure", sagte er.

„Ich soll mir keine Sorgen machen? Wie stellst du dir das vor? Du bist mein Ehemann ..."

„Ganz genau, und als dieser befehle ich dir, mir zu vertrauen. Es wird alles gut werden."

Im Angesicht seiner unerschütterlichen Autorität schrumpften ihre Argumente wie ungepflückte Weintrauben an einer Rebe. Dennoch war ihre Angst weitergewachsen, während Adam sich zu Hause mit Mr Murray in seinem Arbeitszimmer verschanzte. Um sich abzulenken, war sie nach oben gegangen, um nach den Kindern zu sehen. Fiona und Max hatten sich auf das Theaterstück vorbereitet, das sie und ihre

Freunde ihren Familien an diesem Abend vorführen wollten. In Anbetracht der Umstände hatte Gabby die Vorstellung absagen wollen, aber Adam war der Meinung gewesen, es bestehe kein Grund dazu, den Kindern die Freude zu verderben und alles solle so ablaufen wie geplant.

Nachdem Mr Murray gegangen war, hatten sie und Adam gemeinsam zu Mittag gegessen. Erneut versuchte sie, ihm ihre Ängste begreiflich zu machen, wurde jedoch durch die Anwesenheit der Bediensteten daran gehindert. Zudem schien er einer wiederholten Diskussion dieser Angelegenheit gänzlich abgeneigt zu sein, denn sie hatte kaum den Mund aufgetan, als er sagte: „Lass uns nicht jetzt darüber sprechen, meine Teure."

Da sie ihn nicht verärgern wollte, ließ sie das Thema fallen.

„Ich fürchte, es gibt ein Problem mit der Belegschaft."

Der ernste Tonfall ihrer Haushälterin riss Gabby aus ihren Gedanken. „Inwiefern, Mrs Page?"

„Es geht um Nell. Wir werden uns bald nach einer Nachfolgerin für sie umsehen müssen."

Nell, eine gesprächige, stets gut gelaunte Blondine, die sich hervorragend auf das Frisieren verstand, war nun seit drei Jahren Gabbys Zofe. Die junge Frau hatte seit geraumer Zeit einen Verehrer namens Tom, einen Tischlerlehrling, der in den letzten Jahren eisern gespart hatte, um sie heiraten zu können. Als er schließlich des Wartens überdrüssig wurde, kam ihm die Idee, seine bescheidenen Verdienste in eine Eisenbahngesellschaft zu investieren, die von dem wohlhabenden Industriellen Anthony De Villier gegründet worden war.

Gabby war sein Name nicht nur aufgrund seiner bahnbrechenden Erfolge, die in aller Munde waren, ein Begriff, sondern vor allem deshalb, weil er zu den berühmtesten und bedeutendsten Klienten ihres Vaters gehörte. Ihr Papa hatte De Villier von Anfang an unterstützt und war auf die beachtlichen

Leistungen des Unternehmers so stolz, als wären es seine eigenen.

Der Gedanke an ihren geliebten Vater versetzte ihr einen Stich ins Herz. Ihr ehemals so unbezwingbarer Papa war schwer erkrankt, und der Arzt prognostizierte, dass sein Gesundheitszustand sich stetig verschlechtern würde. Dennoch weigerte er sich, die verordnete Bettruhe einzuhalten und schleppte sich trotz ihrer Beschwörungen und entgegen des Rats der Ärzte weiterhin jeden Morgen in seine Bank.

Er war schon immer ein ehrgeiziger Mann gewesen, der an sich selbst und andere hohe Ansprüche stellte. Sobald er einen Entschluss gefasst hatte, konnte ihn kaum noch etwas umstimmen. Da auch er an diesem Abend eingeladen war, sich das Stück der Kinder anzusehen, würde sie bei dieser Gelegenheit nochmals versuchen, ihn zu überzeugen.

Als ihr bewusst wurde, dass Mrs Page noch immer auf eine Antwort wartete, schob sie ihre Sorgen mit geübtem Pragmatismus beiseite. Sie hatte sich seit jeher über alles und jeden den Kopf zerbrochen, eine weitere Eigenheit, die sie nicht ablegen konnte. Vielleicht lag es daran, dass sie nie die tröstende Liebe einer Mutter erfahren durfte (ihre Mama war bei ihrer Geburt gestorben). Oder daran, dass sie weder Geschwister noch Kindheitsfreunde hatte, mit denen sie über ihre Gefühle hätte sprechen können. Oder daran, dass sie jahrelang als gesellschaftliche Außenseiterin dastand, als eine Zielscheibe für ihre Mitschülerinnen auf dem Mädcheninternat, die sich einen Spaß daraus machten, Gabby bei jeder Gelegenheit auf ihre Unzulänglichkeiten hinzuweisen.

Was auch immer der Grund sein mochte, ihr Kopf war eine regelrechte Fundgrube für Ängste und Zweifel.

Seit ihrer Vermählung mit Adam hatte sie hart an sich gearbeitet, stets darum bemüht, eine Partnerin zu werden, die seiner würdig war. Welcher Mann wollte schon mit einer Frau verheiratet sein, die sich unentwegt Sorgen machte? Sie war stolz auf die Fortschritte, die sie bezüglich ihrer Ängste erzielt hatte. Wenn es ihr nicht gelang, sie auszublenden, ordnete sie sie zumindest verschiedenen Kategorien zu, wodurch sie nicht ganz so überwältigend waren – ähnlich wie kleine Accessoires und sonstigen Schnickschnack, die man in unterschiedliche Schachteln räumte, damit das Chaos nicht die Oberhand gewann. Denn wie sollte man andernfalls noch ein normales Leben führen?

Ihre aufdringlichsten Gedanken hatte sie bislang unter anderem in die folgenden Kategorien eingeteilt: *Sorgen über mein Aussehen, Sorgen über die Kinder, lähmende Gedanken in gesellschaftlichen Situationen.* Ihr Favorit war die *Schublade der seligen Unwissenheit*, in welche sie am liebsten sämtliche Ängste und Zweifel stopfen würde. Ihren Kummer über die Gesundheit ihres Vaters sowie Adams Sicherheit steckte sie in ein Behältnis namens *Wenn Männer sich weigern, vernünftig zu sein* – eindeutig das überfüllteste von allen – und knallte den imaginären Deckel darauf.

Sie versuchte, sich auf Mrs Page zu konzentrieren und zwang sich zu einem Lächeln. „Ist Tom endlich bereit, eine ehrbare Frau aus unserer Nell zu machen?"

„Er hat um ihre Hand angehalten, obwohl es wahrscheinlich auf eine lange Verlobungszeit hinausläuft. Seine Gewinne steckt er vorerst in *weitere* Aktien, können Sie sich das vorstellen? Die jungen Leute heutzutage." Ihre Haushälterin schüttelte missbilligend den silbergrauen Kopf. „Zu meiner Zeit warfen wir unsere hart erarbeiteten Ersparnisse nicht für zwielichtige Machenschaften aus dem Fenster."

„Ich freue mich jedenfalls für Nell. Was könnte ich ihr wohl zur Hochzeit schenken?", überlegte Gabby.

„Wie immer denken Sie zuerst an andere, Ma'am", erwiderte Mrs Page und bedachte sie mit einem warmen Blick.

„Aber vergessen Sie dabei nicht, dass Sie sich baldmöglichst nach einer neuen Zofe umsehen müssen."

Gabby schürzte die Lippen. Bevor Nell in ihren Dienst trat, hatte sie nicht sonderlich viel Glück mit ihren Kammerzofen gehabt. Sich zu einer modernen, eleganten Ehefrau zu mausern, war kein leichtes Unterfangen auf ihrem Weg der Selbstverbesserung gewesen. Nichtsdestotrotz hatte sie dabei stets die weisen Worte ihrer ehemaligen Schulleiterin im Gedächtnis behalten: „Wenn du den Makel nicht ausmerzen kannst, verstecke ihn gut."

Zwar konnte sie nichts gegen ihr rotes Haar oder die Sommersprossen tun (bleichende Mittel reizten nur ihre Haut, richteten jedoch nichts gegen die störenden Flecken aus), aber zumindest hatte sie ihre Garderobe rundum erneuert. Mittlerweile mied sie eng anliegende Schnitte und bevorzugte stattdessen hochgeschlossene Krägen, lockere Mieder sowie volle, bauschige Röcke. Sie ließ zusätzliche Rüschen, Volants und Posamente an ihre Kleider anbringen, um ihre üppigen Kurven zu kaschieren (zwei Schwangerschaften waren ihrer Figur auch nicht gerade zuträglich gewesen), und während das Endergebnis nicht unbedingt der neusten Mode entsprach, fühlte sie sich in den extra Lagen so sicher wie in einer Rüstung.

Allerdings wusste sie nicht, ob Adam ihre Bemühungen gefielen, da er sich nur selten zu persönlichen Belangen äußerte. Die Leistungen, die sie als Ehefrau erbrachte, würdigte er selbstverständlich, wie etwa ihr besonderes Auge für dekorative Details oder ihr Gespür für die perfekte Menüplanung, ebenso wie ihre Geduld gegenüber den Kindern. Und, dachte sie mit glühenden Wangen, er drückte sich nie vor seinen ehelichen Pflichten, ganz im Gegenteil.

Gleichzeitig war er aber auch äußerst privat und zurückhaltend, was, wie sie sich einredete, nichts Schlechtes für eine Ehe bedeuten musste. Ein wenig Distanz schadete nicht, sondern verstärkte eher die Zuneigung. Außerdem wollte sie ihm nicht die Gelegenheit geben, sich zu sehr mit ihren Unzulänglichkeiten zu befassen und am Ende zu der Überzeugung zu gelangen, dass er jemand Besseren hätte heiraten sollen.

Gegen den Sog ihrer düsteren Gedanken anzukämpfen, war ermüdend. Instinktiv wanderte ihr Blick erneut zu den Köstlichkeiten hinüber, die nur darauf warteten, von ihr verspeist zu werden.

Iss mich, dann fühlst du dich gleich besser, schien ihr der verführerische Zitronenbiskuit zuzurufen. *Ich erfülle dich mit süßer Verzückung ...*

Sie streckte ihre zitternden Finger danach aus ...

Doch ein herrisches Klopfen riss sie aus ihrer Trance, und sie legte hastig die Hände in den Schoß.

Adam?, dachte sie überrascht. *Was hat er denn hier zu suchen?*

„Herein", rief sie.

Als ihr Ehemann den Raum betrat, waren alle Gedanken an Kuchen wie weggeblasen. Er bot einen weitaus verlockenderen Anblick. In ihrem geräumigen Wohnzimmer mit der zartgelben Seidentapete wirkte er noch imposanter und männlicher als sonst. Wann immer er in ihrer Nähe war, vereinnahmte er ihre Sinne auf so vollkommene Weise wie das tiefste Schwarz jegliches Licht. Jede Faser ihres Körpers war auf ihn allein abgestimmt.

Bei ihrer ersten Begegnung hatte er sie an Schahryâr erinnert, den Sultan aus *Tausendundeiner Nacht* (ausgenommen dessen schlechter Angewohnheit, seine Gemahlinnen umzubringen), und dieser fantasievolle Eindruck hatte sich mit der Zeit nur noch verstärkt. Als er auf sie zukam, stellte sie sich vor, wie er mit wallenden Gewändern durch die Gänge seines Palastes schritt, mit der selbstbewussten Gelassenheit eines

Mannes, der wusste, dass er über alles herrschte, was seine Augen erfassten.

Ihre Haut prickelte, als sie bemerkte, wie seine Muskeln unter dem schlichten, maßgeschneiderten Anzug, den er statt exotischer Roben trug, spannten. Jede seiner Bewegungen war von einer unterschwelligen Kraft durchdrungen, die ihr den Atem raubte. Sie bewunderte seine unerschütterliche Kontrolle und Selbstdisziplin und würde nicht in einer Million Jahren dahinterkommen, warum ein Mann wie er sich ausgerechnet für eine Frau wie sie entschieden hatte.

„Dürfte ich Sie kurz unter vier Augen sprechen, Mrs Garrity?", fragte er.

Gütiger Himmel, selbst nach acht Jahren Ehe und zwei gemeinsamen Kindern ließ sein samtiger Bariton sie immer noch so heftig erröten wie eine Braut in der Hochzeitsnacht.

„Selbstverständlich", erwiderte sie atemlos.

Nachdem Mrs Page sich diskret zurückgezogen hatte, ließ Adam sich auf ihrem frei gewordenen Platz nieder. Gabby erschauderte, als sein intensiver Blick sie fixierte. Die Farbe seiner Augen war so dunkel, dass sie mit dem unergründlichen Schwarz seiner Pupillen verschmolz. Es war faszinierend, dass sie einerseits eisiger als die kälteste Winternacht, andererseits aber auch heißer als glühendes Brenneisen wirken konnten.

Andere mochten diese Eindringlichkeit an ihm einschüchternd finden, aber sie tat es seltsamerweise nicht ... Womöglich deshalb, weil er immer aufrichtig zu ihr gewesen war und sie als die Person gesehen hatte, die sie wirklich war. Er hatte sie geheiratet, weil er sich eine tugendhafte Frau an seiner Seite wünschte, die seinen Kindern eine hingebungsvolle Mutter und seinen Freunden und Geschäftspartnern eine aufmerksame Gastgeberin war. Mit ihr hatte er die richtige Wahl getroffen, dachte sie voll zögerlichem Stolz, denn immerhin erfüllte sie jede dieser Voraussetzungen. Mrs Adam Garrity zu sein, war ihr einziges Talent und zudem eine Ehre, der sie jeden Tag aufs Neue gerecht zu werden versuchte.

„Habe ich einen Termin vergessen?", fragte sie verwirrt.

Adam lächelte ... und, ach, wie sehr sie diese kaum wahrnehmbare Krümmung seiner sinnlichen Lippen liebte! So wirkte er noch viel maskuliner und verführerischer.

„Nein, das hier ist ein spontanes Gespräch, meine Teure", erwiderte er.

Gabby war erleichtert, nichts Wichtiges vergessen zu haben, das auf ihrem gut gefüllten Terminkalender stand. Vor Jahren, kurz nach der Geburt ihres Sohnes, hatte Adam sie in einem unerklärlichen Zustand der Verzweiflung erlebt. Bis zu diesem Zeitpunkt war es ihr beinahe spielerisch gelungen, eine gemütliche, häusliche Atmosphäre für ihre kleine Familie zu schaffen, aber auf einen Schlag hatte sich alles verändert und sie wurde von einer seltsamen Schwermut heimgesucht, die sich nicht abschütteln ließ.

Plötzlich wurden ihr die mütterlichen Aufgaben, die Leitung des Haushalts und ihre zahlreichen gesellschaftlichen Verpflichtungen einfach zu viel. Sie kam sich vor wie der Jongleur im Astley's Amphitheater, den ihre Kinder so liebten, stets darum bemüht, zehn Bälle gleichzeitig in der Luft zu halten. Obwohl sie versuchte, ihre Weinkrämpfe so gut es ging zu verbergen, war sie irgendwann doch vor Adam zusammengebrochen ... Und das ausgerechnet wegen einer verschütteten Tasse Tee!

Aber er hatte sie nicht wegen ihres absonderlichen Verhaltens verspottet oder abgelehnt, wie ihre Mitschülerinnen auf dem Internat es zu tun pflegten. Ebenso wenig befahl er ihr, sie solle sich zusammenreißen und die Fassung wahren, wie ihr Vater es ihr in ähnlichen Situationen stets geraten hatte.

Stattdessen hatte er einfach nur ... zugehört. Kommentarlos und geduldig war er neben ihr gesessen, während sie ihm schluchzend – und ein wenig zusammenhanglos – gestand, dass sie eine furchtbare Jongleurin sei, der die Bälle *unentwegt* aus den Fingern glitten. Kaum waren ihre Tränen versiegt, hatte er ihr die Wangen getrocknet und sie anschließend auf zärtliche, intensive Weise geliebt (eine äußerst effektive Methode, um ihre Sorgen zu lindern, wie sich herausstellte), bevor er sie behutsam zu Bett brachte.

Am folgenden Morgen hatte sie einen Terminplan auf dem Kissen neben sich vorgefunden, auf dem die wichtigsten Punkte und Prioritäten des jeweiligen Tages deutlich gekennzeichnet waren. Gleichermaßen waren darauf feste Zeiten für Erholung und Freizeitaktivitäten eingetragen, zwei Dinge, die bei ihr häufig zu kurz kamen.

Dieser Kalender war in ihren Augen romantischer als jeder Liebesbrief es hätte sein können. Adams Taten brachten seine Gefühle viel besser zum Ausdruck, als Worte es je zu tun vermochten. Von jenem Tag an erhielt sie jeden Morgen einen Terminplan, verfasst in seiner selbstbewussten Handschrift, und sie war dankbar für jeden einzelnen, denn für Gabby waren sie der Inbegriff seiner Fürsorge.

„Worüber wolltest du denn mit mir sprechen?", fragte sie neugierig.

„Ich bin nicht derjenige, der etwas auf dem Herzen hat, sondern du."

„Ich? Was sollte ich denn ..." Sie verstummte, als sie sah, wie er andeutend die Brauen hob. Gütiger Himmel, der Mann kannte sie viel zu gut, womöglich sogar besser, als sie sich selbst.

Sie holte tief Luft. „Ich bin ein offenes Buch, nicht wahr?"

„Das macht unter anderem deinen Charme aus, meine Teure."

„Du wirst mich nicht mehr so charmant finden, wenn ich dich erneut wegen der Mission heute Abend nerve", warnte sie ihn.

Er schnippte ein imaginäres Staubkorn von seiner eleganten, grauen Hose. Adam war der Traum eines jeden Kammerdieners, denn im Gegensatz zu ihr hatte er nichts zu kaschieren und zerknitterte oder beschmutzte seine Kleidung nie. Sein anthrazitfarbener Gehrock sowie die dunkelviolette Weste schmiegten sich wie eine zweite Haut an seinen schlanken, muskulösen Körper.

„Offensichtlich hat mein gutes Zureden dich nicht beruhigt", sagte er. „Ich möchte dich nur ungern in diesem unbefriedigten Zustand zurücklassen."

Die Doppeldeutigkeit seiner Worte entging ihr nicht, und ein wohliger Schauer durchfuhr sie. Aber er konnte doch unmöglich jetzt seinen ehelichen Pflichten nachkommen wollen ... Es war mitten am Nachmittag! Und noch dazu Freitag. Was ihre intimen Momente anbelangte, hielt Adam sich ebenfalls an eine strikte Routine.

Jeden Mittwoch betrat er pünktlich um neun Uhr abends ihr Schlafgemach. Dann liebte er sie so lange und gewissenhaft, bis sie sich weder bewegen noch klar denken konnte. Anschließend zog er sich in sein eigenes Zimmer zurück. Der Zeitplan wurde nur dann geändert, wenn sie ihre Monatsblutung hatte – in welchem Fall er seinen Besuch auf die nächste Woche verschob – oder wenn es einem von ihnen nicht gut ging (was eigentlich nur auf sie zutraf, da Adam ein Mann von außerordentlich robuster Gesundheit war).

In den acht Jahren ihrer Ehe hatte es nur eine einzige Ausnahme in dieser Routine gegeben. Vor ein paar Monaten war ihr Gemahl eines Samstagnachts betrunken nach Hause gekommen, ein Zustand, in dem sie ihn noch nie zuvor – und seitdem auch nicht mehr – erlebt hatte. Allein der Gedanke an seine ungezügelte Leidenschaft (und an ihr eigenes, schockierend *un*tugendhaftes Verhalten) ließ sie vor Wonne erschaudern ... Gleichzeitig kamen jedoch schmerzhafte Zweifel in ihr auf.

Glücklicherweise schien er sich nicht im Geringsten an jene Nacht zu erinnern, und darüber war sie mehr als froh – zumindest redete sie sich das ein. Diesen Vorfall hatte sie in der Schublade *Schlafende Hunde soll man nicht wecken* abgelegt, und es gab keinen Grund, ihn dort herauszuholen. Nicht, wenn es wesentlich dringlichere Angelegenheiten gab, über die sie sich Sorgen machte.

„Können deine Männer die Übergabe nicht ohne dich regeln? Warum kannst du nicht in der Kutsche warten? Was, wenn es zu einem Kampf kommt, bei dem Pistolen eingesetzt werden und ...“

„Ich weiß mich durchaus zu verteidigen“, erwiderte er und seine Mundwinkel zuckten verdächtig, als fände er die Situation amüsant.

Wie konnte er nur? Immerhin stand sein Leben auf dem Spiel!

„Darum geht es nicht“, beharrte sie. „Warum musst du dich unnötigen Risiken aussetzen?“

„Ich dachte, du wolltest, dass ich deinen Freunden helfe?“

„Nicht auf Kosten deiner eigenen Sicherheit!“

Abermals hob er die Brauen. „Was genau beunruhigt dich, meine Teure?“

„Ich ... ich ertrage den Gedanken nicht, dass dir etwas zustoßen könnte.“ Eine tosende Gefühlswelle brach über sie herein und schnürte ihr die Kehle zu. „Weil ich dich liebe. Du bist mein Ein und Alles.“

Kaum hatte sie den Satz beendet, sprang er auf und kam entschlossen auf sie zu. Obwohl er mit Romantik und Liebe nichts am Hut hatte, störte es ihn nicht, wenn *sie* ihre Gefühle kundtat, eine weitere Eigenschaft, die sie an ihm schätzte. Vor allem, weil es recht häufig dazu kam, denn sie konnte und wollte sich in dieser Hinsicht nicht zurückhalten.

Ihr stockte der Atem, als er sie mühelos hochhob, ganz so, als wäre sie federleicht. Instinktiv legte sie die Hände auf seine Schultern und spürte, wie seine kraftvollen Muskeln unter ihrer Berührung zuckten. Sein würziger, berauschender Duft stieg ihr in die Nase und entfachte eine Flamme der Begierde in ihr. Ungehörige, sündhafte Begierde nach ihrem geliebten Gemahl.

„Was hast du vor?", fragte sie, um ihre Nervosität zu überspielen.

Ein verruchtes Funkeln trat in seine Augen. „Da meine Worte dich nicht zu überzeugen scheinen, muss ich wohl auf einem anderen Weg Abhilfe schaffen."

„Aber heute ist doch nicht Mittwoch!", platzte sie heraus.

„Dann machen wir eben eine Ausnahme."

Ihr blieb der Bruchteil einer Sekunde, um sein wölfisches Lächeln zu bemerken, bevor er seine Lippen auf die ihren presste.

Kapitel Fünf

Gabby verlor sich völlig in den heißen, fordernden Küssen ihres Mannes, ein himmlisches Gefühl, das sie über alles liebte. Sämtliche Ängste und Sorgen wurden von einer Welle der Leidenschaft fortgespült, während sie sich ganz Adams meisterhafter Zuwendung hingab.

Er hatte sie hinauf in ihr Schlafgemach getragen und vor ihrem ausladenden Himmelbett abgesetzt, bevor er sie mit dem Rücken gegen einen der Pfosten drückte. Seine Hände hielten ihr Gesicht umschlossen, seine Zunge teilte ihre Lippen auf erregend besitzergreifende Weise, und sie stöhnte laut auf, als sie von seinem berauschenden Aroma erfüllt wurde. Willig gab sie ihm, wonach er verlangte ... denn sie gehörte ihm allein.

Angesichts der glühenden Flamme seiner Leidenschaft schmolz sie dahin. An ihrem Rücken spürte sie die Härte des Bettpfostens, an ihrer Vorderseite die weitaus beeindruckendere Härte ihres Gemahls. Seine Hände wanderten um sie herum und begannen mit geübten Griffen, sie ihrer Kleidung zu entledigen, bis sämtliche Schichten achtlos um sie herum auf dem Boden lagen.

Als er seine Lippen von den ihren löste, erwachte sie aus ihrer lustvollen Trance. Plötzlich fiel ihr auf, dass nur die Gardinen geschlossen waren, nicht aber die schweren Vorhänge, sodass das Licht der Nachmittagssonne ins Zimmer fiel und es in goldenen Glanz tauchte. Es war mitten am Tag, und sie stand splitternackt da … Abgesehen von ihren weißen Seidenstrümpfen und den mit Satinrosen bestickten Strumpfhaltern.

Sie war völlig *entblößt* vor Adam!

Panik machte sich in ihr breit, als er einen Schritt zurücktrat und seinen unergründlichen Blick über ihren nackten Körper wandern ließ. Bisher hatten sie sich ausschließlich im Dunkeln oder im Schein des Kaminfeuers geliebt, beides wesentlich schmeichelhaftere Alternativen. Zwar konnte er ihr überschüssiges Gewicht auch ohne Licht fühlen … aber das war immer noch etwas ganz anderes, als es zu *sehen*.

Instinktiv hob sie die Arme, um ihre Nacktheit zu bedecken, nur wusste sie nicht, für welche Stellen sie sich am meisten schämte. Ihre Brüste? Ihre Hüften? Ihren Bauch? Gütiger Himmel, ihre Hände waren bei Weitem nicht groß genug, um alles zu kaschieren, was sie am liebsten verborgen hätte. Schließlich verschränkte sie verzweifelt die Arme vor der Brust und presste die Schenkel zusammen.

„Bitte schau mich nicht so an", flehte sie.

Er runzelte die Stirn. „Warum nicht?"

„Weil helllichter Tag ist … und du mich *sehen* kannst", flüsterte sie.

„Ich versichere dir, es gibt nichts, was ich nicht schon kenne."

„Aber nicht *so*." Mit vor Scham glühenden Wangen senkte sie den Blick. „Im Dunkeln ist es anders."

Er legte einen Finger unter ihr Kinn und zwang sie, ihm in die Augen zu sehen.

„Das Licht des Tages tut deiner Schönheit keinen Abbruch", murmelte er.

Sie schluckte schwer und suchte in seinem Gesicht nach einem Anzeichen von Mitleid, fand jedoch keines. Dennoch flüsterte ihr Verstand ihr zu, dass er diese schmeichelhaften Worte nur deshalb zu ihr sagte, weil er ein fürsorglicher, pflichtbewusster Ehemann war, ein waschechter Gentleman. Zwar würde er sie nicht anlügen, aber das bedeutete nicht, dass er es nicht anders gemeint haben könnte, als es den Anschein erweckte. Vielleicht wollte er lediglich zum Ausdruck bringen, dass das Licht ihr Aussehen nicht zu verändern vermochte, egal ob zum Besseren oder Schlechteren hin ... Weil sie ein hoffnungsloser Fall war.

Oh, warum nur habe ich bei Tessa so viel Kuchen in mich hineingestopft?

„Könnten wir die Vorhänge schließen?", fragte sie verzweifelt.

„Nein." Seine entschiedene Antwort überraschte sie. „Du sollst dich nicht vor mir verstecken."

Ihr stockte der Atem, als er ihre Handgelenke ergriff und ihre Arme beiseiteschob. Sie errötete heftig, während sein intensiver Blick über ihre weichen, bebenden Brüste wanderte und schließlich an ihren aufragenden Brustwarzen hängen blieb, die von einer ähnlich vulgären Färbung waren wie ihr Haar.

„Du bist bezaubernd, Gabriella", sagte er. „Und du bist mein."

Sein besitzergreifender Blick hielt sie fest in seinem Bann. Ein Schauer durchfuhr sie, als seine Finger über ihr Schlüsselbein und ihre Schulter bis hinunter zu ihrem Arm glitten. Sie spürte, wie seine Knöchel die üppige Rundung ihrer Brust streiften, und wollte ihre Blöße instinktiv erneut verdecken, doch er hielt sie davon ab.

„Was habe ich dir gerade über das Verstecken deiner Schönheit gesagt?"

Die Luft zwischen ihnen knisterte vor erotischer Spannung. Diese seltsame, unwiderstehliche Anziehungskraft herrschte seit ihrer ersten Begegnung zwischen ihnen, doch während es kein Wunder war, dass sie sich zu Adam hingezogen fühlte, konnte sie sich nach wie vor nicht erklären, warum es ihm genauso zu ergehen schien. Mit der Zeit war diese elektrisierende Sinnlichkeit immer stärker geworden, und mittlerweile hatte sie jedes Mal, wenn er sich nur im selben Raum befand, das Gefühl, unter Strom zu stehen.

Der Gedanke an die unvorstellbaren Gefahren, denen er sich an diesem Abend würde aussetzen müssen, stürzte sie in einen Strudel überwältigender Emotionen. Angst und Erregung brachten ihr Blut in Wallung. Sie fürchtete, vor Sorge und Liebe noch den Verstand zu verlieren.

„Du sagtest, ich solle es nicht tun", flüsterte sie, bemüht, ihr wild klopfendes Herz zu ignorieren. „Mich verstecken, meine ich."

„Dann sei eine gehorsame Gemahlin und lege die Hände an den Bettpfosten hinter dir."

Wie von selbst folgten ihre Gliedmaßen seinem Befehl. Als ihre Finger das harte, mit Schnitzereien verzierte Holz umschlossen, durchflutete sie ein berauschendes Gefühl freudiger Erwartung. Obwohl sie die Regeln dieses seltsamen, neuen Spiels nicht kannte, stand sie völlig unter seinem Zauber, und die glühende Anerkennung in seinem majestätischen Blick hinderte sie daran, auch nur einen klaren Gedanken zu fassen.

„Wie gefällig du doch bist", murmelte er.

Ausnahmsweise fehlten ihr in diesem Augenblick die Worte. Das Gefühl seiner warmen Lippen auf ihrem Schlüsselbein verdrehte ihr vollends den Kopf. Er bedeckte ihren Hals mit Küssen und ließ seine Zunge über ihren wild flatternden

Pulspunkt gleiten. Sie klammerte sich fester an den Pfosten, drückte ihm dadurch ihre Brüste entgegen und stöhnte leise auf, als er sein Gesicht zwischen ihnen vergrub und sie mit seinen langen, eleganten Fingern zu liebkosen begann. Obwohl ihre harten, pulsierenden Knospen sich nach seiner Berührung sehnten, gewährte er ihr diesen Wunsch nicht.

„Bitte, Adam ...", hauchte sie atemlos.

Er hob den Kopf. „Was, meine Teure?"

„Du weißt schon", flüsterte sie verlegen.

Natürlich wusste er es. Immerhin schenkte er dieser Körperstelle jeden Mittwochabend besondere Beachtung.

„Ich möchte, dass du es aussprichst."

Dieser ungewohnte, skandalöse Befehl überrumpelte sie. „So etwas kann ich doch nicht *laut* sagen!"

Er verzog die Lippen zu einem sündhaften Lächeln. Im goldenen Licht der Nachmittagssonne wirkte er noch attraktiver und anziehender als sonst. Es gab nichts, was sie vor seinem wachsamen Blick verbergen konnte, und das schien ihm zu gefallen. Sie hatte das Gefühl, in einen völlig neuen Tanz geführt zu werden ... einen, dessen Schritte sie nicht kannte.

Aber das spielte keine Rolle, denn sie vertraute ihm blind. Er hatte sie stets sicher durchs Leben geleitet, ohne sie auch nur ein einziges Mal stolpern zu lassen. In seinen Armen hatte sie die Geborgenheit gefunden, nach der sie sich schon immer sehnte.

„Wir sind seit acht Jahren verheiratet", murmelte er. „Gewiss gibt es keine Geheimnisse mehr, die du vor mir verbergen müsstest?"

„Ich hatte nie Geheimnisse vor dir", erwiderte sie aufrichtig.

Ein teuflisches Funkeln trat in seine Augen. „Dann sag mir, was du dir wünschst."

Sie biss sich auf die Lippe und vergrub die Finger in dem harten Holz. Konnte sie wirklich so verwegen sein? Nun, da er ihr die Idee in den Kopf gesetzt hatte, wollten die Worte nur so aus ihr herausprudeln.

Verzweifelt versuchte sie, dem Drang zu widerstehen. „Du wirst mich für schamlos halten."

„Das hoffe ich doch." Sein Blick wurde noch intensiver. „Sag es mir, Gabriella."

„Ich möchte, dass du ... meine Brüste küsst", flüsterte sie.

Konnte man vor Scham sterben? Wie würde er auf ihre schockierend unverblümte Forderung reagieren?

Seine Nasenflügel bebten und der glühende Ausdruck in seinen dunklen Augen erfüllte sie gleichermaßen mit Nervosität und Erregung.

„Es wäre mir ein Vergnügen, meine liebe Gemahlin."

Adam wusste, dass er mit dem Feuer spielte.

Ursprünglich hatte er vorgehabt, Gabriella durch dieses spontane nachmittägliche Vergnügen daran zu erinnern, dass sie die Seine war. Nach Abwägung der Vor- und Nachteile war er zu dem Entschluss gekommen, dass es nicht schaden konnte, ausnahmsweise einmal von ihrem strengen Terminplan abzuweichen. Gewiss ließen sich auch andere, richtige Paare hin und wieder am helllichten Tag zu ehelichen Aktivitäten hinreißen.

Doch als er seine anbetungswürdig kurvige Frau im goldenen Sonnenschein vor sich sah, entblößt und verunsichert, hatte er einen seltsamen Stich im Herzen verspürt, ebenso wie das Bedürfnis, sie beruhigen und ermutigen zu wollen. Zu beschützen, was ihm gehörte. Die unschuldige, vertrauensselige Art, auf die sie seine Anweisungen befolgte, hatte jedoch eine ganze neue, dunkle Begierde in ihm geweckt, die seinen geheimsten Fantasien entsprang.

Erinnerungen an verruchte, erotische Spielereien schossen ihm durch den Kopf. Einer solchen Versuchung hatte er sich seit dem Tag seiner Hochzeit nicht mehr hingegeben, denn niemals würde er seine süße, unschuldige Gabriella der Verdorbenheit seines alten Lebens aussetzen. Er kannte den Preis ungezügelter Leidenschaft, und von dieser Gefahr musste er seine Frau unbedingt fernhalten.

Was allerdings gar nicht so leicht war bei dem Anblick, der sich ihm bot: Ihre feurig roten Locken fielen ihr wild über die Schultern, und in ihren großen, blauen Augen schimmerte unverhohlenes Verlangen. Ihre herrlichen Titten bebten bei jedem Atemzug, die festen, kleinen Knospen reckten sich ihm schamlos entgegen. Noch dazu hatte sie ihn so gehorsam gebeten, ihr Lust zu bescheren.

Einen Augenblick lang kämpfte sein Verstand mit seinen niederen Trieben.

Solange du die Kontrolle behältst, kann es nichts schaden, ein wenig Spaß zu haben, sagte er sich. *Pass nur auf, dass die Dinge nicht aus dem Ruder laufen. Alles, was geschieht, muss dem ehelichen Schlafgemach angemessen sein.*

Zufrieden mit dieser rationalen Entscheidung, umschloss er die vollen Brüste seiner Gemahlin und beugte sich vor, um ihre samtige Haut zu küssen. Er schenkte erst der einen, dann der anderen hingebungsvoll seine Aufmerksamkeit und musste ein Lächeln unterdrücken, als er hörte, wie ihr der Atem stockte. Langsam ließ er seine Zunge um ihren rosigen Vorhof gleiten, ohne jedoch ihre steife, aufragende Brustwarze zu berühren.

„Adam, *bitte*", hauchte sie mit flehender Stimme.

Verdammt, sie machte es ihm nicht leicht, sich zu beherrschen.

Kurz spielte er mit dem Gedanken, sie so lange wie möglich zu reizen, aber seine pulsierende Erektion brachte ihn schnell davon ab. Er schloss den Mund um ihre Knospe und begann, fest daran zu saugen. Ihre lustvollen Ausrufe brachten sein Blut in Wallung und er spürte, wie seine Hoden sich erwartungsvoll zusammenzogen. Die feuchte Reibung seiner Zunge entlockte ihr kehlige Laute, während sie sich auf sinnliche Weise gegen den Bettpfosten wand. Nach einer Weile wandte er sich ihrer anderen Brustwarze zu, ohne dabei den Blick von deren hartem, glänzendem Zwilling zu nehmen.

Sie stöhnte immer lauter und ungehemmter, und diese sinnlichen Reaktionen seiner Frau waren es, die ihn mehr als alles andere um den Verstand brachten. Wenn er sie liebte, wich ihre nervöse Energie einer süßen, natürlichen Leidenschaft, die an den Riemen seiner Selbstbeherrschung zerrte. Als er eine Hand zwischen ihre weichen Schenkel schob, entfuhr ihm ein anerkennendes Knurren.

Sie war klitschnass für ihn.

Aber er wollte sie noch feuchter.

Er drängte sich zwischen ihre Beine, hielt sie dabei jedoch fest gegen den Bettpfosten gedrückt. Während ihre Lippen zu einem feurigen Kuss verschmolzen, begann er, ihre Pussy zu liebkosen. Mit dem Daumen umkreiste er immer wieder ihre geschwollene Perle, bis er schließlich darüberfuhr und sie über den Rand des Abgrunds schickte. Ein kehliges Stöhnen entwich ihr, das ihm einen Schauer durch den Körper jagte, und er spürte, wie die ersten Lusttropfen aus seiner Eichel quollen.

Als er in das gerötete Gesicht und die glasigen Augen seiner Frau blickte, die so voller Bewunderung waren, wurde er erneut von einer dunklen Begierde und den verbotenen Fantasien seiner Vergangenheit übermannt.

Er stellte sich vor, wie er ihre Handgelenke über ihrem Kopf an den Pfosten fesselte.

Wie er sie auf Hände und Knie manövrierte und sie hart von hinten nahm.

Wie sie unterwürfig vor ihm kniete, während er ihren lieblichen Mund fickte.

Verlier. Nicht. Die. Kontrolle.

Unter Einsatz seiner gesamten Willenskraft gelang es ihm, die verruchten Bedürfnisse wieder fest in seinem Inneren zu verschließen.

„Sei ein braves Mädchen und leg dich aufs Bett", wies er sie an.

Gabriella gehorchte ihm und vergrub nervös die Finger in ihrem seidenen Laken. Zweifellos hatte sie keine Ahnung, was für einen Anblick sie bot, ein berauschend widersprüchliches Bild aus naiver Unschuld und lustvoller Dekadenz. Ihr sanfter, verträumter Blick, gepaart mit ihren rosigen, bebenden Brüsten ... Die sittsamen, weißen Seidenstrümpfe und hübschen Strumpfhalter ein erregender Kontrast zu ihrer triefend feuchten Pussy ...

Sie war die Verkörperung der Göttin Venus, und sie gehörte ihm allein.

Gemächlich entledigte er sich seiner Kleidung, wobei ihm nicht entging, wie anerkennend seine immer noch schwer atmende Frau ihn musterte. Als er seine Hose auszog und sie seine stolz hervorragende Männlichkeit erblickte, weiteten sich ihre Augen. Er konnte es ihr nicht verübeln, denn was sie anbelangte, entbehrte sein Schwanz jeglicher Diskretion. Sein Schaft war heiß und hart, die Eichel dunkelrot und geschwollen. An der Unterseite trat eine fette Vene hervor.

Als sie sich mit der Zunge über die Lippen fuhr, musste er ein Stöhnen unterdrücken.

Beherrsche dich gefälligst, immerhin ist sie deine Frau, verdammt noch mal. Du wirst sie anständig lieben, nicht einfach nehmen wie ein wildes Tier.

Er stieg zu ihr ins Bett und rollte sich über sie, wobei er sein Gewicht mit einem Arm auffing. Mit der anderen Hand umschloss er seinen Schwanz und führte ihn an ihre wartende Pussy. Ein elektrisierender Schock durchfuhr ihn, als er mit einem kräftigen Stoß in ihre feuchte Hitze hineinsank. Es kostete ihn all seine Willenskraft, sie nicht so hart und schnell zu ficken, dass seine Hoden gegen ihre Schamlippen klatschten und sie die Nachwirkungen noch am folgenden Tag spüren würde.

Er biss die Zähne zusammen und begann, sich in einem gleichmäßigen, disziplinierten Rhythmus zu bewegen, darauf abzielend, sie erneut zum Höhepunkt zu bringen, bevor er sich gestattete, selbst zu kommen. Um sich von der sünd-haften Verlockung ihrer heißen, engen Pussy abzulenken, wandte er einen alten Trick an, der darin bestand, sämtliche Monarchen Englands in der richtigen Reihenfolge aufzuzählen.

Edward I., Edward II., ah ... verdammt ... Edward III. ...

Glücklicherweise musste er nicht länger als bis zum Hause York durchhalten. Die rastlose Art, auf die sie sich unter ihm wand, verriet ihm, dass sie ihrem Höhepunkt nahe war. Er neigte den Kopf, umschloss eine ihrer Brustwarzen mit dem Mund und saugte im Takt zu den Stößen seiner Hüften daran. Schreiend bäumte sie sich auf und gab sich ihrer Ekstase hin. Ihre Scheidenmuskeln zogen sich um ihn zusammen, massierten seinen pulsierenden Schaft, und der berauschende Druck brachte ihn ebenfalls zum Orgasmus.

Er unterdrückte ein Stöhnen und ergoss sich schaudernd in ihre gierige, kleine Pussy.

Nachdem er wieder einigermaßen zu Atem gekommen war, zog er sich vorsichtig aus ihr zurück. Sie murmelte etwas Unver-ständliches, als er sie sanft zur Seite schob und sie anschließend zudeckte. Aus Erfahrung wusste er, dass sie nach dem Liebesakt problemlos einschlafen konnte ... Und tatsächlich, im nächsten Augenblick vernahm er bereits ein leises Schnarchen. Seine

Lippen zuckten, bevor er den Kopf schüttelte und seine Miene stählte.

Mit gewohnter Effizienz kleidete er sich an, verließ jedoch nicht sofort das Zimmer. Gabriellas lieblicher Anblick hielt ihn zurück, zog ihn in ihren Bann, wie ihr sinnlicher Körper es zuvor getan hatte.

Im goldenen Licht, das durch die Gardinen hereinfiel, sah sie aus wie eine tugendhafte Göttin. Ihre kupferroten Wimpern flatterten sanft gegen ihre samtigen, sommersprossigen Wangen. Er sehnte sich danach, sich neben ihr auszustrecken, nicht, um sich auszuruhen, denn vom Faulenzen hielt er nichts, sondern einfach, um über sie zu wachen. Um sie zu beschützen, während sie im Land der Träume wandelte. Um durch sie etwas von der Unschuld wiederzuerlangen, die er vor so vielen Jahren verloren hatte.

Als er die Hand ausstreckte, um ihr eine verirrte Locke aus der Stirn zu streichen, wies sein Verstand ihn scharf zurecht.

Lass dich nicht ablenken und wahre gefälligst die Disziplin. Du hast noch einiges zu erledigen, bevor du heute Abend gegen Sweeney antrittst.

Langsam zog er die Hand zurück, richtete seinen Kragen und verließ das Zimmer.

Kapitel Sechs

Adams erster Stopp an diesem Freitagnachmittag galt wie gewöhnlich seinem Büro.

Das Gebäude befand sich im Londoner Finanzviertel, unweit der Bank of England. Die geschmackvolle Einrichtung seiner Räumlichkeiten verriet seiner Kundschaft, dass er ein ernsthafter Geschäftsmann war und kein zwielichtiges Unternehmen führte. In der Tat setzte er sein Gewerbe mit dem einer jeden Bank oder Aktiengesellschaft gleich. Von seinem luxuriösen Arbeitszimmer im dritten Stock aus konnte er die geschäftigen Straßen der Stadt überblicken. Jedes Mal, wenn er aus dem Fenster schaute, war er stolz auf das, was er erreicht hatte. Gleichzeitig wusste er auch, wie hart er für den Erhalt seiner Errungenschaften würde kämpfen müssen.

Und wie oft er sich dafür mit lästigen Aufgaben befassen musste.

„Bitte Sir, Sie wissen doch, dass ich Sie niemals darum bitten würde, aber in diesem Fall geht es um Leben oder *Tod*!", rief Lord Evanston gerade. Er war ein junger Gentleman mit zerknitterter Kleidung und blutunterlaufenen Augen, der auf dem Stuhl vor Adams Schreibtisch kauerte. Da er mindestens einmal im Monat vorbeikam, musste der Sitz sich langsam, aber sicher der Form seines erbärmlichen Hinterns anpassen.

„Das sagten Sie bereits letzten Monat", erwiderte Adam. *Und in dem davor.*

„Aber diesmal handelt es sich wirklich um einen Notfall! Letzte Nacht ist meine geliebte Großmutter gestorben, und da die Ärmste kaum Ersparnisse hatte, liegt es nun an mir, ihrem pflichtbewussten Enkelsohn, ihr mit einer angemessenen Beerdigung die letzte Ehre zu erweisen."

Evanstons fromme Miene war wenig überzeugend, wenn man die Rougeflecken auf seinem Kragen und die penetrante Alkoholfahne in Betracht zog, die er bei jedem Wort verströmte. Gütiger Himmel, es war gerade einmal drei Uhr nachmittags, und der Bastard war bereits sternhagelvoll. Er war ein liebenswerter Taugenichts Mitte zwanzig, der vor Kurzem nach London gezogen war und sich mit ausschweifenden Aktivitäten die Zeit vertrieb, bis er Zugriff auf sein beachtliches Erbe erhielt. Einstweilen musste er sich mit einem monatlichen Zuschuss begnügen ... Und genau da kam Adam ins Spiel.

„Seltsam", erwiderte dieser, lehnte sich in seinem Stuhl zurück und legte die Fingerspitzen aneinander. „Hat ein Mann für gewöhnlich nicht nur zwei Großmütter? Das hier ist bereits die dritte, die das Zeitliche segnete."

„Sagte ich Großmutter? Ich meinte Groß*tante*", korrigierte Evanston sich mit einem gewinnenden Lächeln. „Aber eine, die äußerst großmütterlich zu mir war."

„Verschwinden Sie, bevor ich Sie von Kerrigan entfernen lasse."

Die meisten Männer fürchteten sich zu Recht vor Adams Leibwächter, einem beinahe zwei Meter großen Muskelprotz, dessen kahlgeschorener Kopf und Augenklappe seine bedrohliche Ausstrahlung noch verstärkten.

„Das würde Kerrigan nicht tun", erwiderte Evanston leicht-hin. „Wir sind inzwischen gute Freunde."

Adam war sich ziemlich sicher, dass sein Wachmann den jungen Lord nur zu gerne als menschliches Wurfgeschoss benutzen würde, nicht zuletzt, weil Kerrigan entgegen seiner schweigsamen Natur mehr als einmal geknurrt hatte: „Sie brau-chen nur den Befehl zu geben, Sir, dann kick ich den Mistkerl hier raus wie einen verdammten Fußball."

Bislang hatte Adam den Befehl nicht erteilt, weil Evanston einer seiner besten Kunden war, der seine Schulden schluss-endlich immer bezahlte, noch dazu mit deftigen Zinsen. Außerdem war der nichtsnutzige Bursche so nervtötend gut gelaunt, dass er wahrscheinlich an der nächstbesten Wand abprallen und Kerrigan ins Gesicht fliegen würde.

Dank der Ausweitung seiner Geschäfte musste Adam sich inzwischen keine Sorgen mehr um riskante Darlehen machen. Er arbeitete nur noch mit der Crème de la Crème zusammen, was bedeutete, dass er sich mehr auf seine spekulativen Fähig-keiten verließ anstatt auf die Muskelkraft seiner Geldeintreiber.

Evanston war eine seiner lukrativsten Anlagen, auch wenn man ihn regelmäßig in seine Schranken weisen musste.

„Sie erhalten kein weiteres Darlehen von mir, bis Sie Ihre ausstehenden Schulden vollständig beglichen haben", verkün-dete er streng. „Und jetzt verschwinden Sie."

„Danke für Ihr Verständnis, Sir." Der junge Lord erhob sich und verbeugte sich auf dem Weg in Richtung Tür mehrmals. „Bis nächsten Monat!"

Kopfschüttelnd wandte Adam sich den Berichten seines Verwalters zu und diktierte einem der Büroangestellten einen Brief. Anschließend sammelte er seine Sachen zusammen und machte sich auf den Weg zu seinem nächsten Termin.

～

Um fünf Uhr nachmittags hielt Adams Kutsche in einer winzigen Seitengasse in Covent Garden vor einem großen, vierstöckigen Gebäude im italienischen Stil. Seinem Kutscher, Thompson, hatte er dieses Ziel nicht nennen müssen, da dieser Besuch zu seiner Routine gehörte. Seit Jahren nahm er diesen Termin immer am selben Freitag im Monat wahr.

„Warten Sie hier, Thompson", sagte er, nachdem er ausgestiegen war. „Es wird heute Abend nicht lange dauern."

„Sehr wohl, Sir."

Adam ging um das Haus herum zu einem privaten Eingang, wo er respektvoll von dem diensthabenden Wachmann begrüßt wurde, der die Absperrkordel aus rotem Samt öffnete, um ihn durchzulassen. Er stieg die Bedienstetentreppe hinauf, auf der ihm mehrere Dirnen in knappen Satinroben begegneten, die Haare teilweise noch mit Stofffetzen aufgerollt, die Gesichter bereits stark geschminkt. Auf ihre gesäuselten Begrüßungen reagierte er mit einem knappen, kühlen Nicken.

An seinem Ziel im dritten Stockwerk angekommen, klopfte er an die Tür.

Eine große Blondine mit klassischen Zügen öffnete ihm, dramatisch in Szene gesetzt durch das schummrige, dunkelrote Licht ihres Boudoirs. Sie trug ein schwarzes Lederkorsett, lange, schwarze Satinhandschuhe und schwarze Seidenstrümpfe. In einer Hand hielt sie eine aufgewickelte Lederpeitsche.

„Adam", sagte Jeannette Wilde mit tiefer, rauchiger Stimme. „Du bist heute aber früh dran."

„Ich kann nicht lange bleiben", erwiderte er.

Sie verzog die sinnlich roten Lippen zu einem Lächeln und ließ die Tür aufschwingen. „Dann steh da nicht so einfältig rum, Schätzchen. Komm rein!"

Kapitel Sieben

Ein dunkler, klarer Nachthimmel erstreckte sich über der Themse, und die Luft war bereits herbstlich kühl. Entlang des Ufers blinkten vereinzelte Lichter, ansonsten gab es wenig, was den Übergang zwischen Himmel, Land und Wasser kennzeichnete. Da es nicht neblig war, wies Adam seine Männer an, in sicherer Entfernung des Lagerhauses, in dem der Kampf mit Sweeney stattfinden sollte, vor Anker zu gehen.

Als das Boot schwankte, klammerte er sich an der Reling fest und wurde beim Anblick der schwarzen Wasseroberfläche von düsteren Erinnerungen übermannt.

Wehr dich doch nicht so, du kleiner Bengel. Ich befolge nur die Anweisungen deines Vaters. Keine Sorge, das geht ganz schnell ... Ich ersäuf dich wie ein Kätzchen, dabei spürst du kaum was.

Seine kläglichen Hilfeschreie wurden von Wileys boshaftem Gelächter übertönt. Er durchlebte erneut, wie die eisigen Wellen über ihn hereinbrachen, wie das brennende Salzwasser seine flehende Stimme erstickte. Verzweifelt hatte er versucht, sich von den Fesseln an Händen und Füßen zu befreien, während der Sack voll Backsteine ihn immer weiter hinunter in die endlose Tiefe zog ...

Verlier nicht das Ziel aus den Augen. Du kannst die Vergangenheit nicht ändern, aber zumindest dafür sorgen, dass die Verantwortlichen ihre gerechte Strafe erhalten. Erst musst du dich jedoch um diese Angelegenheit kümmern.

Er holte tief Luft und verdrängte die qualvollen Erinnerungen.

„Wie viele Wachen gibt es, Kerrigan?", wollte er wissen.

Sein Leibwächter, der mit einem Fernrohr am Bug der Schute stand und das Lagerhaus beobachtete, erwiderte: „Den Laternen nach zu urteilen, müssten es etwa ein Dutzend sein."

Adam warf einen Blick auf seine Taschenuhr. „Es ist noch eine halbe Stunde hin bis zur Übergabe. Behalte die Situation im Auge."

„Verstanden, Sir."

Gerade, als er die Uhr zuschnappen lassen wollte, fiel sein Blick auf die Widmung, die auf der Innenseite eingraviert war.

Zu unserem siebten Hochzeitstag. In Liebe, Deine Dir zugetane Gabriella.

Er fuhr mit dem Daumen über die Inschrift und spürte, wie ihn eine vertraute Wärme durchflutete, die die nächtliche Kälte aus seinen Gliedern vertrieb. Missmutig runzelte er die Stirn. Es sah ihm nicht ähnlich, sich so leicht ablenken zu lassen, doch aus irgendeinem Grund schienen seine Gedanken ein Eigenleben zu entwickeln. Immer wieder musste er unvermittelt an Gabriella denken ... oder an sein altes Leben. Wenn er ganz ehrlich mit sich war – und darauf bestand er für gewöhnlich –, ließ sich der Beginn dieses Phänomens auf etwas zurückdatieren, das sich vor ein paar Monaten ereignete. Das *Gilded Pearl*, ein berüchtigtes Freudenhaus, war niedergebrannt und hatte ihm dadurch einen wichtigen Teil seines Racheplans zerstört.

Bei diesem Gedanken packte ihn die kalte Wut. *Sie ist zu*

leicht davongekommen. Eigentlich hätte sie noch viel mehr leiden müssen.

Gereizt ließ er die Uhr zuschnappen. Was geschehen war, war geschehen. Auch wenn die Strafe in diesem Fall zu mild ausgefallen war, blieb ihm immer noch der große Höhepunkt seiner Vergeltung.

Der Moment nahte, in dem De Villiers finanzielle Halsschlagader freigelegt werden würde. Adam hielt bereits die Klinge in der Hand und konnte es nicht erwarten, zuzustechen. Dann sollte er endlich Gerechtigkeit erfahren ... und mit ihr seinen inneren Frieden finden.

Verlier jetzt nicht die Kontrolle. Der Preis ist zum Greifen nahe.

Schritte ertönten auf der Treppe, die von den Kabinen heraufführte, und im nächsten Moment erschien Murray an Deck. Wie Adam trug er einen langen Garrick-Mantel aus Wolle, der die feuchte Kälte abwehrte und zweckdienliche, große Taschen besaß. Adam hatte in seinen zwei Pistolen verstaut sowie einen Dolch in jedem seiner beiden Stiefel, nur für den Fall.

So ganz wurde er seine dunkle Vergangenheit im Elendsviertel eben doch nie los.

Murray trat neben ihn und ließ den Blick übers Wasser schweifen. „Tut sich irgendetwas?"

„Noch nicht. Wir setzen uns erst in Bewegung, wenn wir Mrs Kents Signal sehen", erwiderte er.

Dem Plan zufolge wollte Tessa Kent ein Leuchtsignal abfeuern, um Adam und seinen Männern mitzuteilen, dass sie den Pier stürmen sollten. Ihre Aufgabe war es, Sweeney und seine Handlanger daran zu hindern, über den Fluss zu fliehen ... mit welchen Mitteln auch immer.

„Das könnte ziemlich unschön werden", murmelte Murray.

„Wir haben genug Feuerkraft, um es mit der königlichen

Marine aufzunehmen", sagte Adam und hob die Brauen. „Unsere Seite hat nichts zu befürchten."

Es entstand eine kurze Pause, bevor seine rechte Hand fragte: „Haben Sie je genug davon?"

„Wovon?"

„Dem Kämpfen. Dem Chaos und dem Blutvergießen."

„Das gehört nun mal zum Leben." *Etwas anderes habe ich nie gekannt.* „Erfolg hat seinen Preis."

„Wie Sie mit Vorliebe zu sagen pflegen."

Diesmal folgte eine längere Pause, und Adam spürte deutlich die Anspannung, die von Murray ausging. Irgendetwas lag ihm auf der Seele.

„Wenn Sie etwas zu sagen haben, dann raus damit."

„Es gibt viele Männer, die Sie um Ihren Reichtum beneiden", begann Murray und legte die Hände auf die Reling, bevor er Adam einen flüchtigen Blick zuwarf. „Das wissen Sie doch, oder? Was für ein Glückspilz Sie sind?"

Obwohl er nicht wusste, worauf der Bursche hinauswollte, gefiel ihm die Richtung nicht, die diese Unterhaltung nahm. Für gewöhnlich sprach er mit seinen Angestellten niemals über persönliche Angelegenheiten. Er konnte an einer Hand aufzählen, wie oft es vorgekommen war, dass ein anderer Mann so unverblümt mit ihm zu reden gewagt hatte. Einerseits passte ihm Murrays vertrauliche Art nicht, andererseits zollte er ihm grollend Respekt dafür.

„Glück hat damit nichts zu tun", erwiderte er kühl. „Aber ja, ich bin mir bewusst, dass meine harte Arbeit sich ausgezahlt hat."

„Wann ist es genug?"

„Wie bitte?"

„Wann werden Sie sich mit dem zufriedengeben, was Sie haben?"

In dem Moment, in dem ich De Villier in die Augen sehe

und er realisiert, dass der Mann, der ihn ruiniert hat, kein Geringerer als der Sohn ist, den er zu töten versuchte. Der Sohn einer Frau, die er in Armut und Elend zurückließ. Erst dann, und keine Sekunde früher, werde ich meinen Frieden finden.

Adam hob die Brauen. „Was lässt Sie glauben, dass ich das nicht tue?"

Murray nahm die Hände von der Reling und straffte die Schultern, als wollte er sich auf eine unangenehme Konfrontation vorbereiten. „Auf dem Weg zum Pier haben Sie noch einen Zwischenstopp eingelegt."

Es dauerte ein paar Sekunden, bis die Worte seines Angestellten eingesunken waren. Als Adam begriff, worauf er hinauswollte, packte ihn eine eisige Wut.

Wie kann der Mistkerl es wagen, in meinen privaten Angelegenheiten herumzuschnüffeln? Für wen hält er sich, verdammt noch mal?

„Seit wann haben Sie es sich zur Aufgabe gemacht, Ihrem Arbeitgeber hinterherzuspionieren?", presste er zwischen zusammengebissenen Zähnen hervor.

„Ich weiß ja, dass es mich nichts angeht", erwiderte Murray und fuhr sich mit der Hand durchs Haar. „Verflucht, Garrity, ich bin der letzte Mensch, der einem anderen vorschreiben sollte, wie er zu leben hat ..."

„Zumindest darin sind wir uns einig."

„Aber wissen Sie, was Ihre Frau heute Nachmittag zu mir sagte, bevor ich gegangen bin?"

Die Vorstellung, dass Murray etwas über Gabriella wusste, das ihm nicht bekannt war, erzürnte Adam noch mehr. Er musste daran denken, wie die beiden zum Abschied die Köpfe zusammengesteckten, wie der attraktive Wüstling *seiner* Gemahlin etwas zugeflüstert hatte ... Verdammt, sie hatten viel zu vertraut miteinander gewirkt.

„Ich spiele nicht gerne Ratespielchen", erwiderte er und ballte die Hände zu Fäusten.

„Versprechen Sie mir, dass Sie gut auf Mr Garrity aufpassen werden. Ich könnte es nicht ertragen, wenn ihm etwas zustieße."

Die Worte trafen Adam wie gleißende Sonnenstrahlen. Wärme breitete sich in ihm aus und kämpfte gegen die eisige Wut an. Er holte tief Luft und erinnerte sich selbst daran, dass es niemanden etwas anging, was sich zwischen ihm und seiner Gemahlin abspielte ... schon gar nicht seine Angestellten.

„Ich bin durchaus in der Lage, auf mich selbst aufzupassen", erwiderte er barsch.

„Darum geht es nicht", sagte Murray und schüttelte den Kopf. „Sie können sich glücklich schätzen, eine so hingebungsvolle Frau wie Mrs Garrity zu haben. Und das einfach wegzuwerfen für ..."

„Für?", hakte Adam scharf nach.

„Für was auch immer Sie in Mrs Wildes Klub zu suchen hatten", beendete Murray seinen Satz.

Adam sah rot vor Wut. Natürlich war ihm klar gewesen, dass seine Besuche bei Jeannette nicht unbemerkt bleiben würden. Obwohl sein Personal diskret war, fanden Gerüchte immer einen Weg an die Oberfläche. Und im Prinzip scherte er sich nicht darum, was andere über seine Aufenthalte in dem Freudenhaus sagten oder dachten. Was ihn störte, war Murrays Unverfrorenheit. Wie konnte der Bastard es wagen, ihn der Untreue zu bezichtigen und sich selbst als Gabriellas Beschützer aufzuspielen?

Gabriella ist die Meine.

„Sie maßen es sich an, mir Vorträge über meine Ehe zu halten?", fragte er mit gefährlich sanfter Stimme.

„Mrs Garrity war immer nett zu mir. Ich möchte nur nicht, dass sie verletzt wird."

Die Art und Weise, wie Murray ihm gegenüberstand, als

wäre er ein verdammter Ritter, der Gabriellas Ehre verteidigte, zehrte an seiner Selbstbeherrschung.

„Das Wohl meiner Frau geht Sie einen feuchten Dreck an." Adam hatte Mühe, seine Stimme ruhig zu halten und dem Drang zu widerstehen, dem dreisten Mistkerl einen Kinnhaken zu verpassen. „Und dasselbe gilt für meine privaten Angelegenheiten. Vergessen Sie nicht Ihren Rang, Murray, sonst muss ich Sie daran erinnern."

Bevor der Bursche etwas erwidern konnte, jagte ein blaues Licht wie ein Komet über den Himmel.

„Das Signal!", rief Kerrigan. „Lichtet den Anker, Männer. Es geht los!"

Kapitel Acht

„**E**s ist eisig kalt hier drin", brummte Curtis Billings von seinem gemütlichen Platz vor dem Kamin aus. „Ist dein Ehemann zu geizig, um diesen Palast zu beheizen?"

Gabby bemühte sich um ein geduldiges Lächeln, obwohl ihr Vater sich seit seiner Ankunft am laufenden Band beschwert hatte. Sie saßen in dem geräumigen Wohnbereich des Kinderzimmers, in dessen beiden Kaminen ein fröhliches Feuer prasselte. Ihre anderen Gäste, die Strathavens und Actons, deren Kinder ebenfalls an dem Theaterstück beteiligt waren, unterhielten sich in angemessenem Abstand miteinander, damit Gabby sich ungestört um ihren übellaunigen Vater kümmern konnte.

„Möchtest du noch ein paar Decken haben?", fragte sie. „Ich könnte welche bringen lassen ...“

„Ich bin schon fester eingewickelt als eine Mumie", wehrte ihr Vater ab.

Damit hatte er nicht unrecht. Sein schmächtiger Körper steckte in mehreren Lagen warmer Wolle, und obwohl Gabby ihn mindestens einmal pro Woche besuchte, war sie überrascht gewesen zu sehen, wie gebrechlich er geworden war. Seine Wangen waren eingefallen und seine Haut hatte eine ungesunde Blässe angenommen. Der klägliche Rest seines grauen Haares klebte wie Seetang an seinem von Altersflecken übersäten Kopf.

„Vielleicht möchtest du etwas essen?", fragte sie mit zunehmender Besorgnis. „Chef Pierre könnte dir eine schmackhafte Suppe zubereiten ..."

„Ich habe schon zu Abend gegessen", unterbrach er sie. „Und zwar eine gute, englische Mahlzeit."

„Dann vielleicht etwas Warmes zu trinken? Ich hole dir eine Tasse Posset ..."

„Ich will kein Posset", erwiderte er mürrisch. „Setz dich hin, ich muss mit dir reden."

Verwirrt ließ Gabby sich auf dem Sessel neben ihm nieder. Sie konnte sich nicht daran erinnern, wann ihr Papa das letzte Mal bewusst Zeit mit ihr hatte verbringen wollen. Oder ob so etwas überhaupt schon einmal vorgekommen war. Wie oft hatte sie sich als Heranwachsende gewünscht, in seiner Nähe zu sein, aber die Bank nahm stets den Großteil seiner Zeit in Anspruch. Nun war er endlich verfügbar ... aber würde ihr womöglich schon bald für immer genommen werden.

Der Gedanke schnürte ihr die Kehle zu, und instinktiv legte sie eine Hand über die seine. „Ich bin hier, Vater."

Er entzog sich ihrem Griff und strich die Decken glatt, bevor er sich räusperte und fragte: „Wo ist dein Mann?"

„Er, äh, hat heute Abend geschäftlich zu tun", murmelte sie.

Ihr Papa ließ den Blick durch das Zimmer schweifen und hob die Brauen, als er die große Bühne betrachtete. „Sicher, dass er sich nicht nur vor diesem Zirkus drückt?"

Gabby zögerte, die Anschuldigung zu verneinen. Fionas Theaterstück war in der Tat zu einem Spektakel ausgeartet.

Seit sie und ihre Freunde die Kinder zu einer Vorführung

im Sadler's Wells mitgenommen hatten, waren die Kleinen vom Theater besessen. Insbesondere ihre siebenjährige Tochter war seitdem nicht in der Lage gewesen, ihre Begeisterung zu zügeln und hatte unablässig davon gesprochen, ihr eigenes Stück inszenieren zu wollen.

Also war Gabby losgezogen und hatte ihr eine Miniaturbühne besorgt. Der Verkäufer im Spielwarengeschäft beteuerte ihr, dass die Dinger äußerst beliebt seien, weil sie leicht aufzubauen waren, gut auf den Tisch passten und es den Kindern große Freude bereitete, die kleinen, auf Karton gedruckten Figuren auszuschneiden und mit ihnen die Stücke aus den dazugehörigen Spielbüchern aufzuführen.

Wie sich jedoch herausstellte, war Fiona nicht so leicht zufriedenzustellen wie die meisten Kinder. Obwohl sie mit ihren roten Löckchen und blauen Augen eindeutig nach Gabby kam, hatte sie die Überheblichkeit und den verbissenen Ehrgeiz ihres Vaters geerbt.

„Diese Spielzeugbühne ist viel zu winzig", hatte sie verkündet, als Gabby ihr das Geschenk am Frühstückstisch überreichte. Es war die einzige Mahlzeit, die sie für gewöhnlich alle zusammen einnahmen. „Das ist etwas für Kleinkinder ... wie Maximillian."

Ihr Bruder hatte ihr über den Tisch hinweg einen finsteren Blick zugeworfen.

„Ich bin kein Kleinkind", murmelte er und beugte sich über sein gekochtes Ei.

„Du bist erst fünf, und ich bin schon sieben", merkte Fi hochmütig an. „Und jeder weiß, dass Jungen langsamer erwachsen werden als Mädchen, also bist du genau genommen erst drei. Daran lässt sich nichts ändern."

Hilfesuchend wandte Max – der die dunklen Haare und Augen seines Vaters, dafür aber die Schüchternheit seiner Mutter geerbt hatte – sich an Gabby. Ihr Herz schmolz dahin, als sie seine geröteten Apfelbäckchen und seine bebende Unterlippe bemerkte.

„Fiona, du sollst deinen Bruder nicht ärgern", ermahnte sie ihre Tochter.

„Aber wenn es doch die Wahrheit ist." Fi warf sich die roten Locken über die Schulter und wandte sich Adam zu, der sich hinter seiner Zeitung verschanzt hatte. „Außerdem sollte ein Gentleman Stärke beweisen und nicht wegen jeder Kleinigkeit rumheulen, nicht wahr, Papa?"

„Ein Gentleman muss stets Herr über sich selbst sein", lautete die Antwort. „Selbstdisziplin geht über Sentimentalität."

Max' große, braune Augen füllten sich mit Tränen. Gabby bezweifelte, dass er die Bedeutung der Worte seines Vaters verstand, aber dessen strenger Tonfall war Rüge genug. Der Junge blinzelte mehrmals, bevor er den Kopf senkte und sich wieder auf sein Frühstücksei konzentrierte.

„Und wenn man sich einer Sache widmet, muss man sie auch richtig angehen", fügte Fiona triumphierend hinzu. „Das sagst du doch immer, nicht wahr, Papa? Darf ich also bitte eine echte Bühne haben anstatt dieses albernen Spielzeugs, das Mama besorgt hat?"

Adam hatte die Zeitung sinken lassen und seiner Erstgeborenen einen nachgiebigen Blick zugeworfen. „Was immer du dir wünschst, Püppchen", erwiderte er, wie üblich, auf ihre Forderung.

Und so hatten die Lakaien auf Fionas Anordnung hin eine Bühne im Wohnbereich des Kinderzimmers erbaut, die etwa ein Drittel des Raumes einnahm. Hinter dem blauen Samtvorhang hörte man die jungen Darsteller nun tuscheln und kichern, während sie sich auf ihren großen Auftritt vorbereiteten.

Gabby wünschte, Adam wäre ebenfalls hier oder zumindest irgendwo anders als an dem Ort, an dem er sich gegenwärtig aufhielt. Die Sorge, die sie zu unterdrücken versucht hatte, stieg in ihr auf, und sie rang nervös die Hände in ihrem Schoß.

„Du musst die Kinder besser im Zaum halten. Vor allem meine widerspenstige Enkeltochter", belehrte ihr Vater sie. „Du bist einfach zu sanft, Gabriella. Wer soll sich um dich kümmern, wenn ich nicht mehr da bin?"

„Oh, bitte sprich nicht davon ..."

„Ich werde nicht ewig hier sein", murmelte er. „Aber ganz gleich, was Garrity unternimmt, an dein Geld kommt er nicht ran. Gott sei Dank habe ich diesen Fonds eingerichtet, um dich und die Kinder zu schützen."

Bevor Gabby etwas erwidern konnte, ertönte fünfmal hintereinander ein Gong. Noch fünf Minuten bis zum Beginn der Vorstellung.

„Geh und kümmere dich um deine Gäste, Gabriella", sagte ihr Vater. Aufgrund seiner Erkrankung wurde er schnell müde. Er gähnte und lehnte sich mit halb geschlossenen Augen in seinem Sessel zurück. „Ich werde mir das Stück von hier aus ansehen."

Sie wartete, bis er eingedöst war, bevor sie die Decken fester um ihn zog und sich anschließend zu ihren Freunden gesellte, die auf den Stühlen direkt vor der Bühne Platz genommen hatten. Zwischen Polly, der Herzogin von Acton, und Emma, der Herzogin von Strathaven, war noch ein Platz für sie frei, da die Männer zur jeweils äußeren Seite ihrer Gemahlinnen saßen.

„Wie geht es deinem Vater, Gabby?", fragte Polly leise. Mitgefühl schimmerte in ihren ausdrucksstarken, aquamarinblauen Augen. Sie war eine liebreizende Brünette von sanftmütiger Natur, die immer zu wissen schien, was in anderen vorging.

„Es geht im gut. Er hat sich nur nach Mr Garrity erkundigt", antwortete Gabby.

Sie hatte ihren Gästen erzählt, dass Adam sich auf einer Mission mit Tessa und Harry Kent befand. Da Harry der Bruder der Herzoginnen war, hätte sie sich nicht gut dabei gefühlt, ihnen diese Information vorzuenthalten. Allerdings beschränkte sie sich auf die nötigsten Details, um ihre Freundinnen nicht unnötig zu beunruhigen.

„Ich wünschte, Harry hätte uns über dieses ‚Treffen' heute Abend in Kenntnis gesetzt", seufzte Emma.

Gabby hatte die älteste der Kent-Schwestern vor zehn Jahren auf einem Ball kennengelernt, bevor sie den großen, attraktiven Strathaven heiratete. Für die Freundschaft mit Em würde sie auf ewig dankbar sein, denn bis zum heutigen Tag war die Herzogin eine ihrer vernünftigsten, gütigsten und bodenständigsten Vertrauten.

„Die Mission wurde in letzter Minute beschlossen", versicherte Gabby ihr schnell. „Andernfalls hätte er euch bestimmt eingeweiht."

„Hätte er sich bequemt, den Mund aufzumachen, hätten wir ihm helfen können", murmelte Emma verdrießlich.

„Genau deswegen hat er nichts gesagt, Liebling", merkte Strathaven trocken an.

Seine Frau runzelte die Stirn. „Ich kann dir nicht ganz folgen."

„Harry ist durchaus in der Lage, sich um seine eigenen Angelegenheiten zu kümmern. Zudem ist er von Natur aus reserviert und hat auch noch in eine der berüchtigtsten Familien Londons eingeheiratet", erklärte der Herzog und hob eine Braue. „Kannst du es ihm verübeln, dass er bei all dem versucht, seine Schwestern zu meiden, die sich mit Vorliebe in anderer Leben einmischen?"

„Ich mische mich überhaupt nicht ein", erwiderte Emma

und kniff die Augen zusammen. „Ich biete lediglich meine Unterstützung an, wann immer es erforderlich ist."

„Du hast dich ungefragt einer Mordermittlung angeschlossen, deren Hauptverdächtiger ein völlig Fremder war. Anschließend bist du dazu übergegangen, ihn gleichermaßen zu schikanieren und zu verführen. Ich weiß, wovon ich spreche", sagte Strathaven mit einem verschmitzten Funkeln in den Augen, „immerhin war *ich* dieser Fremde."

„Du musst zugeben, dass du meine Hilfe dringend gebraucht hast", erwiderte Emma beharrlich, obwohl ihre Wangen glühten.

„Oh, ich habe dich zweifellos gebraucht", sagte der Herzog gedehnt. „Und das tue ich immer noch."

Gabby unterdrückte ein wehmütiges Lächeln. Diese gutmütigen Neckereien waren nichts Ungewöhnliches unter ihren Freunden. Wie aufs Stichwort lehnte Acton, ein dunkelhaariger Adonis mit mitternachtsblauen Augen, sich zu Polly hinüber und flüsterte ihr etwas ins Ohr, woraufhin diese errötete und eine Hand auf ihren Bauch legte. Obwohl noch keine Wölbung zu erkennen war, hatte sie Gabby anvertraut, dass sie und ihr Herzog kommenden Sommer ihr zweites Kind erwarteten.

Umgeben von so viel offen zur Schau gestellter Zuneigung, verspürte Gabby einen seltsamen Stich im Herzen ... den sie schnell in die „*Bloß kein Trübsal deswegen blasen*"-Schublade stopfte. Sie konnte sich glücklich schätzen, einen Mann wie Adam zu haben, der auf so großzügige Weise für sie und die Kinder sorgte. Als er um ihre Hand anhielt, hatte er ihr offen gesagt, wie er zu Liebe und Romantik stand, und sie war mit seinen Bedingungen einverstanden gewesen.

Sie redete sich ein, dass sie vollauf zufrieden war mit einem Gemahl, der treu und fürsorglich war. Es wäre töricht, sich nach mehr zu sehnen, insbesondere in Anbetracht ihrer eigenen

Unzulänglichkeiten. Adam akzeptierte sie, wie sie war, und gab ihr nie das Gefühl, albern oder linkisch zu sein, wenn sie ihre Liebesbekundungen nicht zurückhalten konnte. Das war mehr, als sie verdient hatte. Er war zweifellos der beste Ehemann auf Erden.

Und er könnte in diesem Augenblick einem skrupellosen Halsabschneider entgegentreten.

Erneut packte sie die blanke Panik. Instinktiv wanderte ihr Blick zu den Erfrischungen hinüber, die der Butler hereingebracht hatte. Vielleicht würde es ihr helfen, sich zu beruhigen, wenn sie sich eines der mit Haselnusscreme gefüllten Gebäckstücke gönnte ...

Ihre Gedanken wurden von einsetzender Klaviermusik unterbrochen. Miss Thornton, die Gouvernante der Kinder, hatte vor dem Instrument seitlich der Bühne Platz genommen und kündigte mit den energischen Akkorden den Beginn der Vorstellung an.

„Sehr verehrte Damen und Herren!", ertönte eine hohe, melodische Stimme hinter dem Vorhang. Sie gehörte zu Lady Olivia, der ältesten Tochter der Strathavens. „Vielen Dank, dass Sie so zahlreich zu der Premiere dieses Originalwerks erschienen sind. Machen Sie sich bereit für eine Geschichte voller Tragödien und Triumphe, ein unvergessliches Spektakel, das Ihnen noch lange im Gedächtnis bleiben wird!"

Sie hielt kurz inne, sodass Miss Thorntons trillernde Anschläge die nötige Spannung erzeugen konnten.

„Begleiten Sie eine junge Dame auf ihrem Weg von einer unterdrückten Küchenmagd zu einer gefeierten Prinzessin. Werden Sie mit eigenen Augen Zeugen ihrer unglaublichen Verwandlung! Unsere Heldin wird Sie beeindrucken mit ihrer Metamorphose von einer unscheinbaren Raupe zum bildschönen Schmetterling ..."

„Hast du Livy dieses Wort beigebracht?", flüsterte Strathaven seiner Frau zu.

„Welches denn? Es gab so viele große Wörter in dieser Ansprache", erwiderte Em.

Die Mundwinkel des Herzogs zuckten vor Belustigung. „Zweifellos hat unsere Tochter deinen Verstand geerbt."

„Bitte lehnen Sie sich nun zurück", fuhr Olivia fort, „und lassen Sie sich von der Magie des Theaters verzaubern. Ich präsentiere Ihnen die fantastische Geschichte: *Die Prinzessin und ihre tanzenden Pantoffeln!*"

Die nächste Stunde verging wie im Flug. Gabby war hellauf begeistert von der Kreativität und dem Talent der Kinder. Fiona war atemberaubend in ihrer Hauptrolle als Prinzessin Gianna, und auch Lady Olivia glänzte unter anderem als die beste Freundin, die böse Königin sowie der Stallbursche. Lord Christopher, Strathavens Erbe, bot eine beeindruckende Darbietung als Ritter in schimmernder Rüstung (ein aus zusammengebundenen Blechpfannen bestehendes Kostüm), und auch der jüngste Sprössling der Actons, Lord Stephan, überzeugte als furchteinflößender Drache, der laut brüllend die aus Holzklötzen erbauten Türme umstieß.

Den einzigen Patzer leistete sich der arme Max, als er seinen Einsatz verpasste. Seine Schwester hatte ihm eine winzige Rolle ohne Text zugewiesen. Verkleidet als Baum sollte er auf der Bühne erscheinen, sobald Prinzessin Gianna – dank ihrer magischen Pantoffeln – in den Wald der Geheimnisse tanzte. Leider schien er jedoch kurz vor seinem Auftritt Lampenfieber entwickelt zu haben, denn das Publikum konnte deutlich hören, wie Fiona ihm zuzischte: „Beeil dich, du Dummkopf! Du bist dran!"

Nervös taumelte er auf die Bühne. Sein rundliches Gesicht war von Schweiß überzogen, und die Blätter an seinen Ästen zitterten wie Espenlaub. Gabby seufzte insgeheim erleichtert auf, als sein Part vorüber war, und applaudierte enthusiastisch, während er zurück hinter den Vorhang hastete.

Als das Stück endete, sprangen die Zuschauer auf die Füße und spendeten tosenden Beifall. „Bravo!", riefen die Väter, „Zugabe!", verlangten die Mütter. Nach einer kurzen Pause kamen die jungen Schausteller heraus, um sich zu verneigen … alle, bis auf Max, wie Gabby besorgt feststellte.

Sobald die Kinder wieder hinter dem Vorhang verschwunden waren, um ihre Kostüme abzulegen, wandte Polly sich ihr zu und legte ihr eine Hand auf den Arm. „Glaubst du, mit Maximillian ist alles in Ordnung?"

„Der Ärmste", erwiderte Gabby leise. „Er bemüht sich ja so, weißt du?"

„Ich finde, er hat seine Sache ganz wunderbar gemacht", mischte Emma sich ein und stupste ihren Gemahl in die Rippen. „Nicht wahr, Strathaven?"

„Allerdings. Er hat die Rolle des Baumes perfekt beherrscht", stimmte der Herzog zu. „Er war sehr, äh … laubig."

„Und er hat die anderen bei den Proben stets so selbstlos unterstützt", fügte Emma hinzu. „Christopher hat sich durch ihn sehr ermutigt gefühlt."

„Stephan ebenfalls", pflichtete Polly ihr bei.

In diesem Moment stürmten die Kinder erwartungsvoll auf sie zu.

„Wie hat es euch gefallen?", wollte Lady Olivia von ihren Eltern wissen.

„Es war eine ganz außergewöhnliche Vorstellung, Liebes", lobte Strathaven sie und strich ihr über die schwarzen Löckchen. Das Mädchen strahlte vor Stolz.

„Was ist mit mir?“, rief ihr Bruder ungeduldig. „War ich ein guter Ritter?“

„Du warst absolut überzeugend“, versicherte sein Vater ihm.

„Am besten hat mir die Szene gefallen, in der Prinzessin Gianna sich ihren Weg in die Freiheit tanzte“, sagte Emma. „Es war eine willkommene Wendung, dass nicht der Ritter sie zu guter Letzt rettete, sondern ihr Glaube an ihre magischen Fähigkeiten.“

„Das war Fionas Idee“, gestand Olivia gnädigerweise ein.

„Gut gemacht, Fiona“, sagte Strathaven.

„Vielen Dank, Euer Gnaden“, erwiderte diese höflich, wirkte trotz des Lobs jedoch ein wenig bedrückt.

Gabby konnte sich den Grund dafür denken. Sie wusste, wie sehr ihre Tochter sich gewünscht hatte, dass Adam dem Stück beiwohnen würde, immerhin hatte die Kleine seit Wochen von nichts anderem geredet. Es war bestimmt nicht leicht für sie, ihre Freunde im Kreis ihrer stolzen Eltern zu sehen.

„Du warst einfach umwerfend, Liebling“, sagte Gabby zu ihr, bemüht, so begeistert wie möglich zu klingen. „Ihr alle wart einsame Spitze.“

Fi schabte mit der Spitze ihres Zauberpantoffels über den Boden. „Ich wünschte, Papa hätte uns sehen können.“

„Er wäre so gern dabei gewesen“, versicherte ihre Mutter ihr leise. „Aber leider wurde er zu einer dringlichen Besprechung gerufen.“

„Er wird *immer* zu irgendetwas gerufen.“

Natürlich gesellte sich ihr Vater genau in diesem Moment zu ihnen, um den letzten Teil ihres Gesprächs aufzuschnappen. Da sie weder seine Feindseligkeit Adam gegenüber schüren noch vor ihren Gästen darüber diskutieren wollte, wechselte

Gabby schnell das Thema. „Du kannst deinem Papa später alles erzählen", sagte sie zu Fi. „Wo steckt eigentlich Max?"

Die blauen Augen ihrer Tochter blitzten auf, und sie schob das Kinn vor. „Max, Max, Max! Immer geht es nur um ihn. Er ist dir viel wichtiger als ich!"

Gabby stand da wie vom Donner gerührt und wusste nicht, wie sie auf diesen Wutausbruch reagieren sollte.

„Spricht man so mit seiner Mutter, junge Dame?", fragte ihr Großvater streng. Angesichts seines missbilligenden Stirnrunzelns senkte Fiona den Blick. „Entschuldige dich auf der Stelle."

Die Unterlippe des Mädchens begann unheilvoll zu zittern.

„Es ist schon spät", mischte Gabby sich ein. „Fiona hat sich bestimmt nur im Ton vergriffen, weil sie müde ist. Nicht wahr, Liebes?"

Ihre Tochter nickte und schielte nervös zu ihrem Großvater hinauf.

„Ich glaube, für heute Abend reicht es mit der Theatralik", sagte Polly, die zu ihnen herübergekommen war, und legte Fiona einen Arm um die Schultern. „Ich schlage vor, dass wir mit den Kindern Erfrischungen einnehmen, während du nach Max siehst. Was hältst du davon, Gabby?"

„Vielen Dank", erwiderte diese und zwang sich zu einem Lächeln. „Ich bin gleich mit ihm zurück."

Mit diesen Worten eilte sie hinter die Bühne, wo Miss Thornton dabei war, die Kostüme und Requisiten aufzuräumen.

„Er ist in seinem Schlafzimmer, Ma'am", teilte die Gouvernante ihr leise mit. „Er sagte, er möchte allein sein."

Gabby nickte ihr dankend zu, bevor sie an die Tür des Schlafgemachs trat und behutsam anklopfte.

„Geh weg", ertönte Max' gedämpfte Stimme.

„Ich bin es, mein Schatz", sagte sie leichthin. „Es gibt Erfrischungen. Möchtest du nicht mit deinen Freunden feiern?"

„Nein, ich will niemanden sehen. *Geh weg!*"

Als sie die leisen Schluchzer hörte, die seine Worte begleiteten, öffnete sie die Tür und trat ein.

Ihr Sohn kauerte auf dem Boden neben seinem Bett, die Arme um die angezogenen Knie geschlungen. Er hatte seine Krone aus Ästen beiseitegeworfen, trug aber immer noch den braunen Jutekittel, der zu seinem Kostüm gehörte. Als sie sich ihm näherte, hob er den Kopf, und ihre Brust schnürte sich zusammen, als sie sein tränenüberströmtes Gesicht sah. Ein wenig unbeholfen – kein Wunder bei den mehrlagigen Unterröcken – ließ sie sich neben ihm nieder.

Schnell rieb er sich mit den Händen über Nase und Wangen, wobei er die Tränen mit Rotz vermischte. „Ich sagte doch, ich will allein sein."

„Manchmal geht es mir ganz genauso", erwiderte sie sanft, zog ein zerknittertes Taschentuch aus ihrer verborgenen Rocktasche und reichte es ihm. „Aber am Ende fühle ich mich immer besser, wenn ich darüber rede."

Max vergrub die Finger in dem Leinenstoff und platzte heraus: „Ich habe das Stück kaputt gemacht!"

„Nein, hast du nicht. Alle fanden die Geschichte ganz wunderbar ...“

„Ich war der Einzige, der es vermasselt hat. Nie kriege ich etwas richtig hin."

Gabbys Herz verkrampfte sich. „Das stimmt doch nicht, mein Schatz."

„Ich bin nicht wie Fiona", flüsterte er, und erneut füllten sich seine Augen mit Tränen. „Papa liebt sie mehr als mich, weil sie in allem, was sie tut, die Beste ist."

„Oh, Max." Gabby legte ihm einen Arm um die Schultern, und zu ihrer Erleichterung ließ er es zu. „Du und Fi, ihr seid wie die meisten Geschwister ganz unterschiedlich. Aber das bedeutet nicht, dass einer von euch besser ist als der andere. Papa liebt euch beide gleichermaßen. Ebenso wie ich."

„Das sagst du nur, weil du meine Mama bist", schniefte er.

„Nein, weil es die Wahrheit ist", erwiderte sie nachdrücklich. „Ihr beide seid meine Engel, und ich bin die glücklichste Mutter auf der ganzen Welt."

„Wirklich?"

„Wirklich."

Max stieß einen Laut aus, der halb Schluchzen, halb Seufzer war. „Ich bin froh, dass Papa nicht da war und gesehen hat, wie ich alles vermassle. Und dass ich hinterher geheult habe wie ein Säugling. Du wirst es ihm doch nicht verraten, oder, Mama? Versprich es mir!"

Gabby zögerte kurz, bevor sie erwiderte: „Ich verspreche es, mein Schatz. Aber es ist keine Schande, Fehler zu machen. Das passiert jedem, allen voran mir. So ist das Leben nun mal."

„Papa und Fiona machen nie Fehler."

„O doch, das tun sie. Sie gehen nur ..." Kurz hielt sie inne und suchte nach dem richtigen Wort. „Sie gehen nur selbstsicherer damit um."

„Warum kann ich nicht so sein wie sie, Mama?", fragte ihr Sohn betrübt.

Der Kummer in seinen Augen schnürte ihr die Kehle zu. „Weil du niemand anderer sein kannst als du selbst, Max. Du bist ein guter, aufrichtiger Junge, und nur das zählt."

„Hoffentlich hast du damit recht", murmelte er, wenig überzeugt.

„Da bin ich mir ganz sicher. Und weißt du noch etwas?"

„Was?"

„Du wirst dich viel besser fühlen, wenn du dich jetzt zu den anderen gesellst", sagte sie und strich ihm zärtlich über die dunklen Locken, wobei ein paar verirrte Blätter zu Boden fielen. „Der Koch hat deinen Lieblingskuchen gebacken.“

Sie erhob sich und streckte ihm die Hand hin. Max seufzte noch einmal tief auf, bevor er sie ergriff und seine kleinen Finger um ihre schloss. Gemeinsam verließen sie das Zimmer und mischten sich unter die Gäste.

Kapitel Neun

Vom Bug des Bootes aus verfolgte Adam die Situation auf dem Pier. Gerade war ein Kampf ausgebrochen, und soweit er es beurteilen konnte, hatte noch keine Seite die Oberhand gewonnen. Die Luft war erfüllt von Rauch, Schüssen und dem Gebrülle sich bekriegender Männer.

In anderen Worten, ein ganz gewöhnlicher Arbeitstag.

Plötzlich tauchte Murray aus dem Gedränge auf und sprang mit einem gewaltigen Satz an Deck. Seine Kleidung war mit Schießpulverrückständen beschmutzt, und an der Wange hatte er eine leichte Schnittwunde.

„Was dauert da so lange?", wollte Adam wissen.

„Sweeney hat eine ausgewachsene Armee zusammengetrommelt", presste Murray hervor. „Die sind uns zahlenmäßig überlegen."

Adam zog zwei Pistolen aus der Tasche und entsicherte sie.

Der jüngere Mann hob die Brauen. „*Sie* wollen sich ins Getümmel stürzen?"

Sein ungläubiger Tonfall ging Adam gehörig gegen den Strich. Verdammt, er hatte sein Geschäft aus dem Nichts aufgebaut, während der Bastard auf irgendeinem Landsitz in

Windeln herumtollte. Obwohl er sich mittlerweile nicht mehr oft die Hände schmutzig machte, verfügte er noch immer über die nötigen Fertigkeiten, die er sich im Elendsviertel angeeignet hatte. Murray hatte keinen Grund dazu, ihn wie einen Greis zu behandeln, der nicht mehr fähig war, sich selbst zu verteidigen.

„Wenn man etwas erledigt haben will, muss man sich selbst darum kümmern", erwiderte er kühl und sprang von Bord, um sich unter die Kämpfenden zu mischen.

Durch den Rauch und die rangelnden Körper hindurch erspähte er Kerrigan, der von einem massiven Gegner, der ihm eine Klinge an den Hals hielt, zu Boden gedrückt wurde. Adam zielte auf den Koloss und drückte ab. Der Kerl sackte zur Seite, und Kerrigan stieß ihn von sich, bevor er sich keuchend aufsetzte. Gerade, als Adam zu ihm hinübergehen wollte, wurde er von hinten angegriffen und ließ die Pistole fallen, welche über den Pier davonschlidderte.

Er nutzte den Schwung des Falls und rollte sich auf seinen Angreifer, um die Oberhand zu gewinnen. Ohne zu zögern begann er, auf den anderen Mann einzuschlagen, bis er das befriedigende Geräusch brechender Knochen hörte. Mühelos wich er den verzweifelten Hieben des Halunken aus, ohne seine eigenen Attacken einzustellen. Als der Kerl schließlich bewusstlos dalag, erhob er sich und starrte im Blutrausch auf seinen besiegten Feind hinab.

Lange hielt er sich damit jedoch nicht auf, sondern ging direkt zum nächsten Angriff über. Einen Gegner erledigte er mit seiner zweiten Pistole, einen weiteren mit einem der Dolche aus seinen Stiefeln. *Genau wie in alten Zeiten.* Sein Verstand war geschärft, gelassen, konzentriert, während seine Muskeln von der Anstrengung brannten und ihm ein willkommenes Gefühl der Lebendigkeit verliehen. Schonungslos bezwang er einen Feind nach dem nächsten, bahnte sich seinen Weg durch die kämpfenden Scharen, bis er einen beachtlichen Teil der gegnerischen Männer außer Gefecht gesetzt hatte.

Schließlich suchte er sich schwer atmend einen ruhigen Ort seitlich des Piers, um zu verschnaufen und sich einen Überblick über die Lage zu verschaffen. Er und seine Truppe hatten die Oberhand gewonnen, die meisten ihrer Feinde waren entweder gefallen oder rannten mit eingezogenem Schwanz davon. In der Ferne hörte er die Siegesschreie von Tessa Kents Fußsoldaten, die erfolgreich das Lagerhaus gestürmt hatten.

Ein weiterer Sieg ... Und wieder bin ich meiner Rache einen Schritt näher.

Denn nun stand Tessa in seiner Schuld. Sie würde sich für seine Unterstützung an diesem Abend revanchieren müssen, und diesen Gefallen gedachte er einzufordern, wenn der richtige Zeitpunkt gekommen war. Während er De Villier in den finanziellen Ruin stürzte, würden ihre Männer möglicherweise seine Eisenbahnwerkstatt Stein für Stein auseinandernehmen müssen. *Nur nichts unerledigt lassen.*

Von schwindelerregendem Triumph erfüllt, wanderten seine Gedanken plötzlich zu Gabriella, wie sie unschuldig schlafend in ihrem Bett lag, und sein ohnehin schon erhitztes Blut begann zu sieden. Es gab nichts Besseres nach einem erfolgreichen Kampf, als das Adrenalin beim Liebesspiel abzubauen.

Ob er es sich erlauben konnte, seine eigene Regel zweimal am selben Tag zu brechen? Wahrscheinlich sollte er das besser nicht tun. Andererseits war die Vorstellung, sich in der engen, feuchten Pussy seiner Frau zu vergraben, zu verführerisch ...

Plötzlich nahm er aus dem Augenwinkel eine Bewegung war. Wie aus dem Nichts war ein Mann neben ihm aufgetaucht und stürmte mit gezogener Waffe auf ihn zu.

Gottverdammt.

Das war der letzte Gedanke, der ihm durch den Kopf

schoss, bevor die Kugel ihn traf. Der Aufprall ließ ihn rückwärts stolpern, bis seine Füße keinen Halt mehr fanden. Er fühlte sich durch die Luft fallen. Dann schlug sein Kopf jäh auf etwas Hartem auf, und ein lähmender Schmerz explodierte in seinem Schädel. Etwas Rotes flackerte in seiner Sicht auf. Wie von weit her hörte er ein Platschen, bevor ihn eisige Kälte einhüllte und in die Tiefe zog. Ihm blieb keine Zeit mehr, um in Panik zu verfallen, denn schon im nächsten Augenblick wurde alles um ihn herum schwarz.

Kapitel Zehn

Nachdem Gabby ihre übermüdeten Kinder zu Bett gebracht hatte, begab sie sich in ihr eigenes Schlafgemach.

Obwohl sie körperlich erschöpft war, konnte sie nicht einschlafen. Hellwach lag sie da und beobachtete die Schatten, die über ihren mit Ranken bestickten Baldachin huschten. Wie schon zu Kinderzeiten hatte sie die Lampe auf dem Nachttisch brennen lassen. Damals hatte sie fürchterliche Angst vor der Dunkelheit gehabt, überzeugt, dass bösartige Monster unter ihrem Bett und im Schrank lauerten. Sie pflegte mitten in der Nacht schweißgebadet aufzuwachen, erfüllt von einem namenlosen, lähmenden Grauen.

Dieses geisterhafte Schreckgefühl hatte sie durch ihre Jugend bis ins Erwachsenenalter begleitet. Tatsächlich war es ihr nie leichtgefallen, ein- oder durchzuschlafen. Die einzige Ausnahme bildeten die Nächte nach Adams wöchentlichen Besuchen. Nach ihrem Liebesspiel blieb er stets bei ihr, bis sie eingeschlummert war, und am nächsten Morgen wachte sie für gewöhnlich erholt und ausgeruht auf.

Bei dem Gedanken an ihren Gemahl wuchs ihre Besorgnis.

Nervös warf sie einen Blick auf die vergoldete Uhr auf ihrem Nachttisch.

Es ist fast zwei Uhr morgens. Wo bleibt er nur? Irgendetwas Schreckliches ist passiert, ich kann es fühlen ...

Als sie Stimmen vor dem Fenster vernahm, setzte sie sich kerzengerade auf. Erleichterung durchflutete sie, als sie Schritte auf den Eingangsstufen hörte. Eilig sprang sie aus dem Bett und schlüpfte in ihren Morgenmantel.

Adam ist zurück. In diesen Gedanken hüllte sie sich wie in eine warme Decke. *Alles ist in Ordnung.*

Jemand klopfte an ihre Tür, und sie lief hinüber, um sie zu öffnen.

Auf der anderen Seite stand Nell, das sonst so freundliche, rundliche Gesicht in tiefe Sorgenfalten gelegt.

Sofort stellte sich die vertraute Panik wieder ein. „Was ist los? Wo ist Mr Garrity?"

„Er ist zurück, Ma'am, in Begleitung von Mr Murray und einem Arzt ..."

Gabby wartete den Rest des Satzes gar nicht ab, sondern zwängte sich an dem Dienstmädchen vorbei und rannte den Korridor entlang, an dessen Ende sie in Adams Schlafgemach platzte. Mr Murray und ein Mann mit sandfarbenem Haar wirbelten zu ihr herum ... doch ihr Blick war allein auf die Person fixiert, die auf dem Bett lag.

Adam. Sein Gesicht war leichenblass. Er regte sich nicht.

Sie verharrte mehrere Sekunden, und als sie sah, wie sich seine Brust hob und senkte, entfuhr ihr ein ersticktes Schluchzen.

Benommen stolperte sie an seine Seite und legte ihm vorsichtig eine Hand an die Wange. Sein Bartschatten fühlte sich kratzig an, seine Haut war eisig kalt. Über seine rechte Schläfe zog sich eine rote, geschwollene Schnittwunde. Das dunkle Haar klebte ihm feucht auf der Stirn, und auch seine Kleidung war durchnässt.

Ihr Blick blieb an dem zerrissenen Stoff auf der rechten Seite seines Körpers haften, wo sich ein unheilvoller, dunkelroter Fleck ausgebreitet hatte.

„Was ist passiert?", presste sie zwischen tauben Lippen hervor.

„Er wurde angeschossen ... aber er lebt noch!", beeilte Mr Murray sich zu sagen, als sie entsetzt aufkeuchte. „Mrs Garrity, das hier ist Dr. Abernathy. Er wird sich gut um Ihren Gemahl kümmern."

„Guten Abend, Ma'am", sagte der blonde Mann und verneigte sich.

„Sie sind nicht Dr. Abernathy", entgegnete sie stirnrunzelnd.

Ihr Hausarzt, der die Familie seit Jahren medizinisch betreute, war ein ruppiger Schotte mit buschigen Brauen und ergrauenden Schläfen. Dieser Mann hier schien Anfang zwanzig zu sein ... Wenn überhaupt! Sein jungenhafter Charme mochte die Herzen der Damen höherschlagen lassen, erfüllte Gabby jedoch nicht gerade mit Zuversicht hinsichtlich seiner Fachkenntnisse und Erfahrung.

„Dr. Douglas Abernathy, zu Ihren Diensten. Mein Vater, Ihr langjähriger Hausarzt, wohnt gerade einer Geburt in Hampshire bei." Der junge Mediziner gebärdete sich ähnlich forsch und kompetent wie sein Vater, allerdings war sein schottischer Akzent nicht ganz so stark ausgeprägt. „Ich habe den Patienten bereits in der Kutsche untersucht. Die gute Nachricht ist, dass die Kugel keinen allzu großen Schaden angerichtet hat. Sie hat ihn lediglich an der Seite gestreift, ohne lebenswichtige Organe oder Knochen zu verletzen. Es ist mir gelungen, die Blutung zu stillen."

Seine Worte erfüllten sie mit einer tiefen Dankbarkeit.

„Als Nächstes werde ich die Wunde ordentlich säubern und verbinden müssen", fuhr der Doktor fort.

In diesem Moment trafen mehrere Lakaien ein, die Krüge voll heißen Wassers, Handtücher sowie einen leeren Rollwagen hereinbrachten und alles den Anweisungen des Arztes entsprechend arrangierten. Dr. Abernathy holte verschiedene Instrumente aus seiner Ledertasche und breitete sie in gleichmäßigem Abstand auf dem Wagen aus, wie ein Junge, der seine Spielzeugsoldaten aufreihte.

Mit einer Kneifzange hob er etwas auf, das wie eine große Stopfnadel aussah, und schwenkte sie mehrmals durch die Flamme einer Kerze. „Jetzt wird es leider ziemlich unangenehm. Vielleicht möchten Sie lieber draußen warten, Ma'am?"

„Ich bleibe hier", erwiderte sie und schluckte nervös. „Äh, haben Sie das schon einmal gemacht?"

Dr. Abernathy ging zum Waschtisch hinüber und wusch sich mit dem heißen Wasser aus einem der Krüge sorgfältig die Hände. „Ich habe kürzlich meine sechsjährige Fachausbildung an der Universität zu Edinburgh abgeschlossen, wo ich im größten Krankenhaus der Stadt tätig war."

Das klang zumindest beruhigend.

„Sagen Sie mir, wie ich helfen kann", bat sie ihn.

„Sie werden Ihren Gemahl ruhig halten müssen, während ich die Wunde mit einer Kochsalzlösung reinige. Ich habe ihm zwar ein wenig Laudanum verabreicht, aber das wird ihm den Schmerz nicht gänzlich nehmen. Anschließend muss ich ihn nähen ..."

Ein leises Stöhnen ließ Gabby herumwirbeln. Sie beugte sich über Adam und strich ihm sanft die feuchten Strähnen aus der Stirn.

„Alles wird wieder gut werden, mein Liebster", flüsterte sie ihm zu. „Du bist jetzt zu Hause."

Langsam öffnete er die Augen, doch sein dunkler Blick war

glasig und unfokussiert. Es war offensichtlich, dass er sie nicht wirklich wahrnahm.

„Nicht ertrinken ... wie ein armseliges Kätzchen ...“, murmelte er.

Dr. Abernathy schob den Wagen auf die andere Seite des Bettes. „Sprechen Sie weiter mit ihm, Ma'am.“

„Du bist in Sicherheit, Liebling“, fuhr sie mit erstickter Stimme fort und setzte sich neben ihn. „Wir versorgen jetzt deine Wunden, und dann bist du in null Komma nichts wieder auf den Beinen.“

Mit einer Schere zerschnitt der junge Arzt auf geübte Weise Adams Kleidung. Gabby stockte der Atem, als sie den riesigen Blutfleck auf seinem Leinenhemd erblickte. Als der Doktor versuchte, den Stoff von der Wunde zu lösen, zuckte Adam so heftig zusammen, dass sie beinahe von der Matratze gefallen wäre.

„Mr Murray, seien Sie so gut und halten Sie den linken Arm des Patienten fest“, bat Dr. Abernathy, bevor er sich an die Lakaien wandte. „Und von Ihnen beiden nimmt bitte einer die Beine und der andere den rechten Arm. Halten Sie ihn so ruhig wie möglich. Mrs Garrity, reden Sie weiter, lenken Sie ihn ab.“

Gabby nickte und rückte näher an ihren Gemahl heran, ohne dem Arzt dabei in die Quere zu kommen. Sanft strich sie Adam durch das dichte Haar, sammelte ihre Kraft und begann, ihm in allen Einzelheiten von dem Theaterstück der Kinder zu berichten. Abermals versuchte der Doktor, den blutdurchtränkten Stoff von der Wunde zu entfernen, und obwohl Adam zuckte und stöhnte, gelang es ihm diesmal. Als Gabby das klaffende Einschussloch darunter erblickte, wurde sie von Schwindel übermannt.

„Sie machen das großartig, Mrs Garrity“, drang Mr Murrays Stimme zu ihr durch und erdete sie. Seine Stirn war schweißüberzogen von der Anstrengung, ihren Ehemann ruhig zu halten. „Sagen Sie, wie ging es weiter, als Prinzessin Gianna die tanzenden Pantoffeln fand?“

Irgendwie gelang es Gabby, die Geschichte fortzusetzen. Während Dr. Abernathy die Wunde ausspülte und säuberte, redete sie über geheimnisvolle Wälder, magische Schlösser und siegreiche Prinzessinnen. Dann setzte der Doktor die Nadel an und begann, die klaffenden Hautfetzen zusammenzunähen. Mühsam unterdrückte sie die aufsteigende Übelkeit und erzählte weiter, bis er *endlich* fertig war.

„Es ist geschafft, mein Liebster“, flüsterte sie Adam mit zitternder Stimme zu.

Doch von ihm kam keine Reaktion, da er das Bewusstsein verloren hatte.

„So ist es ohnehin besser. Sein Körper braucht Ruhe, um heilen zu können“, sagte Dr. Abernathy, öffnete ein Glasgefäß und löffelte etwas von dem graubraunen Inhalt heraus, bevor er die Substanz, die Gabby an Haferschleim erinnerte, auf der frisch genähten Wunde verteilte.

„Was ist das?“, fragte sie angewidert.

„Ein heilender Umschlag aus schimmeligem Brot und Honig. Er verringert das Risiko einer Infektion.“ Mit Mr Murrays Hilfe wickelte der Arzt einen Verband um Adams Oberkörper und deckte ihn anschließend zu. „Meine Arbeit ist fürs Erste getan. Ich komme morgen früh wieder vorbei, um nach dem Patienten zu sehen.“

Gabby warf ihm einen nervösen Blick zu. „Wie lange wird es dauern, bis mein Gemahl sich vollständig erholt hat?“

Als sie seine finstere Miene bemerkte, legte sich eine eisige Hand um ihr Herz. Behutsam zog er sie ein Stück vom Bett weg und wartete, bis Mr Murray sich zu ihnen gesellt hatte.

„Die Schusswunde sollte innerhalb von zwei Wochen verheilt sein“, sagte er leise. „Allerdings gibt es da noch etwas, das mir Sorgen bereitet.“

„Was denn?", platzte sie heraus.

Der Arzt wechselte einen Blick mit Mr Murray.

„Was verschweigen Sie mir?", verlangte sie mit schriller Stimme zu wissen.

„Als Garrity angeschossen wurde, hat die Wucht der Kugel ihn von den Füßen gerissen", antwortete Wickham mit grimmiger Miene. „Er hat sich ziemlich übel den Kopf gestoßen und ist ins Wasser gefallen. Ich habe alles vom anderen Ende des Piers aus beobachtet. Keine Ahnung, woher der Schütze auf einmal kam, ich dachte eigentlich, wir hätten den Feind unter Kontrolle. Ich bin hinübergerannt, habe den Kerl außer Gefecht gesetzt und bin hinter Garrity her in den Fluss gesprungen. Als ich ihn herauszog, atmete er nicht mehr, jedoch ist es mir gelungen, ihn wiederzubeleben und das Wasser aus seiner Lunge zu pumpen."

Gabby rang halb ohnmächtig vor Panik die Hände.

„Ihr Gemahl ist ein kerngesunder Mann in seinen besten Jahren. Das wird seiner Genesung dienlich sein", sagte Dr. Abernathy. „Da wir leider nicht wissen, was die Zukunft bringt, müssen wir uns auf das konzentrieren, was wir gegenwärtig für ihn tun können. Vermutlich wird er mit Fieber zu kämpfen haben, weshalb wir es ihm in den nächsten Tagen so bequem wie möglich machen sollten."

Eine Million Gedanken wirbelten Gabby durch den Kopf, aber sie wusste, dass der Doktor recht hatte. Sie musste unbedingt Ruhe bewahren. Keinesfalls durfte sie sich von ihren Zukunftsängsten überwältigen lassen.

Adam braucht mich jetzt.

Also straffte sie die Schultern und fragte: „Werden Sie mir konkrete Anweisungen geben, wie ich meinen Mann zu versorgen habe?"

„Selbstverständlich Ma'am." Der Arzt wirkte erleichtert, als hätte er eigentlich damit gerechnet, dass sie völlig hysterisch reagieren würde. „Und ich komme gleich morgen früh vorbei, um nach ihm zu sehen."

„Vielen Dank, Sir."

Nachdem Sie Dr. Abernathy zur Tür begleitet hatte, kehrte sie an Adams Seite zurück. Seine Augen waren noch immer geschlossen, und die Schnittwunde an seiner Schläfe bildete einen aggressiven Kontrast zu seiner aschfahlen Haut. Eine tiefe Sorgenfalte teilte seine Stirn, sein Kiefer war sichtlich angespannt. Unter der Decke hob und senkte sich seine Brust in schnellen, flachen Atemzügen. Es erschien ihr wie ein unmöglicher Albtraum, ihren sonst so kraftstrotzenden, kerngesunden Gemahl so verletzlich zu sehen. Sie nahm seine Hand zwischen die ihren, verzweifelt bemüht, ihre eigene Lebenskraft in ihn fließen zu lassen.

Bitte, Gott, flehte sie, *lass meinen Adam wieder gesund werden. Ich werde alles tun, was du von mir verlangst ... egal, was ...*

„Es wird alles wieder gut werden", sagte Mr Murray mit rauer Stimme.

„Natürlich." Sie musste die aufsteigenden Tränen unterdrücken und fügte leise hinzu: „Vielen Dank für Ihren heldenhaften Einsatz heute Abend, Sir. Wir schulden Ihnen mehr, als wir Ihnen je zurückzahlen können ..."

„Wenn Garrity mir danken will, soll er das selbst tun", erwiderte Wickham mit einem tapferen Lächeln, das ihm nicht so recht gelingen wollte. „Er ist der widerstandsfähigste Kerl, den ich kenne. Er wird es schaffen."

Gabby kämpfte gegen den Kloß in ihrem Hals an.

Sie musste jetzt ebenfalls stark sein ... um Adams willen.

„Das wird er", bekräftigte sie.

Bitte, Gott, mach, dass er durchkommt.

Kapitel Elf

Die Dunkelheit drohte ihn zu bezwingen.

So sehr Adam auch dagegen ankämpfte, zog ihn die eisige Finsternis immer tiefer und tiefer. Panik füllte seine Lunge, drohte ihn zu ersticken, zerrte ihn wie ein Sack voll Ziegelsteine hinab in sein nasses Grab.

Nein, so darf es nicht enden! Ich werde nicht elendig verrecken wie ein ersäuftes Kätzchen. Die Genugtuung gönne ich ihm nicht ...

Er war erschöpft und erfroren ... Gott, es war so verdammt kalt ... Aber etwas in ihm wollte einfach nicht aufgeben. Der Schmerz war überwältigend, doch er weigerte sich, der süßen Versuchung der Besinnungslosigkeit nachzugeben. Verzweifelt kämpfte er gegen das Brennen in seinen Adern und die kriechende Kälte an, versuchte, dem Sog der Schwerkraft zu entrinnen und sich seinen Weg an die Oberfläche zu bahnen.

Sinken oder schwimmen, sinken oder schwimmen, ich darf nicht sinken ...

Gerade, als ihn seine restliche Kraft verließ und ihn die Gewissheit ereilte, dass er nicht länger kämpfen konnte, erspähte er einen Schimmer ... einen Lichtstrahl, der die Dunkelheit durchbrach ...

„Was haben Sie gefunden, Mr Garrity?", ertönte die verzerrte, aber liebliche Stimme eines Mädchens, übersprudelnd und lebhaft, wie mit Champagner vermischte Limonade. „Ist es ein verlorener Schatz?"

„Man weiß nie, welche Art von Geschenken Mutter Themse einem bringt", erwiderte ein Mann. „Was auch immer es ist, es ist verdammt schwer."

Adam spürte einen Ruck, als er nach oben gezogen wurde. Um ihn herum wurde es lichter und lichter, die Stimmen immer deutlicher ...

„Verdammich, das ist ein junger Knabe!"

„Ist er tot?", erkundigte sich das Mädchen alarmiert.

„Das werden wir gleich sehen. Mach mal 'n bisschen Platz, Täubchen."

Ein schweres Gewicht presste auf Adams Brust, und der Druck auf seinen gebrochenen Rippen entriss ihm einen erstickten, von Wasser begleiteten Schrei.

„So ist es gut, Junge. Raus damit", sagte der Mann. „Hast ja die halbe Themse verschluckt, wie's aussieht."

Adam würgte mehrmals, bis ihm ein Schwall sumpfiges Wasser aus Mund und Nase lief. Damit schien er einen Damm durchbrochen zu haben, denn er konnte nicht mehr aufhören, sich zu erbrechen, bis sein Hals rau und ausgetrocknet war. Als sein Magen nichts mehr hergab, versuchte er, die von Flusswasser und Tränen verkrusteten Augen zu öffnen. Er blinzelte angestrengt, und nach einigen Sekunden fokussierte sein Blick sich auf das Gesicht eines Engels ... Nein, ein Mädchen mit blonden Locken, umgeben von gleißendem Licht.

„Du bist nicht tot!", verkündete sie mit ihrer sprudelnden Stimme.

„W-wo bin ich?", krächzte er.

„Auf einer Schute mit mir und Mr Garrity. Wir haben eigentlich nach Wertsachen gesucht, stattdessen aber dich gefunden", erklärte sie und legte den Kopf schief. „Ich bin Jessabelle, und wer bist du?"

„Jessabelle", murmelte er. „Ich ... ich ..."

Seine Zähne klapperten so stark, dass er keine Antwort herausbrachte. Ein seltsames Gemisch aus eisiger Kälte und flammender Hitze durchflutete ihn, und er begann, am ganzen Körper zu zittern. Dunkelheit verdrängte die Bilder und Stimmen, und erneut fiel er in einen schwarzen Strudel der Bewusstlosigkeit. Bevor er ganz untertauchte, spürte er wie aus weiter Ferne eine warme, weiche Hand auf seiner Stirn.

Alarmiert zog Gabby die Hand zurück. Adams Haut glühte förmlich. Wie Dr. Abernathy vermutet hatte, setzte nun das Fieber ein. Während der letzten drei Tage und Nächte hatte sie unermüdlich an der Seite ihres Mannes gewacht, und wenn sie selbst einmal kurz eindöste, wurde sie schon bald darauf von seinem leisen Stöhnen oder unverständlichen Gemurmel geweckt. Obwohl Mrs Page und Nell ihr mehrmals angeboten hatten, ihren Platz einzunehmen, damit sie sich ausruhen konnte, wollte sie ihn keine Sekunde aus den Augen lassen.

Sie hatte eine kalte Kompresse nach der anderen ausgewechselt, da diese kaum mit seiner glühend heißen Stirn mithalten konnten. Mit einem Löffel hatte sie ihm Wasser eingeflößt und regelmäßig eine Salbe auf seine spröden Lippen aufgetragen.

Aber hauptsächlich verbrachte sie ihre Zeit damit zu beten.

Dass sie in diesem Moment zurückgeschreckt war, hatte jedoch nichts mit seiner fiebrigen Haut zu tun. Zitternd erhob sie sich von ihrem Stuhl und ging hinüber zum Waschstand, um die Kompresse auszuwringen.

Wer ist Jessabelle?, dachte sie besorgt. *Warum ruft mein Mann nach ihr?*

Adam hatte nie zuvor eine Frau mit diesem Namen erwähnt. Gabby würde doch sicher davon wissen, wenn er eine Bekannte hätte, mit der er so vertraut war, dass er ihren Namen im Fieberwahn stöhnte, oder nicht? Warum sollte er ihr etwas so Wichtiges verheimlichen? Es sei denn ...

Nein, hör auf damit. Er hat dir versprochen, dir stets treu zu sein. Adam ist ein Mann, der zu seinem Wort steht. Er würde dich niemals anlügen.

„Jessabelle ... *Geh nicht* ...“ Diesmal klang seine Stimme seltsam kehlig und gequält.

Ein glühender Schmerz durchfuhr Gabby, als hätte sie ebenfalls ein Fieber ereilt, eine züngelnde Flamme des Misstrauens und Zweifels. Unwillkürlich wanderten ihre Gedanken zurück zu jenem Abend vor ein paar Monaten, als sie Adam völlig betrunken in seinem Arbeitszimmer vorgefunden hatte. Sie konnte sich nicht erinnern, ihn je zuvor so stark alkoholisiert erlebt zu haben ... und so ungehemmt.

Schockiert hatte sie gefragt, was denn geschehen sei.

„Jemand, der mir wichtig war, ist bei einem Brand am Arbeitsplatz gestorben“, lautete die genuschelte Antwort.

Als sie versuchte, Details aus ihm herauszubekommen, hatte er sie kurzerhand an sich gezogen und geküsst. Dann war er dazu übergegangen, sie auf so verruchte und intime Weise zu verwöhnen, dass sie immer noch heftig errötete, wenn sie nur daran dachte. Hinterher war er sofort eingeschlafen, und am nächsten Tag konnte er sich an nichts von dem erinnern, was vorgefallen war ... Und das war wohl auch besser so. Sie wusste nach wie vor nicht, was sie von dieser dunklen, ungezügelten Seite an ihm halten sollte.

Oder von ihrer eigenen, schamlosen Reaktion.

Am folgenden Morgen hatte sie in der Zeitung von einem schrecklichen Brand gelesen, der das *Gilded Pearl*, ein berüchtigtes Freudenhaus, in Schutt und Asche gelegt hatte. Überrascht und misstrauisch war sie zu Adam gegangen und hatte ihn bezüglich dieses Zufalls zur Rede gestellt. Sie verlangte zu wissen, ob es sich bei der Person, die gestorben war – wegen der er sich betrunken hatte –, um jemanden handelte, der mit diesem Sündenpfuhl in Verbindung stand.

Er verneinte scharf, eine Geliebte oder Mätresse zu haben.

Angesichts seines eisigen Missfallens und überwältigt von ihrer eigenen Unsicherheit, hatte sie das Thema fallen lassen.

Nun jedoch stiegen ihre unterdrückten Sorgen und Zweifel wieder an die Oberfläche. Handelte es sich bei dieser Jessabelle um die Frau, die in dem Feuer umgekommen war? In welcher Beziehung hatte sie zu Adam gestanden, dass dieser ihren Namen auf so gepeinigte Weise stöhnte ...?

Willst du das wirklich wissen?

Angst umklammerte ihr Herz wie eine eisige Faust.

Während sie das Handtuch über dem Waschbecken auswrang, redete sie sich ein, dass Adam sie niemals belügen würde. Wenn er sagte, dass er keine Geliebte hatte, dann musste sie ihm auch glauben. Denn wenn sie ihrem Gemahl – dem Mann, den sie über alles liebte – nicht vertrauen konnte, was bedeutete das für ihre Ehe?

Ich werde Ihnen treu sein, Sie beschützen und dafür sorgen, dass es Ihnen an nichts fehlt.

Er hatte ihr sein Wort gegeben, und das musste ihr genügen.

Außerdem könnte diese Jessabelle irgendwer sein, nicht zwangsläufig eine Geliebte ... nicht einmal eine besonders wichtige Person. Wer wusste schon, was ein Fieber mit den Erinnerungen eines Menschen anstellte, auf welche Weise es die Bilder der Vergangenheit verzerrte? Vielleicht erinnerte sich

Adam in seinem Delirium an eine Kindheitsfreundin oder eine Angestellte oder ... womöglich sogar an ein Haustier.

War Jessabelle nicht der perfekte Name für eine Katze? Oder besser noch – für eine *Kuh*. Die Vorstellung eines dieser schwerfälligen, schwarz-weißen Tiere mit stumpfsinnigem Blick und geschwollenem Euter tröstete Gabby ein wenig.

„Gabriella ...“

Adams heiseres Flüstern riss sie aus ihren Gedanken. Schnell eilte sie zurück an seine Seite. Seine schweißüberströmten Züge waren angespannt und er warf den Kopf unruhig hin und her.

„Ich bin ja da, mein Liebster“, sagte sie sanft.

Behutsam legte sie die Kompresse auf seine gerunzelte Stirn. Ihr Puls schnellte alarmiert in die Höhe, als sie spürte, wie heiß seine Haut noch immer war. Gütiger Himmel, würde dieses Fieber denn niemals brechen? Sie schalt sich dafür, über die geheimnisvolle Jessabelle nachgegrübelt zu haben, während er sich in einem solch kritischen Zustand befand.

„Geh nicht“, murmelte er. „Verlass mich nicht ...“

„Ich gehe nirgendwo hin“, versprach sie ihm mit erstickter Stimme und legte ihm eine Hand an die Wange. „Ich bleibe hier an deiner Seite, mein Liebling, wo ich hingehöre, jetzt und für immer.“

Die Anspannung in seinem Gesicht löste sich ein wenig. Er murmelte noch etwas Unverständliches und fiel dann zurück in einen rastlosen Zustand zwischen Bewusstsein und Schlaf.

Gabby ließ sich auf ihrem Platz neben dem Bett nieder, wachte über ihn und betete.

Kapitel Zwölf

E r öffnete die Augen und blinzelte benommen.

Als er sich an das Halbdunkel gewöhnt hatte, stellte er fest, dass sich über ihm ein grüner Baldachin befand. Lag er etwa in einem Himmelbett? An den Seiten hingen elegante Seidenvorhänge in derselben Farbe, die mit Kordeln zurückgebunden waren. Er drehte den Kopf erst in die eine, dann in die andere Richtung und ließ den Blick über die restliche Einrichtung des Zimmers wandern. Dunkle Holzmöbel standen auf prachtvollen Perserteppichen. An den Wänden hingen teuer aussehende Gemälde in Goldrahmen. Auf der gegenüberliegenden Seite prasselte ein fröhliche Feuer in einem riesigen Marmorkamin.

Dieses Schlafgemach war eines Königs würdig.

Wo zum Teufel bin ich?

Als er versuchte, sich aufzusetzen, schoss ihm ein stechender Schmerz durch die rechte Seite. Keuchend ließ er sich zurück in die federweichen Kissen fallen. Es dauerte kurz, bis er wieder zu Atem kam, und dann tastete er vorsichtig die Stelle ab, die ihm solche Pein verursacht hatte. Unter seinem Schlafgewand spürte er einen dicken Verband. War er etwa verletzt worden? Nun wurde er sich auch eines schmerzhaften Pochens in seiner rechten Schläfe bewusst und fuhr behutsam mit den Fingern darüber. Verflucht, da war eine Beule von der Größe eines Hühnereis!

Langsam und bedächtig untersuchte er den Rest seines Körpers, bewegte Arme und Beine und wackelte probehalber mit den Zehen. Nachdem er festgestellt hatte, dass sonst alles in Ordnung zu sein schien, atmete er erleichtert aus ... und zuckte zusammen. Jeder Atemzug fühlte sich an, als würden ihm scharfe Klingen den Hals zerkratzen. Ein Gedanke drang durch den Nebel in seinem Gehirn zu ihm durch: *Wasser ... Ich brauche Wasser.*

Abermals richtete er sich auf, vorsichtiger diesmal, und verzerrte das Gesicht, als seine brennenden Muskeln protestierten. Neben dem Bett befanden sich ein Stuhl sowie ein kleiner Tisch, auf dem ein leeres Glas stand. Als er den Blick ein zweites Mal durch das Zimmer wandern ließ, fiel ihm in einigen Metern Entfernung ein halbmondförmiger Wandtisch auf. Darauf befand sich ein Krug.

Er biss die Zähne zusammen, schob die Decke von sich und schwang langsam die Beine über die Bettkante. *Das war doch gar nicht so schwer, oder?* Seine Füße versanken in dem dicken, weichen Wollteppich, der vor dem Himmelbett lag. Von seinem Erfolg beflügelt, stand er auf und schnappte keuchend nach Luft, als ihn wieder dieser stechende Schmerz durchfuhr. *Du kannst es schaffen, nur ein paar Schritte ...*

Als er ein Bein nach vorne schob, überkam ihn ein seltsames, schwindelerregendes Gefühl. Ein Rauschen erfüllte seine Ohren. Seine Knie gaben nach, und mit einem qualvollen Aufprall landete er unsanft auf dem luxuriösen Teppich.

Er merkte, wie ihm schwarz vor Augen wurde. „Gottverdammt."

„Ach, du meine Güte, mein armer Liebling! Lass mich dir helfen!"

Sein Atem, der sich gerade wieder einigermaßen normalisiert hatte, stockte ihm in der Brust, als er aufsah.

Eine fleischgewordene Göttin kam auf ihn zugeeilt ... *Venus!*

Ihr flammend rotes Haar fiel ihr in losen Wellen über den mit Rüschen besetzten, rosafarbenen Morgenmantel. Ihre runden Wangen und ihre kleine Stupsnase waren von goldenen Sommersprossen übersät, die einen ansprechenden Kontrast zu ihrer alabasterfarbenen Haut bildeten. Sie ließ sich neben ihm nieder und bettete behutsam seinen Kopf auf ihren Schoß. Als er hinauf in ihre himmelblauen Augen blickte, war jeglicher Schmerz für einen kurzen Moment vergessen.

„Bist du verletzt? Oh, Liebling, warum hast du denn nicht auf mich gewartet? Ich war nur für ein paar Minuten weg, um nach den Kindern zu sehen. Sie lassen sich kaum beruhigen und fragen die ganze Zeit nach dir." Worte sprudelten wie ein Wasserfall über ihre kirschroten Lippen. In seinem benommenen Zustand kam er nicht umhin, sich zu wünschen, ewig so liegen bleiben zu können, gebettet auf ihren weichen, warmen Schenkeln, eingelullt von ihrer lieblichen Stimme, die beruhigend wirkte wie ein plätschernder Bach. „Nein, du sollst nicht versuchen, allein aufzustehen. Hier, stütze dich auf mich. Schauen wir mal, ob wir dich gemeinsam in eine sitzende Position bringen können."

Sie packte ihn unter den Achseln und zog ihn an ihre Brust. Selbst halb von Sinnen vor Schmerz, verspürte er einen Anflug von Begierde. Verdammt, ihre großen, festen Titten waren perfekt geformt. Als er den Kopf zur Seite drehte, streifte seine Wange eine ihrer Brustwarzen durch den seidenen Stoff ihres Morgenmantels.

Staunend sah er zu ihr auf.

„Wer sind Sie?"

Ihre unbeschreiblich blauen Augen weiteten sich. „Du ... du erkennst mich nicht?"

Eine Erinnerung schoss ihm durch den Kopf ... ob real oder als Motiv eines Gemäldes, konnte er nicht sagen. Aber er wusste, dass sie die Frau auf diesem Bild war, das ihren nackten, kurvigen Körper auf so sinnliche Weise darstellte. In der einen Hand hielt sie einen Strauß Rosen von derselben tiefroten Farbe wie ihre Haare und Brustwarzen, die andere lag schützend über ihrer intimsten Stelle, die, wie er aus unerfindlichen Gründen wusste, eng und feucht und unwiderstehlich war.

Er spürte, wie sein Schwanz im gleichen Rhythmus wie seine pochende Schläfe zu pulsieren begann.

„Du weißt doch, wer ich bin ... nicht wahr?", fragte sie zögerlich.

Irgendeine gottgleiche Dirne, mit der ich es treibe? Nur verhielt sie sich nicht wie eine Prostituierte. Verwirrt schüttelte er den Kopf ... und bereute es sogleich. Wieder begann der Raum, sich um ihn zu drehen.

„Ich bin es, Gabriella", sagte sie mit zitternder Stimme. „Deine Frau."

Dieses hinreißende Geschöpf war seine *Frau?* Teufel noch eins, er war *verheiratet?*

Warum kann ich mich nicht an sie erinnern? Fieberhaft versuchte er nachzudenken, doch er fühlte sich wie auf einem Karussell, das außer Kontrolle geriet, während ihm gleichzeitig jemand mit einem Hammer auf den Kopf schlug.

Plötzlich traf ihn noch eine weitere Erkenntnis, die seinem kämpfenden Bewusstsein den Rest gab. „Gütiger Himmel ... Wer bin *ich?*"

Das Letzte, was er sah, bevor die Dunkelheit ihn erneut übermannte, waren ihre weit aufgerissenen, sorgenvollen Augen.

~

„Wollen Sie damit sagen, der Zustand meines Gemahls sei *normal?*", fragte Gabby ungläubig.

Zwei Stunden waren vergangen. Inzwischen war Dr. Abernathy eingetroffen und hatte Adam eingehend untersucht. Anschließend ließen sie ihn in Mrs Pages Aufsicht zurück und gingen in den Salon, um unter vier Augen miteinander sprechen zu können.

„Nicht direkt, aber in Anbetracht seiner Verletzungen ist er auch nicht ungewöhnlich." Der Doktor, der ihr gegenüber Platz genommen hatte, sah an diesem Morgen noch jungenhafter aus als am Abend zuvor. Sein blondes Haar war leicht zerzaust, und sein Krawattentuch saß ein wenig schief. „Ihr Mann wurde angeschossen, hat sich so heftig den Kopf gestoßen, dass er ohnmächtig wurde und wäre beinahe ertrunken. Wenn man das alles berücksichtigt, geht es ihm doch ziemlich gut."

„*Gut?* Er weiß nicht mehr, wer er ist! Er erkennt mich nicht ..." Sie unterdrückte ein Schluchzen und legte sich eine Hand auf die Brust. „Mich, seine Frau, mit der er seit *acht Jahren* verheiratet ist!"

„Ich verstehe ja, wie belastend diese Situation für Sie sein muss, Mrs Garrity."

Aus irgendeinem Grund ging ihr die zweifellos nett gemeinte Versicherung gehörig gegen den Strich. Wahrscheinlich war sie aufgrund des Schlafmangels und der unablässigen Sorgen einfach nur gereizt. Nichtsdestotrotz ... Wie konnte dieser Mann, der noch ein halbes *Kind* war, verstehen, wie es sich anfühlte, einen Partner zu haben, der sich nicht mehr an die eigene Ehefrau und an die gemeinsame Zeit erinnern konnte? An gar nichts?

Sie biss sich auf die Unterlippe, erwiderte jedoch nichts.

„Ich hatte schon mit anderen Fällen zu tun, in denen der

Patient beinahe ertrunken wäre", fuhr der Arzt fort. „Bei den meisten kam es durchaus zu Gedächtnisverlust, was, wie ich glaube, an der verminderten Luftzufuhr liegt. Viele der Betroffenen konnten sich weder an ihre Vergangenheit noch den Unfall selbst erinnern."

Ein eisiger Schauer durchfuhr Gabby. „Und ist dieser Verlust ... dauerhaft?"

„Nicht unbedingt." Dr. Abernathy lehnte sich vor und sah sie ernst an. „Mehrere meiner Patienten sind wieder vollständig genesen und erhielten ihr Gedächtnis sowie ihre kognitiven Fähigkeiten zurück. Auch bei Ihrem Mann gehe ich von einer positiven Prognose aus, da er nur kurz unter Wasser war und generell kerngesund ist. In der Tat heilt die Schusswunde wesentlich besser als erwartet. Nach etwa zwei Wochen sollte sie ihm keinerlei Probleme mehr bereiten."

Eine Welle der Erleichterung übermannte sie. „Und wie lange wird es dauern, bis er seine Erinnerungen wiedererlangt?"

„Das kann ich weder mit Sicherheit sagen noch garantieren. Allerdings war es bei den Patienten, die vollständig genesen sind, ganz unterschiedlich. Bei manchen hat es nur wenige Tage gedauert, bei anderen bis zu einem Jahr."

Adam könnte ein Jahr lang nicht wissen, wer er ist? Der Gedanke versetzte sie in Panik. *Wer ich und die Kinder sind?*

Und was würde aus seinem Unternehmen werden? Das Geldverleihergeschäft war sein Lebenswerk, sein ganzer Stolz. Im Gegensatz zu anderen Männern schämte er sich seiner Wurzeln im Handelsgewerbe nicht, sondern rühmte sich mit dem Imperium, das er aus dem Nichts aufgebaut hatte.

„Wie soll er in diesem Zustand denn seinem Alltag nachgehen?", platzte sie heraus.

„Seltsamerweise schien der Gedächtnisverlust die anderen Betroffenen nicht allzu sehr gestört zu haben. Vermutlich waren sie zu sehr damit beschäftigt, sich selbst und die Welt um sie herum neu kennenzulernen. Sie alle zeigten Offenheit, Neugier und Anpassungsfähigkeit ... ähnlich wie Kinder, die mit etwas Unbekanntem konfrontiert werden. Die anfänglichen Hürden nahmen sie dabei bereitwillig in Kauf." Dr. Abernathy hielt inne und räusperte sich, bevor er hinzufügte: „Ihre Familien hingegen litten wesentlich mehr während dieser Zeit. Das ergibt natürlich Sinn, denn immerhin waren sie diejenigen, die sich daran erinnern konnten, wie der Patient vor dem Vorfall war. Sie mussten sich nicht nur mit den früheren Erwartungen auseinandersetzen, sondern auch mit den Ängsten um eine ungewisse Zukunft."

„Sie kennen meinen Gemahl nicht, Sir", erwiderte Gabby und schüttelte den Kopf. „Er ist ein äußerst ambitionierter Mann. Es macht ihn rasend, wenn ihn etwas von der Arbeit abhält."

„Ihm wird nichts anderes übrig bleiben, als sich mit dem Verlauf der Genesung abzufinden, wie auch immer dieser aussehen mag", erwiderte der Doktor unverblümt.

„Was kann ich tun? Es muss doch etwas geben ..."

„Vor allem braucht der Patient Zeit und Ruhe. Stellen Sie sicher, dass er keinem allzu großen Stress und Belastungen ausgesetzt wird. Seine Arbeit muss fürs Erste an andere delegiert werden."

„Mr Murray kümmert sich gegenwärtig um die geschäftliche Angelegenheiten." Der gute Wickham ... Adam und sie standen tief in seiner Schuld. „Gewiss ist er bereit, das auch weiterhin zu tun."

„Hervorragend. In seinem privaten Alltag müssen Sie ihn davon abhalten, zu schnell zu viel tun zu wollen. Mit dem Sturz heute Morgen hätte er meine ganze Arbeit zunichtemachen können", sagte der Arzt streng. „Er kann von Glück reden, dass kein größerer Schaden entstanden ist."

„Ich werde besser auf ihn aufpassen", versprach sie.

Die Miene des Doktors wurde sanfter. „Wenn Ihr Mann wirklich so ehrgeizig ist, wie Sie sagen, wird diese Aufgabe nicht leicht für Sie werden. Aber er darf sich unter keinen Umständen zu einer schnelleren Genesung zwingen oder mit allen Mitteln versuchen, sein Gedächtnis wiederzuerlangen. Das wird nur dazu führen, dass er sich selbst schadet und womöglich einen Rückfall erleidet. Mit Ruhe und Geduld werden seine Erinnerungen hoffentlich schon bald zurückkehren.“

„Was ist mit den Kindern? Sie sind ziemlich ... lebhaft“, fragte sie mit einem erneuten Anflug von Besorgnis. „Wird es zu anstrengend für ihn sein, sie zu sehen?“

„Ich denke nicht. Vielmehr könnte es hilfreich sein, wenn er regelmäßig mit Familie und Freunden in Kontakt kommt“, versicherte der Arzt ihr.

Entschlossen straffte Gabby die Schultern. „Gut. Ich werde alles in meiner Macht Stehende tun, um ihn auf diesem Weg der Genesung zu unterstützen.“

„Ihre Hingabe ist bewundernswert“, sagte Dr. Abernathy und hielt kurz inne. „Darf ich fragen, wie es Ihnen geht, Ma'am?“

Sie war so überrumpelt von der Frage, dass sie nicht wusste, was sie darauf erwidern sollte. An sich selbst hatte sie in den letzten Tagen überhaupt nicht gedacht, so fokussiert war sie auf Adam gewesen.

„Mir geht es gut“, erwiderte sie ausweichend.

„Haben Sie in den vergangenen Nächten geschlafen, Mrs Garrity?“

Sein prüfender Blick machte sie nervös. Unruhig rutschte sie auf ihrem Stuhl hin und her. Sie musste furchtbar aussehen, mit den ungewaschenen Haaren und dem befleckten Kleid, das sie seit Tagen trug. Statt sich wie üblich von Nell frisieren zu lassen, hatte sie sich einen schlichten Zopf geflochten. Sie konnte die Augen kaum noch offen halten und war sich sicher, dass man ihr die Erschöpfung deutlich ansah.

„Ich, äh, kann mich nicht so genau erinnern. Bestimmt habe ich hier und da ein paar Stunden gedöst“, erwiderte sie verlegen.

„Und wann haben Sie zuletzt etwas gegessen?“

Gütiger Himmel, wann war das nun wieder gewesen? Vor Angst und Sorge hatte sie kaum einen Bissen heruntergebracht.

„Ich glaube zum Frühstück ... gestern“, gestand sie ihm.

„Bitte geben Sie besser auf sich selbst acht, Ma'am“, sagte Dr. Abernathy in strengem, aber sanftem Tonfall. „Der Weg einer Betreuungsperson ist ebenso hart wie der des Patienten. Sie müssen bei Kräften bleiben, um den Anstrengungen der nächsten Zeit entgegentreten zu können. An wen wenden Sie sich für gewöhnlich in Ihrer Stunde der Not?“

An Adam, schoss es ihr durch den Kopf. *Er ist mein Ein und Alles.*

„An Mitglieder der Familie?“, hakte der Doktor nach.

„Ich habe meinen Vater, nur leider geht es ihm seit geraumer Zeit nicht gut.“ Sie wurde von Schuldgefühlen übermannt, als sie realisierte, dass sie ihren Papa in der Woche seit Adams Unfall kein einziges Mal besucht hatte. „Deshalb will ich ihn nicht noch zusätzlich belasten.“

„Was ist mit Freunden? Bekannte, von denen Sie Unterstützung erhalten könnten?“

Sämtliche Mitglieder der Familie Kent sowie deren Partner hatten vorbeigeschaut und Gabby ihre Hilfe angeboten, ebenso wie der Herzog von Ranelagh und Somerville und Maggie Foley, Glorys dankbare Eltern. Gabby war nicht in der Lage gewesen, ihre Gäste zu unterhalten, aber diese hatten sich äußerst verständnisvoll gezeigt und ihr beteuert, dass sie für sie da seien, wann auch immer sie sie brauche. So dankbar sie ihren Freunden auch war, hatte es ihr schon immer Schwierigkeiten bereitet, Hilfe anzunehmen. Außerdem war Adam ein Mann, dem seine Privatsphäre über alles ging, und in den seltenen Fällen, als sie anderen ihre häuslichen Probleme und Sorgen anvertraute, hatte sie sich furchtbar schlecht gefühlt, beinahe so, als würde sie ihn hintergehen.

Aber diesmal war es anders. Sie wusste, dass sie mit dieser Situation nicht allein fertigwerden würde.

„Ich habe Freunde, die mich unterstützen würden", sagte sie.

„Dann zögern Sie nicht, sich an sie zu wenden. Oder an mich", riet der junge Arzt ihr und erhob sich.

„Vielen Dank." Als ihr wieder einfiel, wie scharf sie vorhin über ihn geurteilt hatte, fügte sie hinzu: „Sie sind ein wahrer Segen in dieser schweren Zeit, Sir."

Er verneigte sich und überraschte sie, als er ihre Hand mit den seinen ergriff. Seine Haut war warm und ein wenig schwielig. „Essen Sie etwas Anständiges, Mrs Garrity, und dann versuchen Sie, ein wenig zu schlafen. Das ist eine ärztliche Anweisung."

Sie brachte ein mattes Lächeln zustande. „Ich werde mich bemühen."

„Das reicht nicht, Ma'am", wies er sie sanft zurecht. „Vor ihnen liegt ein langer, harter Kampf, und Sie werden ihre Kräfte brauchen, wenn Sie ihn gewinnen wollen."

Kapitel Dreizehn

Als er das nächste Mal erwachte, war von Benommenheit nichts mehr zu spüren. Sein Verstand war so klar wie ein frisch geputztes Fenster. Anhand der grünen Vorhänge um sein Bett schlussfolgerte er, dass er sich nach wie vor in dem luxuriösen Schlafgemach befand. Also war es kein Traum gewesen? Er drehte den Kopf, und da war sie: die rothaarige Venus, schlafend auf einem Sessel an seiner Seite.

Nein, nicht Venus.

Sie hatte behauptet, seine *Gemahlin* zu sein.

Langsam setzte er sich auf und stellte fest, dass der Schmerz noch immer da war, allerdings wesentlich schwächer und erträglicher. Er lehnte sich gegen die Kissen und betrachtete die Frau neben sich eingehend. Ihre langen, rotbraunen Wimpern flatterten sanft gegen ihre samtigen Wangen. Mit jedem Atemzug hob und senkte sich ihre üppige Brust, und die Rüschen ihres rosafarbenen Morgenmantels zitterten wie Blätter im Wind. Ihr Haar fiel ihr wie ein feuriger Wasserfall über die Schultern.

Weder sie noch dieser seltsame, prunkvolle Ort waren Teil eines Fiebertraums.

Warum kann ich mich an nichts erinnern?

Sein Kopf kam ihm vor wie eine dunkle, gewundene Gasse. Es gab kein Licht, das ihn leitete, keine Anhaltspunkte, an denen er sich orientieren konnte. Blindlings stolperte er durch die Finsternis und krachte immer wieder gegen eine neue Wand. Mit der wachsenden Frustration kehrte auch das schmerzhafte Pochen in seinen Schläfen zurück. *Wer bin ich? Wie bin ich hierhergekommen?* Je angestrengter er versuchte, sich zu erinnern, desto heftiger hämmerte es in seinem Kopf, und ein Anflug von Schwindel erfasste ihn.

Er brauchte etwas gegen die Schmerzen. Keinesfalls wollte er erneut das Bewusstsein verlieren.

Plötzlich flackerte ein Wort in den verschleierten Untiefen seines Gedächtnisses auf.

Die Göttin ... Sie hatte ihm ihren Namen verraten.

„Gabriella", krächzte er mit heiserer Stimme.

Sie erwachte aus einem scheinbar leichten Schlaf und starrte ihn einen Moment lang verwirrt an. Dann sprang sie auf und trat an seine Seite.

„Adam, du bist ja wach!", sagte sie atemlos. „Wie geht es dir?"

Adam ... Ist das mein Name? Warum weiß ich ihn nicht mehr? Warum erinnere ich mich nicht an dich?

Unsicher sah er zu ihr auf, nicht wissend, was er antworten sollte.

„Ich ... ich hätte gern Wasser", sagte er schließlich.

„Selbstverständlich. Du musst am Verdursten sein!" Sie wirbelte herum und eilte hinüber zu dem halbmondförmigen Wandtisch, auf dem mehrere Gläser sowie ein Krug aufgereiht waren. „Es sind beinahe zwei Tage vergangen, seit du das Bewusstsein verloren hast ... Zum zweiten Mal, meine ich.

Zuvor hast du drei Tage lang gegen das Fieber angekämpft. Ich habe versucht, dir mit dem Löffel Wasser einzuflößen, aber das meiste ist danebengegangen. Du meine Güte, ich war außer mir vor Sorge, aber der Arzt sagte, dein Körper brauche vor allem Ruhe, um heilen zu können." Sie unterbrach ihren Redefluss und kehrte mit einem Glas zu ihm zurück. Das Lächeln, mit dem sie ihn bedachte, war so strahlend, dass er blinzeln musste. „Hier, lass mich dir helfen."

Vorsichtig setzte sie das Glas an seine Lippen, und er trank gierig ein paar Schlucke. Die kühle, nach einem Hauch von Zitrone schmeckende Flüssigkeit war Balsam für seine trockene, brennende Kehle.

„Nicht zu schnell, mein Liebling", sagte sie und zog das Getränk zurück. „Dr. Abernathy hat gesagt, du sollst es langsam angehen lassen."

„Wer ist Dr. Abernathy?", fragte er.

Sie runzelte die Stirn. „Erinnerst du dich nicht an ihn?"

Ob jetzt der richtige Zeitpunkt war, es ihr zu sagen? Als er ihr in die klaren, kornblumenblauen Augen blickte, verspürte er ein beklemmendes Gefühl in der Brust. Gabriella war sein einziger Anker an diesem unbekannten Ort. Was, wenn er ihr gestand, sich nicht daran erinnern zu können, dieser Adam zu sein – ihr Gemahl? Was, wenn er tatsächlich nicht Adam *war* und es sich um ein schreckliches Missverständnis handelte?

Sein Bauchgefühl sagte ihm, dass er nicht in diese komfortable, luxuriöse Welt gehörte. Dieses elegante Gemach, diese wunderschöne Frau ... das alles kam ihm so fremdartig vor. Müsste er wetten, würde er sein Geld darauf setzen, dass er aus weitaus weniger kultivierten Kreisen stammte. Selbst in seinem jetzigen Zustand war er von unerklärlichem Neid erfüllt, einer zehrenden Sehnsucht nach den wertvollen Dingen, die ihn umgaben. Es fühlte sich so an, als gehörten sie nicht ihm, als könnten sie ihm jeden Augenblick entrissen werden ...

Urplötzlich schloss sich ein tiefschwarzer Tunnel um ihn, und seine Lunge war erfüllt mit der beißenden Erinnerung an Rauch und Ruß. Er hustete und hustete, bis das Wasser, das er gerade getrunken hatte, wieder nach oben kam.

„Ist schon gut", sagte Gabriella und tupfte ihm das Gesicht mit einem parfümierten Taschentuch ab. Anscheinend machte es ihr nichts aus, dass er sich auf die hochwertige Decke übergeben hatte. „Fühlst du dich jetzt besser?"

„Ich ... ich kann mich an nichts erinnern."

Die Worte sprudelten aus ihm heraus, wie eine Nachhut seines Mageninhalts, den er nicht bei sich behalten konnte. Als er die Anspannung in Gabriellas Gesicht bemerkte, wünschte er sich, er hätte nichts gesagt. Sie war sein Licht in der Dunkelheit, er konnte es sich nicht leisten, sie zu verlieren. Mit einer Überzeugung, die er sich nicht zu erklären vermochte, wusste er, dass er sie brauchte, wenn er überleben wollte ... Zumindest, bis er herausgefunden hatte, wer zum Teufel er war.

„Dr. Abernathy ist der Arzt, der dich behandelt hat", erklärte sie sanft. „Du wurdest angeschossen, mein Liebling, und dann hast du dir den Kopf gestoßen und bist in die Themse gestürzt. Wenn dein Geschäftspartner, Mr Murray, dich nicht rechtzeitig herausgeholt hätte, wärst du jetzt womöglich ..." Sie brach ab und seine Brust verkrampfte sich, als er die Tränen in ihren Augen sah. Es fiel ihr sichtlich schwer, sich zu sammeln, doch dann fuhr sie fort: „Der Doktor sagte, in Anbetracht des Traumas sei ein Gedächtnisverlust nichts Ungewöhnliches. Aber sorge dich nicht, Adam. Mit genügend Zeit und Ruhe werden deine Erinnerungen zurückkehren. Das Wichtigste ist, dass du dich nicht überanstrengst."

„Mein Name ist wirklich Adam?", hakte er nach. „Bist du dir sicher?"

Bist du dir sicher, dass ich dein Gemahl bin?

„Du bist Adam Garrity", bekräftigte sie mit unverhohlenem

Stolz. „Einer der erfolgreichsten Geschäftsmänner Londons. Wir sind seit acht Jahren verheiratet und haben zwei Kinder, Fiona und Maximillian."

Gütiger Himmel ... Ich bin Vater?

„W-wie alt sind sie?", stammelte er, völlig überrumpelt.

„Fiona ist sieben, Max fünf. Sie können es gar nicht erwarten, dich zu sehen." Sanft strich sie ihm mit den Fingerspitzen über die Wange, und die flüchtige Berührung ließ seinen Puls in die Höhe schnellen. „Sie dürfen zu dir, wenn du bereit bist."

Er wusste nicht, ob er bereit war, die kleinen Menschen zu sehen, die er in die Welt gesetzt haben sollte. Die Vorstellung, Vater zu sein, war gegenwärtig zu überwältigend, also konzentrierte er sich zunächst auf die anderen Fragen, die ihm durch den Kopf schossen.

„Was ist mit dem Rest meiner Familie? Habe ich Eltern? Geschwister?"

Sie nagte nervös an ihrer vollen, rosigen Unterlippe. „Du hast nicht gern über deine Vergangenheit gesprochen, deshalb weiß ich leider nicht viel."

„Sag mir alles, was du weißt", drängte er sie.

„Deine Mutter starb, als du noch sehr jung warst. Dein Vater hatte sie kurz nach der Hochzeit verlassen. Du hast ihn nie kennengelernt." Sie wartete kurz, um ihn diese Informationen verarbeiten zu lassen, bevor sie zögerlich hinzufügte: „Du bist im Elendsviertel St. Giles aufgewachsen und warst, glaube ich, Teil einer Straßenbande."

Die Tatsache, dass diese Enthüllung ihn nicht schockierte, sprach Bände. Vielmehr fühlte sie sich *richtig* an. Wie vermutet, war er nicht mit einem goldenen Löffel im Mund geboren worden. Sein Überlebensinstinkt war zu ausgeprägt, als hätte er sich alles in seinem Leben hart erkämpfen müssen. Selbst jetzt, in dieser bizarren Situation, war er so wachsam wie ein streunender Kater.

Lande stets auf den Füßen, halte nach Gefahr Ausschau und verteidige dein Revier.

„Du hast dich nach oben gearbeitet", sagte Gabriella ein wenig defensiv, als hätte sie sein Schweigen als Scham interpretiert. „Jetzt bist du ein erfolgreicher Geschäftsmann, und alles, was du erschaffen hast, ist dein eigener Verdienst."

„In welchem Gewerbe bin ich tätig?" Als er versuchte, sich an seine angeblichen Verdienste zu erinnern, kam ihm nichts in den Sinn. Der Gedanke, ein Kaufmann oder Professioneller zu sein, erschien ihm nicht richtig.

„Du stellst anderen Kreditmittel zur Verfügung", erwiderte sie.

Es dauerte kurz, bis die Bedeutung ihrer Worte eingesunken war.

„Ich bin ein verdammter *Geldverleiher*?"

„Unter anderem." Sie senkte den Blick und beschäftigte sich damit, das Taschentuch ordentlich zusammenzufalten. „Dein Unternehmen basiert auf dem Konzept der ‚Diversifikation', wie du es nennst. Dir gehören mehrere Immobilien und Anteile an Industrieprojekten. Mit den Details kenne ich mich nicht aus – du hast das Geschäftliche und Private stets getrennt gehalten –, bin mir aber sicher, dass Mr Henry Cornish, dein Anwalt und Geschäftsverwalter, dich über alles ins Bild setzen wird. Um die Darlehen hat sich deine rechte Hand, Mr Wickham Murray, einstweilen gekümmert."

Langsam dämmerte ihm, dass er, Adam Garrity, nicht nur gut situiert, sondern offensichtlich stinkreich war. Immobilien und Investitionen? *Diversifikation?* Nur ein reicher (und überheblicher) Schnösel würde derartige Begriffe verwenden. Dass er sein Vermögen als Wucherer verdient hatte, störte ihn dabei nicht.

Immerhin zwang ein Geldverleiher niemanden, sich ein Darlehen bei ihm zu holen. Er bot lediglich einen Dienst an, und das unter persönlichem Risiko, denn diejenigen, die einem Wucherer bereitwillig ihre Schuldscheine überließen, waren für gewöhnlich nicht sonderlich zuverlässig.

Wie er vermutet hatte, war er also kein kultivierter Gentleman. Auch wenn er sich nicht an seine Vergangenheit erinnern konnte, spürte er eine treibende Kraft in sich, die wie ein zweiter Herzschlag in ihm pulsierte.

Überleben, überleben, überleben.

„Wer hat mich angeschossen?", wollte er wissen.

„Das ist eine lange Geschichte", sagte Gabriella und biss sich auf die Lippe. „Dr. Abernathy sagte, du darfst dich nicht aufregen."

„Ich rege mich noch mehr auf, wenn ich nicht weiß, wer mir eine verdammte Kugel in die Seite gejagt hat."

Sie zögerte kurz, bevor sie ansetzte: „Du hast unseren Freunden dabei geholfen, einen Schurken namens Sweeney zu bezwingen. Er hielt die Tochter des Herzogs von Ranelagh und Somerville als Geisel, und du warst Teil der Rettungsmission. Während des Kampfes hat einer von Sweeneys Handlangern auf dich geschossen. Mr Murray hat den Schützen außer Gefecht gesetzt, und Sweeney ist mittlerweile in Haft. Er stellt keine Bedrohung mehr dar." Sie hielt kurz inne, bevor sie leise hinzufügte: „Es ist zum großen Teil deinem heldenhaften Einsatz zu verdanken, dass die kleine Glory gerettet wurde."

Hmm. Irgendwie konnte er sich nicht vorstellen, dass er zu heldenhaften Taten fähig war, aber wenn sie es sagte, musste es wohl stimmen. Welchen Grund hatte er, seinen Edelmut in Frage zu stellen? Außerdem gefiel ihm der Blick, mit dem sie ihn bedachte: als hätte er ihr persönlich die Sterne vom Himmel geholt.

Gleichzeitig arbeitete sein Gehirn auf Hochtouren, und die Richtung, die seine Gedanken einschlugen, kam ihm seltsam vertraut vor. Die Kleine war also die Tochter eines Herzogs gewesen? Dann schuldete der Kerl ihm einen Gefallen. Was könnte er von Seiner Gnaden wohl alles einfordern ...?

Nichts auf der Welt war umsonst. Zumindest dessen war er sich sicher.

Während er darüber nachgrübelte, begannen seine Schläfen erneut zu pochen, und auch der Schmerz in seiner Seite kehrte zurück.

Gabriella musterte ihn alarmiert. „Wo tut es weh, Liebling?"

„In meinem Kopf ... und an anderen Stellen", presste er hervor.

„Dr. Abernathy hat ein wenig Weidenrinde dagelassen. Sie schmeckt grässlich, hilft aber gegen die Schmerzen. Möchtest du etwas davon?"

Er nickte, und sie ging ein weiteres Mal zu dem Wandtisch hinüber, um ein kleines Papiertütchen sowie ein frisches Glas Wasser zu holen. Nachdem sie ihm beides gereicht hatte, kippte er das bittere, weißgelbe Pulver hinunter und trank ein paar große Schlucke hinterher. Anschließend sank er erschöpft in die Kissen.

„Der Arzt sagte, du darfst dich nicht überanstrengen. Wer gesund werden will, braucht Zeit und Ruhe", erklärte Gabriella und strich ihm sanft über die Stirn. Unter ihrer Berührung entspannte er sich ein wenig. „Glaubst du, du verträgst ein wenig Brühe und Toast?"

Als Antwort auf ihre Frage begann sein Magen, laut zu knurren.

Ein Lächeln erhellte ihr Gesicht. „Nach dem Essen wird Quinn dir dabei helfen, dich zu waschen."

„Wer ist Quinn?"

„Dein Kammerdiener."

Teufel noch eins, er hatte sogar einen persönlichen *Diener*! Vielleicht war er doch gestorben und im Paradies gelandet.

Erst bei diesem Gedanken wurde ihm zum ersten Mal so

richtig bewusst, wie knapp er dem Tod entronnen sein musste. Er war angeschossen worden, wäre beinahe ertrunken und sein Gedächtnis war wie ausgelöscht ... Aber er war am Leben. Und was für ein Leben das war! Kaum zu glauben, wo er gelandet war ... und bei *wem*.

Während er beobachtete, wie Gabriella zu der Bediensttenglocke hinüberging, um nach Quinn zu rufen, ließ er den Blick anerkennend über ihren prallen Hintern wandern. Ungeachtet der Erschöpfung und des Schmerzes fasste er einen Entschluss: Auch wenn er sich an das, was ihm widerfahren war, nicht erinnern konnte, würde er das Glück nicht hinterfragen, das ihm in den Schoß gefallen war. Seine Vergangenheit mochte hinter einem dunklen Schleier verborgen liegen, aber die Gegenwart hielt einiges bereit, was er zu erkunden gedachte.

O ja, er würde in die Fußstapfen dieses verdammten Glückspilzes Adam Garrity treten ... wer auch immer er sein mochte.

Kapitel Vierzehn

Am nächsten Morgen machte Gabby sich auf zum Kinderzimmer, um Fiona und Max zu holen. Zwar hätte die Gouvernante sie zu Adams Schlafgemach bringen können, aber Gabby wollte erst mit ihnen reden. Die beiden warteten bereits angezogen und frisiert auf sie. Fiona sah herzallerliebst aus in ihrem schneeweißen Kleid und der rosafarbenen Schärpe aus Satin. Zwei farblich passende Schleifen zierten ihre zu Zöpfen gebundenen Ringellöckchen.

Max steckte in einem hübschen, blauen Tunika-Anzug, und wie immer hing ihm eine dunkle Locke widerspenstig in die Stirn. Auf seinem knielangen Hemd klebten noch Krümel vom Frühstück. Als Gabby dezent darauf hinwies, klopfte er sich hastig ab.

„Bevor wir Papa besuchen, möchte ich euch noch ein paar Dinge ans Herz legen", begann sie. „Bitte denkt daran, dass er einen schweren Unfall hatte und …"

„Deswegen sollen wir ihn nicht überanstrengen", fiel Fiona ihr ins Wort und verdrehte die Augen. „Das hast du uns schon hundert Mal gesagt, Mama."

„Weil es wichtig ist, mein Schatz. Eurem Vater geht es zwar

bereits viel besser, aber er hat noch ein paar Schwierigkeiten mit seinem Gedächtnis. Nehmt das bitte nicht persönlich. Der Arzt hat gesagt, das sei alles Teil der Genesung."

Nach der Untersuchung am Abend zuvor hatte Dr. Abernathy verkündet, dass Adam äußerst zufriedenstellende Fortschritte machte. Die Schusswunde war nach etwas mehr als einer Woche fast vollständig verheilt. Gabby war dem Doktor dankbar gewesen, als er Adam eindringlich darauf hinwies, sich in Geduld zu üben, da dieser sich, wie erwartet, nur schwer mit dem anhaltenden Gedächtnisverlust abfinden konnte.

Seit er am Nachmittag zuvor aufgewacht war, hatte er Gabby unablässig mit Fragen über sich selbst und seine Vergangenheit bombardiert. Sie hatte sich bemüht, ihm zu antworten, ohne seinem Verlangen nachzugeben, zu schnell zu viel erfahren zu wollen ... Eine ermüdende Aufgabe, vergleichbar mit der Anstrengung, einen Panther an der Leine zu halten.

„Hat Papa uns für immer vergessen?", fragte Max bekümmert.

„Nein, mein Lämmchen." Gabby strich seinen Kragen glatt und schenkte ihm ein aufmunterndes Lächeln. „Aber es wird vermutlich eine Weile dauern, bis er sich wieder an alle Einzelheiten erinnern kann. Einstweilen müsst ihr Geduld mit ihm haben und dürft ihn nicht aus der Ruhe bringen ..."

„Das haben wir doch schon besprochen, Mama", mischte Fiona sich ungeduldig ein. „Max mag ja ein Gedächtnis wie ein Sieb haben, aber ich nicht."

„Hab ich gar nicht!", protestierte ihr Bruder und lief knallrot an.

„Dann eben wie Schweizer Käse."

„Das ist nicht wahr!"

„O doch, und außerdem stinken deine Füße danach", konterte Fiona.

„Ich stinke nicht!", rief Max empört.

„Kinder ...", setzte Gabby mahnend an, doch die beiden ignorierten sie und fuhren damit fort, sich gegenseitig Beleidigungen an den Kopf zu werfen. Ihre Schläfen begannen zu pochen, und sie spürte, wie die Muskeln in ihrem Nacken sich verspannten. Völlig ausgelaugt aufgrund von Sorge und Schlafmangel, fühlte sie sich wie eine alte Decke, die an den Enden ausfranste. Erneut versuchte sie, an ihre Kinder zu appellieren, was nur dazu führte, dass diese sich noch lauter zankten.

„Herrgott noch mal, hört sofort auf, euch zu streiten!"

Die scharfen Worte waren einfach aus ihr herausgesprudelt, und sie wusste nicht, wer überraschter war, sie selbst oder ihre Sprösslinge. Obwohl sie ein schlechtes Gewissen wegen des schroffen Tonfalls hatte, war es auch angenehm, dass ihre Autorität ausnahmsweise einmal respektiert wurde. Die Kinder verstummten und starrten sie mit weit aufgerissenen Augen an.

Sie sammelte sich kurz, bevor sie hinzufügte: „Fiona, hör auf, deinen Bruder zu ärgern, und du, Max, lass dich nicht so leicht provozieren."

Die beiden wechselten einen Blick und erwiderten wie aus einem Munde: „Ja, Mama."

„Also gut." Sie holte tief Luft und versuchte, ihre angespannten Schultern zu lockern. „Dann lasst uns gehen."

Auf dem Weg zu Adams Schlafgemach mussten sie innehalten, weil Max etwas vergessen hatte. Er rannte noch einmal ins Kinderzimmer und kehrte wenig später schnaufend mit einem Buch zurück. Während ihre Kleinen aufgeregt voraushüpften, fiel Gabby zurück und bemühte sich, ihre Nerven zu beruhigen. So erleichtert sie auch war, dass es Adam täglich besser zu gehen schien, plagten sie doch andere Sorgen.

Wann würde er das Gedächtnis wiedererlangen? Wie würde er sich seinen Kindern gegenüber verhalten, an die er sich nicht mehr erinnern konnte? Was könnte sie noch tun, um seine Genesung zu fördern? Und allem voran ... Wer in Gottes Namen war Jessabelle?

Sie kam sich töricht vor, so besessen von dieser Unbekannten zu sein – ob nun Mensch oder Kuh –, wenn es weitaus dringlichere Angelegenheiten gab, die ihrer Aufmerksamkeit bedurften. Aber sie konnte nichts dagegen tun. Ihr Misstrauen wollte sich partout nicht in der Schublade *Schlafende Hunde soll man nicht wecken* einsperren lassen. Die Identität der geheimnisvollen Jessabelle hatte eine immense Bedeutung angenommen, die sie selbst nicht ganz verstand. Der Gedanke an diese Frau ließ sie nicht mehr los, steckte wie ein hartnäckiger Splitter unter ihrer Haut, den sie weder entfernen noch ignorieren konnte.

Sie *musste* es einfach wissen. Aber würde sie Adam dadurch nicht nur zusätzlich belasten? Und selbst wenn sie den Mut aufbrächte, ihn zu fragen ... Würde er sich überhaupt an Jessabelle erinnern?

Vor seiner Tür angekommen, zwang sie sich, ihre Sorgen beiseitezuschieben und sich auf den Besuch der Kinder zu konzentrieren. Das erste Aufeinandertreffen nach dem Unfall bedurfte ihres Feingefühls, da sie nicht wusste, wie Fiona und Max auf die Veränderungen in ihrem über alles geliebten Papa reagieren würden.

Sie setzte ein Lächeln auf, klopfte an und öffnete die Tür. „Guten Morgen ...“

„Papa! Oh, Papa, ich habe dich ja so vermisst!“, rief Fiona und stürmte an ihr vorbei auf das grüne Brokatsofa zu, auf dem Adam, von mehreren Kissen gestützt, ruhte. Gabby stockte der Atem, denn für einen Augenblick hatte es den Anschein, als würde Fi ihm um den Hals fallen, doch sie bremste sich rechtzeitig und blieb vor ihm stehen.

Sie legte den Kopf schief und fragte mit zitternder Stimme: „Bist du schwer verletzt, Papa?“

„Es geht mir schon viel besser", erwiderte er und musterte seine Tochter, sichtlich unentschlossen, was er als Nächstes sagen sollte. „Danke der Nachfrage."

Äußerlich betrachtet sah er fast wieder aus wie früher. Quinn hatte ihn rasiert und ihm die Haare auf die gewohnte Art nach hinten gekämmt. Über seinem Schlafgewand trug er seinen weinroten, mit schwarzer Seide gefütterten Morgenmantel. Abgesehen von den gelblich-grünen Flecken an seiner Schläfe und dem sich deutlich abzeichnenden Verband unter seiner Kleidung wirkte er beinahe völlig normal.

Allerdings war es ungewohnt, ihn so zurückhaltend zu erleben. Er schluckte schwer und ließ seinen Blick von Fiona zu Max wandern, der hinter seine Schwester getreten war. Gabby konnte sich kaum vorstellen, wie es für Adam sein musste, sein eigen Fleisch und Blut zu betrachten, ohne sich an die beiden erinnern zu können.

„Weißt du jetzt, wo du mich siehst, wieder, wer ich bin, Papa?", fragte Fi, und das Zittern in ihrer Stimme zerriss Gabby das Herz. „Du erkennst mich doch, nicht wahr?"

Als sie die Panik in seinem Blick bemerkte, ging sie dazwischen. „Denk an das, was wir besprochen haben, Schätzchen."

„Ich rege Papa doch nicht auf", erwiderte ihre Tochter, deren Unterlippe zu zittern begann. Sie hatte sichtlich Mühe, die Fassung zu wahren. „Ich habe ihm nur eine Frage gestellt."

„Das ist schon in Ordnung, Fiona", sagte Adam und räusperte sich. „Die Wahrheit ist, dass ich mich weder an dich noch an deinen Bruder oder deine Mutter erinnere. An nichts, was vor dem Unfall war, um genau zu sein", fuhr er mit ernster, aufrichtiger Miene fort. „Der Arzt hat gesagt, so etwas passiert, wenn man einen Schlag auf den Kopf bekommt. Ich hoffe aber, dass mein Gedächtnis zurückkehrt, je weiter die Genesung voranschreitet."

Fi starrte ihn an. „Wie lange wird das dauern?"

„Das weiß niemand so genau", erwiderte er und fügte nach einer kurzen Pause hinzu: „Allerdings habe ich mir etwas überlegt ... Wenn du und dein Bruder bereit wärt, mir zu helfen, könnten die Erinnerungen womöglich schneller zurückkommen."

„Was sollen wir tun?", fragte seine Tochter eifrig.

„Ihr könnt mir von Dingen erzählen, die ich früher einmal wusste. Details über mein altes Leben zu erfahren, führt vielleicht dazu, dass es mir selbst wieder einfällt", sagte er, als hätte er tatsächlich ernsthaft darüber nachgedacht. „Ihr verfügt sicher über jede Menge Informationen, die ihr mit mir teilen könntet."

Fiona wirkte völlig überrumpelt. Gabby konnte es ihr nicht verdenken, immerhin war der Adam, den sie vor dem Unfall kannten, ein Mann, der stets die Kontrolle über sich selbst und die Welt um sich herum in Händen hielt. Er war ihr selbstbewusster, unbezwingbarer Anführer gewesen, dem sie willig folgten, bemüht, mit ihm Schritt zu halten.

Dieser Adam hingegen hatte etwas getan, was sein altes Ich niemals getan hätte: Er bat um Hilfe.

Während Fiona sichtlich um Fassung rang, trat Max nach vorne.

„Äh, guten Tag, Papa. Mein Name ist Maximillian, und ich bin fünf Jahre alt", sagte er schüchtern und verneigte sich. „Jeder nennt mich Max, nur du nicht. Du magst keine Kosenamen, falls du das auch vergessen haben solltest."

Adam musterte ihn verwirrt. „Warum denn nicht?"

„Keine Ahnung", erwiderte sein Sohn mit einem Schulterzucken. „Sie gefallen dir wohl einfach nicht. Du rufst Mama auch immer bei ihrem vollen Namen anstatt Gabby, wie ihre Freunde es tun. Und mich ebenso, obwohl es mir nichts ausmachen würde, wenn du mich lieber mit Max anreden möchtest."

„Das weiß ich zu schätzen, Max", sagte Adam in ernstem Tonfall, obwohl seine Augen amüsiert funkelten. „Und vielen

Dank. Genau diese kleinen Details sind es, die mir hoffentlich dabei helfen, mich an die Vergangenheit zu erinnern.“

„Gern geschehen. Ich weiß, wie es ist, wenn man Sachen vergisst.“ Mit hochroten Wangen hielt sein Sohn ihm das Buch hin, das er mitgebracht hatte. „Ich dachte mir, damit könntest du dir ein wenig die Zeit vertreiben.“

„Das war sehr umsichtig von dir.“ Adam nahm den in Leder gebundenen Wälzer entgegen und las den Titel laut vor: „*Orientalische Geschichten: Eine Moralische Auswahl der Märchenhaften Erzählungen aus Tausendundeiner Nacht zur Unterhaltung und Bildung Junger Leser.*“ Seine Mundwinkel zuckten, als er zu Gabby aufsah. „Was für ein Zungenbrecher.“

Ein Verkäufer im Hatchard’s hatte ihr das Buch als beliebte Lektüre für Kinder empfohlen. Sie war überrascht gewesen zu erfahren, dass die orientalischen Märchen, die sie so sehr liebte, für ein jüngeres Publikum umgeschrieben worden waren. Die altersangemessene Version erwähnte selbstverständlich weder die ermordeten Ehefrauen noch sonstige skandalöse Details. Ausgewählte Erzählungen, wie etwa *Sindbad, der Seefahrer* sowie *Aladin und die Wunderlampe* enthielten, ähnlich wie Äsops Fabeln, wertvolle moralische Lektionen für die junge Leserschaft.

„Die Geschichten sind richtig spannend“, sagte Max zu seinem Vater. „Du liest uns jeden Donnerstagabend vor dem Zubettgehen eine vor. Vielleicht fällt dir unser Ritual ja wieder ein, wenn du sie jetzt liest!“, fügte er aufgeregt hinzu.

Interessiert blätterte Adam durch die Seiten. „Hervorragende Idee, Max. Ich werde es versuchen.“

Der Kleine strahlte vor Stolz.

„Ich habe auch einen Vorschlag!“, platzte Fiona heraus.

Ihr Vater sah sie mit einem fragenden Lächeln an. „Ja?“

„Ich könnte dir etwas auf dem Klavier vorspielen. Es gefällt dir, mir dabei zuzuhören. Du hast extra Maestro Bellucci aus

Italien herbeordert, damit er mir Unterricht gibt, und er hat selbst gesagt, ich sei eine der besten Schülerinnen, die er je hatte." Das klang zwar prahlerisch, entsprach aber der Wahrheit. Wie ihr Vater war auch sie in allem hervorragend, was sie in Angriff nahm. „Ich habe in den letzten Tagen eine Sonatine von Maestro Clementi geübt. Lass uns ins Musikzimmer gehen und ich trage sie dir vor!"

„Papa ist verletzt. Er kann sich nicht bewegen", belehrte Max sie.

„Wer hat dich denn gefragt?" Fi warf ihrem Bruder einen giftigen Blick zu. „Papa ist kein Invalide. Er darf schon aus dem Bett aufstehen, und wenn er Hilfe braucht, können die Lakaien ihn die Treppe hinuntertragen."

„Das ist eine wunderbare Idee, mein Schatz", mischte Gabby sich ein, um die Situation zu entschärfen. „Allerdings muss euer Vater sich jetzt ausruhen. Warten wir damit bis später, wenn es ihm besser ..."

„Aber ich will *jetzt* für ihn spielen!" Ein Sturm braute sich in den blauen Augen ihrer Tochter zusammen. „Wenn er nicht mit nach unten kann, sollen die Lakaien das Klavier eben nach oben bringen."

„Du weißt doch, dass einer von ihnen Rückenprobleme hat." So sehr sie Fiona auch liebte, wünschte Gabby sich manchmal, dass sie mehr an andere denken würde. „Das wäre weder rücksichtsvoll noch praktisch."

Fi ballte die Hände zu Fäusten und brüllte: „Du hältst immer nur zu Max!"

Während Gabby verzweifelt nach Fassung rang, durchbrach Adams Stimme die Anspannung.

„Deine Mutter hat recht", sagte er in einem Tonfall, der keinen Widerspruch duldete. „Ich weiß dein Angebot zwar zu schätzen, aber das Vorspielen muss warten, bis es mir besser geht und ich mich ohne Hilfe nach unten begeben kann."

Gabby traute ihren Ohren kaum. Der alte Adam hatte seine Tochter nach Strich und Faden verhätschelt und ihr jeden Wunsch erfüllt. Zu hören, wie er ihr etwas ausschlug, war in höchstem Maße ungewöhnlich.

Fi riss die Augen auf und wirkte nicht weniger schockiert.

Mit hochroten Wangen murmelte sie: „Ist gut, Papa. Ich spiele dir später etwas vor."

„Ich freue mich darauf", erwiderte er ruhig.

Die tiefen Falten um seinen Mund verrieten Gabby, dass er erschöpft war.

„Papa muss sich jetzt ein wenig ausruhen, Kinder", sagte sie. „Lassen wir ihn besser allein. Ihr dürft ihn nachher noch einmal besuchen."

Fiona und Max verabschiedeten sich artig von ihm, doch gerade, als Gabby mit ihnen das Zimmer verlassen wollte, hielt Adams Stimme sie zurück.

„Gabriella. Würdest du noch kurz bleiben?"

„Wir gehen schon mal voraus", bot Fiona an.

Sie nahm Max bei der Hand und die beiden verschwanden in Richtung Kinderzimmer.

Gabby schloss die Tür und kehrte an Adams Seite zurück. Er bedeutete ihr, sich zu ihm aufs Sofa zu setzen, also ließ sie sich vorsichtig zu seinen Füßen nieder, darauf bedacht, ihn nicht zu stoßen. Als ihre Blicke sich begegneten, verspürte sie ein Kribbeln in der Magengegend. Er war ihr so vertraut, aber gleichzeitig betrachtete er sie wie ein Fremder. Die offene Art, auf die er sie musterte, raubte ihr den Atem wie ein zu eng sitzendes Korsett.

„Brauchst du mehr Weidenrinde?", erkundigte sie sich, als sie sein Schweigen nicht länger ertrug.

„Es fühlt sich an, als würde mir jemand mit einem Hammer auf den Kopf schlagen", gab er zu. „Woher wusstest du das?"

„Du bist blass geworden. Und um deinen Mund zeichnen sich Falten ab."

„Wie aufmerksam du bist."

Sie errötete leicht. „Keineswegs. Mir fallen nur gewisse Dinge auf."

„Das ist gemeinhin die Definition von Aufmerksamkeit, Liebes", erwiderte er amüsiert.

Der zwanglose Kosename – den er noch nie zuvor verwendet hatte – brachte sie in Verlegenheit. „Ich, äh, hole dann mal die Weidenrinde ..."

„Warte, ich wollte dich noch fragen ... Wie war ich?"

Verwirrt legte sie den Kopf schief.

„Mit den Kindern", erläuterte er. „Wie ist es gelaufen, glaubst du?"

Gerührt, dass er sich darüber Gedanken machte, erwiderte sie: „Du hast das wirklich gut gemacht. Vor allem, wie du mit Fiona umgegangen bist."

„Freut mich zu hören." Verlegen rieb er sich den Nacken. „Das Mädchen – unsere Tochter, meine ich –, ist ganz schön anstrengend, was?"

„Du warst immer stolz auf ihr Temperament und ihren Ehrgeiz", nahm Gabby sie in Schutz.

„Mit diesen Eigenschaften und ihrer Schönheit wird sie den Männern scharenweise die Herzen brechen. Ich werde alle Hände voll zu tun haben, ihre Verehrer abzuwehren." Er hielt inne und warf ihr einen Blick zu. „In der Hinsicht kommt sie wohl ganz nach dir."

Gabby blinzelte überrascht. Sollte das heißen, er hielt *sie* für eine Schönheit, die den Herren der Schöpfung die Köpfe verdrehte? Natürlich wusste sie, dass Adam eine hohe Meinung von ihr hatte, aber er war nie ein Mann gewesen, der sich zu leichtfertigen Komplimenten und Koketterie hinreißen ließ.

Dieser Kommentar, wie auch der Kosename von vorhin, erfüllten sie mit Unbehagen. Plötzlich kam er ihr fremd vor.

Wie gut kennst du ihn denn überhaupt?

Diese Frage drängte sich ihr immer wieder auf, so sehr sie auch versuchte, sie in einer ihrer mentalen Schubladen unter Verschluss zu halten.

„Ich ... ich habe noch nie jemandem den Kopf verdreht", murmelte sie unsicher.

„Das wage ich zu bezweifeln. Du musst eine gefragte Debütantin gewesen sein. Wie habe ich es geschafft, deinen anderen Bewunderern zuvorzukommen?"

Gabby wusste nicht, was sie darauf antworten sollte, also entschied sie sich für die Wahrheit. „Du warst der Einzige, der um meine Hand angehalten hat."

„Tatsächlich?" Erstaunt hob er die Brauen. „Waren alle anderen Gentlemen um dich herum blind?"

Auch darauf hatte sie keine Antwort.

„Ich weiß nicht, was ich dazu sagen soll."

„Ist ja auch nicht so wichtig. Bevor du es dir anders überlegst, halte ich lieber den Mund und freue mich über mein Glück."

Sein Lächeln jagte ihr einen elektrisierenden Schock durch den Körper. Dieser Mann besaß Adams Charisma sowie seine Intensität, nur war er *wesentlich* weniger zurückhaltend. Sein unverhohlenes Interesse an ihr erfüllte sie mit Sehnsucht ... und Angst.

Unwillkürlich musste sie an den einzig anderen Augenblick denken, als er sich ihr gegenüber so vorbehaltlos verhalten hatte: vor ein paar Monaten, als sie ihn völlig betrunken und aufgelöst über den Tod einer geheimnisvollen Frau vorfand. Jene Nacht hatte die Büchse der Pandora geöffnet. Obwohl Gabby sich seitdem verzweifelt bemühte, den Deckel geschlossen zu halten, schien sie nun nicht länger dagegen ankämpfen zu können.

„Wer ist Jessabelle?", platzte es aus ihr heraus.

Gütiger Himmel, ich kann nicht glauben, dass ich ihn einfach gefragt habe.

Aber nun ließen sich die Worte nicht mehr zurücknehmen.

„Keine Ahnung." Adam starrte sie ausdruckslos an. „Sollte ich das wissen?"

Sie räusperte sich und sagte: „Während deines Fieberwahns hast du ihren Namen gerufen. Zweimal. Da ich niemanden kenne, der so heißt, habe ich mich gewundert ..."

Den Rest des Satzes ließ sie in der Luft hängen, da sie nicht wie ein eifersüchtiges Weib klingen wollte. Wenn die Erwähnung ihres Namens seine Erinnerungen an Jessabelle nicht zurückgebracht hatte, war sie vielleicht doch nicht so wichtig gewesen. Gabby machte wieder einmal aus einer Mücke einen Elefanten und steigerte sich grundlos in etwas hinein.

„Ach, es ist nicht weiter wichtig." Sie erhob sich und strich ihre Röcke glatt. „Ich hole dir jetzt besser die Weidenrinde. Dein Kopf muss schmerzen wie verrückt."

Als sie an ihm vorbeiging, griff er nach ihrer Hand. „Du wirst doch aber zurückkommen und dich weiter mit mir unterhalten, oder?"

„Natürlich", erwiderte sie mit wild hämmerndem Herzen. „Wenn du es wünschst."

„Das tue ich", murmelte er und ließ seine Lippen über ihre Fingerknöchel streifen. Die zärtliche Berührung jagte ihr einen prickelnden Schauer über den Rücken, und ein Kribbeln breitete sich von der Stelle über ihren gesamten Körper aus. Es war jedoch der glühende, lustvolle Ausdruck in seinen Augen, der ihr vollständig den Atem raubte. „Ich bin bereit, mit meinem Leben weiterzumachen, Gabriella. *Unserem* Leben. Und ich will keine weitere Sekunde vergeuden."

Kapitel Fünfzehn

Ein paar Monate zuvor

Die Standuhr im Korridor schlug ein Uhr nachts, als Gabby vor dem Arbeitszimmer ihres Gemahls innehielt. Er war an diesem Abend früher als üblich nach Hause gekommen und wirkte nicht wie er selbst. Der Blick seiner dunklen Augen war aufgewühlt gewesen wie die stürmische See, doch als sie sich erkundigt hatte, ob ihn etwas bedrücke, beharrte er darauf, dass alles in Ordnung sei. Dann hatte er sich in seinem Arbeitszimmer verschanzt.

Als er Stunden später immer noch nicht nach oben gekommen war, hatte sie sich Sorgen gemacht, war in ihren Morgenmantel geschlüpft und die Treppe hinuntergeschlichen, um nach ihm zu sehen. Nun bemerkte sie den schwachen Lichtschein unter der Tür und hörte, wie er sich schwerfällig dahinter bewegte, was ebenfalls ungewöhnlich war. Normalerweise besaß Adam die lautlose Anmut eines Raubtiers. Mehr als einmal hatte er Gabby beinahe zu Tode erschrocken, weil sie nicht hörte, wie er sich ihr näherte.

Plötzlich vernahm sie seine tiefe Stimme durch die Tür,

gedämpft und undeutlich. Verwundert fragte sie sich, mit wem er sich zu so später Stunde noch unterhielt. Sie hatte nicht mitbekommen, dass Gäste eingetroffen waren. Sprach er mit dem Personal? Aber die Angestellten waren doch längst zu Bett gegangen ...

Neugierig klopfte sie an die Tür.

Eine Minute verstrich, ohne dass er ihr antwortete. Also drehte sie probehalber den Knauf. Er ließ sich widerstandslos öffnen.

Den Arbeitsbereich ihres Gemahls zu betreten, jagte ihr jedes Mal einen wohligen Schauer über den Rücken. Der Raum zeugte von einer dunklen, geschmackvollen Eleganz, die perfekt zu Adam passte. Der schwere Duft von Leder, Tabak und seinem teuren Parfüm stieg ihr in die Nase und berauschte ihre Sinne. Automatisch wanderte ihr Blick zu dem massiven Schreibtisch am anderen Ende des Zimmers, wo er gewöhnlich vorzufinden war ... Aber er war nicht dort.

Stattdessen vernahm sie aus Richtung der Sitzecke vor dem Kamin die Zeilen eines unanständigen Trinklieds und eilte überrascht hinüber. Bei dem Anblick, der sich ihr bot, klappte ihr die Kinnlade herunter: Adam lag mit geschlossenen Augen auf einem der Ledersofas und sang aus vollem Halse. Er war barfuß und hatte sowohl Gehrock als auch Weste ausgezogen und die Hemdsärmel hochgerollt – das genaue Gegenteil seines sonst so tadellosen Erscheinungsbildes. Unter seinem geöffneten Kragen lugte sein dunkles Brusthaar hervor.

Sein Krawattentuch lag zusammengeknüllt neben ihm auf dem Teppich. Dort standen auch ein leeres Glas sowie eine fast vollständig geleerte Karaffe, deren Kristallrauten im Licht des Kaminfeuers funkelten.

„Was um alles in der Welt ...?", fragte sie verwirrt.

Adam öffnete die Augen und starrte sie einen Moment lang

unfokussiert an. Dann breitete sich ein träges Lächeln über sein Gesicht aus.

„Hallo, meine Schönheit", lallte er.

„Hallo", erwiderte sie reflexartig und fügte verblüfft hinzu: „Was tust du da?"

„Ich trinke. Kognak", erwiderte er. „Willst du mir nicht Gesellschaft leisten?"

Er gestikulierte ungestüm in Richtung der Karaffe, die zur Seite kippte und die restlichen Tropfen ihres Inhalts über dem Aubusson-Teppich verteilte.

Hastig hob Gabby sie auf und stellte sie außer Reichweite. Dann trat sie wieder neben das Sofa und sah unschlüssig auf ihren Mann hinab. Sein Gesicht war gerötet, seine Miene entspannt. Eine rabenschwarze Locke hatte sich aus seiner Frisur gelöst und hing ihm in die Stirn. Diesen widerspenstigen Haarwirbel hatte er seinem Sohn vermacht.

Sie kniete neben ihm nieder und strich ihm sanft die Strähne aus der Stirn. „Wie viel hast du getrunken, mein Liebling?"

„Keine Ahnung." Er zuckte mit den Schultern, so gut es ihm im Liegen möglich war. „Nicht genug?"

Bei seinem hoffnungsvollen Tonfall musste sie ein Lächeln unterdrücken. „Eine ganze Karaffe Kognak ist definitiv genug. Was ist denn in dich gefahren, Adam? Du lässt dich doch sonst nicht so gehen."

Sie hatte ihn noch nie zuvor betrunken erlebt. Während des Abendessens gönnte er sich mitunter gerne ein Glas Wein und hinterher einen Drink zu seiner Zigarre, aber im Gegensatz zu den meisten anderen Gentlemen war danach Schluss für ihn. Wie jeden anderen Aspekt seines Lebens ging er auch das Trinken auf dieselbe Weise an: mit absoluter Kontrolle.

„Tu ich doch gar nicht. Ich bin äußerst trinkfest, weissu?" Sein lallender Tonfall strafte seine Worte Lügen. „Früher konnte ich jeden untern Tisch saufen. Alle hielten mich für'n bodenloses Loch. Hab mehr als einen Trinkwettbewerb gewonnen ... So hab ich meinen Einsatz erhöht, weissu?"

Nein, das wusste sie *nicht*. Abgesehen von dem bisschen, was er ihr im Zuge seines Antrags über seine dunkle Vergangenheit erzählt hatte, erwähnte er so gut wie nichts über sein Leben. Wenn sie ihm doch einmal eine Frage darüber stellte, antwortete er für gewöhnlich knapp und ausweichend. Die Fakten, die sie über ihn kannte, konnte sie an einer Hand abzählen. Allerdings hatte sie immer gehofft, mehr über ihn zu erfahren, und nun schien er ihr bereitwillig Informationen liefern zu wollen. Was konnte es schon schaden, ein wenig mehr über den Mann herauszufinden, den sie liebte?

„Wofür hast du die Einsätze gebraucht?", fragte sie.

„Um mein eigenes Unternehmen zu gründen, natürlich. Wollt ja nicht ewig unter der Fuchtel eines anderen stehen, selbst wenn er mir das Leben gerettet hat. Leider konnt ich den alten Garrity nie davon überzeugen, dass man mit Gelegenheitsdiebstählen und Plündern nicht reich wird", murmelte er.

„Garrity?", fragte sie überrascht. „Aber du sagtest doch, du hättest keine lebende Verwandtschaft mehr gehabt, als du aufgewachsen bist."

„Wir waren nicht miteinander verwandt ... Obwohl er sich für unseren Vater hielt. Und weil er uns alle als seine Kinder ansah, wollte er, dass wir uns wie Brüder und Schwestern verhielten." Er schüttelte den Kopf. „Aber wir waren keine Geschwister."

Gabby verspürte ein Kribbeln im Nacken. „Von wem sprichst du? Du ... und wer noch?"

Adam musterte sie mit verschleiertem Blick. Der warme Schein des Feuers tanzte über seine edlen Züge und betonte seine hohen Wangenknochen, die dunklen Tiefen seiner

Augen. Der Bartschatten an Wangen und Kiefer verlieh ihm ein verwegenes Aussehen.

„Das spielt keine Rolle", erwiderte er mit fester, deutlicher Stimme, als wäre er auf einen Schlag nüchtern geworden. „Die Vergangenheit ist unwichtig."

Dem konnte sie nicht zustimmen. Es kam ihr so vor, als stünde sie kurz vor einer bedeutsamen Entdeckung, als blickte sie hinab in einen dunklen Abgrund, in dem etwas Unbekanntes darauf wartete, enthüllt zu werden. Womöglich hatte sie dessen Existenz schon immer erahnt. In der hellen, warmen Zufriedenheit ihrer Ehe war es leicht zu ignorieren gewesen, aber nachts, wenn alles finster und still war, huschte es durch ihre Träume und rüttelte an den Grundmauern ihrer Glückseligkeit.

Geheimnisse, Geheimnisse, Geheimnisse, flüsterte es.

Sie hatte nie den Mut gehabt, lange genug in die Dunkelheit hinabzublicken. Aber nun, da die Gefahr ihr ins Gesicht starrte, konnte sie sie nicht länger ignorieren.

„Für mich ist sie wichtig", erwiderte sie, bemüht, sich nicht von ihm einschüchtern zu lassen, was gar nicht so einfach war angesichts des seltsamen Funkelns in seinen Augen. „Wer war sie, Adam? Diese Frau, die nicht wie eine Schwester für dich war?"

Warum hast du sie noch nie zuvor erwähnt? Was war sie dann für dich? Hast du sie ... geliebt?

Mit hämmerndem Herzen wartete sie auf seine Antwort.

„Du bist die schönste Frau, die mir je untergekommen ist, weißt du das?", sagte er mit einem anzüglichen Grinsen. „Ich habe wirklich das große Los gezogen."

Obwohl sie ganz durcheinander war, ließ sie sich nicht ablenken. „Wer ist sie?", wiederholte sie beharrlich. „Ist sie der Grund für deinen Zustand?"

War diese Frau für das unerklärliche Verhalten ihres Gemahls verantwortlich?

Der Gedanke versetzte ihr einen Stich ins Herz.

„Nein", erwiderte er ernst. „Du bist es, Liebling."

Sie runzelte die Stirn. „Du hast dich meinetwegen betrunken?"

„Das meinte ich nicht ... Außerdem bin ich nicht betrunken", erwiderte er ein wenig angriffslustig. „Ich habe hiervon gesprochen."

Ihr Blick folgte der Bewegung seiner Hand, und ihr stockte der Atem, als sie sah, worauf er deutete. Die große, markante Beule in seiner Hose war nicht zu übersehen.

Gütiger Himmel, war er etwa ... *erregt?*

Glühende Hitze breitete sich in ihrem Körper aus und raubte ihr schier den Verstand. Doch sie durfte sich nicht von ihm ablenken lassen, nicht, wenn es um ein so wichtiges Thema ging.

Trotz ihrer hochroten Wangen und dem Kribbeln auf ihrer Haut fuhr sie fort: „Ich habe dich noch nie so stark alkoholisiert erlebt. Was ist vorgefallen, Adam? Bitte sag es mir."

Er setzte sich auf und zog sie zwischen seine gespreizten Beine. „Ich liebe die Art, wie du errötest. Sie erinnert mich an einen Sonnenaufgang, der sich von deinem Gesicht über deinen Hals ausbreitet." Seine Finger folgten dem Weg seiner Worte, bis sie über dem Spitzenkragen ihres hochgeschlossenen Nachtgewands innehielten. „Ich wette, deine Titten sind ebenfalls ganz rosig."

Als er eine ihrer Brüste umschloss, spürte sie eine feuchte Hitze zwischen ihren Schenkeln pulsieren. In ihrem Kopf drehte sich alles. Ein mulmiges Gefühl, halb Verlangen, halb Besorgnis, machte sich in ihr breit. Wer war dieser Mann? *Ihr* Adam war noch nie so vorbehaltlos mit der Zurschaustellung seiner Zuneigung gewesen. Für gewöhnlich waren ihre intimen

Momente für das Ehebett reserviert, ausgeführt nach einem strengen Zeitplan.

Doch auf einmal saß er hier und ... *liebkoste* sie in seinem Arbeitszimmer. Ihr stockte der Atem, während er damit fortfuhr, sie zu streicheln und die andere Hand auf ihren Rücken legte, um sie näher an sich zu drücken. Ihre Brustwarzen verhärteten sich und reckten sich ihm durch den Stoff ihres Nachtgewands und Morgenmantels entgegen.

„Reif wie eine Kirsche", murmelte er in kehligem Tonfall. „Bei deinem Anblick läuft mir das Wasser im Mund zusammen, Liebling."

Verzweifelt klammerte sie sich an den letzten Rest ihres Verstands. „Adam, du musst meine Frage beantworten. Warum hast du heute Abend so viel getrunken?"

Er hielt in seiner Bewegung inne, ließ jedoch nicht von ihr ab.

„Wenn ich dir eine Antwort gebe, wirst du dann gehorsam sein und dich meinem Willen beugen?"

Sie zögerte kurz, dann nickte sie.

„Heute ist eine wichtige Person bei einem Brand am Arbeitsplatz gestorben."

„Gütiger Himmel!", rief sie aus. „Wer?"

„Niemand, um den du dir Gedanken machen musst", murmelte er. „Was geschehen ist, gehört der Vergangenheit an. Nichts davon spielt mehr eine Rolle ... nur das Hier und Jetzt zählt."

Er verstärkte den Druck zwischen ihren Schulterblättern und zog sie noch näher an sich. Ein leises Keuchen entwich ihr, als er den Mund um eine ihrer steifen Brustwarzen schloss und durch die Lagen aus Seide und Batist daran zu saugen begann. Das Blut in ihren Adern verwandelte sich in glühende Lava. Eigentlich sollte sie weiter auf seine überraschende Offenbarung eingehen. Wer genau war in dem Feuer umgekommen?

Und warum beschäftigte ihn dieser Verlust so sehr, dass er deswegen zur Flasche gegriffen hatte? Doch mit jeder sündhaften Berührung seiner Lippen schmolz ihre Entschlossenheit dahin.

Gütiger Himmel, wie geschickt er doch mit seiner Zunge war ...

Als er sich von ihr löste, wimmerte sie protestierend. Noch immer zwischen seinen gespreizten Beinen stehend, kam sie sich vor wie ein Haremsmädchen, das dem mächtigen Sultan seine Vorzüge präsentierte. Die unanständige Fantasie ließ sie noch feuchter werden. Wenn sie doch nur den Charme und Scharfsinn von Scheherazade besäße ... Wenn es ihr doch nur gelänge, die Liebe ihres Gemahls zu gewinnen ...

„Zieh deinen Morgenmantel aus", befahl er ihr mit belegter Stimme.

Die Vorstellung, sich vor ihm zu entkleiden, war sündhaft ... und ungemein erotisch. War sie wirklich so schamlos, sich hier zu entblößen, an diesem Ort, an dem er seinen Geschäften nachging?

Das glühende Verlangen in seinem Blick erleichterte ihr die Entscheidung. Mit zitternden Fingern machte sie sich an dem Band ihres Morgenmantels zu schaffen. Leider hatte sie es in ihrer Eile so umständlich zugebunden, dass sie es nicht lösen konnte. Jegliche Illusion einer verführerischen Haremsdame vergessend, zog und zerrte sie daran, bis der Knoten aufging und sie das Kleidungsstück achtlos von den Schultern streifte.

Adam schien sie mit seinem dunklen Blick zu verschlingen. „Jetzt das Nachtkleid."

Sie starrte hinunter auf die Reihe unzähliger, winziger Perlenknöpfe, die ihr wallendes Nachtgewand zierten. *Gütiger Himmel*. Ohne die Hilfe ihrer Zofe würde es zweifellos tausendundeine Nacht dauern, bis sie sich des Kleidungsstücks entledigt hatte. So viel dazu, ihren Mann betören zu wollen ...

Innerlich seufzend machte sie sich an den ersten Knopf. Er steckte so fest in der Öffnung, dass die Perle sich nicht bewegte.

„Darf ich?"

Adams lange Finger schoben die ihren beiseite, und etwas flatterte in ihrem Magen, als er die Führung übernahm. Selbst in angetrunkenem Zustand handelte er selbstsicher und geschickt. In null Komma nichts hatte er die Knöpfe geöffnet, zog ihr das Schlafgewand über den Kopf und warf es achtlos zu Boden. Im nächsten Augenblick fand sie sich rittlings auf seinem Schoß sitzend wieder, eine Position, die neu, aufregend ... und unglaublich verrucht war.

Sie war splitternackt, er hingegen vollständig bekleidet. Ihre Knie umschlossen seine Hüften, und durch den Stoff seiner Hose spürte sie, wie seine stahlharte Männlichkeit sich gegen ihren weichen Bauch presste. Er legte eine Hand um ihren Nacken und zog ihr Gesicht an das seine heran, so nah, dass ihre Nasenspitzen sich beinahe berührten. Sie war fasziniert von den Flammen unverhohlener Lust in seinen Augen. Zwar hatte sie seine Erregung zuvor schon erlebt – und gespürt –, aber so intensiv wie dieses Mal war es noch nie gewesen. Noch nie hatte er ihr auf so ungezügelte, animalische Weise gezeigt, wie sehr er sie begehrte.

Es war ihr nie in den Sinn gekommen, dass sie die eiserne Mauer seiner Selbstbeherrschung durchbrechen könnte. Zu wissen, dass sie die Macht besaß, ihn derart zu erregen, war schockierend ... und ungemein berauschend.

„Küss mich, Gabriella", forderte er heiser.

Überwältigt von dem Wunsch, ihm gefällig zu sein, folgte sie seiner Aufforderung. Der Kuss war heiß, berauschend, gespickt von dem würzigen Aroma seines Kognaks und Verlangens. Als seine Zunge über ihre Lippen fuhr, öffnete sie bereitwillig den Mund, um ihm Einlass zu gewähren und ihn noch intensiver schmecken zu können.

Nach einer Weile löste er sich von ihr und wanderte über ihren Kiefer und ihre Wange nach oben zu ihrem Ohrläppchen. Sie erschauderte und vergrub die Finger in seinen breiten Schultern, als er daran zu lecken und zu saugen begann.

„Du bist süß wie kandiertes Konfekt", flüsterte er ihr ins Ohr, und sein heißer Atem jagte ihr einen wohligen Schauer über den Rücken. „Ein verführerischer Leckerbissen, den man um jeden Preis genießen muss."

Als seine Lippen an ihrem Hals entlangwanderten und sein stoppeliges Kinn über ihre empfindliche Haut rieb, stöhnte sie laut auf. Gütiger Himmel, sie wusste wirklich nicht, wie lange sie diese süße Qual noch ertragen würde. Dann biss er sie sanft in die Beuge zwischen Hals und Schulter und sie zuckte überrascht zusammen, als sie spürte, wie etwas Heißes, Feuchtes an ihren Schenkeln hinunterrann.

„Verdammt, deine gierige, kleine Pussy durchnässt ja komplett meine Hose", stellte er zufrieden fest.

Seine Worte jagten ihr einen Schock durch den Körper. So vulgär hatte er noch nie zuvor mit ihr gesprochen, und schon gar nicht die Reaktionen eben jener intimen Stelle kommentiert. Überwältigt von Scham wollte sie sich zurückziehen, doch er packte ihre Hüften und hielt sie fest.

„Ich liebe es, wie feucht du für mich bist."

Sein kehliger Tonfall entfachte ein Feuer der Leidenschaft in ihr, doch bevor sie etwas darauf erwidern konnte, zog er ihren Unterkörper auf sich, sodass ihre Scheide über seine geschwollene Männlichkeit rieb. Selbst durch den Stoff seiner Hose spürte sie, wie heftig sein riesiger Schaft gegen ihre feuchte Scham pulsierte.

„Reib dich weiter an mir", forderte er und leitete ihre Hüften in einer kreisenden Bewegung, die sie vor Wonne halb wahnsinnig machte. „So ist es gut, Liebling. Immer schön auf und ab. Press deine kleine Perle gegen meinen Schwanz, bis du kommst.“

Seine obszönen Anweisungen raubten ihr völlig den Verstand. Jede andere anständige Dame hätte Anstoß an dieser Ausdrucksweise genommen ... in ihr jedoch schürte sie das Feuer der Erregung. Es breitete sich in ihr aus, verdrängte jegliche Klarheit aus ihrem Kopf, bis sie an nichts weiter denken konnte als an die unbeschreibliche Lust, die er ihr bescherte. Sie schob ihre Hüften vor und zurück, übte immer mehr Druck aus, um ihre ... ihre *Perle* immer weiter zu stimulieren.

Mit jeder Sekunde, in der sie sich ihrem Höhepunkt näherte, wurde ihr Atem schneller und flacher. Als Adam dann auch noch den Mund um eine ihrer Brustwarzen schloss und daran zu saugen begann, war es um sie geschehen. Mit einem kehligen Schrei gab sie sich dem Rausch ihrer Ekstase hin.

In der nächsten Sekunde drehte sich die Welt um sie, und bevor sie wusste, wie ihr geschah, balancierte sie auf Händen und Knien auf dem Sofa. Erschrocken keuchte sie auf, als sie seine Zunge von hinten über ihre intime Stelle gleiten spürte.

„Adam!“ Sie warf ihm einen schockierten Blick über die Schulter zu. Er kniete neben ihr auf dem Teppich, spreizte ihre Beine mit beiden Händen und betrachtete gierig ihre geschwollene Scham. „W-was tust du da?“

„Ich lecke deine süße, triefende Pussy“, erwiderte er mit rauer, lustvoller Stimme. „Und dann werde ich dich so schnell und hart nehmen, bis wir gemeinsam kommen.“

Bevor sie darauf reagieren konnte, vergrub er das Gesicht erneut zwischen ihren bebenden Schenkeln. Sie riss die Augen auf, schloss sie jedoch gleich darauf fest, als völlig fremdartige und ungewohnte Empfindungen sie übermannten. So etwas hatte er noch nie zuvor getan. Nicht einmal in ihren wildesten Träumen hätte sie sich ausmalen können, dass ein Mann zu so etwas fähig war ... Dass er so etwas überhaupt wollte ... Und dann auch noch in dieser anstößigen Position ...

Bald schon war sie so überwältigt, dass sie sich nicht länger aufrecht halten konnte. Während ihr Oberkörper in die ledernen Sitzpolster sank, hielt Adam ihren Hintern jedoch weiterhin in die Höhe. Mit glühenden Wangen und stockendem Atem gab sie sich den schwindelerregenden Liebkosungen seiner Lippen hin. Sie fühlte sich gefangen zwischen Traum und Wirklichkeit, einem sinnlichen Ort, wo es weder Ängste noch Konsequenzen gab.

Adams Zunge verwöhnte sie unablässig von hinten, leckte und labte sich an ihrer pulsierenden Pussy, während sein rauer Bartschatten die samtige Haut ihrer Schenkel reizte. Die kehligen Laute, die er dabei ausstieß, verrieten ihr, wie sehr er diese Augenblicke genoss. Nach einer Weile begann er, mit dem Daumen über ihre Perle zu reiben. Er befriedigte sie mit methodischer Präzision und Hingabe, ließ dabei keinen Zentimeter ihres Körpers außer Acht, nicht einmal die enge, geheime Stelle zwischen ihren Gesäßhälften, die sonst niemals das Tageslicht erblickte. Stöhnend und schluchzend gab sie sich den völlig neuen Sphären hin, in die er ihre Lust trieb.

Als er sich endlich mit ihr vereinte, füllte sein Schwanz sie auf so vollkommene Weise aus, dass es ihr den Atem raubte. Sie erreichte ihren Höhepunkt, oder vielleicht war sie schon längst dort gewesen und ritt nun weiter auf den nicht enden wollenden Wellen der Ekstase, während er sie immer schneller und härter nahm. Seine Hüften klatschten gegen ihren weichen Hintern, und mit jedem Stoß in ihre feuchte Hitze entfuhren ihm heisere, animalische Laute.

Obwohl sie die Stimulation kaum noch ertragen konnte, verlangte sie nach mehr. Mehr, immer mehr. Niemals sollte dieser Quell der Verzückung versiegen, der unablässig aus ihr herausprudelte.

Plötzlich hielt er inne, so dicht an sie gedrängt, dass seine schweren Hoden gegen ihre pulsierende Scham rieben.

„Du bist mein. Du gehörst mir", knurrte er. „Sag es."

„Ich ... gehöre dir", stöhnte sie.

„Dann nimm mich in dir auf. Jeden Zentimeter, so tief du kannst."

Mit diesen Worten setzte er seinen unerbittlichen Rhythmus fort, und sein harter Schaft schien mit jedem Stoß weiter anzuschwellen, bis sie das Gefühl hatte, die Grenzen ihrer Dehnbarkeit erreicht zu haben. Er stöhnte laut auf, vergrub die Finger in ihrer Taille, und dann ergoss er seinen heißen Samen in sie, wieder und wieder, und mit jedem Schwall seiner Ekstase wurde auch sie erneut an den Rand der Verzückung getrieben.

Es war zu viel ... aber auch nicht genug.

„Ich liebe dich", flüsterte sie, bevor die Erschöpfung sie übermannte.

Am nächsten Abend stürzte das Klopfen an ihrer Schlafzimmertür sie in ein Wechselbad der Gefühle.

Angst, Kummer ... und Wut tobten in ihr wie ein kraftvoller Sturm.

Den ganzen Tag hatte sie darauf gewartet, ihren Gemahl zu sehen. Als sie in der Nacht zuvor aus ihrem Schlummer erwacht war, hatte sie Adam schnarchend neben sich auf dem Sofa vorgefunden. Zutiefst erschüttert von ihrem ungezügelten Liebesspiel war sie nach oben in ihre Gemächer geflohen.

Sie hatte Zeit zum Nachdenken gebraucht, musste den Mut finden, ihm unter die Augen zu treten.

Er war betrunken gewesen, aber womit konnte sie *ihr* schamloses Verhalten entschuldigen?

Gewiss würde keine andere Dame ihrem Ehemann derart sittenlose Freiheiten gestatten ... noch dazu in seinem Arbeitszimmer! Und ganz bestimmt würden sie nie mit sich machen lassen, was Adam getan hatte ... dort unten ... mit seinem Mund ...

Allein der Gedanke brachte ihre Wangen zum Glühen. So etwas war in den acht Jahren ihrer Ehe noch nie zuvor passiert. Er hatte sich ihr gegenüber stets wie ein perfekter Gentleman verhalten. Was also hatte ihn dazu getrieben, sich so verrucht aufzuführen? Ob er seine Taten am nächsten Morgen bereute? Gütiger Himmel, ob er *sie* dafür verantwortlich machte?

Nervös, beschämt und unangemessen erregt hatte sie sich in ihrem Schlafgemach versteckt, bis sie hörte, wie er das Haus verließ. Erst dann hatte ihr knurrender Magen die Oberhand gewonnen und sie ließ sich das Frühstück aufs Zimmer bringen. Offensichtlich war eine Nacht der Ausschweifungen äußerst appetitfördernd. Nell brachte ihr ein voll beladenes Tablett einschließlich der Morgenzeitung. Als Gabby das Titelblatt überflog, blieb ihr der gebutterte Toast förmlich im Halse stecken. Eine Schlagzeile sprang ihr entgegen:

FEUER ZERSTÖRT FREUDENHAUS.

Der Artikel berichtete in haarsträubenden Details von einer verheerenden Explosion, die das *Gilded Pearl*, ein Bordell im Stadtteil Covent Garden, in Schutt und Asche gelegt sowie die Leben mehrerer Opfer gefordert hatte.

Heute ist eine wichtige Person bei einem Brand am Arbeitsplatz gestorben.

Adams Worte hallten ihr durch den Kopf. Das konnte doch kein Zufall sein. War die Person, die er verloren und wegen der er sich betrunken hatte, etwa ... eine Dirne gewesen?

Den ganzen Tag lang hatte sie sich mit dieser Vorstellung herumgequält. Bereits letzte Nacht hatte sie das Gefühl gehabt, dass etwas nicht stimmte, dass sie in Erfahrung bringen musste, wer gestorben war und weshalb Adam sich deswegen so seltsam verhielt. Nun war er nach Hause zurückgekehrt und stand vor ihrer Tür. Ihr blieb nichts anderes übrig, als ihn mit ihrem Verdacht zu konfrontieren.

Diese Angelegenheit kannst du nicht einfach in die Schublade der seligen Unwissenheit stopfen. Aus dem Spiegel des Frisiertisches starrte ihr ein blasses Gesicht mit weit aufgerissenen Augen entgegen. *Du musst die Wahrheit herausfinden.*

Also holte sie noch einmal tief Luft und rief: „Herein!"

Adam betrat das Zimmer, gekleidet in elegante Abendgarderobe, die seine schlanke, muskulöse Statur hervorragend zur Geltung brachte. An seinem blütenweißen Krawattentuch funkelte eine mit Diamanten besetzte Anstecknadel. Er war ein Abbild männlicher Perfektion.

„Ich wollte dir vor dem Zubettgehen eine gute Nacht wünschen", sagte er, nachdem er an sie herangetreten war.

Als er sich jedoch zu ihr hinunterbeugte, um ihr einen Kuss auf die Wange zu geben, wandte sie sich ab.

Fragend legte er den Kopf schief. „Was ist los?"

Obwohl sein Tonfall ruhig und neutral war, entging ihr der wachsame Ausdruck in seinen Augen nicht ... als machte er sich auf Ärger gefasst. Warum sollte er das tun, wenn er sich nichts hatte zuschulden kommen lassen?

Der Knoten in ihre Kehle wurde größer. So gefasst wie nur irgend möglich griff sie nach der Zeitung auf ihrem Tisch und reichte sie ihm. Mit gerunzelter Stirn nahm er sie entgegen und überflog die Titelseite. Sie wusste genau, in welcher Sekunde er begriff, worum es ihr ging, denn die Falten um seinen Mund vertieften sich und in seinen Augen flackerte etwas auf.

„Gestern gab es eine schwere Explosion", setzte sie an, ohne das Zittern in ihrer Stimme unterdrücken zu können. „Ein Freudenhaus namens *The Gilded Pearl* ist niedergebrannt.

Dutzende von Menschen kamen dabei ums Leben. Aber das wusstest du bereits ... nicht wahr?"

Er warf die Zeitung achtlos auf einen Beistelltisch. „Was genau willst du damit andeuten?"

„Hast du dieses Etablissement besucht?", platzte sie heraus. „Die Frau, die gestorben ist, wegen der du dich fast bis zur Besinnungslosigkeit betrunken hast ... war sie eine *Prostituierte?* Hast du mit ihr geschlafen?"

„Sei doch nicht albern", erwiderte er.

Sein kurz angebundener Tonfall erzürnte sie und schürte ihre Angst. Zudem hatte er nicht geleugnet, dass es sich bei der Person, die gestorben war, um eine Frau handelte.

„Ich mag hin und wieder albern sein, aber dumm bin ich nicht", sagte sie. „Erst erzählst du mir, dass jemand, der dir wichtig war, bei einem Feuer am Arbeitsplatz ums Leben kam, und am nächsten Tag erfahre ich, dass ein *Bordell* niedergebrannt ist. Sag mir die Wahrheit, Adam: Trauerst du um eine Dirne?"

„Hör gut zu, denn ich sage das jetzt nur ein einziges Mal: Weder war ich dir jemals untreu noch werde ich je unsere Ehegelübde missachten", erwiderte er mit Nachdruck.

Schwer atmend musterte sie ihn. Wie gerne würde sie ihm glauben, dass er ihre Gelübde ebenso heiligte wie sie. Ein scharfer Schmerz durchfuhr sie, als ihr klar wurde, woher ihre Unsicherheit rührte: Während sie ihren Mann von ganzem Herzen liebte, erwiderte er ihre Gefühle nicht.

Er hat dir von Anfang an gesagt, dass er nicht an die Liebe glaubt. Du hast kein Recht, sie jetzt von ihm einzufordern. Sei zufrieden mit dem, was du hast: seine Zuneigung, seinen Schutz und die Sicherheit, die er dir und den Kindern bietet.

„Gibst du mir dein Wort darauf?", fragte sie mit stockender Stimme.

Er musterte sie mit steinerner Miene. „Ich schwöre es bei meiner Ehre als Gentleman."

Sie wusste, dass seine Ehre ihm alles bedeutete. Selbst wenn andere ihn aufgrund seines Berufes verachteten, zweifelte nie jemand daran, dass er zu seinem Wort stand.

Eine Welle der Erleichterung übermannte sie. In der betretenen Stille, die folgte, trug sie eine innere Debatte aus: Sollte sie darauf beharren, dass er die Identität der verstorbenen Frau preisgab ... oder sollte sie versuchen, die Kluft zu überwinden, die aufgrund ihrer ungerechtfertigten Anschuldigungen zwischen ihnen entstanden war?

Während sie um eine Entscheidung rang, ergriff er das Wort.

„Ist letzte Nacht etwas geschehen?"

Unwillkürlich errötete sie. „Was genau meinst du?"

„Du hattest recht, als du sagtest, ich hätte es mit dem Alkohol übertrieben. Das kommt für gewöhnlich nicht vor, wie du weißt." Er räusperte sich und blickte verlegen drein. „Heute Morgen bin ich mit höllischen Kopfschmerzen in meinem Arbeitszimmer aufgewacht und kann mich an nichts erinnern, was sich am Abend zuvor zugetragen hat. Jedoch vermute ich, dass du zu irgendeinem Zeitpunkt bei mir warst. Liege ich damit falsch?"

Gütiger Himmel ... Er hat alles vergessen?

Verdattert starrte sie ihn an. In seinen angespannten Zügen konnte sie keinen Hinweis darauf entdecken, dass ihm bewusst war, was er mit ihr angestellt hatte. Was sie bereitwillig mit sich machen ließ ...

„Ich war da", presste sie hervor.

„Habe ich etwas Anstößiges gesagt oder getan?"

Abgesehen davon, dass du mich mit deiner Zunge und deinem Schwanz zum Höhepunkt gebracht hast? Immer und immer wieder, und trotzdem habe ich wie ein Flittchen um mehr gefleht ...

Wortlos schüttelte sie den Kopf.

„Das freut mich. Sollte ich irgendetwas gesagt oder getan haben, was dir Kummer bereitet hat, würdest du es mich doch wissen lassen, oder?"

Kummer war das genaue Gegenteil dessen, was er ihr bereitet hatte, und genau darin lag das Problem. Er hatte sie geheiratet, weil er eine tugendhafte, anständige Frau an seiner Seite wollte. Keinesfalls durfte er herausfinden, dass sie zusätzlich zu ihren unzähligen anderen Unzulänglichkeiten auch noch ein schamloses Flittchen war. Eiskalte Panik übermannte sie, als sie sich seine Missbilligung vorstellte.

Er muss es nicht erfahren. Bring deine Ehe deswegen nicht in Gefahr. Halte es geheim, geheim, geheim.

„Gabriella?" Adam musterte sie mit angespannter Miene.

„Ja", murmelte sie. „Ich würde es dir sagen."

Die Sorgenfalten auf seiner Stirn verschwanden. Er räusperte sich abermals und fuhr fort: „Kognak ist das reinste Teufelszeug. Ich werde es damit gewiss nicht wieder übertreiben. So, jetzt ist es höchste Zeit fürs Bett. Morgen habe ich eine Besprechung und muss früh raus. Gute Nacht, meine Teure. Schlaf gut."

Erneut beugte er sich zu ihr hinunter, um ihre Wange zu küssen, und diesmal wandte sie sich nicht ab. Als ihr sein würziger Duft in die Nase stieg, wurde sie von einem schwindelerregenden Gefühl übermannt, und für einen Augenblick hatte sie Angst, ihre inneren Barrieren würden einbrechen unter dem Verlangen, etwas völlig Verrücktes zu tun. Sie wollte sich ihm an den Hals werfen, sich bereitwillig seinen dunkelsten Fantasien hingeben ...

Sie ballte die Hände zu Fäusten und hielt den Atem an, während seine Lippen keusch ihre Wange streiften. Anschließend strich er ihr eine lose Strähne hinters Ohr, schenkte ihr ein flüchtiges Lächeln und verschwand durch die Tür, die ihre Gemächer miteinander verband.

Mit wild hämmerndem Herzen sah sie ihm nach, bis das dunkle Holz ihr die Sicht versperrte.

Kapitel Sechzehn

Gegenwart

Adam spürte, wie die fein geschliffene Klinge über seinen Hals glitt.

Nach der äußerst wohltuenden Behandlung mit einem warmen Handtuch um sein Gesicht, gefolgt von luxuriös duftendem Rasierschaum, lehnte er sich entspannt zurück und schloss die Augen, während Quinn, sein Kammerdiener, fortfuhr, ihm den Bartschatten zu entfernen.

Daran könnte ich mich gewöhnen.

Drei Wochen waren vergangen, seit er ohne Erinnerung erwacht war. Seine körperlichen Wunden waren so gut wie verheilt und bereiteten ihm kaum noch Probleme. Die Narben reihten sich in eine Reihe von anderen, verblassten Wundmalen ein, die er an sich entdeckt hatte, Ehrenabzeichen eines Mannes, der sich von ganz unten an die Spitze gekämpft hatte. Zwar wusste er nach wie vor nichts von der Zeit vor diesem Unfall, aber eines war ihm in den letzten Wochen klar geworden: Nirgendwo wollte er lieber sein als hier.

Er führte das Leben eines Gentlemans, erfüllt von selbstverständlichem, extravagantem Luxus. Nicht nur gab es professionelles Personal – Quinn war nur einer seiner unzähligen Angestellten –, das sich um sämtliche seiner Bedürfnisse kümmerte, er bewohnte zudem ein Haus mit nicht weniger als achtundzwanzig Zimmern. Das war keine Übertreibung! Sobald er allein aufstehen und herumlaufen durfte, war er sie abgeschritten und hatte sie gezählt.

Außerdem hatte er eine Bestandsaufnahme sämtlicher Einrichtungsgegenstände durchgeführt. Allein mit den Silbertellern könnte man vermutlich ein kleines Königreich erwerben, also ordnete er an, dass Burke, der verschrumpelte, alte Butler, regelmäßig nachprüfte, ob alles vorhanden war. Obwohl dieser ihm wie der Rest seiner Belegschaft mit einem gehorsamen „Sehr wohl, Sir", geantwortet hatte, schien es ihm ganz offensichtlich nicht zu gefallen, dass der Hausherr ihn hinsichtlich seiner Pflichten belehrte.

Pech für ihn. Adam hatte bereits sein Gedächtnis verloren, er würde nicht zulassen, dass ihm noch etwas anderes genommen wurde. Soweit er beurteilen konnte, lebte er wie ein König, und so sollte es auch bleiben.

Lande stets auf den Füßen, halte nach Gefahr Ausschau und verteidige dein Revier.

Nun, da es ihm besser ging, zeichneten sich drei Prioritäten für ihn ab. Zunächst musste er seine Arbeit wiederaufnehmen. Dr. Abernathy hatte ihm zwar geraten, die nächste Woche über noch zu Hause zu bleiben, und da der Arzt ihm das Leben gerettet hatte (und weil er nicht noch eine sanfte Belehrung seiner Frau über sich ergehen lassen wollte), entschied er sich, dessen Anweisungen zu befolgen ... Aber das bedeutete nicht, dass er sich nicht mit seinen Geschäften vertraut machen konnte.

Sein Verwalter, Henry Cornish, würde in ein paar Tagen mit einem Überblick über Adams gesamten Besitz vorbeikommen, da dieser bis auf den letzten Penny genau wissen wollte, wie umfangreich sein Vermögen war. Wickham Murray, seine rechte Hand, hatte ihn während seiner Genesung jede Woche besucht, und Adam hatte die Gelegenheiten genutzt, um sämtliche Details über das Wucherer-Geschäft aus ihm herauszuquetschen.

Zu seiner Belustigung verstummte Murray jedes Mal schlagartig, wenn Gabriella hereinkam, um nach dem Rechten zu sehen. Offensichtlich hatte er ebenfalls einen ihrer Vorträge bezüglich Adams Bedarf nach Ruhe über sich ergehen lassen müssen. Bei dem Gedanken unterdrückte er ein Grinsen, da er nicht riskieren wollte, von Quinn geschnitten zu werden.

Wenn es um den Schutz derer ging, die sie liebte, konnte seine sanftmütige Frau durchaus die Krallen ausfahren.

Adam war kein Narr, ihm war durchaus bewusst, dass sein größter Schatz nicht in seinen irdischen Besitztümern lag, sondern in dem Geschenk seiner Familie – etwas, das er, soweit er in Erfahrung bringen konnte, vorher nicht besessen hatte. Etwas, nach dem er sich nun aber definitiv sehnte. Nachdem er den Schock, Vater zu sein, erst einmal überwunden hatte, machte er es sich zur Aufgabe, seine Kinder kennenzulernen. Da seine Tochter und sein Sohn absolut bezaubernd waren, bereitete es ihm großes Vergnügen, Zeit mit ihnen zu verbringen.

Fiona war ein eigensinniges Mädchen, das in der Tat musikalisches Talent besaß (sie hatte darauf bestanden, ihm etwas vorzuspielen, sobald er es die Treppe hinunterschaffte) und in allem zu glänzen schien, was sie anging, sei es nun Tanzen, Singen oder Theaterstücke verfassen. Er konnte nicht leugnen, dass ihm ihr Ehrgeiz gefiel, auch wenn er sie manchmal ein wenig bremsen musste. Es war auf seltsame Weise befriedigend, ein Stück seiner selbst in ihr zu sehen, eingebettet in die äußere Schönheit, die sie von ihrer Mutter geerbt hatte.

Max kam vom Aussehen her mehr nach ihm, besaß jedoch Gabriellas sanftmütige Art. Er dachte stets zuerst an andere und bemühte sich, es allen recht zu machen. Leider fehlte ihm oft das nötige Selbstbewusstsein. Es war wichtig, ihn nicht zu sehr mit Samthandschuhen anzufassen. Adam hatte vor, ihm ein paar männliche Sportarten näherzubringen, wie etwa das Boxen.

In den letzten Wochen hatte er festgestellt, dass sein Körper sich an Dinge erinnerte, die seinem Gedächtnis entfallen waren. Beispielsweise, wenn es ums Kämpfen ging. Seine Muskeln passten sich mit geübter Leichtigkeit den Bewegungen an: die kurze Gerade, der Aufwärtshaken und der Seitwärtshaken ... Er schien sie wie im Schlaf zu beherrschen. Offensichtlich konnte er sich in einer Auseinandersetzung behaupten. Die verblassten Narben auf seinen Händen kamen gewiss nicht vom Herumschieben von Papieren auf einem Schreibtisch.

Die Kampfabfolgen waren jedoch nicht das Einzige, womit sein Körper vertraut zu sein schien. Wenn Gabriella in seiner Nähe war, reagierte jede Nervenzelle in ihm mit unbändigem Verlangen ... nach ihrem Duft, der einladenden, eleganten Kurve ihres Halses, dem einzigartigen, lebendigen Tonfall ihrer Stimme. Obwohl er sich nicht entsinnen konnte, mit ihr geschlafen zu haben, *spürte* sein Körper den ihren: ihre weichen, vollen Brüste, die zwischen seinen Fingern hervorquollen, das süße Aroma ihrer Lippen ... ihre heiße, feuchte Pussy, die sich gierig um seinen Schwanz zusammenzog.

Jetzt, da seine Wunden verheilt waren, sehnte er sich nach gewissen Aktivitäten, was ihn zu seiner wichtigsten Priorität führte: seine Ehe wieder auf den richtigen Kurs zu bringen. Und mit „richtiger Kurs" meinte er, seine Frau ins Bett zu bekommen.

Jedes Mal, wenn er Gabriella erblickte, übermannte ihn eine Welle der Lust, die er nicht leugnen konnte. Und warum sollte er? Sie war atemberaubend schön, gutmütig und loyal. Instinktiv wusste er, dass er als Straßenjunge nie so hingebungsvoll umsorgt worden war, wie sie sich um ihn kümmerte. Außerdem hatte sie ihm zwei wunderbare Kinder geschenkt.

Und dennoch war da eine seltsame Distanz zwischen ihnen. Eine unsichtbare Mauer. Trotz ihrer Aufmerksamkeit und Fürsorge scheute sie vor den intimeren Aspekten ihrer Ehe zurück.

Er wusste nicht so recht, was er davon halten sollte.

Natürlich hatte er versucht, die Kluft zwischen ihnen zu überbrücken, sein Interesse an gewissen ehelichen Aktivitäten zu bekunden. Er machte ihr unentwegt Komplimente und ließ sie wissen, wie anziehend er sie fand, in der Hoffnung, dass sie den Wink verstehen würde.

Doch sie reagierte auf jeden Annäherungsversuch wie eine nervöse Jungfrau.

In der Woche zuvor hatte sie ihm Tee ausgeschenkt, ein tägliches Ritual, das ohne Ausnahme seine Erregung schürte. Was sein Blut in Wallung brachte, war ihre Liebe zum Detail, die elegante Präzision, mit der sie ihm sein Getränk zubereitete. Jede Tasse, die sie ihm servierte, war die perfekte Mischung aus milchig, bitter und süß, genauso, wie er es mochte. Und wenn er ihr seine Anerkennung zollte, wirkte sie äußerst erfreut.

Als er jedoch einen Schritt weitergegangen war und einen beiläufigen Kommentar über die liebliche Farbe ihrer Augen fallen ließ, wurde ihr sichtlich unbehaglich zumute. Sie hatte den Blick gesenkt und in betretener Stille an dem Teeservice herumhantiert, während er sich wunderte, was zur Hölle er falsch gemacht haben mochte. Am Tag zuvor hatte er es mit einem weiteren Kompliment versucht und ihr gesagt, ihre Haare wären strahlender als jede Rose, und sofort hatte ihr Gesicht dieselbe feurige Farbe angenommen. Zu seinem

Entsetzen begann ihre Unterlippe zu zittern und er fürchtete, sie könnte jeden Moment in Tränen ausbrechen.

Wenn er ihr gestünde, was er über ihre Brüste und ihren Hintern dachte, würde sie wahrscheinlich im Erdboden versinken.

Da er jedoch kein Mann war, der leichtfertig aufgab, hatte er sich etwas anderes einfallen lassen, um das Feuer ihrer Ehe erneut zu entfachen. Am gestrigen Abend hatte er sich beispielsweise während einer Runde Scharade mit den Kindern neben Gabriella auf dem Sofa niedergelassen. Obwohl sie nur knapp einen halben Meter auseinandersaßen, kam ihm die Distanz zwischen ihnen unüberwindbarer vor als ein Ozean. Während Fiona mit ihrem Spielpartner Max schier verzweifelte (kein Wunder, der arme Kerl war völlig überfordert, obwohl seine Schwester auf äußerst kreative Weise fallenden Regen sowie unter Einsatz ihres Körpers einen Bogen imitiert hatte, um das Wort „Regenbogen" darzustellen), entschied sich Adam, die Stimmung zu testen und legte beiläufig einen Arm um die Taille seiner Frau.

Gabriella war so heftig zusammengezuckt, als hätte sie ein elektrisches Gerät berührt. Mit hochrotem Kopf war sie aufgesprungen, hatte eine fadenscheinige Entschuldigung gemurmelt und war regelrecht aus dem Zimmer geflüchtet.

Er wusste einfach nicht, was er von ihren Reaktionen halten sollte. Hatte er ihr Zartgefühl verletzt? War sie womöglich nur schüchtern ... oder eine Frau von kaltblütigem Gemüt? Allerdings wollte er das angesichts ihrer warmen, großzügigen Art und ihrer natürlichen Sinnlichkeit nicht glauben. Vielleicht war sie einfach nur besorgt, dass er für seine ehelichen Pflichten noch nicht bereit sein könnte. Aber er zeigte ihr doch ziemlich unmissverständlich, dass er sich dazu in der Lage fühlte.

Möglicherweise lag der Grund für ihre Zurückhaltung in ihrer gemeinsamen Vergangenheit? Es wurmte ihn, sich nicht an die intimen Details ihrer Ehe erinnern zu können. Wie hatten sie sich vor dem Unfall im Schlafgemach verhalten? Er konnte sich nicht vorstellen, länger in ihrer Nähe gewesen zu sein, ohne sie bei jeder Gelegenheit genommen zu haben ... in jedem Zimmer und auf jeder Oberfläche dieses verdammten Palastes, wenn es nach ihm ginge.

O ja, er war mehr als bereit dafür, sich wieder mit seiner Gemahlin vertraut zu machen. Das Problem lag darin, Gabriella zu der gleichen Überzeugung zu bringen. Er kam sich vor wie ein unbeholfener Bräutigam, der sich blind durch seine Hochzeitsnacht tastete ... Gottverdammt, hoffentlich war er kein unbeholfener Liebhaber! War das der Grund, warum seine Frau in Bezug auf intime Angelegenheiten so reserviert war? Hatte er sie im Bett etwa nicht befriedigt?

„Sind Sie mit der Rasur zufrieden, Sir?"

Schaudernd schob Adam die unwillkommenen Gedanken beiseite und öffnete die Augen. Als er sich im Spiegel betrachtete, konnte er keine Schnitte oder Rötungen erkennen. Sein Kiefer fühlte sich ebenso glatt und weich an wie eine stramm gezogene Decke.

„Äußerst zufrieden", erwiderte er. „Wie gelingt Ihnen eine so perfekte Rasur, obwohl Sie mit dem Wuchs gehen, Quinn?"

„Jahrelange Erfahrung, Sir. Außerdem vollbringt die Rasierseife von Truefitt & Hill wahre Wunder. Diese Formel haben Sie eigens für sich anfertigen lassen."

Das erklärte, warum er den würzigen Duft der Seife so angenehm fand.

Während sein Kammerdiener das Handtuch von seinen Schultern nahm und begann, seine Utensilien zusammenzusammeln, betrachtete Adam sich eingehender im Spiegel. Alles in allem war er ein recht attraktiver Bursche, der sogar noch alle Zähne hatte. Von der Statur her war er schlank und muskulös. Es wäre wohl nicht unverfroren zu behaupten, dass die Damen der Schöpfung ihn anziehend finden könnten. Zudem war er ein weltgewandter Mann mit Erfahrung. Er wusste, was ihm gefiel ... und dass er es genoss, wenn eine Frau sich ihrer Lust hingab.

Während er das Bett hüten musste und Gabriella sich ständig in seiner Nähe aufhielt, waren seine Fantasien des Öfteren mit ihm durchgegangen. Beispielsweise stellte er sich vor, wie er das Gesicht zwischen ihren Schenkeln vergrub, was regelmäßig dazu führte, dass er Mühe hatte, seine Erektion vor ihr zu verbergen. Er sehnte sich danach herauszufinden, ob ihr Schamhaar ebenso feurig war wie die prachtvollen Locken auf ihrem Kopf. Ob sie so lieblich schmeckte, wie sie aussah. Ob sie während des Liebesspiels ebenso redselig war wie sonst auch und ihn auf jede nur erdenkliche Weise anflehte, sie zum Höhepunkt zu bringen ...

Energisch schob er die Gedanken beiseite. Er war kein sentimentaler Narr. Alles, was er bis jetzt über seine Vergangenheit herausgefunden hatte, deutete darauf hin, dass er ein Mann war, der wusste, was er wollte, und es auch bekam. Immerhin hatte er sich ein erfolgreiches Imperium aufgebaut und ließ sich sogar seine eigene Rasierseife zusammenmischen, verdammt!

Wie schwierig konnte es also sein, Gabriella – *seine Frau* – dazu zu bringen, ihre ehelichen Pflichten wieder aufzunehmen? Sein Bauchgefühl sagte ihm, dass es ihm nicht nur darum ging, seine Lust zu stillen, sondern auch darum, seinen Anspruch geltend zu machen, sie auf die ursprünglichste Weise zu nehmen und zu markieren, sodass keiner von ihnen je wieder daran zweifeln konnte, zu wem sie gehörte.

Es ging ihm darum, seine Ehe *real* werden zu lassen, denn er wünschte sich nichts sehnlicher als eine aufrichtige Verbindung.

Plötzlich kam ihm die zündende Idee: Er würde einen

romantischen Abend für sie planen – ein intimes Dinner, Blumen, musikalische Untermalung ... und ein *Geschenk*. Jeder wusste doch, dass man das Herz einer Frau mit hübschen Aufmerksamkeiten eroberte, was für einen stinkreichen Kerl wie ihn ein Kinderspiel werden dürfte.

„Benötigen Sie sonst noch etwas, Mr Garrity?", erkundigte sich Quinn.

„Das tue ich in der Tat. Können Sie mir sagen, wo ich früher Schmuck für meine Gemahlin zu kaufen pflegte?"

„Sie sind Kunde bei sämtlichen Juwelieren der Stadt, Sir. Bei besonderen Anlässen bevorzugten Sie allerdings stets Rundell, Bridge & Co. Soll ich jemanden für Sie kommen lassen?"

Adam musterte ihn überrascht. „Der Juwelier würde zu mir ins Haus kommen?"

„In Anbetracht Ihrer langjährigen Stammkundschaft würden die Herren Rundell und Bridge gewiss sogar ein Geschäft nebenan eröffnen, wenn Sie es verlangten."

Zumindest eine Sache habe ich richtig gemacht.

„Dann richten Sie ihnen aus, dass ich sie heute Nachmittag sehen möchte, während Mrs Garrity ihren Vater besucht", entschied Adam. „Es soll eine Überraschung werden. Und schicken Sie Burke hoch. Ich will das Menü für morgen Abend mit ihm durchgehen."

„Sehr wohl, Sir."

Nachdem Quinn das Zimmer verlassen hatte, feilte Adam an den Einzelheiten seines Plans. Er wollte nichts dem Zufall überlassen, wenn es darum ging, seine Frau zu verführen.

Kapitel Siebzehn

Am folgenden Nachmittag saß Gabby mit drei ihrer Freundinnen im Salon und schenkte den Tee aus. Zu ihrer Rechten teilte sich Tessa Kent, eine zierliche, schwarzhaarige Schönheit, einen Diwan mit Emma, der Herzogin von Strathaven (und Tessas Schwägerin). Maggie Foley, eine junge Witwe und zukünftige Braut des Herzogs von Ranelagh und Somerville, hatte auf einem Korbsessel zu ihrer Linken Platz genommen.

„Du bist wie immer eine hervorragende Gastgeberin, Gabby, aber so viel Mühe hättest du dir unseretwegen nicht machen müssen", sagte Emma und deutete auf den Servierwagen und die Anrichte, die überfüllt waren mit Tellern voll Kuchen, Früchten und leichten Häppchen. „Du hast doch bereits alle Hände voll zu tun damit, deinen Mann zu pflegen."

„Swift Nick freut sich über das Festmahl", merkte Tessa an.

Ihr mohnblumenfarbenes Kleid war so geschnitten, dass es die kaum sichtbare Wölbung ihres Bauches kaschierte, ein erstes, dezentes Anzeichen des Kindes, das sie im kommenden Sommer erwartete. Auf ihrem Schoß zusammengerollt lag Swift Nick Nevison, ihr geliebtes Frettchen, dessen dunkles, maskenförmiges Fell um die Augen ihn wie einen neugierigen kleinen Banditen aussehen ließ. Sie brach ein Stück Käse ab und reichte es Nick, welcher danach griff und es in einem Happen verschlang.

Tessas Haustierwahl war ebenso ungewöhnlich wie sie selbst. Trotz ihrer zierlichen Erscheinung war sie eine ernst zu nehmende Naturgewalt. Ihr Großvater war ein einflussreicher Halsabschneider, der die Londoner Unterwelt mit eiserner Faust regierte, und als Herzogin von Covent Garden trug seine Enkelin ihren Teil dazu bei, für Ordnung und Gerechtigkeit in ihrem Viertel zu sorgen. Die Tatsache, dass selbst ein mächtiger Mann wie Adam ihre Autorität respektierte, sprach für sich selbst.

„Der Aufwand war doch nicht der Rede wert. Außerdem geht es Mr Garrity schon viel besser", erwiderte Gabby. „In der Tat regt er sich ziemlich über den Hausarrest auf, den der Doktor ihm auferlegt hat. Daran sehe ich, wie gut seine Genesung voranschreitet."

„Als Strathaven wegen seines verletzten Fußes zu Hause bleiben musste, verhielt er sich wie ein eingesperrter Tiger", sagte Emma und warf ihr über den Rand ihrer Tasse einen wissenden Blick zu. „Selbst das Personal hat sich vor ihm versteckt."

Da Adam ebenfalls dazu übergegangen war, durch die Zimmer zu schleichen und sich ständig in anderer Leute Angelegenheiten einzumischen, fürchtete Gabby, dass es bei ihnen auf dasselbe hinauslaufen würde. Insbesondere der arme Burke war tödlich beleidigt gewesen, als sein Herr es gewagt hatte, seine regelmäßige Zählung des Tafelsilbers in Frage zu stellen. Es war nicht einfach gewesen, den alten Butler hinterher wieder zu besänftigen.

Trotz seiner Ungeduld machte Adam jedoch riesige Fortschritte. Tag für Tag gewann er an Stärke und Autorität dazu und glich immer mehr seinem früheren Ich. Dennoch wirkte er irgendwie ... verändert.

Und genau diese Veränderungen waren es, die ihr Sorge bereiteten. Sie wusste nicht, wie sie mit ihnen umgehen sollte. Oder mit der Tatsache, dass ihr Mann in mancherlei Hinsicht ein Fremder war. Immer wieder zweifelte sie daran, ob sie ihn je wirklich gekannt hatte, und dieser Gedanke schmerzte mehr als alles andere.

„Es freut mich zu hören, dass es Mr Garrity besser geht", sagte Maggie und legte die Hände in den Schoß ihres olivgrünen Satinkleids. „Ransom und ich werden niemals wiedergutmachen können, was er für uns getan hat."

Ihr Blick spiegelte aufrichtige Dankbarkeit, aber auch Schuldgefühle wider. Es nagte offensichtlich schwer an ihr, dass Adam bei der Rettungsaktion ihrer Tochter verletzt wurde. Obwohl sie und der Herzog frisch verlobt waren, hatte Maggie ihren neuen Freundinnen gestanden, dass sie vor vielen Jahren eine flüchtige Affäre gehabt hatten, aus der die kleine Glory hervorgegangen war. Erst vor Kurzem waren sie einander wiederbegegnet und infolgedessen hatte Seine Gnaden von der Existenz seiner Tochter erfahren.

Während Gabby Emma bereits seit Ewigkeiten und Tessa seit einigen Monaten kannte, zählte Maggie noch nicht lange zu ihren Bekanntschaften. Normalerweise wäre sie von einer so atemberaubend schönen Frau wie ihr eingeschüchtert gewesen, aber die nüchterne, bodenständige Art der jungen Witwe hatte ihr schnell die Befangenheit genommen. Maggies verstorbener Gemahl war ein älterer, kränklicher Gentleman gewesen, dessen Fossiliengeschäft sie viele Jahre lang für ihn geleitet und sogar selbst entlang der Küste Dorsets nach Versteinerungen gesucht hatte. Alles, was sie erzählte, erweckte den Eindruck, dass sie es nicht leicht gehabt hatte, aber sie hatte sich nie unterkriegen lassen, und nun würde sie den Mann ihrer Träume heiraten.

Gabby wollte nicht, dass irgendetwas das neu gefundene Glück ihrer Freundin trübte.

„Da gibt es nichts wiedergutzumachen", erwiderte sie nachdrücklich. „Mr Garrity hat gerne und aus freien Stücken geholfen."

„Er ist ein Held, der, ebenso wie du und der Rest eurer Familie, um der Sicherheit meiner Tochter willen viel erleiden musste. Wenn es also etwas gibt, das Ransom und ich für euch tun können, dann lasst es uns wissen", sagte Maggie mit ernster Miene.

Gabby nickte, stolz und glücklich zu hören, dass Adam als Held bezeichnet wurde. Die Arbeit, die er verrichtete, gefiel ihren Freundinnen nicht wirklich, weshalb sie ihn mehr als einmal als zwielichtigen Schurken hingestellt hatten. Sie begriffen einfach nicht, dass Adam kein schlechter oder grausamer Mensch war, sondern ein Mann der Ehre, der einfach daran glaubte, dass jedem das zustand, was er verdiente.

Früher war es ihr nie gelungen, ihre Freunde von der Güte und Großzügigkeit ihres Gemahls zu überzeugen, ebenso wenig, wie sie ihn dazu bringen konnte, ihnen zu vertrauen. Ihretwegen hatten beide Seiten einander widerwillig geduldet. Womöglich war das einzig Gute an der gegenwärtigen Krise also die Tatsache, dass alte Differenzen beiseitegelegt worden waren. Während Adams Zeit der Genesung waren ihre Freundinnen sowie deren Ehemänner regelmäßig zu Besuch gekommen, um ihm ihre Aufwartung zu machen, und sämtliche Aufeinandertreffen waren heiter und herzlich verlaufen.

„Da wir gerade davon sprechen: Wie geht es Garritys Birne?", fragte Tessa, die sich einen großen Bissen Treacle Tart in den Mund stopfte, während Nick sie von ihrem Schoß aus wachsam beobachtete. „Sitzen die losen Schrauben mittlerweile wieder fest?"

„*Tessa!*", zischte Emma und stupste sie in die Seite.

„Was denn?" Ihre Schwägerin starrte sie mit großen Augen an. „Gabby hat uns doch erzählt, dass er Probleme mit dem Gedächtnis hat. Ich wollte nur wissen, ob sein Erinnerungsvermögen schon zurückgekehrt ist."

„Noch nicht", erwiderte Gabby und zwang sich zu einem Lächeln. „Aber Dr. Abernathy sagte ja, dass es eine Weile dauern könne."

„Wie kommen die Kinder mit seinem Zustand zurecht?", fragte Maggie.

„Besser als erwartet ... wesentlich besser, um genau zu sein. Vor dem Unfall war er nicht sehr oft bei ihnen zu Hause, von daher genießen sie seine Gesellschaft. Und umgekehrt verhält es sich genauso."

Tatsächlich folgten Fiona und Max ihrem Vater auf Schritt und Tritt, als wäre er der Rattenfänger von Hameln höchstpersönlich, und ihn schien es nicht im Geringsten zu stören. Vor seiner Verletzung hatte er die meisten Tage bis spätabends im Büro verbracht und sich auch zu Hause hauptsächlich um seine Geschäfte gekümmert. Seine Zeit mit den Kindern war knapp bemessen gewesen und beschränkte sich wie alles andere auf einen strengen Terminplan. Dieses Verhalten war nicht ungewöhnlich für einen Gentleman seines Standes, und nach gesellschaftlichen Verhältnissen war er stets ein guter Vater gewesen.

Nun aber war er ein herausragender.

Stets hörte er sich mit Begeisterung Fionas musikalische Darbietungen an und las den Kindern regelmäßig etwas vor ... Er hatte Max sogar dabei geholfen, *eigenständig* ein paar Zeilen zu lesen. Als Gabby sich an das vor Stolz strahlende Gesicht ihres Sohnes erinnerte, ging ihr das Herz auf.

„Und was ist mit dir, meine Liebe?", riss Emmas Stimme sie aus ihren Gedanken. „Wie kommst du zurecht?"

„Ach, mir geht es gut."

„Wirklich?"

Unter dem prüfenden Blick ihrer Freundin rutschte sie unruhig hin und her. Emma war nicht nur eine Herzogin, sondern auch eine leidenschaftliche Detektivin. Sie hatte die Fachkenntnisse von ihrem Bruder Ambrose erlernt, der eine hoch angesehene Privatdetektei leitete. Nun schien Em ihre scharfe Beobachtungsgabe auf Gabby zu richten.

„Möglicherweise bin ich ein klein wenig erschöpft", gab sie zu.

„Ein klein wenig? Mit den dunklen Augenringen machst du Swift Nick Konkurrenz", merkte Tessa an.

Schockiert legte Gabby die Hände auf die Wangen. „Sehe ich wirklich so furchtbar aus?"

„Nicht furchtbar, nur müde", erwiderte Tessa unverblümt. „Hast du in letzter Zeit überhaupt geschlafen?"

„Ja, aber nicht sehr gut", gestand sie seufzend. „Wann immer ich die Augen schließe, fange ich an, darüber nachzugrübeln ..."

„Worüber denn, meine Liebe?", fragte Emma.

Überwältigt von der Fürsorge ihrer Freundinnen, fuhr Gabby stockend fort: „Über das, was hätte sein können. Über die Zukunft ..."

Zu ihrem Entsetzen hörte sie, wie ihre Stimme brach. *Verstecke deine Unzulänglichkeiten,* schossen ihr die mahnenden Worte ihrer ehemaligen Schulleiterin durch den Kopf.

„Es ... es tut mir so leid", murmelte sie, verzweifelt bemüht, die Tränen zurückzuhalten.

„Ach, du Arme!" Emma erhob sich und kam zu ihr herüber,

um ihr beruhigend über den Rücken zu streicheln. „Komm, lass ruhig alles raus."

Es war, als hätte sie damit eine Schleuse geöffnet, denn Gabby begann, herzzerreißend zu schluchzen.

Sie weinte und weinte, bis sie keine Tränen mehr hatte.

„So ist es gut. Wie fühlst du dich jetzt?", fragte Em leise.

Gabby nahm das Taschentuch entgegen, das ihre Freundin ihr reichte, und schnäuzte sich geräuschvoll.

„Erschöpft, aber besser. Verzeiht mir diesen peinlichen Ausbruch", sagte sie kleinlaut.

„Das muss dir doch nicht peinlich sein. Wir alle müssen uns hin und wieder einmal so richtig ausheulen", erwiderte Maggie und lehnte sich nach vorne. „Du hast in letzter Zeit viel durchgemacht."

„Warum erzählst du uns nicht, was dich bedrückt?", schlug Tessa vor. „Vielleicht können wir dir helfen."

Gabby wusste nicht, ob es an den Anstrengungen der letzten Wochen lag oder an dem aufrichtigen Mitgefühl ihrer Freundinnen, aber die Worte sprudelten nur so aus ihr heraus, erst zögerlich, dann immer schneller. Sie gestand ihnen selbst ihre tiefsten Ängste und Sorgen: Wie lange würde Adams Gedächtnisverlust andauern? Was, wenn seine Erinnerungen nie wieder zurückkehrten? Unternahm sie genug, um ihm zu helfen?

„Und er ist irgendwie so ... *anders*", schloss sie ihren Redeschwall.

Tessa runzelte die Stirn. „Gut oder schlecht anders?"

„Nicht schlecht", sagte sie schniefend. „Einfach nur anders. Manchmal kommt es mir so vor, als sei er ein Fremder."

„Könntest du uns ein Beispiel nennen?", bat Maggie.

„Ich ... ich glaube, er versucht, mich zu bezirzen", flüsterte sie mit hochroten Wangen.

Einen Augenblick lang herrschte überraschtes Schweigen.

Dann entfuhr Tessa ein Kichern, das eine Kettenreaktion bei den anderen beiden auszulösen schien. Schon bald lachten ihre Freundinnen aus vollem Halse.

„Was ist daran so lustig?", fragte Gabby, verwirrt und ein wenig verletzt. „Das ist mein voller *Ernst!*"

„Tut mir leid", prustete Emma. „Es ist nur ... Nun ja, dieses Verhalten ist doch etwas ganz Normales zwischen Eheleuten, oder nicht?"

„Zwischen dir und deinem Gemahl vielleicht." Bekümmert wrang Gabby das feuchte Taschentuch in ihren Händen. „Aber Adam ist kein romantischer Mensch. Er ist stets ehrlich und direkt und würde niemals ein Kompliment äußern, das nicht aufrichtig gemeint ist."

Abermals runzelte Tessa die Stirn. „Wie kommst du darauf, dass er dir falsche Komplimente macht?"

„Er sagte, mein Haar würde ihn an die Farbe von Rosen erinnern", murmelte Gabby niedergeschlagen. „Und dass meine Augen blauer strahlten als der Himmel."

„Aber das ist doch etwas Gutes ... oder nicht?", fragte Tessa verwirrt.

„Wenn es denn *wahr* wäre. Aber meine Haare sind von einem unansehnlichen karottenrot und meine Augen unscheinbar und gewöhnlich." Sie errötete und fügte erbittert hinzu: „Mein alter Adam hätte mich niemals so gemein gepiesackt!"

„Hat sie ihre Haare gerade mit Möhren verglichen?", fragte Maggie mit hochgezogenen Brauen. „Und sie hält die Farbe ihrer Augen für gewöhnlich?"

„So ist unsere Gabby nun mal", seufzte Emma. „Sie will einfach nicht einsehen, wie bezaubernd sie ist."

„Das sagt ihr nur, weil ihr meine Freundinnen und viel zu gutherzig seid", erwiderte Gabby mit so viel Würde, wie sie aufbringen konnte. „Aber die Wahrheit ist, dass es keine Rolle für mich spielt, wie ich aussehe, weil mein Mann vor seinem Unfall hinter die Äußerlichkeiten blickte und ich seine Ehrlichkeit mehr zu schätzen wusste als leere Schmeicheleien ...“

„Moment mal“, fiel Tessa ihr ins Wort. „Soll das etwa heißen, der alte Garrity hat dir *nie* gesagt, wie schön du bist?“

„Nicht direkt. Er versicherte mir natürlich schon, dass ich ihm gefalle“, fügte sie hastig hinzu, als sie sah, wie die Miene ihrer Freundin sich verfinsterte. „Und wie stolz er sei, mich zur Frau zu haben. Aber er war eben nicht sonderlich romantisch veranlagt und machte seine Einstellung zu Liebe und Gefühlen von vorneherein klar, als er um meine Hand anhielt.“

„Jeder Mann sollte seine Gemahlin wissen lassen, dass er sie einfach umwerfend schön findet“, behauptete Tessa.

„Mindestens einmal am Tag“, pflichtete Emma ihr bei.

„Kommunikation ist der wichtigste Grundstein einer Beziehung“, sagte Maggie und fügte mit einem reumütigen Lächeln hinzu: „Das lernen Ransom und ich auch gerade.“

Gabbys Schläfen begannen, vor Erschöpfung zu pochen. Jede Ehe war anders, und ihre Freundinnen schienen nicht zu begreifen, welche Art von Bündnis sie und Adam eingegangen waren. Vielleicht hatte es verschlossene Türen zwischen ihnen gegeben, aber die Mauern der Verschwiegenheit boten ihr Schutz und Sicherheit. Hinter ihnen hatte sie stets Zuflucht gefunden, wenn sie den Wunsch verspürte, sich zu verstecken. Ihre Übereinkunft hatte doch immer einwandfrei funktioniert ... oder nicht?

Sie versuchte, die aufkeimenden Zweifel zu unterdrücken. Weder wollte sie Adam vor ihren Freundinnen schlechtreden noch mit ihnen streiten. In Wahrheit verstand sie ja selbst nicht so richtig, was genau sie an seinen Komplimenten störte.

„Vielleicht liegt das Problem weniger darin, dass er mit dir turtelt, sondern eher an der Tatsache, dass er verändert wirkt?“

Maggies scharfsinnige Bemerkung traf einen Nerv in Gabby und löste eine neue Tränenwelle aus.

„Ich liebe ihn so sehr", schluchzte sie und wischte sich über die Augen. „Was, wenn ich ihn verloren habe? Wenn der Mann, der er *wirklich* ist, nie wieder zurückkehrt?"

„Aber er ist doch hier, Gabby, oder nicht? Und es geht im von Tag zu Tag besser", sagte Emma und tätschelte ihr die Hand. „Und vergib mir meine Unverblümtheit, aber für mich klingen diese Veränderungen durchweg positiv. Dein Gemahl zeigt Interesse an seinen Kindern und gibt dir zu verstehen, dass er dich anziehend findet. Das erachte ich nicht als Grund zur Sorge."

„Und woher willst du wissen, dass *diese* Version nicht der wahre Adam Garrity ist?", gab Tessa zu bedenken. „Vielleicht fand er dich insgeheim schon immer wunderschön und hat es nur nie gesagt. Vielleicht war der alte Adam eine Fälschung, und das hier ist nun sein wahres Ich."

„Warum sollte er seine Bewunderung für Gabby geheim halten?", fragte Emma.

„Woher soll ich das wissen?" Tessa zuckte mit den Schultern. „Ich bin ja nicht er. Allerdings versuche ich, im Zweifelsfall zu seinen Gunsten zu entscheiden, da er angeschossen wurde, während er mir einen Gefallen getan hat."

„Deine Theorie wäre noch schlimmer", murmelte Gabby missmutig. „Denn das würde bedeuten, dass ich meinen Mann nie wirklich gekannt habe."

Der Gedanke jagte ihr einen eisigen Schauer über den Rücken. Angst breitete sich in ihrem Körper aus, klammerte sich um ihr Herz und flüsterte ihr einen Namen ins Ohr: *Jessabelle.*

Hatte sie ihn je gekannt? Welche Geheimnisse verbarg er vor ihr?

Schlagartig gelangte sie zu der Erkenntnis, dass *das* der

Preis war, den sie für die Mauern zwischen sich und ihrem Gemahl zahlen musste. Sie mochten ihr das Gefühl von Sicherheit geben, einen Rückzugsort, an dem sie sich verstecken konnte ... aber gleichzeitig waren sie ein Nährboden für Geheimnisse, für Argwohn und Zweifel, die wie giftiger Efeu emporwucherten und ihr Eheglück unter sich zu erstickten drohten.

„Gabby, du bist auf einmal so blass", sagte Emma besorgt. „Ist alles in Ordnung?"

„Trink einen Schluck Tee, meine Liebe." Maggie schenkte ihr eine frische Tasse ein und reichte sie ihr.

Sie nahm einen großzügigen Schluck des reichlich mit Zucker und Milch versehenen Getränks. Die Wärme, die sie durchströmte, kam jedoch nicht nur davon, sondern auch von der rührenden Fürsorge ihrer Freundinnen. Selbst nach so vielen Jahren musste sie sich regelmäßig daran erinnern, dass sie nicht länger die unbeliebte Außenseiterin von früher war. Diese bezaubernden, herzensguten Frauen mochten sie wirklich und hatten sie ein ums andere Mal in ihrer Not unterstützt, ohne über sie zu urteilen.

Vor ein paar Monaten, als sie Adam bezüglich der Explosion im *Gilded Pearl* konfrontierte, er jedoch die Existenz einer Geliebten leugnete, hatte sie Emma und Tessa ihren Verdacht anvertraut. Zwar hatte sie sich mit den Details bedeckt gehalten und lediglich erwähnt, dass sie glaubte, er könne eine intime Verbindung zu einem der Opfer gehabt haben, aber allein mit ihnen darüber zu reden, hatte ihr ungemein geholfen und ihre Befürchtungen zumindest teilweise zerstreut. Vielleicht würde es sich diesmal ähnlich verhalten.

„Ich befürchte, dass Adam eine Geliebte hatte", sagte sie mit erstickter Stimme.

Dann erzählte sie ihnen von Jessabelle und ihrer Angst, dass sie die „wichtige Person" gewesen sein könnte, die in dem schrecklichen Brand gestorben war.

„Ein Name ist noch kein Indiz", entgegnete Tessa und kraulte nachdenklich den Bauch ihres Frettchens. „Jessabelle könnte jeder sein ... selbst ein Haustier."

Diese Worte von jemand anderem zu hören, war ungemein erleichternd.

„Ich finde ja auch, er klingt irgendwie nach einer Kuh", sagte sie eifrig.

„Außerdem hat er den Namen im Fieberwahn vor sich hin gemurmelt. Das könnte alles bedeuten ... oder nichts", fügte Emma mit einem Stirnrunzeln hinzu. „Als du ihn nach dem Unfall darauf angesprochen hast, konnte er sich nicht an sie erinnern?"

„Definitiv nicht", bestätigte Gabby ihr.

„Dann dürfte es so gut wie unmöglich sein, ihre Identität herauszufinden, nicht wahr?", überlegte Maggie.

„Einen Weg gäbe es da schon", sagte Tessa.

Alle Köpfe wandten sich ihr zu.

„Ich könnte die Namen derer in Erfahrung bringen, die bei dem Feuer ums Leben kamen, und überprüfen, ob eine Jessabelle unter ihnen war."

„Das könntest du tatsächlich tun?", fragte Maggie, während Gabby von einem mulmigen Gefühl übermannt wurde.

„Ich bin die Herzogin von Covent Garden", erwiderte Tessa nur. „Als solche kann ich eine komplette Liste der Namen besorgen ... sofern Gabby es wünscht."

„Willst du das denn, meine Liebe?", wandte Emma sich an sie.

Plötzlich wurde Gabby bewusst, wie erschöpft sie war, nicht nur körperlich, sondern auch emotional. Sie war es leid, vor der Wahrheit davonzulaufen und in ewigem Zweifel zu leben. Nun stand sie an einem Scheideweg ihrer Ehe und konnte keinen Schritt vorwärtsgehen, solange sie im Treibsand der Vergangenheit feststeckte.

Ein Teil von ihr fürchtete sich immer noch davor, ihren Mann zu hintergehen. Aber würde sie ihre Ehe nicht auch dadurch verraten, aus Angst die Augen vor der Wahrheit zu verschließen, obwohl sie die Möglichkeit hätte, sie herauszufinden? Und wenn sie Adams Treueschwur Glauben schenkte, musste es sich ohnehin um ein Missverständnis handeln. Wenn es ihr gelänge, dieses aufzuklären, würde Jessabelles Geist ihre Beziehung nicht länger heimsuchen.

„Ja", sagte sie daher und straffte die Schultern. „Ich muss es erfahren."

„Dann überlasse alles Weitere mir", sagte Tessa.

In diesem Augenblick öffnete sich die Tür und Gabbys Puls schnellte in die Höhe, als Adam eintrat. Er sah wieder ganz aus wie er selbst in seinem eleganten, blauen Gehrock, der beigefarbenen Hose und den auf Hochglanz polierten Stiefeln.

Er verneigte sich höflich vor ihren Gästen. „Meine Damen, ich hoffe, ich störe Sie nicht bei Ihrer anregenden Unterhaltung."

„Äh, nein." Nervös fuhr Gabby sich mit der Zunge über die Lippen. „Keineswegs. Wir sprachen gerade über ... äh ..."

„Über meinen Ball", kam Tessa ihr mit ihrem üblichen Scharfsinn zu Hilfe. „Den ich zu Ehren von Ransoms und Maggies Verlobung ausrichte. Er wird in zwei Wochen stattfinden, und natürlich sind auch Sie beide herzlich eingeladen. Ich wollte mir den Rat Ihrer Gemahlin einholen, da sie eine unübertreffliche Gastgeberin ist und sich hervorragend mit Dekoration und Erfrischungen auskennt, während ich eine Rose kaum von einer Kartoffel unterscheiden kann."

Adam wirkte amüsiert. „Daran werde ich Ihren Ehemann erinnern, wenn ich ihn das nächste Mal sehe. Dann muss er zukünftig kein Geld mehr für teure Blumensträuße aus dem Fenster werfen."

„Harry weiß ohnehin, dass ich Süßigkeiten bevorzuge", erwiderte Tessa und legte lächelnd eine Hand auf ihren Bauch. „Vor allem in letzter Zeit."

Gabby hatte den Wortwechsel schweigend verfolgt und dankte ihrer Freundin innerlich für die Atempause, doch schon in der nächsten Sekunde wandte sich Adam wieder ihr zu und musterte sie forschend.

„Ist alles in Ordnung, mein Herz?", fragte er.

Die neugierigen Blicke ihrer Gäste auf sich spürend, erwiderte sie: „J-ja. Warum fragst du?"

„Weil du erschöpft aussiehst. Und daran bin allein ich schuld, fürchte ich." Er näherte sich ihr, als wären sie die einzigen beiden Menschen in diesem Zimmer, und strich ihr zärtlich mit dem Daumen über die Wange. „Meine arme Gemahlin, stets darum bemüht, sich um andere zu kümmern. Aber wer kümmert sich um dich?"

Gebannt von der warmen Fürsorge in seinem Blick, stammelte sie: „M-mir geht es gut."

„Du solltest dich ein wenig hinlegen. Wenn es nach mir ginge, würdest du den Rest des Tages im Bett verbringen", murmelte er.

Das unverhohlene Verlangen in seinen glühenden Augen war nicht zu übersehen. Wer *war* dieser Mann, der den Platz ihres kühlen, reservierten Gemahls eingenommen hatte? Argwohn und Erregung übermannten sie gleichermaßen.

„Ich habe später noch einiges zu erledigen ...", setzte sie an.

„Das kann warten. Ich möchte, dass du für heute Abend gut ausgeruht bist."

Sie blinzelte verwirrt und versuchte, sich an den Terminplan zu erinnern. „Hatten wir für heute Abend etwas vor?"

„In der Tat, und es ist eine Überraschung."

„Was für eine?", fragte sie neugierig.

Seine Mundwinkel zuckten amüsiert. „Wenn ich dir das verraten würde, wäre es keine Überraschung mehr, nicht wahr?"

„Wir sollten uns langsam auf den Weg machen", durchbrach Emmas Ankündigung ihre vernebelten Sinne.

Gütiger Himmel, sie hatte ihre Freundinnen völlig vergessen! Puterrot vor Verlegenheit flehte sie: „Nein, bitte bleibt doch noch ..."

„Hör auf deinen Ehemann, meine Liebe. Wir finden schon selbst raus", erwiderte Em fröhlich und führte den Rest der Gruppe zur Tür.

„Ruh dich ein wenig aus, Gabby", riet Maggie ihr mit einem warmen Lächeln.

Während die Damen das Zimmer verließen, hörte sie Tessa lachend hinzufügen: „Ich habe so ein Gefühl, du wirst es brauchen."

Kapitel Achtzehn

ls Gabby aus ihrem Schlummer erwachte, stellte sie erschrocken fest, dass es bereits kurz vor neun Uhr abends war. Nachdem ihre Freundinnen gegangen waren, hatte Adam darauf bestanden, dass sie sich hinlegte. Sie konnte nicht glauben, dass sie den gesamten Nachmittag verschlafen hatte. Hastig kletterte sie aus dem Bett und klingelte nach Nell.

Dann ließ sie sich an ihrem Frisiertisch nieder und warf einen prüfenden Blick in den Spiegel. Sie sah wesentlich erholter aus. Das Schläfchen und die Unterhaltung mit ihren Freundinnen hatten ihr gutgetan. Zwar fühlte sie sich immer noch ein wenig schuldig, weil sie Tessa gebeten hatte, Jessabelles Identität herauszufinden, aber diese Gewissensbisse schob sie entschieden beiseite. Ihr Argwohn war zweifellos schlimmer als die eigentliche Wahrheit und hinderte sie daran, eine unbeschwerte Ehe zu führen.

Die Veränderungen in ihrem Gemahl waren beunruhigend genug. Sie konnte sich nicht gleichzeitig mit ihnen auseinandersetzen und mit der Sorge darüber, ob er nun eine Geliebte hatte oder nicht ... Das würde sie vollends um den Verstand bringen. Ihre mentalen Schubladen waren bis zum Überquellen gefüllt. So durfte es nicht länger weitergehen. Außerdem vertraute sie Adam tief in ihrem Herzen. Er hatte ihr gesagt, er sei ihr immer treu gewesen, also war Jessabelle, wer auch immer sie sein mochte, sicherlich nur ein Missverständnis, das aus der Welt geräumt werden musste.

Nell betrat das Zimmer mit einem fröhlichen Lächeln. „Geht es Ihnen besser, Ma'am?"

„Viel besser, danke." Sie gähnte ausgiebig und fügte dann verlegen hinzu: „Allerdings habe ich ziemlichen Hunger. Könntest du den Koch bitten, mir etwas heraufzuschicken?"

„O nein, das geht nicht, Ma'am. Sie müssen sich ankleiden und nach unten kommen. Dort wartet eine Überraschung auf Sie."

Gabby hatte völlig vergessen, dass Adam etwas in der Art erwähnt hatte. „Was hat Mr Garrity denn geplant?"

„Wir richten Sie im Handumdrehen her, dann können Sie es herausfinden", erwiderte Nell mit einem verschmitzten Funkeln in den Augen.

Verwirrt ließ sie sich von ihrer Zofe in ein saphirblaues Abendkleid helfen. Es war eines ihrer Lieblingsgewänder, mit einem sittsamen, viereckigen Ausschnitt und einer Fülle an Rüschen auf dem Mieder, die unansehnliche Wülste kaschierten. Die mehrlagigen Röcke bauschten sich bei jeder Bewegung auf und verbargen geschickt die untere Hälfte ihres Körpers.

Nell summte vor sich hin, während sie Gabby frisierte. Mit geübten Griffen bändigte sie die roten Locken zu einem Knoten am Hinterkopf, während sie seitlich Zöpfe flocht und diese über den Ohren zu Schlaufen hochsteckte.

Ihre gute Laune weckte Gabbys Neugier. „Hast du etwas Neues von deinem Verlobten gehört?"

„In der Tat, Ma'am." Ihre Zofe lächelte so breit, dass sich

Grübchen in ihren runden Wangen bildeten. „Der Wert der Aktien von Grand London National Railways, die mein Tom erworben hat, steigt stetig. Er sagt, nächsten Monat, wenn die neue Dampflokomotive vorgeführt wird – die laut Mr De Villier das schnellste Fahrzeug der Welt sein soll –, werden die Preise durch die Decke gehen. Dann können wir es uns endlich leisten, zu heiraten und ein eigenes Haus zu kaufen!"

„Ich freue mich ja so für dich", sagte Gabby aufrichtig. „Obwohl ich dich natürlich schrecklich vermissen werde."

„Ich Sie ebenfalls, Ma'am. Sie waren die beste Hausherrin, unter der ich je gedient habe, und wäre da nicht mein Tom, würde ich nicht gehen wollen." Nachdem Nell letzte Hand angelegt hatte, trat sie zurück und zwinkerte Gabby im Spiegel zu. „Aber genug von mir. Auf Sie wartet Ihr eigener Gentleman."

Nervös trat Gabby durch die Türen des Speisesaals … und blieb wie vom Donner gerührt stehen.

Der elegante, aber für gewöhnlich schlichte Raum hatte sich in ein romantisches Paradies verwandelt.

Dutzende Bienenwachskerzen tauchten den höhlenartigen Saal in ein warmes, gemütliches Licht. Überall standen riesige Sträuße aus Treibhausblumen, deren rosiger Duft die Luft erfüllte. Auf dem langen Tisch lag ein hochwertiger Läufer, und an einem Ende war mit dem besten Tafelsilber für zwei Personen gedeckt worden.

Neben einem der Stühle wartete Adam auf sie. In seiner formellen Abendgarderobe war er der Inbegriff männlicher Eleganz. Sie konnte den Blick nicht von ihm abwenden, als er auf sie zukam.

„Was ist der Anlass hierfür?", fragte sie erstaunt.

„Wir haben etwas zu feiern", erwiderte er. In seinen dunklen Augen spiegelte sich das Kerzenlicht.

„Deine Genesung, meinst du?"

„Die auch. Aber hauptsächlich feiern wir dich."

„Mich?" Überrascht fasste sie sich an die Brust.

„So ist es." Er nahm ihre zitternde Hand in die seine und küsste sie. „Du hast mir durch eine schwere Zeit geholfen. Ich möchte dir eine kleine Verschnaufpause ermöglichen und dich von der Last auf deinen Schultern ablenken."

Wie aufs Stichwort setzte im Nebenzimmer leise Geigenmusik ein und schwebte zu ihnen herüber.

„Du hast ein Quartett engagiert?", fragte sie verblüfft.

„Mir wurde gesagt, ich sei ziemlich wohlhabend", erwiderte er mit diesem neuen, verschmitzten Grinsen, das ihr Herz höherschlagen ließ.

Sie fühlte sich, als sei sie in einem von Fionas märchenhaften Theaterstücken gelandet, während sie sich von ihm zu ihrem Platz führen ließ. Burke erschien mit einer Flasche Champagner, ließ den Korken knallen und füllte ihre Flöten mit der goldenen, sprudelnden Flüssigkeit.

Adam hob sein Glas und prostete ihr zu. „Auf dich, meine Liebste."

Schüchtern stieß sie mit ihm an und nahm einen zaghaften Schluck. Obwohl sie nur selten Alkohol trank, liebte sie den eiskalten, säuerlichen Geschmack von erlesenem Champagner und das kribbelnde Gefühl der Bläschen in ihrer Nase.

„Diesen Jahrgang mag ich am liebsten", gestand sie ihm.

„Ich weiß."

Sie blinzelte verwirrt. „Du erinnerst dich daran?"

„Leider nein." Ein betrübtes Lächeln umspielte seine Lippen und er richtete sich das bereits perfekt sitzende, blütenweiße Krawattentuch. „Aber hoffentlich machen meine Nachforschungen die fehlenden Erinnerungen wett."

Die Tatsache, dass er sich solche Mühe gegeben hatte, ließ ihr Herz wie Eiskonfekt in der Sonne dahinschmelzen. Wie sich herausstellte, umfassten seine „Nachforschungen" auch den Rest des Festmahls. Der erste Gang war ebenfalls eines ihrer Lieblingsgerichte: eine Kokotte, gefüllt mit goldenen Kartoffeln und Schalotten, garniert mit einem Löffel Kaviar und einem Klecks Crème fraîche.

Das Zusammenspiel aus knuspriger Kartoffel und salzigem Rogen war himmlisch. Als sie bemerkte, wie aufmerksam Adam ihr beim Essen zusah, errötete sie.

„Es schmeckt einfach köstlich", murmelte sie. „Danke, dass du dieses wunderbare Dinner arrangiert hast."

„Gern geschehen. Ich habe noch etwas anderes für dich." Er legte eine flache Samtschatulle vor ihr auf den Tisch. „Ein kleines Zeichen meiner Wertschätzung."

Das war endlich wieder der Adam, den sie kannte. Ihr Gemahl pflegte sie auch früher mit Geschenken zu überhäufen, und sie wusste diese materiellen Gaben zu schätzen, da sie sie als Symbole seiner Zuneigung erachtete.

„Wie großzügig von dir, aber das wäre doch nicht nötig gewesen", sagte sie und hob vorsichtig den Deckel an. „*Oh.*"

Überwältigt starrte sie auf das atemberaubend schöne Diamantarmband, das sich in der Schachtel befand. Die Juwelen waren in einen Reif aus Weißgold eingefasst, der sich wie glitzernde Ranken ineinander wand und Blumen in verschiedenen Stadien ihrer Blüte zeigte.

„Gefällt es dir?", fragte er.

„Es ist wunderschön verarbeitet", hauchte sie.

„Hier, lass mich dir helfen." Behutsam nahm er es aus der Schatulle und legte es ihr um. Das kühle Metall bildete einen prickelnden Kontrast zu seiner warmen Berührung auf ihrem Handgelenk. „Da, bitte. Es steht dir vortrefflich."

Die jungenhafte Selbstgefälligkeit in seiner Miene erinnerte sie ein wenig an Max, wenn er es schaffte, einen Satz fehlerfrei vorzulesen, und entlockte ihr ein Lächeln.

„Vielen Dank für dieses wunderbare Geschenk", sagte sie.

„Ich bin es, der dir für deine unermüdliche Hilfe in den letzten Wochen danken muss."

„Als deine Frau ist es meine Pflicht, mich um dich zu kümmern."

„Pflicht?", wiederholte er leise. „Du hast es nur aus Pflichtgefühl getan?"

Ihr Puls schnellte in die Höhe und sie stotterte: „Nun ja, nein ... Nicht nur deswegen. Ich wollte damit nur sagen, ich bin deine Frau, und ich ..." *Ich liebe dich. Ich habe dich immer geliebt. Aber kenne ich dich wirklich?* „Die Wahrheit ist, meine Gefühle gehen weit darüber hinaus."

„Unsere Beziehung ist eines der Themen, das ich gerne mit dir besprechen würde", griff er gekonnt den Faden auf. „Bislang hast du jede meiner Fragen so gewissenhaft beantwortet. Ich hoffe, du verzeihst mir meine fortlaufende Neugier, insbesondere zu diesen doch recht intimen Details."

Nervös nippte sie an ihrem Champagner. „Gewiss doch."

Er holte die Flasche aus dem Eiskübel und schenkte ihr nach. „Waren wir glücklich?"

Sie blinzelte überrascht. „Ja, natürlich waren wir das. Äußerst glücklich."

„Und sind wir beide ungezwungen miteinander umgegangen?"

Unwillkürlich errötete sie. *Ungezwungen* war kein Wort, mit dem sie ihn beschreiben würde, weder damals noch heute. Es war schwer, sich in Gegenwart eines Mannes zu entspannen, der so kompetent und autoritär war wie er. Im Vergleich zu ihm kam sie sich so unbedeutend vor wie ein Kieselstein neben einem mächtigen Gebirge. Plötzlich traf sie die Erkenntnis wie ein Blitz: So sehr sie Adam auch liebte, hatte sie sich nie seiner ebenbürtig gefühlt.

„Stimmt etwas nicht?", fragte er und musterte sie stirnrunzelnd.

Der Knoten in ihrer Kehle hinderte sie am Sprechen, aber glücklicherweise wurde in diesem Augenblick der nächste Gang serviert. Ihre Lieblingssuppe, natürlich. Selbst wenn er an Gedächtnisverlust litt, war er perfekt.

„Hummer-Consommé", murmelte sie, den Blick fest auf den Teller gerichtet. „Wie wundervoll."

„Gabby, habe ich etwas falsch gemacht?"

„Du hast mich Gabby genannt." Überrascht sah sie zu ihm auf. „Das hast du noch nie getan."

„Ach ja, richtig. Ich mag keine Kosenamen. Das ist mir entfallen." Er fuhr sich mit der Hand durchs Haar ... eine weitere Geste, die sie von dem früheren Adam nicht gewohnt war. „Es macht mich wahnsinnig, nicht zu wissen, wer ich einmal war."

Seine offenkundige Frustration weckte ihr Mitgefühl. So verwirrend diese Situation auch für sie sein mochte, musste sie für ihn noch unerträglicher sein.

„Du hast in den letzten Wochen unglaubliche Fortschritte erzielt", tröstete sie ihn. „Habe Geduld. Die Erinnerungen kehren sicher bald zurück."

„Aber was, wenn nicht? Was, wenn ich nie wieder der Mann sein werde, den du geheiratet hast? Der Gemahl und Vater, der ich einst war?"

Die offene Verletzlichkeit in seinem Blick schockierte sie. Tiefe Falten zeichneten sich um seinen Mund ab, und seine Augen waren so düster und trostlos wie eine endlose Winternacht. Der alte Adam hatte sich stets unter Kontrolle gehabt und nie seine Emotionen gezeigt, sein neues Ich hingegen schon. Ihn schienen dieselben Ängste zu plagen wie sie. Er *brauchte* sie. Diese Erkenntnis durchflutete sie mit einem warmen Gefühl von Zärtlichkeit.

„Dann werden wir einander eben ganz neu kennenlernen müssen", erwiderte sie mit zitternder Stimme. *„In guten wie in schlechten Zeiten.* Dieses Versprechen haben wir uns vor dem Altar gegeben."

„Ich will dich kennenlernen, Gabriella", beteuerte er ihr. „Mehr als alles andere."

Impulsiv legte sie ihm eine Hand auf den Arm. „Du darfst mich gerne Gabby nennen, wenn du möchtest."

„Das wäre mir tatsächlich lieber." Er umschloss ihre Hand mit der seinen. Sein Griff war fest und warm, und das glühende Verlangen in seinen Augen jagte ihr einen Schauer über den Rücken. „Gabby, würdest du mir etwas über dich erzählen … mir helfen, mich an dich zu erinnern?"

Darum hatte er sie noch nie zuvor gebeten, und es fiel ihr ungemein schwer, ihm diesen Wunsch zu erfüllen. Sie hatte den Großteil ihres Lebens damit verbracht, sich vor ihm und allen anderen zu verstecken, und nun verlangte er von ihr, dass sie aus dem Schatten ins Licht trat. Das Herz klopfte ihr bis zum Hals. Nichtsdestotrotz vermochte sie den Blick nicht von ihm abzuwenden. Die Sehnsucht in seinen Augen ließ ihn so unbeholfen und verletzlich wirken, dass sie ihm seinen Wunsch einfach nicht ausschlagen konnte.

Er ist dein Ehemann und du liebst ihn.

Als er ihre Hand losließ, griff sich nach ihrer Champagnerflöte und trank einen großen Schluck.

Dann erwiderte sie mit einem zaghaften Lächeln: „Was möchtest du wissen?"

～

Während Adam seine Frau nach oben zu ihrem Schlafgemach geleitete, wurde er sich zweierlei Tatsachen bewusst: zum einen, dass Gabby mehr als nur leicht angetrunken war, und daran war er schuld. Um ihr die Befangenheit zu nehmen, hatte er ihr während des Abendessens immer wieder Champagner nachgeschenkt. Zunächst wirkte sie unwillig, über sich selbst zu sprechen, aber sobald die Unterhaltung ins Rollen kam, wurde sie immer selbstsicherer.

Anfangs hatte er seine Fragen oberflächlich gehalten: Wie war sie als junges Mädchen gewesen? Was für ein Familienleben hatte sie gehabt? Wie verbrachte sie ihre Freizeit?

Nachdem die Anspannung von ihr abgefallen war, wagte er sich an intimere Themen heran. Er wollte wissen, wie sie einander begegnet waren. Auf welche Weise hatte er sie umworben und letztendlich um ihre Hand angehalten? Wer hatte ihr vor ihm den Hof gemacht? (Auch wenn sie mittlerweile verheiratet waren, konnte es nicht schaden, die Konkurrenz zu kennen.)

Fasziniert lauschte er den Erzählungen, die sie, ähnlich der persischen Königin in Max' Märchenbuch, wie von Zauberhand spann. Sie drückte sich auf so einzigartige Weise aus, dass jedes ihrer Worte durchtränkt war von der mühelosen Lebendigkeit ihrer Beobachtungsgabe. Gabby war ganz offenkundig eine intelligente, unterhaltsame und oftmals selbstironische Frau. Er musste ein Prusten unterdrücken, als sie ihr erstes Aufeinandertreffen mit dem eines majestätischen Panthers und einer pummeligen Taube verglich.

Sie sprach auch ganz offen darüber, wie es war, das einzige Kind eines Mannes zu sein, der den Großteil seiner Zeit in seiner Bank verbracht hatte. Adam schmerzte es zu hören, dass sie nicht ihrem Vater die Schuld für dessen Abwesenheit gab, sondern sich selbst, weil sie nicht der Sohn war, den er sich gewünscht hatte, und auch als Tochter seine Erwartungen nicht erfüllte. Sie beschrieb sich selbst als „pummeliges, sommersprossiges Mädchen mit karottenrotem Haar", und obwohl sie nicht ins Detail ging, sondern nur andeutete, dass sie nicht „sonderlich beliebt" bei ihren Altersgenossen gewesen sei, konnte er deutlich den Schmerz in ihren ausdrucksstarken Augen erkennen.

Nun begriff er, wo ihre Schüchternheit herrührte, und dass sich hinter ihrer freundlichen Fassade und dem selbstkritischen Humor eine tiefe Unsicherheit verbarg. Und diese Erkenntnis weckte den dringenden Wunsch in ihm, sie zu beschützen.

Als sie den oberen Treppenabsatz erreichten, taumelte sie gegen ihn und kicherte vergnügt. Während er sie in den Armen hielt, gelangte er zu der zweiten wichtigen Erkenntnis dieses Abends: Sein früheres Ich war ein absoluter *Mistkerl* gewesen.

Nach der Hälfte der zweiten Champagnerflasche hatte Gabriella ihm gestanden, dass sie sich noch nie zuvor so angeregt unterhalten hätten, weil der „alte Adam" der Ansicht war, man müsse sich auf die Zukunft konzentrieren und die Vergangenheit ruhen lassen. Und da er offenbar „Wert auf Ehrlichkeit legte", habe er ihr von Anfang an gesagt, dass er weder an Sentimentalität noch romantische Liebe glaubte.

Dass er tatsächlich einen solchen Unsinn verzapft hatte, erfüllte ihn gleichermaßen mit Ungläubigkeit und Abscheu. Obwohl er Gabby erst seit einem Monat kannte, wusste er ohne jeden Zweifel, dass sie ein seltenes Juwel war. Verdammt, sie war die Art von Frau, die jeder halbwegs vernünftige Mann nie mehr loslassen würde, wenn er sie einmal für sich gewonnen hatte.

„Dieser Abend war einfach wunderbar", seufzte sie, schmiegte sich noch enger an ihn und lächelte ihn verträumt an. „So etwas sollten wir öfter tun. Ich weiß nicht, warum wir früher nie auf diese Weise Zeit miteinander verbracht haben."

Weil ich allem Anschein nach ein riesiger Hornochse war.

Wie hatte er nur zulassen können, dass sie zu einer so völlig verzerrten Selbstwahrnehmung gelangt war? Eine Frau wie sie sollte sich wie eine Königin fühlen, sich bewusst sein, wie wunderschön und einzigartig sie war. Und wenn nicht, wäre es seine verdammte Pflicht als Ehemann gewesen, sie von ihrem Wert zu überzeugen. So, wie sie es bei ihm getan hatte, durch ihre hingebungsvolle Aufmerksamkeit, ihre zärtliche Fürsorge und den unverhohlenen Stolz auf ihn und seine Errungenschaften.

Er drückte sie fest an sich, während er sie zur Tür ihres Schlafgemachs führte. „Wir können es so oft wiederholen, wie es dir beliebt, mein Herz."

„Mein Herz ... Wie romantisch", seufzte sie, bevor sie stirnrunzelnd zu ihm aufblickte. „Früher hast du nie Kosenamen verwendet. Sie waren nicht nach deinem Geschmack."

„Jetzt schon", erwiderte er nachdrücklich, bevor er sie in ihr Zimmer begleitete, wo ihre Zofe bereits auf sie wartete.

„Ich werde mich um Mrs Garrity kümmern. Sie können gehen", sagte er.

Die junge Frau zögerte, sichtlich besorgt um ihre Herrin. Ihm war schon aufgefallen, dass sämtliche Angestellten ein besonderes Auge auf Gabby hatten. Diesen Effekt schien sie auf alle Menschen in ihrem Umfeld zu haben: Sie sorgten sich um sie, weil sie einfach so *verdammt* gutherzig war. Dabei machte sie keinen Unterschied, ob diejenigen, denen ihre Güte zuteilwurde, aus dem Elendsviertel, der Mittelschicht oder den höchsten Gesellschaftskreisen stammten.

„Mrs Garrity braucht aber meine Hilfe beim Umkleiden", protestierte die Zofe tapfer.

„Das ist wirklich lieb von dir, Nell, aber ich komme schon allein zurecht", lallte Gabby und ließ sich mit einem trunkenen

Kichern auf ihr Bett fallen. „Es ist bereits spät und du bist bestimmt müde. Ich bin es nämlich auch.“

Sie gähnte äußerst undamenhaft, und Adam musste ein Lachen unterdrücken.

Nachdem die Zofe das Zimmer verlassen hatte, blieb er mit seiner Frau, die nun in schiefen Tönen ein Schlaflied trällerte, allein zurück. Mit einem Anflug von Bedauern musste er zugeben, dass der Abend nicht nach Plan verlaufen war. Ursprünglich hatte er Gabby mit dem intimen Dinner verführen wollen, stattdessen war sie nun sternhagelvoll. Und das schmerzhafte Pulsieren in seiner Lendengegend wurde zeitweilig von einem anderen Stechen verdrängt ... weiter oben. In der Gegend seines Herzens.

Seufzend schnappte er sich das Nachtgewand, das an der spanischen Wand hing, und ging damit zu ihr hinüber.

Sie musterte ihn aus halb geschlossenen Augen. Ihre Wangen waren gerötet und ihre Frisur hatte sich gelöst, sodass ihr langes, feuriges Haar in Wellen über die weißen Kissen fiel. In dieser Position war sie der Inbegriff lüsterner Unschuld.

Wieder flackerte diese bestimmte Erinnerung in seinem Kopf auf: eine sich räkelnde Göttin, die einen Strauß Rosen in Händen hielt ... Es musste sich um ein Gemälde handeln. Nur wo hatte er es gesehen?

Als er bemerkte, dass Gabriella einzuschlafen drohte, schob er die verwirrenden Gedanken beiseite. „Zeit, dich ins Bett zu bringen, meine Liebste.“

Sie streckte sich genüsslich. „Ich bin doch schon im Bett.“

Wäre sie irgendeine andere Frau, hätte er schwören können, dass sie mit ihm anbandeln wollte. Ihr argloses und zugleich sinnliches Lächeln ließ ihn umgehend hart werden. Doch so gerne er seiner Erregung auch nachgeben würde, wusste er, dass sie nicht nur betrunken war, sondern auch viel verletzlicher, als er ursprünglich angenommen hatte. In diesem Zustand wollte er sie nicht ausnutzen.

„Auf mit dir", sagte er und zog sie auf die Füße. Als sie bedrohlich zu schwanken begann, fing er sie auf und legte ihre Hände um einen der Bettpfosten. „Halte dich hieran fest, während ich dir beim Ausziehen helfe."

Geschickt öffnete er die winzigen Knöpfe an der Rückseite ihres Kleides. Nachdem er sie daraus befreit hatte, machte er sich an der Schnürung ihres Korsetts zu schaffen. Gütiger Himmel, es war so fest gezurrt, dass er sich ernsthaft fragte, wie sie in dem Ding überhaupt atmen konnte.

Als er sie des steifen, schweren Stoffs entledigt hatte, seufzte sie erleichtert auf. „Du machst das sogar noch geschickter als Nell."

Die Art, auf die sie ihn über die Schulter ansah, war zweifellos unabsichtlich, aber auch ungemein erotisch. Vor allem, weil sie mittlerweile nur noch ihre weißen Seidenstrümpfe und ihre Chemise trug, die im Schein des Kaminfeuers so gut wie durchsichtig war. Er schluckte schwer, als er die kurvigen Umrisse ihrer Kehrseite betrachtete. Ihre Hüften waren dafür gemacht, von kräftigen Händen gehalten zu werden, ihr praller, pfirsichförmiger Hintern ein einladendes Polster für schnelle, harte Stöße.

Verdammt, sie könnte selbst einen Heiligen in Versuchung führen ... und ein Heiliger war er ganz sicher nicht. Im Gegenteil, er war ein sexuell ausgehungerter Mann, der sich seit Wochen nach seiner Gemahlin verzehrte. Allein ihr halb entkleideter Anblick brachte sein Blut in Wallung.

Sie ist betrunken. Beherrsche dich gefälligst!

„Setz dich aufs Bett", wies er sie mit heiserer Stimme an. „Ich helfe dir mit den Strümpfen."

Gehorsam ließ sie sich auf der Matratze nieder. Er ging vor ihr auf die Knie, holte tief Luft und schob die Hände unter den

Saum ihrer Chemise. Ihm stockte der Atem, als seine Finger ihre warmen, samtigen Schenkel berührten. Während er damit beschäftigt war, die Strümpfe vom Strumpfhalter zu lösen, rutschte das Unterkleid weiter nach oben und gewährte ihm einen Blick auf ihr weiches Schamhaar, das – wie er vermutet hatte – ebenso feurig rot war wie die prachtvollen Locken auf ihrem Kopf.

Wieder atmete er tief durch, bevor er sich darauf konzentrierte, ihr bedächtig einen Seidenstrumpf nach dem anderen auszuziehen. Gebannt beobachtete er, wie der feine Stoff über ihre wohlgeformten Beine und über die elegante Wölbung ihrer Füße glitt. Halb von Sinnen vor Lust spürte er, wie seine Hoden sich zusammenzogen und ein heißer Lusttropfen aus seiner Eichel quoll.

„Das ist wirklich nett von dir“, kicherte sie und betrachtete ihre entblößten Beine.

„So bin ich nun mal. Der netteste Kerl auf Erden. Arme hoch.“

Sie tat wie ihr geheißen, und unter Einsatz seiner gesamten Willenskraft zog er ihr die Chemise über den Kopf, um sie anschließend in ihr Nachtgewand zu stecken.

Gottverdammt!

Er wusste nicht, ob ein Mann von selbst in Flammen aufgehen konnte, aber es fühlte sich so an, als stünde er kurz davor. Sein Schwanz pulsierte so heftig, dass er fürchtete, sich jeden Augenblick wie ein Grünschnabel in seine Unterwäsche zu ergießen. Und das nur, weil seine Frau nackt vor ihm saß.

„Du bist einfach umwerfend schön“, flüsterte er mit belegter Stimme.

Prustend warf sie sich zurück in die Kissen, schloss die Augen und blieb reglos liegen. Er musterte sie, unsicher, ob sie innerhalb weniger Sekunden eingeschlafen war. Die einzigen Dinge, die sie noch an sich trug, waren das Diamantarmband und ihr goldener Ehering, beides eindeutige Anzeichen, dass sie zu ihm gehörte. Ein zufriedenes Lächeln umspielte seine Lippen.

Gerade, als er sie zudecken wollte, richtete sie sich auf und stützte sich auf einem Ellbogen ab.

„Hast du vor, mich zu lieben?", fragte sie mit großen Augen.

O Gott, ja!, rief jede Faser seines Körpers enthusiastisch.

„Heute Abend nicht, mein Herz", zwang er sich zu erwidern.

„Das hatte ich auch nicht erwartet." Sie ließ sich zurück auf die Matratze fallen und gähnte ausgiebig. „Immerhin ist heute nicht Mittwoch."

„Was hat das denn damit zu tun?", fragte er verwirrt.

Sie rollte sich auf die Seite und murmelte schläfrig: „Wir lieben uns immer nur mittwochs, wie es der Terminplan vorsieht."

Es gab einen Terminplan, der ihm vorschrieb, wann er mit seiner Frau schlief? Verdammt, was für ein hirnrissiger Narr war er nur gewesen?

Ungläubig starrte Adam hinab auf seine nackte, schlummernde Gemahlin, überwältigt von einem Wechselbad der Gefühle: Sehnsucht, Verlangen ... und noch etwas anderes, das er nicht zu deuten vermochte. Ihm wurde klar, dass es weitaus mehr als ein Abendessen und Diamanten brauchen würde, um seine Ehe wieder auf den richtigen Kurs zu bringen. Wenn er wollte, dass diese Beziehung funktionierte, dass etwas Aufrichtiges daraus wurde, dann musste er Gabriella ganz neu kennenlernen ... und sie ihn ebenfalls.

Zwar konnte er die Vergangenheit nicht ändern – und vielleicht war es sogar besser, dass er nicht mehr wusste, was für ein Rindvieh er gewesen war –, aber zumindest wäre er in der Lage, die Zukunft nach seinen Vorstellungen zu gestalten.

Behutsam legte er die Decke über seine Frau und küsste sie

sanft auf die Stirn. Sie murmelte etwas im Schlaf und gab ein so bezauberndes Bild ab, dass er ihr gar nicht von der Seite weichen wollte.

Aber das musste er, denn es war höchste Zeit, seine nächsten Schritte zu planen.

Kapitel Neunzehn

Am nächsten Morgen stand Gabby mit erhobener Faust vor Adams Arbeitszimmer, zögerte jedoch anzuklopfen. Ein Teil von ihr war versucht, die Geschehnisse des vergangenen Abends – was auch immer diese sein mochten – in die hinterste Ecke ihrer *Schublade der seligen Unwissenheit* zu verbannen und unbekümmert ihres Weges zu gehen ... und zwar schnurstracks in die Küche, um Chef Pierre zu bitten, ihr Gabel und Kuchen auszuhändigen.

Eine neuere und vernünftigere Stimme in ihrem Kopf wies sie jedoch darauf hin, dass einen ganzen Kuchen zu verdrücken nicht die Lösung sein konnte, ebenso wenig wie die Angelegenheit unter den Teppich zu kehren. Es ließ sich nun einmal nicht leugnen, dass sie splitternackt in ihrem Bett aufgewacht war, ohne sich daran erinnern zu können, wie es dazu kam. Den einzigen, schwammigen Hinweis hatte Nell ihr an diesem Morgen geliefert: „Mr Garrity hat sich gestern um Sie gekümmert, Ma'am."

Inwiefern hat Adam sich um mich ... gekümmert?

Langsam reichte es mit den Ungewissheiten, was ihre Ehe betraf.

Gütiger Himmel, jetzt bring es endlich hinter dich. Gerade, als sie anklopfen wollte, öffnete sich die Tür. Mit einem erschrockenen Quietschen wich sie zurück und ließ die Hand sinken.

„Guten Morgen, Liebling", begrüßte Adam sie.

Selbst zu so früher Stunde war er der Inbegriff lässiger Eleganz. Sein dunkles Haar war streng zurückgekämmt, seine markanten Züge strahlten Lebenskraft und Autorität aus. Er hatte seinen Gehrock abgelegt, wodurch sie deutlich sehen konnte, wie perfekt seine silbergraue Weste sich an seinen schlanken Oberkörper schmiegte, und die dunkle Hose brachte seine muskulösen Beine vortrefflich zur Geltung.

„Ich, äh, wollte nicht stören ...", druckste sie verlegen herum.

„Du störst mich doch nie, mein Herz." Das träge Lächeln, mit dem er sie bedachte, verursachte ein Flattern in ihrer Magengegend. „Ich hatte nur nicht erwartet, dass du nach letzter Nacht schon so früh auf den Beinen bist."

Nach letzter Nacht? Das Herz schlug ihr bis zum Hals, doch gerade, als sie etwas erwidern wollte, ertönte eine andere Stimme aus dem Zimmer hinter ihm.

„Guten Tag, Mrs Garrity."

Henry Cornish, Adams korpulenter Verwalter, war ebenfalls zur Tür gekommen. Adam hatte ihr einst erzählt, dass die heitere Art des Anwalts, gepaart mit dessen Vorliebe für auffällige Westen – gegenwärtig trug er eine in lebhaftem Rotbraun –, sich während Verhandlungsgesprächen als äußerst nützlich erwies, da seine Gegner ihn zu unterschätzen pflegten ... bis es zu spät war.

Er gehörte zu den treuesten Angestellten ihres Mannes, und Gabby konnte ihn seit jeher gut leiden.

„Hallo, Mr Cornish", erwiderte sie lächelnd. „Ich wusste nicht, dass Sie hier sind."

„Ich war gerade auf dem Sprung, Ma'am. Es ist wunderbar,

Ihren Gemahl wieder wohlauf zu sehen ... Was zum größten Teil Ihnen zu verdanken ist, wie ich hörte", sagte er und zwinkerte ihr zu. „Es geht doch nichts über die Zuwendung einer betörenden Ehefrau, nicht wahr?"

Gabby errötete heftig.

„Wenn Sie damit fertig sind, meiner Frau schöne Augen zu machen, Cornish, möchte ich Sie daran erinnern, dass ich den Bericht über die unrentablen Kapitalanlagen so bald wie möglich erwarte", sagte Adam leise.

„Ich stelle ihn noch diese Woche fertig, Sir", erwiderte sein Verwalter und verließ nach einer Verbeugung das Zimmer.

„Unrentable Kapitalanlagen?", fragte Gabby, als sie allein waren.

„Wir sind heute Morgen meine Depots durchgegangen", erklärte Adam, während er die Tür hinter ihr schloss. „So beeindruckend sie auch sein mögen, ist mir aufgefallen, dass einige der Unternehmen – hauptsächlich Banken – regelmäßig Verluste verzeichnen. Laut Cornish lehnte ich in den letzten Jahren allerdings jedes Mal ab, wenn er den Vorschlag machte, sie zu verkaufen. Nun wird er diese Unternehmen genauer durchleuchten, um zu sehen, ob ich etwas über sie wusste, was nicht in den Geschäftsbüchern steht."

„Solltest du überhaupt schon arbeiten?", fragte sie besorgt. „Dr. Abernathy sagte doch, es wäre besser, du würdest mindestens noch eine Woche warten. Die Belastung ..."

„Es würde mich weitaus mehr belasten zu wissen, dass ich Geld verliere, ohne etwas dagegen zu unternehmen", erwiderte er und führte sie hinüber zu der Sitzecke vor dem Kamin. „Soll ich uns einen Tee bringen lassen?"

„Nein." Nervös biss sie sich auf die Unterlippe, hin- und hergerissen zwischen ihrer Pflicht, ihn zu mehr Ruhe zu ermahnen und dem Bedürfnis, sich das, was sie bedrückte, von der Seele zu reden. „Ich werde dich nicht lange stören."

„Wie ich schon sagte, tust du das ohnehin nie. Komm, setz dich.“

Als sie sich auf dem Ledersofa niederließ, musste sie unweigerlich an die Nacht zurückdenken, als er sie mit dem Mund befriedigt und anschließend von hinten genommen hatte. Sofort breitete sich eine glühende Hitze in ihr aus, die ihre Wangen erröten und ihre Haut kribbeln ließ.

„Ist dir zu warm?“, fragte er besorgt, nachdem er neben ihr Platz genommen hatte. „Soll ich das Feuer löschen lassen?“

„Nein, ist schon in Ordnung.“ Sie räusperte sich verlegen. *Bring es endlich hinter dich.* „Ich, äh, hatte nur ein wenig zu viel Champagner gestern Abend. Meine Erinnerungen sind etwas schwammig.“

Er hob eine Braue. „Wie viel weißt du noch?“

„Äh ... Nichts von dem, was nach dem Trüffelsoufflé geschah.“

„Zumindest erinnerst du dich an den Nachtisch“, sagte er, und seine Mundwinkel zuckten amüsiert. „Wie ich hörte, hat der Koch sich besonders viel Mühe damit gegeben.“

Unfähig, die Spannung länger zu ertragen, platzte sie heraus: „Ist letzte Nacht etwas geschehen?“

„Eine ganze Menge, würde ich sagen.“

„Nach dem Abendessen, meine ich. Haben wir ...?“

„Ja, mein Herz?“

Sie holte tief Luft. „Wie kam es dazu, dass ich komplett entkleidet in meinem Bett aufgewacht bin?“

„Nun, ich half dir die Treppe hinauf in dein Schlafgemach und entledigte dich deiner Kleidung.“

„Und danach? Haben wir ... Du weißt schon ...“ Sie verstummte und fuhr sich mit der Zunge über die Lippen.

Den Blick fest auf ihren Mund gerichtet, antwortete er: „Willst du wissen, ob wir ehelichen Aktivitäten nachgegangen sind?“

„Ja!", entfuhr es ihr.

„Nein, sind wir nicht."

Bevor sie in Erleichterung schwelgen konnte, fügte er mit hochgezogener Braue hinzu: „Sollte ich mich gekränkt fühlen, weil du geglaubt hast, dich nicht daran erinnern zu können? War meine Leistung im Schlafgemach früher so unbefriedigend?"

Wieder errötete sie heftig. „N-nein, natürlich nicht."

„Hast du unsere intimen Momente genossen?"

Das Herz schlug ihr bis zum Hals. Sie konnte den Blick nicht von der glühenden Neugier in seinen Augen abwenden. Alles an ihm verlangte nach einer Antwort.

„Ja", flüsterte sie so leise, dass er es kaum hören konnte.

Er legte ihr eine Hand an die Wange und fuhr mit dem Daumen über ihr Kinn hinunter zu ihrer Halsbeuge, wo ihr Puls wie wild unter seiner Berührung flatterte. Sie starrte auf seinen Mund, dessen harte, aber sinnliche Krümmung sie mit Sehnsucht erfüllte.

Sie vermisste seine Küsse. Während des letzten Monats hatte sie zum ersten Mal seit ihrer Hochzeit darauf verzichten müssen. Der Duft seines würzigen Parfüms stieg ihr in die Nase und schürte ihr Verlangen nur noch mehr. Beinahe konnte sie den sanften Druck seiner Lippen auf den ihren spüren, sein Aroma auf ihrer Zunge schmecken ...

„Ich möchte mit dir wegfahren", murmelte er.

„Wohin?", fragte sie benommen.

„Raus aus der Stadt. Cornish zufolge besitze ich mehrere Landsitze."

Sie versuchte, sich aus seinem magnetischen Bann zu befreien, den Rausch der Begierde abzuschütteln.

„Immobilien zu erwerben, war eine deiner Lieblingsbeschäftigungen", sagte sie. „Wir haben es bisher noch nicht geschafft, Zeit in jeder von ihnen zu verbringen."

„Das nenne ich Freizeitgestaltung", erwiderte er mit einem schiefen Lächeln. „Was ist mit der Jagdhütte in Hertfordshire? Warst du schon einmal dort?"

Ihre Gedanken wanderten zu dem gemütlichen Anwesen im Tudorstil. „Ja, ich war ein paar Mal dort, um die Renovierungsarbeiten zu beaufsichtigen. Wir wollten schon lange einmal mit den Kindern hin, aber leider fehlte uns immer die Zeit."

„Diesmal würde ich gern allein mit dir hinfahren. Nur für ein paar Tage, damit wir uns in Ruhe besser kennenlernen können. Fiona und Max werden solange hier bei Miss Thornton bleiben."

Ich werde ganz allein mit Adam sein. Mitten im Nirgendwo. Ohne Ablenkungen. Nur er ... und ich.

Die Vorstellung jagte ihr einen Schauer über den Rücken. „Was ist mit deiner Verletzung?", fragte sie unsicher. „Ich weiß nicht, ob du schon wieder reisen solltest ..."

„Die Wunde ist längst verheilt, Liebling. Allerdings plagen mich andere Qualen, die nur durch private Momente mit meiner Frau gelindert werden können." Er nahm ihre Hand in die seine. „Was sagst du, Gabby? Wirst du mich auf diese Reise begleiten und uns die Gelegenheit geben, einander neu kennenzulernen, so, wie wir jetzt sind?"

Eine Million Gründe, es nicht zu tun, schossen ihr durch den Kopf: die Kinder, seine Gesundheit, ihr Vater ... Die Liste wollte nicht enden. Doch in der dunklen Spiegelung seiner Augen erkannte sie, was wirklich dahintersteckte: Ausreden.

Sie wollte sich herausreden, weil sie Angst vor der aufkeimenden Nähe zwischen ihnen hatte, vor den Veränderungen, die aufregend und erschreckend zugleich waren. Veränderungen, die den Schutzwall um ihre Vergangenheit einzureißen drohten. Diese Mauern mochten ihr ein Gefühl von Sicherheit verliehen haben, gleichzeitig waren sie aber auch der Grund für die Distanz zwischen ihnen gewesen. War sie bereit, sich ihrem Gemahl ohne ihren sicheren Rückzugsort zu öffnen?

Nach Adams Nahtoderfahrung und den darauffolgenden Wochen der Unsicherheit war sie es leid, in ständiger Angst zu leben. Sie wollte sich nicht länger verstecken. Was auch immer die Zukunft bringen mochte, sie würde sich ihr stellen ... an seiner Seite.

„Ja", sagte sie daher mit zitternder Stimme. „Ja, ich möchte dich begleiten."

Anerkennung leuchtete in seinen Augen auf. Ein Schauer jagte ihr über den Rücken, als er ihre Hand an seine Lippen führte.

„Dann werde ich die nötigen Vorkehrungen treffen", murmelte er gegen ihre Fingerknöchel. „Wir brechen in zwei Tagen auf."

Kapitel Zwanzig

Nachdem sie sich ausgiebig von den Kindern verabschiedet hatten, brachen Adam und Gabby zwei Tage später aus London auf. Er hatte sich für die Jagdhütte in Hertfordshire entschieden, weil sie nahe genug an der Stadt, aber dennoch abgeschieden war. Mittlerweile war ihm klar geworden, dass sein Gedächtnisverlust nicht das einzige Hindernis zwischen ihnen war. Wenn er erfahren wollte, wie seine Ehe funktionierte, brauchte er ein paar Tage mit Gabriella allein, um ihr ohne die Ablenkungen des Alltags näherzukommen.

Als er seine Frau betrachtete, die ihm in der Kutsche gegenübersaß, durchfuhr ihn eine pulsierende Hitze, die nicht nur von Lust herrührte. Unter ihrer braunen Samthaube glänzte ihr Haar herbstlich rot im Sonnenlicht und verlieh ihr ein märchenhaftes Aussehen. Zwar erregte ihn die Erinnerung an das, was sich unter ihrem mit Rüschen besetzten, braunroten Reisekleid verbarg, aber seine Anziehung zu ihr ging über das Körperliche hinaus.

Sie nagte gedankenverloren an ihrer Unterlippe und hielt den Blick aus dem Fenster gerichtet, hinter dem die markanten

Umrisse der Stadt einer weitläufigen Hügellandschaft wichen. Bislang hatte sie es beharrlich vermieden, ihm in die Augen zu sehen, aber dennoch konnte er die Stimmung spüren, die von ihr ausging, eine berauschende Mischung aus Unsicherheit und freudiger Erwartung, die auch sein Herz höherschlagen ließ.

Wie eine Frau ihres Kalibers sich ihrer Schönheit und ihres Wertes so wenig bewusst sein konnte, war ihm unbegreiflich. Er vermochte sich beim besten Willen nicht zu erklären, warum der alte Adam Garrity jeglicher Romantik abgeschworen hatte. Allerdings sprach Gabby stets voller Stolz und Bewunderung über ihn, was dazu führte, dass er immer öfter einen Stich der Eifersucht verspürte … auf sich selbst.

Absolut lächerlich, aber er konnte nichts dagegen tun.

Nun jedoch war *er* ihr Gemahl, und er wollte von ihr gesehen werden, wie er wirklich war. Von ihr begehrt werden, wie eine Frau einen Mann begehrte … Und vor allem wollte er, dass sie sich in ihn verliebte, so wie er vom ersten Augenblick an sein Herz an sie verloren hatte.

Nach gerade einmal drei Wochen in ihrer Gesellschaft war er sich sicher, dass sie die Frau seiner Träume war. Er musste sich nicht an seine Vergangenheit erinnern, um zu wissen, dass er sie wollte. Und das, obwohl sie sich noch nicht einmal geküsst hatten. Den alten Adam mochte er nicht kennen, sich selbst dafür umso besser. Er war ein zielstrebiger, ehrgeiziger Mann, der stets das Kommando übernahm und sich holte, was er begehrte.

Und er begehrte Gabriella mehr als alles andere auf der Welt.

„Wo bist du mit deinen Gedanken?", fragte er.

Überrascht sah sie ihn an. „Oh, äh … Ich musste gerade an Fiona und Max denken. Hoffentlich vermissen sie uns nicht zu sehr." Sie lächelte verzagt. „Und hoffentlich toben sie während unserer Abwesenheit nicht zu sehr herum."

„Sie versprachen mir, dass sie sich benehmen würden."

„Weil du sie mit der Aussicht auf Geschenke bestochen hast", erwiderte sie und kräuselte die Nase auf eine Weise, die er zum Dahinschmelzen fand. „Du verwöhnst sie viel zu sehr, Adam."

„Stimmt, und ich habe vor, ihre Mutter ebenso zu verwöhnen."

Eine zarte Röte stieg ihr in die Wangen. Zweifellos dachte sie darüber nach, was sie in den kommenden Tagen erwarten würde ... insbesondere auf intimer Ebene.

„Bist du nervös?", fragte er sanft.

„Nein. Nun ja, doch, irgendwie schon." Sie hielt inne und runzelte die Stirn. „Ich weiß auch nicht, warum ich so aufgeregt bin. Es erscheint mir töricht."

„Wenn es dich beruhigt ... Mir geht es ebenso."

„Tatsächlich?" Neugierig legte sie den Kopf schief. „Aber für gewöhnlich bringt dich nichts aus der Ruhe. Zumindest war es vor dem Unfall so."

„Jeder Mann macht sich Gedanken über irgendetwas." *Ich zum Beispiel denke pausenlos daran, wie ich deine süße Pussy lecke, während du meinen Namen schreist.* „Vielleicht habe ich es nur nicht gezeigt."

„Vielleicht", sagte sie, wirkte jedoch nicht überzeugt. „Und warum bist du jetzt nervös?"

Er entschied sich, ihr die Wahrheit zu sagen. „Weil ich mich wie ein Bräutigam vor seiner Hochzeitsnacht fühle."

Sie errötete noch heftiger. „Aber wir sind doch seit acht Jahren verheiratet."

„An diese Zeit erinnere ich mich nicht. Für mich ist das alles völlig neu, und ich will meine Sache richtig machen. Ich möchte ein guter Ehemann und Vater sein."

„Du gehst wundervoll mit den Kindern um", antwortete sie prompt. „Sie vergöttern dich, womöglich sogar noch mehr als früher. Du hast Max geholfen, sein Selbstbewusstsein zu stärken. Und je mehr Zeit Fiona mit dir verbringt, desto weniger scheint sie das Gefühl zu haben, dich mit ihren Leistungen beeindrucken zu müssen."

Auch er hatte den Eindruck gehabt, gute Fortschritte bei seinen Sprösslingen zu erzielen, und freute sich, dass es Gabby aufgefallen war. Dennoch war ihm nicht entgangen, dass sie versuchte, die Beziehung zwischen sich und ihm unter den Tisch fallen zu lassen.

„Und was ist mit dir, Gabriella? War ich dir ein guter Gemahl?", fragte er.

Sie biss sich auf die Unterlippe. „Ja, natürlich."

„Aber ich habe meine ehelichen Pflichten seit dem Unfall vernachlässigt, nicht wahr?"

Sie rutschte mit raschelnden Röcken auf dem Sitzpolster hin und her, den Blick starr auf seine Brust fixiert. „Du warst verletzt."

„Sieh mich an, Gabby."

Sein Schwanz pulsierte, als sie umgehend seiner Aufforderung folgte. Etwas sagte ihm, dass es ihr gefiel, ihm die Kontrolle zu überlassen, ihre Sorgen und Hemmungen in seine entscheidungsfähigen Hände zu legen. Da er von Natur aus dominant war, fand er ihre bereitwillige Ergebenheit äußerst erregend.

„Jetzt bin ich nicht mehr verletzt", sagte er. „Und es wird höchste Zeit, dass ich meine ehelichen Pflichten wieder aufnehme."

Sie starrte ihn aus großen Augen an. „Hier? J-jetzt?"

„So ist es." Einladend klopfte er sich auf den Schoß. „Komm her, Liebling."

Ihr Blick wanderte zum Fenster. „Aber jeder könnte uns sehen ..."

Es war ihm völlig egal, was ein paar Kühe und Bauerntölpel

über ihn denken mochten. Um ihres Schamgefühls willen zog er jedoch die Vorhänge zu.

Dann klopfte er sich erneut auf die Oberschenkel. „Komm her."

Zu seiner Genugtuung erhob sie sich, um seiner Aufforderung zu folgen. Eine holprige Bewegung der Kutsche brachte sie ins Schwanken, also fasste er sie um die Hüfte und zog sie auf seine Schenkel. Ihre Röcke bauschten sich um ihn und ihre Haube fiel achtlos zu Boden.

Sie stützte sich mit den Händen auf seinen Schultern ab und protestierte: „Nein, ich bin viel zu schwer. Deine Verletzung ..."

„Es geht mir gut. Und jetzt will ich kein Wort mehr über deine vermeintlichen Unzulänglichkeiten hören, denn du bist der Inbegriff der Perfektion. Dahingehend sowie in allen anderen Dingen wirst du mir vertrauen müssen."

Er bemühte sich um einen strengen Tonfall, da er ihr die Bedenken nehmen, gleichzeitig aber auch sein Bedürfnis nach Kontrolle befriedigen wollte. In den letzten Wochen hatte er die Rolle eines Gebrechlichen gespielt, die durchaus ihre Vorteile mit sich brachte – hauptsächlich den, dass seine Frau sich aufopferungsvoll um ihn kümmerte –, allerdings auch wider seiner Natur war. Vielleicht war das der Grund dafür gewesen, dass er die Beziehung zu ihr nicht vertiefen konnte: Er war zu nachsichtig und zögerlich gewesen, wann immer sie sich vor Intimität drückte.

Es war an der Zeit, dass sich etwas veränderte.

„Die einzige Stelle an mir, die Zuwendung bedarf, ist hier, Gabby." Er nahm ihre Hand und führte sie zu seinem Schritt, wo seine Erektion gegen den Stoff seiner Hose rieb. „Ich bin härter als ein Langspieß wegen dir."

Der leichte Druck ihrer Finger jagte ihm einen wohligen Schauer über den Rücken. Ihm entging nicht, wie schnell und flach sie atmete, als schnürte ihr das steife Korsett die Luft ab. Sie starrte ihn aus weit aufgerissenen Augen an, wie ein Reh, das nicht wusste, ob es verharren oder fliehen sollte. Als er den Griff um ihre Hand löste, zog sie sie nicht weg, sondern ließ sie gehorsam auf der Stelle ruhen, auf der er sie platziert hatte. All diese Anzeichen verdeutlichten ihm, was seine Frau sich wirklich wünschte.

Und diese Erkenntnis ließ seinen Schwanz schmerzhaft pulsieren.

Er legte einen Finger unter ihr Kinn und hob es an. „Ich will etwas von dir."

„Was … was denn?"

Nervös fuhr sie sich mit der Zunge über die Lippen, eine sinnliche Angewohnheit, die sein Blut noch stärker in Wallung brachte.

Es war unschwer zu erkennen, dass sie ebenso erregt war wie er. Adam konnte praktisch sehen, was sich in ihrem Kopf abspielte, wie sie sich vorstellte, was er wohl von ihr verlangen mochte. Sein Bauchgefühl sagte ihm, dass sie ihm seine Fantasien nur zu bereitwillig erfüllen würde … da es auch die ihren waren.

Verdammt, die Versuchung war unwiderstehlich.

Jedoch wollte er mehr als nur ein schnelles Stelldichein in der Kutsche. Er sehnte sich nach einem Neuanfang mit seiner Frau, danach, sie als die Seine zu markieren, sodass sie nie wieder daran zweifeln würde, zu wem sie gehörte. Zu ihm, wie er jetzt war. Und zwar bis in alle Ewigkeit. Gleichzeitig wollte er sich dieses Gefühl der Verbundenheit ebenfalls ins Gedächtnis einprägen, damit sein altes Ich, sollten dessen Erinnerungen je zurückkehren, dieses Geschenk, das ihm zuteil geworden war, nie wieder als selbstverständlich ansah.

Um dieses Ziel zu erreichen, hatte er sich eine Strategie zurechtgelegt, wie er seine Frau verführen wollte … mit Körper,

Herz und Seele. Und dieser Teil ihrer Reise stellte nur den ersten Schritt seines Plans dar.

„Ich will, dass du mich küsst, Gabriella", sagte er.

Die Art, auf die sie ihn ansah, ließ ihn darüber nachgrübeln, ob er sie zuvor schon einmal gebeten hatte, die Führung zu übernehmen. In diesem Moment war es ihm wichtig, sicherzustellen, dass es hierbei nicht nur um seine Bedürfnisse ging, sondern auch um ihre. Und dass sie sich dessen ebenfalls bewusst war.

Einen Augenblick lang verharrte sie reglos.

Dann beugte sie sich langsam vor und ließ ihre Lippen sanft über die seinen streifen.

Verdammt, ihr sinnlicher, voller Mund war wie für den seinen gemacht. Obwohl er wusste, dass es sich nicht um ihren ersten Kuss handelte, war es eine völlig neue Erfahrung für ihn, das betörende Aroma seiner Frau zu erforschen. Sie küsste, wie er es sich erhofft hatte: zärtlich und zurückhaltend, jedoch mit einer Spur von Leidenschaft, die ihre Lippen förmlich miteinander verschmelzen ließ.

Die Berührung zeugte von ihrem unermüdlichen Bestreben, ihm gefällig zu sein, eine Vorstellung, die ihn ungemein erregte. Offensichtlich war sie es nicht gewohnt, die Führung zu übernehmen, denn sie orientierte sich an jeder seiner noch so kleinen Reaktionen, instinktiv darauf eingestellt, seinem Beispiel zu folgen. Als er probehalber mit der Zunge über ihre Lippen fuhr, öffnete sie sich ihm bereitwillig.

Gabriella mochte schüchtern sein, aber sie war eindeutig keine unerfahrene Anfängerin, sondern vielmehr eine Verführerin, eine sinnliche Göttin, die ihn durch ihre nachgiebige Art in Versuchung führte. Und diese Art war es, die zu seinen tiefsten, dunkelsten Fantasien sprach, die ihn dazu anregte, sich das zu nehmen, was sie ihm freiwillig anbot.

Er legte einen Arm um ihre Hüfte, während er mit der

anderen Hand ihr Kinn festhielt, um den Kuss vertiefen zu können. Seine Zunge erforschte die honigsüße Hitze ihres Mundes, vereinigte sich mit der ihren zu einem leidenschaftlichen Tanz. Das leise Stöhnen, das ihr entfuhr, ging ihm durch Mark und Bein und ließ seine schmerzhafte Erektion pulsieren, auf der noch immer ihre Finger ruhten. Er schob seine Hüften nach vorne und presste sich gegen ihre Berührung, um ihr zu zeigen, wie sehr er sie begehrte.

Gleichzeitig küsste er sie immer härter und fordernder, bis sie sich wimmernd auf seinem Schoß wand und die zurückhaltende Reibung ihrer Zunge gegen die seine ihn schier um den Verstand brachte.

Es wäre ein Leichtes, ihre Röcke nach oben zu schieben und sie auf der Stelle zu nehmen, seinen Schwanz in ihrer engen, kleinen Pussy zu versenken, sie ein für alle Mal zu der Seinen zu machen.

Aber das war nicht Teil seines Plans.

Also löste er sich widerwillig von ihr und wartete darauf, dass sie die Augen öffnete. Einen Moment lang starrte sie ihn benommen an, ihre Pupillen noch immer vor Erregung geweitet, und am liebsten hätte er sie direkt wieder geküsst ... Aber da gab es noch etwas anderes, das er dringender von ihr brauchte. Etwas Fundamentales, das Vorrang vor dem glühenden Feuer seiner Lust hatte.

Sanft fuhr er mit dem Daumen über ihre geschwollenen, kirschroten Lippen und wies sie an: „Jetzt erzähl mir von einem früheren Kuss.“

Sie blinzelte verwirrt. „W-wie bitte?“

„Ich will, dass du mit Leib und Seele meine Frau bist, Gabriella. Da der Unfall mich meiner Erinnerungen beraubt hat, musst du mein Gedächtnis für mich sein“, sagte er. „Während dieser Reise werden wir intime Momente miteinander verbringen, und für jeden von ihnen wirst du mir eine

Geschichte aus unserer Vergangenheit erzählen. Ich will alles wissen über unser erstes Mal, das beste Mal, selbst das schlechteste ... Es liegt ganz bei dir zu entscheiden, was du mir anvertraust."

„Derartige Dinge kann ich doch nicht laut aussprechen!"

So charmant er ihr jungfräuliches Schamgefühl auch fand, wollte er sich davon nicht einschränken lassen.

„Doch, das kannst du, weil wir miteinander verheiratet sind", erwiderte er. „Zwischen uns soll es keine Geheimnisse geben. Außerdem könnten deine Erinnerungen an unsere gemeinsame Vergangenheit meine eigenen zutage fördern und mir bei meiner Genesung helfen."

Während sie nachdenklich an ihrer Unterlippe nagte, fuhr er fort: „Es gibt keine Garantie, ob und wann mein Gedächtnis zurückkehrt. Aber ich will nicht, dass unsere Ehe von dieser Ungewissheit bestimmt wird. Ich verspreche dir, dass ich uns sicher durch diese schwierige Zeit leiten werde, Gabby, aber es würde mir um einiges leichter fallen, wenn ich wüsste, welche Last ich dabei zu schleppen habe. Wirst du mir das geben, wonach ich verlange? Deine Aufrichtigkeit, Loyalität und uneingeschränkte Hingabe?"

„Ja." Ihre augenblickliche Antwort erfüllte ihn mit Genugtuung. „Ich ... ich werde mein Möglichstes tun."

„Also gut. Von welchem Kuss möchtest du mir als Erstes erzählen? Unserem ersten, unserem besten oder unserem schlechtesten?", fragte er, insgeheim darum betend, dass es keine Enttäuschungen für sie gegeben haben mochte. Aber wenn doch, musste er es unbedingt wissen.

„Da es keine schlechten Küsse gab, könnte ich mit dem ersten beginnen", sagte sie leise.

„Ich bin ganz Ohr", erwiderte er, gebannt und erleichtert zugleich.

~

Jedes Rucken und Schwanken der Kutsche reizte Gabbys Sinne nur noch mehr. Nicht nur die leidenschaftlichen Küsse hatten zu diesem Zustand übermäßiger Erregung beigetragen, sondern auch seine Aufforderung, darüber zu *reden*. Als Adam sie gebeten hatte, ihm von den intimen Momenten ihrer Vergangenheit zu erzählen, wusste sie erst nicht, ob sie dazu in der Lage wäre. Nie zuvor hatte sie derart intime Details in Worte fassen müssen. Nie zuvor hatte er sie darum gebeten.

Doch der Mann, dem sie sich nun gegenübersah, war ein anderer als der, den sie geheiratet hatte. Und sie, stellte sie ein wenig schockiert fest, war auch nicht länger dieselbe Frau. Die vergangenen Jahre ihrer Ehe hatten sie verändert, und insbesondere in den letzten Wochen waren ihre schlimmsten Ängste an die Oberfläche gespült worden: Angst davor, den Menschen zu verlieren, den sie über alles liebte, der ihr das Gefühl von Sicherheit gab, einen Ort, an den sie gehörte.

Sie war für ihn durchs Feuer gegangen und hatte hinterher feststellen müssen, dass ihre Ehe ursprünglich zwar die Bedürfnisse des naiven, jungen Mädchens von einst zu befriedigen vermochte, nicht aber die der erwachsenen Gabby. Ihre Träume und Hoffnungen hatten sich verwandelt. Sie sehnte sich nach mehr als nur Sicherheit, nach Dingen, die riskant und angsteinflößend waren.

Trotz der kühlen Temperaturen wurde es in der Kutsche zunehmend heißer. Auf dem Schoß ihres Mannes sitzend, spürte sie, wie ihre Wangen glühten, während sie Adam von ihrem ersten Kuss berichtete, damals in der Galerie, nachdem er um ihre Hand angehalten hatte.

„Wie hast du ihn empfunden?", murmelte er.

„Es war mein erster Kuss", gab sie schüchtern zu. Ein wohlwollendes, besitzergreifendes Funkeln trat in seine Augen. „Ich wusste nicht, was mich erwartete. Aber ich erinnere mich noch daran, dass ich Angst hatte, etwas falsch zu machen ... Und dass ich dachte, ich hätte mir nach dem Mittagessen besser die Zähne putzen sollen.“

Das leise Lachen, das ihm entfuhr, nahm ihr ein wenig die Befangenheit. „Nichts hätte mich von deiner Lieblichkeit ablenken können“, sagte er und strich ihr sanft über die Wange. „Außerdem bist du ein wahres Naturtalent. Du könntest nichts falsch machen, selbst wenn du es wolltest.“

„Wenigstens in einer Sache bin ich gut“, erwiderte sie scherzhaft.

Ihren Worten folgte ein seltsames, angespanntes Schweigen.

„Du bist in vielen Dingen gut“, sagte er schließlich mit einer Intensität, die sie nervös machte. „Als Mutter, Ehefrau und Dame kann dir keine andere das Wasser reichen.“

„Das ist zu freundlich von dir ...“

„Gabby.“ Sein stählerner Tonfall ließ sie verstummen. „Ich bin nicht freundlich, sondern aufrichtig. Und ich werde nicht länger dulden, dass du meine Komplimente als bedeutungslose Kommentare abtust.“

„Das habe ich doch gar nicht ...“ Sie hielt inne und runzelte die Stirn. *Oder etwa doch?* Sie hatte aus reiner Gewohnheit reagiert, ohne groß darüber nachzudenken, wo ihre Antwort herrührte.

„Hast du also verstanden, was ich gesagt habe? Glaubst du mir?“

Er sah ihr tief in die Augen, und die Eindringlichkeit seines Blicks ließ sie erschaudern. Sie konnte ihm und seinen Worten nicht entkommen, deren Bedeutung den Riss in ihrem sorgenvollen Herzen vertiefte. Selbstzweifel drangen an die Oberfläche und hinterließen ein Gefühl der Erleichterung, das qualvoller war als jeder Schmerz, tiefgreifender als jedes flüchtige Vergnügen.

„Ich glaube dir", flüsterte sie mit zitternder Stimme.

„Gut."

Sie wusste nicht, warum sein nachdrücklicher Tonfall sie so berührte. Warum sie Hoffnung daraus schöpfte.

„Als du mich zum ersten Mal geküsst hast, ist mir klar geworden, dass du der Mann meiner Träume bist", gab sie leise zu. „Ich wusste, dass du mein Ein und Alles sein würdest."

Ich liebe dich. Ich habe dich immer geliebt. Wirst du meine Gefühle je erwidern?

Einen Augenblick lang starrte er sie unverwandt an. Dann zog er sie an sich und presste seine Lippen auf die ihren, und sie erwiderte den Kuss mit einer verzweifelten Hoffnung, die durch ihren Körper pulsierte und ihr die Luft abzuschnüren drohte.

Kapitel Einundzwanzig

Am frühen Nachmittag trafen sie vor der Jagdhütte ein. Thompson, sein Kutscher, klopfte diskret, um ihn wissen zu lassen, dass sie ihr Ziel erreicht hatten. Adam stieg ein wenig benommen aus der Kutsche, immer noch abgelenkt von dem unerfüllten Lustgefühl, das durch seine Adern pulsierte, und half anschließend Gabby heraus.

Als er das Zittern ihrer Hand in der seinen spürte und das unverhohlene Verlangen in ihren großen, blauen Augen sah, wusste er, dass es richtig gewesen war, ihrer beider Befriedigung hinauszuzögern. Die Anspannung und Erwartung bis zum Überkochen zu bringen, würde ihre Vereinigung am Ende nur noch intensiver machen. Insbesondere, da er während der Fahrt bereits herausfinden konnte, dass sie alles andere als frigide war.

Hinter ihrer Schüchternheit und Zurückhaltung verbarg sich eine leidenschaftliche, schamlose Göttin!

Wie er ihr zu vermitteln versuchte, begehrte er mehr als nur ihren Körper. Während der Anreise hatte er einige Erkenntnisse über Gabbys komplexe – und manchmal ziemlich verschachtelte – Gedankenprozesse gewonnen. Bislang war sie seinen Annäherungsversuchen nicht aus Mangel an Interesse, sondern aufgrund ihrer Unsicherheiten ausgewichen. Er wusste zwar nicht, wo diese Beklemmungen herrührten, die sie ihren eigenen Wert nicht erkennen ließen, wollte ihnen in den nächsten Tagen jedoch unbedingt auf den Grund gehen und sie ein für alle Mal ausmerzen.

Was ihn an seinem Gedächtnisverlust am meisten frustrierte, war, dass er keine Ahnung hatte, warum er sich früher allem Anschein nach nie darum bemühte, seiner Frau zu mehr Selbstbewusstsein zu verhelfen. Warum er zugelassen hatte, dass sie diese Mauern zwischen ihnen errichtete. Da Gabby den alten Adam zu idealisieren schien, ohne zu erkennen, wie sehr er als ihr Gemahl versagt hatte, würde sie ihm diese Fragen nicht zufriedenstellend beantworten können. Dazu war nur der vergessene Teil seiner Selbst in der Lage.

Als du mich zum ersten Mal geküsst hast, ist mir klar geworden, dass du der Mann meiner Träume bist ... Ich wusste, dass du mein Ein und Alles sein würdest.

Ihre Worte hatten etwas in ihm wachgerufen, das tiefer ging als bloße Erinnerungen. Es war die dunkle, verborgene Sehnsucht danach, die völlige Hingabe einer Frau zu erfahren, zu erleben, wie sie ihm ihren Körper, ihre Loyalität und ihre Liebe anvertraute. Ihm bedingungslos die Kontrolle überließ, in dem Wissen, dass er alles in seiner Macht Stehende tun würde, um sie zu beschützen und zu ehren.

Dieses Bedürfnis wollte er jedoch nicht mit irgendeiner beliebigen Frau stillen, sondern mit seiner Gabriella.

Seiner Gemahlin.

Der Gedanke allein entfachte eine besitzergreifende Begierde in ihm, die wiederum gewisse Körperregionen stimulierte. *Reiß dich zusammen,* schalt er sich. Immerhin standen Thompson sowie die Wachmänner, die sie auf der Fahrt begleitet hatten, ganz in der Nähe. Und vor der Jagdhütte warteten bereits eine ganze Reihe von Bediensteten auf sie.

Mit eisernem Willen unterdrückte er sein Verlangen. Während der nächsten fünf Tage würde ihm noch genug Zeit bleiben, seine Auserwählte davon zu überzeugen, dass sie wertvoller war als jeder Schatz der Welt ... und dass sie allein ihm gehörte. Da er jedoch nicht ganz von ihr ablassen wollte, legte er ihre Hand in seine Armbeuge und führte sie hinüber zur Haustür.

„Sind alle unsere Anwesen mit Scharen von Angestellten ausgestattet?", murmelte er ihr zu.

„Warte, bis du unseren Landsitz in Berkshire siehst", erwiderte sie mit einem verschmitzten Lächeln. „Was das Personal anbelangt, lautet dein Motto: *je mehr, desto besser!*"

Den Kopf über seine eigene Maßlosigkeit schüttelnd, wandte er sich der livrierten Legion zu, die dank ihm eine gewinnbringende Anstellung hatte. Keiner seiner gut ausgebildeten Angestellten zuckte auch nur mit der Wimper, als er sie reihum nach ihren Namen fragte. Gabby, die anschließend jeden einzelnen mit ihrer üblichen Wärme begrüßte, wurde mit freundlichen Mienen und aufrichtigen Lächeln willkommen geheißen.

Nach der Vorstellungsrunde zeigte seine Frau ihm das Haus, ein frisch renoviertes Landgut von überschaubarer Größe, das entsprechende Freizeitvergnügen für einen wohlhabenden Mann bereithielt. Die öffentlichen Räumlichkeiten umfassten ein Billardzimmer, eine Bibliothek sowie einen Sportraum, in dem man boxen konnte. Die elegante Einrichtung wurde von dunklem Holz, hochwertigen Ledermöbeln sowie rustikalen Jagdtrophäen dominiert.

„Das Landgut befand sich jahrhundertelang im Besitz einer Adelsfamilie", berichtete Gabby ihm auf ihre übliche, übersprudelnde Art. „Als der letzte Besitzer dieses Geblüts es erbte, war es bereits so heruntergekommen, dass er es zum Verkauf anbot. Er verlangte eine horrende Summe dafür, die er damit begründete, dass einst ein König hier verweilte, weil die Jagdgebiete so hervorragend seien. Allerdings hast du ihn mit seinen eigenen Waffen geschlagen, als du ihm sagtest, die Reparaturen allein würden das Lösegeld *mehrerer* Könige erfordern", fügte sie mit solch unverhohlenem Stolz hinzu, dass er grinsen musste. „Es ist dir gelungen, ihn auf zehntausend Pfund unter dem ursprünglichen Preis herunterzuhandeln."

„Und dieses Geld habe ich zweifellos in die Renovierungen gesteckt." Bewundernd sah er sich in dem luxuriös ausgestatteten Arbeitszimmer um, in dem sie gerade standen. Was auch immer er für dieses Anwesen ausgegeben haben mochte, es hatte sich gelohnt. Es wirkte prunkvoll und einladend ... genau wie ihr Stadthaus in London. Plötzlich erinnerte er sich an etwas, das sie während der Fahrt erwähnt hatte. „Du hast also die Innenarbeiten überwacht?"

„In Zusammenarbeit mit dem Architekten, versteht sich", erwiderte sie bescheiden. „Da du geschäftlich stark eingespannt warst, war es mir eine Freude auszuhelfen, wo ich konnte."

„Du hast hervorragende Arbeit geleistet", lobte er sie.

Sie zuckte abwehrend mit den Schultern. „Ich habe mich auf die Erfahrung des Architekten verlassen."

„Und was ist mit dem Stadthaus? Hattest du dort ebenfalls deine Hand im Spiel?" Eigentlich kannte er die Antwort bereits, denn der warme, gemütliche Stil ihrer Einrichtung zeugte von Gabbys erlesenem Geschmack. Allerdings wollte er es von ihr selbst hören.

„Nun ... Ja, aber ich habe deine Meinung immer mit einbezogen. Du hast ein geschultes Auge für derartige Dinge, daher wollte ich ..."

„Gabriella."

Wieder verfiel er in den strengen Ton, den er vorhin in der Kutsche angewandt hatte. Sie blinzelte verwirrt, dann schien ihr ein Licht aufzugehen.

„Ich habe es schon wieder getan, nicht wahr?", fragte sie bestürzt und presste die Hände an ihre Wangen.

Wäre er nicht aufrichtig um ihr Wohlergehen besorgt, hätte ihm die dramatische Zurschaustellung ihrer Verlegenheit ein Lächeln entlockt. Stattdessen nickte er nur.

„Mir ist vorher wirklich nie aufgefallen, dass ich Komplimente so salopp abtue", murmelte sie zerknirscht. „Was für eine unhöfliche Angewohnheit. Es tut mir schrecklich leid."

„Ich bin nicht derjenige, bei dem du dich entschuldigen solltest."

Sie runzelte die Stirn. „Willst du damit etwa andeuten ..."

„Du zollst dir selbst nicht die Anerkennung, die dir gebührt. Wem fügst du damit wohl Schaden zu?"

„So habe ich das noch nie betrachtet." Nachdenklich biss sie sich auf die Unterlippe, bevor sie hinzufügte: „Ich weiß nicht, warum ich auf diese Weise reagiere, aber ich werde mein Bestes tun, um damit aufzuhören."

„Dazu hätte ich einen Vorschlag."

„Ja?"

„Wenn ich dir das nächste Mal ein Kompliment mache, dann sag einfach nur *danke*."

„Klingt einfach und logisch", stimmte sie zu.

„Gabby?"

„Ja?"

„Du hast diese Hütte und unser Heim in London in wundervolle Orte verwandelt, die den Neid eines jeden Mannes erwecken", sagte er mit ernster Miene.

Nach einer angespannten Pause erwiderte sie mit sichtlicher Anstrengung: „Danke."

„War das denn so schwer?"

„Nein."

„Dann versuchen wir es hiermit: Danke, dass du *mich*

durch deine Schönheit, Stärke und Güte zum Neidobjekt sämtlicher Männer machst."

Sie holte tief Luft und er konnte sehen, wie sie dagegen ankämpfte, das Kompliment zurückzuweisen.

„Danke", presste sie mit solchem Widerwillen hervor, dass seine Mundwinkel zuckten.

Um eine neutrale Miene bemüht, fügte er hinzu: „Und zu guter Letzt … Danke für die heißen Küsse in der Kutsche. Du machst mich so unglaublich hart, meine süße, leidenschaftliche Gemahlin, dass ich mich wieder fühle wie ein aufgeregter Bräutigam vor seiner Hochzeitsnacht."

„*Adam!*"

Er hob eine Braue. „Was sollst du darauf erwidern, mein Herz?"

Sie wirkte ebenso empört wie erregt und fuhr sich nervös mit der Zunge über die Lippen. Er musste ein Stöhnen unterdrücken, als er sich vorstellte, wie sie stattdessen über seine geschwollene Eichel leckte.

„Danke", flüsterte sie schließlich.

„Gern geschehen." Als er einen Finger unter ihr Kinn legte, spürte er, wie sie erschauderte. „Und jetzt geh bitte nach oben und mach dich ein wenig frisch, damit du ausgeruht bist für heute Abend. Wir werden das Dinner in unseren Privatgemächern einnehmen, wenn es dir recht ist?"

„Das klingt wunderbar", hauchte sie atemlos.

„Sehr schön." Er beugte sich vor und küsste sie sanft auf die Stirn. „Geh, mein Schatz. Ich erwarte dich sehnsüchtig."

Zwei Stunden später stand Gabby nervös vor der Tür des Wohnzimmers zwischen ihrem und Adams Schlafgemach. Sie hatte Schmetterlinge im Bauch und fühlte sich mehr wie eine unerfahrene Jungfrau als eine seit acht Jahren verheiratete Frau. Nach einem ausgiebigen Bad in ihrem neu renovierten und luxuriös ausgestatteten Badezimmer hatte sie ein Schläfchen gehalten, und anschließend ließ sie sich von einem Dienstmädchen in ihren Lieblingsmorgenmantel aus weißer Seide helfen, der mit Pagoden und Vögeln bestickt war. Passend für einen intimen Abend mit ihrem Gemahl hatte sie sich entschieden, ihre Haare offen zu lassen. Die Bedienstete war so freundlich gewesen, sie ihr zu bürsten, bis sie glänzten.

Aufgrund des sinnlichen Zwischenfalls in der Kutsche wusste sie, was sie an diesem Abend erwarten würde, und um ehrlich zu sein, sehnte sie sich danach, nach dieser ungezügelten Leidenschaft, die Adam schon immer in ihr zu wecken vermochte, und die durch ihre neu entdeckte Intimität nur noch vervielfacht wurde. Früher hatte sie sich unter der autoritären Anleitung ihres Mannes sicher gefühlt, aber nun schien er mehr von ihr zu wollen, eine tiefere Verbindung, die sie sowohl mit Angst als auch Aufregung erfüllte. Sie fürchtete, dass ihre Ehe sich dadurch verändern könnte ... aber hatte sie das nicht längst?

Und trotz dieser Veränderungen war sie immer noch am Leben, am Atmen und nach wie vor unsterblich in Adam verliebt.

Danke, dass du mich durch deine Schönheit, Stärke und Güte zum Neidobjekt sämtlicher Männer machst.

Zum ersten Mal, seit sie denken konnte, hatte sie sein Lob nicht nur über sich ergehen lassen, sondern *gespürt*, dass er es ernst meinte. Seine Worte waren tief in ihr Bewusstsein gedrungen und hatten ihre Selbstwahrnehmung angefochten, ihr das Gefühl gegeben, schön und stark zu sein.

Sie holte tief Luft, beflügelt von diesem neuen, aufkeimenden Selbstbewusstsein, und trat durch die Tür.

Adam erwartete sie bereits. Auch er hatte sich gegen formelle Abendkleidung entschieden und trug stattdessen eine saphirblaue Hausjacke über seinem Hemd und der grauen Hose. Er hatte sein Krawattentuch abgelegt, sodass sie unter dem geöffneten Kragen einen Blick auf sein krauses Brusthaar erhaschte. Wieder einmal erinnerte er sie an einen stattlichen Sultan, der seinen kostbarsten Schatz betrachtete, und der Gedanke jagte ihr einen wohligen Schauer über den Rücken.

„Wie bezaubernd du aussiehst, mein Herz", sagte er.

„Du bist ebenfalls nicht zu verachten", erwiderte sie verlegen.

Er kam auf sie zu, hob eine Hand und wickelte sich eine ihrer Locken um den Finger.

„Wie feuerrote Seide", murmelte er. „Ich bin hin- und hergerissen zwischen dem Verlangen, dich immer so ungezwungen zu sehen, und dem Wunsch, deine Schönheit wie ein Geheimnis zu hüten, fernab anderer Augen."

Obwohl sie kein Korsett mehr trug, konnte sie kaum atmen. Die glühende Hitze in seinem Blick schürte auch ihr Verlangen, und sie spürte, wie ihre Brustwarzen sich unter dem dünnen Stoff ihres Morgenmantels aufrichteten. Sie fuhr sich mit der Zunge über die Lippen, während ihre Haut vor Erregung zu kribbeln begann.

„Hast du Hunger?", fragte er.

Ja, aber ich begehre etwas anderes mehr als Essen. So gerne sie diesen Gedanken laut ausgesprochen hätte, konnte sie sich nicht dazu überwinden. Das wissende Funkeln in seinen Augen ließ die intime Stelle zwischen ihren Schenkeln pulsieren. Sie spürte seine magnetische Anziehungskraft wie etwas Körperliches, Reales, dem sie nicht widerstehen konnte ...

Ein lautes Knurren durchbrach die knisternde Anspannung. *Ihr Magen!* Vor Verlegenheit lief sie puterrot an.

Leichte Fältchen bildeten sich in seinen Augenwinkeln, und seine Lippen umspielte dieses neue, sinnliche Lächeln.

„Da habe ich ja meine Antwort. Lass uns etwas essen, bevor wir uns anderen Vergnügungen widmen.“

Sein anzügliches Zwinkern entlockte ihr ein Schmunzeln. Er nahm ihre Hand und führte sie hinüber zu dem Tisch, der vor dem prasselnden Kamin für sie gedeckt worden war. In den rubinroten Tiefen der Weingläser spiegelte sich der Schein des Feuers wider. Auf einem Servierwagen neben dem Tisch waren mehrere, von Speiseglocken bedeckte Platten angerichtet.

„Ich habe uns ein einfaches Abendmahl zubereiten lassen, an dem wir uns selbst bedienen können“, sagte Adam, während er ihr den Stuhl zurechtrückte. „Ich hoffe, das ist dir genehm.“

„Das war eine wunderbare Idee. So ist es viel gemütlicher“, erwiderte sie mit einem Lächeln. „Und es duftet köstlich ... Ist das etwa Eintopf?“

Als er den Deckel einer Tonschüssel anhob, bestätigte der würzige Duft, der ihr in die Nase stieg, ihren Verdacht. Ihr lief buchstäblich das Wasser im Mund zusammen, während sie zusah, wie er ihre Teller mit dem dampfenden Schmorgericht aus Gemüse und Wildfleisch füllte. Anschließend platzierte er einen Laib Brot sowie eine kleine Schale Butter in der Mitte des Tisches.

„Guten Appetit, Liebling“, sagte er, nachdem er sich ihr gegenüber niedergelassen hatte, und hob sein Weinglas.

Wie ein ausgehungertes Tier machte Gabby sich über ihre Portion her. Genüsslich ließ sie sich das zarte Fleisch auf der Zunge zergehen, ebenso wie die geschmorten Zwiebeln, Karotten und Pastinaken, die perfekt abgeschmeckt waren mit einer Kräutermischung aus Petersilie und Salbei. Sie schmierte einen großzügigen Klecks Butter auf eine Scheibe Brot und schloss die Augen, als sie den ersten Bissen dieser klassischen Kombination verköstigte.

Als sie sie wieder öffnete, bemerkte sie, dass Adam sie

eindringlich beobachtete. Er hielt noch immer sein Weinglas in der Hand und hatte seinen Teller kaum angerührt.

Plötzlich kam sie sich vor wie ein Vielfraß und schluckte verlegen hinunter. „Ich muss hungriger gewesen sein, als mir bewusst war."

„Es gefällt mir zu sehen, wie sehr du das sinnliche Vergnügen einer guten Mahlzeit genießt", erwiderte er. Seine heisere, raue Stimme weckte das Verlangen nach einer ganz anderen Art von Vergnügen in ihr. „Erzähl mir von einem anderen intimen Abendessen wie diesem, mein Herz."

Damit bezog er sich wieder auf das Spiel, das sie während der Kutschfahrt begonnen hatten. Sie zögerte kurz und trank einen Schluck Wein, bevor sie antwortete. „Das ist gar nicht so einfach. Wir haben nicht oft allein zu Abend gegessen. Aufgrund deiner geschäftlichen Verpflichtungen warst du zu den Mahlzeiten nur selten zu Hause."

Er runzelte die Stirn. „Ich habe sie nicht mit dir und den Kindern eingenommen?"

„Wir frühstückten für gewöhnlich alle zusammen." Sie hielt kurz inne, als ihr ein anderer Aspekt ihres strengen Terminplans einfiel. „Und, äh, an Mittwochabenden warst du immer pünktlich zu Hause. Da haben wir meistens als Familie zu Abend gegessen."

Und hinterher bist du zu mir ins Zimmer gekommen und hast mich geliebt. Ich habe mich auf jeden Mittwoch gefreut.

„An einem einzigen Tag in der Woche?", fragte er schockiert.

„Du warst, wie gesagt, sehr beschäftigt." Aus irgendeinem Grund verspürte sie das Bedürfnis, ihn zu verteidigen. „Außerdem verbringen die meisten modernen Paare nicht jede Sekunde miteinander. Wir hatten beide unsere gesellschaftlichen Verpflichtungen, obwohl sie sich manchmal überschnitten." Unter seinem schwer deutbaren Blick sah sie sich genötigt, hinzuzufügen: „Eheleute haben oftmals unterschiedliche Tagesabläufe."

„Da wir gerade von Terminplänen sprechen ... Wie ich bereits von mehreren Quellen erfahren habe, scheine ich ein Mann mit einer strengen Routine zu sein."

Unsicher, was sie von dem plötzlichen Themenwechsel oder seinem angespannten Tonfall halten sollte, nickte sie zaghaft. „Du bist eine sehr organisierte, disziplinierte Person. Außerdem hast du mir einmal erzählt, dass du Überraschungen hasst."

„So organisiert und diszipliniert, dass wir uns nur an Mittwochabenden liebten?"

Ihr Puls schnellte in die Höhe. „Ich ... Woher wusstest du ...?"

„Du hast es mir erzählt, Gabriella. An dem Abend, als du zu viel Champagner getrunken hattest, sagtest du, dass nichts zwischen uns geschehen würde, weil es nicht Mittwoch war", erwiderte er mit grimmiger Miene. „Ist das wahr?"

„Nun ... Ja. So verlief unsere Routine", gab sie zu.

„Warum zur Hölle habe ich nur einmal in der Woche mit dir geschlafen?"

„Ich weiß es nicht. So war es einfach", murmelte sie hilflos. „Seit dem Tag unserer Vermählung."

„Und war das nach deinem Willen?"

Das Herz schlug ihr bis zum Hals, als er ihr tief in die Augen sah. Im flackernden Schein des Feuers wirkte er mehr denn je wie ein Raubtier auf der Lauer, während sie sich vorkam wie ein in die Ecke getriebener Hase, hin- und hergerissen zwischen Selbsterhaltungstrieb und der Sehnsucht nach Abenteuer. Dem Wunsch, *gesehen* zu werden.

„Es war nach deinem", sagte sie leise.

„Aber war es das, was *du* wolltest? Einmal in der Woche

nach einem strengen Zeitplan von deinem Mann geliebt zu werden?"

„Ich wollte dir eine gute Gemahlin sein", flüsterte sie und fuhr sich mit der Zunge über die Lippen, unfähig, die Wahrheit, die aus dem Riss in ihrem Herzen strömte, aufzuhalten. „Ich wollte dir gefallen."

Sein glühender Blick drohte ihren Körper vor Verlangen in Brand zu setzen.

„Was mir wirklich gefallen würde, ist, *deine* Wünsche und Bedürfnisse zu erfahren, Gabriella", sagte er. „Bist du zufrieden mit einem gemeinsamen Abendessen pro Woche? Einer einzigen intimen Nacht, die streng nach Zeitplan verläuft? Einem Ehemann, der behauptet, er glaube nicht an die Liebe?"

Ihr stockte der Atem. „Woher wusstest du ...?"

„Auch das hast du mir in betrunkenem Zustand erzählt."

Ein pulsierender Schmerz schoss ihr durch die Schläfen. „Ich hätte nicht ..."

„Ich wollte die Wahrheit von dir erfahren, ebenso wie jetzt." Er hielt inne und musterte sie eindringlich. „Also, bist du zufrieden mit deiner Situation?"

Überwältigt von Panik erstarrte sie ... Und plötzlich konnte sie den Preis, den sie so lange für ihre Sicherheit bezahlt hatte, nicht länger leugnen. Während der letzten acht Jahre war sie in den einengenden Routinen ihrer Ehe behütet gewesen, gleichzeitig waren diese Mauern, hinter denen sie sich versteckte, aber auch zu einem Gefängnis geworden.

„Ich will mehr." In diesem Zugeständnis hörte sie das Klicken eines Schlosses, spürte, wie sich etwas in ihr öffnete. „Das habe ich schon immer."

„Wie viel mehr?"

Verlangt er wirklich von mir, dass ich ihm meine geheimsten Sehnsüchte offenbare?

Sein ruhiger, konzentrierter Blick verriet ihr, dass dem in

der Tat so war. In diesem Zustand hatte sie ihn mehr als einmal erlebt, beispielsweise, wenn er kurz davor stand, ein schwieriges Geschäft abzuschließen oder wenn die Kinder zu ungestüm wurden. Oder damals, als sie nach der Geburt ihres Sohnes in tiefe Verzweiflung stürzte.

Es war der Ausdruck, der in seine Augen trat, bevor er einschritt und das Chaos bezwang, bevor er alles zum Guten wendete. Das hatte er schon immer für sie getan, obwohl er stets beteuerte, dass er nichts von romantischer Liebe hielt.

Dieser Adam jedoch war nicht derselbe Mann. Er wirkte weniger wie ein allmächtiger Gott, sondern vielmehr wie ein Mensch. Ihm lag viel daran, Intimität zwischen ihnen aufzubauen, und er hatte ihr sogar dabei geholfen, zu einer wichtigen Erkenntnis über sich selbst zu gelangen. In seiner Nähe fühlte sie sich schön und begehrenswert, nicht nur wegen ihrer Fähigkeiten als Ehefrau, sondern einfach wegen ihrer selbst.

„Ich will dich ganz und gar", sprudelte es aus ihr heraus, und sie spürte, wie ihr die Tränen über die Wangen liefen. „Auch ich wünsche mir eine Verbindung unserer Herzen, Körper und Seelen. Nichts soll zwischen uns stehen. Absolut gar nichts."

„Dann sind wir uns ja einig, mein Liebling." Blitzschnell war er an ihrer Seite und wischte ihr sanft die Tränen weg, bevor er sie in seine Arme zog. Sie legte die Hände auf seine starke Brust, fasziniert von der wilden Entschlossenheit in seinem Gesicht. „Denn was unsere Ehe anbelangt, werde ich mich nicht mit weniger zufriedengeben."

Kapitel Zweiundzwanzig

Während Adam Gabriella in ihr Schlafgemach trug, schäumte sein Herz über vor Stolz und Staunen. Sie war eine fleischgewordene Fantasie, und sie gehörte allein ihm. Was auch immer die Gründe für ihre frühere Routine gewesen sein mochten – nicht zum ersten Mal würde er seinem alten Ich am liebsten einen Kinnhaken für diese närrische Idee verpassen –, er beabsichtigte, sie ein für alle Mal aus ihrem Gedächtnis zu verbannen und mit dem zu ersetzen, was er wirklich von ihr wollte.

Wonach auch sie sich sehnte.

Eine Verbindung ohne Grenzen.

Behutsam stellte er sie vor ihrem Bett auf die Füße und hob ihr Kinn an.

„Heute Abend fangen wir ganz von vorne an", sagte er leise. „Egal, ob Mittwoch ist oder nicht. Von jetzt an will ich mein Verlangen nach dir nicht länger zügeln."

„Das sollst du auch nicht. Ich will dir gefällig sein, Adam. Das ... das wollte ich schon immer."

Ihre lieblichen Worte ließen seinen Schwanz anschwellen und erfüllten ihn mit einem Gefühl warmer Zärtlichkeit.

„Dein Vertrauen ist ein wertvolles Geschenk, Gabriella", sagte er mit heiserer Stimme. „Aber wenn ich je etwas tue, das dir Unbehagen bereitet, dann lass es mich bitte wissen. Ich will, dass wir immer ehrlich zueinander sind."

Sie nickte und seufzte genüsslich, als er eine Hand in ihrem Haar vergrub. Die seidigen Strähnen glitten wie flüssiges Kupfer durch seine Finger. Als er an einem Knoten hängen blieb, gab sie dem leichten Ruck nach, und er bemerkte, wie ihre Pupillen sich vor Lust weiteten. Diese Reaktion, wie alles andere an ihr, prägte er sich sorgsam ein.

Denn sie war die Seine, und es stand ihm frei, sie auf jede nur erdenkliche Weise zu verwöhnen, sie zu ehren, zu beschützen und sich von ihr zu holen, was er begehrte.

Erneut zog er an ihren Haaren, sanft, aber bestimmt, und sie neigte mit einem kehligen Stöhnen den Hals nach hinten. Halb von Sinnen vor Erregung, presste er seine Lippen auf die ihren und schob seine Zunge in ihren honigsüßen Mund, um jeden lustvollen Laut, den sie ausstieß, kosten zu können.

Ihr Aroma war einfach berauschend, und er küsste sie ausgiebig, bevor er sich ihren anderen Vorzügen zuwandte, von denen es mehr als genug gab. Was für ein verdammter Glückspilz er doch war! Ihre samtigen Ohrläppchen warteten nur darauf, liebkost zu werden, ebenso wie ihr weicher, eleganter Hals. Er ließ seine Lippen über ihren flatternden Pulspunkt gleiten, weidete sich an ihrer Verletzlichkeit, erlaubte sich für einen flüchtigen Augenblick den Gedanken, dass er jeden in Stücke reißen würde, der so töricht wäre zu versuchen, sie ihm wegzunehmen.

Ungeduldig löste er das Band ihres Morgenmantels und zerrte ihn ihr von den Schultern. Das Nachtgewand, das sie darunter trug, war so dünn, dass er ihre sinnlichen Kurven ausmachen konnte. Leider erschien ihm die Reihe winziger Perlenknöpfe, die sich von ihrem Hals bis hinunter zu ihren

Knöcheln erstreckte, unüberwindbarer als die Chinesische Mauer.

„Wie sehr hängst du an diesem Schlafkleid?", fragte er.

Verwirrt runzelte sie die Stirn. „Es ist äußerst bequem. Warum?"

Statt einer Antwort riss er das lästige Kleidungsstück entzwei.

„*Adam!*", rief sie schockiert aus. „Das war ziemlich teuer und …"

„Ich kaufe dir ein neues … oder lieber nicht, wenn ich darüber nachdenke." Er schluckte schwer und ließ seinen Blick über ihre perfekten Brüste hinunter zu ihren großzügigen Hüften und schließlich zu ihrer Pussy gleiten. „Ich will nicht, dass irgendetwas deine betörende Schönheit verdeckt."

Bevor sie etwas erwidern konnte, hob er sie hoch und legte sie quer auf die Matratze, sodass ihre anbetungswürdigen Beine über die Kante hingen. Dann drängte er sich zwischen ihre gespreizten Schenkel und bewunderte das Festmahl, das sich ihm bot. Er wusste längst, woran er sich als Erstes laben wollte.

Sie keuchte auf, als seine Zunge zwischen ihren vollen Brüsten entlangglitt, während er die weichen Rundungen knetete. Mit den Lippen liebkoste er jeden Zentimeter ihrer samtigen Haut, ließ dabei jedoch ihre Brustwarzen außen vor, da er sie erst einmal in Maßen reizen wollte, um ihre Reaktionen einschätzen zu können. Sie wand sich stöhnend unter ihm und vergrub die Finger in seinen Schultern.

„Adam, *bitte*", hauchte sie atemlos.

Langsam fuhr er mit der Zunge um ihren rosigen Nippel und sah zu, wie die kleine Knospe sich aufstellte.

„Sag mir, was genau du willst, mein Herz. Oder besser noch, zeig es mir." Er griff nach ihrer rechten Hand und küsste ihre Fingerspitzen. „Berühre dich dort, wo du meinen Mund spüren willst."

Sie zitterte so stark, dass er befürchtete, zu weit gegangen zu sein. Womöglich war sie doch schüchterner, als er angenommen hatte. Doch nach einer weiteren Sekunde löste sie sich aus seinem Griff und fasste sich zaghaft an die rechte Brust. Zu sehen, wie ihre eleganten Finger federleicht über ihre aufragende Brustwarze streiften, brachte ihn beinahe um den Verstand.

„Mit Vergnügen", murmelte er heiser.

Langsam senkte er den Kopf und ließ seine Zunge über ihre harte Knospe gleiten. Sie wimmerte leise, als er sanft auf die feuchte Stelle blies, bevor er sie mit dem Mund umschloss und daran zu saugen begann. Anschließend widmete er sich ihrer anderen Brust mit ebenbürtiger Hingabe, und sie stöhnte so laut, dass er sich fragte, ob er sie allein dadurch zum Höhepunkt bringen könnte.

Neugierig berührte er ihre Pussy, und ein elektrisierender Schock durchfuhr ihn, als er feststellte, wie feucht sie bereits für ihn war. Entschlossen ließ er seinen Daumen über ihre Perle kreisen, einmal, zweimal ... mehr brauchte es nicht, um sie über den Rand der Selbstbeherrschung zu stoßen. Sie schrie auf und presste die Schenkel fest zusammen, während sie sich ihrer Ekstase hingab.

Er küsste die weiche Unterseite ihrer Brüste und ihren seidig weichen Bauch, hingerissen von der ungehemmten Zurschaustellung ihrer Lust. Als ihre Beinmuskeln sich entspannten, zog er seine Hand zurück, sah ihr tief in die Augen und leckte sich genüsslich die Finger sauber. Das berauschende Aroma ihres Nektars ließ seinen stahlharten Schwanz pulsieren.

„Köstlich", murmelte er. „Aber noch besser ist es, direkt von der Quelle zu trinken."

Mit diesen Worten umfasste er ihre Knie und drückte sie noch weiter auseinander, um sich am Anblick ihrer geschwollenen, glänzenden Pussy zu laben. Nicht länger fähig, seine brennende Begierde zu zügeln, beugte er sich vor und vergrub das Gesicht zwischen ihren Schenkeln.

„Adam! Ach du meine Güte ... O mein Gott ...“

Gabby wusste nicht, was genau sie von sich gab. Die Worte sprudelten nur so aus ihr heraus. Es kam ihr so vor, als würde sie auf Wolken schweben und gleichzeitig von Wellen der Verzückung überrollt werden, während ihr Gemahl sie auf skandalöse Weise verwöhnte. Das einzig andere Mal, als er sie an ihrer intimsten Stelle geküsst hatte, war der Abend gewesen, als er betrunken nach Hause gekommen war, und sie hatte sich seitdem immer wieder gefragt, ob der Alkohol für diesen erotischen Ausrutscher verantwortlich gewesen sein mochte.

Da er sich hinterher nicht an diese Nacht erinnern konnte, hatte sie es nicht gewagt, ihn darauf anzusprechen. Dennoch ging ihr dieser Vorfall in den folgenden Monaten nicht mehr aus dem Kopf und stürzte sie in verzweifelte Grübeleien.

Was hatte ihn zu diesem sündhaften Akt bewogen? Wo hatte er so etwas Anstößiges überhaupt gelernt? (Diese Frage wurde allerdings schnell in die *Schublade der seligen Unwissenheit* verbannt.) War diese Art von Liebesspiel ... *normal?* Warum tat er so etwas dann nicht öfter? Hatte er es nicht genossen? War es falsch und lasterhaft von ihr, sich eine Wiederholung zu wünschen?

Zumindest wurden einige ihrer Fragen nun beantwortet.

Diesmal war er zweifellos nicht betrunken, denn er hatte sich zum Abendessen nur ein Glas Wein genehmigt. Und allem Anschein nach bereitete ihm das, was er mit ihr anstellte, außerordentliches Vergnügen.

„Gott, ich liebe es, mich an deiner Pussy zu laben“,

murmelte er mit belegter Stimme. „Ich könnte den ganzen Tag damit verbringen."

Seine Worte jagten ihr einen Schauer über den Rücken, und instinktiv hob sie ihm ihre Hüften entgegen, während er ihre Beine gespreizt hielt und ihr mit seinen Lippen, seiner Zunge und – Gott bewahre – seinen *Zähnen* völlig den Kopf verdrehte. Er leckte und saugte an ihrer pulsierenden Perle, bis sie kaum noch einen klaren Gedanken fassen konnte ... außer einem. *Mehr. Ich will mehr.*

„Was brauchst du, mein Herz?", fragte er, bevor er sanft auf ihre erhitzte, empfindliche Haut blies. „Sag es mir."

Gütiger Himmel, konnte sie das wirklich laut aussprechen? „Ich will mehr von dem ... was du tust."

Spielerisch biss er sie in den Oberschenkel. „Nicht so schüchtern, Gabby. Ich will hören, wie dir die unzüchtigen Worte über die Lippen kommen."

Sein glühender Blick duldete keinen Widerspruch. Sie wollte ihm gehorchen, die Begriffe verwenden, die er sie gelehrt hatte, welche sie bislang jedoch nur in ihrer Fantasie zu wiederholen wagte.

„Bitte ... leck meine Pussy", murmelte sie mit hochroten Wangen.

„Mit dem größten Vergnügen." Sein kehliger Tonfall verriet ihr, wie sehr es ihn erregte, diese Worte von ihr zu hören. „Verdammt, du schmeckst so unwiderstehlich, ich will dich verwöhnen, bis du deinen honigsüßen Nektar auf meiner Zunge verteilst."

Gütiger Himmel.

Bevor sie etwas darauf erwidern konnte, setzte er sein sündhaftes Versprechen in die Tat um. Stöhnend vergrub sie die Finger im Laken, während er jeden Zentimeter ihrer Pussy liebkoste. Er saugte an ihrer empfindlichen Perle, schabte mit den Zähnen über ihre erhitzte Haut und ließ schließlich seine geschickte Zunge zwischen ihre geschwollenen Schamlippen gleiten, bevor er sie wieder zurückzog.

„Beweg deine Hüften", wies er sie an. „Ich will, dass du dich mit meiner Zunge zum Höhepunkt bringst und in meinen Mund kommst."

Wie von selbst folgte ihr Körper seinem Befehl. Völlig von Sinnen vor Lust, rieb sie sich an seinem Gesicht, während der glühende Druck in ihr anschwoll, bis er kaum noch zu ertragen war. Endlich erreichte sie den Gipfel der Ekstase und ließ sich mit einem Aufschrei von den Wogen der Verzückung fortreißen, kaum noch registrierend, wie er sich ihren Nektar auf der Zunge zergehen ließ.

Einen Augenblick lang lag sie benommen da, in den Nachwirkungen ihres erderschütternden Orgasmus schwelgend. Verträumt beobachtete sie, wie er sich aufrichtete, seine Lippen und sein Kinn feucht von ihrer Befriedigung, seine Augen zwei feurige Kohlestücke, die sie zu verzehren drohten. Ohne den Blick von ihr abzuwenden, entledigte er sich seiner Kleidung, und ihr Puls schnellte erneut in die Höhe, als sie seinen entblößten Körper bewunderte.

Seine Schultern waren breit und kräftig, seine Brust war muskulös und leicht behaart. Alles an ihm strahlte Autorität und Eleganz aus. Für einen Augenblick fiel ihre Aufmerksamkeit auf die Narbe an seiner Seite, eine Erinnerung daran, das Leben, diesen kostbaren Moment, nicht als selbstverständlich hinzunehmen. Sie schluckte schwer und konzentrierte sich wieder auf die harten Linien seines flachen Bauchs, das dunkle Haar, das einen verlockenden Pfad hinunter zwischen seine Beine bildete.

Ihr stockte der Atem, als sie zum ersten Mal mit der stolzen Pracht seiner Männlichkeit konfrontiert wurde. Natürlich hatte sie ihn früher bereits gespürt und hin und wieder sogar einen flüchtigen Blick auf seinen Schwanz erhascht, aber nie hatte er sich ihr so offen präsentiert, sie buchstäblich dazu eingeladen, sich an ihm sattzusehen. Die Nachricht in seiner Haltung war unmissverständlich: Es durfte keine Geheimnisse zwischen ihnen geben, wenn sie gemeinsam den Gipfel der Lust erreichen wollten. Gebannt beobachtete sie, wie er eine Hand um seine beeindruckende Erektion schloss und sich selbst zu befriedigen begann.

Langsam fuhr er mit der Faust über seinen harten Schaft, auf und nieder, und ihr Blick war gefesselt von seiner überwältigenden Größe, von der hervortretenden Vene an der Unterseite, von seinen schweren Hoden, die sich mit jeder Bewegung zusammenzogen. Sie erinnerte sich an jedes einzelne Mal, als er sie mit seinem perfekten Schwanz ausgefüllt hatte, wie ihre Pussy ihn ganz in sich aufnahm, und ein heftiges, pulsierendes Verlangen durchflutete sie.

„Siehst du, wie hart du mich machst, Gabriella? Wie sehr mein Schwanz sich danach sehnt, in dir zu sein?", knurrte er mit kehliger Stimme.

„Ich will dich in mir spüren", erwiderte sie atemlos.

„Dann spreiz die Beine. Zeig mir, wie sehr du mich willst."

Mit wild hämmerndem Herzen folgte sie seiner Aufforderung. Abermals trat er zwischen ihre Schenkel, wie ein Sultan, der sich sein rechtmäßiges Gebiet zu eigen machte. Er packte sie an den Hüften, zog sie bis an die Bettkante und führte seinen Schwanz an ihre geschwollenen Schamlippen, ließ seine harte Spitze aufreizend an ihrer Spalte entlanggleiten.

„Beim nächsten Mal lasse ich dich vor mir auf die Knie gehen und befehle dir, mich mit deinem süßen Mund zu befriedigen", verkündete er, während er mit blitzenden Augen auf sie hinabschaute.

Völlig gebannt von dieser erotischen Fantasie spürte sie, wie er mit einem harten Stoß in sie hineinglitt. Der exquisite Druck entlockte ihr ein kehliges Stöhnen, und sie spürte, wie ihre

Scheidenmuskeln sich instinktiv um ihn zusammenzogen. Der Rhythmus seiner Hüften wurde immer schneller und unregelmäßiger, bis er sie um die Taille packte und sie mit jedem seiner Stöße zu sich heranzog.

„Verdammt, du bist so eng und feucht ... wie geschaffen für meinen Schwanz", keuchte er mit vor Erregung glühenden Wangen. „Du willst mich noch tiefer in dir spüren, nicht wahr?"

„Ja!", wimmerte sie.

„Dann nimm mich in dir auf."

Verzweifelt steigerte er sein Tempo, nahm sie immer schneller und härter, und sie schlang die Beine um seine Hüften, vergrub die Fußsohlen in den zuckenden Muskeln seines Gesäßes, spürte, wie seine Hoden mit jeder Bewegung gegen ihre geschwollenen Schamlippen klatschten. Mit einem Mal wurde sie sich einer unumstößlichen Wahrheit bewusst: Sie würde alles annehmen, was er ihr zu geben gewillt war – seinen Schwanz, seine Zunge, und, so Gott wollte, sein Herz –, weil sie ihn liebte.

Damals, in diesem Augenblick ... und für immer.

Mit tränenerstickter Stimme flüsterte sie: „Ich liebe dich so sehr."

„Meine wunderbare Gabby." Sein glühender Blick bohrte sich geradewegs in ihre Seele. „Ich weiß nicht, womit ich dich verdient habe. Aber du sollst wissen, dass ich mich von dem Moment an, als ich aufgewacht bin, in dich verliebt habe."

Ihr Herz machte einen Satz. Jede Faser ihres Körpers wurde von einem warmen, unbekannten Glücksgefühl erfüllt, das nur die wahre Liebe mit sich brachte.

Wie von weit her hörte sie ihn stöhnen, während ihre Ekstase über sie hereinbrach und sie an den Quell ihrer Erfüllung band. Er beugte sich über sie und rammte seine Hüften so hart gegen ihre weichen Schenkel, dass sie mit jeder Bewegung auf der Matratze nach oben rutschte. Unerbittlich und ein ums andere Mal vergrub er sich in ihrer feuchten Hitze, verzweifelt auf der Jagd nach seiner eigenen Erlösung, während er das Nachbeben ihrer Lust in kaum noch zu ertragende Höhen steigerte. Endlich erschauderte er und vergrub sein Gesicht in ihrer Halsbeuge, während er seinen heißen Samen mit einem lauten Schrei in sie ergoss.

Nachdem sie wieder zu Atem gekommen waren, zog er sich vorsichtig aus ihr zurück, legte sich neben sie und zerrte die Decke über ihre erschöpften Körper. Dann nahm er sie in die Arme, so fest, dass es den Anschein erweckte, als wollte er sie nie wieder loslassen. An seine warme Brust geschmiegt, seinen regelmäßigen Herzschlag an ihrer Wange spürend, schloss sie die Augen und fiel in einen tiefen, entspannten Schlaf.

Kapitel Dreiundzwanzig

Langsam öffnete Adam die Augen, als er spürte, dass ihn etwas an der Nase kitzelte. Es dauerte einen Moment, bis sein Blick den seidigen, kupferroten Wasserfall registrierte, in dem er sein Gesicht vergraben hatte. Nach und nach kehrten die Erinnerungen an die vergangene Nacht zurück, und mit einem zufriedenen Lächeln schmiegte er sich noch enger an seine Frau, atmete tief den sinnlich blumigen Duft ihres Haares ein.

Das schwache Licht, das durch die Vorhänge ins Zimmer fiel, sagte ihm, dass es noch früh sein musste. Vermutlich sollte er Gabby schlafen lassen, da sie am vorherigen Abend nach einer kurzen Verschnaufpause gleich zur zweiten Runde übergegangen waren, die nicht weniger leidenschaftlich und ungezügelt verlief als die erste. Nun lagen sie eng umschlungen da, ihr Rücken an seine Brust gepresst, und er hatte einen Arm fest um ihre Taille gelegt, als sei er selbst im Schlaf nicht willens gewesen, sie loszulassen.

Und wer konnte es ihm verdenken? Wenn ein Mann mit einer Frau verheiratet war, die ihn in jeder Hinsicht erfüllte, und in die er zudem unsterblich verliebt war, wäre er töricht, sie nicht bei jeder Gelegenheit zu berühren.

Sie murmelte etwas Unverständliches im Traum und regte sich leicht, wodurch ihr praller Hintern gegen seine schmerzende Morgenerektion rieb und seine guten Absichten gefährlich auf die Probe stellte. Er erschauderte, als sein Schaft zwischen ihre weichen Gesäßbacken sank, und konnte ein unwillkürliches Zucken seiner Hüften nicht verhindern.

Ah, das fühlte sich himmlisch an.

Behutsam hob er eine Hand unter der Decke und legte sie auf ihre Brust, knetete und reizte sie, bis er spürte, wie ihre Brustwarze sich aufrichtete. Sie seufzte leise, woraufhin er sich über sie lehnte und mit der Zunge an ihrer Ohrmuschel entlangfuhr. Der Schauer, der sie erbeben ließ, jagte auch ihm einen elektrisierenden Schock durch den Körper.

Verdammt, sie waren im Urlaub. Ausruhen konnten sie sich später immer noch.

Zärtlich schob er ihre feurigen Locken beiseite und küsste ihren Nacken. Seine Lippen folgten dem seidigen Pfad ihrer Wirbelsäule, während seine Finger noch immer mit ihrer steifen Brustwarze spielten. An dem Übergang zu ihrem Hintern angekommen, hielt er inne und biss sie sanft in die weiche Stelle über der Spalte zwischen ihren Gesäßhälften. Mit einem leisen Keuchen erwachte sie und erstarrte vor Schock, als er seine Zunge um das winzige Loch kreisen ließ, das dort verborgen lag.

„Adam!"

Ihr atemloser, empörter Tonfall verriet ihm, dass dieses Gebiet bisher unberührt geblieben war. Während der vergangenen Nacht hatte er miterleben dürfen, wie ihre Hemmungen eine nach der anderen von ihr abfielen, und auch, was diese Fantasie anbelangte, würde sie sich zu gegebener Zeit seiner Autorität beugen. Nur, weil er wie ein Gentleman lebte, hieß das nicht, dass er sich im Bett wie einer verhielt. Gabby weckte eine wilde, unzivilisierte Seite an ihm, ein animalisches Verlangen danach, sie als die Seine zu markieren.

Und wenn man ihre Reaktionen in Betracht zog, war sie nicht nur gewillt, sondern sogar *erpicht* darauf, sich seinen dunklen Gelüsten hinzugeben. Er sehnte sich danach zu dominieren, sie sich nach Unterwürfigkeit ... wie zwei Teile eines erotischen Puzzles, die perfekt ineinanderpassten. Allerdings musste er jetzt nicht wie ein ausgehungertes Raubtier über sie herfallen, ihnen blieb noch genug Zeit, um ihre gemeinsamen Fantasien zu vertiefen. Ein ganzes Leben lang, um genau zu sein.

Also würde er fürs Erste ihr Schamgefühl respektieren.

Er ließ von ihr ab und nahm seinen ursprünglichen Platz hinter ihr ein. Sie schmiegte sich an ihn, offensichtlich davon überzeugt, ihren Willen durchgesetzt zu haben. Aber er hatte seine lüsternen Pläne keinesfalls aufgegeben. Mit einer geübten Bewegung schob er ihr oberes Bein nach vorne und führte seinen Schwanz von hinten in ihre Pussy ein. Der überraschte Laut, der ihr entfuhr, schürte seine Erregung nur noch mehr.

„Guten Morgen, mein Herz", flüsterte er ihr ins Ohr. „Eines Tages werde ich mir alles von dir nehmen, was ich begehre. Aber für den Moment gebe ich mich mit einem morgendlichen Stelldichein zufrieden."

Diesmal stöhnte sie seinen Namen.

Obwohl er sie kaum vorbereitet hatte, war sie noch immer feucht von ihren nächtlichen Vereinigungen. Eine tiefe Genugtuung erfüllte ihn, als er bei jedem Stoß spürte, wie sein heißer Samen an seinem Schaft entlanglief. Überwältigt von Lust, nahm er sie immer härter und schneller, während er gleichzeitig ihre Perle reizte, bis sie sich aufbäumte und laut stöhnend ihrer Ekstase hingab. Er drehte ihren Kopf in seine Richtung und küsste sie fordernd, ließ die Vibrationen ihrer Schreie über seine Lippen durch seinen Körper wandern, wo sie sich wie Zündstoff sammelten, der schon bald darauf in einem nicht enden wollenden Orgasmus explodierte.

Nachdem er sich ausgiebig in sie ergossen hatte, rollte er sich auf den Rücken und zog sie in seine Arme. Ihre Wange ruhte auf seiner Brust, sein Kinn auf ihrem seidigen Schopf. Zufrieden schloss er die Augen und genoss die berauschenden Nachwirkungen ihres Liebesspiels. „Ich glaube, ich habe die perfekte Art gefunden, den Tag zu beginnen.“

„Ich ebenfalls.“

Ihr verträumter Tonfall entlockte ihm ein Lächeln. „Wenn das so ist, werden wir uns meine Vorliebe für Terminpläne zunutze machen und ein morgendliches Schäferstündchen ganz oben auf die täglich abzuarbeitende Liste setzen.“

„Ach, das meinte ich gar nicht.“

Überrascht öffnete er ein Auge und starrte sie an.

„Oder zumindest nicht *nur* das“, lenkte sie mit geröteten Wangen ein.

„Was meintest du dann? Wie beginnt der perfekte Tag für dich?“

„In deinen Armen“, flüsterte sie kaum hörbar.

„Aber das ist doch gewiss nichts Neues ...“ Als sie den Blick abwandte, umfasste er ihr Kinn und zwang sie, ihn anzusehen. Der Schatten, der sich über ihre himmelblauen Augen legte, erfüllte ihn mit Schock und Ungläubigkeit. „Soll das heißen ... du bist noch nie in meinen Armen aufgewacht?“

Sie schüttelte verlegen den Kopf und er fühlte sich, als hätte sie ihm einen Schlag in die Magengrube verpasst.

Er zwang sich, tief durchzuatmen. „Wir haben nie zusammen in einem Bett geschlafen? *Nie?* Nicht einmal nach den vermaledeiten Mittwochabenden?“

„Nein“, erwiderte sie leise.

Wut und Empörung machten sich in ihm breit. „Warum zur Hölle denn nicht?"

„So war es einfach." Sie setzte sich auf und schlang die Arme um die angezogenen Knie. In dieser Position wirkte sie so jung, so verletzlich. „Die meisten modernen Paare schlafen in getrennten Zimmern."

„Was andere tun oder nicht tun, interessiert mich nicht. Hier geht es um *uns*." Er richtete sich ebenfalls auf und lehnte sich mit dem Rücken gegen das Kopfende des Bettes, verzweifelt bemüht, eine Vergangenheit zu verstehen, an die er sich nicht erinnerte. Es wurde immer schwieriger, seine Frustration mit sich selbst im Zaum zu halten. „Verdammt, Gabby, es ist ein Wunder, dass wir vor Leidenschaft nicht das Laken in Brand gesetzt haben. Wir sind wie füreinander geschaffen. Aber abgesehen davon kann ich mir nicht vorstellen, dich nicht jede Nacht neben mir haben zu wollen, selbst wenn wir uns nicht lieben."

„Wirklich?"

Der hoffnungsvolle Ausdruck in ihren Augen war kaum zu ertragen. „Hast du etwa schon vergessen, was ich dir gestern gesagt habe? Ich bin dabei, mich in dich zu verlieben, mein Herz", beteuerte er ihr und nahm ihr Gesicht in seine Hände. Sie war so perfekt, so unendlich kostbar. „Von wegen *dabei* ... Verflucht, ich bin längst in dich verliebt!"

„Und ich liebe dich." Eine Träne rollte ihr über die Wange. „Das habe ich vom ersten Augenblick an."

„Ich weiß nicht, ob ich das verdient habe." Behutsam wischte er die Träne weg. „Was für einen Bastard hast du nur geheiratet, Gabby? Was zum Teufel hat mit mir nicht gestimmt?"

„Mit dir war alles in Ordnung." Wieder einmal war sie allzu loyal. „Du warst damals einfach nur ... anders."

„Ich war ein Narr", beharrte er.

„Und ich nicht weniger töricht." Sie hielt inne und atmete tief durch. „Zu einer Ehe gehören zwei. Ich hätte etwas sagen oder versuchen können, die Dinge zu ändern ... aber ich tat es nicht."

„Was hat dich daran gehindert?"

Sie biss sich auf die Unterlippe. „Das habe ich mich auch schon gefragt. Warum habe ich nie um das gebeten, was ich wollte? Warum habe ich nie die Themen angesprochen, über die wir uns jetzt so offen unterhalten? Die Antworten darauf kenne ich noch nicht."

„Die sind im Moment auch nicht wichtig." Zärtlich strich er ihr eine lose Haarsträhne hinters Ohr. „Sag mir einfach, was du denkst."

Sie musterte ihn mit großen Augen. Anscheinend schien das, was sie in seiner Miene fand, ihr Mut zu verleihen, denn sie nickte entschlossen, woraufhin ihr ein paar zerzauste Locken über die Schultern fielen.

„Als du um meine Hand angehalten hast, war ich außer mir vor Freude. Und völlig schockiert, um ehrlich zu sein, denn ich hätte niemals zu träumen gewagt, dass ein Mann wie du sich für jemanden wie mich interessieren könnte."

Er runzelte die Stirn und wollte protestieren, doch ihr reumütiges Lächeln ließ ihn innehalten.

„Du wolltest wissen, was ich denke, und so habe ich mich nun einmal gefühlt", erinnerte sie ihn.

„Also gut. Bitte fahre fort."

„Du warst so attraktiv, so einflussreich, so wohlhabend ... Du hättest jede Frau haben können, aber du hast dich ausgerechnet für mich entschieden: ein Mauerblümchen, das von allen wie Luft behandelt wurde, sogar auf ihrer eigenen Hausfeier. Nicht nur das, du warst auch äußerst mitfühlend und freundlich, hast dir meine albernen Sorgen angehört und mir das Gefühl gegeben ... wichtig zu sein. Ich glaube, in diesem

Moment habe ich mich in dich verliebt." Sie hielt inne und räusperte sich. „Als du mir den Antrag machtest, sagtest du, dass du dir eine tugendhafte, vertrauenswürdige und loyale Frau an deiner Seite wünschst, und ich wusste, dass ich all das für dich sein könnte ... Dass ich es mehr als alles andere auf der Welt sein *wollte*. Denn du warst der Ehemann, von dem ich immer geträumt hatte."

Die Aufrichtigkeit in ihrer Stimme versetzte ihm einen Stich ins Herz. Er zwang sich, stillschweigend zuzuhören und ihr die Gelegenheit zu geben, sich alles von der Seele zu reden, was sie offensichtlich schon seit Langem zurückgehalten hatte.

„Der einzige Haken war, dass du sagtest, du würdest nicht an Liebe und Romantik glauben. Ich versuchte mir einzureden, dass das nicht weiter wichtig sei, insbesondere, weil du mir stattdessen deine Zuneigung, deinen Schutz und deine Fürsorge angeboten hast. Und an diesen Dingen hat es mir nie gemangelt, Adam. Nie."

Er nickte knapp, wohl wissend, dass sie ihn beschwichtigen und ihn von seiner Verantwortung entbinden wollte, obwohl selbst ein Blinder erkennen konnte, dass er ein kleinkarierter, selbstbezogener Bastard gewesen war. Und am meisten frustrierte ihn, dass er nicht einmal wusste, warum.

„Du warst mir und den Kindern stets ein guter Ehemann und Vater. Ich war zufrieden. Ich wusste zwar, dass meine Liebe nicht erwidert wurde, aber du warst mir gegenüber nie herzlos, hast mir nie das Gefühl gegeben, töricht oder unbeholfen zu sein. Im Gegenteil, du hast dich stets höflich und freundlich verhalten, wann immer ich meine Zuneigung herausposaunt habe."

„Höflich und freundlich?" Irritiert fuhr er sich mit der Hand durchs Haar. „Verdammt, Gabby, du verdienst so viel mehr als das."

„Du hast mir mehr gegeben, als ich je zuvor hatte", erwiderte sie so inbrünstig, dass es ihm den Atem verschlug. „Als kleines Mädchen war ich furchtbar unbeholfen. Meine Mutter starb bei meiner Geburt, und mein Vater hatte stets viel Arbeit mit der Bank. Ich habe nie wirklich gelernt, wie man sich in gesellschaftlichen Situationen verhält. Meine Zeit auf dem Internat bestätigte mir meine Erkenntnisse über mich selbst: Ich besaß weder Schönheit, Charme noch besondere Fertigkeiten. Meine einzige Hoffnung, Freunde zu finden, bestand darin, so gefällig wie möglich zu sein, negative Gefühle zu verbergen und mich stets von meiner fröhlichen Seite zu zeigen.“

Er wusste, wie schwer es ihr fallen musste, ihm diese Dinge anzuvertrauen. Sie hielt ihre Knie so fest umklammert, dass ihre Knöchel weiß hervortraten. Ein primitiver Teil seiner selbst wollte in ihrem Namen Rache üben, diejenigen, die sie verletzt hatten, ihrer gerechten Strafe zuführen. Aber das würde nur seiner eigenen Genugtuung dienen. Wohl wissend, was seine Frau brauchte, zügelte er seinen Zorn.

„Vor mir musst du deine Gefühle nicht verstecken“, sagte er. „Du musst dich nicht fröhlich geben, wenn es dir schlecht geht.“

„Ich weiß.“ Ein strahlendes, aufrichtiges Lächeln erhellte ihr Gesicht, wie eine plötzlich durch die Wolkendecke brechende Sonne. „Obwohl ich mich stets bemühte, konnte ich meinen wahren Gemütszustand nie vor dir verbergen. Du hast mich immer durchschaut ... und mich immer akzeptiert, egal, ob ich mir zu viele Sorgen gemacht, zu viel geredet oder mit fürchterlichen Stimmungsschwankungen zu kämpfen gehabt habe.“

Er strich ihr sanft übers Haar und spürte, wie sie erschauderte. „Du bist perfekt so, wie du bist, Gabriella.“

„Nach der Geburt unseres Sohnes fiel ich in ein dunkles Loch. Ich war überfordert und brach bei der kleinsten Begebenheit in Tränen aus. Viele Männer hätten sich in dieser aufreibenden Zeit von ihrer Frau abgewandt, aber du nicht.“ Sie hielt inne und lächelte ihn unter Tränen an. „Weißt du, was du getan hast?"

Er hob eine Braue.

„Du hast mir einen Zeitplan erstellt."

„Wie romantisch", murmelte er trocken.

„Das war es! Dieser Plan hat mir bewiesen, dass du dich um mich sorgst. Du hast dich stets um meine Bedürfnisse gekümmert, selbst wenn ich nicht dazu in der Lage war." Die unverhohlene Bewunderung in ihrem Blick schnürte ihm die Kehle zu. „Du hast sichergestellt, dass ich regelmäßig gegessen, geschlafen und mir Zeit für mich selbst gegönnt habe. Du hast mehr Personal eingestellt, um mich im Haushalt zu entlasten. Und du hast dir jeden Abend die Zeit genommen, in meine Gemächer zu kommen, die Ereignisse des vergangenen Tages zu besprechen und die Termine für den kommenden durchzugehen. Trotz deiner zahlreichen Verpflichtungen warst du immer für mich da, wenn ich dich brauchte."

Er schluckte schwer und wusste nicht, was er erwidern sollte.

„Und was unsere intimen Mittwochabende anbelangt", fuhr sie sanft, aber bestimmt fort, „bin ich zwar nicht in deinen Armen aufgewacht, aber du hast mich nach unserem Liebesspiel stets gehalten, bis ich eingeschlafen bin. Und in diesen Nächten habe ich so gut geschlafen wie sonst nie. Ich konnte deine Zuneigung und Fürsorge spüren."

Adam wünschte, er hätte ihr mehr gegeben. Wünschte, er würde wissen, warum er es nicht getan hatte.

Aber Wünsche waren Luftschlösser, mit denen ein verliebter Mann nicht seine Zeit verschwenden sollte.

„Von jetzt an wirst du jeden Morgen in meinen Armen aufwachen", verkündete er. „Und du wirst wissen, dass du mein Herz besitzt. Hast du das verstanden, Gabby?"

„Habe ich", erwiderte sie, und das glückliche Leuchten in

ihren Augen schnürte ihm erneut die Kehle zu. „Ich liebe dich, Adam."

Sie legte den Kopf in den Nacken und wandte ihm ihr Gesicht zu. Diese offene Einladung nahm er nur zu gerne an und besiegelte ihre Gelübde mit einem leidenschaftlichen Kuss.

Kapitel Vierundzwanzig

Am letzten Morgen ihres Urlaubs streifte Gabby auf der Suche nach ihrem Gemahl durch die Jagdhütte, in glücklichen Erinnerungen an die vergangenen vier Tage schwelgend. Sie waren erfüllt gewesen von Intimität und aufregenden, neuen Enthüllungen, und aus diesem Grund hatte sie beschlossen, sie als eine Art zweite Flitterwochen anzusehen. Womöglich sogar als die ersten richtigen, die sie je hatten, da Adam nach ihrer Hochzeit zu beschäftigt gewesen war, um London längerfristig zu verlassen.

Wie auch immer sie es nennen mochte, die gemeinsame Zeit mit ihm war in jeder Hinsicht magisch gewesen.

Sie waren in das nahe gelegene Dorf gefahren und durch die kleinen Läden geschlendert, um Geschenke für Fiona und Max zu besorgen. Auch ihr hatte Adam einige Zeichen seiner Aufmerksamkeit zukommen lassen, unter anderem den samtweichen, blauen Kaschmirschal, den sie gegenwärtig trug. Als er bemerkte, wie sie die kostspielige Ausstattung des ortsansässigen Hutmachers bewunderte, bestand er darauf, das gesamte Sortiment in jeder erhältlichen Farbe für sie zu erwerben. Sie hatte ihn damit aufgezogen, dass er sie viel zu sehr verwöhne, woraufhin er antwortete, dass sie es verdiene und er vorhabe, sie weiterhin mit Aufmerksamkeit zu überschütten ... vor allem im Bett.

Auch dieses Versprechen hatte er eingehalten.

Mit jedem Spaziergang durch die Wälder, jeder gemeinsamen Mahlzeit und, ja, jedem leidenschaftlichen Stelldichein, spürte sie, wie sie einander immer näherkamen. Adam kannte sie so gut wie kein anderer Mensch. Ermutigt durch sein aufrichtiges Interesse, hatte sie ihm mehr über ihre Kindheit erzählt, vor allem darüber, wie einsam und isoliert sie sich oftmals fühlte. Sie vertraute ihm an, wie sehr sie ihren Vater liebte und darum bemüht war, die perfekte Tochter zu sein. Und sie erklärte ihm sogar das System, mit dem sie ihre Sorgen kategorisierte, was ihn ungemein zu amüsieren schien.

Offensichtlich gefielen ihm auch die Geschichten darüber, wie sie die Kents kennengelernt hatte und in welche Abenteuer sie dank dieser kühnen Familie verwickelt worden war. Als sie ihm eröffnete, dass er mehr als einmal der Hauptverdächtige im Zuge ihrer Ermittlungen gewesen war, hob er die Brauen ... und einen Augenblick lang fürchtete sie, ihn beleidigt zu haben. Manchmal war der Grat zwischen Ehrlichkeit und Unverblümtheit äußerst schmal.

Doch dann tat er so, als würde er einen imaginären Schnurrbart zwirbeln, wie der Schurke in einem schlechten Theaterstück, und sie krümmte sich vor Lachen.

Unter der liebevollen Wärme seiner Aufmerksamkeit fühlte sie sich wie eine Blume, die sich den nährenden Strahlen der Sonne zuwandte. Es war nicht einfach, sich ihm zu öffnen, ihre alten Gewohnheiten zu durchbrechen, aber sie war entschlossen, es zu versuchen. Es war an der Zeit, aus dem Schatten zu treten. Obwohl Adam darauf beharrte, dass er für den früheren Zustand ihrer Ehe verantwortlich gewesen sei, wusste sie, dass ein Teil der Schuld auch bei ihr lag.

Zu einer Beziehung gehörten zwei Menschen. Ihr war klar geworden, dass ihre Unsicherheiten und Selbstzweifel dazu beigetragen hatten, die Mauern zwischen ihnen aufrechtzuerhalten. Nun wollten sie diese Barrieren gemeinsam niederreißen und ihr Bündnis von Grund auf neu errichten, mit Liebe und Intimität als Grundfeste.

Sie wünschte nur, sie könnte ihm ebenso dabei helfen, Einsichten zu gewinnen, wie er ihr geholfen hatte.

Der anhaltende Gedächtnisverlust frustrierte ihn mehr und mehr. Es verärgerte ihn, nicht zu wissen, was hinter seinen Entscheidungen steckte und warum er diese emotionalen Barrieren um sich gezogen hatte. Warum er durch seine rigiden Pläne und Routinen Distanz zwischen ihnen schuf. Da sie kaum etwas über seine Vergangenheit wusste, konnte sie es ihm auch nicht sagen. Nicht zum ersten Mal wünschte sie sich, sie hätte hartnäckiger nachgefragt, hätte sich mehr darum bemüht, das Herz des Mannes zu ergründen, den sie liebte.

Aber Wünsche allein brachten einen nicht weiter, das pflegte auch ihr Vater immer zu sagen. Wenn man etwas erreichen wollte, musste man handeln. Von jetzt an würde sie versuchen, selbstbewusster aufzutreten, um das zu bitten, was sie wollte und hart an der Beziehung zu arbeiten, die sie sich wünschte ... notfalls auch darum zu kämpfen.

Ein Schauer durchfuhr sie, als sich plötzlich ein Geist der Vergangenheit regte und wie eine Motte um das Licht ihres neu gefundenen Glücks flatterte.

Jessabelle.

Sie versuchte sich einzureden, dass die unbekannte Frau keine Rolle mehr spielte. Adam hatte ihr seine Liebe gestanden, die tiefste Sehnsucht ihres Herzens war erfüllt. Sie konnte die Vergangenheit nicht ändern ... und er sich nicht an sie erinnern. Was also würde es bringen, ihn mit einem Problem zu konfrontieren, das er nicht zu lösen vermochte und das ihnen nur ihr gegenwärtiges Glück zerstören würde?

Es war nicht so, als wollte sie es vor ihm verbergen, sie traf lediglich eine vernünftige Entscheidung.

Außerdem stellte Tessa bereits Nachforschungen über Jessabelle an. Sie holte tief Luft und versuchte, sich zu sammeln. Was auch immer ihre Freundin herausfinden mochte, würde ihre nächsten Schritte bestimmen. Sollte die geheimnisvolle Frau nicht unter den Opfern des Feuers im *Gilded Pearl* gewesen sein, würde Gabby ihre Bedenken hinsichtlich Adams Treue ein für alle Mal verwerfen. Aber wenn doch ...

Darüber mache ich mir Gedanken, wenn es so weit ist.

Das Vertrauen in ihre Ehe war während der vergangenen Tage so stark gewachsen, dass sie ihre Sorgen fürs Erste beiseitelegen konnte. Lieber wollte sie die letzten Stunden in trauter Zweisamkeit genießen. Sie setzte ihre Suche fort und fand ihn schließlich im Übungsraum. Sein Anblick ließ ihren Puls in die Höhe schnellen.

Gütiger Himmel, sie hatte wahrlich einen Prachtkerl geheiratet!

Er übte gerade seine Boxkünste, ein Vergnügen, dem sie bisher nie beiwohnen durfte, weil er in London für gewöhnlich einen Gesellschaftsraum für sportliche Betätigungen aufzusuchen pflegte. Hier stand er nun inmitten des Boxrings, der von vier Pfosten und Seilabsperrungen eingegrenzt wurde. Seine Fäuste schnellten in harten, präzisen Abfolgen durch die Luft.

Seine Sportgarderobe diente eindeutig dem Zweck, sich uneingeschränkt bewegen zu können. Er trug ein luftiges Leinenhemd, dessen Kragen geöffnet war, und eine weite, weiße Hose, die tief auf seiner schmalen Hüfte saß und von einer bunt gestreiften Schärpe gehalten wurde, wie man sie für gewöhnlich an professionellen Boxern sah. Die breiten Enden der Bauchbinde flatterten mit jeder Bewegung, während er verschiedene Manöver antäuschte und von einem Eck zum anderen tänzelte.

Gabby fuhr sich mit der Zunge über die Lippen und spürte, wie sie von einer Welle der Erregung übermannt wurde.

In diesem Aufzug sah er aus wie der Sultan aus ihren erotischen Fantasien.

Als er sie erblickte, jagte der wachsame Ausdruck in seinen Augen ihr einen Schauer über den Rücken. Er verließ den Ring und kam auf sie zu, wobei ihr Blick auf das dunkle Haar fiel, das aus seinem geöffneten Kragen hervorlugte. Sein Hemd klebte ihm verschwitzt am Körper und seine Ärmel waren hochgerollt, wodurch seine kräftigen, von Venen durchzogenen Unterarme zur Geltung kamen. Eine schwarze Locke fiel ihm verwegen in die Stirn und vervollständigte das Bild eines exotischen Prinzen.

Er beugte sich zu ihr herunter, um sie auf die Wange zu küssen, und zwischen ihren Schenkeln pulsierte es heftig, als ihr sein herber, salziger Geruch in die Nase stieg.

„Hast du gut geschlafen?", murmelte er.

„Ja, ich fühle mich äußerst erholt", erwiderte sie ein wenig atemlos.

„Das freut mich. Ich wäre ja gern bei dir geblieben, aber nach der wochenlangen Bettruhe will ich mich einfach nicht mehr länger als nötig im Schlafgemach aufhalten."

In Anbetracht der zahlreichen Stunden, die sie gemeinsam im Bett verbracht hatten, hob sie amüsiert die Brauen.

Er schenkte ihr ein spitzbübisches Grinsen. „Mit meiner Frau zu schlafen, erachte ich durchaus als nötig."

Da sie dem nichts entgegenzusetzen hatte, fragte sie: „Wie laufen die Boxübungen?"

„Die Grundlagen habe ich drauf", verkündete er stolz. „Meine Form ist gar nicht so übel."

Ganz und gar nicht übel, dachte sie, während sie den Blick über seine schlanke, muskulöse Statur gleiten ließ.

Als hätte er ihre Gedanken gelesen, bedachte er sie mit einem anzüglichen Lächeln.

„Woran denkst du gerade, mein Herz?"

„An nichts Bestimmtes." Auf diese Weise pflegte sie immer zu antworten, wenn sie sich Sorgen machte, sich schämte oder nicht wusste, ob sie preisgeben sollte, was in ihrem Kopf vor sich ging. In diesem Fall konnte sie ihm unmöglich von ihren verruchten Fantasien erzählen.

Sein tadelnder Blick ließ ihren Puls in die Höhe schnellen.

„Hast du gerade wieder etwas in der *Schublade der seligen Unwissenheit* abgelegt?", fragte er sanft.

Verflixt, sie hätte ihm nicht alles über ihre inneren Strategien anvertrauen dürfen. „Es ist wirklich nichts."

„Das glaube ich dir nicht, denn du wirst rot, wenn du lügst. Und zwar von hier ..." Er legte seinen Zeigefinger an ihren Hals, direkt über ihrem Kragen, und fuhr langsam hinauf zu ihrem Kinn, dann über ihre Lippen und ihre Nase bis zu ihrer Stirn. „Bis nach hier oben."

Die federleichte Berührung jagte ihr einen elektrisierenden Schock durch den Körper.

„Was verschweigst du mir, hm?", hakte er nach.

Sie ließ sich von seinem sanften Tonfall nicht täuschen. „Ich, äh, bin einfach nur froh, dich zu sehen."

Einer Frage auszuweichen, war nicht dasselbe wie zu lügen ... oder?

Nach einer kurzen Pause sagte er: „Natürlich könnte es auch noch eine andere Erklärung für deinen rosigen Teint geben."

Gott sei Dank.

„Stimmt, es ist ziemlich warm hier drin", erwiderte sie schnell, als ihr Blick auf das Feuer im Kamin fiel.

„Diese Art von Hitze habe ich damit nicht gemeint."

O weh. In diesem Moment wusste sie, dass sie ihm in die

Falle gegangen war. Der Atem stockte ihr in der Brust, als er ihr Kinn anhob und ihr tief in die Augen sah.

„Auf diese Weise errötest du jedes Mal, wenn ich dich liebe, wenn du so erregt bist, dass du an nichts anderes mehr denken kannst als daran, meinen Schwanz in dir zu spüren ... Daran, wie sehr du dir wünschst, von mir genommen zu werden, bis du kommst."

Überwältigt von Lust brachte sie kein Wort heraus. Sie spürte, wie ihre Scheidenmuskeln sich instinktiv zusammenzogen, wie sehr sie sich danach sehnte, von ihm ausgefüllt zu werden.

„Versuchen wir es doch noch einmal", sagte er mit tiefer, samtiger Stimme. „Woran hast du gedacht, Gabriella?"

„Dass du mich an einen Sultan erinnerst", platzte sie heraus.

Einen Augenblick lang musterte er sie unverwandt, bis ihr klar wurde, dass er auf eine Erklärung wartete. Jetzt, da die Katze aus dem Sack war, brauchte sie mit dem Rest auch nicht mehr hinter dem Berg zu halten.

Sie schluckte nervös. „Du wirst mich für töricht halten."

„Das bleibt abzuwarten. Sprich weiter."

Seufzend kam sie seiner Aufforderung nach. „Damals, als wir uns kennenlernten, las ich gerade die Geschichten aus *Tausendundeiner Nacht*. Nicht die umgeschriebene Version für Kinder, sondern die ursprüngliche Übersetzung, in der der Sultan jeden Tag eine neue Jungfrau heiratet und sie nach nur einer Nacht umbringt, sodass sie ihn nicht wie seine erste Königin betrügen kann." Sie hielt inne und fügte unter seinem eindringlichen Blick stockend hinzu: „Du erinnerst mich an ihn. Oder besser gesagt, du entsprichst dem Bild von ihm, das ich in meinem Kopf hatte."

Er runzelte die Stirn. „Ich erinnere dich an einen frauenmordenden Tyrannen?"

„Nein, nicht an den Part. Siehst du? Ich wusste ja, dass es nicht einfach sein würde, es dir zu erklären."

„Versuch es trotzdem, mein Herz."

Nervös spielte sie mit den Enden ihres Schals herum. „Es ... es waren deine Macht und deine eiserne Kontrolle über dich selbst und die Welt um dich herum, die mich diesen Vergleich ziehen ließen. Du strahlst ein Selbstbewusstsein aus, das ungemein anziehend ist. Wann immer du mir deine Aufmerksamkeit schenktest, fühlte ich mich ... besonders. Als würde mich zum ersten Mal jemand wirklich wahrnehmen."

Verlegen senkte sie den Blick, unfähig, ihm während des Geständnisses, das nun folgen würde, in die Augen zu sehen. „Ich wollte, dass du mir eine Audienz gewährst, wollte alles tun, was nötig ist, um dir gefällig zu sein. Ich wünschte mir nichts sehnlicher, als deine Liebe zu gewinnen und deine geschätzte Königin zu werden."

Er legte einen Finger unter ihr Kinn und zwang sie, zu ihm aufzuschauen.

„Eine äußerst passende Fantasie", murmelte er. „Du erinnerst mich nämlich an Scheherazade."

„Weil ich so viel rede?"

Seine Mundwinkel zuckten amüsiert. „Mir gefällt die Art, auf die du dich ausdrückst. Sie ist bezaubernd und einzigartig, genau wie du. Aber das ist nicht die einzige Ähnlichkeit zwischen euch. Wie Scheherazade besitzt auch du Mut und Stärke, die man leicht übersehen könnte, die dir jedoch stets dabei geholfen haben, den größten Kummer durchzustehen, ohne dabei dein Lächeln zu verlieren. Ganz wie die Königin, die einen Tyrannen heiratete, um zu verhindern, dass weitere Unschuldige sterben mussten, bist du gütig und fürsorglich ... Meistens so sehr, dass du die Bedürfnisse anderer über deine eigenen stellst. Und natürlich bist du ebenso schön, loyal und intelligent wie die legendäre Heldin."

Das Herz drohte ihr vor Glückseligkeit aus der Brust zu springen. „Oh, Adam, das ist so …"

„Wenn du jetzt *freundlich* sagst, drehe ich dir den Hals um!"

„Ich wollte eigentlich sagen, dass ich deine Worte ganz wunderbar und betörend finde", erwiderte sie mit einem Seufzen. „Etwas so Romantisches hat noch nie jemand zu mir gesagt."

„Gut. Ich will doch schwer hoffen, dass kein anderer Mann je auf diese Weise mit dir gesprochen hat."

Sein strenger Tonfall jagte ihr einen wohligen Schauer über den Rücken. „Garantiert nicht."

„Und das wird auch so bleiben, denn du gehörst zu mir, Gabby. Du bist meine Gemahlin, die Mutter meiner Kinder, die Frau, die ich liebe. Das bedeutet auch, dass du mir vertrauen kannst."

„Das tue ich doch …"

„Warum hast du mir dann nicht verraten wollen, was du wirklich denkst?"

„Weil … es mir peinlich war."

„Was genau?"

„Die schamlose Art, auf die meine Fantasie mit mir durchgegangen ist." Obwohl ihre Wangen vor Verlegenheit glühten, zwang sie sich, seinem Blick standzuhalten. „Als ich dich hier so … verschwitzt und männlich vorfand, in deiner Sportkluft mit dem Kummerbund, der an den eines Sultans erinnerte, wanderten meine Gedanken in eine äußerst … unziemliche Richtung. Solchen Ideen sollte eine tugendhafte Ehefrau sich nicht hingeben."

Er hob die Brauen. „Wer sagt denn, dass ich eine tugendhafte Frau will?"

„Du selbst. Es war eine der Bedingungen, die du während deines Antrags gestellt hast."

„Wir haben doch bereits festgestellt, dass ich früher ein absoluter Narr war", erwiderte er und fuhr mit dem Daumen sanft über ihre Unterlippe. Die Berührung weckte das seltsame Bedürfnis in ihr, den Mund zu öffnen und an seinem Finger zu saugen. „Außerdem muss dir während der letzten Tage hier doch klar geworden sein, dass ich keinen Wert auf züchtige Kopulation lege."

Da hatte er allerdings recht. Während ihres Liebesspiels war er vieles gewesen – leidenschaftlich, zärtlich, fordernd –, aber ganz sicher nicht züchtig.

Gott sei Dank.

„Wie ich schon sagte, will ich dich ganz und gar, Gabriella. Mit Körper, Herz und Seele. Aber um das zu erreichen, musst du darauf vertrauen, dass ich weder deine Gedanken noch deine Gefühle jemals verachten oder abwerten werde. Dass ich alles in meiner Macht Stehende zu tun gedenke, um dich zur glücklichsten Frau der Welt zu machen."

„Du hast recht, und es tut mir leid", sagte sie, aufrichtig zerknirscht. „Ich hätte wissen müssen, dass du mich wegen meiner Fantasien nicht verspotten würdest."

„Ich bin froh, dass wir das geklärt haben. Außerdem würde ich mich niemals über diese Fantasie lustig machen, da ich dieselbe habe."

Sie blinzelte verwirrt. „Du stellst dir vor, ein Sultan zu sein?"

„Nicht direkt." Das anzügliche Funkeln in seinen Augen ließ ihren Puls in die Höhe schnellen. „Aber mir gefällt die Idee, dein Herr und Meister zu sein, mit dir zu tun, wonach auch immer mir der Sinn steht. Ich finde, wir sollten dieses erotische Experiment umgehend in die Tat umsetzen."

Kapitel Fünfundzwanzig

Adams Worte entfachten ein Feuer der Begierde in Gabby. Sie spürte, wie ihre Knie nachgaben, doch bevor sie fallen konnte, hatte er sie hochgehoben und trug sie ... nicht in ihr Schlafgemach, wie erwartet, sondern geradewegs in den Boxring.

„Hier?", fragte sie atemlos.

„Genau hier."

Sanft setzte er sie auf den weichen Matten ab, mit denen die Kampffläche ausgelegt war, und begann, sie auf eine konzentrierte, geübte Weise zu entkleiden, die ihre Lust nur noch mehr schürte. Innerhalb weniger Augenblicke war sie splitternackt, und ihr langes Haar fiel ihr in losen Wellen über die Schultern. Sie erschauderte unter seinem eindringlichen Blick und wollte aus Gewohnheit ihre Brüste bedecken, doch sein ruhiger, fordernder Tonfall hielt sie davon ab.

„Eine Königin versteckt sich nicht. Wenn du mir gefällig sein willst, solltest du dich besser in Szene setzen", sagte er, während er sie langsam umkreiste, wie ein Sultan, der seinen erotischen Schatz unter die Lupe nahm. „Lass mich deine Vorzüge sehen ... Verführe mich mit deinen Reizen."

Obwohl die Vorstellung ihr unangenehm war, breitete sich gleichzeitig eine pulsierende Erregung in ihrem Körper aus. Ein Teil von ihr begriff, dass es hierbei nicht nur um fleischliche Befriedigung ging, sondern auch darum, alte Gewohnheiten abzulegen und etwas zu riskieren. Sie hatte den Entschluss gefasst, aus dem Schatten zu treten, und Adam gewährte ihr die Chance, ihre Sehnsüchte auszuleben ... auf höchst sündhafte und unanständige Weise.

Die Vertrautheit ihrer Fantasie erleichterte es ihr, jegliche Hemmungen zu überwinden. Wie oft hatte sie von genau diesem Szenario geträumt? Während sie in den verführerischen Tümpel ihrer Vorstellungskraft eintauchte, ließ sie das unbeholfene, zurückgewiesene Mädchen von damals hinter sich. Unter Adams anerkennendem Blick wurde sie endlich zu der betörenden Königin, die sie schon immer hatte sein wollen ... und zu seiner willigen Untertanin.

Seinetwillen – aber auch zu ihrem eigenen Lustgewinn – begann sie, ihren Körper zu erforschen, die ausladenden Kurven ihrer Hüften, die weiche Rundung ihres Bauches. Ihre Hände glitten weiter nach oben, liebkosten ihre schweren, vollen Brüste, und ein berauschendes Gefühl der Macht durchflutete sie, als sie bemerkte, wie sein Kiefer sich vor Erregung verspannte.

„Deine Titten sind einfach perfekt", schwärmte er. „Genießt du es, sie zu streicheln, sie für mich zu reizen?"

Sie begriff sofort, worauf er hinauswollte, und rieb mit den Daumen über ihre steifen, rosigen Brustwarzen. Die Berührung jagte ihr einen elektrisierenden Schock durch den Körper, der durch seinen glühenden Blick verstärkt wurde.

„Mach weiter. Ich will, dass deine Knospen so prall wie reife Kirschen sind, wenn ich mich an ihnen labe."

Sie rollte ihre Nippel zwischen Zeigefinger und Daumen, während sie sich vorstellte, wie er an ihnen leckte und saugte.

Die Erinnerung an seinen heißen Mund auf ihren Brüsten, an die geschickten Liebkosungen seiner Zunge, brachten ihren Puls zum Rasen, und sie spürte, wie sie feucht wurde.

„Ist deine Pussy bereit für mich?"

Sein kurz angebundener, autoritärer Tonfall war wie Zündholz für die Flamme ihrer Erregung, stärkte er doch das Bild des mächtigen Sultans, der sie auserwählt hatte, um seine Bedürfnisse zu befriedigen.

„Ja", hauchte sie mit kehliger Stimme.

„Zeig es mir."

Kurz zögerte sie, bevor sie eine Hand zwischen ihre Schenkel schob und einen Finger zaghaft über ihre Spalte gleiten ließ. Sie konnte nicht glauben, dass sie es wagte, ihrem Ehemann eine so obszöne, verruchte Darbietung zu liefern.

„Befriedigt sich eine Königin auf so zurückhaltende Weise?", fragte er streng. „Komm schon, besorg es dir richtig, mein Herz. Denk an all die Nächte, die du allein im Bett gelegen und dich nach dem nächsten Mittwochabend gesehnt hast. Denk daran, wie sehr du dir gewünscht hast, mich bei dir zu haben, dich von meinem harten Schwanz ausfüllen zu lassen."

Schwer atmend lauschte sie seinen Worten, überwältigt von Scham und Verlangen. Woher wusste er nur, was sie in der Privatsphäre ihres Schlafgemachs getan hatte? Das Funkeln in seinen Augen verriet ihr jedoch, dass er den Gedanken nicht abstoßend, sondern anregend zu finden schien. Als ihr Blick auf seinen Schritt fiel, bemerkte sie die enorme Beule unter dem Stoff seiner Hose. Offensichtlich erregte ihn die Vorstellung, wie sie sich selbst berührte und sich Befriedigung verschaffte.

Halb von Sinnen vor Lust begann sie, sich zu streicheln und zu liebkosen, erst langsam und zaghaft, dann immer schneller und selbstbewusster. Wie in so vielen einsamen Nächten fand sie ihre Perle, die sie in kreisenden Bewegungen stimulierte, verzweifelt bemüht, ihren Höhepunkt zu erreichen. Nun jedoch war sie nicht länger allein, sondern verwöhnte sich unter dem lustvollen, wachsamen Blick ihres Sultans, dessen spürbare Anerkennung sie ihrem Ziel in rasender Geschwindigkeit nähertrieb.

„So ist es gut, mein Herz. Verteil deinen süßen Nektar auf deiner Pussy."

Ein lautes Keuchen entwich ihr, und sie verstärkte den Druck ihrer Finger, spürte, wie ihre Scheidenmuskeln sich zusammenzogen ...

„Komm für mich", befahl er ihr.

Stöhnend gab sie sich den Wogen ihrer Ekstase hin, ließ sich von ihnen mitreißen und unter die Oberfläche ziehen. Beinahe hätten ihre Knie nachgegeben, doch er fing sie auf und drückte sie an sich. Durch den Nebel ihrer Lust spürte sie seine harte Erektion an ihrem Bauch.

„Meine wunderschöne, perfekte Königin", raunte er mit kehliger Stimme.

Dann nahm er die Hand, mit der sie sich befriedigt hatte, führte sie an seine Lippen und begann, an ihren Fingern zu saugen. Das Gefühl löste eine neue Welle der Erregung in ihr aus.

„Köstlich", sagte er mit glühendem Blick. „Davon gönne ich mir hinterher mehr."

„Hinterher?", wiederholte sie atemlos.

„Nachdem ich mich von deinem Mund habe verwöhnen lassen."

Unvermittelt schossen ihr seine Worte von vor ein paar Nächten durch den Kopf: *Beim nächsten Mal lasse ich dich vor mir auf die Knie gehen und befehle dir, mich mit deinem süßen Mund zu befriedigen.* Die Idee hatte sie fasziniert, stimuliert, eine seltsame Sehnsucht in ihr geweckt, die sie seitdem nicht mehr loslassen wollte. Unwillkürlich fuhr sie sich mit der Zunge über die Lippen.

Sein Blick folgte der Bewegung, und seine Pupillen weiteten sich vor Lust. Er legte die Hände auf ihre Schultern und drückte sie sanft, aber bestimmt auf die Knie. Bereitwillig ließ sie sich vor ihm nieder, sah zu ihm auf und beobachtete gebannt, wie er sich seines verschwitzten Hemds entledigte, bevor er mit geschickten Fingern den Knoten seiner Schärpe löste. In diesem Moment fiel ihr auf, dass ein Sultan sich niemals selbst entkleiden würde.

Als sie ihre Hand auf die seine legte, hielt er inne.

„Darf ich das für dich erledigen?", fragte sie leise.

Sie war froh, die Initiative ergriffen zu haben, denn er nickte zustimmend, sichtlich erregt von der Vorstellung, sich von seiner Untertanin helfen zu lassen. Behutsam entfernte sie die Bauchbinde aus den Schlaufen seiner Hose, öffnete den Verschluss, der hinter dem Bund befestigt war, und zog das Kleidungsstück langsam herunter, wobei ihre Daumen über das stählerne V glitten, das hinunter zu seinem Schritt führte.

Der Stoff verfing sich an seiner emporragenden Erektion, und er erschauderte, als sie sein heißes Glied aus dem störenden Gefängnis befreite und es über seine Knie bis hinunter zu seinen Füßen schob. Als er aus der Hose heraustrat, beobachtete sie gebannt, wie sein schwerer, harter Schwanz bei der Bewegung auf und ab wippte. Seine Hoden hingen wie zwei reife Pflaumen zwischen seinen Schenkeln, gebettet in ein Nest aus dunklem Haar.

Wie ein stolzer Herrscher stand er vor ihr, nackt und glorreich, und legte eine Hand um sein mächtiges Zepter. Fasziniert sah sie zu, wie seine Finger gemächlich über seine samtige Haut fuhren, und mit jeder Bewegung wuchs ihre eigene Erregung. Erwartungsvoll sah sie zu ihm auf, und ein elektrisierender Schock durchfuhr sie, als ihre Blicke sich trafen.

„Hast du mich jemals zuvor mit dem Mund befriedigt?", fragte er.

„Nein", erwiderte sie, gleichermaßen erfüllt von Verlangen, Neugier ... und Reue.

So viele Jahre lang hatte sie sich in einer kleinen Kammer versteckt, obwohl ihre Ehe ein Palast voller Vergnügungen war, die nur darauf warteten, erforscht zu werden. Wie sehr wünschte sie sich, sie hätte schon früher den Mut gehabt, sich auf diese intime Entdeckungsreise einzulassen.

„Ein gravierendes Versäumnis, das wir so schnell wie möglich nachholen müssen."

Sein bestimmter, kehliger Tonfall riss sie aus ihren reumütigen Gedanken und lenkte ihre Aufmerksamkeit auf den sinnlichen Akt, der ihr bevorstand.

„Nimm meinen Schwanz in die Hand und streichle ihn."

Bebend vor Begierde, folgte sie seiner Aufforderung. Sie spürte, wie sein harter Schaft unter ihrer Berührung zuckte, und der Anblick seiner männlichen Potenz in ihrer kleinen Faust erfüllte sie mit berauschender Bewunderung. Er war so groß, dass sie kaum die Finger um ihn schließen konnte.

„Benutze am besten beide Hände, um mich zu befriedigen", sagte er.

Gehorsam begann sie, ihn auf die befohlene Weise zu liebkosen, genoss das Gefühl seiner samtigen Haut auf der ihren, den berauschenden Kontrast der stählernen Härte darunter. Sie ließ ihre Hände auf und ab gleiten, bis sie bemerkte, wie ein milchiger Tropfen aus seiner geschwollenen Eichel quoll. Plötzlich überkam sie der überwältigende Wunsch, seine Essenz zu kosten.

„Leck ihn ab."

Die sündhafte Aufforderung verbannte jegliche Hemmungen, die noch an ihr hafteten. In diesem Moment gab es nur sie und ihren Sultan, und die glühende Leidenschaft, die sie beide verband. Langsam beugte sie sich vor und ließ ihre Zunge über seinen Schlitz gleiten. Als sein salziges Aroma ihren Mund erfüllte, wurde ihr schwindelig vor Erregung. Wie unter dem Einfluss eines Rauschmittels verlangte es sie nach mehr. Instinktiv schloss sie die Lippen um die Spitze seines Schafts und begann, daran zu saugen.

Er vergrub die Hände in ihrem Haar und zerrte leicht daran, ein stummer Befehl, dass sie innehalten sollte. Sie verharrte reglos, erwartungsvoll, und nach einer kurzen Pause presste er seine Hüften nach vorne, schob seinen Schwanz tiefer in ihren Mund und sie versuchte, ihn so gut es ging in sich aufzunehmen, völlig fasziniert von dieser seltsamen, neuen Erfahrung.

„Atme durch die Nase, mein Herz", wies er sie schwer atmend an. „Achte auf deine Zähne und versuche, deine Halsmuskeln zu entspannen. Lass mich dieses wunderbare Geschenk genießen."

Sie stöhnte um seinen breiten Schaft, vergrub die Finger in den festen Muskeln seiner Oberschenkel, während er ihren Mund ausfüllte wie zuvor ihre Pussy. Eifrig beugte sie sich seinem gebieterischen Verlangen, bestrebt, ihm gefällig zu sein, ihm auf jede nur erdenkliche sündhafte Weise zu dienen. Die kehligen Laute, die er ausstieß, ließen sie feucht werden, und sie versuchte fieberhaft, noch mehr von seiner stolzen Länge in sich aufzunehmen, sich alles zu nehmen, was er ihr zu geben gewillt war. Mit jedem Stoß seiner Hüften verlor sie sich mehr und mehr in der Magie ihrer perfekt aufeinander eingestimmten Körper, Herzen und Seelen.

Als seine Eichel tief hinten an ihren Rachen stieß, schluckte sie unwillkürlich und musste husten. Hastig zog er sich aus ihr zurück und wischte ihr sanft die Tränen von den Wangen, Tränen, die sie nicht einmal bemerkt hatte.

„Es geht mir gut", japste sie. „Hör nicht auf ..."

„Leg dich hin und spreiz die Beine für mich", befahl er ihr mit einem glühenden Blick, der sie zu verschlingen drohte. „Ich will deine enge, kleine Pussy um mich spüren, will meinen heißen Samen in dir verteilen."

Sobald ihr Rücken die Matte berührte, war er auf ihr und drang mit tiefen, ungezügelten Stößen in sie ein, die sie vor Lust laut aufschreien ließen. Ihr Orgasmus kam so plötzlich und überwältigend, dass sie sich den stürmischen Wogen, die durch ihren Körper rauschten, nur bedingungslos hingeben konnte. Er ließ ihr keine Zeit, sich zu erholen, sondern legte ihre Knie über seine Schultern und fuhr fort, sie in einem harten, unerbittlichen Rhythmus zu nehmen. Bei jeder Bewegung klatschten seine schweren Hoden gegen ihre geschwollenen Schamlippen, ein unglaublich obszönes Geräusch, das sie, gemeinsam mit seinem durchdringenden Blick, erneut ihrem Höhepunkt entgegentrieb.

„Komm für mich", forderte er. „Nimm mich mit dir über den Rand der Verzückung."

Ihre Scheidenmuskeln zogen sich um seinen pulsierenden Schaft zusammen, und er warf stöhnend den Kopf in den Nacken, während er sich mit langen, heißen Strahlen in sie ergoss. Anschließend sank er erschöpft auf sie hinab, und sie genoss das Gefühl, ihn immer noch in sich zu spüren, während sein warmes Gewicht sie erdete. Sie schlang die Arme um ihn und hielt ihn an sich gedrückt, und so verharrten sie eine Weile lang schweigend, bis ihre verschwitzten Körper abkühlten und sich ihr wilder Herzschlag normalisierte.

Schließlich hob er den Kopf und betrachtete sie mit einem Ausdruck tiefer Befriedigung, der sie mit unbeschreiblichem Glück erfüllte.

„Meine ganz persönliche Scheherazade", murmelte er und rieb mit dem Daumen über ihre Unterlippe. „Eine Königin, deren Mund in vielerlei Hinsicht talentiert ist."

Es überraschte sie, dass sie nach den verruchten Dingen, die sie gerade getan hatte, noch erröten konnte.

„Ich bin froh, dass du mir deine Fantasien anvertraut hast", fuhr er fort und bewegte sich vorsichtig auf ihr, was sie daran erinnerte, dass sie noch immer seinen harten Schwanz in sich hatte. „Du brauchst absolut nichts vor mir zu verbergen", sagte er mit ernster Miene. „Ich will immer wissen, was in deinem Herzen vor sich geht."

„*Du* bist in meinem Herzen", erwiderte sie und spannte, getrieben von Kühnheit, ihre Scheidenmuskeln um ihn an. „Und in anderen Stellen meines Körpers."

Er lächelte verschmitzt. „Ich fürchte, ich habe ein Monster erschaffen."

Da sie spüren konnte, wie seine Erektion anschwoll, fasste sie seine Worte als Kompliment auf. Mit einem strahlenden Lächeln zog sie ihn zu sich herunter und verlor sich in seinen heißen Küssen.

Sie saß an ihrem Frisiertisch, ihrem unumstrittenen Lieblingsplatz, und es war offensichtlich, dass sie sich mit ihrer Abendtoilette viel Mühe gegeben hatte. Sie trug ein neues Kleid, das teuer, aber auch vulgär wirkte, weil es zu viel von ihrer blassen, seidigen Haut zeigte. Ihr blondes Haar umrahmte ihr Gesicht in winzigen Ringellöckchen, doch ihr engelhaftes Aussehen wurde durch mehrere Schichten Schminke getrübt. Vor ihr auf dem Tisch lag eine goldene, mit glitzernden Steinchen besetzte Halbmaske.

„Lass uns heute Abend in den Klub gehen, Schätzchen", säuselte sie, als ihre Blicke sich im Spiegel trafen. „Ich will dir eine Freude machen."

Das bezweifelte er stark. Hinter ihrer Unschuldsmiene

verbarg sich ein eigennütziges Herz. Aber da er mit ihrer Vergangenheit vertraut war – weil er die meiste Zeit davon mit ihr zusammen verbracht hatte –, konnte er es ihr nicht verübeln. Das Leben im Elendsviertel war hart und unerbittlich, und es lehrte einen, sich das zu nehmen, was man wollte, mit welchen Mitteln auch immer.

Er hatte sie gewollt. Sie wollte begehrt werden.

Aber nicht nur von ihm.

„Du bist doch nur auf dein eigenes Vergnügen aus", erwiderte er schroff. „Zieh das Kleid aus und wasch dir die verdammte Schminke ab. Du siehst aus wie eine Hure."

„So habe ich dir sonst auch immer gefallen."

Ihre süße, lebhafte Stimme, die er einst so geliebt hatte, zerrte mittlerweile nur noch an seinen Nerven. Das aufgesetzte Schmollen ließ sein Herz nicht mehr erweichen, sondern erfüllte ihn mit Ungeduld. Er hatte keine Zeit für einen ihrer Wutausbrüche, denn er musste sich dem Aufbau seines Geschäfts widmen.

„Früher haben dir unsere Spielchen solchen Spaß gemacht", jammerte sie.

Damit mochte sie recht haben, aber das war schon lange her. Damals hatten ihre ungenierte Hemmungslosigkeit und ihr Sinn für düstere, erotische Abenteuer ihn erregt. Je älter er wurde, desto weniger anziehend fand er jedoch ihre zügellose Art. Insbesondere, als er realisierte, dass sie nicht darauf aus war, diese Erfahrungen mit dem Mann zu teilen, den sie liebte, sondern dadurch die lüsterne Aufmerksamkeit anderer auf sich zu ziehen. Auch die wachsende Flamme seiner Eifersucht nährte ihre Erregung.

„Für deine Spielchen habe ich keine Zeit", erwiderte er kurz angebunden. „Ich muss arbeiten."

„*Arbeiten.*" Sie spie das Wort aus wie eine Beschimpfung,

während sie sich erhob und zu ihm herumwirbelte. „Das ist das Einzige, wofür du dich interessierst!"

„Du solltest mehr Verständnis haben, immerhin bin ich derjenige, der für deine Kleidung und deine Juwelen aufkommt und dafür sorgt, dass du ein Dach über dem Kopf hast", konterte er.

Sie kniff die Augen zusammen. „Ich bin nicht dein Eigentum."

„Ach, nein?" Er warf einen vielsagenden Blick auf den Ring, den sie an der linken Hand trug, ein protziges, mit Rubinen und Diamanten besetztes Schmuckstück, das sie unbedingt haben wollte und welches ihn mehrere Monate seines hart erarbeiteten Lohns gekostet hatte. Wertvolle Juwelen für seine untüchtige Gemahlin ... Die Ironie dieser Situation entging ihm nicht.

„Ich hasse dich, du verdammter Bastard!"

Vor Wut schien sie alles zu vergessen, was sie über eine gewählte Ausdrucksweise gelernt hatte. Das Geld für ihren Benimmunterricht hätte er sich also auch sparen können. Mit jeder Sekunde wuchs seine Verärgerung, denn er war ein Mann auf dem Weg nach oben und sie hielt ihn bei jedem Schritt zurück.

Sofort wurde er von Schuldgefühlen übermannt. Trotz all ihrer Unzulänglichkeiten liebte er sie immer noch. Sie konnte nichts dafür, dass sie so geworden war, ebenso wenig wie er sein skrupelloses Verlangen nach Macht und Rache zu unterdrücken vermochte. Nur könnten diese beiden Dinge ihm, im Gegensatz zur Liebe, tatsächlich Seelenfrieden verschaffen, dachte er mit einem Anflug von Zynismus.

„Ich wünschte, Garrity und ich hätten dich nie aus dem Fluss gefischt. Wir hätten dich ersaufen lassen sollen!"

„Nichtsdestotrotz wirst du heute Abend das Haus nicht

verlassen“, erwiderte er scharf. „Wenn nicht aus Respekt vor meinen Wünschen, dann zumindest um deiner eigenen Sicherheit willen. Der Kampf mit O'Leary ist noch längst nicht vorbei. Er wird nicht einfach tatenlos zusehen, wie ich sein Gebiet übernehme. Es wird Blut fließen, aber vorzugsweise nicht deines.“

„Dir ist doch völlig egal, was mit mir passiert! Du verlässt frühmorgens das Haus, um deiner geliebten Arbeit nachzugehen, und ich sitze den ganzen Tag hier fest. Ich bin schrecklich einsam und langweile mich noch zu Tode!“ Schützend legte sie die Arme um sich selbst. „Niemand hat sich je für mich interessiert. Ich hätte dich niemals heiraten sollen, du selbstsüchtiges Schwein!“

Trotz ihrer grausamen Worte sah er den Schatten seiner ersten Liebe in ihrer verletzlichen Haltung. Einen Augenblick lang verharrte er, hin- und hergerissen zwischen Pflichtgefühl und Ungeduld, bis letztere schließlich die Oberhand gewann. Sie war wie ein Eimer, der nie gefüllt werden konnte. Egal, wie viel Mühe er sich gab, ein Loch zu stopfen, bereits in der nächsten Sekunde tauchte ein anderes auf. Einen weiteren Abend mit ihr zu streiten, würde auch nichts bringen ... wohingegen das Treffen, zu dem er nun zu spät käme, ihm den Weg zur Errichtung seines Imperiums ebnen könnte. Damit wäre er einen Schritt näher an seinem Ziel, seine Ehre und die seiner Mutter zu rächen.

Numquam obliviscar.

„Aber du bist nun mal meine Frau, und deswegen wirst du dich meinem Willen beugen“, erwiderte er in einem Tonfall, der keinen Widerspruch duldete.

Ihre Lippen bebten und ihre Augen füllten sich mit Tränen.

Er unterdrückte ein Seufzen, ging zu ihr hinüber und legte ihr einen Finger unters Kinn. „Morgen Abend werde ich dich ausführen, vielleicht in die Oper oder ins Theater.“ Da sie nicht gewillt zu sein schien, sein Friedensangebot anzunehmen, fügte er hinzu: „Du könntest dir ein hübsches, neues Kleid für den Anlass kaufen. Was meinst du?"

Sie schwieg beharrlich.

Mit seiner Geduld am Ende, wandte er sich ab und verließ das Zimmer.

Als er sie das nächste Mal sah, lag sie in einer Lache ihres eignen Blutes.

„Adam, wach auf!", rief eine sanfte Stimme von weit her. „Wach auf, Liebling."

Es war, als tauchte er aus einer dunklen, schleierhaften Tiefe auf. Seine Lunge brannte, sein Herz hämmerte panisch ... aus welchem Grund, wusste er nicht. Als seine Augen sich an den Schein des Kerzenlichts gewöhnt hatten, sah er, wie sie sich über ihn beugte und ihn mit besorgter Miene musterte.

Gabriella. Sie war in Sicherheit. Seine Frau war in Sicherheit.

„Du hattest einen Albtraum ..."

Ihre Worte gingen in einem überraschten Ausruf unter, da er sie unvermittelt an seine Brust gezogen hatte. Er schlang die Arme um sie und drückte sie fest an sich, konzentrierte sich auf ihre weiche, lebendige Wärme, bis er sich restlos davon überzeugt hatte, dass sie wirklich bei ihm war und dass es ihr gut ging.

Sie wehrte sich nicht gegen seine klammernde Umarmung, sondern redete beruhigend auf ihn ein.

Erst, als die Wellen der Panik abebbten, ließ er locker.

Sanft strich sie ihm über die Wange, ohne sich von ihm zu lösen. „Wovon hast du geträumt, Liebling?"

„Ich weiß es nicht mehr." Er holte tief Luft und versuchte, sich an Einzelheiten zu erinnern, doch da war nichts außer dem

Echo seiner lähmenden Angst. „Als ich aufwachte, hatte ich plötzlich dieses Gefühl von ... Panik. Ich war überzeugt, dich verloren zu haben."

„Du wirst mich nie verlieren", versicherte sie ihm und küsste ihn auf die Brust. „Es war nur ein Albtraum."

Er vergrub die Finger in ihrem seidigen Haar und hielt sie an sein Herz gedrückt, bis sein Puls sich normalisiert hatte.

„Weißt du, was ich für den Auslöser dieses Traums halte?", fragte sie.

„Was denn?"

„Dass unsere Zeit hier sich dem Ende neigt."

„Schon möglich. Aber so schön es hier auch war, liegen zweifellos noch viele vergnügliche Stunden vor uns", erwiderte er, ließ eine Hand hinunter zu ihrer prallen Kehrseite wandern und drückte sie zärtlich.

„Ich weiß. Es ist nur ... Unser Aufenthalt hier war so magisch. Ich frage mich, ob es so bleiben wird, wenn wir erst einmal zurück in London sind und in unsere alten Routinen verfallen."

Als er das Zittern in ihrer Stimme vernahm, legte er einen Finger unter ihr Kinn und zwang sie, ihm in die Augen zu sehen. In diesem Moment wurde ihm klar, dass er nicht der Einzige war, der sich vor dem Ungewissen fürchtete.

„Zwischen uns wird sich nichts ändern", sagte er.

„Das weiß ich doch. Nur hat es eben acht Jahre gedauert, bis wir endlich an diesem Punkt angelangt sind." Sie hielt inne und biss sich auf die Lippe, ein eindeutiges Zeichen dafür, dass ihr die nächsten Worte nicht leichtfielen. „Was, wenn du dein Gedächtnis wiedererlangst und dich ... zurückverwandelst?"

Den Grund ihrer Unsicherheit zu erfahren, erfüllte ihn mit Reue ... und Zärtlichkeit.

„Ich liebe dich, mein Herz. Das wird sich niemals ändern", sagte er nachdrücklich. „Ich weiß zwar nicht, warum ich früher so ein Narr war, aber ich werde nicht zulassen, dass es je wieder dazu kommen wird."

„Versprochen?"

„Versprochen." Er besiegelte seinen Schwur mit einem langen, leidenschaftlichen Kuss, der den bitteren Nachgeschmack seines Albtraums und ihrer Ängste fortspülte.

Als sie sich voneinander lösten, sagte sie atemlos: „So sehr ich die Kinder auch vermisse, muss ich gestehen, dass ich wünschte, unser Urlaub würde nie zu Ende gehen."

„Noch ist er nicht vorbei", erwiderte er und rollte sich auf sie, sodass seine Erektion gegen die weiche Kurve ihres Bauches presste. „Uns bleiben ein paar kostbare Stunden, die ich voll und ganz auszunutzen gedenke."

Kapitel Sechsundzwanzig

Als Gabby über die Schwelle ihres Stadthauses schritt und Burkes Begrüßung erwiderte, überkam sie das seltsame Gefühl, dass sie einen völlig neuen Ort betrat. Äußerlich hatte sich nichts verändert, der glänzende Marmorboden, der mehrstufige Kronleuchter und die ausladende Flügeltreppe sahen noch genauso aus wie vor ihrer Abreise. Also musste sich etwas in *ihr* verändert haben, was dazu führte, dass sie ihr vertrautes Heim mit frischem Blick betrachtete.

Der Boden wirkte strahlender, die Holzakzente an den Wänden wärmer und eleganter als zuvor. Der Blumenstrauß auf dem runden Palisandertisch, der unter dem funkelnden Kronleuchter stand, erblühte in voller Farbenpracht und verströmte seinen betörenden Duft in der Eingangshalle. Gabby empfand eine neue, tiefgreifende Wertschätzung für dieses Haus, das ein Symbol der Liebe und Hingabe zwischen ihr und Adam darstellte.

Als spürte er ebenfalls die Bedeutsamkeit ihrer Rückkehr, legte er ihr einen Arm um die Taille und zog sie an sich.

„Es tut gut, zu Hause zu sein, nicht wahr?", murmelte er

und ließ seine Lippen über ihre Schläfe streifen. „Dort, wo alles begonnen hat ... aber irgendwie auch an einem ganz anderen Ort."

Es überraschte sie nicht länger, wie gut er ihre Gefühle zu deuten schien. Er war schon immer äußerst scharfsinnig gewesen, nur fühlte sie sich im Gegensatz zu früher nicht mehr dazu gezwungen, ihre fröhliche Fassade aufrechtzuerhalten, sondern gewährte ihm Zugang zu den tiefsten Abgründen ihrer Seele. Auch er hielt ihr gegenüber nichts zurück. In gewisser Weise hatte sie in den letzten fünf Tagen mehr über ihn erfahren als in den vergangenen acht Jahren.

„Mama! Papa! Ihr seid wieder zu Hause!"

Die erfreuten Ausrufe und trampelnden Schritte kündigten das Eintreffen ihrer Kinder an. Während Adam Fiona in hohem Bogen durch die Luft wirbelte, rannte Max auf Gabby zu, die sich hinunterbeugte, um ihn zu umarmen.

„Ach, wie ich dich vermisst habe, mein Lämmchen!" Sie hielt ihn fest an sich gedrückt und atmete seinen süßen, vertrauten Duft ein.

„Ich habe dich auch vermisst, Mama. Stell dir vor, ich habe neue Wörter gelernt, während ihr weg wart", rief er aufgeregt. „Miss Thornton hat mir beigebracht, wie man *Regenbogen* buchstabiert!"

„Zu blöd, dass du das Wort während unserer letzten Runde Scharade noch nicht einmal gekannt hast", murmelte Fiona, jedoch ohne böse Absicht.

Anschließend kam sie herüber, um ihre Mutter zu umarmen, während Max sich an Adams Beine klammerte, welcher seinem Sohn zärtlich die dunklen Locken zerzauste.

„Wie war dein Urlaub mit Papa?", fragte Fi.

Gabby hielt ihre Erstgeborene noch einen Augenblick länger fest. „Ach, er war einfach wunderbar. Obwohl ihr beide uns natürlich schrecklich gefehlt habt."

„Vielleicht können Fiona und ich das nächste Mal mitkommen", schlug Max eifrig vor.

„Eine hervorragende Idee", stimmte Adam zu. „Für den kommenden Sommer planen wir einen großen Familienurlaub. Was haltet ihr von einer Reise durch Kontinentaleuropa?"

Staunend rissen die Kinder die Augen auf.

„Ist das dein Ernst?", hauchte Fiona.

„Selbstverständlich, Püppchen. Eure Mutter hat mich darüber informiert, dass wir noch nie als Familie verreist sind, ein Versäumnis, das ich unbedingt nachholen möchte", erwiderte Adam und warf Gabby einen glühenden Blick zu. „Außerdem tut eurer Mama ein Ausbruch aus dem Alltagstrott gut. Der Urlaub bringt eine ganz neue Seite an ihr zum Vorschein."

Sie errötete heftig, als seine Worte ihr die Erinnerungen an ihre unzähligen intimen Stunden ins Bewusstsein riefen.

„Du siehst wirklich verändert aus, Mama", sagte Fiona und musterte sie auf beunruhigend scharfsinnige Weise. „Deine Wangen sind ganz rosig und deine Augen strahlen. Du bist wunderschön."

„Das ist sie immer", warf Max ein.

Seine Schwester verdrehte die Augen. „Du bist so ein Byzantiner, Maximillian."

Gabby hob überrascht die Brauen, während Adam mit strenger Stimme sagte: „Das ist ein beeindruckendes Wort, jedoch keines, das auf deinen Bruder zutrifft."

„Tut mir leid, Max", murmelte Fi.

„Ich bin kein Byzantiner", brummte er und funkelte seine Schwester wütend an. „Was auch immer das sein soll."

„Eine Person, die sich bei anderen einschleimt", erklärte Fiona.

„Wo hast du dieses Wort gelernt?", fragte Gabby neugierig.

„Olivia hat es mir beigebracht. Sie hat es von ihrem Vater

gehört, als er Mitglieder des Königshofes auf diese Weise beschrieb."

„In diesem Kontext wird es auch richtig verwendet", merkte Adam amüsiert an.

„Kontext ist wichtig", sagte Gabby und warf ihm einen warnenden Blick zu, woraufhin seine Mundwinkel verdächtig zuckten. „Ungeachtet der Situation ist es jedoch niemals nett, über andere zu urteilen, denn niemand ist ohne Fehler. Denkt an das Sprichwort mit dem Glashaus."

„Ja, Mama", antworteten die Kinder im Chor.

Erleichtert und erstaunt über den plötzlichen Gehorsam ihrer Sprösslinge, lächelte Gabby sie an. „Papa und ich haben Geschenke für euch. Wir bringen sie euch aufs Zimmer, nachdem wir ausgepackt haben. Wartet dort mit Miss Thornton auf uns."

Das ließen die Kleinen sich nicht zweimal sagen und stürmten aufgeregt davon.

„Ich kann nicht glauben, dass ich das sage, aber ich habe den Trubel hier ganz schön vermisst", gestand Adam ihr.

Gabby versuchte, einen koketten Blick aufzusetzen. „Habe ich etwa nicht für genug Unterhaltung gesorgt, Mr Garrity?"

„Verdorbenes Luder", erwiderte er mit einem anzüglichen Funkeln in den Augen. „Ich habe wirklich ein Monster erschaffen ... ich Glückspilz."

Gerade, als er sie an sich zog, kehrte Burke in die Eingangshalle zurück. Beim Anblick seiner eng umschlungenen Arbeitgeber lief der alte Butler puterrot an.

„Oh ... V-verzeihung", stammelte er.

„Ist schon in Ordnung, Burke."

Verlegen versuchte Gabby, sich aus dem Griff ihres Gemahls zu befreien, doch der hielt stur ihre Taille umschlossen. Auf ihren flehenden Blick hin hob er herausfordernd die Brauen, und unvermittelt schossen ihr seine Worte durch den

Kopf: *Von jetzt an will ich mein Verlangen nach dir nicht länger zügeln.*

Nicht einmal vor den Augen des Personals, wie es schien.

Ihre Verlegenheit verflüchtigte sich, als sie sich ins Gedächtnis rief, wie viel Intimität sie und Adam aufzuholen hatten. Warum sollte sie sich darüber beschweren, wenn er das Bedürfnis verspürte, seine Gefühle für sie öffentlich zur Schau zu stellen?

Also ließ sie sich in seine Arme sinken und wandte sich erneut dem Butler zu. „Wollten Sie etwas von uns, Burke?"

„Es ist ein Brief für Sie eingetroffen, Madam", erwiderte er und hielt ihr widerwillig das silberne Tablett mit der Nachricht hin, wie einem tollwütigen Hund, dem man ein Stück Fleisch präsentierte. „Er ist von Mrs Kent. Der Bote sagte, es sei dringlich."

Gabby erstarrte vor Schock. Eine Nachricht von Tessa ... Das konnte nur eines bedeuten.

Jessabelle.

Vor lauter Glückseligkeit hatte sie die Angelegenheit völlig vergessen.

Sie löste sich von Adam und nahm das Schreiben mit zitternden Fingern entgegen. „Vielen Dank, Burke."

Nachdem der Bedienstete sich entfernt hatte, so schnell seine alten Füße ihn trugen, trat Adam abermals dicht an sie heran und musterte sie neugierig.

„Was ist los, mein Herz? Du siehst aus, als hättest du ein Gespenst erblickt."

Wenn er nur wüsste, wie nahe er damit der Wahrheit kam. Für den Bruchteil einer Sekunde dachte sie darüber nach, ihm zu beichten, worum sie Tessa gebeten hatte ... aber sie brachte es nicht über sich. Auf keinen Fall wollte sie ihr neu gefundenes Glück wegen etwas zerstören, das womöglich nichts zu bedeuten hatte. Und selbst wenn Jessabelle eine der Dirnen gewesen sein sollte, die im *Gilded Pearl* arbeitete, würde Adam sich ohnehin nicht an sie erinnern können. Was also würde es bringen, ihm eine Affäre vorzuwerfen, von der er nichts wusste?

Zum ersten Mal in meinem Leben bin ich wirklich glücklich. Mein Gemahl ist ein veränderter Mann, und er liebt mich. Was auch immer er in der Vergangenheit getan haben mag oder nicht, sollte keine Rolle mehr spielen.

„Es ist nichts", sagte sie und umklammerte den Brief.

„Burke sagte aber, es sei wichtig."

Obwohl sie eine miserable Lügnerin war, kam ihr die Ausrede erstaunlich leicht über die Lippen. „Tessa richtet nächste Woche einen Ball zu Ehren von Maggies und Ransoms Verlobung aus, weißt du nicht mehr? Wahrscheinlich will sie wissen, was ich anzuziehen gedenke", sagte sie leichthin.

„Ah, wichtige Frauenangelegenheiten also."

Sie war so erleichtert über sein amüsiertes Lächeln, dass seine nächste Frage sie völlig überrumpelte.

„Und was wirst du anziehen?"

„Oh, äh ... Ich weiß nicht. Gewiss habe ich etwas Passendes im Schrank hängen. Nell wird mir helfen, ein hübsches Ensemble zusammenzustellen."

„Nichts da, ein besonderer Anlass erfordert eine neue Garderobe. Morgen statten wir der Modistin einen Besuch ab."

„Wir?", fragte sie verwirrt. „Du willst mich begleiten?"

„Möchtest du nicht meine Meinung zu den Kleidern hören?"

„Doch, aber du bist noch nie mit mir einkaufen gegangen", erwiderte sie unschlüssig. „Es könnte ziemlich langweilig für dich werden."

„Nichts, was mich Zeit mit dir verbringen lässt, ist langweilig." Als er sich zu ihr beugte, um ihr einen Kuss auf die Wange zu geben, verstärkte sie schützend den Griff um die Nachricht.

„Mach einen Termin für morgen Nachmittag aus. Ich komme direkt aus dem Büro dorthin."

Sie hatte beinahe vergessen, dass er am nächsten Tag zur Arbeit zurückkehren wollte.

„Also gut", murmelte sie.

„Jetzt sollte ich aber schleunigst die Geschenke auspacken, sonst zetteln die Kinder noch eine Rebellion an", sagte er mit einem breiten Grinsen.

„Ich komme gleich nach", versicherte sie ihm.

Nachdem er die Treppe hinauf verschwunden war, betrachtete sie den Brief in ihren Händen mit gemischten Gefühlen. Wie seltsam, dass ein Blatt Papier sich ebenso lebensbedrohlich anfühlen konnte wie ein Sprengsatz. Das Unvermeidbare hinauszuzögern, würde es jedoch auch nicht besser machen.

Also holte sie tief Luft, öffnete das Wachssiegel und überflog die Nachricht.

Die fragliche Person hat nicht für ein gewisses Etablissement gearbeitet. Zerbrich Dir also nicht weiter den Kopf, meine Liebe. Im Gegenzug möchte ich Dich um einen Gefallen bitten: Würdest Du so bald wie möglich vorbeikommen, um mir bei der Blumenauswahl für den Ball zu helfen? Wer hätte gedacht, dass es so viele verdammte Sorten gibt?

-Tessa

Der Laut, der Gabby entfuhr, war halb ersticktes Lachen, halb Schluchzen. Das Gefühl, das sie durchflutete, war jedoch unverkennbare, überwältigende Erleichterung.

Kapitel Siebenundzwanzig

„Das ist alles, was ich im Moment habe, aber ich schwöre beim Grab meiner Mutter, dass ich den Rest des Geldes nächsten Monat zurückzahlen werde."

Adam betrachtete erst das goldene Medaillon, das vor ihm auf dem Schreibtisch lag, und dann den ungepflegten, jungen Lord, der ihm gegenübersaß. Evanston sah aus wie ein Wüstling, der die ganze Nacht lang getrunken, gespielt und Unzucht getrieben hatte ... Und Gott allein wusste, was sonst noch.

„Ihre Mutter erfreut sich bester Gesundheit", erwiderte er, da er sich bereits eingehend über jeden seiner Klienten informiert hatte. „Was man von Ihnen nicht mehr behaupten wird, wenn Sie die nächste Rückzahlung versäumen."

Murray, der das Gespräch an der Wand lehnend verfolgte, hustete gekünstelt, um sein Gelächter zu überspielen.

„Haben Sie Erbarmen, Sir! Ich werde gewiss nicht mehr in Verzug geraten", sagte Evanston mit dem Optimismus eines Mannes, der seine eigenen Lügen glaubte.

„Wenn Sie Erbarmen suchen, gehen Sie zu Ihrem Priester."

Adam bedachte den jungen Lord mit einem langen, harten Blick, bis dieser unruhig auf seinem Stuhl hin und her rutschte. „Lassen Sie das Medaillon da. Ich werde es als Teil der Zinsen erachten – welche sich übrigens für den nächsten Monat verdoppelt haben."

„Selbstverständlich, Sir. Vielen Dank, Sir", sagte Evanston und räusperte sich, bevor er hoffnungsvoll hinzufügte: „Sie wären nicht zufällig gewillt, mir einen weiteren Kredit zu gewähren ...?"

„Wollen Sie sich etwa schon wieder von Kerrigan verprügeln lassen? Raus hier, bevor ich ihm befehle, Sie vor die Tür zu werfen."

„Schon kapiert!" Der junge Lord sprang auf die Füße und verbeugte sich mehrmals auf dem Weg zum Ausgang. „Wir sehen uns dann nächsten Monat!"

Kopfschüttelnd ging Murray zur Tür hinüber, um sie zu schließen. „*Wir sehen uns nächsten Monat.* Das sagt er so unbekümmert, als wären Sie die besten Freunde. Wenn man es nicht besser wüsste, könnte man meinen, er hätte Sie in den letzten Wochen vermisst."

„Ein Geldverleiher *ist* der beste Freund eines Gentleman", erwiderte Adam trocken.

„Gütiger Himmel, Sie haben sich wirklich kein Stück verändert", sagte Murray grinsend. „Schön, Sie wiederzuhaben, Garrity."

„Es ist schön, wieder hier zu sein."

Das war sein Ernst, denn in dem Augenblick, als er sein geräumiges, elegant eingerichtetes Büro betreten hatte, überkam ihn das Gefühl, an diesen Ort zu gehören, wie ein König – oder Sultan, dachte er lächelnd –, der auf seinen rechtmäßigen Thron zurückkehrte. Den Morgen hatte er damit verbracht, wichtige Angelegenheiten mit Murray durchzugehen, während er den Nachmittag über Klienten empfing.

Sich in diese Routine einzufinden, hatte sich so natürlich angefühlt wie das Atmen selbst. Das Geschäft eines Geldverleihers, von der Nutzen-Risiko-Abwägung über die Sichtung lukrativer Gelegenheiten bis hin zum Eintreiben der Schulden, lag ihm offensichtlich im Blut. Es lenkte seinen skrupellosen Ehrgeiz und sein unstillbares Verlangen nach Erfolg in eine produktive Richtung, und es war ihm egal, was andere dabei über ihn dachten.

Murray ließ sich auf dem Stuhl nieder, auf dem Evanston gesessen hatte. „Wie war der Urlaub in Hertfordshire?"

Die Erinnerungen an seine Zeit mit Gabby brachten sein Blut in Wallung. Tatsächlich waren seine Gedanken im Laufe des Tages immer wieder zu ihr gewandert, und so sehr er es auch genoss, wieder arbeiten zu können, vermisste er doch ihre Nähe, ihre liebliche Stimme, ihren berauschenden Duft, ihren weichen, kurvigen Körper ...

„So, wie Sie von einem Ohr zum anderen grinsen, müssen Sie die Zeit mit Ihrer Gemahlin ziemlich genossen haben."

Als er sah, wie Murray anzüglich mit den Brauen wackelte, bemühte er sich um eine ernste Miene. „Seien Sie kein Hornochse."

„Ich habe mich wohl getäuscht ... Sie haben sich *doch* verändert!" Der jüngere Mann musterte ihn aus gelangweilten, haselnussbraunen Augen, hinter denen sich ein messerscharfer Verstand verbarg. „Garrity, man könnte meinen, Sie seien verliebt."

Adam warf ihm einen vernichtenden Blick zu. „Wollen *Sie* sich vielleicht mit Kerrigan auseinandersetzen?"

„Liebe ist nichts, wofür man sich schämen müsste. Kein Mann ist dagegen immun, so sehr er sich auch bemühen mag. Nehmen Sie doch beispielsweise meinen Bruder", sagte Murray leichthin. „Carlisle war jahrelang überzeugter Junggeselle, ein praktisch veranlagter Mensch, der ein Gedicht nicht einmal dann erkannt hätte, wenn es ihm direkt ins Gesicht gesprungen wäre. Doch ein kleiner Stoß meiner Schwägerin Violet – und das meine ich ganz wörtlich, denn sie hat ihn in einen Champagnerbrunnen geschubst –, reichte aus, um ihn geradewegs in Amors Pfeil stolpern zu lassen."

„Führt dieser Monolog zu irgendetwas?"

„Ein vernünftiger Mann hütet sein Herz, ein kluger hingegen weiß, wann er es öffnen muss", erklärte Murray und hob eine Braue. „Mit einer Frau wie Mrs Garrity an Ihrer Seite wären Sie ein Narr, Ihr Herz unter Verschluss zu halten ... oder andere Teile Ihrer Anatomie."

„Wenn Sie noch einmal so unverfroren über meine Gemahlin sprechen, werde ich Ihnen sämtliche Gliedmaßen einzeln ausreißen."

„Wir sind aber ganz schön beschützerisch, was?", erwiderte Murray und hob beschwichtigend die Hände, als Adam sich von seinem Sessel erhob. „Aber jetzt mal ganz im Ernst, darf ich Ihnen sagen, wie froh ich bin, Sie in so guter Verfassung zu sehen? Ich weiß, dass die letzten Wochen für Sie und Mrs Garrity nicht einfach waren."

Adam ließ sich zurück auf seinen Stuhl sinken, allerdings nicht, ohne seinem Geschäftspartner einen warnenden Blick zuzuwerfen. „Meine Frau war ein wahrer Engel in dieser schweren Zeit. Kein Mann könnte mehr verlangen."

„Es freut mich, dass Sie endlich realisiert haben, was für ein Glückspilz Sie sind."

Etwas an Murrays Tonfall machte Adam stutzig. „Wollen Sie damit andeuten, dass das früher nicht der Fall war?"

Wusste der jüngere Mann etwas Bestimmtes? Kannte er den Grund dafür, warum Adam eine gewisse Distanz zwischen sich und Gabriella gewahrt hatte? Eigentlich war er entschlossen gewesen, die Vergangenheit hinter sich zu lassen und seine kostbare Zeit und Energie darauf zu verwenden, seine Frau zu lieben. Aber falls Murray Licht ins Dunkel bringen könnte ...

„Ach, das sollte nur ein Scherz sein", erwiderte dieser unbekümmert. „Nun aber genug von Ihnen. Sprechen wir lieber über etwas weitaus Interessanteres: mich!"

Adam konnte nicht sagen, ob der andere Mann ihn anlog, aber er beschloss, die Sache fürs Erste auf sich beruhen zu lassen.

Er legte die Fingerspitzen aneinander und musterte sein Gegenüber. „Was ist mit Ihnen?"

„Ich habe uns drei neue Klienten an Land gezogen, alles junge Adelige, die kürzlich einen Titel geerbt haben und ganz versessen auf Pferderennen sind. Leider hat keiner von ihnen ein glückliches Händchen beim Wetten abschließen. Wir werden ein Vermögen an ihnen verdienen ..."

Er wurde vom Läuten der Standuhr unterbrochen.

„Verdammt, ist es wirklich schon drei Uhr? Ich komme noch zu spät!", sagte Adam alarmiert und erhob sich. Eilig durchquerte er das Zimmer in Richtung Tür, wobei er sich im Laufen seinen Hut und Gehstock schnappte.

„Zu spät wofür?", fragte Murray verwirrt. „Sie verlassen das Büro doch sonst nicht vor sechs."

Auf keinen Fall würde er zugeben, dass er seine Frau zur Modistin begleiten wollte.

„Es geht um eine dringliche Angelegenheit", sagte er kurz angebunden.

Das war nicht einmal gelogen. Zwar sah Gabby in allem, was sie trug, zum Anbeißen aus, aber leider besaß sie überhaupt kein Gespür für Mode. Sie brauchte seine Hilfe ... ob sie sich dessen nun bewusst war oder nicht.

„Wenn das so ist, werde ich hier die Stellung halten", erwiderte Murray. „Übrigens hat Cornish eine Nachricht geschickt. Er wird die Berichte für Sie bald fertig haben."

„Hervorragend. Sagen Sie dem Sekretär, er soll einen Termin mit ihm vereinbaren."

Mit dieser letzten Anweisung verließ er das Büro.

~

„Papa, ich muss jetzt leider aufbrechen", sagte Gabby zerknirscht.

„Du bist doch gerade erst gekommen", brummte ihr Vater missmutig.

Das stimmte ganz und gar nicht. Sie hatte den gesamten Vormittag bei ihm verbracht und sich um ihn gekümmert. Während ihres kurzen Aufenthalts in Hertfordshire hatte sein Zustand sich drastisch verschlechtert, weshalb sie die letzten Stunden sorgenvoll an seinem Bett gesessen und beobachtet hatte, wie er immer wieder einschlummerte und aufschreckte. Selbst in wachem Zustand war er jedoch verwirrt und benommen, eine Begleiterscheinung des Laudanums, das der Arzt ihm gegen die Schmerzen verschrieben hatte.

Zu sehen, wie seine blasse, dünne Haut sich über seine knochigen Züge spannte, schnürte ihr die Kehle zu. Sie wollte nicht glauben, dass dieser gebrechliche, alte Mann der überlebensgroße Held ihrer Kindheit sein sollte. Obwohl er in ihrem Leben nicht sehr präsent gewesen war, wusste sie doch, dass er sie auf seine Art liebte.

Und sie liebte ihn. Sie war noch nicht bereit, ihn gehen zu lassen.

Sanft strich sie ihm eine graue Strähne seines schütteren Haars aus der Stirn und gab ihm einen Kuss.

„Ich komme morgen wieder", versicherte sie ihm. „Und ich

werde die Kinder mitbringen. Fiona und Max vermissen ihren Großvater."

„Sie dürfen mich gern besuchen, solange sie nicht wieder ein Stück aufführen. Mir bleibt nicht mehr genug Zeit, um noch so ein stundenlanges Spektakel durchzustehen."

Das unerwartete Aufflackern seines trockenen Humors entlockte ihr ein Lächeln.

„Es wird keine Aufführung geben, Papa", sagte sie sanft. „Sie wollen sich nur ein wenig mit dir unterhalten."

„Da wir gerade von Unterhaltungen sprechen ... Es gibt da etwas, worüber wir reden müssen, Gabriella. Hilf mir, mich aufzusetzen."

Sie warf einen Blick auf die Uhr neben seinem Bett und nagte unsicher an ihrer Unterlippe. Nun würde sie es nicht mehr rechtzeitig zu ihrem Termin bei der Modistin schaffen, und es war zu spät, um Adam eine Nachricht zukommen zu lassen. Als sie jedoch sah, wie sehr ihr Vater damit kämpfte, sich aufzurichten, half sie ihm dabei, es sich an seine Kissen gelehnt bequem zu machen.

„Jetzt, da das verfluchte Laudanum endlich abklingt, muss ich dir etwas sagen", presste er zwischen angestrengten Atemstößen hervor.

„Brauchst du mehr Medizin?", fragte sie besorgt. „Hast du starke Schmerzen?"

„Was ich brauche, ist ein klarer Kopf, verdammt. Jetzt setz dich wieder hin und hör mir gefälligst zu."

Nervös ließ sie sich auf der Kante ihres Stuhls nieder. „Worum geht es denn, Papa?"

„Schon seit einer Weile werde ich das Gefühl nicht los, dass etwas faul ist im State Dänemark. Und mit *Dänemark* meine ich deinen Treuhandfonds."

„Meinen Fonds?", wiederholte sie verwirrt. „Den hast du doch vor Jahren eingerichtet, mit Mr Isnard als meinem Treuhänder. Ich dachte, die Konditionen wurden deinen Vorgaben entsprechend aufgesetzt?"

„Die Konditionen sind eindeutig. Nach meinem Tod wird mein gesamtes Vermögen, einschließlich meines Eigentums und der Mehrheitsbeteiligung an meiner Bank, in den Fonds übergehen. Mr Isnard überwacht ihn als Treuhänder zu deinen Gunsten und dem meiner Enkelkinder."

Vor vielen Jahren, noch bevor sie Adam überhaupt kannte, hatte ihr Vater den Fonds eingerichtet, um sie und ihr Erbe vor Mitgiftjägern zu schützen. Abgesehen von ihrer Aussteuer, sollte ihr zukünftiger Ehemann keinen Zugriff auf ihr Vermögen erhalten. Sämtliche finanziellen Entscheidungen würden dem Treuhänder unterliegen, der angewiesen worden war, in Gabbys bestem Interesse zu handeln.

Das Besondere an Adams Heiratsantrag war gewesen, dass er von dem Fonds gewusst hatte ... sich jedoch nicht an dieser Regelung störte. Er hatte sie nicht wegen ihres Geldes auserwählt, sondern um *ihretwillen*. Zum ersten Mal in ihrem Leben durfte sie erleben, wie es war, wertgeschätzt und begehrt zu werden, und zwar so, wie sie war.

Im Nachhinein betrachtet realisierte sie, dass dieser Moment lebensverändernd für sie gewesen war, dass er das Fundament all dessen bildete, was hinterher geschah. Adam hatte ihr wahres Potenzial erkannt, und nun, acht Jahre später, führten sie eine glückliche Ehe, die selbst ihre kühnsten Träume überstieg.

„Wenn die Konditionen eindeutig sind, wo liegt dann das Problem?", fragte sie.

„Ich habe mitbekommen, dass Mr Isnard in finanziellen Schwierigkeiten steckt", erwiderte ihr Vater mit grimmiger Miene. „Schwierigkeiten, die er vor mir geheim gehalten hat und die ihn anfällig für Korruption machen könnten."

Gabby unterdrückte ein Seufzen. Nun war ihr klar, wohin

dieses Gespräch führen würde. Ihr Vater hatte seinem Schwiegersohn noch nie vertraut, und dieses Gefühl beruhte auf Gegenseitigkeit. Für gewöhnlich ignorierte sie das feindselige Gehabe der beiden Männer, aber die Zeit in Hertfordshire hatte sie verändert. Sie war selbstbewusster geworden und traute sich zu, ihre Meinung zu vertreten.

„Willst du damit andeuten, dass du glaubst, Adam könnte Mr Isnard manipulieren?", fragte sie geradeheraus.

„So ist es." Ihr Vater nickte bekräftigend. „Ich habe deinem werten Herrn Gemahl noch nie über den Weg getraut. Wer weiß, was er anstellen würde, wenn er meine Bank in die Hände bekäme?"

„Adam braucht dein Geld nicht, Papa", erwiderte sie geduldig. „Er ist bereits ein äußerst wohlhabender Mann."

„So etwas wie zu viel Wohlstand gibt es nicht. Glaub mir, als Bankier kenne ich mich aus. Mein ganzes Leben lang habe ich mit Kerlen wie ihm zusammengearbeitet, deren skrupelloser Ehrgeiz keine Grenzen kennt."

„In dieser Hinsicht seid ihr beide euch ziemlich ähnlich", konterte sie.

Er brummte missmutig und verschränkte die Arme vor der Brust. „Ich hatte nichts, als ich anfing, und musste hart arbeiten, um überleben zu können."

„Und wie unterscheidet sich dein Werdegang von seinem? Adam kam aus dem Elendsviertel und baute sich mit eigenen Händen ein erfolgreiches Imperium auf. Zudem ist er nicht nur ein kluger Geschäftsmann, sondern auch ein liebender Ehemann und Vater."

„Ist er das, ja?", stichelte ihr Vater.

Jetzt, da sie sich der Liebe ihres Gemahls sicher war und sich nicht länger um Jessabelle sorgen musste, konnte sie diese Frage zum ersten Mal voller Selbstbewusstsein beantworten.

„Er liebt mich, Papa", sagte sie leise, aber mit felsenfester Überzeugung. „Ebenso sehr, wie ich ihn liebe."

Einen Augenblick lang herrschte Schweigen, bevor er widerwillig eingestand: „Zumindest ist Garrity kein vollständiger Narr. Der Sturz in den Fluss hat ihm gutgetan."

Für die Verhältnisse ihres Vaters war das ein hohes Lob. Leider war er noch nicht fertig.

„Trotzdem traue ich ihm nach wie vor nicht, und ich werde nicht zulassen, dass Billings Bank – mein Vermächtnis und Lebenswerk – den Händen eines Geldverleihers schutzlos ausgeliefert ist. Ich werde Mr Isnard überprüfen lassen, um sicherzustellen, dass alles mit rechten Dingen zugeht."

Da Gabby mit ihrer Geduld am Ende war – und weil es immer später wurde –, beschloss sie, die Sache auf sich beruhen zu lassen. Ihr Vater war schon immer ein misstrauischer Mensch gewesen, und wenn er es sich in den Kopf gesetzt hatte, einen seiner ältesten Freunde unter die Lupe zu nehmen, konnte sie ihn ohnehin nicht daran hindern. Zweifellos würde nichts dabei herauskommen, immerhin hatte Mr Isnard sich nichts zuschulden kommen lassen, er steckte lediglich in einem finanziellen Engpass ... Was auf die Hälfte aller Männer in England zutraf.

„Tu, was du nicht lassen kannst, Papa", sagte sie und küsste ihn auf die Wange. „Aber nun muss ich wirklich los. Ich treffe mich mit Adam bei der Modistin."

Ihr Vater starrte sie verwirrt an. „Er geht doch wieder arbeiten, oder nicht? Warum zum Teufel hat er sich dann mitten am Tag mit dir verabredet?"

„Weil er mir helfen will, ein Kleid für einen Ball auszusuchen", erklärte sie mit einem verträumten Lächeln. „Weil ich für ihn ebenso wichtig bin wie seine Geschäfte."

„Das ist doch närrisch", sagte er kopfschüttelnd. „Wie kann

ein Mann seine kostbare Arbeitszeit auf eine so alberne Tätigkeit verschwenden?"

Liebe ist nicht albern, hätte sie nur zu gerne entgegnet, aber sie wusste, dass es zwecklos wäre. Das würde ihr Vater niemals verstehen. Also gab sie ihm noch einen Kuss, versprach ihm, am nächsten Morgen mit den Kindern vorbeizuschauen und machte sich schleunigst auf den Weg zu ihrem Gemahl.

Kapitel Achtundzwanzig

Gemeinsam mit seiner Frau betrat Adam den Ankleideraum in Mrs Yarwoods gehobenem Etablissement auf der Bond Street. Die Modistin hatte bereits einige Schneiderpuppen aufgestellt, die eine Auswahl an Kleidern in verschiedenen Schnitten präsentierten, um Gabby bei ihrer Entscheidung zu helfen. Am anderen Ende des Zimmers befand sich ein von Spiegeln umgebenes Podium, auf dem sie sich aus allen Winkeln betrachten konnte, falls sie etwas anprobieren wollte.

Nach einem flüchtigen Blick über die ausgestellte Ware deutete Gabby zielsicher auf eines der Abendkleider und sagte: „Das gefällt mir."

Erwartungsgemäß war es das überladenste, unvorteilhafteste von allen. Der geschmacklose, rosafarbene Schandfleck war über und über mit Bändern und Spitze besetzt, während der relativ hochgeschlossene Kragen sich eher für einen Aufenthalt im Kloster als für den Besuch eines Balls eignete. Die Röcke waren ausladender und gerüschter als alles, was Adam je zuvor gesehen hatte.

„Darf ich Ihnen eine Alternative zeigen, die Ihnen sogar

noch besser stehen würde?", fragte Mrs Yarwood mit dem nötigen Taktgefühl, das sie zu einer hervorragenden Verkäuferin machte. „Dieses Kleid aus grünem Samt besitzt einen unglaublich schmeichelhaften Schnitt ..."

„Danke, aber ich möchte das rosafarbene", erwiderte Gabby.

Die Modistin wirkte mehr resigniert als überrascht. Adam konnte sich gut vorstellen, dass die Ärmste dieses Gespräch nicht zum ersten Mal mit seiner Gemahlin führte. Wie er mittlerweile herausgefunden hatte, verbarg sich hinter Gabriellas gutmütiger Art ein Rückgrat aus unbiegsamem Stahl. Dieses ermöglichte es ihr, unzählige Schmerzen und Demütigungen zu ertragen, ohne dabei ihr Lächeln zu verlieren. Allerdings war es nicht immer eine Tugend ... wie sich in der gegenwärtigen Situation zeigte.

„Ich hätte den Kragen aber gerne noch weiter hochgezogen", fuhr Gabby fort, während sie konzentriert die Details ihres auserkorenen Favoriten studierte, als versuchte sie, sich vorzustellen, wie sie in dieser unförmigen Monstrosität aussähe. Adam könnte es ihr einfach sagen und ihr somit die Mühe ersparen: wie eine riesige, mit pinkem Zuckerguss überzogene Torte.

Es war einfach lächerlich, dass sie ihre Vorzüge um jeden Preis verbergen wollte.

„Außerdem sollte mein Kleid noch mehr Rüschen und weitere Verzierungen haben", sagte Gabby stirnrunzelnd, bevor ihre Miene sich erhellte. „Ah, in der Tat sah ich kürzlich eine Modezeichnung, auf der ein Abendgewand mit integrierter Pelerine abgebildet war! Vielleicht könnten Sie ebenfalls eine an den Schultern anbringen, die den gesamten Rücken bedeckt ..."

Als Mrs Yarwood sichtlich erschauderte, beschloss Adam, dass es an der Zeit war einzuschreiten.

„Ich glaube, wir bewegen uns in die falsche Richtung", sagte er.

Seine Frau blinzelte verwirrt. „Inwiefern?"

„Wie soll ich sagen ... Weniger ist mehr."

Die Modistin starrte ihn an, als wäre er der Heiland in Person. „Ihr Gemahl hat vollkommen recht, Mrs Garrity", sagte sie, an Gabby gewandt. „Es ist derzeit Mode, Kleider zu tragen, die etwas schlichter und figurbetonter sind ..."

„Mir ist egal, was gerade en vogue ist. Ich weiß, was mir gefällt", erwiderte diese stur.

„Dürfte ich kurz unter vier Augen mit meiner Frau reden?", bat Adam.

„Nehmen Sie sich ruhig alle Zeit der Welt, Sir", sagte Mrs Yarwood und flüchtete aus dem Ankleideraum, dicht gefolgt von ihren Assistenten. Täuschte er sich, oder hatte sie dabei ein leises Gebet gemurmelt?

„Ich lege zwar großen Wert auf deine Meinung, aber ich weiß nun einmal, was ich will", platzte Gabby heraus, kaum, dass sie allein waren.

„Gewiss, aber das bedeutet nicht, dass du weißt, was dir am besten steht."

Irritiert kniff sie die Augen zusammen. Mit ihren rosigen Apfelbäckchen, den goldenen Sommersprossen und den zu einem Schmollmund verzogenen Lippen sah sie aus wie eine verärgerte, aber liebreizende Fee. Ungeachtet dessen erfreute es ihn, dass sie sich in seiner Gegenwart mehr und mehr traute, ihre Meinung zu äußern. Ihm gefiel ihr aufblühendes Selbstbewusstsein, und er wollte alles in seiner Macht Stehende tun, um es zu fördern ... auch wenn er dafür ihren Zorn auf sich ziehen musste.

Da sie in erzürntem Zustand aussah wie eine sinnliche, rachsüchtige Göttin, nahm er dieses Opfer jedoch gern in Kauf.

„Wer hat mehr Erfahrung beim Kleiderkauf, du oder ich?“, fragte sie ungehalten.

„Wer verbringt mehr Zeit damit, dich zu betrachten, du oder ich?“, konterte er.

Sie wurde noch röter, schob jedoch trotzig das Kinn vor. „Nur, damit du es weißt, ich hasse es, neue Kleidung zu kaufen. Es ist eine lästige Prozedur, und mir ist nicht geholfen, indem du sie unnötig hinauszögerst. Es hat Jahre gedauert, bis ich einen Stil gefunden habe, mit dem ich mich wohlfühle und der mir steht ...“

„Deine Kleider stehen dir nicht.“

Vor Schock klappte ihr die Kinnlade herunter. Zwar gefiel es ihm nicht, für den Schmerz in ihrem Blick verantwortlich zu sein, doch in diesem Fall war ein unverblümter Ansatz unvermeidlich.

„Gabriella, du bist wunderschön, egal, was du trägst“, fuhr er fort. „Aber es ist ein Verbrechen, dass du deinen göttlichen Körper unter diesen altbackenen Schandflecken versteckst.“

„Du findest mich *altbacken?*“, fragte sie resigniert und ließ die Schultern sinken.

Verdammt, ihre Verletzlichkeit zerrte an seiner Selbstbeherrschung.

„Liebling, du bist die begehrenswerteste Frau, die mir je unter die Augen gekommen ist“, sagte er und trat dicht an sie heran. Um seinen Worten Nachdruck zu verleihen, nahm er ihre Hand und legte sie auf seinen Schritt. Ihre Augen weiteten sich, als sie seine harte Erektion spürte.

„Ich will dich jede verfluchte Sekunde jeden Tages“, murmelte er. „Beim Frühstück, während der Arbeit, egal, wo ich bin oder was ich auch tue. Immerzu muss ich daran denken, dich zu küssen, dich zu nehmen, deine enge, kleine Pussy um meinen Schwanz zu spüren und zu hören, wie lustvoll du stöhnst, wenn du kommst. Es vergeht keine Minute, in der ich mich nicht glücklich schätze, dich zur Frau zu haben."

Ihren Lippen entwich ein leises „Oh!", und ihre Pupillen weiteten sich vor Erregung.

Die Gelegenheit beim Schopf ergreifend, führte er sie hinüber zu dem Podest.

„Bleib hier für mich stehen, mein Herz", sagte er, während er dazu überging, die Schnürung ihres Kleids zu lösen.

Ihre Blick trafen sich in einem der Spiegel. „Was hast du vor?", fragte sie verwirrt.

„Ich werde dir zeigen, wie ich dich sehe."

Mit geübten Handgriffen entledigte er sie ihrer Kleidung, bis sie nur noch in Unterwäsche vor ihm stand. Auch wenn sie einen noch so verführerischen Anblick bot, war er fest entschlossen, sein ursprüngliches Ziel zu verfolgen. Schnell durchquerte er das Zimmer und zog aus den bereitgestellten Stücken ein Abendgewand aus rubinrotem Satin hervor, das ihm gleich beim Eintreten aufgefallen war. Mit seiner Auswahl kehrte er zu Gabby zurück und half ihr beim Ankleiden.

Obwohl es ein wenig locker an ihr saß, war das Potenzial des eleganten Ballkleids unbestreitbar. Der kräftige Farbton brachte das feurige Rot ihrer Haare vortrefflich zur Geltung und bildete einen ansprechenden Kontrast zu dem kristallklaren Blau ihrer Augen. Der täuschend schlichte Schnitt betonte die sinnliche Sanduhrfigur ihres Körpers. Oben war es schulterfrei, und der Ausschnitt lief in einem tiefen, gewagten V zusammen, dessen Spitze zwischen ihre vollen Brüste tauchte. Diese Art Pfeil wiederholte sich am unteren Rand des Mieders, ließ dadurch ihren Torso länger wirken und lenkte die Aufmerksamkeit nach unten auf die intime Stelle, die sich unter dem glänzenden Satinstoff verbarg.

Er fasste den überschüssigen Stoff zwischen ihren Schultern zusammen, um ihr zu zeigen, wie es richtig sitzen würde, und flüsterte mit rauer Stimme: „Sag mir, was du siehst."

„Nun ja ... Das Kleid ist ganz hübsch", gab sie widerwillig zu.

„Jetzt werde ich dir schildern, was ich sehe, mein Herz."

Ohne den Blick von ihrem Spiegelbild abzuwenden, legte er ihr eine Hand auf die entblößte Schulter und ließ sie langsam über ihre Brüste hinunter an ihrem Mieder entlanggleiten, bevor er ihre Taille umfasste.

„Das alles gehört mir", flüsterte er ihr ins Ohr und spürte, wie sie erschauderte. „Ich allein darf dich berühren und die Vorzüge deines Körpers genießen. Aber ich will, dass alle Welt sieht, was für ein Glückspilz ich bin, und, was noch viel wichtiger ist, dass du deinen eigenen Wert erkennst. Du sollst dir dessen bewusst sein, dass andere Frauen dich ansehen und sich wünschten, auch nur die Hälfte deiner Schönheit zu besitzen. Dass andere Männer dich ansehen und mich darum beneiden, mit dir nach Hause gehen und dich lieben zu dürfen."

Sanft küsste er die Seite ihres Halses, und sie hob seufzend einen Arm, umfasste mit einer Hand seinen Nacken und wandte ihm ihr Gesicht zu, eine eindeutige Aufforderung, der er nur zu gerne nachkam. Ihr Kuss war heiß, leidenschaftlich, ein sinnlicher Tanz ihrer Lippen und Zungen. Nach einer Weile löste er sich von ihr und nickte in Richtung des Spiegels.

„Schau genau hin", sagte er. „Was siehst du jetzt?"

Der Anblick, der sich *ihm* bot, ließ sein Herz höherschlagen und seinen Schwanz pulsieren. Vor ihm standen ein Mann und eine Frau, eng umschlungen in intimer Vertrautheit, verloren im Garten ihrer gemeinsamen Lust.

„Ich sehe eine verliebte Frau", flüsterte Gabby. „Sie ist sich ihrer Schönheit bewusst, denn sie weiß, dass ihr Mann ihre Liebe erwidert."

„Ich will, dass du ebenso stolz bist, die Meine zu sein, wie ich es bin, allein dir zu gehören", sagte er leise.

„Das bin ich", erwiderte sie und wandte sich lächelnd zu ihm um. „Und du hast recht ... Ich liebe dieses Kleid."

„Gut, dann rufen wir Mrs Yarwood herein und lassen sie so schnell wie möglich deine Maße nehmen."

„Wozu die Eile?"

„Je schneller wir hier fertig sind, desto eher kann ich in der Kutsche über dich herfallen."

Mit gespielter Schüchternheit senkte sie den Blick. „Gib mir zehn Minuten."

Kapitel Neunundzwanzig

Früher hatte Gabby sich vor Bällen gegraut, weil die vielen Menschen sie nervös machten. Die verächtlichen Blicke und das Gekicher hinter vorgehaltenen Fächern waren ihr nur allzu vertraut gewesen und weckten Erinnerungen, die sie eigentlich in die Schublade *Demütigende Erfahrungen, die ich vergessen will* gesperrt hatte. Im Licht der Öffentlichkeit zu stehen, verunsicherte sie, und wenn sie verunsichert war, neigte sie dazu, geistloses Zeug zu plappern, das ihr nur noch mehr Verachtung und Ablehnung einbrachte und die Flamme ihrer Panik nährte.

Doch an diesem Abend war alles anders: Auf Tessas Ball amüsierte sie sich zum ersten Mal in ihrem Leben wirklich. Gabby hatte ihrer Freundin vorab ein paar Vorschläge hinsichtlich der Dekoration unterbreitet und freute sich zu sehen, wie kreativ diese umgesetzt worden waren.

Das Thema „Mitternachtsgarten" sorgte für eine romantische Atmosphäre in dem großen, verspiegelten Ballsaal, was natürlich hervorragend zu einer Verlobungsfeier passte. Es war Gabbys Idee gewesen, große Topfpflanzen an verschiedenen Stellen des Raumes aufzustellen, um die Illusion von Hecken zu kreieren und private Nischen zu schaffen, in denen man sich unterhalten konnte. Zudem erfüllten die Jasmin- und Gardenienbüsche die Luft mit ihrem süßen Duft. In einer Ecke hatte Tessa sogar eine kleine, weiße Gartenlaube errichten lassen, in der sich der Champagnerbrunnen befand, und sämtliche Gäste waren begeistert von der Idee, sich in den gemütlichen Pavillon zurückzuziehen, um ihre Gläser aufzufüllen.

Doch es war nicht nur die Atmosphäre, die Gabby so gut gefiel. Zum ersten Mal war ihre Tanzkarte voll, und das nicht nur, weil die Ehemänner ihrer Freundinnen sie aufgefordert hatten. Sie war auch mit anderen Gentlemen über die Tanzfläche geglitten, die sie mit unverhohlener Bewunderung betrachteten. Diese Erfahrung war umso berauschender für sie, weil sie wusste, dass Adam jede ihrer Bewegungen mit besitzergreifendem Stolz beobachtete. Seine Anwesenheit beruhigte sie, verlieh ihr Selbstbewusstsein und ermöglichte es ihr, normale Gespräche zu führen.

Gegenwärtig stand sie im Kreise ihrer Freundinnen und unterhielt sich angeregt mit ihnen. Tessa trug ein modisches, smaragdgrünes Kleid aus schillernder Seide, das die außergewöhnliche Farbe ihrer Augen betonte. Maggie, der Ehrengast des Abends, erstrahlte in einem bronzefarbenen Samtkleid, das ihrer kurvigen Figur und ihren zimtroten Locken schmeichelte. Polly war eine Vision in blauem Taft, während ihre Schwester Emma in einem Kunstwerk aus grauem Gros de Naples die Blicke sämtlicher Umstehender auf sich zog.

Endlich einmal fühlte Gabby sich ihren wunderschönen Gefährtinnen ebenbürtig. Trotz des Eilauftrags (oder wohl eher *wegen* des exorbitant hohen Preises, den Adam dafür bezahlt hatte) hatte Mrs Yarwood sich wahrlich selbst übertroffen. Das rubinrote Abendkleid war einfach atemberaubend. Nachdem Nell ihr beim Ankleiden und Zurechtmachen geholfen hatte, erkannte sie sich selbst kaum wieder. Das Gewand war freizügiger als alles, was sie je zuvor getragen hatte, und die Veränderung, die es bewirkte, war absolut *schockierend.*

Die Kurven und Rundungen ihres Körpers, die sie stets zu verbergen versuchte, wirkten plötzlich verführerisch. Die entblößten Schultern und das V-förmig zusammenlaufende Dekolleté bildeten eine perfekte Balance aus geschmackvoll und sinnlich. Ihr Teint, den sie früher als ordinär empfunden hatte, erstrahlte neben dem tiefroten Satin auf frische und majestätische Weise.

Auf ihrem Frisiertisch hatte sie eine Samtschatulle gefunden, und als sie sie öffnete, stockte ihr der Atem. Nell, die ihr über die Schulter geschaut hatte, stieß einen beeindruckten Pfiff aus. Im Inneren lag eine Brosche aus schwerem Gold, in die ein großer, von Perlen umringter Rubin eingefasst war.

Dem Geschenk war eine knappe Nachricht beigefügt gewesen: *Für meine Frau, die mehr wert ist als alle Rubine der Welt.*

Andächtig hatte Nell das einzigartige Schmuckstück in der Mitte des Dekolletés angebracht. Anschließend war Gabby vor den Spiegel getreten und hatte zum ersten Mal ihre eigene Schönheit wahrgenommen. Es kam ihr so vor, als wäre sie von einer schweren Last befreit worden, als könne sie sich endlich stolz und souverän zu ihrer vollen Größe aufrichten.

Die Reaktionen ihrer Kinder hatten ihr neues Selbstbewusstsein noch verstärkt.

„Wenn ich groß bin, will ich genauso aussehen wie du, Mama!", rief Fiona ehrfürchtig, während sie zusah, wie Nell Gabbys kunstvolle Frisur vollendete und mit frischen Blumen schmückte.

„Du bist die schönste Dame auf der ganzen Welt", pflichtete Max ihr bei.

Gabby hatte sich vor Rührung diskret die Tränen abtupfen müssen.

Mehr noch als die Bewunderung ihrer Kinder war es

Adams Reaktion gewesen, die ihr Selbstvertrauen beflügelte. Statt großer Worte hatte er sie gegen die Wand ihres Ankleidezimmers gepresst und den Beweis seiner Begeisterung tief in ihr hinterlassen.

„Ich will, dass du mich den ganzen Abend über in dir spürst", hatte er ihr ins Ohr geflüstert. „Während andere Männer dich mit Bewunderung überhäufen, sollst du dich stets daran erinnern, zu wem du gehörst."

Allein der Gedanke an diese erotische Einlage trieb ihr die Röte ins Gesicht.

„Gabby, du siehst aus, als wäre dir zu heiß", riss Tessas Bemerkung sie aus ihren unanständigen Fantasien. „Findest du es zu stickig hier drin? Ich könnte die Lakaien bitten, die Balkontüren zu öffnen ..."

„Nein, die Temperatur ist völlig in Ordnung", beeilte sie sich zu versichern.

„Warum bist du dann krebsrot?", wollte Tessa wissen.

„Ich, äh, dachte nur gerade an ..."

Während sie verzweifelt nach einer glaubwürdigen Erklärung suchte, wechselten Maggie und Emma einen amüsierten Blick.

„Was ist so lustig?", fragte Tessa.

„Ich glaube, Gabbys gesunde Gesichtsfarbe hat nichts mit der Raumtemperatur zu tun", erwiderte Maggie, deren grüne Augen verständnisvoll funkelten.

„War es das Kleid?", erkundigte sich Emma mit einem wissenden Grinsen. „Eine neue Garderobe verdreht den Herren der Schöpfung oftmals den Kopf."

Polly warf ihrer älteren Schwester einen verschmitzten Blick zu. „Lässt Strathaven dich deswegen jeden Monat neu einkleiden?"

Nun war Gabby zumindest nicht mehr die Einzige, die mit glühenden Wangen dastand.

„Sprechen wir hier gerade von ihr-wisst-schon-was?", verlangte Tessa zu wissen.

Ihre Frage wurde von schallendem Gelächter quittiert, in das auch Gabby herzhaft einstimmte.

Nachdem sie sich wieder beruhigt hatten, ergriff Maggie ihre Hand und drückte sie freundschaftlich.

„Es ist keine Schande, verliebt zu sein", sagte sie ernst. „Da ich so lange auf Ransom gewartet habe, bin ich für meinen Teil fest entschlossen, jeden Augenblick auszukosten."

„Insbesondere, weil jeder von ihnen so unglaublich wertvoll ist", fügte Tessa hinzu.

Alle starrten sie überrascht an.

„Was? Auch ich habe meine sentimentale Seite!", sagte ihre Gastgeberin und zuckte mit den Schultern. „Seht euch unsere Ehemänner doch nur mal an. Auf der ganzen Welt gibt es keine prachtvolleren Exemplare."

Gleichzeitig wandten sie sich zu ihren Partnern um, die in einigen Metern Entfernung neben einer Reihe von Topfpflanzen standen und ebenfalls ins Gespräch vertieft waren. Gabby musste zugeben, dass jeder von ihnen auf seine eigene Art ungemein attraktiv war.

Mit seiner Brille und seiner großen, muskulösen Statur stellte der braunhaarige Harry Kent eine interessante Mischung aus Akademiker und Sportler dar, dessen Intelligenz dem Scharfsinn seiner Gemahlin in nichts nachstand. Maggies Verlobter, Ransom, erinnerte mit seinem schwarzen Haar und dem sorgsam getrimmten Bart an einen exotischen Piratenprinzen. Sein verwegener Charme bildete den perfekten Gegenpol zu Maggies ruhigem, ausgeglichenem Wesen. Strathavens kühle, jadegrüne Augen waren ebenso fesselnd wie Actons klassische Schönheit.

Und dann war da Adam, der sie in Gabbys Augen allesamt übertraf (was natürlich daran liegen könnte, dass sie ein wenig voreingenommen war). Es war schön, ihn in der Gesellschaft der anderen Gentlemen so entspannt zu sehen. Obwohl er nicht viel sagte, folgte er dem Gespräch aufmerksam und schien die zwanglose Kameradschaft innerhalb der Runde zu genießen.

„Meine Güte, Gabby, du siehst heute Abend wirklich aus wie eine Frischvermählte", neckte Emma sie. „Darf ich annehmen, dass es mit Mr Garrity inzwischen besser läuft?"

„Besser, als ich es mir je hätte träumen lassen", gab sie unumwunden zu.

„Das sieht man." Pollys aquamarinblaue Augen funkelten mit den Edelsteinen ihres Colliers um die Wette. „Du warst schon immer wunderschön, Gabby, aber heute strahlst du wirklich von innen heraus."

„Wie eine verliebte Frau, die weiß, dass ihre Liebe erwidert wird", pflichtete Maggie ihr bei und lächelte in die Runde. „Wir alle tragen diesen besonderen Glanz in uns, nicht wahr?"

„Ich glänze vor Schweiß", murrte Tessa. „Warum sagt einem niemand, dass man während der Schwangerschaft heißer läuft als ein verfluchter Dampfmotor?"

~

„Worüber kichern die nur ständig?", fragte Harry Kent misstrauisch.

Adam, der mit Kent, Strathaven, Acton und Ransom zusammenstand, beobachtete gemeinsam mit seinen Kameraden die Heiterkeitsausbrüche ihrer Herzensdamen.

Strathaven hob eine Braue. „Woher sollen wir wissen, was in den Köpfen der Frauen vor sich geht? Eher würde es uns gelingen, einen Fisch mit bloßen Händen zu fangen."

Als Adam sah, wie Gabby errötete, wusste er mit ziemlicher Sicherheit, worum die Gespräche der Damen sich drehten. Sie wurde immer schrecklich verlegen, wenn es um ... *intime* Themen ging.

„Garrity lächelt so selbstgefällig", stellte Kent fest. „Ich glaube, er hat eine Ahnung."

„Er ist ja auch ein alter Hase als Ehemann und kennt die Anzeichen", sagte Ransom gedehnt. „Verraten Sie uns, was unsere Auserwählten planen?"

Obwohl Adam sich nicht mehr an die Zeit erinnerte, als der Herzog von Ranelagh und Somerville einer seiner Klienten war, der ihm viel Geld schuldete, hatte Gabby ihn über alles informiert. Da er Ransom geholfen hatte, seine Tochter zu retten, war ihr Zwist offenbar beiseitegelegt worden. Als Seine Gnaden Adam während seiner Genesung besuchte, war er ihm gegenüber freundlich, aber dennoch wachsam gewesen, und auch bei den anderen Gentlemen, die mit Gabriellas Freundinnen verheiratet waren, hatte er eine ähnliche Reserviertheit gespürt.

An diesem Abend jedoch verhielten sie sich ihm gegenüber anders. Ihre Höflichkeit war einer aufrichtigen Wärme gewichen, fast so, als hätten sie ihn ... akzeptiert.

Eigentlich war es ihm egal, was andere über ihn dachten – mit Ausnahme von Gabby. Ihre Meinung war ihm ungemein wichtig. Dennoch ließ sich nicht leugnen, dass er die Gesellschaft der anderen Männer genoss, und es konnte gewiss nicht schaden, sich mit ihnen zu verbünden, insbesondere, da ihre Gemahlinnen ganz offensichtlich etwas auszuhecken schienen.

„Müssen wir uns Sorgen machen, Garrity?", fragte Acton und hob eine Braue.

„Sie sind Frauen. Ihretwegen müssen wir ständig in Sorge sein", erwiderte er trocken.

„Gesprochen wie ein erfahrener Ehemann", seufzte Strathaven, doch seine jadegrünen Augen funkelten amüsiert. „Dank Emmas Detektivarbeit habe ich mehr graue Haare, als mir lieb ist."

„Wenigstens nimmt sie nur hin und wieder Fälle an", warf Kent ein und verdrehte die Augen. „Tessa regiert ein Gebiet der verdammten Londoner *Unterwelt*."

Trotz seiner Beschwerde schwang unverhohlener Stolz in seiner Stimme mit. Als er verstohlen zu seiner Frau hinübersah, winkte sie ihm zu und schickte ihm einen Luftkuss.

„Du hast es leicht, Acton", sagte Strathaven. „Polly ist im Vergleich zu ihren Schwestern äußerst sanftmütig."

„Oh, mein Kätzchen hat durchaus ihre Krallen", erwiderte dieser mit einem anzüglichen Grinsen.

„Kein Wort mehr!" Kent erschauderte und hielt abwehrend eine Hand hoch. „Immerhin sprechen wir hier über meine Schwester, und diese Dinge werde ich nie wieder aus dem Kopf bekommen."

„Dann erzähle ich dir besser nicht, auf welche Weise Emma mich an meinem letzten Geburtstag überrascht hat ...", begann Strathaven mit unschuldiger Miene.

Als Kent sich entsetzt die Ohren zuhielt, brachen seine Schwäger in schallendes Gelächter aus, und selbst Adams Mundwinkel zuckten.

Hilfesuchend wandte Harry sich an ihn. „Sie sind glücklicherweise nicht mit einer meiner Schwestern verheiratet ... Erzählen Sie uns doch etwas über die reizende Mrs Garrity! Wie halten Sie sie von Ärger fern?"

„Indem ich ihr all das gebe, was sie will und braucht", erwiderte er.

Schweigen legte sich über die Gruppe, und alle starrten ihn an, als wäre ihm soeben ein zweiter Kopf gewachsen. Warum fanden sie seine Worte so überraschend, wo es doch offensichtlich war, dass ein jeder von ihnen seine Gemahlin vergötterte?

Ransom räusperte sich. Seine Miene drückte nun keinen Schock mehr aus, sondern eher ... Respekt?

„Das ist wohl der beste Rat, den ein zukünftiger Bräutigam

erhalten kann", sagte er ernst. „Und genau das gedenke ich auch mit meiner Maggie zu tun."

„Darauf sollten wir anstoßen." Kent winkte einen Lakaien herbei, der ein Tablett voll Champagnerflöten trug.

Jeder der Männer nahm sich ein Glas und hielt es hoch.

„Auf unsere Frauen", sagte Kent. „Mögen wir uns ihrer stets würdig erweisen."

Nachdem sie ausgetrunken hatten, hörte Adam, wie das Orchester ein neues Lied anspielte. Auf diese bestimmte Melodie hatte er schon seit einer geraumen Weile gewartet.

„Wenn Sie mich jetzt entschuldigen würden, meine Herren", sagte er. „Ich möchte meine Frau zu unserem zweiten Walzer auffordern."

Er verbeugte sich knapp und entfernte sich, nicht jedoch, ohne dabei Ransoms gemurmelte Worte zu vernehmen: „Ich hätte nie gedacht, dass ich das einmal sagen würde, aber verdammt, ich kann den neuen Adam Garrity wirklich gut leiden."

Gabby war völlig erhitzt und beflügelt von dem Gefühl, in den Armen ihres Gemahls über die Tanzfläche zu schweben. Früher hatte er für gewöhnlich einen Platz auf ihrer Tanzkarte reserviert, aber an diesem Abend waren es sogar *zwei* gewesen, beides Walzer. Und während er schon immer ihr bevorzugter Partner gewesen war, zeichnete sich die neu gefundene Intimität zwischen ihnen auch beim Tanzen ab.

Er führte sie selbstsicher durch den Saal, und sie folgte seinen Bewegungen mit müheloser Eleganz. Ihre Körper schmiegten sich in perfekter, sinnlicher Harmonie aneinander, ähnlich wie während ihres Liebesspiels im Bett. Oder gegen die Wand. Oder in der Kutsche ...

„Ich kann es nicht erwarten, hier wegzukommen", flüsterte Adam ihr zu, während er sie von der Tanzfläche geleitete.

Sie blinzelte verwirrt, als sie seine angespannten Züge bemerkte. „Ich dachte, du würdest dich amüsieren?"

„Tue ich auch. Aber mit dir zu tanzen, würde selbst einen Heiligen auf die Probe stellen", erwiderte er und warf ihr einen vielsagenden Blick zu. „Und ich bin kein Heiliger. Wie lange gedenkst du noch zu bleiben?"

„Wir sollten uns zumindest von unseren Gastgebern verabschieden, bevor wir aufbrechen."

„Kein Problem, da vorne stehen sie."

Angesichts seiner jungenhaften Ungeduld musste sie ein Kichern unterdrücken, während er sie in Richtung ihrer Freunde zog.

Ihr fiel auf, dass sich ein Neuankömmling zu ihnen gesellt hatte, dem sie noch nie offiziell vorgestellt worden war, dessen weizenblondes Haar und stechende, dunkle Augen sie jedoch sofort erkannte. Zeichnungen von ihm zierten regelmäßig die Tagesblätter, und erst vor Kurzem hatte es eine Karikatur von ihm gegeben, die ihn auf einer goldenen Lokomotive sitzend zeigte, eine Krone auf dem Kopf und ein Zepter in der Hand haltend.

Die Überschrift hatte gelautet: *Midas erobert das Eisenbahnwesen.*

„Ah, da sind ja unsere lieben Freunde, die Garritys", sagte Tessa. „Darf ich euch mit Mr Anthony De Villier bekannt machen? Ich bin mir sicher, alle wissen ohnehin, wer er ist. Es ist uns eine Ehre, dass er unserem Ball trotz seines vollen Terminkalenders beiwohnt."

Obwohl der Unternehmer angeblich in seinen Sechzigern sein sollte, besaß er den Elan und die Statur eines jungen Mannes. Aufgrund seines blonden Haares, der dunklen Brauen und seines faltenlosen Gesichts ließ sich sein Alter nur schwer bestimmen. Als er Gabby die Hand küsste, fiel ihr der schwere Siegelring an seinem Finger auf, in dessen glänzenden Blutstein seine Initialen eingraviert waren.

„Es ist mir eine Freude, Mrs Garrity", sagte er mit tiefer, samtiger Stimme.

„Die Freude ist ganz meinerseits, Sir." Etwas an seinem durchdringenden Blick, der an den eines Falken erinnerte, bereitete ihr Unbehagen. Er drückte ihre Hand ein wenig zu fest, weshalb sie sie schnell seinem Griff entzog. „Ich, äh, habe in der Zeitung von Ihren jüngsten Erfolgen gelesen. Ihre neue Lokomotive soll die schnellste der Welt werden?"

„Sobald er fertig ist, wird mein Dampfmotor die Bahnindustrie revolutionieren", erwiderte er. De Villier war zweifellos ein charismatischer, selbstbewusster Mann. Kein Wunder, dass so viele in seine Projekte investierten. „Wir haben bereits jetzt Aufträge von sämtlichen Eisenbahngesellschaften. Das Geschäft floriert ... Aber davon kann Ihr Gemahl ebenfalls ein Lied singen, nicht wahr?" Er wandte sich Adam zu und musterte ihn abwägend, bevor er den Kopf neigte. „Garrity, wie ich hörte, sind Sie ebenfalls ein recht erfolgreicher ... Unternehmer."

Gabby entging der geringschätzige Unterton in seiner Stimme nicht. Irritiert kniff sie die Augen zusammen.

„Ich bin Geldverleiher", erwiderte Adam unverblümt. „Sind wir uns schon einmal begegnet?"

„Das glaube ich kaum", sagte De Villier mit einem hochnäsigen Lächeln. „Immerhin verkehren wir nicht wirklich in denselben Kreisen."

Diesmal war die Beleidigung nicht zu überhören, und Gabby spürte, wie glühende Wut in ihr aufstieg. Wie konnte dieser Schuft es wagen, auf ihren Gemahl herabzuschauen? Er mochte wohlhabend und einflussreich sein, aber das war Adam auch. Beide Männer hatten sich aus eigener Kraft nach oben gearbeitet und waren in ihrem Gewerbe äußerst erfolgreich. Warum mussten manche Menschen andere niedermachen, um sich selbst überlegen zu fühlen? Warum konnten nicht einfach alle *nett* zueinander sein?

All die Emotionen, die sie jahrelang unterdrückt und in ihre mentalen Schubladen gesperrt hatte, kamen auf einmal an die Oberfläche gesprudelt. So sehr sie sich auch bemühte, die Fassung zu wahren, konnte sie ihre Empörung schließlich nicht länger zurückhalten.

„Wenn Ihnen unsere Gesellschaft nicht genehm ist, können Sie gerne woanders hingehen ... Sir", sagte sie mit zitternder Stimme.

Die Worte schockierten sie ebenso sehr wie ihre Freunde, die sie nun alle mit großen Augen anstarrten. Die Männer wirkten angespannt, wachsam, als bereiteten sie sich auf die unweigerlichen Folgen ihr bissigen Bemerkung vor.

De Villier erstarrte sichtlich, und seine dunklen Augen sprühten Funken. Wie aus dem nichts erschienen zwei muskelbepackte Leibwächter neben ihm. Obwohl sie wie gewöhnliche Lakaien aussahen, wusste Gabby genau, welchen Zweck sie erfüllten, immerhin war sie mit den privaten Wachen ihres Mannes bestens vertraut. De Villiers Schergen sahen besonders bedrohlich aus. Einer von ihnen hatte eine große, rote Narbe am Kinn, die bis nach hinten zu seinem Ohr verlief. Sein Blick ruhte unverwandt auf Adam.

Gütiger Himmel, dachte sie verzweifelt. *Was habe ich da nur wieder angerichtet?*

„Sie können gerne bleiben, De Villier", brach Adam mit ruhiger, kontrollierter Stimme das Schweigen. „Meine Gemahlin und ich wollten gerade gehen. Vielen Dank für die exquisite Gastfreundschaft, Mr und Mrs Kent, und dem glücklichen Paar, das wir heute feiern durften, meine besten Wünsche."

„Meine lieben Freunde, ihr seid uns jederzeit willkommen",
erwiderte Tessa mit einem kühlen Blick in De Villiers Richtung.

Benommen ließ Gabby sich von Adam aus dem Saal führen.

„Ich kann nicht glauben, dass ich das getan habe", stammelte sie. „Ich ... ich habe gerade einen der einflussreichsten
Männer Englands beleidigt."

„Der Mistkerl hat es verdient", erwiderte Adam und grinste
sie an. „Nächstes Mal wird er es sich zweimal überlegen, bevor
er mich im Beisein meiner unerschrockenen, loyalen Gemahlin
kränkt."

Kapitel Dreißig

Ein paar Tage später betrat Gabby das Arbeitszimmer ihres Mannes, während dieser in seinem Büro war. Max vermisste sein Buch und war untröstlich, weil es wie vom Erdboden verschluckt zu sein schien. Das Personal hatte bereits das gesamte Haus auf den Kopf gestellt, doch von der geliebten Lektüre ihres Sohnes fehlte jede Spur. Einzig im Arbeitszimmer hatten sie noch nicht nachgesehen, und da Adam seinem Sprössling abends oft etwas vorzulesen pflegte, hoffte Gabby, es dort zu finden.

Zuerst sah sie bei der Sitzecke vor dem Kamin nach, warf sogar einen Blick unter die Polster und spähte unter sämtliche Einrichtungsgegenstände. Das Buch fand sie dort zwar nicht, dafür aber eines von Fionas Haarbändern. Gütiger Himmel, die beiden waren wie Hänsel und Gretel, die überall eine Spur hinterließen. Mit einem resignierten Lächeln wandte sie sich dem Schreibtisch zu. Als sie sich auf seinem Sessel niederließ, jagten ihr das Gefühl des Leders und der würzige Duft seines Parfüms, der in der Luft hing, einen wohligen Schauer über den Rücken.

Prüfend musterte sie die Gegenstände auf dem Tisch, unter

denen sich ein Tablett voll Schreibutensilien sowie ein kunstvoller Wachsstockhalter befanden. Auf der Schreibunterlage stapelten sich mehrere Briefe und Zeitungen, die Burke für Adam bereitgelegt hatte, und sie beschloss, diesen Berg als Erstes durchzusehen. Als sie die Korrespondenz anhob und das verschollene Buch darunter entdeckte, lachte sie triumphierend auf.

Auf den Instinkt einer Mutter ist immer Verlass, dachte sie mit einem Anflug von Selbstgefälligkeit.

Nachdem sie das Buch an sich genommen hatte und den Stapel wieder zurücklegen wollte, fiel einer der Briefe heraus, und die verschnörkelte, feminine Handschrift darauf erregte ihre Aufmerksamkeit. Sie zögerte kurz, bevor sie das Buch ablegte und das Schriftstück an sich nahm. Das Papier war cremefarben und dick, und ihre Nackenhaare stellten sich auf, als ihr der Hauch eines süßlichen Parfüms in die Nase stieg.

Der Brief war schlichtweg an Adam Garrity adressiert, ohne Anschrift des Absenders. Als sie ihn umdrehte, entdeckte sie ein rotes Wachssiegel, das einen seltsamen Stempel trug: zwei sich kreuzende Schwerter? Nein, bei näherer Betrachtung stellte sie fest, dass es Reitgerten waren. Eine eisige Hand schloss sich um ihr Herz, während sie die versiegelte Nachricht betrachtete.

Eine private Nachricht, deren Inhalt sie nichts anging.

Sie hatte kein Recht, sie zu öffnen ...

Sie brach das Siegel auf, entfaltete das Papier und überflog die knappen Zeilen:

Mein liebster Adam,

es ist viele Wochen her, seit ich von Dir gehört habe. Du sollst wissen, dass ich an Dich gedacht und dafür gebetet habe, dass es Dir schon bald besser geht. Hoffentlich sehe ich Dich in Kürze wieder im Klub an unserem üblichen Freitag.

In tiefer Verbundenheit,
J.

J ... *Jessabelle!*

Ein stechender Schmerz durchfuhr Gabby und drohte, ihr die Luft abzuschnüren. Fassungslos starrte sie auf die Nachricht, wünschte sich von ganzem Herzen, dass die verschnörkelte Schrift sich auflösen und zu etwas weniger Vernichtendem umformen würde.

Aber die Worte blieben unverändert: ein unwiderruflicher Beweis für die Untreue ihres Gemahls.

Ein grausamer Hammer, der ihr neu gefundenes Glück in tausend Stücke schlug.

Doch während ihre Augen sich mit Tränen der Verzweiflung füllten, spürte sie auch ein anderes Gefühl in sich aufsteigen, eine stärkere Version dessen, was sich ihrer ermächtigt hatte, als sie De Villier die Stirn bot – heiße, glühende Wut.

Unser üblicher Freitag.

Hatte Adam sich dieses ... dieses *Flittchen* etwa ebenfalls nach einem strengen Zeitplan gehalten? Wie lange dauerte diese Affäre schon an? War er in diese unmoralische Frau verliebt?

Früher hätte sie versucht, den Schmerz zu ignorieren, den Beweis für seinen Verrat in einer ihrer Schubladen abzulegen und mit ihrem Leben weiterzumachen, als wäre nichts geschehen.

Aber sie war nicht mehr die alte Gabby. Die *Schublade der seligen Unwissenheit* existierte nicht mehr, und sie würde sich nicht mit weniger als der vollen Wahrheit zufriedengeben. Die Ironie an der Sache war, dass ausgerechnet Adams Liebe diese

Veränderung in ihr bewirkt hatte. Um ihr gebrochenes Herz würde sie sich hinterher kümmern … Erst wollte sie Antworten. Nein, sie *verdiente* sie. Adam konnte sie ihr wegen seines Gedächtnisverlustes nicht geben, und selbst wenn, würde sie ihm vermutlich kein Wort glauben.

Also musste sie sich die Wahrheit von der Quelle selbst holen.

Mit zitternden Händen studierte sie die Nachricht ein weiteres Mal. Sie war diskret und lieferte keinen Hinweis auf den Absender, mit Ausnahme des Stempels und der Tatsache, dass die Treffen „im Klub" stattgefunden hatten.

Unser üblicher Freitag.

Adam musste irgendwie zu diesen Terminen gelangen. Wenn die Besuche so regelmäßig stattgefunden hatten, wie das Schreiben es andeutete, war er vermutlich von einem loyalen Angestellten dorthin gebracht worden. Und dieser Jemand würde nun auch Gabby an ihr gewünschtes Ziel bringen, sonst konnte er sich auf etwas gefasst machen!

Entschlossen rauschte sie aus dem Zimmer und begab sich auf die Suche nach dem Stallburschen.

Adam starrte gedankenverloren auf den Bericht, der vor ihm auf dem Tisch lag. Cornish hatte ihn vor einer halben Stunde vorbeigebracht, und während er die Zusammenfassung seiner gescheiterten Investitionen durchgegangen war, hatte er plötzlich ein seltsames Summen vernommen, als ob eine Fliege in seinem Ohr festsäße. Es wurde immer lauter und lauter, als würde das unsichtbare Insekt versuchen, einen Ausweg aus seinem Schädel zu finden. Für einen kurzen Augenblick fürchtete er, den Verstand zu verlieren. Dann jedoch war das

Geräusch abgeklungen und wurde von heftigen, pulsierenden Kopfschmerzen abgelöst.

Er hatte Cornish fortgeschickt und ein Päckchen Weidenrinde mit einem Schluck Whiskey hinuntergespült. Während er darauf wartete, dass die Schmerzen nachließen, ging er in Gedanken immer wieder den Bericht und die warnenden Worte seines Beraters durch.

Die fraglichen Banken stehen vor dem Ruin, Sir. Daran besteht kein Zweifel. Ich rate Ihnen, Ihre Beteiligung umgehend zurückzuziehen. Nach wie vor habe ich keine Ahnung, warum Sie das nicht schon viel früher getan haben ... Es sei denn, Ihre Gründe haben etwas mit Anthony De Villier zu tun.

Anthony De Villier. Als er an den anderen Mann dachte, verstärkten sich die Schmerzen wieder. Etwas an ihm war Adam seltsam vertraut vorgekommen.

Diese Banken haben eines gemeinsam: Sie alle haben De Villier beachtliche Darlehen gewährt. Womöglich haben Sie, wie so viele andere, darauf gewettet, dass sein jüngstes Projekt ein durchschlagender Erfolg wird und dass diese Geldinstitute davon profitieren würden. Aber als konservativer Geschäftsmann muss ich Sie davor warnen, auf derart riskante Investitionen zu setzen. Denken Sie doch nur an das Desaster mit der Südseeblase. Anthony De Villier mag wie ein Mann erscheinen, der die Gabe des Midas besitzt, aber hinter der goldenen Fassade könnte sich ein bleiernes Herz verbergen.

Anthony De Villier. Was verband Adam mit ihm? Warum war er so versessen darauf gewesen, in die Projekte des Unternehmers zu investieren? Eigentlich war er von Natur aus ein berechnender Mann, der kalkulierte Risiken einging, anstatt sich auf waghalsige Unterfangen einzulassen.

Wesentlich erfreulicher ist, dass De Villier kürzlich einen Teil seiner Darlehen zurückgezahlt hat. Während der letzten

Woche, in der ich diesen Bericht zusammengestellt habe, wurden seine Schulden bei zwei der Banken, die Sie besitzen, beglichen.

Sein Bauchgefühl sagte Adam, dass es einen Grund dafür gegeben haben musste, dem Unternehmer die Kredite zu gewähren, der nicht zwangsläufig mit der Aussicht auf Profit, sondern mit De Villier selbst zu tun hatte. Verdammt, er konnte es spüren, wie ein vergessenes Wort, das ihm auf der Zunge lag, eine Erinnerung, die sich nur knapp seiner Reichweite entzog ...

Ein lautes Klopfen riss ihn aus seinen Grübeleien, und er stöhnte frustriert auf.

Ohne auf Antwort zu warten, betrat Kerrigan den Raum. Die sorgenvolle Miene seines Leibwächters löste Alarmglocken in Adams Kopf aus.

„Was ist los?", fragte er.

„Eben ist eine Nachricht für Sie eingetroffen, Sir." Nervös fuhr Kerrigan sich mit der Hand über den rasierten Kopf. Er sah aus wie ein unglücklicher Bote, der fürchtete, jeden Moment erschossen zu werden. „Sie ist von Thompson."

Eine Nachricht seines Stallburschen? Verwirrt runzelte Adam die Stirn. „Was will er denn?"

„Offenbar hat Mrs Garrity ihm befohlen, sie ... äh ... Nun, sie wollte, dass er sie zu einer bestimmten Adresse fährt ...."

„Jetzt spucken Sie's schon aus, Mann", knurrte er ungeduldig.

„Sie wollte zu Mrs Wildes Klub", platzte Kerrigan heraus. „Irgendwie hat sie von Ihren, äh, Besuchen dort erfahren. Sie hat den armen Thompson zur Rede gestellt und darauf bestanden, dass er sie dorthin bringt. Eigentlich wollte er es nicht tun, aber sie drohte damit, sich eine Mietdroschke zu nehmen und auf eigene Faust jedes Freudenhaus der Stadt abzuklappern, bis sie das richtige fände ...."

Das Zimmer um ihn herum begann sich zu drehen,

während ihm gleichzeitig eine Vielzahl an unzusammenhängenden Bildern und Gedanken durch den Kopf schossen.

Mrs Wildes Klub ... Eine lächelnde Blondine ...

Peitschen, Orgien, eine weitere blonde Frau, die in einer Blutlache lag ...

Die Banken, die Banken, die Banken.

Anthony De Villier.

Er schwankte unstetig, als alle Einzelheiten seiner Vergangenheit wie eine Flutwelle über ihn hereinbrachen.

Einen Augenblick lang stand er wie vom Donner gerührt da.

„Äh, Sir? Ist alles in Ordnung?"

Benommen wandte er sich Kerrigan zu, dem loyalen Leibwächter, den er seit so vielen Jahren kannte.

„Ich erinnere mich", sagte er mit heiserer Stimme. „An alles."

Kerrigans gutes Auge spiegelte Erleichterung wider. „Teufel noch eins, das sind die besten Neuigkeiten, die ich seit Langem …"

„Gehen wir", unterbrach Adam ihn, bereits auf halbem Weg zur Tür. „Ich muss dringend zu meiner Frau."

Kapitel Einunddreißig

Kurz vor Sonnenuntergang traf Gabby bei Mrs Wildes Klub ein.

Das Etablissement, gebaut im italienischen Stil, lag in einer ruhigen Straße in Covent Garden und wirkte von außen recht unscheinbar. Gabby setzte die Kapuze ihres Umhangs auf, holte noch einmal tief Luft und begab sich zur Eingangstür. Sie war verschlossen, offenbar hatte das Bordell noch nicht geöffnet. Als sie Stimmen seitlich des Gebäudes vernahm, folgte sie ihnen zu einem Hintereingang, der durch eine Samtkordel abgesperrt war.

Der stämmige Wachmann, der neben der Tür stand, musterte sie mit hochgezogenen Brauen.

„Sind Sie sicher, dass Sie hier richtig sind, Täubchen?"

„Ich wünsche, die Hausherrin zu sprechen", erwiderte Gabby scharf. „Sagen Sie ihr, Adam Garrity schickt mich."

Der Name war ihm sichtlich vertraut, eine Tatsache, die ihr einen weiteren Stich in die Brust versetzte.

„Warten Sie hier. Ich informiere Mrs Wilde", sagte er und verschwand ins Innere des Hauses.

Kurze Zeit später kehrte er zurück, öffnete die Kordel und

führte Gabby hinein. Mit hämmerndem Herzen folgte sie ihm hinauf in den zweiten Stock, vorbei an leicht bekleideten, stark geschminkten Frauen, deren Aufzug keinen Zweifel an der Art ihres Gewerbes ließ. Während sie einen langen, mit Zimmern gesäumten Gang entlanggingen, konnte sie nicht umhin, einen Blick durch die geöffneten Türen zu werfen.

Gütiger Himmel.

In einem der Gemächer erspähte sie ein großes Kreuz, an dessen horizontalen Enden Fesseln hingen. Eine in Leder gekleidete Dirne stolzierte davor auf und ab, bevor sie eine Rute aus einem Schirmständer zog und sie prüfend durch die Luft schwang.

In einem weiteren Raum stand ein riesiges Bett, in dem mindestens ein Dutzend Menschen Platz finden würden. An der Decke darüber war ein ebenso enormer, in Gold gerahmter Spiegel angebracht. Gabby errötete heftig, als sie sich vorstellte, was für einen sündhaften Anblick er den Benutzern des Bettes bieten musste.

Endlich am Ende des Korridors angekommen, war sie völlig außer Atem und spürte, wie ihre Handflächen schwitzten. Der Wachmann führte sie in das letzte der Zimmer, wo sie nervös auf die Ankunft der mysteriösen Mrs Wilde wartete. Um sich von dem beklemmenden Gefühl in ihrer Brust abzulenken, sah sie sich ein wenig genauer in dem orientalisch angehauchten Raum um ... und erstarrte.

Er war eingerichtet wie das Serail eines Sultans.

Ihr war, als hätte jemand die Kulisse ihrer erotischsten Fantasien zum Leben erweckt. Die Illusionsmalerei an den Wänden stellte weiße Säulen und aufwendige, arabische Gitter-muster dar. Durch hauchdünne, flatternde Vorhänge erspähte man flüchtige Blicke auf das tiefe Azurblau des in der Ferne liegenden Meeres. Alles wirkte so unglaublich real, dass Gabby sich kurzzeitig in ein luxuriöses Gemach im Nahen Osten versetzt fühlte, in dem sie die Brise spüren konnte, die durch die Balkontüren hereinwehte und ihre Nase mit dem salzigen Duft des Ozeans füllte.

In dem kleinen Vorzimmer, in dem sie wartete, standen ein runder Tisch sowie dazu passende Stühle, ebenso wie ein niedriges, rotes Sofa, allesamt im orientalischen Stil. Durch einen gewölbten Eingang gelangte man in einen größeren Bereich, der von einer runden Matratze dominiert wurde. Auf dem Laken aus pfauenblauer Seide lagen zahlreiche luxuriöse Kissen mit goldenen Quasten verteilt, die eine Königin dazu einluden, sich genüsslich auf ihnen zu räkeln, während sie sich von ihrem Sultan verwöhnen ließ ...

Der Gedanke brachte sie unsanft zurück auf den Boden der Tatsachen. Mit stechendem Herzen erinnerte sie sich daran, wo sie in Wirklichkeit war und warum. Ihr Gemahl war kein Sultan, sondern ein untreuer, herzloser Verräter.

Als die Tür sich öffnete, straffte Gabby die Schultern und wandte sich der blonden Frau zu, die soeben eingetreten war. Sie war groß, von klassischer Schönheit und musste etwa um die vierzig sein. Der dünne, schwarze Morgenmantel, den sie trug, schmiegte sich an ihre sinnlichen Kurven und betonte ihre schmale Taille. Mit wachsender Verzweiflung registrierte Gabby den exotischen Reiz ihrer bernsteinfarbenen, mit Kohlestift umrandeten Augen sowie ihrer vollen, blutroten Lippen.

„Ich bin Mrs Wilde", sagte die Frau mit rauchiger, aber ein wenig kühler Stimme, während sie ihren Gast von Kopf bis Fuß musterte. „Sie versäumten zu erwähnen, in welcher Beziehung Sie zu Adam Garrity stehen."

Gabby streifte die Kapuze ab und richtete sich zu ihrer vollen Größe auf. „Ich bin seine Gemahlin."

Die Augen der Bordellwirtin weiteten sich vor Schock. „Sie sind Gabriella ... Mir war nicht klar ..."

Ihren Namen aus dem Mund dieser Person zu hören, war

wie ein Schlag ins Gesicht. Eine Welle der Demütigung übermannte sie. Hatte Adam seiner Mätresse etwa von ihr erzählt? Worüber hatten sie noch gesprochen und was mochten sie sonst noch miteinander getrieben haben ...?

„Sie sind Jessabelle, nehme ich an?", fragte sie spitz.

Ein Zucken huschte über Mrs Wildes Gesicht. „Nein, bin ich nicht." Sie atmete tief durch und fuhr sich mit der Hand durch die goldenen Locken. „Möchten Sie sich setzen? Ich kann uns einen Tee bringen lassen."

„Ich will keinen Tee, sondern Antworten", erwiderte Gabby ungehalten. „Wie lange läuft diese Affäre zwischen Ihnen und Adam schon? Wie viele gemeinsame Freitage hat es gegeben?"

„Weder bin noch war ich jemals die Geliebte Ihres Mannes, Ma'am."

Die ruhige, bestimmte Aussage der anderen Frau klang aufrichtig.

Oder vielleicht wünschte Gabby sich nur, dass sie es war.

„Wen hat er dann hier besucht? Ist Jessabelle eine Ihrer Dirnen?", verlangte sie zu wissen und zog den Brief aus ihrer Manteltasche, um ihn vor der Bordellwirtin auf den Tisch zu knallen. „Sie hat meinem Gemahl diese Nachricht geschickt."

„Nein, das war ich", erwiderte Mrs Wilde.

„Sie sagten doch gerade, dass Sie nicht Jessabelle sind."

„Bin ich auch nicht. Mein Name ist Jeannette."

„Und wer ist dann Jessabelle?"

„Sie war meine Schwester ... und sie ist tot."

Fassungslos starrte Gabby die andere Frau – *Jeannette* Wilde – an, die ihren Blick unverwandt erwiderte.

„W-welche Verbindung hatte Ihre Schwester zu meinem Mann?", fragte sie schließlich.

„Ihnen das zu erzählen, steht mir nicht zu", sagte die Bordellwirtin bestimmt, aber keineswegs unfreundlich. „Ich kann mir vorstellen, wie verwirrend das für Sie sein muss, Mrs

Garrity, aber ich denke, es wäre das Beste, wenn Sie mit Ihrem Gemahl darüber reden. In der Tat dränge ich ihn seit Jahren dazu, sich Ihnen anzuvertrauen."

„Warum ... sollten Sie das tun?", flüsterte Gabby mit erstickter Stimme. „Welches Recht haben Sie, mit *meinem* Mann über *meine* Ehe zu sprechen?"

„Keines außer dem einer langjährigen Freundin ..."

Sie brach abrupt ab, als die Tür aufflog und ein attraktiver, rothaariger Mann hereinkam, der alarmiert zwischen den beiden Frauen hin und her blickte.

„Ist alles in Ordnung, mein Schatz?", fragte er Mrs Wilde. „Ronald sagte, eine Bekannte von Adam sei hier."

Gabby runzelte verwirrt die Stirn. Dieser Kerl kannte ihren Gemahl also auch?

„Alles bestens. Sie ist keine Bekannte, sondern Adams Ehefrau", korrigierte die Bordellwirtin ihn.

„Oh." Gekonnt verbarg er seinen anfänglichen Schock und verneigte sich höflich. „Verzeihen Sie bitte. Mir war nicht bewusst, dass Adam zu Hause über uns spricht."

„Hat er nicht", erwiderte Gabby.

„Ah ... Wo bleiben nur meine Manieren? Ich bin Thomas Pender, Jeannettes Gemahl."

„Sie sind *verheiratet?*", rief sie aus und starrte Mrs Wilde – oder vielmehr Mrs Pender? – überrascht an.

„Nächsten Monat sind es sechs Jahre", erwiderte die Blondine und warf ihrem Mann einen liebevollen Blick zu. „Adam hat uns miteinander bekannt gemacht."

„Garrity und ich hatten geschäftlich miteinander zu tun", fügte Pender erklärend hinzu. „Das heißt, er hat mir Geld geliehen und ich war einer der wenigen klugen Köpfe, die ihm das Darlehen fristgemäß zurückzahlten. Mit der Zeit wurde aus dem Geschäftsverhältnis ein freundschaftliches. Da er wusste, dass ich verwitwet war, stellte er mir Jeannette vor. Sie war stets zu beschäftigt mit ihrem Klub gewesen, um sich mit dem Gedanken an einen Ehemann herumzuschlagen. Doch Adam hat ihr die Idee schmackhaft gemacht. Ich glaube, er war davon überzeugt, dass die Ehe unser Glück vollkommen machen würde, so, wie es bei ihm der Fall war."

„Nicht, dass er das jemals zugeben würde. Was Emotionen anbelangt, ist er äußerst zurückhaltend, wie Sie wissen." Der mitfühlende Blick, den Mrs Wilde ihr zuwarf, verwirrte Gabby nur noch mehr. „Aber ich kenne ihn bereits seit so vielen Jahren, dass es ihm nicht möglich ist, seine Zufriedenheit vor mir zu verbergen. Es ist deutlich zu sehen, wie viel Freude und inneren Frieden Sie ihm bescheren. Seit er Sie geheiratet hat, ist er wie ausgewechselt."

„Ich verstehe das einfach nicht", sagte Gabby mit wachsender Frustration. „Wenn Adam keine Affäre hat, warum wollte er mir nichts von Ihnen beiden erzählen? Warum hat er dieses Geheimnis für sich behalten? Und welche Rolle spielt Jessabelle bei all dem?"

Mrs Wilde wechselte einen Blick mit ihrem Mann.

„So gerne ich Ihnen auch weiterhelfen würde", sagte sie mit aufrichtigem Bedauern, „steht es mir, wie gesagt, nicht zu, diese Fragen zu beantworten ..."

„Nein, das ist allein meine Aufgabe", wurde sie von Adams durchdringender Stimme unterbrochen.

Während Adam von seinen Freunden begrüßt wurde, ließ er Gabriella nicht aus den Augen. Er sah, wie ihre Unterlippe bebte, registrierte den Schmerz und die Verwirrung in ihrem lieblichen Gesicht, und hasste sich dafür, ihre diesen Kummer beschert zu haben. Verflucht, warum hatte er es so weit kommen lassen? Warum war es ihm nicht gelungen, sie zu beschützen, Gedächtnisverlust hin oder her?

Wie aufs Stichwort begann seine rechte Schläfe, schmerzhaft zu pulsieren. Es war, als hätten seine plötzlich zurückgekehrten Erinnerungen die eigentlich längst verheilte Wunde wieder aufgerissen.

Verzweifelt versuchte er, sich zu konzentrieren, unter allen Umständen die Fassung zu wahren. Irgendwie kam es ihm so vor, als gäbe es zwei verschiedene Hälften seiner selbst, eine vergangene und eine gegenwärtige, die verbissen miteinander kämpften. Einerseits war er, wer er immer gewesen war, andererseits existierte nun eine neue Version von ihm, und keine von beiden wollte sich mit der Situation, in der er sich befand, auseinandersetzen. Sein altes Ich hätte es nie so weit kommen lassen, sein neues fand die ganze Angelegenheit einfach nur haarsträubend.

Du hast die Kontrolle verloren und deshalb wurde sie verletzt, behauptete der frühere Adam.

Warum hattest du so viele Geheimnisse vor ihr?, verlangte der jetzige Adam voll Abscheu zu wissen.

In einer Sache jedoch waren sie sich einig: Er musste schleunigst den Schaden eingrenzen und Gabriella weiteren Kummer ersparen. Teufel noch eins, der verletzte, hoffnungslose Ausdruck in ihren Augen brachte ihn schier um. Lieber wollte er sich eine Klinge in die Brust rammen, als ihr weiterhin wehzutun.

„Geht es dir auch wirklich gut?", durchbrach Jeannettes Stimme seine wirbelnden Gedanken. Seine langjährigen Freunde musterten ihn mit besorgten Mienen.

„Es ist alles in Ordnung", sagte er. „Ich würde nur gerne mit meiner Frau unter vier Augen sprechen."

„Selbstverständlich, alter Knabe", erwiderte Pender. „Schön, dass du wieder wohlauf bist."

Bevor Jeannette ihrem Mann aus dem Zimmer folgte, legte sie Adam kurz eine Hand auf den Arm. „Geh behutsam mit ihr um", murmelte sie.

Irritiert darüber, dass sie diesen Rat für nötig hielt, nickte er kurz angebunden.

Dann waren er und Gabriella allein. Schweigend standen sie einander gegenüber, den kleinen, runden Tisch wie einen Schutzschild zwischen sich. Die Anspannung in der Luft war dichter als der Nebel über der Themse.

Schließlich neigte Gabby den Kopf. „Du erinnerst dich also an sie", stellte sie fest.

„Ich erinnere mich an alles", sagte er. „Es ist mir wieder eingefallen. Heute Nachmittag."

Erleichterung flackerte in ihren ausdrucksstarken Augen auf, und ein tiefes Gefühl von Dankbarkeit durchflutete ihn. Trotz ihrer gerechtfertigten Wut und Zweifel schien sie sich immer noch um ihn zu sorgen. Damit konnte er arbeiten.

„Dann wirst du sicher die Güte besitzen, mir zu erklären, was hier vor sich geht." Obwohl ihre Stimme vor unterdrückten Emotionen zitterte, stand sie hoch erhobenen Hauptes vor ihm. „Warum hast du mir nie von deinen regelmäßigen Besuchen bei Mrs Wilde erzählt?"

Während er über seine Antwort nachdachte, wurde ihm bewusst, dass er nicht der Einzige war, der sich in den letzten Wochen verändert hatte. Gabriellas neu gefundenes Selbstbewusstsein und ihre würdevolle Haltung waren bemerkenswert. Nun, da er sein Gedächtnis wiedererlangt hatte, konnte er deutlich den Wandel in ihr erkennen. Voll Stolz registrierte er das Feuer in ihr, das sie so lange vor ihm und auch vor sich selbst versteckt gehalten hatte.

Sie ist stark genug, um mit deiner düsteren Vergangenheit fertig zu werden. Sag ihr die Wahrheit, forderte eine Stimme in seinem Kopf.

Aber nur so viel, wie sie unbedingt wissen muss, meldete sich eine andere.

Er zog einen Stuhl heraus. „Willst du dich nicht setzen?"

„Ich will, dass du endlich mit der verfluchten Wahrheit herausrückst", erwiderte sie scharf.

Er umklammerte die Rückenlehne des Stuhls. „Ich habe dir nie etwas von Jeannette erzählt, weil sie Teil einer Vergangenheit ist, auf die ich alles andere als stolz bin. Alles, was geschehen ist, liegt sehr lange zurück, bevor wir beide einander begegnet sind, und hat dementsprechend nichts mit dir zu tun."

„Das lass bitte mich entscheiden." Argwöhnisch kniff sie die Augen zusammen. „Hattet ihr je eine Affäre?"

„Gütiger Himmel, nein! Auf diese Weise war ich nie an ihr interessiert", beharrte er. „Sie ist eine Freundin, mehr nicht. Zwar verbinden uns gewisse Erfahrungen, aber keine davon war jemals intimer Natur. Ich war dir nie untreu, Gabriella. Von dem Moment an, als wir einander zum ersten Mal begegnet sind, wollte ich mit keiner anderen Frau mehr das Bett teilen."

Das war die unumstößliche Wahrheit. Die Sehnsucht in ihrem Blick verriet ihm, wie gern sie ihm glauben wollte. Dennoch wurde das tiefe Blau ihrer Augen von Misstrauen überschattet, was sich wie ein Schlag in die Magengrube anfühlte ... Allerdings wie einer, den er verdient hatte.

Herausfordernd hob sie das Kinn. „Wer ist Jessabelle?"

Obwohl er wusste, dass das Thema unvermeidlich war, erschütterte es ihn, diesen Namen aus dem Mund seiner Gemahlin zu hören. So viele Jahre lang hatte er versucht, die beiden Welten voneinander getrennt zu halten, und nun kollidierten sie wie zwei Planeten, die aus ihrer Umlaufbahn geraten waren. Der Schaden ließ sich nicht abwenden, aber zumindest hoffte er, ihn in Grenzen halten zu können, indem er ihr nur die nötigsten Fakten verriet.

„Sie war meine Ehefrau", sagte er.

Er sah, wie Gabriella erstarrte und schockiert nach Luft schnappte.

„D-du warst schon einmal verheiratet?", stammelte sie.

Er nickte knapp. „Nur für kurze Zeit, und zwar lange, bevor ich dir begegnet bin. Damals war ich ein junger Bursche Anfang zwanzig. Ich kannte Jessabelle – und ihre ältere Schwester Jeannette – seit meiner frühen Kindheit. Wir alle lebten auf der Straße und wurden von einem Mann namens Oswald Garrity gerettet. Als dieser erfuhr, dass ich keine Familienangehörigen mehr hatte, gab er mir seinen Nachnamen und bot mir dadurch Schutz. Um diesen Neuanfang zu symbolisieren, nannte ich mich von da an ‚Adam'."

Als er ihre schockierte Miene bemerkte, beschloss er, fürs Erste nicht auf die Zeit vor Garrity einzugehen. Er war immer noch nicht ganz bei klarem Verstand, und seine Emotionen waren das reinste Durcheinander. Der Gedanke an De Villier, an ihr Aufeinandertreffen vor ein paar Tagen, erfüllte ihn mit eiskalter Panik.

Hatte sein Vater ihn erkannt?

Während der letzten Jahre hatte Adam es sorgfältig vermieden, in direkten Kontakt mit dem Mistkerl zu treten, um die große Enthüllung nicht vorwegzunehmen. Er hatte sich die Falle genau zurechtgelegt: Er wollte sich De Villier in dem Augenblick seiner Zerstörung zu erkennen geben, und erst dann würde der Bastard wissen, warum er ruiniert worden war und von wem.

Seit seinem neunten Lebensjahr hatte die Rache Adam fest im Griff gehabt. Sie hatte ihn motiviert, ihn überleben lassen und ihn zu dem gemacht, was er heute war. Sich an seine Bestimmung zu erinnern, war wie die Suche nach einem Hafen im Sturm.

Seine Verwirrung, der quälende Konflikt in ihm selbst, löste sich nun auf, als er seinen Hafen suchte und fand. Die Stimme, die sich durchsetzte, war ruhig und gefasst. Als das vertraute Gefühl der Kontrolle ihn durchströmte, spürte er, wie die Spannung in seinen Schläfen nachließ.

Alles wird gut werden. Was mit De Villier zu tun ist, wird sich zeigen. Aber zuerst musst du Gabriella zurückgewinnen, sie davon überzeugen, dass sie zu dir gehört, koste es, was es wolle.

Sie war seine Frau, und er liebte sie, das sah er jetzt ein. Seine Gefühle ließen sich ebenso wenig leugnen wie die Tatsache, dass die Sonne im Osten auf- und im Westen unterging. Wenn überhaupt, dann bedauerte er, dass er es nicht schon früher erkannt hatte. Er hatte sich von seiner Vergangenheit mit Jessabelle einschüchtern lassen, hatte Angst davor gehabt zu erkennen, wie es um sein Herz bestellt war. Und das schon seit Jahren.

Aber er würde nicht länger vor der Liebe davonlaufen.

In den letzten Wochen hatten sich die Dinge in seiner Ehe verändert ... und das würde er zu seinem Vorteil nutzen. Erregung machte sich in ihm breit, als er darüber nachdachte, wie er seinen neuen Anspruch geltend machen könnte. Jetzt, da er Zeuge der Leidenschaft geworden war, die in Gabriella brannte, würde er sie nutzen, um seine Frau an sich zu binden. Anstelle seines früheren törichten Plans, seine Ehe in Routine, Anstand und Zurückhaltung zu hüllen, würde er das Verlangen und die Stärke ihrer Verbindung nutzen, um sie zu schützen.

Sie würde ihm gehorchen, wenn es darauf ankam. Er würde nicht zulassen, dass ihr etwas zustieß, dass die Dunkelheit seiner Welt ihr in irgendeiner Weise Schaden zufügte. Dieses Mal würde er nicht zulassen, dass die Liebe in Schmerz und bitterem Bedauern endete.

In seinem Entschluss bestärkt, fuhr er mit seiner Geschichte fort.

„Garrity führte eine Kinderbande an. Er war kein schlechter Mensch, denn er gab uns ein Dach über dem Kopf und sorgte dafür, dass wir genug zu essen hatten, und im Gegenzug halfen wir ihm bei verschiedenen Aufgaben. Hauptsächlich beim Plündern und bei kleinen Diebstählen. Er hat uns nicht missbraucht und uns die nötigen Fähigkeiten zum Überleben vermittelt."

Kurz hielt er inne, bevor er fortfuhr: „Schon als Junge war ich in Jessabelle vernarrt. Sie war zwei Jahre jünger als ich, ein hübscher, blonder Engel, der einfach jeden um den kleinen Finger wickeln konnte. Das war eine nützliche Fähigkeit, wenn es ums Schwindeln ging. Taschendiebstahl hat sie nie gelernt, denn sie brauchte nur eine Lügengeschichte darüber zu erzählen, warum sie Geld benötigte, und schon wurde sie von Fremden mit Münzen überschüttet."

Gabriella schluckte schwer. „Wann habt ihr beide ...?"

„Ich war zwanzig, als ich ihr einen Antrag machte. Sie nahm ihn an, aber Garrity war gegen unsere Verbindung. In seinen Augen waren wir seine Kinder und damit Bruder und Schwester, obwohl es keine Blutsbande zwischen uns gab. Letztendlich hat er uns rausgeschmissen." Adam erinnerte sich mit bittersüßer Hinnahme an den Moment, als sein Mentor ihm den Rücken kehrte. „Jeannette kam mit uns, weil sie sich stets um ihre jüngere Schwester sorgte. Wir drei fingen ganz von vorne an. Jessabelle und ich heirateten, und ich fand Arbeit als Wachmann für einen Geldverleiher namens Helmsley. Er erkannte mein Potenzial, und ich stieg schnell in der Rangliste auf. Während ich jedoch einen beruflichen Erfolg nach dem anderen feierte, begann meine Ehe zu bröckeln."

Gabriella biss sich auf die Unterlippe. „Was ist passiert?"

„Jessabelle hatte es irgendwann satt, dass ich kaum noch zu Hause war. Sie beschuldigte mich, sie verlassen zu wollen, untreu zu sein, obwohl ich mein Gelübde nie gebrochen hatte."

Er sah, wie Gabriella die Zähne tiefer in ihrer Lippe vergrub und wusste, dass sie die Parallelen zwischen ihrem eigenen Verhalten und Jessabelles erkannt hatte. Es war ein bewusster, rücksichtsloser Schachzug seinerseits gewesen, um ihr Mitgefühl zu gewinnen. In Wahrheit konnte man die beiden Situationen nicht miteinander vergleichen. Jessabelle war verwöhnt und anspruchsvoll gewesen, sie hatte ihre Wutanfälle gezielt eingesetzt, um ihn zu manipulieren und ihren Willen durchzusetzen. Gabby hingegen gab stets alles von sich und verlangte im Gegenzug nur das, was ihr zustand.

Obwohl sein neues, verletzlicheres Ich sich dagegen sträubte, ihre gutmütige Art gegen sie zu verwenden, gab er sich einen Ruck. Es war notwendig, wenn er auch den dunkelsten Teil seiner Vergangenheit mit ihr teilen wollte, von dem sie nie hätte erfahren sollen. Doch sie musste es wissen, damit sie sein Handeln verstehen und akzeptieren konnte. Auf dem tückischen Schlachtfeld seines früheren Lebens musste er die Oberhand behalten.

„Wir haben uns ständig gestritten", fuhr er in sachlichem Tonfall fort. „Und anschließend haben wir uns ebenso regelmäßig und leidenschaftlich versöhnt."

Er bemerkte, wie die Farbe aus ihren Wangen wich und wünschte, er könnte sie vor dem Schmerz schützen, den er ihr zufügte. Hätte er sich anhören müssen, wie sie über einen anderen Mann sprach, der sie berührte, hätte er seine Faust durch eine gottverdammte Wand geschlagen. Aber dieser Teil der Geschichte war notwendig, und das Beste, was er tun konnte, war, es so schnell wie möglich hinter sich zu bringen.

„Jessabelle liebte erotische Spiele. Da sie aus dem Elendsviertel kam, war sie mit den verschiedensten Arten der Lust vertraut und von Natur aus neugierig." Er atmete tief durch, bevor er hinzufügte: „Besonders erregend fand sie es, sich vor anderen Männern zur Schau zu stellen, ihre begehrenden Blicke auf sich zu spüren, während wir beide es miteinander trieben."

Gabriella klappte die Kinnlade herunter. „Das hast du *zugelassen*?"

Ihr Schock war nachvollziehbar, denn er würde jeden Mann umbringen, der sie auch nur schief ansah, und er war froh, dass sie das wusste. Ihr war klar, dass er nie jemandem erlauben würde, ihr Vergnügen zu teilen. Dass sie ihm allein gehörte.

„Ich war ein junger Mann, und sie war meine erste Liebe. Ich wollte ihr gefällig sein. Und anfangs war es sehr erregend", gab er zu. „Ihre Schwester arbeitete in einem Klub, der auf Orgien spezialisiert war, und Jessabelle und ich gingen manchmal dorthin und ... beteiligten uns. Aber der Reiz des Neuen ließ bald nach, und mir wurde klar, dass ich nie wirklich das wollte, wonach sie sich sehnte. Ich sprach ein Machtwort und sagte ihr, dass wir unsere Besuche dort einstellen würden. Ich wollte, dass wir sesshaft werden und eine Familie gründen."

„War sie damit einverstanden?", fragte Gabriella leise.

„Zunächst stimmte sie zu, aber das waren leere Worte. Ihre Unzufriedenheit war spürbar, sie schwelte zwischen uns, doch ich beschloss, sie zu ignorieren. Das ist zwar keine Entschuldigung, aber ich hatte beruflich mit einem blutigen Territorialkrieg zu tun. Durch seinen wachsenden Erfolg griff Helmsley auf das Gebiet seines Konkurrenten O'Leary über, und die daraus resultierenden Auseinandersetzungen wurden immer fataler und persönlicher. Mehrere meiner Kollegen wurden dabei getötet. Ich gehörte zu der Gruppe, die Vergeltung übte und den Sohn unseres Feindes ausschaltete. Damit habe ich Jessabelles Schicksal besiegelt."

Selbst jetzt loderte die Glut der Schuld auf. *Ich hätte sie beschützen müssen. Sie oblag meiner Verantwortung, und ich habe sie im Stich gelassen. Ich hatte kein Recht, sie zu heiraten, wohl wissend, dass mir meine Rache wichtiger war.*

Ein mächtiger Mann durfte sich nicht von seinen Gefühlen

leiten lassen. De Villier hatte recht gehabt. Adams Liebe zu Jessabelle hatte ihn geschwächt und ihn zu einer falschen Entscheidung verleitet. Hätte er sie nicht geheiratet, wäre sie nun vielleicht noch am Leben.

„Was ist passiert?" Gabbys Stimme riss ihn aus seinen Gedanken und erdete ihn im Hier und Jetzt.

„Eines Abends stritten wir uns wie üblich. Ich sagte ihr, sie solle im Haus bleiben, weil meine Feinde überall lauerten. Dann bin ich gegangen, obwohl ich wusste, dass sie wütend war, dass sie in diesem Zustand zu allem fähig sein könnte." Er fuhr sich mit der Hand durchs Haar. „An diesem Abend fand in dem Klub, in dem ihre Schwester arbeitete, ein Maskenball statt, und Jessabelle ging verkleidet hin. Sie nahm an der Orgie teil, bis Jeannette sie erkannte und ihr sagte, sie solle nach Hause zu ihrem Mann gehen. So weit ist sie nie gekommen. Ich fand sie in einer nahe gelegenen Gasse.

O'Leary und seine Männer hatten sie vergewaltigt, bevor sie sie erstachen. Bevor sie sie zum Sterben in einer Lache ihres eigenen Blutes zurückließen." Er sah seiner Frau fest in die Augen, während die alte, hilflose Wut in ihm hochkochte. „Doch selbst als ich sie rächte, als ich die Kerle, die ihr das angetan hatten, einen nach dem anderen abschlachtete, wusste ich, dass sie nicht für Jessabelles Tod verantwortlich waren. *Ich war es.*"

Kapitel Zweiunddreißig

Als sie den gequälten Ausdruck in den Augen ihres Mannes sah, konnte Gabby sich nicht länger zurückhalten. Schnell lief sie um den Tisch herum zu Adam und nahm sein Gesicht in ihre Hände.

„Du hast Jessabelle nicht umgebracht", sagte sie nachdrücklich. „Das waren diese grauenvollen Männer."

„Ich hätte sie nicht allein lassen dürfen. Hätte sie nicht *heiraten* dürfen." Schmerz und Schuldgefühle zeichneten sich auf seinen Zügen ab. „Damals waren mir Macht und Einfluss wichtiger als alles andere ... selbst als sie. Ich habe mich von meiner Verliebtheit in dem Glauben täuschen lassen, dass ich beides haben könnte, und deswegen musste sie sterben."

„Du trägst nicht die ganze Schuld. Sie wusste, wer du bist. Es war ihre Entscheidung, dich zu heiraten und in dieser Nacht auszugehen, ungeachtet der Gefahren", flüsterte Gabby.

Er nahm ihre Hände und legte sie auf seine Brust. Sie spürte das heftige Klopfen seines Herzens, wusste, was es ihn gekostet hatte, ihr die Wahrheit zu sagen. Obwohl sie der Gedanke immer noch schmerzte, wie viel er ihr vorenthalten hatte, konnte sie die Erleichterung nicht unterdrücken, die sie durchströmte. Trotz seiner vielen Geheimnisse hatte er sie nie belogen.

Er war ihr immer treu gewesen. Seit ihrer Vermählung hatte er nur sie gewollt.

„Warum hast du mir nie etwas von deiner Vergangenheit erzählt?", fragte sie leise.

„Ich wollte unsere Ehe nicht beschmutzen. Du warst ein Neuanfang für mich, Gabriella, warst alles, was ich je wollte." Sein glühender Blick verriet ihr, dass er es ernst meinte. „Du warst so unschuldig und vertrauensvoll, so bereit, mir alles zu geben, was ich brauchte. Deine Liebe ist und war immer das Wunderbarste, was ich je gekannt habe. Ich wollte nicht, dass mein früheres Versagen die Art und Weise, wie du mich siehst, verändert."

Als sie begriff, welche unausgesprochene Angst sich hinter seinen Worten verbarg, sagte sie: „Ich könnte nie aufhören, dich zu lieben."

Selbst als sie sah, wie sich die Falten um seinen Mund entspannten, hatte sie eine unangenehme Vorahnung. Sie befreite sich aus seinem Griff, und er ließ sie mit offensichtlichem Widerwillen los.

Sie trat einen Schritt zurück und schlang schützend die Arme um sich. „Ist das, was mit Jessabelle passiert ist, der Grund, warum du dich all die Jahre von mir ferngehalten hast? Warum unsere Beziehung vor und nach dem Gedächtnisverlust so unterschiedlich war?"

„Ja", gab er unumwunden zu, ohne den Blick von ihrem Gesicht abzuwenden. „So töricht sich das jetzt anhören mag, ich hatte Angst, dass unsere Ehe den gleichen Weg einschlagen könnte. Ich machte mir Vorwürfe, weil ich Jessabelles Leichtsinn nicht gebremst hatte, redete mir ein, dass sie noch leben würde, wenn ich meine Pflicht als Ehemann erfüllt und sie und ihre Ausschweifungen im Zaum gehalten hätte. Ich habe mich selbst davon überzeugt, dass ich dich nur beschützen kann, wenn ich mich immer unter Kontrolle habe. Also musste ich einen klaren Kopf bewahren und durfte nicht zulassen, dass du mir zu sehr unter die Haut gehst."

Gabby holte scharf Luft, und ihre Kehle schmerzte, als hätte sie Glassplitter eingeatmet.

„Der Grund, warum du nur einmal in der Woche zu mir gekommen bist, warum du dich von mir ferngehalten hast, warum du mir nie gesagt hast, dass du mich liebst, war ... weil du dachtest, ich würde dich hintergehen, so wie Jessabelle es getan hat?"

Hielt er sie für so treulos?

„*Nein.*" Blitzschnell zog er sie an sich und presste sie an seine Brust, obwohl sie sich wehrte. „Hör mir zu, Gabriella. Nicht einen Moment lang habe ich gedacht, du wärst so wie Jessabelle. Mein Misstrauen galt nicht dir, sondern mir selbst. Weil die Liebe mir früher nichts als Schmerz und Kummer brachte, hatte ich Angst, dich zu lieben. Oder besser gesagt, ich hatte Angst zuzugeben, dass du mein Herz vom ersten Moment an erobert hast."

Sie erstarrte in seinem Griff. „Das stimmt doch gar nicht. Du warst nicht in mich verliebt, als du mir damals den Antrag gemacht hast."

„Vielleicht war es nicht Liebe auf den ersten Blick", gab er zu, „aber es war sicherlich Lust im Spiel. In dem Moment, als ich dich sah, erinnerte ich mich an ein Gemälde, das meine Mutter mir als Kind gezeigt hatte: Tizians Porträt der Venus. Die Göttin der Liebe war so unschuldig und zugleich sinnlich, dass sie mir selbst als Junge den Atem raubte. Jedes Mal, wenn ich dich ansehe, Gabriella, sehe ich diese Schönheit."

Er hielt sie für eine *Göttin?*

„Wirklich?", hauchte sie atemlos.

„Wirklich. Von unserem ersten Treffen an wusste ich, dass

ich dich ganz für mich allein haben wollte, dass ich vor nichts zurückschrecken würde, um dich für mich zu gewinnen." Er hielt inne, und als er fortfuhr, war seine Stimme rau vor Emotionen. „Du bist es immer noch, nicht wahr? Sag mir, dass du trotz allem, was du jetzt weißt, die Meine bist. Meine Frau, meine treue Partnerin, die Einzige, die jemals wahrhaftig mein Herz besessen hat."

Wie konnte sie ihn abweisen, wo doch jedes seiner Worte genau das ausdrückte, wonach auch sie sich aus tiefster Seele sehnte?

Und doch gab es eine Sache, die sie unbedingt noch wissen musste.

„Vor ein paar Monaten war da dieses Feuer im *Gilded Pearl.*" Sie spürte, wie seine Armmuskeln sich anspannten, doch sie ließ sich nicht beirren. „Jemand, der dir wichtig war, ist in dieser Nacht gestorben. Wenn es nicht Jessabelle war, wer dann?"

Als er nicht gleich antwortete, versuchte sie, sich von ihm zu lösen.

Er aber hielt sie fest.

„Eine Frau namens Drusilla Wiley", sagte er tonlos. „Bevor ich Garrity kennenlernte, hielten sie und ihr Mann Roger, ein Schornsteinfeger, mich und andere Kinder als ,Lehrlinge', obwohl ,Sklaven' ein treffenderer Begriff wäre, wenn man bedenkt, was sie uns angetan haben. Wir wurden gezwungen, Schornsteine zu reinigen und unzählige Verbrechen für sie zu begehen. Für jeden Verstoß gegen ihre Regeln wurden wir fast zu Tode geprügelt ... oder einfach nur zu ihrem sadistischen Vergnügen. Ich schwor mir, dass ich für Gerechtigkeit sorgen würde, sobald ich die Gelegenheit dazu hätte. Roger starb bei einem Messerkampf, was mich meiner Rache beraubte. Aber da war ja noch Drusilla."

Obwohl seine kühle Distanziertheit ihr einen Schauer über

den Rücken jagte, schmerzte es sie zu wissen, dass er noch so viel Schlimmeres hatte durchmachen müssen als angenommen.

„Was hast du ihr angetan?", fragte sie, nicht sicher, ob sie es überhaupt wissen wollte.

„Sie hat sich selbst in die Bredouille gebracht. Ohne zu wissen, wer ich war, hat sie sich bei mir verschuldet. Da sie mir das Geld nicht zurückzahlen konnte, ließ ich sie ihre Schulden abarbeiten ... Im *Gilded Pearl*."

„Und was musste sie dort tun?"

„Was immer von ihr verlangt wurde", sagte er kühl. „Da sie eine zahnlose, alte Schachtel war, bin ich mir sicher, dass sie hauptsächlich Nachttöpfe schrubben und ähnliche niedere Aufgaben erledigen musste. Als sie bei dem Brand starb, schuldete sie mir noch fünf Jahre Arbeit. Sie kam zu leicht davon."

Die Unbarmherzigkeit ihres Mannes hätte sie eigentlich schockieren müssen, aber das tat sie nicht. Gabby war mit offenen Augen in diese Ehe gegangen, was seine Herkunft, seinen Beruf und seinen Charakter anbelangte.

Auge um Auge, Zahn um Zahn – nach diesem Prinzip lebte Adam Garrity.

Er war seinen Freunden gegenüber ebenso loyal wie seinen Feinden gegenüber unerbittlich. War sie mit seinen rücksichtslosen Methoden einverstanden? Nein. Wollte sie ihre Zeit darauf verschwenden, Mitleid mit Drusilla Wiley zu haben, einer Frau, die hilflose Kinder versklavt und missbraucht hatte? Ebenfalls nein.

Letztendlich verstand Gabby, dass die Welt, die ihren Mann hervorgebracht hatte, ein Ort war, an dem Selbstjustiz und Überleben Hand in Hand gingen, und sie akzeptierte es ... Weil sie ihn liebte.

In Wahrheit gab es nur eine Sache, die sie nicht akzeptieren konnte.

„Habe ich dich abgeschreckt?", erkundigte er sich.

Trotz seines gleichgültigen Tonfalls hörte sie die unterschwellige Spannung in seiner Stimme, spürte sie in seinem Körper. Seine Arme lagen wie Stahlbänder um sie, als fürchtete er, sie könnte versuchen, ihn zu verlassen.

Sie neigte den Kopf zurück und sah ihm tief in die Augen.

„Ich weiß, wer du bist", sagte sie leise. „Nichts von dem, was du mir gestanden hast, ändert etwas an meiner Liebe zu dir."

Ein Schauer durchfuhr ihn, und sein Blick verdunkelte sich. „Meine wunderbare Frau ..."

„Du kannst dir meiner Liebe und meiner Loyalität sicher sein, jetzt und für alle Ewigkeit", fuhr sie fort und musterte ihn eindringlich. „Solange du mich nicht anlügst. Fortan werde ich keine Geheimnisse mehr dulden."

In seinen Augen flackerten Emotionen auf, die sie nicht benennen konnte. Aber sie spürte deren Intensität in der Art, wie er sie anstarrte, als wollte er sie an sich reißen und an einen ganz privaten Ort entführen, um sie für immer dort zu behalten. Ihre Haut kribbelte, als versuchten ihre eigenen Gefühle, aus ihr herauszubrechen. Die knisternde Spannung zwischen ihnen schwoll an und formte sich zu einem überwältigenden, körperlichen Verlangen.

Zwischen ihren Schenkeln pulsierte es, und sie spürte, wie sie feucht wurde.

„Du bist meine Frau, Gabriella, die Liebe meines Lebens", sagte er in einem kühlen, nachdrücklichen Tonfall, der die Flamme ihrer Lust noch heißer brennen ließ. „Ich werde dich niemals gehen lassen."

Bevor sie etwas erwidern konnte, hob er sie in seine Arme.

Das war noch nicht alles. Es gibt noch ein Geheimnis, von dem sie nichts weiß.

Energisch verdrängte Adam die mahnende Stimme in seinem Kopf, während er Gabriella hinüber zum Bett trug. Er wusste, dass er sich nicht ganz unter Kontrolle hatte. Nach der plötzlichen Rückkehr seiner Erinnerungen und der Enthüllung seiner Vergangenheit spürte er, wie ein Sturm der Gefühle in ihm tobte. Er war noch nicht bereit, Gabby von seinen Racheplänen zu erzählen. Verdammt, er wusste nicht einmal, ob sie überhaupt noch in vollem Gange waren.

Was er jedoch wusste, war, dass De Villier ihm auf der Spur sein musste. Das würde erklären, warum der Mistkerl plötzlich einige seiner Kredite abbezahlte und somit die Schlinge lockerte, die Adam in jahrelanger Arbeit um den Hals seines Vaters gewunden hatte. Die Begegnung auf dem Ball war auch kein Zufall gewesen. Wahrscheinlich hatte der Bastard sich ein Bild von ihm machen und in Erfahrung bringen wollen, was er vorhatte und warum. Ob De Villier herausgefunden hatte, dass Adam der Sohn war, den er vor so vielen Jahren kaltblütig zu ermorden plante?

Verdammt, er war noch nicht bereit, der Möglichkeit ins Auge zu sehen, dass ein ganzes Leben voller Mühen, Planung und Strategie umsonst gewesen sein könnte. Hatte er sich während der Zeit, in der er sich nicht an früher erinnern konnte, irgendwie verraten? Er war *so* nah dran, sein Ziel zu erreichen ...

Vielleicht würde es ihm doch noch gelingen, sein Vorhaben zu retten. Er brauchte Zeit, um sich neu zu formieren, um die Situation rational und aus allen Blickwinkeln zu beurteilen. Sobald er sich Klarheit darüber verschafft hatte, wie es um seinen Feind stand, würde er Gabriella sagen, was sie wissen musste. Da er im Moment selbst keine Ahnung hatte, wie der Stand der Dinge war, konnte er ihr die Lage wohl kaum zufriedenstellend erklären.

Gleich am nächsten Morgen würde er den Schaden begutachten. In diesem Moment jedoch galt es, eine andere Art von Feuer zu löschen.

Er stellte fest, dass es nicht schwer war, alle Gedanken an De Villier zu verdrängen. Sein brennendes Verlangen nach Gabriella stellte alles andere in den Schatten. Er hatte sich ihr gegenüber auf eine Weise entblößt, wie er es noch nie zuvor bei einer anderen Person getan hatte. Er fühlte sich angreifbar, verletzlich ... Und er war es leid, der Einzige in dieser Lage zu sein.

Behutsam legte er seine Gemahlin auf dem blauen Seidenlaken ab und zog ihr anschließend den Mantel aus. Nachdem er den schweren Stoff achtlos beiseitegeworfen hatte, ergriff sie seine Hände, um ihn innehalten zu lassen.

„Hier?", flüsterte sie unsicher.

„Du gehörst mir, mit Körper, Herz und Seele, weißt du noch?", fragte er und fügte nach einer kurzen Pause hinzu: „Vielleicht brauche ich jetzt einfach die Gewissheit, dass dem immer noch so ist."

Wieder nutzte er ihr gutmütiges Wesen aus, aber das war ihm egal. Indem er sich seine Liebe zu ihr eingestand, hatte er akzeptiert, wie sehr er sie brauchte. Egal, wie oft er sie diese Worte auch sagen hörte, es wäre niemals genug. Er würde sich immer nach dem sehnen, was sie ihm zu geben gewillt war, was er noch nie zuvor von einem anderen Menschen erhalten hatte.

„Ich gehöre dir, Adam", flüsterte sie. „Jetzt und für immer."

Ihre unerschütterliche Loyalität und Ergebenheit vertrieb die Dunkelheit in ihm. Seine Gabriella war nicht wie Jessabelle. Sie würde ihn niemals hintergehen oder durchtriebene Spielchen mit ihm spielen. Sie zu lieben, würde nicht in Schmerz enden. Nicht, dass er aufhören könnte, sie zu lieben, selbst wenn er es versuchte. Er war ein Narr gewesen, seine Vergangenheit zwischen sie kommen zu lassen, Jahre ihrer Ehe zu verschwenden. Nun wollte er jede Minute mit ihr auskosten.

„Dann wirst du dich dem Willen deines Sultans beugen und dich ihm nach seinen Wünschen hingeben", sagte er.

Er sah, wie sich ihre Augen bei seinem strengen Tonfall weiteten, wie ihre Brust sich schneller hob und senkte. Durch einen glücklichen Zufall hatte Jeannette sie in den Serail gebracht, das Herzstück der erotischen Fantasien seiner Frau ... und seiner eigenen. Denn er sehnte sich nach ihrer Hingabe ebenso sehr wie sie sich danach, ihm gefällig zu sein.

Besonders jetzt, da seine Welt im Chaos versank, musste er wissen, dass er sich in dieser Sache sicher sein konnte. Das Bedürfnis, sie in diesem intimen Szenario zu kontrollieren, ihre Unterwerfung zu spüren, brannte in ihm.

Zu seiner Befriedigung ließ sie gehorsam die Hände sinken.

Schicht für Schicht entledigte er sie ihrer Kleidung, entblößte sie, so wie er sich vor ihr entblößt hatte. Als sie so nackt war, wie er sich fühlte, wichen sämtliche seiner Gedanken dem glühenden Feuer seiner Begierde. Er betrachtete seinen Schatz voll Ehrfurcht, und in diesem Moment wusste er, dass er der reichste Mann der Welt war.

Langsam ließ er die Hände über ihre seidigen Kurven gleiten, und als er spürte, wie sie vor Wonne erschauderte, begann seine Erektion zu pulsieren. Verdammt, seine Königin war so empfänglich für seine Berührungen. Als er sanft über ihre Pussy strich, erfüllte ihn eine tiefe Genugtuung.

„Meine Untertanin ist bereits feucht für mich", stellte er mit kehliger Stimme fest. „Willst du deinen Höhepunkt erreichen, Gabriella? Wenn du mich nett darum bittest, helfe ich dir vielleicht dabei."

Mit hochroten Wangen flüsterte sie: „Bringst du mich bitte zum Höhepunkt?"

Überrascht keuchte sie auf, als er sie auf den Bauch rollte und ihren Hintern an seine bekleideten Hüften zog. Mit einer Hand strich er ihre feurigen Locken beiseite und beugte sich vor, um ihren Nacken zu küssen. Er wusste, wie empfindlich sie dort war, wie sehr sie es genoss, wenn seine Lippen sie an dieser Stelle liebkosten. Während er an ihrer samtigen Haut knabberte, stimulierte er mit der anderen Hand ihre Perle, ließ seinen Daumen um das empfindliche Zentrum ihrer Lust kreisen, bis sie am ganzen Körper bebte. Die sinnlichen Laute, die sie ausstieß, verrieten ihm, dass sie kurz davor war zu kommen.

Als er zwei Finger in sie einführte, zogen ihre Scheidenmuskeln sich um ihn zusammen, und sein Schwanz zuckte vor Neid. Verdammt, er sehnte sich danach, sich in ihrer engen, feuchten Hitze zu verlieren. Doch er beherrschte sich und vergrub stattdessen das Gesicht in ihrem Nacken, während er sie mit schnellen, harten Stößen und kreisenden Bewegungen seiner Finger reizte, bis sie den Gipfel ihrer Ekstase erreichte.

Anschließend zog er sie sanft an den Haaren und flüsterte ihr ins Ohr: „Jetzt, da ich dir Befriedigung verschafft habe, wirst du den Gefallen erwidern ... und zwar am besten mit deinem heißen, sündhaften Mund, der sich sicher schon nach meinem Schwanz sehnt."

Ihr verklärter Blick spiegelte die Erregung wider, die auch in ihm brodelte. Seit dem ersten Mal im Boxring hatte Gabriella in regelmäßig oral befriedigt und schien von diesem Akt äußerst angetan zu sein. Was ihm nur recht war, da er sich ebenso gern auf diese Weise von ihr verwöhnen ließ. Sie kniete vor ihm auf der Matratze nieder und beobachtete ihn geduldig dabei, wie er sich seiner Kleidung entledigte.

Sobald er nackt war, packte er seinen Schwanz und fuhr langsam mit der Hand daran auf und ab, verteilte die ersten Lusttropfen, die aus seinem Schlitz quollen, auf seiner erhitzten Haut. Währenddessen hielt er den Blick fest auf das erwartungsvolle Gesicht seiner Frau gerichtet – seiner leidenschaftlichen, majestätischen Göttin.

„Leg die Hände auf meine Hüften", wies er sie mit rauer Stimme an. „Und öffne den Mund für mich."

Bisher hatte sie den aktiven Part bei dieser Form ihres Liebesspiels übernommen, aber an diesem Abend brauchte er etwas anderes, sehnte sich nach der totalen Kontrolle. Das brennende Bedürfnis, sie auf diese Weise zu erobern, sie zu der Seinen zu machen, durchflutete seinen Körper und seine Seele.

Als sie gehorsam die Lippen öffnete, führte er seinen Schwanz behutsam in ihre einladende Hitze ein.

Verdammt, das fühlte sich so unglaublich *gut* an!

Er vergrub die Hände in ihrem Haar und hielt ihren Kopf still, während er begann, immer schneller und tiefer in sie zu stoßen, aber nur so weit, wie sie es aushielt, nachdem sie ihm dieses Privileg gewährt hatte. Er spürte, wie ihre Finger seine Hüften umklammerten, und der Druck, gepaart mit den obszönen, schmatzenden Lauten ihrer Lippen, brachte ihn schier um den Verstand. Nach einem besonders heftigen Stoß stöhnte sie auf, jedoch nicht aus Protest, sondern um ihn anzuspornen. Ihre Halsmuskeln entspannten sich immer mehr, und die Tränen, die wie funkelnde Edelsteine aus ihren Augen fielen, waren der Beweis ihrer bedingungslosen Hingabe.

Er vergrub sich so tief er konnte in ihrer Wärme und keuchte laut auf, als seine Eichel hinten gegen ihren Rachen stieß. Unwillkürlich musste sie schlucken, und die stimulierende Massage ihrer Halsmuskeln an seinem Schaft brachte ihn seinem Höhepunkt gefährlich nahe. Seine Hoden zogen sich zusammen und er spürte, wie heißer Samen durch seinen Schaft schoss.

Schnell ließ er ihre Haare los, um sich aus ihr zurückzuziehen, bevor es zu spät war, doch zu seiner Überraschung – und Begeisterung – presste sie die Hände gegen seinen Hintern und hielt ihn an Ort und Stelle. Der stechende Druck ihrer Fingernägel in seiner Haut verriet ihm, dass sie mehr wollte ... Sie wollte *alles*, was er ihr zu geben gewillt war. Mit anschwellendem Stolz gewährte er seiner Königin ihren Wunsch. Halb von Sinnen vor Lust, nahm er seinen unerbittlichen Rhythmus wieder auf, und während er schließlich von den Wellen seiner Ekstase überrollt wurde, kam er nicht umhin, sich zu wundern, wer von ihnen beiden dem anderen tatsächlich untertänig war …

Er stöhnte laut auf, als sein ganzer Körper sich verspannte und er sich mit heißen, salzigen Strahlen in ihren Mund und Rachen ergoss. Sie schluckte seine Essenz begierig und fuhr fort, sanft an seiner Eichel zu saugen, bis sie ihm selbst den letzten Tropfen entlockt hatte. Anschließend zog er sich aus ihr zurück, immer noch hart und keinesfalls fertig mit ihr.

Stürmisch drückte er sie mit dem Rücken auf die Matratze, legte sich auf sie und küsste sie fordernd. Sein eigenes Aroma auf ihren geschwollenen Lippen zu kosten, jagte ihm einen elektrisierenden Schock durch den Körper. Er packte sie an den Hüften und ließ seinen Schwanz in ihre feuchte, seidige Hitze gleiten.

„Du bist schon bereit für die nächste Runde?", fragte sie atemlos.

Ihr feuriges Haar lag wie ein ausgebreiteter Fächer auf dem blauen Laken und sie hatte die Arme über den Kopf gestreckt, in einer Pose unterwürfiger Sinnlichkeit. Ihr Blick strahlte bedingungslose Liebe aus, während ihre kirschroten Lippen ihm unbeschreibliche Lust versprachen. Ihre Schönheit brannte sich in sein Gedächtnis ein, und er war sich sicher, dass er diesen Moment niemals vergessen würde.

„Und für die nächste und die darauffolgende auch", knurrte er. „Gott, ich werde niemals genug von dir bekommen, Gabriella."

Sie stöhnte genüsslich auf, als er ihr zeigte, wie ernst er es meinte.

Kapitel Dreiunddreißig

Am nächsten Morgen erwachte Gabby in ihrem eigenen Bett. Kurz war sie verwirrt, bevor sie sich daran erinnerte, wie sie dorthin gelangt war. Nach ihrem intensiven Liebesspiel bei Mrs Wilde hatte Adam sie nach Hause gebracht, sie in ihr Schlafgemach getragen ... und sie erneut genommen. Und dann noch einmal. Er war unersättlich gewesen, liebte und verwöhnte sie in den unterschiedlichsten Stellungen, und sie hatte jeden Moment davon genossen.

Doch jetzt, wo die Nachbeben ihrer Ekstase einem angenehmen Ziehen gewichen waren, eine Erinnerung an die Exzesse der Nacht, fühlte sie sich unruhig, konnte jedoch nicht genau sagen, warum. Adam hatte ihr gesagt, wie sehr er sie liebte und seine Gefühle mit glühender Leidenschaft unter Beweis gestellt. Nichtsdestotrotz war ein Teil von ihr immer noch aufgewühlt wegen dem, was sie über die Vergangenheit ihres Mannes erfahren hatte ... und weil er es als nötig erachtet hatte, all diese Geheimnisse jahrelang vor ihr zu verbergen.

Jetzt, da Gabby von Jessabelle wusste, verstand sie, warum Adam die Tragödie seiner ersten Ehe nicht hatte preisgeben wollen. Die Erfahrung hatte bei ihm Narben hinterlassen und es ihm schwer gemacht, jemals wieder zu vertrauen. Eigentlich sollte sie sich glücklich schätzen, dass es ihr gelungen war, die Mauern, die sein Herz schützten, zu durchbrechen.

Doch nun, im Licht des Tages, quälten sie weitere Fragen.

Wie konnte ich so unwissend sein, ihm all die Jahre über so blind vertrauen? Würde ich es merken, wenn er andere Geheimnisse vor mir hätte? Wird er jetzt, da sein Gedächtnis zurück ist, wieder so werden wie früher?

Ihn nicht bei sich zu haben, machte sie noch nervöser. Seit ihrem Neuanfang in der Jagdhütte hatte er jede Nacht bei ihr verbracht, sie in seinen Armen gehalten oder auf andere Weise im Schlaf berührt. Sie hatte sich daran gewöhnt, eng umschlungen mit ihm aufzuwachen, manchmal sogar, während er noch in ihr war … So begann sie ihre Tage am liebsten. In den letzten Wochen hatte sie so gut geschlafen wie noch nie zuvor in ihrem Leben.

An diesem Morgen hatte sie jedoch gespürt, wie er vor Sonnenaufgang das Bett verließ. Erschöpft von ihrem stürmischen Liebesspiel, war sie schnell zurück in einen unruhigen Schlummer gefallen, und nun, da sie die leere Stelle betrachtete, an der er hätte liegen sollen, machte sich ein beklemmendes Gefühl in ihr breit.

Sei nicht albern, schalt sie sich selbst. *Nun, da er sich von seinem Gedächtnisverlust erholt hat, fällt bestimmt jede Menge Arbeit an. Wie ich Adam kenne, wird er alles sofort nachholen wollen.*

Sie redete sich ein, dass seine Abwesenheit nichts mit seiner Wertschätzung für sie zu tun hatte. So war er einfach: ein zielstrebiger und ehrgeiziger Mann. An diesem Abend, wenn er aus dem Büro zurückkam, würden sie Zeit haben, sich weiter zu unterhalten. Sie beschloss, ein gemütliches Abendessen mit seinen Lieblingsgerichten zu planen und dieses im Salon servieren zu lassen, eine Atmosphäre zu schaffen, die zu intimen Gesprächen einlud. Und sie würde eines der aufreizenden Negligés tragen, die Adam bei Mrs Yarwood in Auftrag gegeben hatte.

Beherzt durch diesen Entschluss, drehte sie sich um und vergrub ihr Gesicht im Kissen ihres Mannes. Der vertraute Duft seines würzigen Parfüms beruhigte sie. Gerade, als sie sich aufgesetzt hatte und nach ihrer Zofe klingeln wollte, klopfte es an der Tür. Es war Mrs Page, deren ernster Gesichtsausdruck Gabby zutiefst beunruhigte.

„Was ist los?", fragte sie mit rasendem Puls und umklammerte die Bettdecke.

„Der Arzt Ihres Vaters hat eine Nachricht geschickt ... Es tut mir leid, Ma'am, aber er lässt ausrichten, dass sich Mr Billings' Zustand weiter verschlechtert hat."

~

„Da bist du ja endlich, Gabriella", sagte ihr Vater, kaum, dass sie sein Schlafgemach betreten hatte. „Ich warte schon seit Ewigkeiten auf dich."

Trotz des Engegefühls in ihrer Brust zwang Gabby sich zu einem Lächeln. Obwohl die Schwindsucht ihres Vaters laut dessen Arzt das letzte Stadium erreicht hatte, wirkte er wie immer forsch und geschäftsmäßig, als er sie begrüßte.

„Wie ... wie geht es dir, Papa?" Als sie sich zu ihm hinunterbeugte, um ihm einen Kuss auf die Wange zu geben, konnte sie nicht verhindern, dass ihr eine Träne entwich.

„Was ist das? Weinst du etwa?" Die Wärme in seinem Blick strafte seinen strengen Tonfall Lügen. „Reiß dich zusammen, Gabriella. Der Tod ereilt uns alle irgendwann. Es besteht kein Grund dazu, Tränen über das Unvermeidliche zu vergießen.

Außerdem haben wir dringende Angelegenheiten zu besprechen."

Der Arzt hatte ihr gesagt, dass der Verstand eines Patienten in seinen letzten Tagen erstaunlich klar werden konnte. Das war auch bei ihrem Vater der Fall. Da er so sehr nach seinem alten Ich klang, konnte sie die irrationale Hoffnung nicht unterdrücken, dass der Doktor sich vielleicht doch irrte, dass Curtis Billings trotz seines gebrechlichen Zustands in der Lage wäre, diese Krankheit zu besiegen ... So, wie er in seinem Leben alles besiegt hatte, durch schiere Willenskraft und Entschlossenheit.

Sie nahm die Schale mit der Fleischbrühe vom Nachttisch. „Warum isst du nicht etwas davon, Papa?"

„Ich habe keine Zeit für diesen Krankenfraß", sagte er ungeduldig. „Ich liege im Sterben, was also soll das bringen? Und du hörst nicht zu: Wir haben eine dringende Angelegenheit zu regeln."

Seufzend stellte sie die Schüssel wieder ab. „Worum geht es denn, Papa?"

„Ich hatte recht, was Isnard betrifft."

Ein ungutes Gefühl beschlich sie. „Recht womit?"

„Er wird bestochen. Von deinem Mann."

Sie war hin- und hergerissen zwischen Panik und Unglaube. *Es muss die Krankheit sein, die da aus ihm spricht. Papa ist nicht bei klarem Verstand. Adam würde so etwas nie tun. Er hat mir gesagt, dass er mich nicht wegen meines Geldes geheiratet hat – er hat mich nie belogen ...*

Die Enthüllungen der letzten Nacht durchströmten sie wie ein eisiger Fluss. Ihr Mann hatte ihr zwar keine Lügen erzählt, aber er war auch nicht ganz ehrlich gewesen. In mancher Hinsicht waren seine Unterlassungssünden genauso schwerwiegend wie offener Betrug. Dennoch hatte er seine Gründe gehabt, und sie fühlte sich gezwungen, ihn zu verteidigen.

„Ich weiß, du hast Adam nie gemocht, Papa, aber ..."

„Ich bereue es zutiefst, Garritys Antrag zugestimmt zu haben, als er damals um deine Hand anhielt. Der manipulative Bastard hat es schon immer geschafft, das zu bekommen, was er wollte. Aber hier geht es nicht um meine Gefühle. Ich habe Beweise, Gabriella."

Sein grimmiger Tonfall verursachte ihr Gänsehaut. „Beweise wofür?"

Ihr Vater streckte eine Hand aus, öffnete die Schublade seines Nachttisches und holte einen Stapel Dokumente heraus.

„Es ist alles hier." Er knallte die Papiere auf das Bett. „Mein Ermittler hat herausgefunden, dass Isnard bei einem Geldinstitut namens Fratelli & Sons bis über beide Ohren in Schulden steckt. Mein Informant musste ziemlich tief graben, da offensichtlich versucht wurde, die wahren Besitzverhältnisse der Bank durch rechtliche Manöver zu verschleiern, aber weißt du, wem Fratelli & Sons letztendlich gehört?"

Gabby wollte es nicht glauben. Wenn Adam sie nach allem, was sie durchmachen mussten, tatsächlich angelogen hatte ... Wenn er sie die ganze Zeit über manipuliert hatte, wenn ihre Ehe von Anfang an auf Betrug aufgebaut war ...

„Dein Mann." Nachdrücklich bohrte ihr Vater seinen Finger in den Stapel Dokumente, wie einen Nagel in einen Sarg.

„Das ... Das muss nichts zu bedeuten haben ..." Sie hasste sich für ihre eigene Dummheit, dafür, dass sie sich an eine Hoffnung geklammert hatte, die es gar nicht gab.

Aber so war sie nun einmal: die törichte Gabriella und ihre idiotische *Schublade der seligen Unwissenheit.*

Sie dachte an all das, was Adam ihr während ihrer Ehe vorenthalten hatte, daran, wie verändert er war, sobald er sein Gedächtnis wiedererlangte, wie er sie an diesem Morgen für das verlassen hatte, was ihm immer wichtiger gewesen war als sie: sein Geschäft, die anspruchsvolle Geliebte, mit der sie nie hatte konkurrieren können. Mit der sie nicht zu konkurrieren gewagt hätte ... bis er sie glauben ließ, dass sie dazu imstande wäre. Dass sie seiner Aufmerksamkeit, seiner Leidenschaft, seines Verlangens würdiger war als alle Macht und alles Geld der Welt.

Was für eine Närrin ich doch war.

„Ich habe Isnard heute Morgen mit den Beweisen konfrontiert. Der Bastard brach in Tränen aus und gab zu, dass Garrity ihn seit Jahren kontrolliert. Sobald ich tot bin, will dein werter Herr Gemahl offenbar meine Bank übernehmen." Die blassen Wangen ihres Vaters waren rot vor Wut. „Isnard besaß doch tatsächlich die Dreistigkeit, mich um Vergebung zu bitten ... Vergebung, ha! Wenn ich nicht im Sterben läge, würde ich den Verräter schlimmer ruinieren, als dein Mann es je könnte. Leider muss ich jedoch meine Kräfte schonen, um uns aus diesem Schlamassel herauszuholen."

„Und wie willst du das anstellen?", fragte sie tonlos.

Was spielte das überhaupt für eine Rolle? Nichts war von Bedeutung, wenn ihr Glück tatsächlich auf einer Lüge aufgebaut war, wenn Adam sie am Ende doch nur wegen ihres Erbes gewollt hatte. Warum nur hatte sie sich zu dem Glauben hinreißen lassen, dass jemand sie lieben könnte?

Alles, was seitdem geschehen war, schien sich in Luft aufzulösen. Ihr neu gefundenes Glück zerfiel zu glitzernder Asche. Vielleicht war das alles sowieso nur eine Illusion gewesen. Verflucht, dachte sie mit wachsender Wut, warum hatte Adam sie glauben lassen, dass er ihre Liebe erwiderte? Dass er sie schön und begehrenswert fand? Wenn er die Dinge so gelassen hätte, wie sie vor seinem Unfall waren, hätte sie vielleicht einen Weg gefunden, die schweren Zeiten unbeschadet zu überstehen.

Aber er hatte ihren Schutzwall durchbrochen. Einen nach dem anderen hatte sie die *Schublade der seligen Unwissenheit* und ihre anderen Schutzschilde aufgegeben, weil sie glaubte, sie nicht mehr zu brauchen. Nun hatte sie keine Mauern mehr, konnte sich nirgendwo mehr verstecken.

Umso verheerender war die Realität.

„Die naheliegende Maßnahme lautet, Isnard zu ersetzen. Das muss sofort geschehen, denn mir bleibt nicht mehr viel Zeit." Ihr Vater trommelte mit den Fingern auf die Papiere. „Ich grüble schon eine ganze Weile darüber nach, wem ich deine Zukunft und die der Billings Bank anvertrauen könnte. Wer auch immer in Frage käme, müsste so reich und mächtig sein, dass er für den korrumpierenden Einfluss deines Mannes unempfänglich ist, und das lässt uns leider nicht viele Möglichkeiten offen."

„Das ist mir egal." Die Worte lagen ihr bitter auf der Zunge. „Soll Adam doch haben, was er will."

Was konnte er jetzt noch tun, das schlimmer wäre als das, was er bereits getan hatte? Trotz ihrer wachsenden Verzweiflung glaubte sie nicht, dass er sie auf die Straße setzen würde. Er würde weiterhin materiell für sie und die Kinder sorgen, so wie er es immer getan hatte. Aber was sie wirklich von ihm wollte – sein Herz –, könnte für immer unerreichbar sein ... Weil sie nicht einmal mehr sicher war, dass er eines besaß.

„Es geht nicht nur um deine Zukunft, sondern auch um die Zukunft der Billings Bank. Um mein Vermächtnis", sagte ihr Vater entrüstet. „Isnard hat mir gegenüber zugegeben, dass Garrity die von De Villier gesicherten Kredite einfordern will. Wir reden hier von fast einer Million Pfund, eine so hohe Summe kann De Villier unmöglich sofort zurückzahlen. Erst wenn sein Eisenbahnunternehmen voll funktionsfähig ist, und das könnte Jahre dauern. Wenn Garrity seinen Willen durchsetzt, wird De Villier ruiniert sein ... und meine Bank ebenfalls. Ich habe viel auf dieses Eisenbahnprojekt gesetzt, und wenn es scheitert, bedeutet das mein Ende. Das werde ich nicht zulassen.“

„Was soll ich deiner Meinung nach tun, Papa?“, fragte sie hilflos.

„Ich möchte, dass du stolz auf dich bist, Gabriella. Denn Billings Bank ist ebenso dein Vermächtnis wie meines“, erwiderte er mit ernster Miene. „Du hast genauso viel für das Unternehmen geopfert wie ich. Wegen der Bank bist du, ein mutterloses Kind, auch ohne Vater aufgewachsen.“

Seine Anerkennung rührte sie zutiefst. Und das Bedauern, das über seine blassen Züge huschte, lastete schwer auf ihrem geschundenen Herzen. Sie konnte ihn nicht in dem Glauben gehen lassen, dass er sie im Stich gelassen hätte.

„Trotz all der Bürden, die du zu tragen hattest, hast du gut für mich gesorgt, mir stets das Beste gegeben, was man für Geld kaufen konnte.“ Sie hielt kurz inne, um gegen die aufsteigenden Tränen anzukämpfen, bevor sie in dem Versuch, die Stimmung aufzulockern, hinzufügte: „Meine Güte, du hast sogar ein Landgut gekauft und die berüchtigtste Privatfeier aller Zeiten veranstaltet, um einen Ehemann für mich zu finden.“

„Ich wollte dir einen hübschen Titel verschaffen, doch stattdessen habe ich dir einen Hai auf den Hals gehetzt“, sagte ihr Vater säuerlich.

Obwohl sie angesichts der viel zu passenden Metapher erschaudern musste, brachte sie ein Lächeln zustande. „Ungeachtet des Ergebnisses hattest du immer mein Bestes im Sinn. Du bist ein wunderbarer Vater.“

„Bin ich nicht. Aber irgendwie ist es mir gelungen, ein anständiges Mädchen großzuziehen.“ Er hielt inne und räusperte sich. „Eine Frau, auf dich ich sehr stolz bin.“

„Oh, Papa …“ Diesmal konnte sie die Tränen nicht zurückhalten. „Ich liebe dich so sehr. Ich weiß nicht, wie ich ohne dich zurechtkommen soll.“

„Unsinn." Er tätschelte ihr ein wenig unbeholfen die Hand. „Du hast dich all die Jahre über wacker ohne mich geschlagen, und daran wird sich auch nichts ändern. Vieles an dir erinnert mich an deine Mutter, weißt du. Du besitzt ihre Schönheit und ihre Geduld ... dieselbe innere Stärke, die ich so an ihr liebte." Gedankenverloren starrte er in die Ferne, als durchlebte er gerade einen bedeutsamen Moment seiner Vergangenheit. „Ich kann mich nicht entsinnen, dass sie jemals die Stimme erhoben hat oder unfreundlich wurde. Stets ging sie guter Dinge ihres Weges und erhellte die Leben all derer, mit denen sie in Berührung kam. Um ehrlich zu sein, kann ich es nicht erwarten, sie endlich wiederzusehen."

Die Sehnsucht in seiner Stimme war nicht zu überhören. Er hatte so selten über ihre Mutter gesprochen, was Gabby sich stets damit erklärte, dass er ein praktisch veranlagter Mann war, der nicht in der Vergangenheit schwelgte. Nun fragte sie sich, ob womöglich das Gegenteil der Fall war, ob er es vermieden hatte, über seine Frau zu sprechen, weil seine Gefühle zu überwältigend waren.

„Doch bevor ich gehe, muss ich einen neuen Treuhänder finden", fuhr er fort, und in seinen Augen flackerte eine Entschlossenheit auf, die der Flamme einer kurz vor dem Erlöschen stehenden Kerze glich. „Leider fällt mir ums Verrecken niemand ein, der die nötigen Kriterien erfüllt ..."

„Ich wüsste da jemanden", sagte sie.

Die Idee war in ihr herangewachsen, seit er ihr zum ersten Mal von dem Problem berichtet hatte. Sie kannte jemanden, der unbestechlich war, der keine Angst vor Adam hatte und der daran glaubte, in jeder Situation das Richtige zu tun. Mit ziemlicher Sicherheit würde er ihr helfen, wenn sie ihn darum bäte.

Aber konnte sie sich Adam auf diese Weise widersetzen?

Die alte Gabriella hätte diese Möglichkeit niemals in Betracht gezogen.

Es war ein bittersüßer Beweis dafür, wie sehr sie sich in den letzten Monaten verändert hatte. Sie durfte die Probleme in ihrer Ehe nicht länger ignorieren, leugnen oder schönreden, sondern musste sich ihnen von Angesicht zu Angesicht stellen.

Dir bleibt nichts anders übrig, als ein für alle Mal die Wahrheit herauszufinden, sagte eine Stimme in ihrem Kopf. *Liebt Adam dich wirklich ... oder war alles nur eine große Lüge? Erst, wenn du es mit Sicherheit weißt, kannst du entscheiden, ob es sich lohnt, für deine Ehe zu kämpfen.*

„Wen?", fragte ihr Vater neugierig.

„Bevor ich diese Person darauf anspreche, muss ich eines wissen, Papa ... Glaubst du an mich?" Sie ergriff seine von Altersflecken übersäte Hand. Während sie über diesen Schritt nachdachte, der ihre Ehe für immer verändern würde, musste sie sich davon überzeugen, dass sie nicht im Begriff stand, einen fürchterlichen Fehler zu machen. „Glaubst du, dass ich fähig und stark genug bin, dir gegenüber das Richtige zu tun ... Und auch mir selbst und meinen Kindern gegenüber?"

„Sollte ich je etwas getan oder gesagt haben, was dich an deinem Wert hat zweifeln lassen, ist das meinem Versagen zuzuschreiben, nicht deinem." Schwach drückte er ihre Hand, doch sein Blick ruhte fest und sicher auf ihr. „Was ich denke, spielt jedoch keine Rolle. Wichtig ist nur, dass du an dich selbst glaubst, Gabriella."

Kapitel Vierunddreißig

Es war bereits kurz vor Mitternacht, als Adam am folgenden Abend nach Hause kam.

Erschöpft und entmutigt stieg er die Treppe hinauf zu seinem Schlafgemach. Er fühlte sich wie ein ausgewrungener Lumpen, nachdem er den ganzen Tag damit verbracht hatte, die aktuellen Zahlen seiner Banken zu sammeln und zu überprüfen.

Zumindest hatte er nun seine Antwort: Das Spiel war aus und vorbei.

Irgendwie hatte De Villier von seinen Plänen erfahren und während der letzten zwei Wochen systematisch seine Schulden bei den kleineren Kreditinstituten zurückgezahlt. Vermutlich hatte er das zusätzliche Kapital von privaten Investoren erhalten, die sich mit den in die Höhe schießenden Preisen seiner Aktien ködern ließen.

Mit jeder verstreichenden Minute entzog sich der Bastard mehr und mehr Adams Griff.

Er wusste nicht, wie De Villier herausgefunden hatte, dass er seit Jahren nach und nach dessen Schuldscheine aufkaufte. Es musste geschehen sein, während er unter dem Gedächtnis-

verlust litt ... Verdammt, er hatte den Blick nur für den Bruchteil einer Sekunde von seinem Ziel abgewendet, und schon war
alles den Bach hinuntergegangen. Seine mühevoll konstruierten
Rachepläne fielen wie ein Kartenhaus in sich zusammen.

Und daran war allein er schuld. Eine Welle ohnmächtiger
Wut überrollte ihn. Er hatte sich wie ein verdammtes Mond-
kalb benommen und sich im Urlaub mit seiner Frau vergnügt,
anstatt sich um die Ausführung seiner Vergeltung zu kümmern.

*Ein einflussreicher Mann lässt sich nicht von Gefühlen
leiten,* spukte ihm De Villiers höhnische Stimme durch den
Kopf.

Er ballte die Hände zu Fäusten, als er sein Stockwerk
erreichte. *Auf keinen Fall werde ich diese Niederlage akzeptieren, wie der verdammte Schwächling, für den De Villier mich
hält, sondern die Sache in Ordnung bringen. Numquam obliviscar – Ich werde niemals vergessen.*

Noch war nicht alle Hoffnung verloren. Der Bastard hatte
nach wie vor Schulden bei Billings' Bank, die sich auf fast eine
Million Pfund beliefen, eine Summe, die selbst De Villier nicht
sofort aufbringen konnte. Wilde Spekulation würde ihn nur bis
zu einem gewissen Punkt bringen, vor allem, wenn er nicht in
der Lage wäre, seinen viel gepriesenen Dampfmotor fertigzustellen: Laut Adams eingeschleuster Quelle war die Maschine
immer noch nicht einsatzfähig. Trotz De Villiers Drohungen
und Bestechungen konnten seine Ingenieure das versprochene
Produkt offenbar nicht liefern.

Sollte es Adam also gelingen, die Schulden so bald wie
möglich einzufordern, würde es dem Mistkerl an den Kragen
gehen. Ohne eine Lokomotive, die seine großspurigen Versprechen untermauerte, würden ihn seine Geldgeber im Stich
lassen. Dann hätte er keine Möglichkeit mehr, die Schulden zu
begleichen, und Adam würde ihn endlich dort haben, wo er ihn
wollte.

Nur eine Sache stand ihm noch im Weg: Curtis Billings.

Wieder einmal war ihm sein Schwiegervater ein Dorn im Auge. Warum konnte der alte Griesgram nicht einfach das Zeitliche segnen? Aber nein, der starrköpfige Bastard musste sich wie ein gottverdammter Blutegel ans Leben klammern, was die ganze Situation unnötig verkomplizierte.

Wäre Billings einfach gestorben, würde sein Geldinstitut unter die Kontrolle von Gabriellas Treuhandfonds fallen. Da der Treuhänder, Isnard, Adams Marionette war, hätte er die Fäden ziehen können, ohne dass es jemandem aufgefallen wäre. Jetzt musste er zu seinem Schwiegervater gehen, der ihn verabscheute, und versuchen, ein Abkommen auszuhandeln.

Er wusste, dass Billings jeglichen Vorschlag seinerseits ablehnen würde. Nicht nur, um ihn zu ärgern, sondern auch, weil er seine geliebte Bank schützen wollte. Das bedeutete, dass Adam vielleicht einen radikalen Schritt in Erwägung ziehen musste: Billings aufgrund seiner Krankheit für unzurechnungsfähig erklären zu lassen. Damit würde dessen gesamtes Vermögen, einschließlich der Bank, in die Treuhandschaft übertragen werden ... und somit in Adams Hände.

Aber was würde das für seine Ehe bedeuten?

Als er an der Tür seiner Frau vorbeikam, hielt er inne. Der schwache Lichtschein, der darunter hindurchfiel, sagte ihm, dass sie noch wach war. Es war spät, und doch hatte sie auf ihn gewartet. Er hatte sie nun seit fast zwei Tagen nicht mehr gesehen, und das Bedürfnis, bei ihr zu sein, nagte an ihm. Er sehnte sich danach, die Dunkelheit hinter sich zu lassen und sich in ihrer Zärtlichkeit zu verlieren.

Aber genau das hat diesen ganzen Schlamassel verursacht, höhnte eine Stimme in seinem Kopf. *Du hast dich ablenken lassen, bist weich geworden. Deshalb hat De Villier die Oberhand gewonnen.*

Seine Schläfen pochten vor Frustration. Er konnte nicht

leugnen, dass seine Gefühle für Gabriella ihm den Verstand vernebelten. Während er darüber nachdachte, wie er seine Pläne am besten in die Tat umsetzen konnte, hatte er mit seinem Gewissen gerungen. Wie würde sie reagieren, wenn er ihren Vater für unzurechnungsfähig erklären ließe? Was wären die Folgen für ihre Ehe? Würde er ihre Liebe für immer verlieren?

Sie ist deine Frau. Ihre Loyalität gilt in erster Linie dir, meldete sich seine vertraute, innere Stimme wieder zu Wort.

Sie liebt ihren Vater, argumentierte eine andere. *Du wirst ihr mit diesem Verrat das Herz brechen.*

Er fuhr sich mit der Hand durchs Haar und schloss für einen kurzen Moment die Augen. Der Krieg in seinem Inneren machte ihn wahnsinnig. Er wusste nicht einmal mehr, wer er war.

Reiß dich zusammen, Mann. Sei nicht der Schwächling, für den De Villier dich hält.

Er atmete tief durch und ging weiter in sein eigenes Zimmer. So sehr er Gabriella auch sehen wollte, war er gerade nicht in der Lage, in ihrer Nähe zu sein. Er brauchte Zeit, um seine Gedanken und Gefühle zu ordnen, um die Kontrolle über sich und sein Leben wiederzuerlangen.

Als er sein Schlafgemach betrat, entließ er seinen wartenden Kammerdiener und schenkte sich einen Whiskey ein. Während er gedankenverloren an seinem Glas nippte, konnte er nicht umhin, einen Blick auf die Tür zu werfen, die zu Gabriellas Zimmer führte. Darunter schien immer noch Licht durch, was bedeutete, dass sie entweder wach war ... oder sie war bei Kerzenschein eingeschlafen. Reumütig erinnerte er sich an ihr Geständnis, dass sie stets unruhig geschlafen hatte, bis er anfing, die Nacht bei ihr zu verbringen, und der Impuls, zu ihr zu gehen, wurde schier unerträglich.

Er wusste nicht, ob er diesem emotionalen Teil seiner selbst trauen konnte. Es war eine Sache, ihren intimen Aktivitäten keine Grenzen zu setzen. Was das betraf, war er voll und ganz dafür. Allein der Gedanke, Gabriella ihre Hemmungen zu nehmen, ließ ihn hart werden. Gefühle waren jedoch etwas ganz anderes.

Er liebte sie, das stand außer Frage. Mehr, als er je eine andere Person geliebt hatte.

Aber er durfte sich nicht von der Liebe beherrschen lassen.

Er wollte sich gerade einen weiteren Drink einschenken, als die Tür zu Gabriellas Zimmer aufging. Seine Frau trat ein, und seine Erschöpfung wich der aufsteigenden Lust, die ihr Anblick in ihm auslöste. Da seine Wahl ihres Ballkleids ein voller Erfolg gewesen war, hatte er ihr geholfen, eine neue Garderobe auszusuchen, die ihre anbetungswürdige Figur zur Geltung bringen sollte. Gegenwärtig trug sie einen glänzenden Morgenmantel aus saphirblauer Seide. Das Kleidungsstück enthüllte die tiefe Spalte zwischen ihren Brüsten und schmiegte sich verführerisch an ihre Kurven. Mit ihren feurigen Locken, die ihr offen über die Schultern fielen, sah sie aus wie eine exotische Königin.

Sein Schwanz pulsierte erwartungsvoll. Vielleicht musste er sich gar nicht von seiner Frau fernhalten, sondern sie einfach nur ausgiebig und hart nehmen. Vielleicht würde ihm das helfen, einen klaren Kopf zu bekommen.

„Ich habe gehört, dass du nach Hause gekommen bist. Warum hast du nicht bei mir hereingeschaut, um gute Nacht zu sagen?", fragte sie.

Ihr Tonfall hatte etwas Seltsames an sich ... Aber er war müde. Vielleicht bildete er sich das nur ein.

„Es ist schon spät, meine Teure, und ich wollte dich nicht stören." Er stellte sein Glas auf einem Beistelltisch ab, ging zu ihr hinüber und strich ihr sanft über die Schulter. Zufrieden stellte er fest, dass sie unter der Berührung erschauderte. „Da du aber wach bist, würde ich dich gerne unterhalten."

„Wir müssen reden“, sagte sie.

Er ließ die Hand sinken. Also war es doch keine Einbildung gewesen. Gabbys Stimme und ihr Gesichtsausdruck wiesen eine Härte auf, die ihrem Wesen fremd war.

„Worüber?“, fragte er argwöhnisch.

„Über die Tatsache, dass du meinen Treuhänder bestichst, damit er nach deinen Wünschen handelt.“

Ihre Worte waren scharf und präzise wie ein Skalpell. Eiskalter Schock durchströmte ihn. In die Enge getrieben, reagierte er instinktiv.

„Wie kommst du auf diese Idee?“ Er verzog die Lippen zu einem neugierigen Lächeln. „Hat dein Vater dich mit seiner Paranoia angesteckt?“

„Ich weiß von den Schulden, die Mr Isnard bei dir hat“, sagte sie mit fester Stimme. „Ich weiß, dass er entsprechend deinem Befehl die Schulden von Mr De Villier einfordern und dabei Billings Bank zerstören soll. Was *du* wissen musst, ist, dass ich das nicht zulassen werde.“

Sein Schock wurde von einer anderen, gefährlicheren Emotion verdrängt. Wäre sie nicht so angriffslustig gewesen und hätte sie ihn ganz ruhig gefragt, warum er all diese Dinge getan hatte, hätte er vielleicht anders reagiert. Aber sie konfrontierte ihn, drohte, ihm das Einzige zu nehmen, für das er sein ganzes Leben lang gearbeitet hatte, das ihn definierte, das das Chaos in Schach hielt.

Seine Selbstbeherrschung drohte ihm zu entgleiten. Er reagierte auf ihre Einschüchterung, wie er es immer zu tun pflegte: Er schlug zurück.

„Und wie willst du mich aufhalten?“, fragte er herausfordernd.

„Es ist bereits geschehen.“ Sie verschränkte die Arme vor der Brust. Die Kampfeslust, die in ihren Augen aufblitzte, war Zündstoff für seine unbeständigen Gefühle. „Mr Isnard ist von seiner Rolle als mein Treuhänder entbunden worden. Harry Kent obliegt nun die Verantwortung für den Fonds."

Ihre Worte bohrten sich wie ein Messer zwischen seine Schulterblätter. Der Verrat schnürte ihm für einen Moment den Atem ab, und er sah völlig rot. Seine Gemahlin – die Frau, die er liebte, und die im Gegenzug behauptete, ihn zu lieben –, hatte ihm die Gelegenheit, sein Lebensziel zu erreichen, zunichte gemacht?

Das würde er auf keinen Fall zulassen.

„Wir machen die Sache wieder rückgängig", presste er durch zusammengebissene Zähne hervor.

„Das geht nicht. Die Tat ist vollbracht, und drei Zeugen haben den gesunden Geisteszustand meines Vaters bestätigt. Ob es dir nun gefällt oder nicht, Mr Kent ist jetzt mein Treuhänder. Er wird seine Anweisungen von mir erhalten und in meinem besten Interesse handeln. Und du weißt so gut wie ich, dass du ihn nicht einschüchtern oder zwingen kannst, nach deiner Pfeife zu tanzen."

Obwohl er halb von Sinnen war vor Wut, wusste er, dass sie recht hatte. Wenn es auf dieser verdammten Welt einen Menschen gab, den er nicht kaufen konnte, dann war es Kent. Der Bastard war nicht nur moralisch unbestechlich, er war auch mit der Enkelin des Königs der Unterwelt verheiratet und der Schwager einer ganzen Reihe mächtiger Aristokraten. Er war geschützt, gänzlich außerhalb von Adams Reichweite.

Wäre dies eine Schachpartie, hätte Gabriella ihn soeben Schachmatt gesetzt.

Verdammt noch mal, er war geschlagen worden ... und das ausgerechnet von der Person, von der er einen solchen Verrat am wenigsten erwartet hätte.

Aber das war die beste Art der Täuschung, nicht wahr?

Innerlich kochend vor Zorn, musterte er ihre stolze, entschlossene Miene. Wo war das süße, fügsame Mauerblümchen abgeblieben, das er geheiratet hatte? Seine hingebungsvolle Königin, die ihm ihre Treue geschworen hatte? An ihrer Stelle stand eine Frau, die er nicht mehr wiedererkannte.

Wieder einmal hatte er sich von der Liebe ablenken und täuschen lassen, und nun zahlte er den Preis dafür: Die Frau, die er liebte, hatte ihm im Alleingang die Kontrolle entrissen und sein Lebenswerk zerstört.

Dieser Bastard De Villier hatte in einem Punkt recht: Nur ein Narr lässt sich von der Liebe blenden.

Finsternis machte sich in Adam breit, seine Sicht verdunkelte sich vor Zorn.

„Warum hast du das getan? Um das Vermächtnis deines Vaters zu bewahren?", fragte Adam mit angespannter Stimme. „Deine Loyalität sollte in erster Linie mir gelten, deinem Ehemann. Dein ganzes Gerede von Liebe ist sonst bedeutungslos, du verräterisches Miststück."

„*Ich* bin die Verräterin?" Die Ungerechtigkeit seiner Anschuldigung steigerte Gabbys Wut. „Du bist doch derjenige, der unsere Ehe durch deine Lügen von Anfang an verraten hat. Du hast mir gesagt, dass dir mein Geld egal sei, dass du mich um meiner selbst wolltest. Aber das war alles nur ein Trick, um an die Bank meines Vaters heranzukommen. Um die machiavellistischen Pläne auszuspielen, die du in deinem Geldverleiherhirn ausbrütest."

„Du hast nicht die geringste Ahnung, warum ich das alles tue!", brüllte er.

„Und es ist mir auch völlig egal." Gott, es tat so unglaublich weh zu atmen, zu leben, diesen Mann anzusehen, dem sie ihre Seele geschenkt hatte. „Nichts, was du sagen könntest, würde deinen Betrug rechtfertigen, und ich würde dir sowieso nicht glauben."

Ich bin es leid, eine Närrin zu sein, das zu wollen, was ich nicht haben kann. Ich bin es leid, immer vergeblich zu hoffen ...

„Ich muss mich vor dir nicht rechtfertigen, Gabriella, denn ich bin dein Mann. Dem Gesetz nach gehörst du mir, verdammt", knurrte er.

Seine Worte bestätigten ihr, dass jegliche Hoffnung vergeblich war. Im Laufe ihrer Ehe hatte sie die Rücksichtslosigkeit ihres Mannes als Teil seines Wesens akzeptiert, als Produkt einer Kindheit in der unerbittlichen Welt des Elendsviertels. Gleichzeitig war sie überzeugt gewesen, dass er *ihr* gegenüber niemals rücksichtslos sein würde. Selbst vor seinem Unfall, als er hinsichtlich seiner Gefühle noch viel reservierter gewesen war, hatte er sie stets mit Zärtlichkeit und Fürsorge behandelt. Nach dem Gedächtnisverlust hatte er sie schließlich davon überzeugt, dass er sie wirklich liebte ...

Lügen, nichts als Lügen.

Jetzt jedoch waren ihr die Scheuklappen heruntergerissen worden, und sie sah ihren Mann zum ersten Mal so, wie er wirklich war: kaltblütig, gefühllos, bereit, seine Ehe und Familie für mehr Geld zu opfern. Mehr Macht. Die einzigen Dinge, die ihm wichtig waren.

Du bedeutest ihm nichts. Du bist nur ein Mittel zum Zweck.

„Rechtlich gesehen mag *ich* dir gehören, nicht aber mein Treuhandfonds." Offensichtlich hatte sie damit einen Nerv getroffen, denn seine Augen sprühten vor Wut. „Das war der eigentliche Sinn des Plans meines Vaters. In Wahrheit hast du zwei Möglichkeiten, Adam. Entweder akzeptierst du die Tatsache, dass Billings Bank und mein Vermögen für dich unerreichbar sind, und wir werden versuchen, einen Weg zu finden, diese Ehe irgendwie fortzuführen."

„Oder was?", fragte er mit gefährlich leiser Stimme. „Du

solltest wissen, dass ich nicht gut auf Ultimaten reagiere, Gabriella."

Sie ließ sich nicht einschüchtern, sondern marschierte auf ihn zu. Sein Blick fiel auf den flatternden Pulspunkt an ihrer Kehle, und sie wusste, dass sie seine dunkelsten Instinkte geweckt hatte. Aber das war ihr egal, denn er hatte dasselbe mit ihr getan.

Gabby hatte noch nie mit jemandem gestritten, sie wusste nicht einmal, wie das ging. Ihr ganzes Leben lang hatte sie ihren Schmerz und ihren Kummer unterdrückt, und jetzt schoss er aus ihr heraus wie eine Kanonenkugel. Sie war fertig damit, *nett* zu sein. Die glühende Wut in ihrem Inneren beherrschte ihre Gedanken, ihren Körper, jede Regung. Sie, die in der Vergangenheit nur selten die Stimme erhoben hatte, verspürte nun das unbändige Verlangen, Blut zu vergießen.

„Oder es wird Krieg zwischen uns geben", zischte sie. „Von jetzt an nehme ich meine Zukunft selbst in die Hand. Ich werde nicht zulassen, dass du – oder irgendjemand sonst – mir das Erbe meines Vaters wegnimmst."

Er ballte die Hände zu Fäusten und öffnete sie wieder. „Du begehst einen schweren Fehler."

„Eigentlich bügle ich den wieder aus, den ich begangen habe, indem ich deine Frau wurde."

Der Muskel in seinem Kiefer zuckte gefährlich.

„Raus hier", sagte er leise. „Bevor ich etwas tue, das ich bereue."

„Was könntest du mir denn antun, Adam, das schlimmer wäre als das, was du bereits getan hast?" Ihre Stimme zitterte, aber sie hielt seinem erbarmungslosen Blick stand. „Jahrelang habe ich mir Geschichten über unsere Ehe ausgedacht und sie wie ein Märchen erscheinen lassen. Jetzt habe keine Fantasie mehr. Keinen Glauben. Keine *Liebe*. Endlich sehe ich, was wirklich passiert ist: Ich habe dich vergöttert, dir mein Herz geschenkt, und was du mir im Gegenzug gegeben hast, ist so wertlos wie deine Ehre."

Sein ganzer Körper verspannte sich sichtlich, wie der eines Tieres, das kurz vor dem Sprung stand.

„Wenn du nicht gehst, dann gehe ich", presste er hervor.

„Dann geh doch", sagte sie bitter. „Ich bin es ohnehin gewohnt, in dieser Ehe allein zu sein."

Mit einem letzten, wütenden Blick stakste er hinaus, wobei er die Tür so heftig zuknallte, dass die Wände bebten.

Kapitel Fünfunddreißig

Es bedurfte einer ganzen Flasche Whiskey, um Adams Wut zu besänftigen. Und selbst das reichte nicht aus, um die verhassten Erinnerungen auszulöschen. Stunden später saß er immer noch hellwach an seinem Schreibtisch in seinem Büro und beobachtete, wie das kühle, graue Licht des Morgens sich über die Stadt ausbreitete.

Normalerweise bereitete ihm der Blick über die Dächer Londons Freude, war er doch ein Symbol dafür, wie weit er es gebracht hatte, aber nun empfand er nichts als Trostlosigkeit. Es war, als ob alles, wofür er gearbeitet hatte, all seine Triumphe und Erfolge, bedeutungslos geworden waren. Es hatte den Whiskey und stundenlange Grübeleien gebraucht, um zu verstehen, warum.

Jetzt habe keine Fantasie mehr. Keinen Glauben. Keine Liebe.

Gabbys Liebe zu verlieren, bedeutete, alles zu verlieren.

Seit seinem neunten Lebensjahr hatte er sich eingeredet, dass Rache das Einzige war, was zählte. Dass Liebe nur Enttäuschung und Schmerz brachte. Vielleicht mochte das früher einmal so gewesen sein ... bis Gabriella unerwartet in sein Leben getreten war.

Von Anfang an hatte sein Herz gewusst, was sein Kopf nicht zu glauben wagte: dass es im Leben um mehr gehen könnte als um Vergeltung ... Dass es eine Art von Liebe gab, die ihn niemals im Stich lassen würde, weil sie von bedingungsloser Reinheit und Güte war. Die seiner Existenz einen Sinn geben, das Leid und den Schmerz erklären und das Chaos in seinem Inneren auf eine Weise besiegen würde, wie es kein noch so hohes Maß an Kontrolle je könnte.

Seine Frau hatte ihm diese Liebe geschenkt.

Im Gegenzug hatte er sie belogen und getäuscht.

Sie hatte recht gehabt: Er war der Verräter von ihnen beiden, weil er nicht ehrlich über seine Absichten bezüglich der Bank ihres Vaters gewesen war. In seiner Wut hatte er ihr am Abend zuvor nicht einmal von De Villier erzählt, sie nicht von ihrer irrtümlichen Annahme abgebracht, er habe sie des Geldes und der Macht wegen betrogen. Er versäumte, ihr zu gestehen, dass es ihm in Wahrheit um die Befriedigung seiner Ehre ging. Die Ehre, von der sie ihm vorwarf, er besäße sie nicht.

Vielleicht hatte sie auch damit recht. Er war ihr gegenüber nicht ehrenhaft gewesen, hatte ihre Liebe und Hingabe als selbstverständlich angesehen. Kurz schloss er die Augen, überwältigt von einem Gefühl tiefer Reue. Tränen, die er seit seinem neunten Lebensjahr nicht mehr vergossen hatte, brannten hinter seinen Lidern.

Ein Klopfen ertönte an der Tür, und er wischte sich schnell mit dem Ärmel über die Augen, bevor er sich räusperte und mit heiserer Stimme rief: „Herein!"

Murray schlenderte putzmunter und adrett wie immer herein. Er ließ sich auf den Stuhl vor Adams Schreibtisch fallen und warf einen Blick auf die leere Whiskeykaraffe. „Sieht aus, als hätte jemand gestern Abend zu tief ins Glas geschaut."

Sein fröhlicher Tonfall dröhnte in Adams schmerzendem Schädel.

„Um Himmels willen, sprechen Sie leiser", sagte er knapp.

„Ihr verkatertes Gehirn produziert den Lärm, nicht ich." Sein Angestellter schob einen silbernen Flachmann über den Tisch. „Hier, probieren Sie das."

Adam nahm die Flasche, öffnete sie und schnitt eine Grimasse, als ihm die freigesetzten Dämpfe in die Nase stiegen. „Was zur Hölle ist das?"

„Ein von mir entwickeltes Heilmittel, das ich immer griffbereit habe. *Wickham Murrays Wundermittel für alle Wehwehchen.* Trinken Sie es brav aus."

Adam hätte dem frechen Kerl die Flasche nur zu gerne um die Ohren gehauen, doch er musste einen klaren Kopf bekommen, musste einen Weg finden, die Dinge mit Gabriella wieder in Ordnung zu bringen. Aber was, wenn sie ihm nicht würde verzeihen können, dass er sie jahrelang vernachlässigt und Geheimnisse vor ihr gehabt hatte, dass er die Bank ihres Vaters übernehmen wollte? Sein Magen krampfte sich zusammen. Wenn er versuchte, ihr zu erklären, warum ihm seine Vergeltung wichtig war ... Würde sie es verstehen? Was, wenn er ihr Vertrauen und ihre Liebe für immer verloren hatte?

„Um Himmels willen, es ist doch nur ein Konterbier, kein Besuch beim Zahnarzt", sagte Murray, der seinen Gesichtsausdruck offensichtlich falsch interpretiert hatte.

Adam schluckte das Gebräu hinunter und spürte, wie es eine brennende Spur hinterließ.

„Ich wette, Ihr Kopf fühlt sich schon besser an, nicht wahr?"

Er hustete, überrascht, dass kein Feuer aus seinem Mund kam. „Nur weil das Loch, das Ihr ‚Heilmittel' in meine Kehle gebrannt hat, mich von den Kopfschmerzen ablenkt."

„Hauptsache, es funktioniert." Murray musterte ihn. „Wollen Sie darüber reden?"

„Worüber?"

„Darüber, warum Sie die Kleidung von gestern tragen und die Nacht im Büro verbracht haben, um sich zu besaufen wie ein Matrose bei Landgang."

Adam warf ihm einen vernichtenden Blick zu. „Kümmern Sie sich um Ihren eigenen verdammten Kram."

„Also gut." Der junge Mann zuckte mit den Schultern. „Dann muss ich eben zu dem offensichtlichen Schluss kommen, wie jeder andere Angestellte in diesem Büro auch."

„Und welcher wäre das?" Er fragte sich, ob er das Zeug dazu hatte, den Bastard zu erwürgen.

„Dass Sie mit Ihrer reizenden Frau im Clinch liegen."

Die Richtigkeit dieser Aussage traf Adam wie ein glühender Schürhaken in die Brust. *Es ist mehr als nur ein Clinch*, dachte er verzweifelt. Er war dabei, sie für immer zu verlieren.

„Heilige Scheiße, wie schlimm ist es?" Auf einen Schlag wurde Murrays Miene ernst. „Hat sie Sie wirklich aus dem Haus geworfen?"

„Welchen Teil von ‚*Kümmern Sie sich um Ihre eigenen Angelegenheiten*' haben Sie nicht verstanden?"

Gott, er wünschte, Murray würde mit diesem Gefrage aufhören. Ihm war, als hätte ihn seine Selbstdisziplin im Stich gelassen. Er brauchte Ruhe, um über alles nachzudenken. Wie sollte er sein Ehrgefühl befriedigen, ohne seine Frau zu verlieren?

„Wann habe ich mich jemals um meine eigenen Angelegenheiten gekümmert? Geben Sie es zu, meine Neugierde ist Teil meines Charmes und der Grund, warum ich Ihnen ans Herz gewachsen bin, trotz Ihrer vergeblichen Bemühungen, mich als lästig zu empfinden."

„Wer sagt, dass meine Bemühungen vergeblich waren?"

Murray lächelte, aber sein Blick war ernst. „Ich hoffe, Sie wissen nach all den Jahren, dass Sie mir vertrauen können."

In der darauffolgenden Stille wurde Adam klar, dass der andere Mann sein Vertrauen wahrlich verdient hatte. Trotz Murrays verwegenen Verhaltens hatte er sich als guter Geschäftspartner erwiesen, der Adam nie im Stich ließ und immer zu seinem Wort stand. Verdammt, er hatte sogar die Dreistigkeit besessen, ihn wegen seiner Besuche bei Mrs Wilde zu konfrontieren, um ihm klarzumachen, was für ein Geschenk Gabriella war.

Adam war es gewohnt, seinen eigenen Rat zu befolgen. Aber wo hatte ihn das hingebracht? Vielleicht könnte ihm die Meinung eines anderen helfen herauszufinden, was er tun sollte.

„Ich habe meiner Frau Unrecht getan", hörte er sich sagen. „Und nun muss ich einen Weg finden, sie zurückzugewinnen."

Kurz und bündig vermittelte er Murray die nötigen Informationen über De Villier, Gabbys Treuhandfonds, den Streit, den er am Abend zuvor mit ihr gehabt hatte. Mit jedem Wort wurde er sich seiner Niederträchtigkeit mehr und mehr bewusst. Er hasste sich dafür, dass er ihr wehgetan und immer wieder die falschen Entscheidungen getroffen hatte. Murray hörte mit ernster, aber neutraler Miene zu.

„Bevor wir auseinandergegangen sind, hat sie gesagt ... dass sie mich nicht mehr liebt", schloss Adam knapp.

„Haben Sie im Eifer des Gefechts denn noch nie etwas gesagt, was Sie nicht so gemeint haben?", fragte Murray und schüttelte den Kopf. „Hören Sie, ich war nie verheiratet, aber ich kenne die Frauen ... zumindest auf körperlicher Ebene. Glauben Sie mir, man kann in intimen Situationen eine Menge über die Damen der Schöpfung lernen ..."

„Hat dieses Philosophieren einen Sinn, oder wollen Sie nur mit Ihren Fähigkeiten prahlen?"

„Ich will damit sagen, dass Frauen im Allgemeinen versöhnlich gestimmt sind. Das müssen sie auch sein, wenn sie mit uns hartgesottenen Mistkerlen fertigwerden wollen. Und vor allem Ihre Gemahlin ist eine der nettesten und treuesten Damen, die ich kenne. Sie liebt Sie, und sie wird nicht von heute auf morgen aufhören, Sie zu lieben, auch wenn Sie so richtig Mist gebaut haben." Murrays Blick drückte aufrichtiges Mitgefühl aus. „Ich habe selbst unzählige Fehler gemacht, die ich nicht mehr zurücknehmen kann. Das Nächstbeste ist, sie sich einzugestehen und die Verantwortung zu übernehmen."

„Ich übernehme die volle Verantwortung für mein Handeln", erwiderte Adam und räusperte sich. „Aber wie kann ich Gabriella überzeugen, mir noch eine Chance zu geben?"

„Gehen Sie einfach zu ihr und erklären Sie ihr alles. Entblößen Sie Ihre Seele, wenn es sein muss. Wenn das nicht funktioniert, versuchen Sie, vor ihr zu Kreuze zu kriechen ... Obwohl das wohl kaum nötig sein wird. Ihre Gemahlin ist viel zu nett, um Sie lange leiden zu lassen." Murray bedachte ihn mit einem aufmunternden Lächeln. „Ich bin sicher, Sie beide werden sich auf einen Kompromiss einigen können."

Die Einsicht traf Adam wie ein Blitz. Plötzlich *wusste* er, was er zu tun hatte. Er würde Gabriella beweisen, was sie ihm bedeutete, und hoffentlich ihre Vergebung gewinnen.

„Es wird keinen Kompromiss geben", verkündete er.

„Hören Sie mal, wenn Ihnen Ihre Ehe wichtig ist ..."

„Sie ist für mich das Wichtigste auf der Welt." Alles andere – seine Vergangenheit, seine Wut, sogar seine Rache – verblasste im Vergleich zu dem, was er mit Gabriella hatte. Dem Geschenk, das ihm durch sie zuteilgeworden war. „Deshalb werde ich mich den Wünschen meiner Frau nicht in den Weg stellen. Wenn sie die Kontrolle über ihren Treuhandfonds haben will, dann soll es so sein. Ich werde nicht dagegen vorgehen, sondern ihr beweisen, dass ich sie geheiratet habe, weil ich *sie* wollte ... Weil ich sie liebe."

„Sie machen keine halben Sachen, was?", murmelte Murray. „Und Ihr Rachefeldzug gegen De Villier?"

„Entweder finde ich einen anderen Weg, den Bastard zu Fall zu bringen, oder ich tue es nicht. Aber ich werde dafür nicht meine Ehe opfern."

Entschlossen erhob er sich. Das Bedürfnis, seine Frau zu sehen, stellte alles andere in den Schatten. Sobald er bei ihr war, würde alles wieder gut werden. Denn *sie* sorgte stets dafür, dass alles gut war … Und das schon seit Jahren. Sein Durst nach Rache hatte ihn nicht erkennen lassen, was sich die ganze Zeit über direkt vor seinen Augen befand. Erst durch den Gedächtnisverlust war es ihm klar geworden.

Den Frieden, nach dem er sich so sehr sehnte, *hatte* er bereits.

Nun war es an der Zeit, seiner Frau zu zeigen, dass er ihrer Liebe würdig war.

Murray stand ebenfalls auf und reichte ihm die Hand. „Viel Glück."

„Ich werde es brauchen." Adam schüttelte sie und fügte schroff hinzu: „Danke."

„Sie haben mir vor all den Jahren eine zweite Chance gegeben. Ich erwidere nur den Gefallen."

Adam nickte und eilte in Richtung Tür, welche in diesem Augenblick aufschwang und ihn nur knapp verfehlte.

Auf der anderen Seite stand Kerrigan.

„Wir müssen los", sagte Adam zu seinem Leibwächter. „Rufen Sie den Fahrer …"

„Es ist etwas vorgefallen, Sir."

Kerrigans grimmiger Gesichtsausdruck jagte ihm einen Schauer über den Rücken.

„Was ist passiert?", fragte er.

„Mrs Garrity wurde überfallen … Am helllichten Tag, auf dem Weg zum Haus ihres Vaters", berichtete Kerrigan mit leiser, besorgter Stimme. „Sie hatte drei Wachen bei sich, aber sie waren in der Unterzahl ... und wurden getötet.“

„Wo ist meine Frau?“, verlangte Adam zu wissen, während sich eine eisige Kälte in ihm ausbreitete.

Bitte, Gott, nein ... Lass nicht zu, dass ihr etwas zustößt. Ich werde alles geben, alles tun ...

„Sie haben sie mitgenommen. Das hier haben sie in der Kutsche gelassen.“

Adam entriss seinem Leibwächter den Zettel, den er ihm hinhielt.

Wenn Sie Ihre Frau lebend wiedersehen wollen, warten Sie auf meine Anweisungen.

Kapitel Sechsunddreißig

Gabby kam zu sich und blinzelte verwirrt, als sie sich dem Halbdunkel gewahr wurde, in dem sie sich befand.

Wo bin ich?

Nach einigen Versuchen schaffte sie es, sich hochzurappeln. Als sie schwankte, stützte sie sich an der Wand ab, spürte kalten, pulverigen Ziegelstein unter ihren Fingerspitzen. Seltsame Gerüche stiegen ihr in die Nase: Kohlenrauch, Schwefel und Salzlake. Wo war sie, und wie war sie hierhergekommen ...?

Siedend heiß fiel es ihr wieder ein: Sie war überfallen worden. Die Kutsche kam ruckartig zum Stehen. Eine Armee von Rohlingen hatte ... *O Gott*, sie hatten ihre Wachen erschossen, sie getötet. Trotz des Schocks und der Trauer, die sie durchströmten, zwang sie sich, den Rest der Ereignisse Revue passieren zu lassen. Die Schurken hatten sie herausgezerrt, ihre untere Gesichtshälfte mit einem getränkten Taschentuch bedeckt, um ihre Schreie zu ersticken. Der beißende Geruch einer Chemikalie hatte ihr die Luft abgeschnürt ... Dann wurde alles schwarz.

Wer ist dafür verantwortlich? Warum wurde ich entführt? Wie komme ich hier wieder raus?

Verzweifelt blinzelte sie in die Dunkelheit und versuchte, sich in ihrem Gefängnis zu orientieren, um einen Ausweg zu finden. Langsam tastete sie sich an den Wänden entlang, die fest und dick waren und durch die man unmöglich entkommen konnte. Plötzlich spürte sie Holz unter ihren Handflächen.

Eine Tür.

Sie rüttelte energisch am Türknauf, aber er ließ sich nicht drehen. Panisch hämmerte sie gegen das Holz und schrie um Hilfe, bis ihre Fäuste und ihre Kehle wund waren.

Doch es kam keine Hilfe. Sie saß in der Falle. Als Geisel eines mörderischen, mysteriösen Schurken.

Sie ließ sich mit dem Rücken gegen die Tür zu Boden sinken, während ihr der Ernst der Lage bewusst wurde. Ihr erster Gedanke galt Adam: wie verzweifelt er sein musste, dass er alles in seiner Macht Stehende tun würde, um sie zu finden, sobald er erfuhr, dass sie entführt worden war. Gütiger Himmel, er würde Jessabelles Verlust noch einmal durchleben müssen.

Sie dachte, ihre Tränen wären längst versiegt, aber nun fielen sie von Neuem. Nach dem fürchterlichen Streit am Abend zuvor war sie von einem Weinkrampf übermannt worden. Sie weinte um den Verlust ihrer Kindheitsträume, um ihr gebrochenes Herz und um die Ungewissheit ihrer Zukunft. Ihr Kummer hatte sich wie ein dunkler, bodenloser Brunnen angefühlt, aus dem es kein Entkommen gab.

An diesem Morgen war sie erschöpft aus einem unruhigen Schlaf erwacht. Ihre Augen waren geschwollen gewesen, ihre Brust und ihr Hals schmerzten. Trotzdem wusste sie, dass es ihr nicht guttun würde, im Bett zu bleiben, also hatte sie sich frisch-gemacht und war losgegangen, um Fiona und Max einen guten Morgen zu wünschen.

Ihre geliebten Kinder. Ihre ... und Adams.

Max war wie immer das genaue, wenn auch kleinere, Ebenbild seines Vaters gewesen, bis hin zu seiner widerspenstigen Stirnlocke. Und während sie Fionas fröhlichem Geplapper lauschte, erkannte sie in ihrer Tochter das Selbstvertrauen und den Ehrgeiz, den sie von Adam geerbt hatte.

In diesem Augenblick war Gabby etwas Wichtiges klar geworden: Ihre Liebe war doch nicht erloschen.

Das würde *nie* geschehen, weil sie nun einmal so war, wie sie war. Sie mochte vielleicht nicht so klug sein wie Tessa, so stark wie Maggie oder so entschlossen wie Emma, aber sie hatte ihre eigene Stärke: Wenn sie ihr Herz verschenkte, gab sie es vollständig hin. Sie liebte mit jeder Faser ihres Seins. Ob richtig oder falsch, sie hatte Adam ihre Liebe geschenkt ... Und nun gehörte sie ihm, für immer und ewig.

So hoffnungslos die Zukunft auch erscheinen mochte – immerhin hatte sie keine Ahnung, wie sie den Schaden, der in ihrer Ehe angerichtet worden war, wiedergutmachen sollten –, hatten sie immer noch ihre Liebe, die sie leitete. Sie erinnerte Gabby an die Intimität und Leidenschaft, die sie und Adam während des letzten Monats miteinander geteilt hatten, und wie weit sie gekommen waren. Sie ermahnte sie auch dazu, geduldig zu sein. Adam hatte in seiner Vergangenheit sehr gelitten, und nach einem so schweren Unfall erst sein Gedächtnis zu verlieren und sich dann plötzlich wieder an alles erinnern zu können, musste ein schwerer Schock für ihn gewesen sein. Vor allem aber bekräftigte sie das Gelübde, das sie einander bei ihrer Vermählung gegeben hatten.

In guten wie in schlechten Zeiten.

Liebe war eine Verpflichtung. Wenn Adam trotz allem, was er getan hatte, bereit wäre, daran zu arbeiten, die Dinge zu ändern, sie besser zu machen, dann würde auch sie um ihre Ehe kämpfen.

Mit diesen Gedanken hatte sie sich auseinandergesetzt, als sie angegriffen worden war. Nun wusste sie nicht, ob sie jemals wieder die Chance haben würde, Adam zu sagen, was sie wirklich empfand, oder ob es ihr je vergönnt wäre, ihre wunderbaren Kinder wiederzusehen. Gerade, als die Verzweiflung sie zu überwältigen drohte, hörte sie Schritte.

Eilig erhob sie sich und entfernte sich von der Tür. Als diese sich öffnete, wurde sie kurzzeitig von einem hellen Lichtstrahl geblendet. Eine Lampe ... in der Hand eines Mannes. Sie blinzelte, und langsam nahmen seine Gesichtszüge Gestalt an. Plötzlich registrierte sie den unverwechselbaren Schimmer weizenblonden Haares.

„*Mr De Villier?*", rief sie schockiert aus.

„Guten Tag, Mrs Garrity", sagte er mit seiner seidenweichen Stimme.

Ihr Schock verwandelte sich in Wut, als er eine elegante Verbeugung machte ... Als wären sie in einem verflixten Ballsaal. *Das ist Wahnsinn. Der Mann ist verrückt.*

Sie richtete sich auf und straffte die Schultern. „Ich verstehe zwar nicht, was hier los ist, dennoch verlange ich, dass Sie mich sofort freilassen."

„In Ihnen verbirgt sich also doch ein Feuer." Er hängte die Laterne an die Wand, sodass die spartanische Einrichtung des Raumes sichtbar wurde. „Passend zu Ihrem schönen Haar."

Als er nach ihr griff, wich sie instinktiv zurück, bis sie mit dem Rücken an die Wand stieß. Ihre Haut prickelte unangenehm, als er eine Locke ihres offenen Haares erwischte und sie zwischen Zeigefinger und Daumen rieb. Sein Blick war hart, reptilienhaft.

„Mein Sohn hat offenbar meinen Geschmack geerbt, was Frauen anbelangt. Ich hatte schon immer eine Vorliebe für Rothaarige", sagte er schmunzelnd.

Es dauerte einen Moment, bis sie die Bedeutung seiner Worte verstand.

„Ihr Sohn?" Sie starrte ihn verblüfft an. „Damit meinen Sie doch nicht Adam ...?"

„Hat er es Ihnen nicht erzählt? Das wundert mich nicht. Der Bursche ist gut darin, Geheimnisse zu bewahren." De Villier ließ ihr Haar los und trat einen Schritt zurück. „Ich selbst wusste bis vor Kurzem nicht, dass er noch lebt."

Ein eisiger Schauer jagte ihr über den Rücken. „Ich verstehe nicht ..."

„Als impulsiver, junger Mann heiratete ich seine Mutter, eine schöne Opernsängerin namens Seraphina. Mein Vater war mit der Vermählung nicht einverstanden und enterbte mich. Ich nahm Seraphina mit nach Italien, aber es dauerte nicht lange, bis ich erkannte, wie töricht ich gewesen war. Ich war nicht dafür geschaffen, in Armut zu leben, ein machtloser Niemand zu sein. Zum Glück bot Vater mir einen Ausweg. Er hatte eine Erbin für mich gefunden, die ich heiraten konnte und deren Mitgift das Vermögen der De Villiers beträchtlich vergrößern würde. Wenn ich wieder in den Schoß der Familie aufgenommen werden wollte, musste ich nur die Ehe für ungültig erklären lassen und nach London zurückkehren. Die Annullierung gestaltete sich als nicht ganz einfach, da Seraphina sich gegen die Idee sträubte, aber letztendlich ..."

Gleichgültig zuckte er mit den Achseln. „Geld regiert die Welt, wie man so schön sagt. Ich habe ein paar Beamte bestochen, meine Annullierung erwirkt, und Seraphina konnte nichts dagegen tun. Die Sache war erledigt – zumindest dachte ich das. Stellen Sie sich meine Überraschung vor, als einige Jahre später ein Schornsteinfeger namens Wiley und seine Frau zu mir kamen und behaupteten, sie hätten meinen sechsjährigen Sohn in ihrer Obhut. Sie hatten den Jungen auf einem Schiff aus Italien kennengelernt, und seine Mutter war gestorben, bevor sie die Küste erreichten. Der Junge hatte ihnen erzählt, dass er nach London gekommen wäre, um seinen Vater, Anthony De Villier, zu finden. Aus lauter Herzensgüte hätten Wiley und seine Frau den Knaben bei sich aufgenommen und wären bereit, ihn mir zurückzugeben, sagten sie ... Natürlich gegen eine stattliche Belohnung."

De Villier hielt inne, aber Gabby wusste bereits, was er als Nächstes sagen würde. Ein Mann, der seine Frau so grausam im Stich gelassen hatte, würde seinem Kind gegenüber keine Gnade walten lassen.

„Sie haben die Wileys nicht bezahlt, oder?", fragte sie mit einem Anflug von Übelkeit.

„O doch, das habe ich."

Gabby konnte ihre Überraschung nicht verbergen, und De Villiers Lächeln wurde breiter, wie das eines Raubtiers, das es genoss, mit seiner Beute zu spielen.

„Ich habe die Wileys dafür bezahlt, mir den Bengel vom Hals zu halten", fuhr er voller Genugtuung fort. „Solange er mir keine Probleme bereitete, konnten sie mit ihm tun, was sie wollten. Sie betrieben ein Bordell und hatten noch andere junge Burschen in ihrer Obhut, die sie zu Schornsteinfegern und Dieben ausbildeten. Meines Erachtens passte der kleine Straßenköter bestens in ihre Welt."

Die Vorstellung, dass Adam gezwungen gewesen war, als Kletterjunge zu arbeiten und noch schlimmere Dinge zu tun, Dinge, die sie sich nicht einmal ausmalen mochte, zerriss Gabby das Herz. Sie hatte stets die Tatkraft und den Erfolg ihres Mannes bewundert, aber zu wissen, wo er angefangen hatte, welche Schwierigkeiten er überwinden musste, trieb ihr die Tränen in die Augen. Dann kam ihr plötzlich ein neuer Gedanke: Ihr Vater hatte gesagt, dass Adam die Kreditschulden von De Villier einfordern wollte, sobald er die Kontrolle über Billings Bank erlangte. Das konnte doch kein Zufall sein.

„Wusste Adam, dass Sie die Wileys dafür bezahlten, ihn gefangen zu halten?", platzte sie heraus. „Dass Sie es waren, der ihn zu diesem Leben in der Hölle verdammte?"

„Hätten die Wileys ihre Arbeit richtig gemacht, wäre alles in Ordnung gewesen. Aber gute Hilfe ist schwer zu finden, nicht wahr?" De Villier seufzte wie ein leidgeprüfter Gutsherr. „Als er neun Jahre alt war, brach der Bengel aus und tauchte vor meiner Tür auf. Er wusste natürlich nicht, dass ich für seinen Unterhalt bei den Wileys aufkam, sondern glaubte doch tatsächlich, ich würde ihn mit offenen Armen empfangen. Ihn – einen dreckigen, schlecht erzogenen Gassenjungen." De Villier erschauderte. „Schlimmer noch, da er vor der Annullierung gezeugt wurde, hätte er einen legitimen Anspruch auf mein Vermögen, wenn es ihm gelänge zu beweisen, dass wir miteinander verwandt sind. Meine Familie und meine Schwiegereltern hätten ihn niemals als meinen Erben akzeptiert. Ich konnte nicht zulassen, dass dieser Bengel alles zerstört, wofür ich so hart gearbeitet hatte."

Eine dunkle Vorahnung schnürte Gabby die Kehle zu. „Was haben Sie getan?"

„Ich trug Wiley auf, sich um ihn zu kümmern. Ein für alle Mal."

„Sie haben den Mord an Ihrem eigenen Sohn angeordnet?", sagte sie wie betäubt.

„Zweimal, um genau zu sein." De Villiers Lächeln ließ ihr das Blut in den Adern gefrieren. „Vor einigen Monaten wurde ich darauf aufmerksam, dass jemand systematisch die Kontrolle über meine Schulden erlangte. Es dauerte eine Weile, bis ich mich durch die Schichten von juristischem Geschwätz gewühlt hatte, aber schließlich fand ich heraus, wem all die Banken gehörten, die mir so bereitwillig Kredite gewährten: einem gewissen Adam Garrity. Ich fragte mich, warum sich dieser Geldverleiher wohl so sehr für mein Geschäft interessieren mochte. Also ließ ich ihn durchleuchten. Als ich Genaueres über seine Herkunft erfuhr, kam ich hinter seine wahre Identität. Die verdammten Wileys hatten wieder einmal versagt, und irgendwie war es dem Bengel gelungen zu überleben.“

Er hielt kurz inne, bevor er fortfuhr: „Beim zweiten Mal engagierte ich einen Profi, der sich um das Problem kümmern sollte. Er folgte Garrity zu einem Gefecht zwischen Bandenmitgliedern und beabsichtigte, seinen Tod wie das Ergebnis dieser blutigen Auseinandersetzung aussehen zu lassen. Aber auch mein Attentäter scheiterte.“ De Villier schüttelte den Kopf. „Glücklicherweise ist Ihr Mann nicht ganz unversehrt geblieben. Sein Gedächtnisverlust war eine akzeptable Alternative zu seinem Tod und hat mir die Mühe erspart, einen weiteren Auftragsmörder anzuheuern. Aber natürlich sind gute Dinge nie von Dauer. Als wir uns neulich auf dem Ball begegneten, sagte mir mein Bauchgefühl, dass er ein Problem war, das ich letztendlich doch aus der Welt schaffen musste. Dann begann sein Verwalter, erneut in meinen Angelegenheiten herumzuschnüffeln und mir war klar, dass die Zeit gekommen war. Und damit wären wir im Hier und Jetzt angelangt.“

Gabby war nach seiner Erklärung ebenso schockiert wie erleichtert. Endlich ergab alles einen Sinn. Der Grund, warum Adam die Kontrolle über ihren Treuhandfonds erlangen wollte, war nicht sein Streben nach Geld oder Macht. Es ging ihm um Gerechtigkeit. Er wollte seine Ehre und die seiner Mutter rächen, und das zu Recht. Wie konnte er noch irgendwem vertrauen, wo er doch wusste, dass sein Vater – der Mann, für den er als kleiner Junge das Meer überquerte – seinen Tod angeordnet hatte. Dann hatte Jessabelle, seine erste Liebe, ihm auch noch Hörner aufgesetzt, und er machte sich für ihr grausames Schicksal verantwortlich.

Mit wachsender Ehrfurcht erkannte Gabby, was für ein Wunder Adam war. Nach allem, was er durchgemacht hatte, war er ihr stets ein treuer Ehemann und ihren Kindern ein liebevoller Vater gewesen. Der Adam, den sie während seines Gedächtnisverlustes kennenlernen durfte, der nicht durch seine schreckliche Vergangenheit belastet war, der wusste, wie man liebte, der sie lehrte, an sich selbst zu glauben ... war echt gewesen. Seine Liebe zu ihr war echt.

Unwillkürlich musste sie an ihren letzten Streit denken.

Du hast nicht die geringste Ahnung, warum ich das alles tue!, hatte er gebrüllt.

Und es ist mir auch völlig egal, lautete ihre Antwort.

Von Reue überwältigt wurde ihr klar, dass sie ihn völlig falsch eingeschätzt hatte. Wenn sie nur anders reagiert hätte, hätte er ihr möglicherweise von De Villier erzählt, und vielleicht wäre sie dann nicht hier gelandet. Außerdem waren ihr seine Beweggründe natürlich nicht egal, denn sie liebte Adam und würde ihn immer lieben. Sie betete inständig, dass sie die Gelegenheit erhalten mochte, ihm das zu sagen.

„Jetzt, da Sie die Fakten kennen", sagte De Villier sanft, „hoffe ich, dass Sie diese Unannehmlichkeiten verstehen werden. Ihr Mann ist ein furchtbar verbissener und machiavellistischer Mensch. Er hat all die Jahre gewartet und geplant, um im richtigen Moment zuschlagen und seine Rache erwirken zu können ... Was ich natürlich nicht zulassen werde. Aber Sie müssen nicht mehr lange hier verweilen. Sobald die Falle bereit ist, werde ich Garrity benachrichtigen, dass er umgehend herkommen soll. Ich darf ihm keine Zeit lassen, sich vorzubereiten. Da ich weiß, wie wichtig Sie ihm sind – seine sentimentale Natur war schon immer seine Schwäche –, wird er sich zweifellos sofort auf den Weg machen, und ich werde der Sache ein für alle Mal ein Ende setzen."

Sie wusste, dass De Villier Adam töten wollte, um seine Interessen zu schützen. Und er würde auch sie töten. Zwar war ihr Mann klug und würde ahnen, dass der Schuft ihm eine Falle gestellt hatte, aber sie wusste in ihrem Herzen, dass er trotzdem kommen würde.

Weil er sie liebte. Das verstand sie jetzt.

Und sie durfte nicht zulassen, dass er erneut durch die Liebe verletzt wurde.

„Sie müssen das nicht tun", sagte sie, um einen ruhigen, vernünftigen Tonfall bemüht. „Ich habe die Kontrolle über meinen Treuhandfonds wiedererlangt und den Treuhänder, den Adam in der Tasche hatte, ersetzt. Ich gebe Ihnen mein Wort, dass Billings Bank Ihre Kredite nicht einfordern wird, bevor Ihr Projekt abgeschlossen ist. Seien Sie versichert, dass ich das Versprechen meines Vaters an Sie einhalten werde."

De Villier musterte sie abwägend. „Hmm, ein interessanter Gedanke. Aber ich fürchte, ich kann mein Schicksal nicht einer Fremden überlassen, ganz gleich, wie hübsch sie auch sein mag. Wenn Sie mich jetzt entschuldigen würden, Mrs Garrity, ich muss mich auf den Höhepunkt des Abends vorbereiten."

Er nahm seine Lampe und ging zur Tür. Blanke Verzweiflung packte sie. Sie konnte nicht einfach tatenlos herumsitzen als Köder für Adams Falle. Angetrieben von schierer Entschlossenheit rannte sie mit aller Kraft auf die offene Tür zu, durch die De Villiers Rücken sich entfernte ...

Eine Hand stieß sie gegen die Brust. Sie taumelte rückwärts und fiel zu Boden. Benommen sah sie auf und blickte geradewegs in ein vernarbtes, bedrohliches Gesicht ... Der Leibwächter, der De Villier zu Tessas Ball begleitet hatte!

Sie begann, am ganzen Körper zu zittern, während er sie finster anstarrte und bellte: „Keine Bewegung!"

Dann schlug er die Tür zu und ließ sie in der Dunkelheit zurück.

Kapitel Siebenunddreißig

Bei Einbruch der Dämmerung glitten drei Schuten unauffällig über das schwarze Wasser der Themse, eingehüllt in dichten Nebel. Als er die Umgebung vom Bug aus überblickte, war Adam dankbar, dass Mutter Natur auf seiner Seite war. Das undurchsichtige, graue Miasma würde ihm eine ausgezeichnete Deckung für seine Belagerung bieten.

Für die größte Schlacht seines Lebens, die er unter keinen Umständen verlieren durfte.

Warte auf mich, mein Herz. Ich bin fast bei dir.

Mit einem Nicken bedeutete er Kerrigan, Wache zu halten, bevor er in die Schiffskabine hinabstieg und die Tür schloss, um zu verhindern, dass Licht hinausdrang. Die Gesichter, die ihm entgegenblickten, waren düster, aber entschlossen. Wieder einmal war er dankbar, dass die liebenswürdige Art seiner Frau ihr so viele Freunde beschert hatte. Trotz der Gefahr der nächtlichen Mission und der kurzfristigen Vorankündigung hatten Kent, Strathaven und Ransom ihm umgehend ihre Hilfe angeboten. Ihre Männer folgten in den anderen Booten. Murray saß gemeinsam mit den drei Gentlemen am Tisch.

„Wir sind fast an der Gießerei." Adam war zu nervös, um

sich zu setzen, und blieb daher stehen. „Die gute Nachricht ist, dass wir die Überraschung auf unserer Seite haben. De Villier hat keine Ahnung, dass ich einen Spion bei ihm eingeschleust habe, der mich über diesen Ort informiert hat. Der Bastard denkt, er hätte noch stundenlang Zeit, um sich auf unser Treffen vorzubereiten. Wenn wir jetzt angreifen, wird er nicht damit rechnen."

„Wie viele Männer hat De Villier?", fragte Strathaven.

„Meinem Informanten zufolge etwa um die hundert. Der Feigling hat offenbar einige zusätzliche Halsabschneider angeheuert", sagte Adam grimmig. „Da wir keine Zeit hatten, das Gleiche zu tun, werden wir in der Unterzahl sein."

„Meine Erfindungen werden jeden Nachteil ausgleichen", meldete Kent sich zu Wort.

Der begnadete Wissenschaftler hatte ein ganzes Arsenal an rauchenden Kanistern und Sprengkörpern mitgebracht. Während Adam mit hochgezogenen Brauen beobachtete, wie Kents Männer den beeindruckenden Bestand auf das Schiff luden, hatte Tessa Kent, die gekommen war, um sie zu verabschieden, ihrem Mann ein liebevolles Lächeln geschenkt.

„Harry ist gerne auf alles vorbereitet", hatte sie mit einem frechen Grinsen angemerkt.

Adam musste zugeben, dass es verdammt nützlich war, ein wissenschaftliches Genie an seiner Seite zu haben.

„Bevor du anfängst, mit Sprengsätzen um dich zu werfen", sagte Strathaven mit einem Augenzwinkern zu seinem Schwager, „müssen wir zuerst Mrs Garrity in Sicherheit bringen. Garrity, hat Ihr Informant erwähnt, wo genau De Villier sie festhält?"

Adam umklammerte die Tischkante. „Zu dem Zeitpunkt, als er die Nachricht schickte, wusste er es nicht. Er war bei De Villier, als seine Wachen mit Gabriella ankamen und hatte kaum Zeit, mir eine Nachricht zukommen zu lassen, bevor der Mistkerl sie alle in die Gießerei beorderte."

„Einer meiner Kollegen von der Royal Society war schon einmal wegen einer Besichtigung dort und konnte mir eine ungefähre Beschreibung von ihrem Grundriss liefern. Ich habe eine Skizze angefertigt." Kent rollte eine Zeichnung auf dem Tisch aus. „Es gibt vier Hauptgebäude, eines in jede Richtung. Jedes ist durch eine Tür von außen zugänglich – eine Vorsichtsmaßnahme für den Fall, dass ein Feuer ausbricht oder ein anderer Grund zur Evakuierung besteht. Die Türen werden wahrscheinlich verriegelt sein, aber dafür sollte einer meiner milderen Sprengstoffe ausreichen."

„Wer braucht schon einen Schlüssel, wenn man Sprengstoff hat?", merkte Ransom trocken an.

„Jeder von uns kann einen Trupp leiten, der ein Gebäude durchsucht", sagte Murray.

„Wir brauchen ein Signal", sagte Adam. „Damit die anderen wissen, wenn Gabriella gefunden wird."

„Ich habe Feuerwerkskörper mitgebracht", erwiderte Kent. „Die blauen Funken sind selbst im Nebel sichtbar, und die Dinger machen ein Geräusch wie ein Donnerschlag, das man nicht verwechseln kann."

Trotz seiner düsteren Stimmung verspürte Adam einen Anflug von Belustigung. „Gibt es irgendetwas, das Sie nicht dabei haben, Kent?"

Der Wissenschaftler hob die Brauen. „Nicht, dass ich wüsste."

„Ich übernehme das nördliche Gebäude", sagte Murray.

„Ich das östliche", meldete sich Ransom.

„Dann kümmere ich mich um das südliche", sagte Strathaven.

„Und ich mich um das westliche." Kent sah Adam an. „Es sei denn, Sie wollen es?"

„Meine Herren, ich vertraue darauf, dass Sie Gabriella finden und in Sicherheit bringen werden." Er atmete tief durch, blickte in die Gesichter seiner Verbündeten und betete, dass er das Richtige tat. „Sie bedeutet mir alles, und ich muss sie in guten Händen wissen ... Ganz gleich, was passiert."

„Wir werden uns gut um Mrs Garrity kümmern", versprach Ransom mit einem schiefen Lächeln. „Andernfalls reißen *unsere* Herzensdamen uns die Köpfe ab."

Während die anderen zustimmend nickten, fragte Murray: „Was werden Sie tun?"

„Es gibt nur einen todsicheren Weg, Gabriella und meine Familie zu schützen: Ich muss das Problem an der Wurzel ausrotten", erklärte Adam, angetrieben von kalter Wut. „Ich mache kurzen Prozess mit De Villier."

Gabby erschrak über einen lauten Knall, der die Wände erschütterte.

War das eine Explosion gewesen? Sie spitzte die Ohren, glaubte, Männer schreien zu hören ... Was sagten sie? Ihre Stimmen näherten sich, wurden deutlicher ...

„Mrs Garrity, wo sind Sie?"

„Ich bin hier drin!" Sie stolperte zur Tür und hämmerte mit beiden Fäusten dagegen. „Hier bin ich, Hilfe!"

Mehr Dröhnen, mehr Schreie, dort draußen herrschte ein so lauter Tumult, dass sie fürchtete, ihre Retter könnten sie nicht hören. Sie schrie wie am Spieß und trommelte verzweifelt gegen das massive Holz.

„Ich bin hier, Mrs Garrity! Ich bin bei Ihnen."

Erleichterung erfüllte sie, als sie die Stimme erkannte, die durch die dicke Barriere drang. „Oh, Mr Murray, Gott sei Dank ..."

Sie hörte, wie sich der Schlüssel im Schloss drehte. Ihre Augen gewöhnten sich an den plötzlichen Lichteinfall, und sie blickte in ... *Ein vernarbtes Gesicht.* De Villiers Wächter war zurückgekehrt.

Angsterfüllt wich sie zurück. „Rühren Sie mich bloß nicht an ...“

„Keine Sorge, Mrs Garrity.“ Mr Murray erschien hinter dem Schurken. „Livingston hier arbeitet für Ihren Mann. Er hat unseren Feind für uns ausspioniert und uns Informationen geliefert, sodass wir einen Überraschungsangriff auf De Villier starten konnten. Er hat mich zu Ihnen geführt.“

Livingston schenkte ihr ein zahnloses Lächeln.

„Verzeihung, dass ich Sie vorhin geschubst habe, Ma'am“, entschuldigte er sich. „Ich musste es echt aussehen lassen, um nicht De Villiers Verdacht zu erregen.“

„Danke, Sir“, erwiderte sie. „Wo ist mein Mann?“

„Er ist hinter De Villier her“, erklärte Mr Murray und legte eine Hand auf ihren Arm. „Kommen Sie, wir müssen Sie zum Boot bringen ...“

„Ich werde nicht ohne Adam gehen“, erwiderte Gabby hartnäckig. „Sie kennen De Villier nicht, er ist zu allem fähig ...“

„Glauben Sie mir, das ist Ihr Mann auch, wenn Ihr Wohlbefinden auf dem Spiel steht. Je schneller ich Sie in Sicherheit bringe, desto eher kann er sich darauf konzentrieren, seinen Feind zu besiegen.“

Obwohl dem Argument nichts entgegenzusetzen war, konnte sie sich nicht dazu durchringen, Adam zu verlassen. Nicht, nachdem er schon so oft auf sich allein gestellt gewesen war. „Wir drei können ihn zusammen finden ...“

„Ich hatte gehofft, dass es nicht so weit kommen würde“, murmelte Mr Murray.

„Zu was kommen?“

„Ihr Mann hat damit gerechnet, dass Sie sich dagegen

sträuben könnten, ohne ihn zu gehen. In diesem Fall sollen wir Ihnen eine Nachricht von ihm übermitteln."

Als sie sah, wie er errötete, fragte sie neugierig: „Welche Nachricht?"

„*Geh zum Schiff, Gabriella* ..." Murray hielt inne und räusperte sich. „*Dein Sultan befiehlt es dir.*"

Kapitel Achtunddreißig

Als er die blauen Funken über dem Innenhof aufsteigen sah, spürte Adam, wie sich der Knoten in seiner Brust löste.

Sie haben Gabby gerettet. Gott sei Dank, meine Frau ist in Sicherheit.

Er genoss diesen glücklichen Moment der Erleichterung, bevor er die Fährte wieder aufnahm. Da er nun wusste, dass Gabriella außer Gefahr war, schenkte er der Jagd nach De Villier seine volle Aufmerksamkeit. Während er den mit Holzkisten, Werkzeugen und verschiedenen Maschinen übersäten Innenhof durchquerte, stolperten De Villiers Männer aus den angrenzenden Gebäuden, die von Kents Vorrichtungen ausgeräuchert worden waren. Die hustenden, keuchenden Schergen wurden von Adams Verbündeten leicht überwältigt.

Einige Handlanger seines Vaters kämpften immer noch verbissen. Er erschoss einen Rohling, der Ransom gegen eine Palette voll Metallschienen gedrängt hatte. Von der anderen Seite stürmte ein Gegner auf Adam zu, woraufhin dieser eine weitere Waffe zückte und seinen Angreifer mit einer Kugel erledigte. Anschließend marschierte er weiter und suchte die kämpfende Meute nach De Villier ab.

Nachdem er sämtliche Hallen durchkämmt hatte, wollte er gerade das westliche Gebäude betreten, um seine Suche dort fortzusetzen, als Harry Kent wild gestikulierend und mit einem Taschentuch vor dem Mund aus der Tür gerannt kam.

„Weg hier!"

Adam drehte sich um und sprintete los, dicht gefolgt von Kent. Sie konnten sich gerade noch hinter einem Kistenstapel in Sicherheit bringen, bevor eine ohrenbetäubende Explosion die Luft zerriss und den Boden erbeben ließ. Als der Trümmerregen abebbte, lugte Adam hinter ihrem behelfsmäßigen Schutzschild hervor, und seine Augen weiteten sich angesichts des zerstörten Gebäudes und des aufsteigenden Feuers.

Verdattert starrte er Kent an. „Was zur Hölle ist passiert?"

„Ich, äh, habe wohl versehentlich einen meiner Sprengsätze in einen Schrank voller Nebelsignale geworfen." Auf Adams verständnislosen Blick hin, fügte er erklärend hinzu: „Nebelsignale enthalten Schießpulver."

Gütiger Himmel. Ungläubig schüttelte er den Kopf ... Da erblickte er plötzlich sein Ziel.

„De Villier!" Sofort war er auf den Beinen und nahm die Verfolgung auf. „Er ist gerade in das östliche Gebäude gerannt."

Kent folgte ihm in den langen, höhlenartigen Raum. Im flackernden Schein der Laternen erkannten sie, dass dies die Werkstatt war, in der die Lokomotiven montiert wurden. Ein glänzendes, metallenes Ungetüm saß unvollendet da. Am gegenüberliegenden Ende der Halle sah Adam das blassblonde Haar von De Villier aufblitzen ... und im Boden verschwinden?

„Falltür!", riefen er und Kent gleichzeitig.

Sie rannten hinüber und sahen, wie sie zugeschlagen wurde. Adam erreichte sie zuerst und zog an dem Metallring. Die Tür rührte sich nicht.

„Sie ist von der anderen Seite verschlossen." Er warf Kent einen Blick zu und trat einen Schritt zurück. Dann noch ein paar Schritte, nur um sicher zu gehen. „Versuchen Sie, uns nicht in die Luft zu jagen."

Mit einem breiten, leicht wahnsinnigen Grinsen machte der junge Wissenschaftler sich an die Arbeit. Wenige Minuten später kletterten sie durch das zerklüftete Loch, in dem sich einst die Tür befunden hatte, und erreichten an dessen Ende einen unterirdischen Pier. Adam entdeckte De Villier sofort: Der Schurke saß in einem Boot, das von einem seiner Schergen manövriert wurde, und sie waren bereits fast aus dem unterirdischen Gang hinausgerudert. Wenn er die Themse erreichte, würde ihm der Nebel Deckung geben und er könnte leicht entkommen.

Es gab nur noch ein Gefährt, das am Steg festgemacht war: ein kleines Ruderboot mit einem einzigen Ruder.

Adam lief hinüber und sprang hinein. „Allein bin ich schneller."

„Viel Glück, Garrity." Kent half ihm, das Tau loszubinden. „Wir sehen uns dann auf dem Schiff."

Mit schnellen, sicheren Bewegungen lenkte Adam sein Boot durch das Wasser. De Villier hatte mittlerweile zwar den Fluss erreicht, aber er war ihm dicht auf den Fersen.

„Rudere schneller, du Schwachkopf!", hörte er seinen Vater brüllen.

Er kniff die Augen zusammen und versuchte, dessen Bootslampe im Nebel zu erkennen. Plötzlich ein metallischer Schimmer, nur ein paar Längen voraus, eine Bewegung ...

Er warf sich auf den Boden seines Gefährts, als ein Geschoss vorbeizischte und die Steuerbordseite durchschlug. *Verdammt.* Wasser strömte herein. Mit brennenden Muskeln und schweißnasser Stirn ruderte er verbissen auf sein Ziel zu.

Flusswasser schwappte um seine Waden. Er holte auf, gerade, als De Villier seine Pistole nachlud.

Blitzschnell erhob Adam sich und sprang in einem Satz zu ihm hinüber.

Noch während der Landung packte er die beiden Männer und riss sie um, hörte ihr überraschtes Ächzen und das Geräusch von De Villiers Waffe, die in den Fluss platschte. Er griff bereits nach seinem Stiefel, als der Scherge seines Vaters ihn angriff. Die kräftigen Hände des Mannes umschlossen Adams Kehle in demselben Moment, als dessen Klinge ihn traf. Adam zog den Dolch zurück und kickte seinen Gegner über die Seite.

Dann wandte er sich mit der tropfenden Klinge in der Hand endlich seinem größten Feind zu.

De Villier kauerte waffenlos am anderen Ende des Bootes.

„Tu nichts Unüberlegtes", sagte er beschwörend. „Ich kann dir alles geben, was du willst. Reichtum jenseits deiner kühnsten Träume ..."

„Ich will dein Geld nicht." Adam näherte sich ihm vorsichtig, darauf bedacht, das Gleichgewicht zu halten, während das Boot schwankte.

„Dann meinen Namen. Den willst du doch, oder?" De Villier hielt beschwichtigend die Hände hoch. „Das ist es, was du immer wolltest, und ich werde es dir geben. Du wurdest gezeugt, bevor die Ehe annulliert wurde ... Ich werde deine Abstammung beglaubigen lassen und dich zu meinem Erben machen. Hier, nimm das." Er streifte sich den Blutstein mit seinem Siegel vom Finger und hielt ihn wie eine Opfergabe in seiner ausgestreckten Handfläche. „Er gehört dir. Zusammen mit allen Besitztümern der De Villiers, einschließlich Grand London Northern ..."

„Ich will rein gar nichts von dir", sagte Adam angewidert.

„Wenn ich könnte, würde ich dein Blut aus meinen Adern löschen."

„Aber das kannst du nicht. Weil du so bist wie ich." Sein Vater sah sich gehetzt nach allen Seiten um. „Tief in deinem Inneren verstehst du, warum ich all diese Dinge getan habe. Ein mächtiger Mann darf sich nicht von seinen Gefühlen leiten lassen. Wahre Macht ist jetzt zum Greifen nahe, mein Sohn, mach keine Dummheiten ..."

Unvermittelt schleuderte der Bastard ihm den Siegelring entgegen. Instinktiv wich Adam dem Geschoss aus, und De Villier nutzte den Moment der Ablenkung, um zuzuschlagen. Dank seiner geschulten Überlebensinstinkte wich Adam dem Angriff geschickt aus und setzte zum Gegenschlag an. Sein Stiefel traf De Villier mitten in die Brust und beförderte ihn über den Rand des Bootes.

Sein Vater strampelte panisch im Wasser. „Hilf mir! Ich kann nicht schwimmen!"

„Das ist einer der vielen Unterschiede zwischen dir und mir." Adam betrachtete ihn kühl. „Ich habe schon in jungen Jahren schwimmen gelernt."

„So werde ich nicht sterben", keuchte De Villier. „Ich gebe dir alles ... Geld, Macht ..."

Adam sah zu, wie sich das dunkle Wasser über seiner Vergangenheit schloss. Als die letzten aufsteigenden Luftblasen von den Wellen weggeschwemmt wurden, richtete er seinen Blick wieder auf das Boot ... wo ihm etwas Funkelndes ins Auge stach. Er hob den Siegelring auf und betrachtete ihn lange, fuhr mit dem Daumen über die lateinische Inschrift und spürte das Gewicht dessen, was er in der Hand hielt.

Dann warf er den Ring in den Fluss.

Anschließend ergriff er das Ruder und machte sich auf den Weg ans Ufer.

Kapitel Neununddreißig

Die Schuten brachten alle zurück zu dem Pier, wo ihre Kutschen warteten und Gabby sich, endlich wohlbehalten zurück in Adams Armen, von ihren Freunden verabschiedete.

„Ich danke Ihnen allen so sehr", sagte sie, noch immer überwältigt von Emotionen. „Ich weiß nicht, wie wir uns jemals revanchieren können ..."

„Legen Sie einfach ein gutes Wort bei unseren Herzensdamen ein." Mit einem warmen Lächeln küsste Strathaven ihr die Hand. „Ich bin sicher, dass Emma Ihnen morgen einen Besuch abstatten wird. Es ist ein Wunder, dass ich sie überreden konnte, heute Abend zu Hause zu bleiben."

„Wem sagst du das", pflichtete Mr Kent ihm bei. „Tessa wird auf einem vollständigen Bericht bestehen, sobald ich nach Hause komme."

„Meine Herren, ich stehe tief in Ihrer Schuld", sagte Adam in schroffem, aber aufrichtigem Tonfall. „Wenn ich Ihnen jemals behilflich sein kann, stehe ich Ihnen zur Verfügung."

„Wir wären hiermit quitt, oder?", merkte Ransom mit einem

kleinen Lächeln an. „Keine Schulden zwischen uns. Nur Freundschaft."

„Das mag vielleicht auf Sie zutreffen, aber mir schuldet Garrity eine Gehaltserhöhung", sagte Mr Murray.

Gabby lächelte angesichts des Geplänkels unter Männern, doch dann entfuhr ihr ein lautes Gähnen.

Adam verstärkte seinen Griff um ihre Taille. „Ich bringe besser meine Frau nach Hause."

Nachdem ihre Freunde sich entfernt hatten, hob er sie in seine Arme.

„Du musst mich nicht tragen", protestierte sie. „Ich bin durchaus in der Lage zu gehen."

„Wenn du glaubst, dass ich dich *jemals* wieder gehen lasse, hast du dich gewaltig geirrt", murmelte er.

Da es ihr genauso ging, schlang sie die Arme um seinen Hals und schmiegte sich enger an ihn, atmete seinen vertrauten Duft ein und ließ seine Wärme die Schrecken der Nacht vertreiben. In der Kutsche angekommen, setzte er sie auf seinen Schoß. Am liebsten wäre sie für immer dort geblieben, an seine starke Brust gekuschelt, um das stetige Pochen seines Herzens zu spüren.

„Kannst du mir verzeihen, wie schrecklich ich dich behandelt habe, Gabby?"

Ruckartig hob sie den Kopf und traf ihn beinahe am Kinn.

„Adam, es gibt nichts zu verzeihen." Ihr Blick fand den seinen, und im Halbdunkel der Kutsche waren seine Augen so düster und unergründlich wie der Fluss, den sie gerade überquert hatten. „De Villier hat mir alles erzählt über deine Vergangenheit, was er dir angetan hat ... Dass er dein Vater war. Ich verstehe, warum du sein Unternehmen zerstören wolltest. Auge um Auge, Zahn um Zahn. Der Schuft hatte es verdient, für seine grausamen Taten bestraft zu werden."

Zärtlich strich er ihr über die Wange, sichtlich gerührt von ihren Worten. „Ich hätte dir von Anfang an die Wahrheit sagen sollen. Über De Villier und meine Vergangenheit. Ich hätte keine Geheimnisse vor dir haben dürfen."

„Gestern Abend, als wir ... gestritten haben", sagte sie zögernd, „war ich wütend auf dich."

„Ich habe deinen Zorn verdient. Gott, wenn ich zurücknehmen könnte, was ich getan habe ..."

„Lass mich ausreden", bat sie.

Er nickte angespannt.

„Ich war wütend, denn als mein Vater mir erzählte, dass du Mr Isnard in der Tasche hattest, dachte ich, du hättest mich nur geheiratet, um an Billings Bank heranzukommen. Dass es dir die ganze Zeit nur um Geld und Macht ging und du mich nie wirklich gewollt hast."

„Das ist nicht wahr", sagte er vehement. „Gabriella, ich ..."

„Als ich dich zur Rede stellte, war ich so wütend und verletzt, dass ich mir nicht die Mühe machte, dich zu fragen, *warum* du die Bank meines Vaters haben wolltest, ich nahm einfach das Schlimmste an. Meine Reaktion dir gegenüber war nicht fair. Im Nachhinein betrachtet ging es dabei nicht nur um die Enthüllung dessen, was ich als Verrat empfand, sondern in erster Linie um meine eigene Angst, deiner nicht würdig zu sein, mir nur eingebildet zu haben, dass du in mich verliebt sein könntest."

„Ich *bin* in dich verliebt", beharrte er in einem Tonfall, der keinen Zweifel duldete. „Während unseres Streits habe ich mich wie ein richtiger Mistkerl benommen. Das ist zwar keine Entschuldigung, aber ich glaube, ich war immer noch geschockt von der plötzlichen Rückkehr meiner Erinnerungen ... von der Verwirrung darüber, wer ich geworden war. Es war völlig daneben, dich des ‚Verrats' zu bezichtigen, obwohl *ich* dich die ganze Zeit über getäuscht hatte. Meine Reaktion rührte wohl von meiner eigenen Vergangenheit her, von meiner Angst, noch einmal von meinen Gefühlen hintergangen zu werden, so wie ich von De Villier, Jessabelle und anderen hintergangen worden war."

„Das verstehe ich", sagte sie sanft. „Jeder, der etwas so Erschütterndes durchgemacht und überlebt hat, würde sich genauso fühlen."

„Schon am nächsten Morgen wurde mir klar, was für ein Bastard ich gewesen war. Ich war auf dem Weg, mich bei dir zu entschuldigen, dir zu sagen, dass mir dein Treuhandfonds und meine Rache völlig egal sind. Denn wenn ich dich verlieren würde, hätte ich nichts mehr, wofür es sich zu leben lohnt. Dann jedoch erhielt ich die Nachricht, dass du entführt wurdest." Er hielt inne und atmete tief durch. „Das war der schlimmste Moment meines Lebens, Gabriella. Schlimmer als Jessabelles Tod, schlimmer als alles, was De Villier mir angetan hat. Nach den anderen Schicksalsschlägen gelang es mir immer irgendwie weiterzumachen, aber Gabby ... Ohne dich könnte ich nicht überleben."

Das gefühlvolle Geständnis ihres Gemahls trieb ihr die Tränen in die Augen. Diesen starken, furchtlosen Mann sagen zu hören, dass er ohne sie nicht leben könne, erschütterte sie in ihren Grundfesten und riss die Reste der alten Schutzmauern nieder. Als sie sich in den dunklen, bewundernden Augen ihres Sultans reflektiert sah, wusste sie, dass sie seiner würdig war. Wunderschön. Geliebt.

„Ich liebe dich", sagte sie mit zitternder Stimme.

„Gott sei Dank", erwiderte er in einem heiseren, ehrfürchtigen Tonfall, der ihr einen wohligen Schauer über den Rücken jagte. „So erschütternd mein Leben auch gewesen sein mag, bereue ich nichts von dem, was geschehen ist, denn all das hat mich am Ende zu dir geführt. Du bist meine Belohnung, und dich zu lieben, ist mein wahres und einziges Ziel. Mein Herz gehört dir ... Bis es aufhört zu schlagen und darüber hinaus."

Trotz der Schönheit seiner Worte musste sie ein Schaudern unterdrücken.

„Sprich bloß nicht davon, dass dein Herz zu schlagen aufhört", flüsterte sie. „Wenn ich daran denke, wie nah ich daran war, dich zu verlieren ... Du meine Güte, das hätte ich fast vergessen! De Villier, dieser *Bastard*, hat mir erzählt, dass er einen Attentäter anheuerte, der dich während des Kampfes mit Sweeney ausschalten sollte. Er hat deine Wunde und deinen Gedächtnisverlust verursacht."

„Ich weiß. Livingston hat es mir auf der Rückfahrt zum Pier erzählt und sich dafür entschuldigt, dass er den Plan und auch deine Entführung nicht vorher entdeckt hat."

„Es ist nicht seine Schuld. Wenn ich an all das Böse denke, das De Villier getan hat ...“

„Denk nicht mehr darüber nach." Adam zog sie fester an sich und strich ihr sanft übers Haar. „Ich bin hier. Wir sind beide hier. Zusammen, wie es uns bestimmt ist."

Nachdem sie sich beruhigt hatte, hob sie den Kopf und sah ihren Mann an. Die Sorgenfalten waren aus seinem attraktiven Gesicht verschwunden, sein Blick war warm und aufmerksam, als er sie betrachtete. Bildete sie sich das nur ein, oder sah er auf einmal jünger und entspannter aus? Als wäre er mit sich selbst im Reinen.

„Weißt du immer noch nicht, wer du seit dem Gedächtnisverlust bist?", fragte sie.

„Doch", antwortete er prompt. „Der heutige Abend hat mir geholfen zu erkennen, dass ich dieser Mensch bereits war, seit ich dich kennengelernt habe. Der Unfall hat mir die Scheuklappen abgenommen und mir gezeigt, dass Rache, das Ziel, auf das ich mein ganzes Leben lang hingearbeitet habe, nicht wirklich das ist, was ich brauche. Als De Villier starb, erwartete ich, etwas dabei zu fühlen ... eine Art Erlösung. Und weißt du, was ich fühlte?"

„Was, Liebling?"

„Nichts. Er hatte keine Macht über mich, besaß nichts, was ich wollte. *Du* hast mir bereits alles gegeben, was ich brauche. Der Frieden, nach dem ich so lange gesucht habe, lag von Anfang an in meinen Händen." Sein glühender Blick bohrte sich tief in ihre Seele, ließ sie mit seiner eigenen verschmelzen. „Ich war von dem Moment an, als wir uns trafen, in dich verliebt, aber ich war zu töricht, um es zu erkennen. Ich hatte zu viel Angst, mein Herz zu öffnen. De Villier hat mir einmal gesagt, dass ein mächtiger Mann sich nicht von Gefühlen blenden lässt, aber er hat sich geirrt. Ein Mann wird mächtig *durch* die Liebe einer guten Frau und die Liebe, die er ihr zurückgibt."

„Oh, Adam", flüsterte sie unter Tränen. „Das ist das Romantischste, was du je zu mir gesagt hast."

Zärtlich wischte er ihr die Tränen weg. „Romantischer als *Dein Sultan befiehlt es dir?*"

Sie kicherte leise. „Das steht an zweiter Stelle. Du hättest sehen sollen, wie verlegen der arme Mr Murray war, als er mir die Nachricht überbrachte."

„Ich wusste, dass meine tapfere und treue Königin sonst darauf bestehen würde zu bleiben."

„Ich werde immer an deiner Seite sein", versprach sie.

„Auf meinem Schoß wäre noch besser." Er drückte sie an sich und sah ihr tief in die Augen. „Ich mag dein Gebieter sein, aber ich gehöre dir, Gabby. Mit Körper, Herz und Seele ... und anderen Teilen meiner Anatomie."

„Ich liebe dich mitsamt all deinen verruchten Teilen." Sie presste sich gegen ihn und lächelte, als sie seine Reaktion durch die Lagen ihrer Röcke spürte. „Sobald wir zu Hause sind und ein wenig Zeit mit den Kindern verbracht haben, werde ich dir zeigen, wie sehr."

„Wie wäre es inzwischen mit einer Kostprobe?"

„Ist das der Wunsch meines Sultans?“

„Ja. Liebe mich, Gabriella“, forderte er mit glühendem Blick. „Und hör niemals damit auf.“

Mit einem seligen Seufzer gehorchte sie dem Befehl ihres Herzens.

Epilog

Florenz, Italien

„Sind wir schon da?", fragte Gabriella.

„Du klingst wie Fiona und Max", erwiderte Adam amüsiert.

Unter der Augenbinde aus schwarzer Seide verzog sich der sinnliche Mund seiner Frau zu einem zerknirschten Lächeln. Nach nur einer Woche auf ihrer dreimonatigen Italienreise erwiesen sich die Kinder bereits als ungeduldige kleine Schlingel. An diesem Vormittag, als sie über eine herrliche Piazza spazierten, mit Blick auf die atemberaubenden Terrakotta-Dächer, Renaissance-Gebäude und Skulpturen, hatte Fiona den „Sind wir schon da?"-Refrain angestimmt, und Max war sofort mit eingefallen.

„Kinder, ihr seid, wo ihr seid", hatte Adam streng gesagt. „Ich schlage vor, ihr genießt es."

Fiona und Max hatten erst sich gegenseitig angesehen, dann ihn.

„Ist gut, Papa", lautete die gehorsame Antwort.

Dann begannen sie nach *Gelato* zu verlangen, ihrer neu entdeckten Lieblingsspeise.

Gott sei Dank waren sie gegenwärtig bei ihrer Gouvernante und der Armee von Kindermädchen, die er in weiser Voraussicht auf die Reise mitgenommen hatte. So sehr er die ungestümen Rabauken auch liebte, wollte er endlich ein wenig Zeit mit seiner Frau allein verbringen, Um ihr die Überraschung zu bereiten, die er geplant hatte.

Er führte sie weiter den langen Korridor hinunter, wobei ihre Schritte auf den rautenförmigen Fliesen widerhallten. Unbezahlbare Kunstwerke reihten sich entlang der Wände: Büsten, raffiniert gewebte Wandteppiche, ein brillantes Fresko an der Decke. Wegen der Augenbinde konnte Gabby nichts davon sehen, aber er hatte dafür gesorgt, dass sie die *Galleria degli Uffizi* an diesem Abend ganz für sich allein haben würden. Nach seiner Überraschung sollte noch genug Zeit bleiben, die Schätze des Museums zu erkunden.

„Kannst du mir nicht wenigstens einen *winzigen* Hinweis geben, was du vorhast?", fragte seine bessere Hälfte.

„Könnte ich, aber das würde die Überraschung verderben, du ungeduldiges Luder." Er legte einen Arm um ihre Taille und flüsterte ihr ins Ohr: „Das mit dem gehorsamen Warten müssen wir wohl noch üben."

Eine liebliche Röte überzog ihre Wangen. Er wusste, dass sie an ein kürzliches Intermezzo dachte, als er sie mit Samtfesseln an ihr Bett gebunden hatte. Anschließend war er dazu übergegangen, jeden Zentimeter des Körpers seiner betörenden Untertanin zu liebkosen und sie zu reizen, bis sie sich keuchend und hilflos auf dem Laken wand. Er ließ sie erst kommen, als sie mit den sündhaften Worten, die er ihr beigebracht hatte, darum flehte.

Der Gedanke an dieses dekadente Stelldichein ließ seinen Schwanz pulsieren, dabei hatten die Feierlichkeiten gerade erst begonnen. Als seine Frau ihm gestattete, ihr in der Kutsche die Augen zu verbinden, hatte ihr unerschütterliches Vertrauen ihn mit überwältigender Liebe und Erregung erfüllt. Sie war das schönste Geschenk, das sich ein Mann wünschen konnte, ein Schatz, von dem er kaum zu glauben wagte, dass er ihm gehörte, und den er nie wieder als selbstverständlich ansehen würde.

Eigentlich hatte er geplant, sie schon früher auf diese Reise mitzunehmen, aber mehrere Ereignisse hatten seine Pläne verzögert. Erstens war Gabbys Vater verstorben. Sie brauchte Zeit, um zu trauern, und Adam war fest entschlossen, sie nach Kräften zu unterstützen. Ihr zuliebe hatte er sich sogar mit seinem Schwiegervater versöhnt, bevor dieser starb, und ihm sein Wort gegeben, dass er sich um dessen Bank kümmern würde. Schließlich war Billings friedlich entschlafen, mit Gabby, Adam und seinen Enkelkindern an seiner Seite.

Die zweite Verzögerung war geschäftlich bedingt gewesen. Nach dem Tod von De Villier hatte Adam den Löwenanteil der Grand London National Railway geerbt, nicht wegen der Blutsverwandtschaft, sondern weil er Villiers Schuldscheine besaß. Ursprünglich hatte er vorgehabt, das Unternehmen einfach scheitern zu lassen, da es bereits auf dem absteigenden Ast war. Gabby hatte ihn jedoch gebeten, es nach Möglichkeit zu retten, um der einfachen Leute willen, die ihre Ersparnisse in das Projekt investiert hatten.

Da er seiner Frau keine Bitte abschlagen konnte, machte Adam sich daran, das Unternehmen wiederzubeleben. Er holte sich diverse Partner an Bord, um verschiedene Aspekte des Geschäfts zu beaufsichtigen: Harry Kent übernahm zu niemandes Überraschung die wissenschaftliche Abteilung, und Murray hatte schon immer einen guten Umgang mit der Öffentlichkeit gepflegt. Adam selbst kümmerte sich um die finanziellen Angelegenheiten. Nach etwa acht Monaten und einer kompletten Umstrukturierung hatte GLNR nun endlich die schnellste Dampflokomotive der Welt fertiggestellt, und der Wert des Unternehmens war in die Höhe geschossen.

Nun, da die GLNR ein durchschlagender Erfolg war und Gabby nicht mehr trauerte, war die Zeit für Adam gekommen, mit seiner Familie in den Urlaub zu fahren ... und seiner Frau eine besondere Freude zu machen. Deshalb lotste er sie gegenwärtig in einen ganz bestimmten Raum des Museums. Als er feststellte, dass alles nach seinen Wünschen hergerichtet worden war, führte er sie an ihren Platz.

Anschließend trat er hinter sie und legte ihr die Hände auf die Schultern. „Bist du bereit für deine Überraschung, mein Herz?"

Sie nickte eifrig. Auf seine Anweisung hin war ihr feuriges Haar unfrisiert, sodass es ihr bis zur Taille des elfenbeinfarbenen Seidenkleides fiel, das er für sie ausgesucht hatte. Es war an der Zeit, seine Untertanin für ihren Gehorsam zu belohnen ... und sich selbst ebenfalls.

Er löste die Augenbinde.

Gabriella blinzelte und schnappte ehrfürchtig nach Luft, als sie sah, was er ihr zeigen wollte.

„Meine Güte", hauchte sie. „Das ist das Bild? Das, von dem du glaubst, dass es *mir* ähnelt?"

„Tizians *Venus von Urbino*", bestätigte er andächtig.

Die Göttin war so, wie er sie in Erinnerung hatte: ihre nackten Kurven üppig, ihre Augen warm und sinnlich, ihre Haltung auf dem roten Diwan verführerisch anmutend. Ihr Körper war dem Betrachter zugeneigt, ihr vorderer Ellbogen ruhte auf einem Kissen, und in der Hand hielt sie locker einen Blumenstrauß. Ihr anderer Arm war über ihren Körper gelegt, während diese Hand auf ihrem Geschlecht ruhte, um es zu verbergen ... Oder um die Aufmerksamkeit absichtlich auf die intime Stelle zu lenken.

So atemberaubend das Gemälde auch sein mochte, war es

Adams reale Göttin, die seine Sinne fesselte. Um das Kunstwerk herum hatte er mehrere Spiegel in einem Halbkreis aufstellen lassen, durch die er seine atemberaubende Frau aus sämtlichen Blickwinkeln betrachten konnte. Dahinter befand sich eine breite, karmesinrote Couch, eine Nachbildung derjenigen, auf der die gemalte Venus ruhte. Wie auf dem Porträt waren an einem Ende flauschige, weiße Kissen aufgestapelt.

Gabby starrte das Gemälde wie gebannt an. Er konnte es ihr nicht verdenken. Die Ähnlichkeit zwischen ihr und der Göttin war verblüffend.

„Sie ist so wunderschön", sagte seine Gemahlin mit gedämpfter Stimme. „Findest du wirklich, ich sehe aus wie sie?"

Er konnte nicht widerstehen, sie ein wenig zu necken. „Ich bin mir nicht ganz sicher." Als er ihren niedergeschlagenen Gesichtsausdruck sah, fügte er verschmitzt hinzu: „Im Vergleich zu ihr bist du viel zu bedeckt. Man sollte Äpfel doch besser mit Äpfeln vergleichen, nicht wahr?"

Sie erschauderte, als seine Finger ihren Nacken streiften, bevor er sich an den seidenen Knöpfen an der Rückseite ihres Kleides zu schaffen machte. Er hatte es gewählt, weil es einem fernöstlichen Tunikagewand ähnelte, das unter ihrem Busen zusammengerafft war und in einer anmutigen Säule nach unten floss … Und weil es leicht zu entfernen war.

Als er den letzten Knopf öffnete, glitt das Kleidungsstück nach unten und lag zu ihren Füßen. Seine Pupillen weiteten sich vor Lust, als er sah, dass sie seine Anweisungen genau befolgt hatte: kein Korsett, kein Unterrock, nicht einmal eine Chemise, um ihre Schönheit vor ihm zu verbergen. Das Einzige, was sie trug, waren weiße Strümpfe, die von gerüschten Strumpfbändern gehalten wurden, sowie ihre Pantoffeln.

Er trat einen Schritt zurück. „Zieh den Rest aus."

Als sie sich nach vorn beugte und ihm ihren pfirsichförmigen Hintern präsentierte, begann seine Erektion vor Ungeduld zu pulsieren. Bei Gott, sie war hinreißend und so willig, ihre gemeinsamen Fantasien auszuleben. Es gab keine Frau auf dieser Welt, die besser zu ihm passte als seine eigene Gemahlin.

Sie richtete sich auf und flüsterte: „Was soll ich jetzt tun?"

„Leg dich auf die Couch und nimm die Position der Venus ein", sagte er heiser. „Damit ich die Ähnlichkeit richtig einschätzen kann."

Sichtlich erregt folgte sie seiner Aufforderung. Sie lehnte sich gegen die Kissen, und er musste sich ein Grinsen verkneifen, als sie sich unbeholfen hin und her wälzte in dem Versuch, die verführerische Pose der Venus in Seitenlage nachzuahmen. Obwohl Gabbys Selbstvertrauen um ein Vielfaches gewachsen war, behielt sie noch immer einen Hauch ihrer natürlichen Schüchternheit. Ihm machte das nichts aus. Er genoss es sogar, ihre Hemmungen eine nach der anderen zu entwirren.

Auf dem Sofa liegend, biss sie sich auf die Unterlippe. „Ist es so richtig?"

Gott, ja. Sein Schwanz war mehr als angetan von dem Anblick, den sie ihm bot. Aber das Spiel hatte gerade erst begonnen, und er wollte diese Fantasie so lange wie möglich auskosten.

Er ging zu ihr hinüber und berührte beiläufig ihre Hand, die auf ihrer Hüfte ruhte. „Ist das die Stelle, an der die Venus ihre Hand hat?"

Sie warf einen Blick auf das Gemälde, bevor sie mit hochroten Wangen den Kopf schüttelte.

„Welchen Teil von sich berührt sie? Sag es mir, aber verwende das Wort, das ich dir beigebracht habe", befahl er in einem bewusst strengen Ton.

„Welches Wort meint du?", fragte sie mit gespielter Arglosigkeit. „Ich kenne mittlerweile so viele: *Pussy, Muschi, Möse* ... Nicht zu vergessen, *Höhle der Lust* ..."

Vielleicht war seine Frau doch nicht mehr so schüchtern, wie er angenommen hatte. Freches Biest.

Plötzlich fiel ihm etwas auf.

„Ich habe sie nie als Höhle der Lust bezeichnet", sagte er mit zusammengekniffenen Augen.

„Dann muss es jemand anderes gewesen sein." Auf seinen scharfen Blick hin fügte sie lachend hinzu: „Eine meiner Freundinnen erwähnte, dass sie zufällig hörte, wie ein Lakai diesen Ausdruck benutzte. Wir fanden ihn höchst amüsant."

In den letzten Monaten war Gabbys Freundeskreis noch enger zusammengewachsen. Sie trafen sich regelmäßig zum Tee und heckten allerlei Unfug aus, zur Belustigung und Verärgerung ihrer Ehemänner.

„Kent hatte recht: Wir sollten ein Abhörgerät anbringen, wenn ihr Damen Kaffeekränzchen haltet", merkte Adam amüsiert an. „Doch jetzt hör auf, mich mit deinem faszinierenden Vokabular abzulenken, Scheherazade, und sag mir, wo Venus ihre Hand platziert hat."

„Auf ihrer Pussy."

Gott, er liebte es, schmutzige Worte aus ihrem süßen Mund zu hören.

Er hob eine Braue. „Wo sollte demzufolge deine sein?"

„Auf meiner Pussy." Nach einem Moment des Zögerns bewegte Gabriella ihre Hand über die sanfte Wölbung ihres Bauches zu ihrem Geschlecht. Ihre Finger schwebten über dem kupferfarbenen Nest wie Vögel, die zum Flug ansetzen.

„Sehr gut", lobte er sie. „Und jetzt sag mir: Glaubst du, dass Venus sittsam ist ... oder ungezogen?"

Ihr Blick fiel zuerst auf das Gemälde, dann auf ein Spiegelbild ihrer selbst.

„Ungezogen", hauchte sie.

„Das glaube ich auch. Jetzt zeig mir, wie unartig *du* bist."

Mit vor Erregung angespanntem Kiefer beobachtete er, wie

die zarten Finger seiner Frau zwischen ihre Schenkel tauchten. Sie war immer schüchtern, wenn sie sich auf diese Weise berührte, weshalb er es liebte, ihr dabei zuzusehen. Der erotische Anblick ließ die ersten Lusttropfen aus seiner Eichel quellen. Sie schien ähnlich erregt zu sein, denn ihre Finger und Schamlippen waren bereits von ihrem Nektar benetzt.

„Gott, du bist so wunderschön, und du gehörst ganz allein mir." Behutsam legte er eine Hand auf ihren Hals und spürte das wilde Flattern ihres Pulses. „Sag es."

„Ich gehöre dir."

Ihre Worte erfüllten sein Herz mit Lust und Liebe. Er ging auf ein Knie nieder. „Dann befriedige dich weiter, während ich mich den Freuden meiner Königin hingebe."

Er küsste sie leidenschaftlich, fordernd, und sie gab sich ihm so bereitwillig hin, dass er gegen den Drang ankämpfen musste, sie auf der Stelle zu nehmen. Stöhnend vergrub er das Gesicht in ihrer Halsbeuge und begann, an ihrer seidigen Haut zu saugen.

Anschließend bahnte er sich seinen Weg zu ihren Brüsten, deren Anblick ihn beinahe um den Verstand brachte. Bei Gott, ihre Titten waren ein Meisterwerk. Er knetete und liebkoste sie, ließ die Daumen über ihre steifen Knospen gleiten, leckte um ihren breiten Warzenhof herum, bis er schließlich die Lippen um seine köstliche Belohnung schloss. Während er abwechselnd an ihren Brustwarzen saugte, befriedigte sie sich mit immer schnelleren, verzweifelten Bewegungen.

Er ließ von ihren Brüsten ab und vergrub das Gesicht in der samtigen Wärme ihres Bauches. Solch eine Fülle, und alles davon gehörte ihm. Als er bei ihrem Geschlecht ankam und den Duft ihrer Erregung einatmete, erstarrten ihre Finger.

Adam hob den Kopf und sah sie an. „Habe ich dir gesagt, du sollst aufhören, dich selbst zu befriedigen?"

„Nein."

„Warum machst du dann nicht weiter?"

„Weil mein Sultan es besser kann."

Teufel noch eins. Sie wusste genau, wie sie die Bestie in ihm wecken konnte.

„Wünscht meine Untertanin, dass ich mich um sie kümmere?" Angesichts seiner überwältigenden Erregung musste er sich um einen gefassten Tonfall bemühen. „Dass ich ihre süße, kleine Pussy lecke und verwöhne?"

„Ja, bitte."

„Dann gewähre mir eine Kostprobe."

Sie führte ihre Hand an seine Lippen. Sanft packte er ihr Handgelenk und begann, an ihren Fingern zu saugen. Ihr Geschmack berauschte ihn, weckte seine Sehnsucht nach mehr.

Er leckte sich über die Lippen. „Köstlich. Ich will mehr von deinem Nektar." Ihre Hand zitterte in seinem Griff, und er führte sie erneut zwischen ihre Schenkel und platzierte ihren Zeige- und Mittelfinger auf ihren Schamlippen. „Spreize deine Pussy für mich, mein Herz."

Mit glühendem Blick beobachtete er, wie ihre eleganten Finger ihre intimste Stelle für ihn entblößten. Er beugte sich vor und fuhr mit der Zunge über ihre zartrosafarbene Spalte, nahm sich die Zeit, ihrer sinnlichen Schönheit zu huldigen. Sie stöhnte vor Wonne, während er sich an ihr ergötzte, während er seine unanständige Königin mit dem Mund verwöhnte.

Als er spürte, wie sich die Muskeln in ihren Schenkeln anspannten, sagte er mit gebieterischer Stimme: „Komm für mich."

Mit einem kehligen Schrei folgte sie seinem Befehl und benetzte seine gierige Zunge mit ihrer betörenden Essenz.

Schwer atmend erhob er sich und riss sich die Kleider vom Leib. Das Gesicht seiner Frau strahlte vor Liebe und unstillbarer Sinnlichkeit, die der Göttin, der sie glich, würdig war. Kaum war er nackt, legte er eine Hand um seinen harten Schaft und warf ihr einen auffordernden Blick zu. Sie begriff sofort, was er im Sinn hatte, und kniete sich anmutig zu seinen Füßen nieder.

Ihre Handflächen ruhten auf seinen muskulösen Schenkeln, während sie damit begann, ihn zu verwöhnen. Ihre sündhaften Lippen und ihre geschickte Zunge brachten ihn schier um den Verstand. Ihre tiefblauen Augen spiegelten die Wonne wider, die es ihr bereitete, ihn zu befriedigen, ebenso wie das Wissen, dass sie ihm in der Leidenschaft wie auch in allen anderen Bereichen des Leben ebenbürtig war.

Alles, was er sich wünschte – Liebe, Treue, verspielte Zärtlichkeit – lag in dem glühenden Blick seiner Frau. Er konnte den Gefühlen, die sie in ihm auslöste, nicht länger widerstehen, gab sich mit einem kehligen Stöhnen der Erlösung hin, die ihr sündhafter Mund ihm bescherte. Sie schluckte eifrig jeden Tropfen seines heißen Samens, wie sie es immer tat, und er stöhnte genüsslich auf, als er dabei gegen ihren zuckenden Rachen stieß.

Immer noch hart und über die Maßen erregt, legte er sich auf das Sofa und zog sie auf sich. Verführerisch rieb er seine glänzende Eichel über ihre geschwollenen Schamlippen, verteilte ihren Nektar auf ihrer sowie seiner erhitzten Haut, bis ihr ein flehendes Wimmern entfuhr.

Sanft strich er ihr eine verirrte Strähne hinters Ohr. „Willst du meinen Schwanz in dir spüren, mein Herz?"

„Mehr als alles andere", hauchte sie.

„Dann setz dich auf ihn."

Sie stützte sich auf seiner harten Brust ab, während sie sich Zentimeter für Zentimeter auf seine stolze Erektion sinken ließ. Er liebte den anfänglichen Widerstand, der schon bald nachließ, das Gefühl, wie ihre Scheidenmuskeln sich dehnten, um Platz für seine enorme Größe zu machen. Sie stöhnten beide auf, als er so tief in ihr war, dass ihre Schamlippen gegen seine

Hoden pressten. Gott, ihr Körper war wie geschaffen für seinen.

Mit quälend langsamen Bewegungen begann sie, an seinem Schaft auf und ab zu gleiten.

Er legte die Hände auf ihre Hüften, um sie zu einem schnelleren Rhythmus zu ermutigen. „Wie fühlt es sich an, meinen Schwanz zu reiten?"

„Es fühlt sich ... so gut an", keuchte sie, während sie sich erneut auf ihn sinken ließ.

„Das vermag meine Scheherazade doch sicher besser auszudrücken."

„Dein Schwanz ist so groß und breit und füllt mich perfekt aus. Manchmal fühlt es sich an, als wäre es zu viel ... und gleichzeitig nicht genug." Ihr kehliger Tonfall verriet ihm, dass sie kurz vor dem Höhepunkt war. Mit jeder kreisenden Bewegung ihrer Hüften krallte sie die Finger fester in sein Brusthaar. „Es gibt da diese Stelle ... tief in mir. Wenn du sie berührst, fühlt es sich an, als würde ein Römisches Licht in mir explodieren ..."

„Meinst du diese hier?" Er drückte sie auf seinen Schwanz hinunter und stemmte gleichzeitig seine Hüften in die Höhe.

Sie schrie auf, als ihre Ekstase wie eine Flutwelle über sie hereinbrach. Er ließ sie ihren Höhepunkt auskosten, bevor er sie auf Hände und Knie manövrierte und von hinten in sie hineinstieß.

„Es ist nie genug", keuchte er. „Ich werde nie genug von dir bekommen, Gabby."

Sie warf ihm einen Blick über die Schulter zu und bedachte ihn mit einem süßen Lächeln. Nur sie schaffte es, ihn so zärtlich anzusehen, während er sie leidenschaftlich von hinten nahm. Ein überwältigendes Gefühl der Liebe durchflutete ihn und entriss ihm die Zügel seiner Selbstkontrolle. Verdammt, er begehrte diese einzigartige, betörende Frau so sehr. Seine treue Gefährtin. Sein Ein und Alles.

„Ich werde auch nie genug von dir bekommen“, flüsterte sie.

„Gut, denn du bekommst mehr. Alles, was du dir wünschst, mein Herz“, schwor er ihr.

Er stieß immer härter und tiefer in sie und beobachtete, wie ihr praller Hintern bei jeder Bewegung verführerisch wackelte. Als sein Blick auf das winzige, rosafarbene Loch zwischen ihren Pobacken fiel, wurde er von dem wilden, animalischen Bedürfnis übermannt, jeden Teil ihres Körpers als den seinen zu markieren. Er fuhr mit dem Daumen über ihre feuchte Pussy und tränkte ihn mit ihrem Nektar, bevor er ihn um ihren jungfräulichen Eingang kreisen ließ. Dann drückte er ihn sanft, aber bestimmt hinein.

Sie zuckte zusammen, und ihre Muskeln verspannten sich um ihn. Es war ein ungemein erotisches Gefühl, aber bevor er weiterging, musste er wissen, ob sie es auch wollte. Nach einem Moment spürte er, wie sie sich gegen ihn presste und sowohl seinen Finger als auch seinen Schwanz tiefer in sich aufnahm. Ein kehliges Stöhnen entwich ihr, und ihr Rücken wölbte sich, während sie sich der Ekstase, die ihr diese neue Erfahrung bescherte, hingab.

Er stieß einen knurrenden Laut aus und vergrub sich halb von Sinnen vor Erregung in seiner Frau, nahm sich gierig alles, was ihr Körper zu geben hatte, und schenkte ihr im Gegenzug alles, was er zu geben imstande war. Welle um Welle elektrisierender Lust überrollte ihn, bis er gemeinsam mit ihr einen erderschütternden Höhepunkt erreichte und sich in heißen, nicht enden wollenden Strahlen in ihre pulsierende Pussy ergoss.

Befriedigt und erschöpft ließ er sich schließlich auf die Couch fallen und zog sie an sich. Ein tiefer innerer Frieden erfüllte ihn, den er noch nie zuvor gespürt hatte. Es gab noch so viele Schätze in diesem Museum zu entdecken, aber zunächst wollte er einfach in der Wärme seiner wunderbaren Frau schwelgen.

Gabby legte eine Wange an seine Brust und studierte nachdenklich das Gemälde der Venus. „Ich sehe ihr tatsächlich ähnlich, nicht wahr?"

„Mit einer Ausnahme", erwiderte er.

Sie hob den Kopf und musterte ihn neugierig. „Die da wäre?"

„Du hast bessere Titten."

Er grinste, als sie die Nase über ihn rümpfte.

„Ist das das Einzige, woran Männer denken?", fragte sie ungehalten.

„Nicht unbedingt. Immerhin habe ich anderen Teilen deines Körpers heute Abend ebenso viel Zuwendung geschenkt, oder nicht?"

Zu seiner Freude errötete sie heftig. „Das war wirklich verrucht, Adam."

„Das war es." Er gab ihr einen zufriedenen Klaps auf den Po. „Und wir werden es bald wiederholen."

„Du bist unmöglich", erwiderte sie lächelnd und kuschelte sich an ihn. „Danke."

„Dafür, dass ich unmöglich bin?"

„Dafür, dass du all meine Träume wahr werden lässt." In ihren Augen spiegelte sich warme, bedingungslose Liebe wider, eine Liebe, die für die Ewigkeit war. „Dafür, dass ich mich jeden Tag behütet, einzigartig und geliebt fühle."

„Ich erwidere nur den Gefallen, mein Schatz", sagte er leise. *„Herz um Herz, Seele um Seele.* Das ist die Art von Gerechtigkeit, für die es sich zu leben lohnt."

Die Sühne des Herzogs

(Buch 4, Game of Dukes – Gefährliches Spiel)

Gewinner des Golden Leaf, des Maggie Award for Excellence sowie des Passionate Plume Award

Ein Gentleman auf der Suche nach Vergeltung trifft auf eine Dame, die sich nach der Sünde sehnt. Kann eine gemeinsame leidenschaftliche Nacht ihre Schicksale für immer verändern? Erfahren Sie es in dieser heißen, von *Die Schöne und das Biest* inspirierten Liebesgeschichte über den charmanten Wüstling Wickham Murray und die clevere, unerschrockene Lady Beatrice.

„Beas und Wicks Liebesgeschichte ist einfach wunderschön (und total heiß)." *– Goodreads*

Anmerkung der Autorin

Tausendundeine Nacht ist eine Sammlung alter arabischer Märchen, von denen viele persischen Ursprungs sind. In Europa erschienen die Geschichten zum ersten Mal im 18. Jahrhundert, als sie von dem Orientalisten Antoine Galland aus dem Arabischen ins Französische übersetzt wurden, und zwar in zwölf Bänden, die er *Les milles et une nuits* nannte. Die Version, die Gabby in *Die Rache des Herzogs* gelesen hätte, wäre die englische Übersetzung von Gallands Werk gewesen, entweder die „Grub Street"-Version (die Anfang des 18. Jahrhunderts anonym veröffentlicht wurde) oder die Übersetzung von Jonathan Scott aus dem frühen 19. Jahrhundert. Natürlich entspringt Gabbys erotische und romantische Sicht auf Schahryâr und Scheherazade ganz ihrer Fantasie.

Weitere Informationen zu den Geschichten aus *Tausendundeiner Nacht* finden Sie auf Wikipedia und in der äußerst informativen Einleitung von Robert L. Mack in der Oxford World's Classics Edition von 1995.

Weiterhin ist Tizians *Venus von Urbino* von historischem Interesse. Dieses Gemälde ist seit dem 18. Jahrhundert Teil der Sammlung der *Galleria degli Uffizi*. Ich habe die Uffizien das letzte Mal als Studentin besucht und kann mich leider nicht erinnern, ob ich dieses Kunstwerk tatsächlich gesehen habe (es ist lange her, und es gab viele konkurrierende Meisterwerke!). Nichtsdestotrotz habe ich dieses Gemälde für das Buch ausgewählt, weil es eine Allegorie der Ehe ist und *Die Rache des Herzogs* sich unter anderem mit der Entwicklung einer Ehe befasst. Laut der Website der Uffizien war das Gemälde ein Geschenk eines Herzogs an seine junge Frau, und die darauf abgebildeten Symbole sollen „Lektionen" über die Bedeutung von Erotik, Treue und Mutterschaft innerhalb der Ehe sein.

Danksagungen

An die LeserInnen und Fans, die mich und meine Charaktere auf ihrer Reise begleiten: Ich danke euch aus tiefstem Herzen. Ihr lasst meine Träume Wirklichkeit werden. Ich hoffe, meine Geschichten inspirieren euch auf dieselbe Weise wie ihr mich.

An meine Schreibgruppen: Ihr Mädels seid einfach die Besten! Mit euch zu lernen und zu lachen ist ebenso unerlässlich für meine Kreativität wie Kaffee (das höchste Lob überhaupt!).

Besonderer Dank gilt meiner Lektorin Ronnie Nelson sowie meiner Einband-Designerin Erin Dameron-Hill, dafür, dass sie meine Bücher innerlich und äußerlich glänzen lassen.

An meine Familie: Ich liebe euch. Ihr seid meine Inspiration in allem, was ich tue.

Über die Autorin

Die internationale *USA-Today*-Bestsellerautorin Grace Callaway schreibt heiße, herzerwärmende, historische Liebesromane voller Spannung und Abenteuer. Ihr Debütroman schaffte es unter die Finalisten der Romance Writers of America®, Golden Heart® sowie auf Platz eins der National Regency Bestseller, und ihre weiterführenden Romane führen regelmäßig die nationalen und internationalen Bestsellerlisten an. Aktuell ist sie Gewinnerin des Daphne du Maurier Award for Excellence in Mystery and Suspense, des Maggie Award for Excellence in Historical Romance, des National Excellence in Romance Fiction Award, des Golden Leaf sowie des Passionate Plume Award. Sie hat einen Doktorabschluss in klinischer Psychologie von der University of Michigan und lebt mit ihrer Familie und ihrem Adoptivhund in einem Tal nahe dem Meer. In ihrer Freizeit liebt sie es zu tanzen, in gemütlichen Restaurants zu essen und mit ihrem Sohn Abenteuer zu erleben, die auf dessen sonderpädagogische Bedürfnisse angepasst sind.

Erfahren Sie mehr über Grace:
Deutscher Newsletter:
https://gracecallaway.com/deutschernewsletter
Website: www.gracecallaway.com

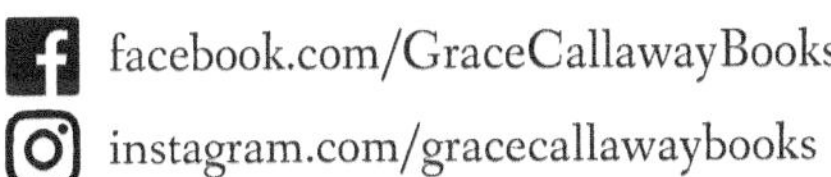